1950년대 지역 신문소설의 사회적 연구

격동기 대구·경북지역을 중심으로

A Social Studies about 1950s Novel of Local Newspapers

1950년대
지역 신문소설의 사회적 연구

격동기 대구 · 경북지역을 중심으로

한명환

푸른사상
PRUNSASANG

본 저서 발간은 신문소설에 대한 관심, 특히 해방 이후 1950년대 대구 · 경북지역 신문 내용의 보존에 대한 관심으로부터 시작되었다. 해방 이후 혼란기를 지나면서 지역의 많은 신문들이 유실되어 사라진 결과, 당대의 사회 모습을 찾아보기 어렵게 되었다. 중앙국립도서관이나 국회도서관에도 드문드문 부분적으로 남겨져 있을 뿐 그 많던 신문들이 감쪽같이 사라진 것이다. 필자는 경산의 한 대학에 계약교수로 내려가 있는 동안, 대구 시내의 한 도서관에 갔다가 거기서 낡은 『대구일보』를 발견함으로써 격동기 대구 · 경북지역 신문소설을 본격적으로 조사 · 연구할 수 있었다. 1948년에서 1962년 사이 대구 · 경북지역 신문 『대구일보』, 『대구매일신문』, 『영남일보』, 『천주교 회보』에 실린 연재소설이나 수기들을 대상으로 지역 신문이 사회 변화에 영향을 끼치고자 한 노력의 흔적을 찾고자 하였다.

신문소설 하면 대개의 연구자들은 대중소설이나 통속소설을 연상하면서도 불가피한 전문작가의 불가피한 소일거리라고 생각, 그 가치와 의의를 문학 전문잡지 소설 연구에서 찾고자 한다. 논자들은 신문소설이 사회 저변의 긴장감을 일탈적으로 해소, 독자대중과 타협할 수밖에 없는 대중매체 기능을 비판하기도 한다. 그런데 1950년대 대구 · 경북 신문소설들의 애정, 역사연재소설들은 전시 억압으로부터의 독자대중에 대한 기대지평에 따르고자 할 뿐 아니라 이로부터 극단적인 반공이념주의로 치닫는 사회 변동에 대해 방어하는 제어 기능도 가지고 있었음을 보게된다. 즉 신문소설의 대중 오락성에는 결국 인간의 감정에 기초한 정서가 녹아있기 때문에 오락적 즐거움은 갑작스런 전쟁으로 인해 빚어지는이념에로의 경사를 지연하게 한다. 즐거움과 오락을 제공하는 신문소설에는 당위적인 존재로서의 이념뿐만 아니라 애정과 인정, 연민 등 친화적인 공동 사회적 정서가 녹아있기 때문이다. 혈연·지연·학연과 같은공동사회적 연결고리로 인해 대중들은 쉽사리 극단적인 이념으로 경도하지 않게 한다. 딱딱한 사상이란 웃음도 연민도 용서도 허용하지 않으며 인간을 인간으로 바라볼 수 없게 하지만 신문소설과 같은 정서적 연재물들은 작가와 독자의 상황을 '파생관계'(Filliation) 속에서 파악하게한다. 파생관계는 사회도덕이나 윤리의식에 기초한 하나의 공동체 의식에서도 나타난다. 전시, 전후 대구·경북 신문연재물에는 절망적인 피폐함을 딛고 상이군인과 미망인, 고아의 입장에서 고통을 분담하고자 하는사회계몽성이 뚜렷이 드러나고 있다. 이러한 휴머니즘적 사회성은 반공주의에 의해 선악대립적 플롯에 의해 이를 음험하게 교정하고자 하는 내용으로 변질되기도 한다. 전통적인 인간적 악인형에서 이른바 반공주의악인형이 드러나게 된다. 그러나 선천적이고 자연적인 파생관계는 전시이데올로기와 결탁하여 한국 사회와 문화를 급격히 바꾸어가려는 반공이념(제휴관계, Afillation)의 탈식민적인 문화적 유입을 지연시키고 그 속도와 양을 조절해나간다. 본 연구는 대구·경북지역 신문연재에서 소설이 갖는 다양한 중앙과 지역의 교차성과 장르적 측면이 오히려 이러한사상이나 이념으로의 경사를 경계하고 완충함으로써 대중독자들에게 삶에 대한 균형감각을 일깨워준 측면이 있었음을 밝히고자 하였다.

제1장, 제2장은 대구·경북지역 신문연재물 연구방법과 현황 및 실태, 특성 등을 중심으로 기술하였다. 신문연재 자료가 확보되지 않은 경우,

동명의 작품이 수록된 단행본이나 전집의 재수록 작품을 참고하여 논하였다. 제3장에서는 대구·경북지역 신문연재물의 담론에 대해 작가별로 중앙문단작가와 지역군소작가로 나누어 담론상의 특징을 중심으로 논하고 여성담론의 차별적 양상과 제휴이념인 반공을 대중 이데올로기화 전략으로 삼는 50년대 초 대구·경북지역 연재상황에 대해 탈식민적 관점에서 깊이 있게 분석하였다. 제4장에서는 신문연재물의 길이와 장르, 작가에 관계없이 연재물을 포괄하여 분석한 최초의 지역 신문소설 연구라는 관점에서 이상의 논의된 사항을 요약 정리하여 그 사회적 의미를 부여하였다.

『1950년대 지역 신문소설의 사회적 연구』는 2002~2003년 공동으로 진행하였던 〈격동기 대구·경북지역 신문연재소설에 관한 조사 연구〉를 바탕으로 하였으나 개인적으로는 어려움이 많았다. 시간이 많이 지나 이사를 다니는 중 더러 유실된 자료도 있었으며 무엇보다 안정된 연구실 없이 도서관을 오가며 이 글을 작성해야 했다. 게다가 기획된 연구가 그렇듯 연구결과도 썩 만족스러운 정도는 아닌 것 같다. 연구저서 제목을 『격동기 대구·경북지역 신문소설의 사회적 연구』라고 하여 가급적 당대 사회상황과 관련된 자료들을 읽고 이를 반영하고자 하였으며 방법적으로 탈식민적 사회문제를 제휴와 파생관계로 분석하고자 하는 에드워드 사이드의 방법을 원용하고자 하였다. 지역 신문 매체의 특성을 최대한 고려하여 작가와 독자 간의 소통관계에 치중하고자 하였지만 전반적으로 연구에 몰입하는 도중에 새로운 자료가 자꾸만 드러나는 바람에 이를 정리할 욕심이 앞선 나머지 격동기 대구·경북지역 사회 연구방법론에 시간을 충분히 할애할 수가 없었다. 미진한 부분은 제3장에서 부분적으로 이루어졌다고 보지만 보다 섬세한 방법론적 검토가 더 이루어져야 할 것이다. 독자들의 넓은 해량 부탁드린다.

어려움 속에서 본 저서를 출간하게 된 데에는 많은 분들의 도움이 있었다. 〈2010년 저술성과 확산〉 지원 대상으로 선정하여 준 한국연구재단 심사위원들과 원고를 기다려주신 '푸른사상' 한봉숙 사장님께 감사드린다. 십 년 전 공동 연구에 함께 했으나 그동안 소식이 뜸해진 김일영, 남금희, 안미영 교수님들로부터도 알게 모르게 도움을 받았다. 특히 부록의 일부는 남금희 교수님이 수고해주신 것이라 빚진 기분이다. 어려움 속에 용기와 희망이 되어준 아내 데레사와 세 딸 수아, 수영, 수정이가 없었다면 지금까지의 문학 공부 역시 불가능한 일이었으리라. 더구나 올해는 무엇보다 아버지가 돌아가신 해인지라 안타까운 마음이 있다. 그간 게을리해온 공부지만 이제라도 두려움 없이 정진하고자 한다. 아울러 이 모든 일의 시작이 무엇을 해야 할지 모르는 상황에서 작은 기도 끝에 이루어진 것임을 밝혀두고자 한다.

2013년 11월
주교동 누거에서 한 명 환

제3장
대구 · 경북지역 신문소설담론의 사회적 양상과 이념

제4장 결론
격동기 대구·경북지역 신문소설담론의 사회적 의미

제1장 서론

격동기 대구·경북지역 신문소설의
사회적 배경과 의미

1. 지역 연구와 신문소설 연구

최근 지역성과 지역주의 연구가 활성화되고 있다. 지역학(local study), 로컬리티학(localitology), 로컬리티 인문학(locality and human science), 글로컬리즘(glocalism) 등 용어에서 보이듯, 지역 간의 경계를 넘어서(beyond the bordering) 중심부로부터 벗어나 지역문화 원형을 복구하고 소통함으로써 나아가 통섭의 통문화적(transcultural, cross-cultural) 관점에서 지역문화에 접근, 상호관계 안에서 차별점을 재발견하고 한다. 국내에서는 특히 한국비교문학회 등 문학문화 학술단체와 학술지 및 부산대 민족문화연구소의 로컬리티 인문학연구단, 이화여대 인문과학원의 탈경계인문학연구단의 활동을 주목할 수 있다. 문화문학 관련 학술지들은 지난 십여년 동안 동남아, 서구, 아랍권 등 전 세계의 다양한 지역 문학 연구 결과를 축적해 오고 있으며 독자적 논리를 구축하기 위해 모색 중이다. 로컬리티 인문학단은 최근 『로컬리티 인문학』 9집을 발간, 로컬리톨로지를 향한 방법론을 구축하고자 하는가 하면 탈경계인문학단 역시 공간성을 포함한 인문사회과학에서의 성차간, 계층간, 종족간 다양한 경계성 문제에 치중하고자 한다.

지역 연구가 문화 문학 연구의 중심화두로 떠오르게 된 데에는 포스트모더니즘과 해체주의 비평, 탈식민주의 문화이론, 탈구조주의 이론 등의 등장과 관련된다. 20세기 지구 열강국의 식민지 해방과 냉전시대의 종전은 급속히 지구촌을 강제와 합병이 아닌 신뢰회복과 협상의 분위기로 바꾸어가게 했고 이로 인해 부분의 합이 전체보다 크다는 인식에 도달한 것이다.

포스트모던문화는 중심에서 주변으로, 은유에서 환유로, 순종에서 혼종으로 탈중심적 변화를 주도해갔으며 해체비평을 통한 정전 텍스트에 대한 비판과 문화 인덱스, 기호의 연구들은 기존의 문화 비평에의 관점들을 반성하게 하고 성찰하게 해준다.

문학에서의 비교 연구 역시 서구문학 중심의 비교문학이 아닌 지역성을 담보한 지역문화적 역동성을 재발견하고 복구하는 연구가 중요하게 떠오르게 되었다. 해체주의 비평가 폴드만의 제자로 자크 데리다의 『그라마톨로지』를 번역한 가야트리 스피박은, 지난 세월 비교문학이나 문화 연구가 이러한 지역문화를 제대로 복구하거나 살리지 못한 채 세계화라는 이름 안에 묻혀버렸다고 비판한다.[1] 그녀는 유럽과 미국 중심의 지배문화의 한 부분으로서의 지역문화 연구에서 학문적 공포까지 느낀다고 한다. 문화를 제대로 알기 위해서는 새로운 집합성을 가정해야 한다고 한다. 새로운 집합성은 소수인종과 지역성, 지역문화의 아래로부터의 조사와 연구를 통해 가능하다. 데리다의 해체적인 학문방법은 기존의 지역문화에 대한 시각이나 관념을 부정함에서 출발하고자 한다. 스스로 이

---

1 가야트리 차크라보르티 스피박, 『경계선 넘기』, 문화이론연구회 옮김, 인간사랑, 2008, 12쪽.

질적이고 혼종적인 상태에 머물러 새로운 질서를 파악해내는 것이 필요하다. 탈경계 시대의 이러한 지역문화 연구는 지역문화에 대한 편견을 불식하여 깊이 소통되고 이해되는 삶의 환경조건을 마련하는 데 일조할 것이다.

신문, 잡지 등 대중매체와 소설 연구는 오랫동안 별도로 진행되어, 신문이나 잡지의 언론적 연구와 소설이라는 문학적 연구 사이의 학제간 연구가 체계적으로 이루어진 적이 없었다. 신문기자, 언론연구자들과 국문학자들은 각자의 관점에서 신문소설을 읽고 연구한 것이다.

문학 분야에서 신문소설을 본격적인 연구 범위로 두기 시작한 것은 1990년대 중반부터라고 본다. 대중문학연구회의 결성(임성래, 「대중문학이란 무엇인가」, 국학자료원, 1994)과 신문소설 관련 학위논문들(부산대 이강윤, 홍익대 한명환, 제주대 김동윤)이 등장하면서부터라고 할 수 있다. 대중문학연구회의 신문소설 연구서는 프랑스, 일본 신문, 개화기 신문, 20년대 신문 등 일부에 한정된 400여 쪽짜리 단행본에 그치고 말았다. 한원영의 신문소설 연구는 혼자 힘으로 불가능한 자료를 정리한 분량의 저서라는 점에서 일단 의욕적이고 본격적이라 할 수 있다. 그러나 방법론이나 체계가 허술하여 연구라기보다는 자료집에 가깝다 할 수 있다. 또한 방대한 자료 내용에 있어서 재검토가 이루어져야 할 부분이 적지 않다. 신문소설 연구가 개화기로부터 현대에 이르지 못한 것은 신문자료의 단절성 때문이 아닌가 생각한다. 일제강점기 신문소설까지는 그런대로 도서관에 보관이 되어있지만 해방 이후 신문들은 많은 부분 유실되고 없어졌다. 심지어 1950년대 신문도 4·19, 5·16 격동기를 거치면서 보관되지 못했다. 해방 후에는 휴지나 난방용으로 폐기처분되었거나, 5·16 이후에는 언론의 강제 통폐합으로 인해 신문사와 함께 사라져

버렸을 것이다. 1971년 『대구일보』는 김대중 후보 신천 유세 호외사건으로 인해 『영남일보』에 통합되고 말았다. 또한 1980년 봄 『영남일보』는 『매일신문』에 통합되었다. 이는 발행부수나 인기도를 볼 때, 민심을 이반한 정치적 조치였다. 한번 없어진 신문사는 1988, 1994년 다시 복간되었다해도 과거에 가지고 있었던 자신들의 신문들을 온전히 보관할 수 없게 되어버린다. 해방 이후 신문이 잘 정돈되어 보관된 시기는 놀랍게도 1962년부터이다. 이는 한국의 국제적 위상으로 볼 때 부끄러운 부분이다. 이에 본고는 얼마 남지 않은 지역 신문 중 대구·경북지역의 『대구일보』, 『영남일보』, 『대구매일신문』을 조사함으로써 한국 신문소설사의 연구사적 흐름을 잇고자 한다.

　1945년에서 1948년 사이, 그리고 1950년에서 1953년 사이, 1970년 초와 1980년 초에 이념 대립과 반목으로 인해 우리 스스로 당대의 많은 신문 자료를 없애버렸던 만큼 이젠 얼마 남지 않은 자료마저 폐기할 때가 올지 모른다. 서울지역에 비해 상대적으로 도서 관리가 열악한 지방 도시의 도서관의 경우 이러한 자료 상실의 위험성은 더욱 높다. 『영남일보』나 『대구매일신문』의 경우 마이크로필름으로 보관되어 있으나 상태가 좋지 않아 판독하는 데 어려움이 있으며,[2] 현 대구광역시의 중앙도서관 지하 서고에 보관된 『대구일보』는 얼마 남지 않은 신문마저 산화되어 복사나 제본이 불가능한 상태로 놓여있었다.[3] 『대구매일신문』은 『천주교 회보』(가톨릭시보)와 함께 천주교재단인 대구매일신문사에 보관되어 있으며 2003년 CD-Rom 작업을 통해 공개하고 있으나 1950년대 초 부분은 일부만 남아있다.

....

2 매일신문사(전 대구매일신문사)측에서 해방 이후 2002년까지 신문을 CD 235장에 담아 2003년 4월 제작판매 하였는데, 지역 신문 연구에 이 CD가 크게 기여하리라 확신한다.
3 『대구일보』는 현재 영남대학교 도서관에 보존되고 있다.

2. 대구지역 신문의 형성과 발전과정

일제하 대구에는 일인이 경영하는 두 개의 신문이 있었다. 두 신문사는 경쟁이 치열했으나 총독부에서 『大邱日日新聞』으로 1941년 통합시켰다. 해방이 되자 일본인 사장이 떠났고 일인이 남기고 간 윤전기, 사옥 등이 적산으로 되어 이우백 씨가 『大邱時報』를 창간하게 된다. 일제당시 신문사 운영에 얽힌 갈등과 친일문제에 대해서는 이정수 씨의 소설 「輪轉」(삼성문화문고, 1975)에서 자세히 나온다. 이 소설의 내용은 대구 언론의 토대는 일본인들에 의한 것이었고 일본에서 공부를 하고 돌아와서도 일본에서 들여온 윤전기 덕에 언론이 이어갔으니 신문을 만들기 위해 욕을 먹을 수밖에 없었던 당시의 편집인을 옹호하는 내용을 담고 있다. 이는 대구·경북지역이 해방 이후 친일청산을 위한 좌익 폭동의 근거지가 되었던 저간의 사정을 알게 해준다.

1945년 10월 3일 해방과 함께 창간된 신문은 『대구시보』였다. 1946년 『대구시보』에 신탁통치안을 반대하는 기사가 대서특필되자 미군정 경북지사는 『대구시보』를 정간조치했다. 『대구시보』는 1947년 7월 민주당

이재영 씨가 사장을 맡아 재기하려다 결국 1948년 경영난을 이유로 1949년 5월 폐간되었다. 한국전쟁으로 인해『대구시보』는 '대구공인사'란 인쇄소로 전전하였다. 1953년 6월 1일 재창간 되었으니 이것이『대구일보』이다.

『대구일보』는 1961년 5·16 군부세력에 의해 김대중 후보 신천 유세를 속보로 알렸다는 이유로 1972년 4월 1일 폐간되었다. 폐간의 표면상 이유는 프레스 남발이었다지만 이는 근거가 불명확하다.『대구일보』는 1989년 11월 1일 재창간 되었지만 1950년대『대구일보』를 찾아보기 어렵게 되었다. 당시『대구일보』는『영남일보』와 경쟁하고 있었지만 판매부수나 그 독자수를 더 많이 확보하고 있었다.[4] 1955년『영남일보』19,000부,『대구일보』48,000부였다. 그러나『영남일보』는 1957년 2면에서 4면으로 면수를 늘려『대구일보』와 경쟁하기 시작하였다. 그런 와중에 이상우 기자[5]도 당시『영남일보』에서『대구일보』에 스카우트된다. 이상우 기자는 '채국산인'이란 필명으로 1961년 이후「신역 서유기」,「신 임꺽정」「홍루몽」,「검은 손」 등을 인기리에 연재하였다.

50년대 중·후반기『대구일보』연재물에 대한 발굴의 아쉬움이 남아 있다. 54·55년에 연재되었다는 이무영「농군」, 안수길「화환」이 50년대 농촌사회와 실향민 갈등문제를 다룬 당대로서 획기적인 내용임을 단행

<hr />

4 대한신문연감편찬위원회,『대한신문연감』, 1957, 479~481쪽.
5 이상우(李祥雨):1938년 경남 산청에서 태어났다. 1987년부터 2004년까지 한국 추리작가 협회장을 역임하고 현재 협회 명예회장을 맡고 있다. 그 외 1958부터 신문 기자로 활약하면서『영남일보』,『대구일보』,『한국일보』,『서울신문』,『국민일보』,『일간스포츠』,『굿데이신문』 등에서 기자, 부장, 국장, 대표이사, 회장 등을 역임하였다. 1961년 장편 소설『신역 서유기』로 데뷔했으며, 1987년「악녀, 두 번 살다」로 한국추리문학대상을 수상했다. 1987년「여섯 번째 사고(史庫)」를『소설문학』에 발표하면서 조선왕조의 역사와 관련한 글을 쓰기 시작했다. 이 밖의 작품으로「북악에서 부는 바람」,「세종대왕」,「정조대왕, 이산」 등이 있다.

본을 통해 확인할 수 있을 뿐 아니라 전시에 실렸다고 하는 외국인의 전시 북한 피랍체험기 「프랑스인 기자의 포로생활수기」가 『도정월보』, 1957년 5 · 6월 합본에 재수록되어 있을 뿐이다. 발굴되지 못한 채 기억 속에 묻혀 가고 있는 나머지 『대구일보』 연재물에 대한 복구가 아쉽다. 『대구일보』는 1972년 3월 31일 지령 6238호를 끝으로 자진 폐간한다.

『대구매일신문』의 전신은 『南鮮經濟新聞』이다. 『남선경제신문』(사장 이경용)은 1946년 3월 1일에서 1950년 3월 21일까지 타블로이드 2면~4면 발행되었다가 1950년 3월 22일부터 『經濟新聞』(사장 이상조)으로 개제 2면 발행하다 1950년 8월 1일부터 제호를 『大邱每日新聞』(The Daily Daegu Press, 사장 이상조)으로 바꾸었다. 대구매일신문사는 1950년 9월 16일 경영권을 천주교 재단(사장 최덕홍 신부)으로 넘겼지만 제호는 1950년 12월 말까지 그대로 사용하였다. 그러다가 1951년 1월 1일부터 1951년 6월 8일까지 『大邱每日』(Daegu Daily News 영문 병기)로 제호를 바꾸고 사장 최덕홍, 편집발행인쇄인 조약슬 체제로 가다가 1951년 6월 9일부터 발행편집인쇄인 최민순, 편집국장 김윤정 체제로 바뀐다. 『대구매일신문』의 제호는 1951년 6월 9일부터 사용하여 십 년 넘게 사용되었으며 4 · 19 혁명 이후 1960년 10월 1일부터 『매일신문』으로, 다시 1980년 12월 1일 전두환 군부 쿠데타에 의해 언론기본법에 의한 언론시책의 변화로 다시 『대구매일신문』으로 제호가 바뀐다. 이때 『대구매일신문』은 『영남일보』를 통폐합하였고 노태우 정권이 들어서면서 1988년 3월 1일에 『매일신문』이 되었다.[6] 즉, 남선경제신문(1946.3~1950.3) →경제신문(1950.3)→대구매일신문(1950.8~1950.12.30)→대구매일(1951.1.3 ~1951.6.8)→대구매일신문

6 매일신문사, 『매일신문 50년사』, 1996, 106쪽 및 『매일신문』 CD-Rom롬(매일신문사, 2002 제작) 참고.

(1951.6.9~1960.6)→매일신문(1960.7.7~1980)→대구매일신문(1980.12 ~1988/영남일보 흡수)→ 매일신문(1988.3.1~현재)으로 요약된다.

『천주교 회보』는 현 『가톨릭신문』의 전신이다. 『천주교 회보』는 1927년에 창간되어 일제 말에 폐간, 1949년 복간, 1953년 3월 6일까지 순간지로 타블로이드판으로 간행되어 오다 1954년 『가톨릭 시보』로 바뀌면서 주마다 발행되었다. 일제강점기부터 발행부수는 적지만 이미 전국적으로 배포되고 있었다.

『천주교 회보』의 중요성을 이해하려면 한국천주교회사와 연계된 대구·경북지역의 천주교사에 대해 알아야 한다. 대구는 '삼덕동', '성당동' 이라는 지명에서도 알 수 있듯 일찍부터 천주교가 전파된 곳이었다. 1815년 을해사옥, 1827년 정해사옥을 계기로 교우촌이 확산된 이래 병오, 병인사옥을 겪으면서도 교세를 이어갔다. 파리외방선교회는 1886년 로베르(김보록) 신부를 대구본당 주임사제로 파견하였다. 로베르 신부는 최초 신자들을 보호하는 과정에서 유교와 갈등을 빚었다. 로베르 신부의 대구성당은 지역사회에서 환영받지 못한 관계로 여러 번 조선관리와 충돌을 빚었다. 1911년 조선교구는 대구대목구와 서울대목구로 나뉘고 대구는 주교좌 신부로 드망 신부가 부임하였다. 대구에서의 천주교 전파는 각종 소송과 다툼으로 보수적인 유교와 갈등을 빚으면서도 수십 차례 점차 제자리를 찾아가는 순서를 밟는다. 대구지역 '교안' 은 여타 지역의 경제 사회적 원인보다 서양문물의 양인에 대한 반감으로 발생한 경우가 더 많았다.[7] 대구·경북지역사회가 전통적으로 유교, 불교의 세가 강한 편인데도 현대에 와서 종교간 갈등이 적은 것은 이러한 오랜 갈등체험이 바탕에 깔

....

7 경북대학교 대형과제연구단, 『근현대 대구·경북지역 천주교와 개신교의 지성과 운동』, 정림사, 2005, 78쪽.

려있었기 때문이 아닌가 한다. 대구·경북지역사회는 유교, 불교, 천주교 등 다양한 종교가 전파되어 오랫동안 공존해온 지역이었다. 일찍이 위정척사, 유림의 반대에 부딪쳐 왔음에도 천주교는 드망즈(안세화) 주교신부가 부임한 이래로 학교와 병원시설, 신문(『천주교 회보』)을 통해 천주교를 알렸고 점차 지역사회 속에 중요한 세력으로 자리 잡을 수 있었다.

대구지역 천주교재단은 1950년 10월 경영난에 허덕이던 『대구매일신문』을 인수함으로써 대구·경북지역사회에 영향력을 키웠다. 한국전쟁 기간 동안 대구대목구는 전국주교회의를 개최(1952.3)하고 한국천주교 중앙위원회 활동을 재개하기로 결정하는 등 전란기 천주교를 지탱하였다. 어려운 시기였음에도 대구 천주교재단은 중·고등 교육기관과 대학, 병원의료시설을 통한 무료진료 등 사업을 전개하였다. 1950년 혜성의원, 1951년 부산 데레사 의원과 성 분도의원, 1954년에 부산 성모성심병원을 개원하고 무료진료 등 전쟁 중 의료사업에 이바지하였다. 특히 전쟁기간 동안에는 수도단체와 본당을 중심으로 각종 구호사업을 전개하는 한편 전쟁피해 복구사업에도 진력하였다. 교구 내 본당은 계속 신설되어, 1946년부터 1951년까지 11개의 본당이 새로 설정되었고 신자도 증가하여 1950년까지 연평균 2,500명, 51년 이후 연평균 6,000명 이상을 기록하였으며 이같은 교세 성장에 힘입어 1952년 7월 6일 왜관 감목대리구, 1954년 6월 18일에 경남 감목대리구, 1958년 6월에 안동 감목대리구가 각각 설정되었다.[8] 이러한 전시 사업을 배경으로 전시 『천주교 회보』는 신심활동 안내와 교회내외 동정, 교리, 신앙을 증거한 체험적인 소설과 일기, 편지문 등을 연재하고 있었다.

이와 같이 격동기 대구·경북지역에는 민족지를 표방한 『영남일보』,

8 경북대학교 대형과제연구단, 위의 책, 31쪽.

일제하로부터 사업적 역량을 키워온 『대구일보』, 진보적인 야당지 『대구
매일신문』, 발간부수는 적지만 지역사회의 여론 형성에 영향력을 미쳤
던 『천주교 회보』 등이 공존하고 있었다.

최근 신문소설 연구는 대개 서울 소재 신문의 연재물에 한정되고 있는
실정이다.[9] 이와 같이 신문소설 연구에 있어서도 본격 현대사의 시작에
해당하는 해방 직후부터 격동기에 대한 대구·경북지역 신문연재물에
대한 조사 연구가 거의 없었음을 알 수 있다. 해방 이후(1945~1963) 대
구·경북지역 신문은 10여 종 이상에 이르고 있으나 해방 직후 대부분
없어졌고, 현재로서는 1947년 이후 신문으로 『영남일보』, 『남선경제신
문』(『대구매일신문』 전신), 『대구매일신문』, 『대구일보』, 『가톨릭신문』
(『천주교 회보』)만 찾아볼 수 있다.

지금까지 대구·경북지역의 문인 연구는 주로 해방 이전에 활동한 작
가에 국한되어있다.[10] 작가론의 관점에서 생애 중심으로 소개하는 정도
에 그쳤거나, 전쟁기 종군작가로서 활동한 작품에 관심을 보이는 정도[11]
에 그쳐 있다.

....

9 신문소설 연구는 대체로 신문방송학 전공자들에 의해 연구되어 오다가 「1930년대 신문
소설 연구」(한명환, 홍익대 박사학위논문, 1996), 「1950년대 신문소설 연구」(김동윤, 제
주대 박사학위논문, 1999) 「1970년대 신문연재소설 연구」(박철우, 중앙대 박사학위논
문, 1996), 『신문소설이란 무엇인가』(대중문학연구회) 등으로 이어져 오고 있다. 대개 이
들 신문소설 연구는 조선, 동아, 중앙, 한국, 경향 등 중앙일간지의 신문연재 작품을 대
상으로 하여 대중통속문학으로서 신문소설의 특성을 논하고 있다. 한원영의 『한국개화
기 신문연재소설 연구』에 이은 『한국현대신문연재소설 연구-상, 하』편은 전국 경향 각
지의 신문소설을 해방 이후 1990년대까지 조사하고 있으나, 대구·경북지역 신문의 경
우 『영남일보 50년사』(1995)나 『매일신문 50년사』(1996.3)의 기록을 재인용하여 소개하
는 수준에 그치고 있다.
10 이강언·조두섭, 『대구·경북 근대문인 연구』, 태학사, 1999.
11 신영덕, 『한국전쟁기 종군작가 연구』, 국학자료원, 1998.

1958년 『경북종합연감』(이정수 편, 대구일보사)에는 "대구시내의 일간 신문 및 도정월보지 등에 발표"한 올해의 소설가로 "홍영의, 최영하, 김윤환, 김준성, 이정수 씨 등" 지역작가들만을 들고 있는데, 이는 전후(戰後) 50년대 대구지역에서의 작가분포가 바뀌었음을 의미하거나 지역에 거주하지 않은 신문연재작가들을 제외한 통계였다.

윤장근은 50년대 대구·경북지역 작가로 경주 출생의 이종환, 대구 김동사, 대구 최고, 월남 재구 작가 이규헌, 경산 서석달, 대구의 윤장근, 김정환 등을 들고 있다.[12) 이종환은 재만작가로 주로 활동무대가 서울이고 최고 역시 서울에서 활동하다 단명한 작가로 지역 신문에 지면을 얻지 못했다. 김동사는 전시에 『영남일보』에 「체온」, 「애정범선」을, 이규헌은 『영남일보』에 「정오의 사랑」을, 서석달은 60년 『대구일보』에 「폐인」을 연재하였다. 윤장근, 김정환은 시기적으로 60년대 후반 70년대 초반에 창작집을 상재한 바 있었으나 신문소설과는 거리가 멀었다.

1950년대 이 지역작가로서 신문소설을 연재한 작가군은 크게 대구·경북 출신과 타지역 출신으로 나눌 수 있다. 대구·경북지역 작가로는 김동리, 장덕조, 최덕신, 최근덕, 김동사, 최영하, 홍영의, 성낙훈, 권태용, 이상우, 이규헌, 서석달, 지원 등을 들 수 있고, 서울과 북한을 비롯한 타지역 출신으로는 최인욱, 정비석, 김송, 이봉구, 박영준, 김팔봉, 최태응, 박연희, 김이석, 이범선, 손창섭, 곽하신, 곽학송, 오상원, 박경리, 손소희, 이서구, 박기원 등을 들 수 있다. 홍영의는 강원도 삼척 태생으로 청구대학에 출강하였고 장덕조 역시 서울에서 등단, 개벽 기자활동도 하다 온 작가라 할 수 있으나 대구에 직장을 가지고 있었다. 반면에 최태응, 박

---

12 윤장근, 「광복 50주년 대구소설」, 『대구문학』 1995년 가을호, 51~52쪽.

영준 등은 해방 이후 월남한 대구지역과 연고가 깊은 작가라 할 수 있다.

『영남일보』 연재작가 중 이정수, 김동사, 최창대, 염대하, 이규헌, 김원태, 최영하, 『대구매일신문』 연재작가 중 백남수, 이항렬, 지원, 최민순, 박상지, 강균남, 유일지, 청하산인, 『대구일보』 연재작가 중 이상우, 서석달 등은, 당시 이 지역 신문에서만 발견할 수 있는 작가들이었다. 그밖에 대구·경북 신문은 박경리, 유주현, 오유권, 오상원, 곽학송, 곽하신, 이범선, 손소희, 유호, 박기원, 손창섭과 같은 신예의 젊은 작가들에게도 지면을 허용하였다. 대구지역 신문과 작가간의 만남은 대개 전전 세대 작가들이 한국전쟁기 육해공군 종군작가로 활동할 무렵 이루어졌다. 전시 전후 서울의 작가군과 지역작가군이 대구·경북지역 신문 지상에 어우러졌으나 1961년 이후(한국예총 설립시기) 서울·지방신문 신문소설 동시 연재시대가 열리고 이로 인해 서울 인기작가와 지방작가는 확연히 차별화되는 현상이 나타난다. 전쟁을 기화로 대구지역과 연고를 맺었던 서울작가들이 대부분 상경함으로써 80년대 접어들 때까지 대구·경북지역 문단에는 '문인은 많아도 문단은 없'는 지경에 이르렀다.

제2장

격동기 대구 · 경북지역 신문소설의
실태와 특성

1. 대구 · 경북지역 신문소설의 발굴 실태

영남일보 32편
(『영남일보 오십 년사』, 1996 참조)

최덕신, 印綿血戰記 1949.6.19~8.5, 38 실전소설, 삽화 대신 사진
김동리, 스딸린의 老衰, 1951.6.7~6.18, 88회 연재 중단
김동사, 體溫, 1952.12.2~12.7, 6 白文英
최인욱, 暮雪(모설), 1952.12.9.~12.14, 6 백문영
유주현, 輓歌, 1952.12.15~12.21, 7 백문영
박영준, 愁雲, 1952.12.23.~12.29, 7 백문영
이정수, 女俳優, 1952.7.23~11.29, 131 姜遇文
정비석, 女性戰線, 1952.1.1~7.19, 180 李舜在
정비석, 世紀의 鍾, 1953.1.1~7.22, 185 백문영
최인욱, 靑春美德, 1953.7.23~9.18, 50 백문영
김동사, 愛情帆船, 1953.9.19~11.17, 54 연재 중단, 백문영
박영준, 푸른치마, 1953.11.18~12.30, 30 白樂宗
정비석, 深海漁, 1954.1.1~5.14, 119 백문영
박영준, 靑春病室, 1954.5.15~10.15 (민중서관 『한국문학전집 18』 수록)
최태응, 幸福은 슬픔인가, 1954.10~1955.2.24, 105 백낙종

김재하 번역, 리처드 라이트, 地熱, 백태호

이봉구, 人生新綠 1955.6.3~10.30, 123 백문영

崔昌大, 銀河水, 1955.11.1~1956.4.15, 56(85회 이후 유실),백문영

최독견, 愛情稜線, 1956.4.16~10.10, 150 백문영

김팔봉, 群雄, 1956.10.10~1957.7.1, 240 李承萬

홍영의, 熱土의 風俗, 1957.7.10~12.22, 154, 백문영

박연희, 그 女子의 戀人, 1958.1.1~7.8, 168 백문영

납량특집 단편 릴레이

金重熙, 바다의 果實, 1958.7.11~1958.7.20, 10 朴光鎬

廉大河, 婚需, 1958.7.21~7.30, 10 秋貞惠

李圭憲, 正午의 사랑, 1958.7.31~8.10, 9회 이후 유실, 李善鐘

金元泰, 사랑이란 것, 1958.8.11~8.20, 10 정준용

崔泳夏, 人間의 별, 1958.8.21~12.31, 133 오석구

김송, 靑春詩情, 1959.1.3~7.29, 202 정준용

성낙훈 역, 今古奇觀, 1959.8.30~1962.10.7, 675 오석구

紫陽山人, 壬亂中興史, 1961.10.8~1962.1, 오석구

권태용, 구름을 뚫고, 1962.1.2.~7.15, 191(泰東文化社 1964년 442쪽 단행본
　　간행)

이동석, 實史 南怡將軍, 1962.7.16~8.2, 18 삽화가 무기명

崔泳夏, 季節없는 草木, 1962.8.19~1963.4.20, 203 李章鉉

淸溪山人 紅燈夜話, 1962.10.19~11.4.

『대구매일신문』, 『대구매일』, 『매일신문』 41편
연재소설 38/기타 3편 – 번역수기, 수필, 희곡

박승극, 밥, 1948.10.1~11.6, 19 삽화 없음

백남수, 熱風, 1949.1.14.~2.4, 16 삽화 없음

김　송, 永遠히 사는 것 1951.9.1~12.8, 98 金榮注

(이항렬 皆骨山 1951.12.9~12.23, 12 희곡 연재, 삽화 없음)

志　園, 東方의 새벽, 1952.1.1~1.28, 54 지원

박영준, 愛情의 溪谷, 1952.3.1~7.17, 128 李晩鍾

장덕조, 翡翠, 1952.7.19~8.11, (22) 李舜在

최태응, 女人의 境遇, 1952.9.1~9.27, 25 李霞

辻 政信, 백기만 번역, 南海의 秘史, 1952.10.1~12.13, 65 오석구

김광주, 亂舞, 1953.2.16.~3.31, 38 吳錫九

최태응, 家族 系譜, 1954.1.1~1.7, 5 白樂宗

박영준, 最終 列車, 1954.1.13.~1.29, 14 白樂宗

김말봉, 새를 보라, 1954.2.1~6.17, 120 吳雪竹

최민순, 슬픈노래, 1954.6.1~8.13, 57 삽화 없음

장덕조, 女人像, 1954.7.1~11.30, 127 吳雪竹

이봉구, 사슴의 우름처럼, 1954.12.13~12.30, 19 오석구

홍영의, 愛情白書, 1955.1.1~7.1, 156, 오석구

崔泳夏, 河床部落, 1955.7.2~7.14, 13 오석구

최태응, 南一洞에서, 1955.7.15~7.28, 12 오석구

郭夏信, 薔薇처럼, 1955.7.29~56.3.2, 174 오석구

최인욱, 봄이 온다, 1956.3.6~3.15, 10 오석구

최태응, 浪漫의 凋落, 1956.3.25~7.3, 88 오석구

곽학송, 花園, 1956.8.5~57.2.12, 163 李忠根

최근덕, 地上의 星座, 1957.2.13.~6.27, 130 백문영

김요섭, 뻐꾸기 우는 마을, 1957.5.10~6.27, 40 정준용

조흔파, 妖花, 1957.8.11~12.18, 120 백문영

최인욱, 哀歡의 女像, 1958.1.1~5.14, 118 鄭駿溶

장덕조, 晩鐘이 운다, 1958.5.20~10.21, 152 정준용

이범선, 雪夜, 1958.10.22.~10.27, 6 삽화 정준용

오유권, 愛憐(애련), 58.10.28~11.3, 7 삽화 정준용

박상지, 童戀記, 58.11.4~11.11, 8 삽화 정준용

姜均南, 마음의 보석, 1958.11.13~11.19, 7 삽화 없음

김말봉, 薔薇의 故鄉, 1958.11.20~1959.4.22, 142 김훈 삽화

柳一之, 괴어기담 剪燈夜話, 1959.3.7~8.27, 149 삽화 오석구

오상원, 慾望의 季節, 1959.5.1~8.31, 122 정준용

이선구, 또 하나의 太陽, 1959.9.1~60.5.9, 248 삽화 정준용

송지영, 菊香, 1959.9.15~10.6, 15 삽화 이승만

장덕조, 逆流 속에서, 1960.5.11~12.31, 226 삽화 김세종
유　호, 두고보자, 1961.1.1~6.1, 148 삽화 김세종
김이석, 虛風地帶, 1961.6.2~10.15, 133 金台炯
정한숙, 幸福은 구름너머, 1961.10.20~62.4.30, 188 金世鐘
靑霞由人,剪燈奇話, 1961.10.1~62.5.24, 184 오석구

『대구일보』 연재소설 10편

이봉구, 산타마리아, 1955.11.~1956.1, 중편 (삼성출판사 『한국현대문학전
　　집 16』에 재수록)
손창섭, 歲月이 가면, 1959.11~1960.3.30, 142 李友慶
박경리, 銀河, 1960.4.1~8.14, 121(전남일보 1960.4.2~8.14, 121회 연재) 姜
　　遇文
곽학송, 宿命의 별, 1960.8.12~10.13, 59 연재중단 ?
서석달, 廢人, 1960.12.11~12.30, 20회 徐錫珪 삽화
손소희, 사랑 있는 하늘 아래, 1961.1.1~7.3, 174(전남일보, 1961.1.1~6.30,
　　167 동시연재) 백문영
박기원, 忘脚의 線上에 서서, 1961.7.1~12.28, 178 강우문 삽화 (광주일보,
　　1961.7.1~12.15, 150 전북일보, ‘구름 다리로’ 로 동시 연재) 林炳星
박영준, 차라리 돌이었더면, 1962.1.1~1963.9.30, 259(전남일보에 연재) 임
　　병성
이상우(探菊山人), 新譯 西遊記, 1962.3.2~1963.6.13, 426 오석구
박경리, 그 兄弟의 戀人들, 1962.10.1~63.5.31, 203(전북일보, 좌동, 202회/
　　강원일보 1962.11.3~동시 연재) 姜遇文

『천주교 회보』(1927~1953.3.6) 2편

최민순, 밤의日記, 1951.3.20~53.2.5, 35 삽화 없음
천세원, 배달부와 나자로의 後裔들, 1952.6.5~12.23, 12 삽화 없음

『가톨릭 시보』(1954.1.15~) 4편

김익진, 아빌라의 美人傳, 1960.10.2~1961.8.6, 42 강우문
미셀 카루즈, 박갑선 역, 연재 장편 사막의 불꽃, 1961.9.3~1962. 10.21, 정
　　준용
李錫鉉, 僞惡者, 1962.10.28~11.4, 상・하(2), 정준용
李瑞求, 그날이 오기까지, 1962.11.11~1963.5.5, 24 정준용

　위의 조사만으로 해방 후 전시, 전후기에 이르는 대구・경북지역 신문
소설은 전모가 완전히 드러났다고 볼 수 없다. 『영남일보』와 쌍벽을 이
루었던 『대구일보』의 경우 1971년 강제 폐간되면서 그 전모를 찾기 어려
워졌기 때문이다. 때때로 1950년대 『대구일보』 연재소설이 70년대 선집
이나 작품집에 더러 끼워져있는 경우를 발견하게 된다. 현재 비교적 정
확히 알 수 있는 신문은 『영남일보』와 『대구매일신문』, 『천주교 회보』 연
재소설과 연재내용이다. 『영남일보 50년사』나 『대구매일신문 50년사』,
『가톨릭신문사사』를 통해 이를 확인해 볼 수 있다. 이들 격동기 소설들
은 대개 장편과 단편 연재로 나눌 수 있다. 『영남일보』와 『대구매일신
문』은 단편은 '단편 릴레이'로 중편은 '중편연재'라 밝히고 신인들을 중
심으로 하고 연재하였으나 장편은 사고(社告)로 미리 작가와 제목, 내용
을 미리 밝히고 연재한다. 위 연재현황 기록으로 보면, 『영남일보』 단편
11편, 『대구매일신문』 단편 16편, 『영남일보』 중편 3편, 신문별로는 『영
남일보』에 32편(실전소설 1편 포함), 『대구일보』에 10여 편, 『대구매일신
문』(대구매일)에 40여 편(수기 2, 희곡 1편 포함) 『가톨릭신문』 6편이 실
려 있음을 알 수 있다. 이 연재소설들에는 전시 전후 사회상을 반영하고
있으면서 애정갈등을 중심으로 전후 비극적 상황을 감수해야 하는 주인
공들의 현실 극복과정이 주로 드러나고 있다. 위의 소설 연재 현황을 보

면 그 연재된 소설의 길이도 다양하지만 전시 상황을 기점으로 전투와 피난 체험뿐만 아니라 급변하는 사회세태, 이산가족문제, 고아·미망인·상이군인과 전시 원조물자를 둘러싼 비리와 이해 갈등 등 물적·정신적 방향을 모색하는 다양한 내용으로 진행되고 있었음을 알 수 있다. 이들은 외관상 극단적인 일탈과 선동적 계몽으로 일관하는 듯하면서도 그 내면에 전시 삶의 코드로서 허무와 희망 사이의 긴장감을 늘 지니고 있었다. 해방 전 일본식 말투가 뒤섞인 단어나 문체, 문장은 물론 맞춤법이 제대로 고쳐지지 않은 채, 한자 표기가 활자판의 부족으로 일부만 찍히거나 오자 탈자가 방기된 채 남아있어서 당시 불안한 전시 주체의 내면을 그대로 드러내고 있었다. 특히 장편연재소설들은 그러한 전시 억압적 갈등을 해소하려 하였는데, 전쟁기의 사랑이야기야말로 인간존재를 현실에 머물게 하는 자연스러운 유로(流路)가 될 수 있었을 것이다.

전전(戰前) 시기, 대구·경북지역 신문에 연재한 작품 중 현존하는 작품으로, 『대구매일신문』의 전신인 『南鮮經濟新聞』에는 박승극(朴勝極)의 「밥」, 백남수(白南壽)의 「熱風」이 연재되어 있으며 『영남일보』에는 최덕신(崔德新)의 「印綿血戰記」 세 편만이 연재되어 남아있다. 이 가운데 백남수의 「熱風」은 해방 공간 대구·경북지역에서 좌우익간의 갈등과 진폭을 한 가족을 모델로 하여 여실히 증명해 보인 수작으로 문학사적 가치가 높다. 그 외 대구·경북지역 신문에서 발굴한 대다수의 작품은 전시(戰時), 전후(戰後) 시기에 발표된 것이다.

특히 "50년 이래 한국현대소설의 제반 내용과 구조는 6·25의 체험과 영향의 삼투적 성격과 기능을 배제해 놓고는 생각할 수 없을 만큼, 6·25는 한국현대소설사에 있어서 간과할 수 없는 발생론적 배경"[13]이 되

---

13 이재선, 「전쟁 체험과 50년대 소설」, 『한국 현대 문학사』, 공저, 현대문학, 1989, 332쪽.

고 있다. 그런 의미에서, 대구·경북지역 신문연재 현황을 한국전쟁을 기점으로 세 단계로 나눌 수 있다. 즉, 전전기(戰前期)는 해방 이후부터 1950년 5월까지, 전시기(戰時期)는 1950년 6월부터 1953년 7월까지, 전후기(戰後期)는 1953년 8월부터 1960년대 초까지로 구분하고자 한다. 아울러 1960년 4·19 혁명과 1961년 5·16 군사쿠데타를 전후한 시기는 전후(戰後) 상황에서 계속되는 격동기로서, 이 시기 연구에 더욱 관련된 사항이 될 수밖에 없다.

2. 대구 · 경북지역 신문소설의 내용 개요

　대구 · 경북지역 신문소설 중 전전(戰前)기에 발표된 작품으로는 박승극의 「밥」, 백남수의 「열풍」, 최덕신의 「인면혈전기」가 있다. 박승극의 「밥」은 반봉건 및 반일의 정서를 담고 있다. 백남수의 「열풍」은 해방 이후 좌와 우의 이념의 갈등이 대구 · 경북지역에서 얼마나 치열했는가를 보여준다. 최덕신의 「인면혈전기」는 버마 참전을 통한 항일 의식을 간접적으로 시사하고 있다. 전전(戰前)에 발표된 이 소설들은 다음과 같은 두 가지 특징을 가지고 있다. 첫째, 일제의 잔재가 미군정에 의해 제대로 청산되지 못하고 있는 지역의 반일적 사회 분위기를 반영한다. 둘째, 해방 이후 좌우의 대립과 갈등이 더욱 확산되고 있었음을 보여준다. 이러한 두 가지 문제점은 최태응의 「낭만의 조락」(56)이나 이선구의 「또 하나의 태양」(59) 등에서 일제하 사회주의 사상에 영향을 받은 청년들이 일제 앞잡이들을 처단하는 이야기로 이어진다.

　여기서 「또 하나의 태양」이란 전후 어수선한 정국 속에서 동물적 욕구에 휘둘리지 않는 최소한의 모럴을 회복하고 책임 있는 태도와 자세로 사회변화에 대응할 때만이 떠오를 수 있는 의롭고 아름다운 대안, 곧 구원의 길을 의미한다. 이러한 지역정서는 부패일소, 사회 계몽의 주제로 나아가 이승만 정권에 대한 반독재운동과 한일협정에 반대하는 시위운동을 가능하게 하였다. 이는 대구·경북지역민들이 일제하로부터 전쟁기를 겪어오는 도중에도 민족정신의 중요성을 깨닫고 그것이 동시대의 어떤 방향으로 제시되기를 기대한 것이라 할 수 있다. 그러나 이와 다른 쪽에서 불어온 친일과 반공세력의 결탁과 독재정권의 야합은 한국전쟁을 기화로 좌우대립 갈등을 더욱 심화시켜 민족정기를 분열시켜놓았다. 전후 대구·경북 신문소설들은 반공을 내세우면서도 반공테러나 첩보, 연애갈등을 복잡하게 섞어 이를 대상화하여 바라보고 생각하게 하였다. 김말봉, 정비석은 신문소설에서 애정갈등을 중심으로 하여 월북하거나 부역한 인물들이나 측근들이 더 악인이라거나 불행해지는 쪽으로 묘사하였다. 홍영의 「愛情白書」(55), 「熱土의 風俗」(57)는 반공이념을 스토리에 단순 대입하려고 하지 않았다. 「애정백서」는 부분적으로는 반공소설이지만(월남한 박원대는 북한정권을 인간을 파고 사는 인간대서업자로 비난한다) 전체적으로는 자유를 찾아 남하한 박원대 씨 두 딸이 전쟁으로 인해 겪어야 할 혼사실패를 그려내는 데 무게를 둔 반전소설에 가깝다. 박경숙이 기다리던 장영렬이 상이군인이 되어 백지 편지, 즉 '애정백서'를 전해주고 발길을 돌리는 쓸쓸한 결말에서 이 소설이 반공주의 소설이 아님을 알 수 있다. 「열토의 풍속」 역시 남하간첩의 포섭공작과 테러, 쫓김과 추적 장면이 연애갈등과 얽히면서도 박봉선 교수가 '빨갱이'로 몰리는 억울한 상황을 재현한다. 이 소설은 반공을 소재로 하여 추리적인 즐거움을 제공하긴 하지만 결국은 사회갱생과 민족과 사회를 위해 헌신하는 삶을 살아가고자 하는 주인공들의 모습을 부각시키고 있다. 여제자가 사회의 유혹과 타락의 구렁텅이에서 벗어나 비구니가 되었지만 그 비구니를 희롱하려는 음란한 사회와 이로부터 제자를 도우려는 스승의 마음이 교차된다. 스승과 제자의 진솔하고 은밀한 교감은 혼란스러운 세상을 이겨내는 방법, 즉 '존엄한 인간성'을 회복하는 길로 비쳐진다. 해방 이전부터 이미 격동기적 혼란은 예견되어 있었다. 해방직후 좌·우익 대결과 혼란은 불가피한 것이었다. 게다가 미군정하의 미국 편의적인 정책은 국내 사회 갈등을 더욱 부추기기에 충분한 조건이 되었다. 남북한의 정략적 음모와 실책 아래 존속되어온 부패 정권사의 대립의 장으로서 한국전쟁은 어느 정도 예견된 것이었다.

전쟁기 난황 속에서 신문은 존립 자체에 위협을 받았지만 종군 작가단을 중심으로 국민들에게 참전의식을 고취시키기 위해 작가들은 고군분투하는 장병들의 무용담, 전쟁이 승리로 끝나기를 기원하는 연재물을 발표하였다. 대구·경북지역 신문에도 이들의 종군기, 수기, 르포가 실렸다. 작가단, 또는 기자들의 종군 체험은 전쟁의 상황을 전달하거나 북으로 끌려간 체험기, 피난 여정을 다룬 소설(1952, 박영준 「애정의 계곡」/ 1954, 박영준 「최종열차」), 전몰장병들에 대한 애도의 수필(1954, 「슬픈 노래」), 전쟁이 누구를 위한 것이냐는 이념적 회의를 나타내거나 공산주의의 잔학상을 고발(최민순 신부의 기록물-「밤의 일기」 등)한 일기 등으로 연재되고 있었다. 일본군 중좌 출신이 쓴 태평양 패전수기, 그리고 반공피난수기, 종군수기 등은 대부분 정훈 목적으로 연재되었지만 우리는 그러한 자료를 섭렵함으로써 전체 사실을 재구성할 수 있다. 수기는 수기가 갖는 주관성에도 불구하고 사실 자체의 당대성 때문에 오히려 당대의 진상이 새롭게 분석될 수 있는 가능성을 가지고 있다. 활자의 부정확, 서툰 문장, 제작의 급조와 서두르는 듯한 문체, 급작스런 결말, 납득하기 어려운 사상적 낙차들은 전시 신문연재물의 특성을 잘 대변해준다. 게다가 정부는 1953년 4월 '한글 간소화 파동'을 일으켜 더욱 혼란을 가

중시켰다. 이승만은 국무회의에서 국무총리 훈령으로 구한국 말엽 표기로 돌아가 '앉았다'를 '안잣다'로, '좋지 않다'를 '조치 안다'로 표기하게 한 것이다. 이 파동은 결국 일 년 반 만에 '국민이 원하는 대로 맞춤법에 대해서 더 문제 삼지 않겠다'는 이승만의 담화로 막을 내렸지만 표기상 혼란을 가중시킨 사건이었다.[14]

전전기(戰前期) 백남수의 「열풍」과 전시(戰時) 연재소설들 간의 사상적 낙차는 한국현대사의 허구성을 증명해보이기나 하듯 친일과 항일, 통일과 분단이념의 대립 축에 걸려 문학사적 굴곡을 그대로 반영한다. 1948년 박승극의 「밥」, 1949년 백남수의 「열풍」[15]은 각각 좌우 대립이 극렬한 가운데 해방 직후 토지문제와 친일청산문제를 비판적으로 제시한 단편소설이었다. 그러나 1951년에는 빨치산의 악행을 고발한 반공극 이항렬의 「개골산」이 연재되면서 갑자기 반공주의 성향을 띠게 된다. 『영남일보』에서는 반공주의와 사회주의 성향이 겹쳐 연재되기도 한다. 반공 정치소설인 김동리의 단편 「스딸린의 노쇠」(51)는 스탈린이 볼가강에서 노구를 이끌고 삼차대전을 구상한다는 내용을 풍자한 소설이라면, 최인욱의 「모설」(52)은 산간 오지의 탄광 감독, 경영층이 탄부들의 권익을 철저히 유린하는 노동 착취문제를 제기하고 있다. 전시 대구·경북 신문소

---

14 강준만, 「한글 간소화 파동」, 『한국현대사산책 – 1950년대 2권』, 인물과사상사, 2004, 178~184쪽.

15 특히 백남수의 「열풍」은 해방정국의 불합리한 상황을 친일파와 좌익운동가가 함께 있는 한 가족 내 갈등으로 압축시켜 긴장된 상황을 박진력 있게 표출함으로써 전시 반공 소설들과 대조를 이룬다. 친일행적을 가진 아버지와 형이 해방직후 처음엔 감옥에서 나온 좌익운동가 동생의 덕을 보다가 상황이 역전되자 반탁을 빌미로 동생가족과 대립하게 된다. 급기야 대구폭동으로 아버지가 좌익 데모대의 손에 죽게 되자 만주국에서 일제관리를 지냈던 형 덕일은 동생 천오의 처를 때려 그 분함으로 자살하게 만든다. 이 소설의 마지막은 재판정에서 친일 판사의 재판을 거부하는 동생 천오의 비장한 발언으로 마감함으로써 미군정이 본질적으로 일본 제국주의와 한통속임을 고발한다.

설은 이러한 사회이념적 낙차와 혼란을 내비치고 있었다.

대구·경북 신문소설의 전후기(1954~60) 특성은 가족해체로 인한 여성의 다채로운 애정갈등 변화와 사회 부패와 비리상 폭로, 전후복구적 사회 계몽, 평등한 민주 사회 갈망 등으로 다양하게 드러난다. 이들 소설에는 전쟁으로 인한 가족 이산, 애정갈등 파탄의 비극담이 불안하고 조급하게 드러났다면, 점차 시간이 흐르면서 고아, 미망인, 직업여성, 상이군인 등 다양한 이미지로 분화되어 섬세하게 묘사되기 시작한다.

전쟁으로 인한 가족의 해체 양상은 납북 및 월북자들의 가족 해체와 집안의 몰락(거의 모든 소설에 공통적으로 나타남) 전쟁으로 인한 피난 체험과 고아 등 이산가족의 문제, 상이용사의 재활문제(1953, 김광주 「亂舞」/1954, 김말봉 「새를 보라」/1955, 홍영의 「애정백서」), 미망인문제(미망인의 생활고와 고독-1953, 정비석 「세기의 종」/1954, 이봉구 「사슴의 우름처럼」 등), 애정과 불륜, 축첩문제(1954, 장덕조 「여인상」), 다방이나 요정, 클럽(바) 등을 경영하는 여성 가장의 혼외정사(1953, 장덕조 「여자삼십대」/1956, 최독견 「애정능선」)와 여성의 직업적 매춘 행위와 욕망의 문제(1958, 김말봉 「薔薇의 故鄕」/1959, 오상원 「慾望의 季節」) 등이 1950년대 중·후기 모든 소설에 등장하고 있다. 또한 가족해체 양상은 고아 양육문제(1956, 곽학송 「花園」), 고아원을 뛰쳐나와 거지로서의 삶을 영위하는 문제(1955.7, 최영하 「하상부락」), 전쟁의 상흔 속에 사는 한 마을의 소년들 이야기(1957, 김요섭 「뻐꾸기 우는 마을」) 등으로 파급되는데, 이들은 문예잡지의 이니시에이션 스토리와 함께 전후 신문소설의 중요한 소재가 되고 있었음을 알 수 있다.

이들 소설들은 다양한 소재로 분화되어 전개한다 하더라도 모두 공통된 주제로 귀결되고 있었다. 그것은 전후 복구에 대한 자발적이고 긍정적인 의지이자 소망의 문제였다. 예컨대 전시 가족해체의 고통은 청춘

연인들을 타락과 배신의 파행적 상황으로 몰고 가지만 소설의 흐름은 애정이나 욕망보다는 사랑의 완성을 위해 훗날을 기약하는 긍정적 결말로 반전한다.(1957, 김윤환 「먼 후일」) 또한 이산가족의 고독과 고통은 피난민 간의 새로운 만남과 이상적 군집을 지향하기도 한다.(1955, 이봉구 「산타마리아」/1958, 박연희 「그 女子의 戀人」) 이 밖에 여자 주인공들은 전장으로 떠난 연인을 찾아 간호장교의 임무를 맡아 전선으로 나아가지만 정조를 문제 삼아 헤어지게 된다거나(1958, 김원태 「사랑이란 것」) 군기피자인 연인이 약을 먹고 죽기까지 병수발을 하며 사랑에 헌신하는 모습(1960, 박경리 「은하」) 등 다양한 양태로도 나타난다. 이러한 사랑의 긍정론과 비전 제시는 신문이 갖는 본질적인 순기능적 임무와도 관련이 되겠지만 크게는 대구·경북지역사회가 추구해온 사회 공동체의 선한 마음의 회복과 화합 등 미군정기로부터 이어지는 사회적 기대와 소망을 반영한 것이기도 하였다.

전후기 대구·경북지역 신문소설의 또 하나의 특성은 연재내용 안에 부패한 기업가와 타락한 사회상이 시의적으로 적나라하게 묘사된다는 점이다. 기업가의 윤리적 타락이 해방 전보다 심화되고, "팁과 같은 불합리한 돈을 바라는 것이 아니라 자기 힘으로 부지런히 일해서 살아가고픈" 한 여성의 성을 기업가들이 유린하는 행태가 더 잘 드러나며, 남녀 간의 성도덕의 문란(정조 유린, 간통, 축첩 생활 등)이 과거 어느 때보다 노골적으로 드러난다.(1953, 정비석 「세기의 종」, 「여성전선」/1959, 김송 「청춘시정」) 밀수와 암거래 등 부정부패와 비리에 의해 기업을 독점, 폭리를 일삼는 사업가의 행태라든가, 요정(요릿집)에서 향응과 '사바사바'가 통용되는 시정세태와 황금만능주의 전후 풍경을 연재소설에서 쉽게 접할 수 있다. 예컨대, 국회의원은 권력을 이용해 기업가에게 선거자금을 갈취하는가 하면, 기업가는 그 권력을 이용하여 은행에서 거액의 돈을 대출받아 밀수자금으로 차용하여 모피 등을 밀수출하고 그 대신 일제 호화 사치품을 밀수입하는 등 부정부패의 연쇄 고리들이 전후 연재소설에 빈번히 등장한다.

○○물산주식회사, ○○상사, ○○양행, ○○무역회사, 사장 외에 전무취체역이란 직함이 으레 등장하는가 하면 깡패나 사기꾼이 나와 가짜 군인 행세를 하거나 군복을 입고 강도짓을 하기도 한다.(1955, 곽하신 「장미처럼」) 공무원의 부패도 심해, 세무서 직원이 뒷돈을 챙기고 미군 장교는 이들에 의해 성상납을 제공받는다. 금품을 갈취하는 고급 경찰의 모습도 드러난다(1956, 곽학송 「화원」/1959, 김송 「청춘시정」). 이에 가세하여, 신종 기자들이 기업가들을 협박하여 금품을 뜯어내는 모습도 나온다(1959, 유호 「두고 보자」).

대구·경북지역 전후 신문소설에 드러난 이와 같은 사회 부패상은 전후복구와 민족성 회복에 대한 긍정적 낙관론으로 나아가기 위해 일시적으로 반성, 수렴되는 도식적 특성을 드러낸다.

대구·경북지역 신문소설에 나타난 전후 복구를 둘러싼 도덕성 회복의 메시지는 특히 남녀의 파행적 관계로 인한 인륜적 타락에 관하여 윤리적 회복을 촉구하는 내용으로 요약되고 있다. 예컨대 희생적이고 긍정적인 인물들을 제시하거나(1958, 장덕조 「晩鐘이 운다」), 인간됨의 도리를 끝까지 지켜나가기 위해 기독교 신앙에 입각하여 열심히 살자는 교훈적 이야기(1959, 이선구 「또 하나의 태양」), 결혼식 날 이복 남매지간임을 알게 된 남편이 인륜지도를 지키기 위해 아내를 피해 다니다 결국 갱생하게 된다는 이야기(1955, 「장미처럼」), 고교 교사가 바람둥이 친구와 허영심 많은 사촌누이를 점잖게 꾸짖어 도의관념을 깨우치게 하는 이야기(1957, 최영하 「냉맥주」), 병원 간호사와 기혼 의사간의 열정을 냉정한 이성으로 조절하는 모습(김준성, 「월야행」) 등 사회 계몽담들이 다양하게 나타나고 있다.

이들 도덕성 회복의 메시지는 '상이군인', '고아', '전쟁미망인' 들을 통해 전달된다는 점이 특징이다. 상이군인의 경우, 주로 장교 출신 남자들의 방황과 이별, 자력갱생, 사회운동가로의 변신한다는 이야기가 많고 고아인 경우 고학생 남녀의 이야기나 고아원 경영에 얽힌 이야기, 전쟁미망인의 경우는 남편이 월북한 경우와 남한을 위해 싸우다 전사한 경우가 다르게 나타난다. 미망인도 남편이 월북했느냐 납북되었느냐, 혹은 국군으로 싸우다 전사했느냐에 따라 인물의 캐릭터가 달라진다. 소설 속에서 남편이 월북한 가족의 경우, 그 가족들은 불결하고 부도덕한 직업을 갖거나 불량하게 드러나는 반면, 남편이 종군하여 전사하거나 납북, 행불된 경우의 미망인들은 고아원에서 일하거나 미용실 주인, 회사원이 되어 건실하게 살아가는 모습을 보여준다. 전쟁의 상처를 딛고 제대 후 성공한 상이군인은 대부분 장교 출신이다. 이들은 장편소설 속의 영웅적 주인공이 되거나 뭇여성의 사랑을 독차지하고, 새로운 여자(처녀나 전쟁과부)를 맞아 고아들을 위한 사업을 벌이기도 한다. 불륜 애정 행각에 대해서도 대구 · 경북 전후 신문소설들은 점차 등장인물에게 도덕적 경종을 울리고 기존의 보수적 이데올로기를 재확인하는 결말을 유도함으로써 전시적 불안감에서 점차 벗어나고 있음을 보여준다. 가령, 애정 없는 결혼생활에서 탈출하고픈 유부녀의 불륜 이야기(1960, 장덕조 「역류 속에서」)라 하더라도 불륜이 발각됨에 따라 오히려 그들 앞에 도사리고 있던 사회적 문제(김교수의 의과대학 내에서의 입지가 개선될 소지를 보인다)나 개인적 문제(강선영의 남편이 선영을 이해하게 되고 선영의 잘못을 불문에 붙이고 돌아오기를 기다린다)가 해결되는 양상을 보인다. 신문작가들은 '동일성 상실─회복'의 서술구조에 의해 독자 대중에게 '일탈의 긴장'을 주는 동시에 '도덕성의 회복'이라는 두 가지 만족을 충족시켜 주고자 하였다.

끝으로 대구·경북 전후 연재소설들은 4·19, 5·16으로 치닫는 격변의 상황을 리얼하게 비판, 풍자하거나 묘사하는 경향을 띠면서 참된 민족적 정체성을 찾고자 한다. 자유당 일당독재로 민심이 얼룩지던 4·19 이후에서 5·16 이전을 배경으로, 기업 부조리나 축첩, 동거 등의 부도덕한 사건들이 폭로되지만, 대부분 소설의 결말 부분에 이르러 정화되며 사회적 여건 또한 건강한 도덕성을 향해 회복해 나가고 있음을 보여주고 있다. 유호 「두고 보자」(61)는, 신문 검열을 의식한 탓인지 부정부패에 대항하는 의협심 강한 사장을 등장시켜 사이비 기자에게 당당히 맞서는 모습을 보여준다. 김이석의 「허풍지대」(61)에서도 인간의 허욕과 희대의 사기극이 적나라하게 묘사된다. 부분적이긴 하지만 박연희의 「그 여자의 연인」(58)에서 신문연재작가인 주인공이 신문연재 도중 경찰서에 끌려가 감금 폭행당하고 연재를 중단하게 되는 사건이 등장하기도 한다("제7장. 돌발사건"). 박연희는 이 소설의 후반부에서 불륜으로 비치는 남녀간 애증과 불만을 외피삼아 삶의 본질적 행복에 대해 말하고자 한다. 전후 분단국가로서의 현실과 분단의 정체성이 무엇인가에 대한 질문과 함께 작가적 양심에 의한 표현문제를 연애담으로 포장하여 제기한다. 그의 연애담은 애욕과 물신적인 세태반영만이 아닌 암울한 시대의 사회 치유로서의 연애담이라는 점에서 다른 애정소설과 대비된다.

격동기 정치 사회에 대한 비판의식은 역사소설이나 무협소설의 경우에도 드러나고 있었는데, 5·16 쿠데타 이후 민주주의를 유린한 군부세력을 질타하는 내용을 풍자적으로 직접 싣거나(1962, 채국산인 「신역 서유기」) 춘추전국시대 중국역사나 혼란기 조선사 등을 통해 위정자들의 문제점과 호민적인 백성의 태도 등을 우언적으로 제시하기도 하였다. 김팔봉 「군웅」(56), 조흔파 「요화」(57), 자양산인 「임난중흥사」(61), 이동석 「남이장군」(62) 등은 중국의 춘추전국시대와 임진란, 이시애의 난 등 어려운 시기의 인물들과 사건 고증을 통해 난세에 필요한 것은 진정으로 무엇인가 생각하게 해주는 인기 있는 역사소설들이었다. 역사소설과 무협소설 외에도 『영남일보』는 「기담괴어 전등야화」(59), 「금고기관」(59), 「전등기화」(61) 등과 같은 신이한 환상담도 연재하고 있었다. 이들 연재는 지역 신문 독자들로 하여금 현실과 환상을 넘나들게 함으로써 격동기의 어지러운 정국으로부터 잠시 벗어나게 하는 일탈의 기쁨을 맛보게 하였다.

대구·경북신문에는 전전기의 항일소설 「인면혈전기」(최덕신[16], 1949), 전쟁기, 일본군의 태평양 패전기 「남해의 비사」(辻 政信, 1952)의 전쟁 체험소설이 연재된 바 있었듯이 4·19, 5·16 격동기에는 대일 사회인식의 변화에 의한 근현대사적 관점에서 역사를 바라보게 하는 체험담(1961, 정한숙 「행복은 구름너머」/1962, 권태용 「구름을 뚫고」)이 연재되고 있었다. 이들 소설들은 일제 강점기의 항일동맹휴학, 만주로 도망, 징용·징병, 귀국에 이르기까지의 체험 등 항일 체험문학으로서 어수선한 격동기의 민족적 의기를 바로잡고자 하였다. 특히 권태용의 「구름을 뚫고」는 개인의 학도병으로 끌려갔다가 도망쳐 나온 일기체 체험기로

....

16 평양이 고향인 최덕신은 해방 이후 신중국군에서 나와 여기저기서 모인 항일투사들과 중경에 집결, 부산항에 도착하였으나 한 달을 기다려서야 비로소 하선할 수 있었다. 그는 해방 이후 조직된 국방경비대의 환영을 받지 못하였다. 그는 후에 명예를 회복하여 영관장교가 되었지만 국방경비대에서 이등병으로 다시 시작해야 했었다. 6·25 때 항일투사에서 반공투사로 변신한 그는 11사단장으로서 빨치산 토벌을 명목으로 거창, 합천 등지에서 양민들을 무차별 학살하는 만행을 저지르기도 하였다. 그가 그런 과잉 충성을 한 것은 군부에서 세력이 없는 소수자였던 탓이기도 하였을 것이다. 그러한 최덕신은 다시 천도교 수장이 되어(부친 최동오는 일찍이 천도교인으로 김일성을 가르친 만주 화성의숙 교장이었다) 박정희 씨와 대립하였다. 결국 1986년 미국 망명생활을 하다 북한의 김일성에게 가서 협력하였다. 그의 삶의 굴곡과 여정은 일제의 강압과 동족상잔의 분단 현실의 틈새에서 겪을 수 있는 실로 독특한 것이었다.

해방기 오기영 「사슬을 끊고」의 항일체험 기록을 연상하게 한다.

이 밖에 대구·경북지역 신문에는 피난기, 종군기, 종군체험담 등이 연재되기도 하였다. 사실을 바탕으로 한 기록이라 하더라도 종군기자와 종군단, 사회지도층 인사, 일반인의 시각은 서로 다르게 나타나고 있다. 종군기가 서울 수복 전후한 시기의 평양 입성기가 과장되고 격양된 방식으로 사실을 전달하고 있다면, 개인적 체험기로서의 최민순 『대구매일신문』 주간의 인공치하 피난체험기는 분노와 증오를 논리화하고 이를 통해 반공주의를 주입시키고자 한 것임을 알 수 있다. 문제는 이 분노와 증오에 찬 체험기가 '반공'을 하나의 사상으로 인식하게 하는 원자료가 되고 있다는 점이다. 최민순은 「밤의 일기」(『천주교 회보』, 1951)와 「슬픈 노래」(『대구매일신문』, 1954)를 연재함으로써 전시 반공이념을 이데올로기화하였다. 「밤의 일기」가 감정적으로 반공정신을 고취한 글이라면 「슬픈 노래」는 백마고지에서 전사한 조카를 추도하는 형식을 통해 반공을 논리화하고 체계화하려는 시도가 엿보이는 글이다. 비슷한 시기의 필리프 딘 기자의 「북한 피랍기」, 깔멜 수녀원 피랍기, 「동방의 새벽」(지원, 1952)과 비교해보면 최민순의 연재내용의 논리가 얼마나 증오에 찬 것인지 알 수 있다.

3. 대구 · 경북지역 신문소설의 장르별 특성

1) 전시기, 전후기의 애정담─혼사 갈등과 대안 모색

전쟁 혼란기의 애정담은 대체로 비극의 구도를 띠고 있다. 남녀 비극의 원인은 근본적으로는 당사자들에게 있겠지만 전시 애정파탄의 원인은 전란 상황 자체에 있다고 할 수 있다. 즉 애정 갈등의 원인이 '전쟁' 자체에 있다는 점에서 애정 갈등은 대부분 전후(戰後)적 증상과 관련된다. 전후 증상이란, 전장과 직결된 상황에서보다는 전장과 떨어진 공간, 즉 후방의 증상을 뜻한다. 물가폭등에 따른 물질적인 결핍과 질병의 만연과 의료구급품의 절대 부족, 가족의 이산, 사별 등으로 인한 고립감과 트라우마, '빨갱이', '부역자'라는 이유만으로 집단 테러와 폭력에 무방비로 노출될 수밖에 없었던 상황에 대한 불신감으로부터 오는 증상이다. 이러한 전후 신드롬은 '불안' 증상과 관련된다. 전후 불안 증상을 일시적 피상적으로나마 떨칠 수 있는 것은 술과 향락, 성적 일탈과 미군부대로부터 흘러나온 온갖 원조 물자들에 있었다. 1950년대 대구 · 경북지역 신문소설들이 대부분 모리배의 사치와 향락, 여성들의 매음, 방종을 소재로 하고 있는 것은 전후 불안정서와 관련되어있다. 전시 대구·경북 신문소설들은 과거와 같이 배우자의 순결성이 허락되지 않는 상황을 반영한다.

최태응의 「여인의 경우」(52)는 전쟁으로 헤어지게 된 부부의 이야기이다. 전쟁이 발발하자 여인의 남편은 자진하여 의용군으로 나간다. 이후 남편의 생사를 알 수 없는 여인은 물질적 조력과 재활의 기운을 북돋아주는 화가 K의 구애를 받아들여 그와 결혼한다. 그러나, 의용군 포로로 잡혔다가 석방된 남편이 나타나자 여인은 양자 사이에서 갈등하며 홀로 떠난다. 이 여인의 애정에 불행의 그림자를 드리운 것은 이념과 전쟁이다.

김송의 「영원히 사는 것」(51)에서의 이별의 비극은 한강철교 폭파로 시작된다. 형칠은 노모 때문에 최나미와 헤어져 서울에 잔류해야 했다. 병고 속에서 최나미를 찾아 대구까지 갔으나 서로 길이 엇갈린다. 형칠은 최나미가 인민위원장 주몽일에게 겁탈당하고 '원수의 씨'를 잉태한 것을 알게 된다. 단행본에서는 두 연인이 수복 후 한강을 도강해 가려다 죽는 것으로 끝나지만 『대구매일신문』 연재본에서는 '생명'의 소중함을 강조하여 아이를 낳아 기르기로 한 대목에서 끝난다.

박영준의 「애정의 계곡」(52)은 전쟁이 발발하면서 대구로 피난을 오가다 헤어진 연인들의 비극담이다. 현주와 연길은 집안에서 반대하는 연인으로 현주는 부모를 따라 대구로 피난가지만 연길은 의용군으로 끌려가게 되어 헤어진다. 연길은 서울 수복 후 탈출을 감행하였지만 중공군 개입 이후 공포와 절망감으로 자살하고 만다. 현주는 피난 중 만난 손을 다친 피아니스트 최순일과 가까워지고 최순일을 도와 그의 작곡발표회를 갖게 된다. 「애정의 계곡」은 연길로서는 비극이지만, 현주의 새로운 만남을 통해 어둡고 긴 전쟁기의 터널을 지나면서도 잃지 않으려는 가냘픈 희망의 빛줄기를 그려보이고자 한다.

정비석의 「여성전선」(52)은 임시수도 부산을 배경으로 방종한 사회 현실과 이러한 현실 속에서 아름다운 미모와 호방한 기질로 애정관계를 주도하려는 20대 여성의 캐릭터를 묘사한다. 무역회사 타이피스트 윤옥란은 그녀를 둘러싼 기혼자인 전무 현준식, 털털한 성격의 기자 전우현, 꼼꼼한 동료 유상호라는 세 남자와의 사이에서 애정 줄다리기를 주도하는 등 건강한 아프레 걸의 모습을 보여준다. 반면에 현전무의 아내와 모리배 강춘배, 전통적 여인 김성숙은 문란하고 방탕한 모습을 보여준다. 「여성전선」은 한보영-현준식-오강수, 순자-오강수-한보영의 먹이사슬 구조로 보이는 남녀관계를 통해 독자로 하여금 방향성 없는 전시 세태를 바라보게 함으로써 관음의 즐거움을 제공한다. 윤옥란과 같은 여성 외에는 누구도 순결을 지키기 어려운 시대임을 작가는 자조하듯 묘사한다. 정비석의 「여성전선」은 1957년 김기영 감독의 동명의 각색영화가 성공함으로써 더욱 유명해졌다. 지역 신문인 『영남일보』 연재소설의 영화화는 전시 대구·경북신문이었기에 가능한 일이었다.

장덕조의 「비취」(52)는 정치바람이 들어 밖으로 도는 남편을 단념하고 친정 노모와 두 아이의 생계를 위해 좌절하지 않고 살아가는 여성 가장의 이야기이다. 이현옥은 첨엔 다방 마담을 전전하다 남자들로부터 욕을 당할 뻔 했으나 친구 편물공장에서 여자들끼리 머리를 맞대며 일하는 직종을 선택한다. 제목 '비취'는 아무리 전시에 생계가 어려워도 꿋꿋이 자신의 고귀함을 지켜가려는 여성들의 마음을 상징한다 할 수 있다.

홍영의의 「애정백서」(55)는 애정소설이면서도 대구·경북지역을 배경으로 반공과 관련된 첩보극이 가미된다는 점에서 독특하다. 박경숙, 향숙은 아버지를 따라 경기도 연천에서 살다가 소요산을 넘어 월남한 월남 자매이다. 경숙을 연천에서 괴롭히던 오금주와 김군칠이 북한 공작원이 되어 서울에 나타나 경숙을 포섭하려고 한다. 이들 공작원들은 경숙의 우편물을 중간에서 변조시켜 교수를 위험에 빠뜨리기도 한다. 경숙이 학수고대하였던 약혼자 장영렬이 결국 상이용사로 돌아와 경숙을 도와주지만, 경숙 앞에 떳떳하게 나서지 못한다. 장영렬이 거지로 변장하여 경희 집에 들어 사랑하는 연인 앞에 '아무것도 쓰지 않은 편지', 즉 '애정백서'를 남기고 떠난다는 끝 장면은 실제 상이군인의 입장을 절묘하게 형상화한 것으로 가슴 뭉클한 여운을 남긴다.

곽하신의 「장미처럼」(55)은 전쟁으로 인한 순결의 상실을 그린 소설은 아니지만 전쟁으로 인해 이복 남매가 화합한 이야기이므로 역시 순결 상실과 관련된다. 형우의 아버지는 형우를 낳고 다시 재혼하여 봉녀를 낳았는데, 형우와 봉녀가 서로 남매간인 줄 모르고 혼인한다. 여기에 친구들의 폭력사건이 겹쳐지면서 치정극으로 번져간다. 전시에 있을 법한 남녀갈등을 치정에 얽힌 폭력과 구금 사건으로 불안하게 전개시켜간다. 여기서 '장미'는 붉은 피, 희생을 의미한다. 누군가가 희생하지 않고는 살 수 없는 전후시대의 상황을 극적으로 묘사하고자 하였다.

대구·경북 신문연재의 전후 애정소설들은 이처럼 배우자와 연인의 순결성이 무너지는 전시 세태를 비판하면서도 이를 다시 회복하고자 계몽하고 선도한다. 즉, 물신주의에 빠진 전시 세속적 욕망 속에서 파행적 애정갈등을 겪은 주인공이 결국 기독교적 회개를 거쳐 신분이 상승되는 구조로 나아가고자 한다. 김말봉 소설의 심미적 요소는 상황의 변화에 따라 주어지는 관계 속에서 발생되는 긴장감에 있다. 김말봉의 50년대 연애 갈등 신문소설은 부잣집에 신세지는 여학생을 부잣집 아들이 좋아하는 관계로 시작한다. 가난한 여학생이 부자인 남자와 만난다거나 미군의 도움을 받아 미국 유학을 떠나는 상황 변화의 가능성을 회개에서 찾는다. 용서와 기적 등이 기독교적 비전으로 제시되는 김말봉의 50년대 신문소설들은 다분히 사회 계몽적이다. 김말봉의 「새를 보라」(54)의 주제는 물신주의 극복에 있다. 곽연수라는 상이군인을 둘러싸고 다양한 여인들이 등장한다. 대학생 옥정, 전쟁미망인이자 다방마담인 초명, 병원의사 장선주가 그들이다. '간밤에는 초명이와 자고 오늘은 선주와 결혼식을 의논하러 여기까지 오고 또 옥정이에게 이처럼 따뜻한 사랑을 느끼고' 살아가는 중심 없는 곽연수는 결국 가진 것 없는 고학생 옥정의 무구한 정신에 감화되어 도움을 받는다. 여기서 문제되는 인물은 미망인 초명이다. 그녀의 남편은 월북하였고 그로 인해 초명은 여느 소설의 월북 남편을 지닌 미망인들이 그러하듯 타락의 길을 걷는다. 그녀는 다방 마담으로서 과거 애인이었던 곽연수에게 쾌락적 위안을 받으려는 반면, 시아버지 될 사람과 사회의 저명인사들에게는 자신의 몸을 빌미로 하여 금품을 요구하는 파렴치한 행동을 일삼는다. 초명은 결국 적발되어 구속된다. 이러한 행태가 전쟁이 초래한 사회 현상적 결과라고 한다면, 전후소설 역시 전시(戰時)기에 발표된 소설과 마찬가지로 전쟁으로 인한 남녀의 애정비극을 담론화한 것이라 볼 수 있다.

김말봉의 「장미의 고향」(58) 역시 전후 사회상황을 잘 반영하는 애정갈등소설이다. 고학생 인순은 부잣집 아들 서재영에게 처녀성을 잃은 관계로 양갈보가 되어 봅, 스톤의 외국 군인들을 전전하며 그들에게 이용당하다 결국 고아원 보모로 들어간다. 인순의 연인이었던 형만은 서동조 부인의 일을 돕다 동생 동숙을 좋아하게 된다. 형만은 배움을 위해 어떤 일이든 마다하지 않고 수행한다. 형만은 재회한 인순의 희생을 딛고 '봅'의 도움을 받아 미국 유학길에 오른다. 미국은 곧 분단 한국의 희망이고 비전이라고 본다. 전후 김말봉의 신문소설에서 주인공이 가난한 연인이라는 설정은 30년대 「찔레꽃」 경우와 비슷하나 여자의 정절을 중시하는 기독교적 경향이 짙어지고 전후 미국이 구원자로 나오는 정황이 자세히 소개된다는 점에서 좀 더 교의적이다. 인순을 짓밟은 재영이 방탕한 과거를 반성하고 군에 입대하는 결말도 전후적 상황에 적절한 기독교적인 설정이었다. 소설의 제목이 '장미의 고향'인 것은 형만이 미국 유학길에 오른 비행기에서 동숙을 만난 끝부분에서 드러난다. "장미의 화관같은 입술에 수정알 같은 이빨들도, 예전 그대로의 동숙이다. 내게는 동숙이 영원한 장미의 고향인가 봐요" 인순의 실패가 결국 단 한 번 몸을 그르친 데서 온 것이라는 것을 통속적으로 수용한다.

정비석의 「심해어」(54)는 동시대 『서울신문』에 연재한 「자유부인」에 비해 알려져 있지 않은 작품이지만 「자유부인」(54)과 상반된 '정신적 순결주의' 관점에서 남녀 애정관계를 다루고 있다. 정비석의 「심해어」는 남녀 애정의 현실을 환멸스럽게 바라보고 애욕의 파멸을 묘사한 장덕조의 「비취」(52), 「여자 삼십대」(53) 등과 같은 전시기의 여성 현실의 관점에서 벗어나고자 한다. 화가이자 교수인 이상적인 남자 주인공 변인규가 전쟁으로 모든 것을 잃어버린 여성 주인공 김경애에게 새로운 희망이 되어준다는 해피엔딩은 여성독자들의 트라우마를 위로해주고 여성독자들로 하여금 달콤한 환상에 빠져들게 한다. 김경애는 전쟁으로 집안이 몰락하자 약혼자 한건호에게도 배신당한다. 그녀는 부산 송도에서 바다에 몸을 던져 자살하려다 변인규라는 청년의 도움으로 마음을 돌린다. 이후 변인규와 김경애는 사랑의 열병에 빠져들지만 그들의 만남은 번번이 방해받는다. 경애의 대학동창 박명주와 한건호 회사의 과장 홍성찬 등이 그들 사랑의 방해자이다. 경애는 정부 환도 후 병든 어머니를 모시고 서울로 왔다. 병든 어머니를 위해 애쓰는 홍성찬의 친절과 배려 뒤에는 경애의 몸을 탐하고자 하는 동물적 본능만 꿈틀거린다. 홍성찬 과장에게 겁탈을 당한 경애는, 변인규의 미술 전람회장에 가서 변인규를 볼 낯이 없다. 김경애와 변인규의 편지는 박명주에게 가로채지고 내용이 변조된다.

연재 119회까지 이러한 긴장 상태로 줄거리를 끌고 가는 작가의 솜씨도 어지간하다. 그러나 "나는 경애 씨의 현재와 미래를 사랑하려는 것이지 과거를 사랑하는 것은 아닙니다."라는 변인규의 세리프는 상처받은 여성 독자들의 전후적 트라우마를 치유하는 듯한 충격적 감동을 자아낸다.

이봉구의 애정소설 「산타마리아」(55)[17]의 은은한 힘과 매력은 격조 있는 남녀 간의 독서와 위안의 세리프에 담겨있다. 대구 피난지에서 외인부대처럼 떠도는 작가인 나는 두 여의사의 모습에서 '성마리아'의 모습을 발견하게 된다. 그들 만남의 그 구체적인 매개물은 '카롯샤'와 '아벨라르와 엘로이즈의 편지'이다. 대구 근교 시골의 병원에서 잠 못 이루는 여름밤에 마리아와 성순, 나가 윤독하는 편지 글은 의료봉사를 하며 평생 독신으로 살기로 자처한 병원의 여인들에 대한 애틋한 그리움을 남긴다. '나에게 고통을 준 만큼 위로의 책임'을 당신에게 지우고자 하는 엘로이즈의 '사랑의 도'는 막막하고 '무더워서 슬픈' 피난지 대구에서 그럴듯하게 다가온다. 이봉구의 「인생신록」(55)은 전후파 여성들의 활달한 애정관과 혼인의 세태를 묘사하고자 한다. '개성'을 내세우고 '불란서 영화'처럼 살고 싶어하는 전후 서울의 사회초년생 여성기자들을 내세워 어둡지 않게 현실을 바라보고자 한다. 명동의 줄리엣 양장점, 대천 해수욕장, 미국 유학 등의 단어가 제목과 어울린다. 시몬 보부아르의 책명 '제2의 성'을 소제목으로 내세워 사장과 혜영과의 관계를 그리고자 한 것도 꽤 진보적으로 보이긴 하나 전체적으로 가벼워 개연성이 떨어지는 편이다.

최태응의 「남일동에서」(55)는 종군작가와 유곽 여인의 하루살이 같은 애정을 보여주는 단편이다. 종군작가는 종군 전날 만난 유곽 여인과 얼

<hr />

17 이봉구·임옥인, 『한국문학전집27』, 민중서관, 1959, 77~115쪽.

마간 편지를 주고받는다. 종군하고 돌아왔으나, 그 여인은 죽고 없다. 그 여인이 고향을 떠나 낯선 땅에서 유곽의 여인이 된 것과 병사한테는 전쟁이라는 불우한 그림자가 드리워져 있다.

1960년대에 이르면, 애정소설은 일시적으로 전쟁의 그늘에서 벗어난다. 박경리의 「은하」(60)는 기혼녀의 애정 실현과정을 보여준다. 대학을 졸업한 최인희는 마음에도 없는 남자와 결혼하지만, 남편의 불륜과 부도덕을 참지 못하고 집을 나간다. 서울에서 그녀는 과거의 애인 강진호를 만난다. 강진호는 최인희를 위해 결혼을 하지 않았으며, 이후 그녀의 새 삶을 돕는다. 지방에 있던 남편이 서울에 나타나 그녀를 다시 데리고 가려 하지만, 교통사고로 남편은 죽고 최인희만 살아남는다. 강진호는 최인희를 돌보면서 유학을 계획한다. 우연성과 작위성이 보이지만, 애정이 비극으로 종결되던 이전 소설과 달리 이 소설의 가장 큰 특징은 여성의 적극적인 애정 실현을 시사해주고 있다는 점이다.

손창섭의 「세월이 가면」(59)은 이러한 전후소설의 변화를 반영하는 동시에 작가 손창섭의 작품세계의 변화를 알리는 신호탄적인 작품으로서 가치가 높다. 「세월이 가면」은 전후 손창섭이 중단편에서 일관되게 지속해온 고아의식, 가족의 해체 등 무의미와 절망의 삶으로부터 벗어나 도덕적 부패가 만연한 사회에서 사랑의 의미를 진지하게 모색한 작품이다. 박인환의 시 '세월이 가면'을 패러디한 제목에서부터, 전후 현실에 대해 시니컬하게 대응해온 작가의 의식이 변화하고 있음을 읽을 수 있다. 손창섭의 이러한 변모는 시대적으로는 전후 복구적 취향의 일단에 속하는 것이면서 내적으로는 새로운 공동체에 대한 회복 기미를 보여주는 것이다.

대구·경북지역 신문소설 중 애정담론들의 양상은 대체로 전쟁으로 인한 순결성의 상실, 그로 인한 혼사의 이합집산, 물신의 지배와 타락 방황하는 세태, 정신적 순결주의로의 계몽과 종교적 계도의 이야기라 할 수 있다. 결국 주인공들의 비애와 안타까움, 연민, 여운을 남기면서도 대구·경북의 신문 애정소설 저자들은 사회 격동기의 상대방의 순결 상실에 대한 용서와 치유로서의 도덕 회복과 종교적 귀의를 담론화하고 있음을 알 수 있다.

2) 사회 계몽, 사회비판적인 소설들

해방 이후 대구는 '한국의 모스크바'로 불릴 정도로 사회주의 성향이 강한 지역이었다. 해방 공간에서 10·1, 대구폭동, 정판사 사건 이후로도 좌익 폭동이 심심찮게 신문을 장식했다. 타 지역에 비해 팔공산 등 대구·경북지역은 빨치산 토벌이 되지 않은 상태에서 6·25를 맞아 빨치산의 활동이 확실하게 드러나지 않고 있다. 또한, 1956년 이승만과 조봉암 대결에서 대구에서 이승만의 지지율이 7:3 정도로 전국에서 가장 낮은 지지율을 보였던 것이다. 앞서 이승만은 한국전쟁 당시 대전에서 대구로, 대구에서 대전으로, 대전에서 여수·부산 등으로 피난하면서 약 40시간의 비상시 행정 공백을 낳았는데, 그 이유를 대구·부산에서의 테러 암살에 대한 공포 때문인 것으로 보기도 한다.

해방 이후 대구·경북 신문소설에는 이러한 사회주의적 성향이 신문소설에 충분히 반영되고 있었다. 『남선경제신문』의 「밥」, 「열풍」은 반일, 반봉건, 반미정신을 분명히 드러낸 사회주의 계열의 연재 단편소설이었다. 대소간, 시각상의 차이는 있으나 전후 대구·경북 신문소설에서 사회비판적 관점이 여전히 주제화되고 있었음은 분명하다.

대구·경북지역 전후(戰後) 신문소설은 당대 사회부패상을 여실히 드러내면서 사회 갈등상을 부각시키는 데 초점을 맞추고 있었다. 애정소설이나 역사무협소설, 수기연재물이라 하더라도 전후(戰後) 세태를 적극적으로 반영하고 비판과 부정에 의한 사회적 계몽 의도를 노정하고 있는 경우가 많았다. 예컨대 박승극 「밥」, 백남수 「열풍」, 최영하 「하상부락」, 이봉구 「사슴은 우름처럼」, 곽학송 「화원」, 최인욱 「봄이 온다」, 최근덕 「지상의 성좌」, 김말봉 「새를 보라」, 「장미의 고향」, 최태응 「낭만의 조락」, 최창대 「은하수」, 최독견 「애정능선」, 유호 「두고 보자」, 오상원 「욕망의 계절」, 김이석 「허풍지대」, 유호 「두고 보자」 등, '사회소설'의 계열에 포함될 수 있는 작품들이 대구·경북 전후신문에 다수 연재되었다. 이들 연재소설들은 비교적 다양한 사회 갱생 시설을 배경으로 사회 여러 계층에서의 인물군상들을 폭넓게 바라봄으로써 파노라마적 편집을 하고 있다. 예를 들면 한 소설에서 주인공을 중심으로 고아, 고아원장, 전쟁미망인, 상이군인, 정부관리와 사회비리인사, 미군, 양공주 등 다양한 인물군상이 제시된다. 전전(戰前)의 신문연재 사회소설이 주로 반일, 반봉건적 사회주의 사상에 경도된 것에 비해, 전후(戰後) 사회소설은 가족해체로 인한 실향민, 이산가족이 엉키어 사는 도시의 생활문제와 사회·정치비리 양상을 다룬 작품들이 많았다.

최영하 「河床部落」(55)은 제목대로 대구 신천교 부근에 모여 사는 전후 고아들의 거지생활과 그 참상을 묘사한다. 구걸, 소매치기, 날치기를 일삼으며 살아가는 열 살 미만의 어린 고아들이 주인공이다. 이들은 미혼모가 변소에 버린 고아, 고아원에 강제로 맡겨진 고아, 석탄굴에서 태어난 고아들이지만 서로 뒤섞여 서울 거지와 섞여 '하루 번 것을 4등분'하고 대구 칠성동 철로변 백반집에서 돼지국밥을 먹으며 그래도 별 걱정없이 살아간다. 곽학송 「화원」(56)은 아버지가 납북된 딸 윤성숙의 눈물겨운 삶의 고난기이다. 성숙은 전쟁으로 부모를 잃고 유부남에게 농락당하고 바의 여급으로 전전한다. 바에서 과거 연인 유섭을 만나 성광육아원을 세운다. 전쟁고아를 돌보는 육아원임에도 유섭과 성숙은 사업을 위해 육아원 부지를 빼앗으려는 자들과 대결하여야만 한다. 부지에 눈독 들인 인물들은 문시장, 학교 이사회, 그 측근인 김사란, 미군사령부 등이다. 문시장과 김사란은 성광육아원을 차지하기 위해 돈과 미인계를 미군에게 사용한다. 결국 육아원장 유섭은 횡령 누명을 쓰고 감옥에 가게 되어 성숙은 구용호 같은 건달에게 몸을 팔아 육아원을 지킨다. 성숙은 결핵으로 세상을 뜨지만 유섭은 유환의 도움으로 삼백 명의 고아들과 함께 윤성숙의 뜻을 받들게 된다는 자기희생적인 사회소설이다.

「하상부락」과 「화원」은 황순원 「인간접목」(새가정, 1955)과 비교할 수 있다. 「인간접목」은 고아들을 이용하여 서로 이익을 챙기려 하는 왕초와 고아원장 사이에서 고통 받는 고아들의 입장에서 이야기한 소설이다. 그러나 「하상부락」과 「화원」은 대구지역의 고아 시설을 구체적으로 파고들어 고아원생들과 상이군인, 젊은 여성들의 정의감이 어울려 불의의 세력에 저항하여 새 삶의 터전을 지켜낸다는 점에서 더 희망적이고 사회개혁적이다.

박연희의 「그 여자의 연인」(58)에서도 고아원 사업이 제재로 등장한다. 신문기자이자 작가인 임규주는 반독재 기사를 실어 필화사건에 연루되고 기관원들에게 고문을 당하기도 하는 정의로운 기자이다. 그의 주변에는 그를 좋아하는 연인들이 있다. 강신옥은 북로당 남편과 이별한 후 임규주로 인해 바 마담에서 고아원 정심원의 주인으로 갱생하게 된다. 임규주는 아내가 죽자 신문기자를 그만두고 아이와 함께 정심원에서 고아들과 함께 살기로 한다.

최근덕 「地上의 星座」(57)는 비행기 공습으로 엄마를 잃고 기억을 상실한 '박현' 이라는 소년의 관점에서 이야기된다. 이 소설은 크게 두 가지이다. 즉, 고아 박현의 가족 상봉 이야기와 '양갈보' 가 된 명애의 이야기로 나뉘어 전개된다. '나' 는 언어능력, 돈 계산, 애정관계, 선악 구별이 안 되는 장애를 갖고 있다. 나는 박불곰이라고 별명이 불리지만 사실은 독립투사 박혁 선생의 둘째 아들 박현이다. 박현의 아버지 박혁은 홍보산과 함께 학병 출정하였다가 북만주에서 일제와 함께 싸운 독립투사였다. 홍보산의 딸 명혜는 박혁의 큰아들 박정우와 약혼한 사이였다. 그러나 박정하가 일제 말 학병에 끌려가고 나서 전쟁이 터지자 박현은 고아가 되고 홍보산의 딸이자 박정우의 약혼녀 명혜는 갈보가 되고 말았다. 박현의 고모는 박주나 여사로 그녀는 유명한 화가이다. 박주나 여사는 희망 밤학교 박정우 선생을 통해 네 살 '찌미'를 입양시키려 하는데, 사실 찌미는 명혜의 사생아였다. 명혜는 나중에 죽은 줄 알았던 박정우를 알아보지만 그 앞에 나타나지 않는다. 희망 밤학교의 주인 노윤회는 밤학교를 조건으로 밤학교 선생 홍필애 선생에게 구애한다. 홍필애는 명혜가 잃은 동생이었다. 명혜는 흑인 병사 사이에서 '찌미'라는 아이를 갖지만 '찌미'를 고아원에 맡긴 적이 있다. 고아원에 맡겨진 '찌미'는 우연히 명혜의 약혼자였던 정우에 의해 박주나 여사에게 입양된다. 정우는 고아원에서 찌미를 데려다 명혜의 고모인 박주나 여사에게 입양시킨 것이다. 명혜의 고모는 정우와 함께 고아들을 위한 밤학교를 운영하고 있었다. 그럴 즈음 찌미의 아버지 미군이 명혜에게 돌아와 찌미와 함께 귀국하고자 한다. 명혜는 새삼 찌미를 찾으려 하지만 그 과정에서 친척들 앞에 나타날 수 없다고 생각한다. 찌미로 인한 고통 때문에 명혜는 "나는 다리가 셋이야. 부모에게 받은 두 다리 외에 허영과 자학과 고뇌로 된 살덩이가 슬픔이라는 뼈대에 달라붙은 다리지. 아주 멋진 다리지, 그 다리가 쇠보다 더 굳어졌어"라고 자탄한다. 결국 찌미가 교통사고로 죽고 명혜는 모든 것을 포기하고 미군과 함께 한국을 떠난다.

김요섭의 「뻐꾸기 우는 마을」(57) 역시 고아들의 이야기이다. 서울 청계천 다리께에서 담배팔이를 하던 은철은 담배상자를 부랑아들에게 뺴

앗긴 후, 깡통밥이란 이름과 작별하고 휴전선 아래 고향으로 돌아온다. 고향마을은 전쟁으로 폐허가 되고 동현이가 다니던 국민학교에 미군 콘세트가 들어서있다. 흑인 병정, 울긋불긋한 여자들의 옷차림 등으로 고향의 모습이 바뀐 것을 아쉬워한다. 동현의 친구들과 '뻑씽·킴'의 부대파가 패싸움을 벌인다. 서로 다치고 화해한 후, 함께 옛 학교 앞 버드나무에다가 먹글씨로 '버드나무 밑 학교'라고 써 붙이고 밤마다 학교놀이를 한다. 양공주촌으로 변한 고향마을에 돌아온 고아 은철(동현)이 미군 코넬 상사의 도움을 받아 천막학교 안에서 공부하며 희망을 갖게 되었다는 이야기이다. 「뻐꾸기 우는 마을」은, 미군 부대 근처에서 얼씬대다 죽은 한국인 숫자가 1957년 한 해 신문에 난 것만 122명에 이르는 때의 "미군=천사"식의 계몽담이라 할 수 있다. 「그 여자의 연인」과 「지상의 성좌」에서처럼 전쟁고아를 위한 보육원 사업은 미망인, 상이군인 외에도 가족 해체된 전재민들의 갱생의 최종 귀착점이 되기도 한다. 「열토의 풍속」에서도 백난화는 전쟁으로 피랍된 가족을 잃고 애정갈등을 겪지만 결국 자매원이라는 보육원에서 보모를 하며 어머니와 살아가게 된다.(홍영의 「열토의 풍속」, 57)

전시, 전후기 연재소설에 상이군인은 자주 등장하는 편이다. 상이군인이 중요하게 등장하여 애정갈등을 그린 소설들은 사회적으로 상이군인의 위치가 상이용사로 격상되어야 할 필요성에서 나온 발상이라고 할 수 있다. 김말봉의 「새를 보라」(55)와 홍영의 「애정백서」(55)에는 상이군인이 등장하지만 그 위상은 서로 다르다. 「새를 보라」는 상이군인을 중심으로 한 여성들끼리의 갈등을 그린 소설이라는 점에서 「새를 보라」에서는 상이군인이 여성보다 상위에 놓인다. 그러나 홍영의 「애정백서」에서 상이군인이 되어 돌아온 장영렬은 약혼녀의 집 마당까지 상이 걸인으로 변장하고 들어가 '애정백서'를 전해주고 나온다. 이밖에 상이군인이 고아원을 운영하거나(1956, 곽학송 「화원」), 상이군인이 화가로 성공하여 처녀를 만나 새 삶을 시작한다는 이야기(1955, 최태응 「행복은 슬픔인가」), 상이군인이 애인을 만났으나 애인이 순결을 잃어 받아들이지 못한다는 이야기(1958, 김원태 「사랑이란 것」) 등 다양하게 전개된다.

미망인은 애정소설의 주인공이 되거나(1953, 정비석 「세기의 종」), 애정갈등에 휩쓸리거나 혹은 생활고와 싸워 가족을 지켜나가는 경우가 많다. 그러나 전쟁미망인은 사회문제와 함께 그 문제의 심각성이 제기되는 경우가 많다.

최독견의 「애정능선」(56)은 전쟁 직후 부패한 사회 분위기를 반영하고 있다. 전쟁미망인 장마담은 댄스홀을 경영하며, 뭇 남자들과 육체를 거래하면서 자신의 육욕을 만족시켜 나간다. 사업가 김사장은 장마담에게 식상한 나머지, 여대생 출신의 아르바이트생 이은주에게 눈독을 들인다. 속고 속이는 복잡한 남녀관계를 통해 최독견은 넘어야 할 두 가지 능선을 보여준다. 첫째, 장마담은 미군 대령과의 사이에서 생긴 아들을 오빠 부부에게 위탁하여 키우게 함으로써 이른바 전쟁이 양산한 사생아문제의 일례를 보여준다. 둘째, 작중 인물간 근친상간의 가능성을 위태롭게 보여준다. 김사장이 유혹의 손을 뻗친 이은주는 알고 보니 자신의 친딸이라는 것이다.

김말봉의 「장미의 고향」(58)은 애정소설로 보이지만, 넓게 보아 사회소설의 범주에 넣을 수 있다. 가난한 작인의 아들 박형만은 계급적 신분 질서가 잔존하는 대구지방을 떠나 서울에 간다. 서울에서 그는 돈에 눈이 어두워 일순 타락하지만, 안강순이라는 여자를 만나게 되어 다시 자신의 삶을 바로잡는다. 이 작품은 전후(戰後) 사회가 과거 악습을 재연하고 있음을 비판함과 동시에, 고학생의 방황과 적극적인 진로 탐색을 보여준다. 오상원의 「욕망의 계절」(59)은 전후 부정과 비리가 끊기지 않는 기업 현실을 배경으로 새로운 모럴을 추구하고자 한 사회비판적인 소설이다. '빽'을 써서 취업한 민규가 겪는 취업실태와 비서 박정원, 김형란과 신흥물산주식회사 사장 한성태 사이의 불륜관계를 고발함으로써 진정한 애정의 모럴이 무엇인가 답하고자 한다. 김이석의 「허풍지대」(61)[18]는 서정성을 주조로 한 김이석의 단편소설들에 비해, 장편소설로서 이채를 띤다. 대학교수 송학범은 마담 강정담에게 사기극을 벌인다. 사업가인 권오돈과 박화삼은 돈으로 여자를 사고 빌딩을 높이기에 혈안이 되어 있다. 교수와 사업가의 부정부패가 당대 사회의 병폐였음을 냉소적으로 보여준다. 교수는 학문 연구가 아닌 사기극에, 사업가는 투기하고 돈 모으는 데 혈안이 되어 있다.

전시전후기 대구·경북 신문소설은 이처럼 미망인, 고아, 상이군인, 실향민 등 주요 전재민 문제를 부각시킴으로써 사회부패 현실을 고발 계몽해가고자 한다.

이밖에 최태응 「낭만의 조락」, 최창대 「은하수」, 권태용 「구름을 뚫고」 등은 사회문제를 역사의 문제로 확대시켜 바라보고 사회개혁과 부정비리를 척결하고자 한다. 최태응의 「낭만의 조락」(56)은 1935년부터 1940년 이전까지 일제 식민치하를 배경으로 지식인 청년의 모색과 방황을 보여준다. 해방 이전을 배경으로 하고 있으면서 전후실정을 과거의 역사에 대한 반성으로부터 조명하고자 한다. 그러나 전쟁 직후 공산주의를 질시하는 당대 분위기로 말미암아, 해방 이전 애국청년의 모습을 올곧게 형상화하기 어려웠던 것으로 보인다. 최창대 「은하수」(55)는 간도와 중국, 대구, 서

<hr />

18 이 작품은 「아름다운 행렬」(『조선일보』, 1957) 이후 김이석의 두 번째 사회비판소설이다. 「아름다운 행렬」에는 긍정적 인물(의사와 간호부)이 부패된 사회에 대한 개혁 의지를 보이고 있는 반면, 「허풍지대」에서는 모든 인물이 속고 속이는 타락상을 보여주고 있다. 특히, 4·19 이후 서울의 타락상을 보여준다는 점에서 의의가 있다.

울 등지를 오가며 펼쳐가는 일제시대 항일과 친일의 역사를 묘사한다. 손삼득은 여자 위안대를 싱가포르에 몰고 간 적이 있었던 여관업자이다. 현소희와 이시영의 애정담을 중심으로 하여 은행 중역으로 또는 실업가로 행세하는 신장호, 손삼득의 과거 행적을 추리소설적 기법으로 파고 들어간다. 겉으론 신사인 체 명예를 내세우지만 매국과 돈으로 얽힌 불륜관계를 그들의 비리한 과거사와 함께 파헤쳐 보여주고자 한다. 「은하수」는 만주라는 광활한 무대를 배경으로부터 시작, 1952년도 대구 시내 풍경, 남산동, 동인동, 덕산동, 향촌동, 중앙파출소 자리, 이천교 등 구체적 실명을 배경으로 하여 대구지역 독자들에게 사실감을 더해주고자 한 지역작가의 연재소설이라는 점에서 새롭다.

3) 역사 회고와 무협, 괴기, 민담으로의 현실 도피와 성찰

신문에 연재된 역사소설은 역사적 기록을 토대로 적당히 창의성을 가미한 역사 이야기(변장적 역사담)에 가깝다[19]고 할 수 있다. 신문 역사무협담은 뚜렷한 역사의식이나 현실인식을 가지고 연재하는 것이 아니라 독자에게 즐거움과 위안을 제공하기 위해 변조된 것이기 때문에 원전과의 차이를 금방 알아내기가 쉽지 않다. 격동기의 대구·경북지역 신문소

....

19 기록적인 역사소설이란 역사 서술과 역사 소설의 중간에 위치한 것으로서, 과거의 실재 인물이 중시되고 역사기록과 직접적 관련을 강조하는 소설이다. 변장적 역사소설은 기록적인 역사소설과 창안적인 역사소설의 중간에 위치한 것으로 실재적인 인물이나 사건을 포함하지 않으면서도 어딘가 소설과 기록된 역사와의 사이에 위치한 듯한 소설이다. 소설에 등장하는 이름이나 역사적 전례와 기록된 과거를 변조함으로써 역사 기록과 연결지어져 있지만 금방 알아내기가 쉽지 않다. 창안적 역사소설은 역사소설과 일반 소설의 중간에 속한다. 주인공이나 사건이 모두 창안적이어서 새롭다. 주인공의 행위를 과거에 둠으로써 다른 소설과 구별된다.(Goseph. W. Turner, "The kinds of Historical Fiction"(Genre XII, No3, 1979, pp.333~355.)

설에는 「군웅」, 「삼국지」, 「서유기」, 명대 「전등신화」, 「금고기관」 등의 중국 신화와 설화, 역사소설들이 300회에서 600회 이상 연재되고 임진왜란, 홍선대원군과 민비의 싸움, 남이 장군, 기생담과 같은 조선시대 사건 등 시대담론으로서 연재되고 있었다.

이 같은 담론 속에는 가장 혼란스럽고 어려웠던 난세에 충절이나 절개 등 봉건적 이데올로기에 의존함으로써, 기존의 인습과 제도를 용인하고 전통을 재확인하고자 하는 무의식적 욕망이 숨어있었다. 역사 · 무협소설은 중국의 춘추전국시대나 조선 궁중의 갈등, 백성에 대한 충절 등을 주제로 하여 유교적 이데올로기를 강화하고 있다는 점에서 현실교정의 리얼리티가 숨어있다고 볼 수 있지만, 우연과 처세에 치우친 황당한 기담 등과 함께 현실 위안으로서의 이야기라고도 할 수 있다. 대구 · 경북지역의 신문연재 역사소설은 크게 두 가지로 나뉘어져 있다. 즉, 역사적 사실에 근거한 「群雄」(56), 「요화」(57), 「임란중흥사」(61), 「實史 南怡將軍」(62) 등의 역사소설과, 고대 기담 위주의 「今古奇觀」(59~62), 「기담괴어 전등야화」(59), 「신역 서유기」(62) 등의 무협 및 환상소설로 구분할 수 있다.

『영남일보』에 연재된 김팔봉의 「군웅」은 원래 『서울신문』(1955.11.20 ~1956.6.23)(김기창 삽화)에 연재되었던 역사소설의 후편에 해당된다. 「군웅」의 앞부분은 은나라 주왕의 달기로부터 주 무왕까지이고, 뒷부분은 이후 제나라 환공의 패업으로부터 진성왕의 죽음까지 '오패'라 불리는 춘추전국시대의 영웅호걸들의 흥망성쇠를 다루고 있다. 팔봉은 주로 중국 역사를 사필귀정, 인과응보의 인륜도덕과 통치자의 인덕을 중시한 정치사적 관점에서 재구성하였는데, 특히 국가 존망의 위기에서의 충절, 난국 정세 속에서도 변치 않는 인간의 도리를 강조함으로써 전후 독자대중의 불안정서를 달래는 기능을 수행하고 있다.

『대구매일신문』에 연재된 조흔파의 「妖花」는 일촉즉발의 위기를 알지 못하는 인간들의 어리석음을 구한 말 흥선 대원군과 민비의 대결 이야기를 빌어와 계몽하고자 한 작품이다. 백성들이 지조 없이 아무에게나 머리를 조아리거나 군중심리에 부화뇌동하는 모습을 비판적으로 보여주면서, 작가는 전후(戰後) 국민들이 6 · 25 이후에도 무책임한 정권 모리배들에게 현혹되지 않기를 바라는 의도를 드러내려고 한다. 여기에는 재미만을 위해서 연재한 것 같지 않은 신문작가만의 역사에 대한 비판의식이 깔려 있다.

『대구매일신문』「동방의 새벽」(51)은 '역사소설' [20]이라고 표방하지만 '역사에서 발견한 신문화의 빛을 – 소개' 한 천주교회 순교사에 가깝다. 그러나 시간적 순서에 따라 순교한 인물들을 꼼꼼히 고증하였으며 일부 대화나 행위를 삽입하여, 소설적 구성을 갖추려고 노력한 흔적이 보인다. 「동방의 새벽」은 한국전쟁을 지배권력 투쟁의 과정으로 바라보는 독특한 주제의식을 내포한다. 「동방의 새벽」은 조선시대 지배층의 유교 강요와 폭력에 의한 천주교 학살을 한국전쟁의 동족상잔과 동일하게 파악하고 있다는 점에서, 민중사관에 입각한 역사소설의 관점을 보여준다.

이 같은 역사소설과 달리 성낙훈의 「금고기관」(675회 연재)은 우연성과 환상성을 통해 장기간 독자대중의 오락 욕구를 충족시켜 주면서, 동시에 동아시아 상상력의 펼침 가운데 권선징악 이데올로기를 재확인하

----

20 1951.12.28 2면 예고 – "새로운 역사가 동고치는(고동치는?) 이 江土(疆土의 오기?)에는 바야흐로 참한 戰亂에의 悲鳴이 民族의 심경을 울리고 있다. 그것은 삶에의 주검! 주검에의 주검! 이두갈래의 아우성이 강토 지*을 흔들어 마치 새벽이 되기前에 일어난 砂막의 族屬 – 같기도 하다.
일즉이 우리 가톨릭문단에 문명을 날리던 志園先生의 歷史小說 '동방의 새벽은 확실이 전란에 쫓긴 이 겨레에게 줄기찬 希望의 빛을 던지고 말 것임을 기대리는 듯 저 新春芳豆簪 천하에 보내는 첫선物로서 本紙 來一月一日附로 連載하오니 삼가 愛讀을 빌어마지 안습니다." 〈志園 作畵, 신년부터 본지연재〉

게 해준다. 원래 『금고기관』21)은 중국 명말 역사소설 단편집으로서, 일찍이 조선시대 이래 부분적으로 소개되기는 했으나 이처럼 본격적으로 번역 연재되기는 처음이었다. 성낙훈 「금고기관」의 번역은 원본에 충실한 것이 아니라 현대적으로 다듬어진 것이긴 하나, 원본 『금고기관』의 내용을 크게 훼손하지 않았다는 점에서 번역사적으로 앞으로 연구되어야 할 중요한 작품임이 분명하다.22)

『영남일보』는 이어 「전등야화」, 「홍등야화」를 연재함으로써 다른 신문에 비해 가장 많은 분량의 중국과 조선시대 기담, 야담을 소개하고 있다. 이는 전후 독자 대중의 불안 심리를 달래는 효과를 거두고 있다. '전등기화', '전등야화' 등 괴기담은 현실도피(현실부정)-공포체험-현실안도(현실긍정)의 순환을 거치게 하는 위안으로서의 읽을거리라 할 수 있다. 또한 「홍등야화」의 성담론, 바보담론은 암울하고 고통스러운 현실을 비껴가게 한다. 신문의 웃음거리는 어떠한 상황에서도 낙관하고자 하는 한국인의 기질에 부응한다. 곧, 해악담론 속에서 해학은 '눈물 속의 웃음'이라는 삶의 지혜로서 전후 비극적 현실 속에서 견딜 수 있게 하는 방어기제적 장치였다고 할 수 있다. 전후 해학은 고통의 현실 속에서도 세상과 화해하게 하며 현실을 받아들이도록 하기 때문이다.

『대구일보』에서 채국산인(採菊山人)의 「신역 서유기」는 『서유기』를 패러

....

21 『금고기관』은 명말에 유행하던 포옹노인의 三言二拍 2백 편 가운데 40편을 뽑아 엮은 것이다. 유세명언(諭世明言)에서 8편, 경세통언(警世通言)에서 10편, 성세항언(醒世恒言)에서 11편, 이박인 초각박안경기(初刻拍安警奇)에서 8편, 이각박안경기(二刻拍安警奇))에서 3편 등 총 40편으로 이루어졌다.(金連浩, 「금고기관의 번역양상」, 『어문논집』 28, 1988, 13~14쪽)

22 그러나 『영남일보』 「금고기관」은 전체를 번역 소개한 국내 최초의 작품이라는 점에서 중국 8대 기서의 전통을 현대적으로 이어가려는 대단한 시도였다. 이 점은 나중에 번역 소개된 조영암 번역(1963)과 송문 편역(1992)의 비교에 의해 그 특성이 더 잘 밝혀지리라 본다.

디한 번안 무협소설에 근사하다. 이 작품은 신문연재 역사소설과 달리, 기이하고 환상적인 내용 『서유기』를 현대적으로 패러디하여 당대 사회적 비리와 부패, 정치상황을 비판하고 풍자하고 있다. 이 소설은 당시 대구 지역에서는 폭발적 인기를 누리고 있었을 뿐만 아니라, 5·16 쿠데타 이후 사회사적 변모양상을 잘 드러내주고 있다. 70년대 최인훈의 「西遊記」가 근대사적 출구를 모색하기에 골몰한 한 식민지 지식인의 고민을 무겁게 담은 "율리시스"적 탐구라면, 60년 초 「신역 서유기」는 당시 정치적 권력이동에 대한 풍자와 조롱으로 한 시대의 사회상을 그려보여 준 고전 패러디 소설이라 할 수 있다. 독자들은 서유기의 세계와 군사혁명기라는 시 공간을 넘나들면서 퍼붓는 손오공의 독설과 야유로 인해 즐거움과 통쾌감을 느꼈다. 그 때문에 채국산인(본명 이상우)은 임신한 아내를 두고 경찰서에 끌려가 조사를 받고 한 달 동안 유치장 신세도 져야 했다고 한다. 전후 냉전 이데올로기 시대에 이르러 대중독자로 하여금 일탈의 자유를 만끽하게 한 「신역 서유기」는, 60년대 초 부패한 정치사회상을 웃음으로 카타르시스하게 함으로써 전통적인 대중 해학의 계승 가능성을 남겨준 주목할 만한 연재소설이다. 「신역 서유기」 조사를 통해 5·16 쿠데타 정치세력의 권력침탈과 무지에 대해 신랄하게 풍자하는 내용을 발굴 확인할 수 있었다는 것은 문화사적으로 흥미로운 일이 아닐 수 없다.[23] 이

23 저자인 채국산인(본명 이상우)은 당시 『대구일보』 기자였다. 그는 시사용어, 유행어, 일상어, 속어(해라체도 아닌 해체), 비어 등을 빈번하게 사용함으로써 『서유기』 원전 내용을 고의적으로 왜곡함으로써 독자에게 상황을 현대적으로 생각하도록 유도하여 흥미를 끌었다. 연재 매 회마다 신문의 뉴스보도나 현안 문제, 정치사회적인 쟁점문제가 거론되어 패러디 되었다. 「신역 서유기」의 풍자는 구조적으로 전개되지 못하고 상황이 바뀔 때마다 소재를 달리함으로써 일관된 현실 부정과 비판정신으로 기능한다고는 볼 수 없을 것이다. 그러나 「신역 서유기」의 풍자성 때문에 저자는 임신한 아내에게 알리지도 못한 채, 형사에게 끌려가 한 달 동안 구금 고문 끝에 각서를 쓰고 나와야 했다.

상우는 이후로도 「임꺽정」, 「홍루몽」, 「검은 손」 등 인기 소설을 『대구일보』에 지속적으로 연재하여 『대구일보』의 흥행에 큰 몫을 하였다.

신문은 신속한 정보 전달과 사회 계몽의 기능을 하면서도 독자대중으로 하여금 읽을거리를 제공함으로써 즐거움을 제공해야 하는 현실적인 면이 있다. 대구·경북지역의 신문들은 그러한 신문의 역할과 기능을 수행하였다. 즉, 대구·경북지역의 『영남일보』, 『대구매일신문』 등은 일촉즉발의 격동기 상황 속에서 정보 전달과 사회 계몽의 기능을 하면서도 독자대중으로 하여금 읽을거리를 제공함으로써 즐거움을 제공한다. 즉, 대구·경북지역의 『영남일보』, 『대구매일신문』 등은 중국의 역사나 전설, 한국의 역사담, 성담, 바보담, 기생담을 소재로 스토리텔링의 즐거움을 독자들에게 향유하게 하고 그 안에 숨겨진 선조들의 지혜와 삶의 교훈 등을 독자들에게 일깨워 주는 등 사회적 가치의 보존과 계승과 비판자로서의 역할을 잘 수용해왔다고 할 수 있다. 이러한 지역사회의 보수적 가치들은 외면상 현실 도피담으로 보이지만 오히려 자유당의 부패와 군사혁명위원회의 급진적인 반공이데올로기로 경사하는 흐름을 반성하게 하는 휴머니즘적 측면들을 이끌어내고 있다는 점에서 주목된다.

4) 기타—실전소설, 체험수기, 종군수기, 수기번역[24]

전전(戰前) 『영남일보』에는 최덕신 장군의 「인면혈전기」가 '실전소설'

---

24 본 조사연구는 당초 소설만을 조사 대상으로 하였으나 조사 도중 실전소설 혹은 체험기라는 이름으로 많은 다큐멘터리 기록, 즉 수기들을 발견하게 되어 이들을 본 연구결과 논문에 추가하였다. 이 수기들은 체험에 근거한 글쓰기이면서도 크게 보아 저자들이 밝혔듯 기억에 의존한 창작물이라 생각하여 신문연재 성격상 소설에 포함시켜도 무방하리라 본다. 더구나 이들 수기문학들은 적잖은 전쟁기 실정과 전후 사회적 사실들을 담고 있어 앞으로 리얼리즘 문학 연구 발전에도 기여하리라 확신한다.

이라는 제목 아래 생생한 사진과 함께 연재되었다. 전시(戰時)에는 백기만 역의 「남해의 비사」, 최민순의 「밤의 일기」, 그리고 전시 종군수기가 연재되고 있었다. 최덕신은 해방의 기쁨도 잠시 좌우익의 갈등이 심화되어가던 무렵, 일제에 선전포고하고 참전, 미얀마 지역에서 중국군 소속 장교로서 일본군과 대적, 승승장구한 비사를 사진과 함께 연재함으로써 분단 이후 분열된 정서를 끌어모으는 데 기여하였다.

전시에는 일본군 쓰시 중좌의 「남해의 비사」를 번역 연재하거나 신부로서 피난체험을 다룬 전쟁 체험수기 「밤의 일기」와 종군기자 수기, 종군문인수기 등이 연재되었지만 이들 수기들은 전시 상황을 객관적으로 파악하게 도와주기보다는 한낱 개인의 감정 차원에서 반공이념을 성급하게 일반화하고 있다는 공통점을 갖는다. 다만 「북으로 가는 차 중에서」 등 일부 종군 문인수기는 반전(反戰) 감정과 함께 전쟁에 참가한 미군 사병의 입장을 깊게 통찰하려 한다는 점에서 전시상황을 객관적으로 전달하려 한 의의가 있다. 이외 4 · 19 이후 5 · 16 쿠데타의 정치 혼란기에 발표된 권태용의 「구름을 뚫고」는 일제 말 강제 징집된 학병 체험기로 서두에서의 긴 국제정세 소개와 함께 일제의 혹독한 차별과 비인간적 행위를 학병 체험과 탈출 과정과 함께 고발한 놀라운 작품이다. 많은 작가들이 이를 읽고 소설화하지 않았나 하는 심증이 갈 정도의 일제 학병체험의 원 자료적 가치가 높은 연재수기이다.

격동기 대구 · 경북지역 신문소설은 전투를 소재로 한 소설이 아닌 만큼 대개 전후적인 특성을 갖게 된다. 즉 소설을 연재하는 작가의 입장은 항상 후방에서 생활하는 입장을 고수하고 이를 통해 사회를 계몽하거나 비판하는 내용을 쓰게 된다. 이러한 신문소설의 후방문학의 특징은 국방부 정훈국의 전쟁소설과 차별될 수밖에 없을 것이다. 전시기와 전후기의 신문소설의 특징이 다소 구별되기 어려운 것도 이러한 후방지역에서의 글쓰기가 갖는 특징으로서 이해해야 할 것이다. 그러나 전시기에는 전쟁의 실체보다는 전쟁에 대한 원망, 기피, 증오 등 반전 감정의 상태에서 전쟁을 바라보기 쉽다. 전시에 발표된 최태응, 장덕조, 정비석의 소설과 릴레이 단편들이, 전후기의 연재소설들에 비해 사회 계몽정신이 희박한 것도 이러한 데 원인이 있다. 전시에 쓰인 소설들이 다소 반전이나 분노의 태도를 보인다면 전후 신문소설들은 나름대로 '사회 개혁 계몽'이나 '반공'의 주제를 전략적으로 사회담론화해내고자 하는 태도를 은연중 드러낸다.

제3장

대구 · 경북지역 신문소설담론의
사회적 양상과 이념

한국전쟁을 전후한 시기로부터 1960년대 초 격동의 시기 사회적 혼란과 변혁의 갈등은 대구·경북 신문소설의 텍스트 내의 인물과 사건, 배경에 어떻게 반영되고 있을까? 소설에서의 인물, 사건, 배경, 주제, 문체 중심의 연구방식은 지금까지 소설에서의 형식주의적인 방식으로 논의되어 온 것[25]과 마찬가지이며 이는 사실 텍스트의 한 층위를 논한 것에 지나지 않는 것이다. 최근 구조주의 서사학자들은 텍스트 층위를 스토리와 담론의 두 단계[26] 혹은 파블라/스토리/텍스트의 세 단계 층위 등으로 분석함으로써 텍스트 구조를 독자와의 소통관계 속에서 심도 있게 논의하고자 한다. 발신자인 신문연재작가는 전문독자보다 대중독자에게 더 공감적인 소재를 중심으로 하여 독자층의 욕구 충족을 위한 '기대지평'을 염두에 둘 수밖에 없다. 그러므로 격동기 대구·경북지역의 신문소설은 파블라나 스토리 층위보다 발신자-텍스트-수신자의 관계에서 담론(discourse) 층위에서 그 사회적 의미와 가치를 판단할 수 있다. 왜냐하면 담론은 텍스트 내부

....

25 형식주의 이론, 즉 퍼시 러보크, 『소설의 양상』, 에드윈 무어, 『소설의 구조』 등 1920년대 영미 형식주의 이론을 지칭한다.
26 시모어 채트먼, 『영화와 소설의 서사구조』, 김경수 번역, 민음사, 1999.

의 조직과 구성을 텍스트를 형성하고 있는 역사, 관습, 습관, 의지 등 사회적 요인과 더 촘촘히 연결시켜 바라보게[27] 하기 때문이다.

담론의 층위에서 1. 지역적 특성, 2. 독자적 심미성, 3. 뉴스 보도, 도덕 회복 등 사회 계몽성, 4. 정책과 이념 선동 등으로 논의될 수 있다. 신문소설의 담론을 분석하는 일은 텍스트의 이야기상의 표층 구조뿐만 아니라 텍스트가 발생하게 된 위치와 발생 과정을 밝히는 일이다. 사회변동기 신문소설은 특히 정치적 사회적인 제휴관계(Affiliation)[28]로부터 영향을 받는다. 에드워드 사이드는 소설의 제휴관계를 텍스트 비평이론으로 사용한다. 문화 비평가는 제휴관계를 통해 텍스트끼리의 계통관계(Filiation)로만 연결하는 협소한 관점에서 벗어날 수 있기 때문이다.

격동기 신문소설의 담론은 피상적으로는 지역적 전통 관습과 이념 및 혈연 지연적 공간과 배경관계 안에서 자족적으로 형성되는 것처럼 보이나 사실은 중국, 일본, 미국과 같은 강대국의 이념, 관습, 습관, 신념과 의지 등 지배세력과의 제휴관계 속에서 더 많이 영향을 받으며 형성되어간다. 역사무협이나 사회적 계몽의 신문소재 선택 역시 신문연재담론의 제휴관계 분석에 의해 더욱 잘 드러날 수 있다. 사회적으로 볼 때, 이러한

---

27 소설 텍스트를 사회와 관련된 연구방법론은 일찍이 루시엥 골드만 '소설사회학'적 방법과 루카치 '소설의 이론' 등에서 설파되어 되어 왔다. 그러나 에드워드 사이드와 갸야트리 스피박, 호미바바 같은 탈식민주의 연구자들은 페터 지마(『소설과 이데올로기』)와 함께 대체로 '텍스트사회학'적 관점에서 문학을 사회문제와 관련시켜 분석하고자 한다는 점에서 앞의 두 연구자와 차별화된다.

28 사이드는 그람시로의 헤게모니 개념과 연결하여 제휴관계적 그물망 자체가 헤게모니적 지배 작용의 장이며 이는 특히 제국문화의 지배에서 분명히 드러난다고 주장한다. 사이드의 제국은 과거 일본의 지배로부터 이어오는 미소강대국을 의미하며, 그물망은 식민화된 사회 고유의 전통적 연결관계가 아닌 강대국으로부터의 사회, 정치 문화적 제도들과 얽힌 그물망을 뜻한다.(빌 에쉬크로프트·팔 일루와리아, 『다시 에드워드 사이드를 위하여』, 윤영실 옮김, 앨피, 2005, 64쪽 참조)

거시적 이론의 틀은 퇴니스의 공동사회(Gemein Schaft)와 이익사회(Gesell schaft)의 이항 대립관계에서 보이는 틀과 비슷하다. 즉, 신문소설의 분석은 혈연 지연의 감성적 관계인 공동사회와의 대비에서 파악되는 텍스트 관련 구조, 파생 또는 계통관계와 함께 이익사회와의 대비에서 파악되는 텍스트 관련 구조인 제휴관계로 이항대립화하여 진행될 수 있다.

격동기 대구·경북지역 신문소설의 담론 연구는 이 같은 분석방법을 통해 각 작품들 간의 특성을 보다 차별적으로 가시화할 수 있다. 전시 전후기의 신문소설 작가는 태생적, 자연적인 파생, 계통관계에서 독자적 기대지평을 담론화하는 반면, 외부적 환경변화에 따른 제휴관계로부터 강제되는 사항(슬로건, 기호, 인덱스)을 담론화하는 두 가지 선택을 해나가게 된다. 대구·경북지역에서의 신문연재물들은 전시 수도이자 피난지로서 지역이자 중심부의 교차점이 되었다는 점에서 이 같은 파생과 제휴의 글쓰기 양면성은 불가피하게 드러날 수밖에 없었다고 본다. 이러한 글쓰기의 교차적 담론 양상, 즉 주변과 중심, 진보와 개혁, 파생과 제휴 사이의 갈등 양상은 항상 일정한 것이 아니라, 작가들이 속한 세대, 출신 고향, 종군과 비종군, 군소작가와 중앙작가, 남자와 여자의 성별에 따라 그 대립의 정도가 깊어지고 옅어지는 차이를 보인다. 작가들은 모두 중앙문단을 통해 등단하지만 그 주된 활동지역이 서울이냐 지역이냐에 따라 중앙문단 작가와 지역문단 작가로 나누어 볼 수 있다. 지역작가들은 해방 이후 지역에서 학교나 언론사에서 일하거나 가업에 종사하다가 전시를 맞아 소설을 신문에 연재하게 되는 경우가 많았지만 서울 문단에서 주로 활동하다 내려온 중앙문단 작가들은 종군작가로 활동하는 중에 또는 신문사를 따라 대구·경북이나 부산 등지에 머물면서 지역 신문에 연재하는 경우가 대부분이었다.

1. 중앙문단 작가들의 1950년대 사회 모럴과 세태 반영
- 연재소설의 사회성을 중심으로

대구 · 경북신문에 소설을 연재한 중앙문단의 작가들은 대체로 종군작가로 활동하고 있었다. 이들은 육 · 해 · 공군에 소속되어 군인으로서 종군기, 종군소설을 진중에서 게재 출간한 바 있는 신문연재물 작가들이다. 그간의 전시 종군작가 연구[29]는 군에서 발간된 『전쟁과 문학』, 『전시문학독본』(종군작가단 제작)에 실린 중 · 단 · 장편을 대상으로 분석한 바 있다. 육군 종군작가단은 최독견을 단장으로 김송, 박영준, 장덕조, 정비석, 최태응, 김영수, 김이석, 손소희 등이 소속되어 있었고 이 중 박영준, 최태응은 가장 활발한 종군활동을 하였다. 공군 종군작가로는 곽하신, 김동리, 방기환, 유주현, 최인욱, 최정희, 황순원 등으로 이 중 종군활동을 가장 활발하게 하였던 이는 최인욱이었다. 해군 종군작가로는 박연희, 이선구를 들 수 있다. 1951년 3월 9일 대구로부터 시작되어 결성된

---

29 신영덕, 『한국전쟁기 종군작가 연구』, 국학자료원, 1999.

전체 25명의 종군작가단의 활동은 작가마다 천차만별이었으나, 군별로는 공군이나 해군에 비해 육군의 경우가, 작가별로는 박영준, 최태응, 최인욱 등이 활동이 많았다[30]고 한다.

이들 중 정비석, 최태응, 최인욱, 김송, 박영준, 최독견, 박연희, 이선구 등은 종군작가단 소속이 되어 주로 종군체험을 소재로 하여 대구·경북지역 신문에 연재하였다면 이봉구, 오상원, 이범선 등은 비종군작가로서 개인적 피난체험과 아울러 전시 현실을 직시한 단편과 중·장편을 대구·경북신문에 연재하였다. 한편 이무영과 곽학송은 각각 해군과 육군에 군복무 중이었다.

1) 정비석, 최태응

정비석은 50년대 국내 최다 신문연재작가로서 대구·경북신문에도 「여성전선」(52), 「세기의 종」(53), 「심해어」(54)을 연재하였다.

「여성전선」은 전시 중 연재물로서 종래의 도덕관이나 성격으로는 적응할 수 없는 사회 현실을 무절제한 비리와 타락상을 통해 비판하고자 한다. '전선'이라는 용어가 말해주듯, 이미 생활이 전장화되고 있는 전시 사회의 현실에 맞도록 애정담론을 펼쳐나갔다. 작가는 남녀평등과 민주주의라는 말을 유행어라 치부하고 실상 달라지지 않고 있는 여성 생활의 현실을 바꾸어 가야 할 것을 촉구한다. 「여성전선」은 지역 신문소설로서는 보기 드물게 연극(1953, 이광래 각색, 이해랑 연출)으로 상연되거나 영화(김기영, 1957)로도 개작되어 상영되기도 하였다. 그 이유는 전시 여성의 처지와 입장을 윤옥란을 통해 대변하였기 때문일 것이다. 윤옥란은 '여성

---

30 위의 책, 265~269쪽 참고.

전선이란 무기를 들고 싸우는 것이 아니라 정신적으로 싸우는 거'라고 하면서 '대내적으로는 머리속에 잠재하는 노예근성과 싸우고 대외적으로는 우리들의 행복을 유린하는 남성들의 횡포와 싸'[31]우자고 한다. 이것은 대단한 사회적 의미를 줄 수 있는 주장처럼 들리나, 소설 속에서는 자기에게 불리한 속물적인 남자를 경계하자는 거 외에 다른 뜻이 없는 주장에 불과한 것이었다. 즉 이경미와 김성숙과 같은 피난지 부산에서 타락한 여성을 도덕적으로 계몽하자는 의미로 볼 수 있다. 이러한 여성주의는 결국 애국심과 반공의식을 계몽하고자 한 목적의식에 이용되고 있다. 색마나 모리배를 등장시켜, 이들과의 불건전한 생활에 젖어있는 여성을 개과천선하게 하여 간호장교가 되게 한다거나 전선의 소식을 통해 반공을 계몽하고자 하는 것이다.

정비석은 「여성전선」에 이어 『영남일보』에 「세기의 종」(53)을 연재한다. 저자는 '작가의 말'에서 "물고기가 물을 떠나서 살아갈 수 없듯이 사람은 자기가 처해있는 시대적 현실을 초월할 수가 없다. 냉정한 안목으로 볼 때 비록 사생활에 있어서도 개인의 자유 의사라는 것은 극히 미미한 역할밖에 못하는 것이요, 대국적으로는 언제나 현실에 지배되고 있는 것이다. 우리들은 지금 세기적인 현실 속에 살고 있다. 오늘날 우리가 직면하고 있는 세기의 호흡이다. 그것이 비극이냐 희극이냐 하는 것은 별 문제로 치고 우리들의 일거수 일투족(一擧手 一投足) 속에는 언제나 역사적인 박자가 있고 세기적인 호흡이 깃들어 있는 것이다."[32]라 하여 세기적 흐름으로서의 시대 현실의 진면목을 그리겠다고 그 동기를 밝히고 있다. 「세기의 종」은 전시상황을 20세기의 혼란의 한 일면으로

---

31 정비석, 『여성전선』, 한국출판사, 1952, 387쪽.
32 정비석, 「작가의 말―사고」, 『영남일보』, 1952.12.24, 2면.

보고 좀 더 한국 사회의 비극적 현실세태를 고발하고자 한다. "오늘날 우리의 생활도 반드시 진실적인 면만은 아니"므로 그러한 현실을 "그냥 덮어두고 공념불(空念佛)만 외우느니보다는 있는 현실을 그래도 시인해 가면서 거기서 반성을 촉구"하기 위해 소설을 연재하겠다는 것이다. 그러나 「세기의 종」(『영남일보』, 1953.1.1~7.22)은 여러 형태의 전쟁미망 인들이 등장하여 보이는 일탈극으로 방탕의 현장을 엿보고자 하는 독자 대중의 만족을 채우고자 하면서 적당히 이를 세기의 경종쯤으로 치부하 고자 한 소설이라는 것을 짐작할 수 있다. 산부인과 여의사 민영심, 공산주의자의 아내 안혜옥, 가정주부 장선희 등은 경제적으로 살아남기 위해 혹은 삶에 대한 흥미를 상실한 허무감을 채우기 위해 애정 없는 성관계를 무절제하게 나누는 전쟁미망인들이다. 이들에게서 전통적인 부덕이나 열녀 효부와 같은 홀어미의 도덕심이나 윤리의식을 찾아보기 어렵다. 암울한 후방 현실의 타락상을 전쟁미망인들의 일탈로 얽어낸 「세기의 종」은 은연중 전시 가치관의 혼란과 쾌락주의를 비판한다. 그러면 서도 이 소설은 물욕에 들뜬 남자들의 타락과 얽혀있는 전쟁미망인들의 성 쾌락적 현실을 훔쳐보는 즐거움을 제공하고자 한다. 불행한 미망인 들을 제물삼아 그들의 고독과 방탕을 거울삼아 독자와 함께 즐기고자 하는 것이다. 「여성전선」이나 「세기의 종」에 비해 「심해어」는 여성의 정조에 대해 생각해보게 하는 애정소설이다. 즉 현모양처라거나 순결의식을 근거로 한 사랑이 아니라 현재와 미래에 대한 믿음을 전제로 한 사랑이 중요하다고 본다.

「심해어」(54)는 전시 부산에서 피난 중 가족을 잃은 한 약혼녀가 겪는 애정갈등을 그린다. 흔히 여성에게는 절개, 남자에게는 지조라는 습속은 사회질서와 도덕을 지켜주는 원리가 되어 왔다고 할 수 있다. 그러나 사실, 여성의 입장에서 볼 때는 이러한 사회 관습은 여성을 감시하고 처벌하는 수단이 되었다고 볼 수 있다. 이러한 제도하에서는 순결을 약점 잡힌 여성은 더욱 더 순결하지 못하게 될 수밖에 없기 때문이다. 더구나 전시에는 여성의 경우, 가장 큰 피해자가 된다. 전쟁은 가족의 남편, 오빠, 아버지를 전쟁터로 끌고 감으로써 여성을 더 이상 남성으로부터 보호받기 어려운 처지에 빠지게 한다. 「심해어」의 김경애는 피난 중에 아버지와 오빠가 납북되자, 아버지 회사에서 신세를 지던 약혼자 한건호로부터 파혼을 당하는 수모를 겪는다. 경애는 홀어머니를 위해 출판사 일도 하지만 얼마 후 해직되는 어려움에 빠진다. 여기에 홍성찬과 같은 색마가 달라붙는다. 그는 구원자가 아니라 강탈자이다. 그는 병든 경애의 노모를 돕는 척하면서 경애의 순결을 짓밟는다. 경애는 부산 송도 앞 바다에서 자살 직전에 변인규(미술가, 예술대학 조교수)로부터 도움을 받고 그를 흠모하게 된다. 변인규는 김경애에게 있어서 구원자이지만 두 사람의 만남은 끊임없이 누군가에 의해 방해받는다. 홍성찬, 한건호가 그녀의 몸을 노리는 간접 방해자라면, 박명주는 편지를 가로채 이간질을 하는 적극적인 방해자라 할 수 있다. 요정 월야장 사무원으로 취직한 김경애를 짝사랑하는 '뽀이 최일현'이 어쩌다 그녀를 위기에서 구원해주지만, 김경애와 변인규의 사이는 멀어지게 된다. 독자가 알고 있는 진실을 변인규만 모른다. 변인규가 경애를 찾는 신문광고를 보고 희망을 가진 경애의 편지, 다시 편지를 위조하는 박명주의 이야기가 지속되면서 진실 규명은 지연된다. 변인규가 서울 하숙집에서 진짜 편지를 보고 가짜와 대조하고 오해를 풀 때는 김경애가 이미 깊은 상처를 받고 희망을 포기할 때였다. 변인규는 김경애에게 '나는 경애씨의 현재와 미래를 사랑하려는 것이지 과거를 사랑하는 것은 아닙니다'(1954.5.9. 119회)라며 '마음의 순결'의 중요성을 강조한다. 「심해어」는 한국 사회에서 오랫동안 굳혀진 여성의 순결에 대한 윤리의식에 대해 새롭게 계몽하고자 한다. 전시인 만큼 '아무리 깨끗한 마음을 가진 사람이라도 환경에 따라서는 얼마든지 더러워질 수 있'(119회)으니 이를 용서하고 받아들여야 한다는 것이다. 변인규는 당시 한국 사회에서 이상적인 남자이다. 전시 많은 여성들은 이러한 남자를 꿈꾸었지만 1955년 12월, 70명의 미혼여성의 정조를 유린한 박인수 사건에서 법원은 '스스로 지키지 못한 정조는 보호받지 못한다'는 판결을 내리고 있었다. 이 재판은 다시금, 여성을 정숙한 여성과 그렇지 못한 여성으로 구별 짓는 악습을 합법화한 의미를 갖는다. 그리고 1953년 어렵사리 '간통쌍벌죄'에 대한 법이 제정되었지만 첫 사례에서부터 판결은 남편을 기소한 부인 쪽의 순결(그것도 조산을 근거로)과 남편에의 불복종을 문제 삼아 기각한 바 있었다.[33] 이러한 현실 속에서 「심해어」는 당시 존재하기 어려운 남자, 변인규를 내세워 현실에 대한 위안과 자기만족의 환상의 스토리를 구현한 것이라 할 수 있다.

최태응은 전시 단편 「여인의 경우」, 「가족계보」, 「남일동에서」에 이어 장편 「행복은 슬픔인가」, 「낭만의 조락」을 연재하였다. 대구·경북지역에 많은 연재를 하게 된 까닭은 그가 전쟁 이후 고향 황해도 은율에서 나와 다섯 가족과 함께 대구 칠곡에 정착하였기 때문이다. 최태응의 아내는 칠곡의 매천고등학교에서 교편생활을 하며 막내를 낳아 사남매를 양

---

33 1954년 2월 27일 '오백만환 위자료 청구소송사건'에서 법원은 원고 현순원의 위자료 청구에 대해 '간통쌍벌죄제도'의 법이 예상치 못한 경우라 하면서 기각시켰다. 이는 간통쌍벌죄 제정 후 첫 소송이라 세간의 주목을 끌었다. 현순원은 상해에서 한위동과 혼인한 후 혼인 초부터 반목하다 아이를 낳았다. 임신 8개월 만에 낳은 아이라 하여 남편 한위동으로부터 쫓겨나 시대에서 살다가 8년 후 남편이 다른 여자와 살고 있는 것을 알고 위자료 소송을 하게 된다. 그러나 법원은 '여성의 사회적 책무는 남편의 명령에 복종하는 것'으로 순결을 지키지 않고 순종하지 않은 채 위자료라는 '추악한 재물욕'을 탓하여 원고의 소송을 기각시켰다.(이임하, 「1950년대 여성의 삶과 사회적 담론」, 성균관대 박사논문, 2002, 115~119쪽)

육했다.[34] 55년 아내의 죽음 이후 1년 남짓하여 가족들과 서울로 떠난다. 최태응은 박영준, 최인욱과 함께 종군활동에도 열심이었다. 그의 단편·중편은 모두 종군체험에서 수집된 사실적인 내용이라는 공통점이 있다. 최태응은 단편에서는 주로 여성문제에 관심을 기울이다 장편연재에서는 전반적인 전후 사회문제와 해방 이후 항일체험을 통한 분단역사에 대한 통찰을 시도한다. 그의 소설들은 정비석의 신문연재와 다른 리얼리티가 돋보인다. 곧, 통속적인 선악의 대립적 설정보다는 연민의 시선으로 세상과 역사를 바라본다.

그의 단편들은 대구 유곽에서 조우한 처녀와의 인연이라든가(「남일동에서」), 고향의 조모와 고모의 쓸쓸한 동거에 대한 추억(「가족계보」), 전시 불가피한 동거로 인해 고통 받는 전시 여성의 현실을 담담하게 서술한다(「여인의 경우」). 「여인의 경우」는 순결을 잃은 여성 가장의 경우를 있는 그대로 관찰한 기록처럼 보인다. 정순은 남편의 생사를 알 수 없는 상황에서 아기가 병들어 죽게 되는 처지에 빠지고 K라는 모르는 남자로부터 도움을 받아 아이를 살리게 된다. 그들은 이내 동거하게 되는데 반공 포로들이 석방되면서 의용군으로 끌려간 남편이 돌아온다. 남편은 애초 공산주의자였지만 포로가 되자 전향을 하고 아내를 찾아온 것이다. 정순은 이 난처한 상황에서 부산으로 떠나버린다. 이승만이 1953년 비밀리에 저지른 반공포로 석방은 반길 일만은 아니었던 것 같다. 가장의 역할을 포기하고 북을 선택한 남편들이 다시 돌아옴으로써 여성의 입장은 실로 난처할 수 있기 때문이다. 이러한 딱한 사정은 외화자인 종군기자 '나'와의 만남, 즉 부산행 기차 안에서 '나'가 정순의 이야기를 듣는 것

---

34 최은철, 「나의 아버지 최태응」, 『죽순문학』 33, 1999, 143~152쪽, 최태응, 「50년대 대구시절 일기초」, 『죽순문학』 35, 2001, 62~71쪽 참고.

으로 소개된다. 나는 정순에게 정순 같은 처지의 여성들이 많을 것이다, 그러니 두 남자 중 한 사람을 택하는 것이 어떠냐 한다. 그러나 정순은 정색을 하며 "노골적으로 얘기하면, 두 번 다시 두 분들을 만나지 않고 그 외 이성을 구해서 남의 아내가 된다는 그런 문제를 떠나"(25회) 있다고 한다. 취업을 위해 부산으로 향하는 그녀의 앞날은 그녀 스스로 알고 있는 듯하다. 부산의 동무들은 '입에 담을 수 없는 직업 아닌 직업' 아니면 그렇고 그런 일을 하고 있음을 알고 있기 때문이다(25회). '나'가 만났다는 K의 기대와 달리, 정순과 같은 전시 여성들은 어떤 남자가 싫고 좋고를 떠나 그러한 반복이 지겨웠던 것이다. 그것은 전시 여성들에게 이성문제보다도 생활의 문제가 더 고통스러웠기 때문으로 여겨진다. 최태응의 일련의 여성시리즈들은 전시라는 상황하에서 역으로 부각된 여성의 이중고의 현실을 스케치한다. 즉, 위의 정순의 말처럼 사회는 여성을 가부장제라는 구속에 가두어놓음으로써 전시에 더 큰 고통을 맞게 하였다. 모든 여성생활의 결정권자인 가장의 부재는 사회적으로 여성의 삶을 더 빈곤하고 어려운 구렁텅이에 빠뜨린 것이다. 최태응은 한국 사회의 무책임한 제도에 대한 거부와 그로부터 오는 남성에 혐오감을 담담하게 스케치하듯 이야기하면서 문제의 본질을 비켜가지 않는다.

최태응은 단편 외에도 장편 「행복은 슬픔인가」(『영남일보』, 54), 「낭만의 조락」(『대구매일신문』, 56)을 연재하였다. 「행복은 슬픔인가」는 전후 상이군인이 된 전우가 만나 함께 아틀리에 안에서 형제처럼 지내며 새로운 인간관계 속에서 겪게 되는 갈등 양상을 다양하게 묘사한다. 여기에는 전쟁으로 인해 가족이 흩어지고 죽은 이들이 겪는 새로운 가족형태가 나타난다. 중대장이었던 정민식과 그의 부하였던 김용복(김중사)의 동거, 권노인과 여숙의 의부녀관계, 깡패인 날매와 유성애의 애정관계는 전쟁 이후 갑작스러운 가족 해체 속에서 급조된 보완관계라 하더라도 거친 세파 속에서 그들로 하여금 전후 삶을 지탱하게 하는 중요한 근거가 되고 있음을 알 수 있다.

제대 후 그림을 그리고자 하는 민식은 자청해서 모델이 되어주겠다는 유성애로 인해 마음의 설렘을 경험하지만 '기둥' 처럼 행세하는 '날매' 로 인해 아픔을 겪고 부산을 떠난다. 민식은 권노인의 권유로 공주학교 교사가 되고 권노인의 의딸인 여숙을 만나 개인전을 여는 동시에 같은 장소에서 결혼식을 올린다. 민식은 상이군인들의 시위현장에 뛰어들어 자활과 갱생을 권고하기도 한다. 작가 최태응이 직접 전선을 누비며 종군함으로써 체험한 군인들의 뒷이야기라는 점에서 실감이 나는 연재내용이다.

「낭만의 조락」은 『대구매일신문』에 1956년 3월 25일~1956년 7월 3일 사이 88회[35] 연재되었다. 이 작품은 해방 이후부터 시작되는 현대사에 대한 본격적인 작품으로 보이지만, 88회로 중단되었다는 아쉬움을 남기는 장편소설이다.

"1. 구월의 화제, 2. 칠야의 비명, 3. 어데로 가나, 4. 형제, 5. 잘못 열린 문, 6. 맑스를 읽는 바보, 7. 1936년의 봄, 8. 연극 속의 연극, 9. 망명 제1장, 10. 시냇물이 흐르듯이, 11. 마도 상해"라는 소제목만 훑어보아도 짐작할 수 있듯, 국내 탈출로부터 상해 활동에 이르기까지 스파이, 테러, 은닉, 도주 등 스릴과 서스펜스가 느껴지는 항일투쟁담이라는 것을 알 수 있다. 주인공들이 어린 학생이면서도 일본 형사와 밀정인 체육선생을 살해하고 달아나는 호쾌함이 있는데다 스케일이 중국 청도, 만주, 상해로 펼쳐져 사실감 있게 전달되어 연재 중단이 아쉬운 본격적인 장편소설이다. 1935년부터 40년대에 이르는 흐름을 좀 더 '마도 상해' 이후로 계

---

35 안미영,(『전전세대의 전후인식』, 도서출판 역락, 2008, 194쪽)의 83회 기록 및 일부 오타를 재확인하여 바로잡았다.

속 끌고 갔더라면 「낭만의 조락」은 김학철의 『격정시대』와 맞먹는 중요한 항일장편소설이 되었을 것이다. 중단된 이유와 관련하여 최태응의 작품세계를 살펴볼 필요가 있다. 그는 초기 향토 소재의 순문학 작품을 발표했으나 전쟁 전후, 일제하 현실을 소재로 항일적인 일제비판소설을 썼다고 한다. 유족 최은희(수원거주)에 따르면, 1943년~1945년 사이 창작물 대부분을 몰수당했다고 한다.[36] 이로 미루어 볼 때, 「낭만의 조락」은 최태응의 항일소설 중 하나일 것으로 짐작된다. 6장의 '맑스를 읽는 바보' 제목과 내용이 일치하지 않으며, '낭만의 조락' 이란 제목 역시, 학생이 어느 순간 망명객이 되어 고달픈 투쟁적 삶으로 인생이 바뀌게 된 정황을 낭만시대가 순간 무너져 내린 슬픔으로 비유한 것으로, 이는 적절한 제목이 아닌데도 그렇게 붙인 데에는 전후 분위기를 의식한 결과로 보인다. 분단의 보편적 가치가 왜곡되어 최태응의 '낭만의 조락' 역시 분단의 정치파장이 미친 일면을 보여준다[37] 할 수 있다. 이는 전후 반공국가가 된 상황에서 일제시대의 항일 망명투쟁의 진실을 그대로 논의하기가 곤란하여 중단된 것으로 보인다.

2) 최인욱, 최독견

최인욱(1920~1972)은 전시에 공군 종군작가 단원으로 공군작가 단원 중 가장 활발하게 활동한 작가였다. 그의 종군 작품들은 대부분 애국심을 고취시키고자 한 목적의식을 드러내고 있으나[38] 적잖은 그의 신문소

---

36 안미영, 위의 책, 184쪽.
37 안미영, 위의 책, 196쪽.
38 신영덕, 앞의 책, 267쪽.

설에서는 다양한 인물들의 삶을 통해 사회 현실이 비판적으로 드러난다. 대구·경북신문에는 단편 「모설」(52), 장편 「청춘미덕」(53), 「봄이 온다」(56), 「애환의 여상」(58) 등을 연재하였다.

최인욱 단편 「모설」(『영남일보』, 52)은 탄광경영의 비리와 수탈의 현실을 한 순박한 광부를 통해 깨닫게 되었다는 이야기로 최인욱 단편의 특징을 잘 보여주는 소설이다. 「모설」에는 사회 경영층의 비리, 부정부패가 사라져서 후방사회에서의 진정한 인도주의적 질서가 잡혔으면 하는 소망이 '추억'의 회상기법으로 부드럽게 구현되고 있다. 또 다른 단편 「봄이 온다」(『대구매일신문』, 56)는 전후 암울한 취업난에서도 목숨을 바친 선열의 얼을 기려 실망하지 말고 대국적으로 나아가자는 이야기이다. 전후 대구에서 대학을 졸업한 미혜는 봄에 취업하기 위해 서울에 왔다가 오빠 친구라는 안사장으로부터 다방을 차려줄 테니 '2호(첩)'가 되어달라는 치욕스런 부탁을 듣게 된다. 미혜는 다행히 대학 은사의 덕택으로 출판사 타이프라이터로 일을 얻지만 마음의 상처는 아물 길 없다. 이때, 삼일절 육해공군 행진을 보면서 선열들의 희생에 대해 생각하고 자신의 고민은 미미한 것에 불과하다고 반성하게 된다. 작가는 사회초년생의 순박한 꿈을 무참히 깨버리는 사회 세태를 폭로하면서도 끝내 희망적으로 여운을 남기고자 한다. 최인욱의 신문장편소설들은 단편에 비해 다소 통속적이면서도 사회세태를 폭로하는 경향이 있다.

50년대 신문소설에는 사자성어식의 제목이 많다. 「인생신록」, 「애정능선」, 「청춘시정」, 「애정백서」라는 식이다. 사자성어식 제목에는 잘 들여다보면 신문연재물이 지향하고자 하는 인생관이 드러나 있다. 최인욱의 「청춘미덕」 역시 전시 암울한 세태 속에서 청춘이 지녀야 할 희망적인 방향을 제시하고자 한다. 즉, 「青春美德」이라는 제목에서 작가가 전시 사회 현실을 피폐하고 비리하게만 보려고 하지 않는다는 것을 알 수 있다. 모리배 권상호와 방약무인한 그의 딸 권채옥, 권상호의 후처 백설자가 사회의 어두운 현실이라면 권상호의 윤창식은 소설의 희망이 되고 있다.

윤창식은 정경유착과 이권개입에 능숙한 장인 권상호와 자신의 친구 조명환과 놀아나는 아내 권채옥과 마찬가지로, 처음엔 가정교사 선영과 나포리 마담 사이를 오가면서 쾌락에 빠져 세상을 잊고자 한다. 그러나 윤창식은 결국 모든 사랑과 유혹의 끝이 '飛流直下 三千尺'이라는 것을 깨닫는다. 윤창식은 부도덕한 장인 권상호로부터 독립하여 뜻있는 출판업에 헌신하기로 결심한다. 여기에 나포리 마담이 독지가로 나서면서 좀 더 희망적으로 소설은 마무리된다. 사실, 전시의 후방 현실은 좀처럼 원조경제의 소비경제구조로부터 벗어나기 어려워 좀 더 생산적이고 건설적인 방향으로 나아가기가 쉽지 않을 때였다. 경제기반은 물론 생활의 기반시설까지 무너진 상황에서 해방 이후 수준으로 되돌려놓기도 쉽지 않았다. 1953년 9월까지 전전에 비해 18배까지 올랐던 도매물가지수[39]는 휴전 이후 서서히 잡히기 시작하였다. 쉽게 성장하는 소비산업의 유혹을 뿌리치고 출판업계가 자리를 잡기 위해서는 실로 많은 인내와 노력이 필요할 때였다.

최인욱 「애환의 여상」(『대구매일신문』, 58)은 환도 일 년 후 부패와 부정의 만연으로 곪아있는 사회 곳곳을 취재하고 이를 조명한다. 국회의원 권중호의 원고를 얻는다는 명목으로 찾아온 '신세대'사 기자 조명환에

---

39 전쟁 직전과 비교할 때 도매물가지수 334.9는 1951년 부산에서 2,194(6.5배) 1952년 4,751(14.3배) 1953년 5,951(17.8배)로 뛰는 추세를 보이다 전황이 소강 상태가 되는 1952년 9월 이후 미국의 원조물자 도입 급증으로 곡물가격이 안정되어 안정세로 돌아서기 시작하였다.(이대근, 『해방 후~1950년대의 경제』, 삼성경제연구소, 2002, 218~219쪽)

게 권중호는 "수고롭지만 내 명의로다 써주구려"라고 되려 부탁한다. 조명환이 찾는 요정집 '케세라세라' 주인 양후란(양성옥)을 둘러싸고 있는 현상규, 폭력배 장태진, 변영호 등은 단지 애정관계로 얽힌 것이 아니라 카바레 운영권, 밀수건, 정치인과 관련된 이권으로 얽혀있다. 변영호는 스머글러(밀수단) 두목이며 섯다판 고객이기도 하다. 이들은 때때로 납치나 폭력도 불사한다. 여기에는 격투와 단도, 모의권총, 길다란 몽둥이 등이 등장하고 가장 잠입, 권총협박, 폭력, 미인계 등이 쓰인다. 외래어도 다수 등장한다. 밍코트, 컨밋숀, 진품, 스머글러 등 용어가 등장한다. 사회 부정부패 비리는 청탁과 밀수 이권 개입의 모든 과정을 통해 일어난다. 그들은 "모든 일의 성패는 순간에 달린 것이다. 사람들은 이런 것을 요행이라 하고 기적이라고도 하고 심지어는 운명이라고까지 말하지 않는가"(106회)라고 자신들의 한탕주의를 미화한다.

멜로, 폭력, 애정 장면이 휘황한 도시를 배경으로 펼쳐지는 시퀀스 못지않게 정치사회의 폭로성도 상당하다. '걸후랜드', '고혹의 밤', '목하 연애중', '밀회', '역전 뒷골목', '혼선', '축 개업', '야합', '나는 어디로'의 소제목 나열에서 알 수 있듯, 양후란을 둘러싼 열애와 간통사건과 활극, 밀수, 암거래, 세무 비리 등 사회면을 장식하듯 각종 비리와 추문, 범죄 사건들이 한꺼번에 전개된다. 폭력배로 잡혀 취조를 받는 장태진은 수사관에게 이렇게 말한다. "신문을 보면 어느 하루 권총 강도 테로사건 같은 것이 안 나는 날이 없지 않습니까? 그 원인이 무엇인가를 한번 생각해 보실 필요가 있습니다. 간단히 말하면 취직을 할래도 일자리는 없고 사회는 우리들을 냉대만 하는데 그래도 사치하고 화려한 면은 눈이 시어서 못 볼 정도가 아닙니까? 우리들이 이런 걸로 흘러가게 된 것으로 우리들의 불량성에만 돌려 버리지 마시고 오늘의 정치가 반분은 그 책임을 져야 합니다. 일부 특수층만 잘 살게 되는 그런 부패 상태를 하루속히

시정하고 시민을 위한 명랑한 사회로 쇄신을 해야 한다는 말입니다. 그런데 정치를 한다는 사람들은 자기네의 지위나 이권만을 생각하고 있으니 참으로 한심한 일이 아니겠습니까?"(117회).

최인욱은 '哀歡'이 엇갈리는 부패하고 비리한 사회 실상을 '女像'을 거울삼아 비추어보고자 한다. 이러한 비판적 시각은 '퀸-빠'의 풍경을 통해서 사회부패를 비판하면서도 결국엔 과거의 회개와 용서를 통해 희망을 포기하지 않으려는 김송의 「청춘시학」(59)과 비교된다. 이러한 최인욱의 신문소설의 주제적 특징은 결국은 단편 「모설」이나 「봄이 온다」와 같은 사실주의 정신에 더 닿아있지 않나 생각된다.

최독견은 육군 종군작가 단장으로서 『서울신문』에 「애정무한성」을 연재한 뒤, 『영남일보』에 「애정능선」(56)을 연재하였다. '성'이나 '능선'은 군작전과 관련된 용어로 보이는데, 애정에도 두 개의 능선을 설정해 놓고 이를 넘어야 비로소 진정한 사랑에 도달한다고 본 듯하다. 그러므로 장한경이라는 전쟁미망인과 이은주라는 처녀가 겪는 애정의 능선이 이 소설의 내용이라 할 수 있다. 장한경은 남편이 교수였으나 월북하여 헤어져 혼자 사는 40대 댄스홀 마담이다. 그녀에게는 전시에 홀트라는 미군 대령과의 사이에서 생긴 사생아가 있다. 그 아들은 해운대의 오빠 장장로에게 맡겨져 몰래 자라고 있는데, 이 아들의 존재야말로 장한경이 넘어야 할 능선이다. 또 다른 능선은 얼굴도 모른 채 헤어진 부녀가 연인으로 만나게 된 능선이다. 태평양 상사의 김창구 사장은 은주를 유혹하려 하다, 은주가 자신의 친딸임을 알게 된다. 전전(戰前)에 김창구는 하숙집 딸 리금숙을 사랑했고 전쟁 이후 헤어진 것이다. 리금숙에게서 태어나 부산의 전재민 수용소에서 자란 은주는 서울에서 새로운 애정 능선을 만난 셈이다. 최독견은 전쟁으로 인한 가족해체로 인해 기이한 가족상봉을 할 수밖에 없는 전후사회의 문제를 제기, 앞으로 이에 대한 해결방안을 생각하게 한다. 이복남매가 결혼하려거나 결혼한 사건을 소재로 한 소설로는 곽하신 「장미처럼」, 이범선 「설야」가 있다. 곽하신 「장미처럼」(『대구매일신문』, 55)에서는 이복남매가 서로 모른 채 결혼식을 올리려다 결혼식 날 양가 부모를 보고 알게 된다는 것으로 가족상봉이 소재화되고 있다. 이범선 「설야」(『대구매일신문』, 58)에서는 이복남매가 서로 모른 채 결혼한 후 살고 있는데 며느리가 딸임을 알게 되는 사건이 벌어진다. 남편이 감옥에 가고 자신을 돌봐준 홍주사와 피치 못할 하룻밤을 지낸 후 딸을 낳게 된다. 남편이 죽고 피난 중 헤어진 아들과 만나는데, 아들 며느리의 다리쯤에서 딸의 흔적인 '꺼멍점'을 발견한다. 이복남매 간에 모른 채 혼인하는 사건은 가족관계가 혼란스러워지면서 자칫 가족의 사회성을 약화시킬 위험이 있다. 근친 관계에 의한 가족은 사회로부터 소외될 수밖에 없다. 전후에도 이들 '근친 가족'에 대한 전문적 연구가 진행되지 못한 것은 이들 자신들 다수가 가족연원을 숨기고 사는데다 사회가 그들을 소외시켰기 때문인 것으로 보인다.

3) 김송, 박영준

김송은 「영원히 사는 것」(51) 이후 「청춘시정」(59)을 연재하였다. 「영원히 사는 것」은 전시 반공주제가 뚜렷하여 김송 문학의 전시 이념적 특성을 확인하게 해준다. 그러나, 「청춘시정」은 50년대 말 전재민인 대구출신의 한 여성이 서울의 '퀴인 빠'라는 술집에 흘러들어가게 되면서 '퀴인 빠'를 통해 전후 남자들의 세태 풍경을 담담히 그려나가고자 한다. 강성애는 취업을 위해 대구에서 여고를 마치고 상경, 부친과 이혼하여 혼자 사는 모친과 십 년 만에 상봉하게 된다. 상경열차 안에서 화가 장훈을 만나 도움을 받으나 명동 깡패 장근환에게 걸려 명동의 술집에 16만 환의 빚을 지게 된다. '퀸-빠'의 웨이트리스가 된 강성애는 세무서 직원, K, 시인 조용호 등 남자들을 알게 되면서 사회에 눈을 뜬다. 특히 믿었던 시인이 강제로 여관을 데리고 가려 할 때 크게 낙망한다. 또한 강성애는, 부친을 밀고하여 죽게 한 비서 이태희에게 정조를 유린당한 적이 있었는데, 우연히 극장 근처에서 이태희를 다시 만난다. 그는 한때 화장품회사 과장으로 잘 지냈으나 지금은 집안이 몰락하여 노동일을 하며 지낸다고 한다. 그는 과거 잘못을 뉘우치고 강성애를 백방으로 돕고자 한다. 이태희의 도움으로 강성애 모녀는 채석장 인부들을 상대로 가게를 운영하며 꿋꿋하게 살아가게 된다. 강성애는 대구에서 상경 중 만났던 장훈과 가정을 꾸미지만 그는 '삼각산 살인사건'에 연루되어 복역한다. 이태희가 장훈의 변호사를 주선하고 경애는 장훈의 아이를 출산한다. 경애는 폐병을 앓고 있었다. 이러한 말미를 해피엔딩으로 볼 수는 없을 것이다. 고졸의 술집여급의 삶을 쓸쓸하게 조명한 이 소설은 여전히 암담하기만 전후 현실을 연민의 눈길로 바라보는 것만 같다.

김송은 종군작가로 「영원히 사는 것」과 유사한 반공소설을 주로 연재하였으나 50년대 말에는 이처럼 서울의 풍속과 소외된 여성의 삶의 현실에 눈을 돌리는 변화를 보여준다. 이태희가 과거 공산주의자로 아버지를 밀고한 부역자였고 강성애를 강간하였음에도 성애를 도와 개과천선한다는 줄거리에서 그의 전시소설 「영원히 사는 것」과 다르게 공산주의자가 받아들여지고 있음을 알 수 있다.

박영준은 인공치하에서 의용군으로 끌려가는 바람에 잔류파로서 자숙해야 했기 때문에 가장 많은 종군을 했다. 피난지 수도 대구에서의 인연을 계기로 각각 「애정의 계곡」(51), 「愁雲」(52), 「푸른 치마」(53), 「최종열차」(54), 「차라리 돌이었더면」(62) 등을 연재하였다. 「애정의 계곡」, 「수운」, 「푸른 치마」, 「최종열차」는 전시 종군 중에 연재한 반공소설이지만, 「차라리 돌이었더면」은 전후 세태묘사를 겸한 애정소설이라 할 수 있다.

박영준은 「애정의 계곡」에서 전시 반공이데올로기를 고취시키기 위한 애정담을 펼쳐나갔다. 그의 소설의 등장인물들은 사상에 의해 기계적으로 대입되어간다는 단순도식성을 띤다. 세상 사람들은 공산주의자와 공산주의를 타도하기 위해 싸우는 사람으로 분류된다. 「애정의 계곡」에서 황연길이 1·4후퇴 후 스스로 자살하는 것은 공산주의에 대한 '불공대천'의 생리적 거부반응 때문이다. 그러나 「수운」은 전쟁미망인이 된 자매의 후방에서 겪는 수모를 통해 그들에 대한 연민을 느끼게 하는 단편이다. 「푸른 치마」 역시 전시로 인해 가족이 해체되고 연인과 부부간의 혼자가 되는 사람이 늘면서 생기는 갈등을 이야기한다. 유금희는 차중에서 과거 연인 박춘배를 만나 미묘한 감정을 억누르고 귀가하는데, 집에서 친구 옥주가 남편과 다정하게 지내는 모습을 보고 당황한다. 전쟁미망인이 된 옥주가 남편 권석이와 유금희의 사이에 자꾸 끼어들게 되면서 권석이 역시 인정상 받아들이는 태도를 보여주기 때문이다. 일부일처제 사회라 하지만 여전히 가부장적인 인습은 남성에게 유리하게 되어 있다. 아내인 유금희가 이를 분명하게 선을 긋지 않는다면 전시 부부란 박춘배와 옥주로 인해 얼마든지 위협받을 수 있는 어쩔 수 없는 상황에 놓여있음을 이 소설은 보여준다.

전후 남편들은 인정에 끌려 홀로 사는 여성을 돕다가 그 여성을 임신시키거나 그 여성과 불륜관계를 갖게 되는 경우가 적잖은 때였다. 이른바 여성지나 신문에는 '어찌하오리까' 식의 상담란이 인기였다. 한 여성은 여대생으로, 유부남과 관계하였는데 절교하자는 말에 고민이라는 내용,[40] 26세 가장인 군인인데 교육 중 올드미스를 알게 되어 임신 육 개월이 되었다는 등의 고민상담[41]이 있었다. 이는 한국 사회가 전통 적으로 남자 중심의 가부장제 사회인데다 25~29세 여성비율이 174대 127(1958년 통계)[42]로 남자보다 여성의 숫자가 47만 명이나 많았기 때 문에 일어나는 자연스러운 일이었다. 이른바 아내가 남편을 지키지 않 을 수 없는 상황이 벌어진 것이다. 전쟁미망인과 전시 여대생들의 유부 남과의 일탈이 많은 것도 그러한 성비 균형이 무너진 것과 어느 정도 함 수관계가 있다고 본다. 여기에 권력과 경제력을 갖춘 파렴치한 남자들 이라면 여성을 쉽게 농락하고자 하는 충동을 느낄 것이다.

박영준 「최종열차」는 제목을 보아 알 수 있듯, 종군작가로서 종군 체험 을 극화한 "국군=천사"의 등식으로 선무하고자 하는 종군소설이다. 이는 김동리의 「흥남철수」와 같은 대개의 1·4후퇴 소설이 그렇듯 아비규환의 당시의 정황을 객관적으로 보도한 종군소설이라 볼 수 없을 것이다.

5·16 직후 박영준은 「차라리 돌이었더면」(62)은 아내와 사별한 영어교 사 방준호라는 인물을 둘러싸고 제자, 재혼녀와의 혼담을 이야기한다. 방 준호는 과년한 딸 미원이 있음에도 어린 제자 영실을 좋아한다. 결국 방준 호의 혼담은 자신의 아이를 임신한 채 재혼한 심성희와 재결합하는 것으 로 마무리된다. 아버지의 혼담 못지않게 딸 미원의 혼담도 복잡하게 전개 된다. 영문과 졸업반 미원은 원래 연인이었던 동수를 두고 미국인과 결혼, 유학을 꿈꾸나 '소유하려 하지 않는 사랑이 진정한 사랑'이라는 방준호의

40 『경향신문』, 1955.2.16(이임하, 앞의 논문, 200쪽에서 재인용)
41 『경향신문』, 1955.11.15(이임하, 위의 논문, 201쪽에서 재인용)
42 20~24세, 30~34세 경우, 각각 여성이 20만 명이 많았고 25~29세 연령층에 있어서 여
    성 174명에 남성 127명으로 여성의 1/4인 47만 명이 결혼상대자가 없는 숫자로 나타났
    다.(이임하, 위의 논문, 199쪽)

말처럼 동수와 다시 맺어진다. 성희 역시 장일구와 재혼도 해보고 최경칠 사이에서 고민도 하였으나 '진정한 사랑'을 선택한 것이라 할 수 있다. 이런 점에서 이 소설은 작가가 그리고자 한 '노처녀와 유부남의 사랑을 그린 오늘의 신화 후편'[43]으로서의 특성이 엿보인다. 즉, 아내와 사별한 아버지의 혼담과 외동딸의 혼담에 동시에 얽힌 흐뭇한 새로운 가족소설처럼 보인다.

박영준은 1939~1941년 사이 만주에서 발간된 단편집 『싹트는 대지』등에 친일소설[44]을 쓴 바 있었다. 그는 또다시 전쟁 발발 후 잔류파가 되어 북한 의용군에서 탈출한 후, 자신의 남한에 대한 충성도를 입증하기 위해 종군작가로서 가장 많은 종군을 해야 했다. 그로 인해 반공이념을 고취하기 위한 소설을 연재하였으며 5·16 쿠데타 이후 소시민적인 혼사담을 『영남일보』에 연재하였다. 그래서 그런지 흔히 농민문학가로 알려진 것과 달리 그에게는 확실히 남한의 반공체제와 인습적 모럴 안에서 시정세태를 담담히 소시민적인 시각으로 바라보는 것에 만족하고자 하는 주제의 범상함이 있다.

4) 박연희, 이선구

박연희, 이선구는 박계주, 박용구, 안수길, 허윤석 등과 함께 해군 종군작가단에 속해 있으면서 박연희는 대구·경북지역 신문에 「그 여자의 연인」(『영남일보』, 58)을, 이선구는 「또 하나의 태양」(『대구매일신문』, 59)을 연재한 바 있었다.

....

43 박영준, 「작가의 말」, 『대구일보』, 1961.12.23.
44 『싹트는 대지-재만조선인 작품집』(1941)에 「밀림의 여인」과 같은 친일소설을 실어 그의 다른 작품들도 혐의를 받고 있다.

「그 여자의 연인」은 바로 이 소설의 주인공인 임규주이다. 임규주는 정의감이 넘치는 작가이자 기자이다. 그는 폐병환자인 아내와 세 자녀가 있는 가난한 가장이지만 많은 여성들로부터 사랑을 받는다. 출판사 사장 부인과 미망인, 아프레걸, 빠걸, 모두가 그를 사랑한다. 이 여성들은 화려한 겉모습과 달리 자신들의 삶에 지쳐있으며 따라서 임규주는 그들에게 하나의 희망이자 빛처럼 보여진다. 사랑이 없는 부부생활에 진력이 난 송경원, 자신을 불륜관계로 기생하여 살아가는 고급 매춘녀라고 자조하는 요정 난심, 빠걸 출신의 강선혜, 남자와 문란한 성생활의 쾌락에 빠지나 결국 배신당한 장성혜 등은 임규주를 통해 변신하고 개과천선한다. 임규주는 높고 순결한 사랑에 대해 일깨워주는 면이 있기 때문이다. 그러나 임규주는 여인들과의 사랑에 방황하면서도 돈만이 행복의 잣대라 여기는 잘못된 풍토에 대해 비판한다. 자본주의는 민주주의가 아니라는 것이다. 이로 인해 임규주는 필화사건을 겪는다. 결국 임규주의 아내는 죽고 신문연재조차 끊기고 경찰에 잡혀가 고문 받고 나온 주인공은 세 아이들을 강선혜의 고아원에 맡기고 탄광을 소재로 한 영화대본을 쓰기 위해 떠난다. 임규주의 삶이 중심스토리가 되겠지만 그의 주변의 다양한 인물들의 모습과 변화는 당시 사회 현실을 대변해 보여준다. 혼외 아이를 임신하게 된 송경원, 플레이보이 기질의 미국 박사, 소설가를 고문하는 경위, 전직 빠걸 출신 강선혜의 고아원 경영자로의 변신, 월남한 예술가 친구 유경 등 다채롭게 등장하는 모습들에서 독자는 결국 이 소설의 귀결점이 민중이 주인인 민주주의 사회 건설에 닿아있음을 감지할 수 있다. 1959년 4월 30일 『경향신문』 폐간사건은 이 시기의 신문들의 성향을 짐작게 한다. 즉, 이승만 정권 말기 신문소설이 이처럼 사회적 경향을 띠는 것은 당시 신문의 상업주의 출발이 일천하고 정론성이 뿌리를 내리고 있었고 자유당 권력에 대한 반감이 이미 대중들에게 있었기 때문이라고

본다.[45]

그러나 『대구매일신문』에 연재된 이선구 「또 하나의 태양」은 가톨릭계 신문의 연재물로 전후 혼란기의 삶의 방향을 각자의 '의무준행'에서 해답을 찾고자 한다. '또 하나의 태양'이란 전후 어수선한 정국 속에서 동물적 욕구에 휘둘리지 않는 최소한의 모럴을 회복하고 책임 있는 태도와 자세로 사회변화에 대응할 때만이 떠오를 수 있는 의롭고 아름다운 대안, 곧 구원의 길을 의미한다. 그러니 애정관계 또한 자신이 내린 선택적 결단과 행동에 스스로 책임질 수밖에 없다는 것이다. 현재의 남편 박창재와 잘못 혼인했다고 믿는 옥경은 신준국과 관계를 개선하여 다시 결합하고 싶어한다. 그러나 서란과 남편 박창재의 방해로 성사되지 못한다. 과거에 남편과 서란의 조작에 의해 신준국과 헤어졌다면 그 결혼을 되돌릴 수 있는가 하는 문제가 제기된다. 결국 소설은 부모 세대에 걸친 애정과 삶관계를 교훈삼아 현재에 순종하고 자숙하는 삶이 중요함을 독자에게 깨우치고자 한다. 옥경의 부모 역시 일제강점기 명승현(명선생)과 사이에서 갈등하였지만 아버지가 죽고 나서도 모친과 명선생은 정신적 연인관계를 지속하며 각자의 의무를 준행하며 살아가고 있기 때문이다. 이는 남녀의 사랑이란 부부로서 함께 산다는 것만으로 사랑이 완성되는 것은 아니라는 뜻을 내포하기도 한다. 결국 '현재로서의 의무준행'이 곧 정의롭고 아름다운 삶'이라는 것이다.

그러나 여성에게 일방적으로 가정을 지키고 현재에 충실하라는 가르침은 여성을 잘못된 혼인관계를 청산하고 새롭게 나아가게 하는 데 걸림돌이 되기도 한다. 박경리 『대구일보』 연재소설 「은하」(60)에서 여주인공은 당당하게 자신의 정략결혼을 뒤집어 사랑하는 사람과의 재혼에

---

45 강준만, 『한국현대사산책, 1950년대 편 −3권』, 인물과사상사, 2004, 250쪽.

성공한다. 최인희는 아버지의 사업의 실패와 연인의 배신으로 홧김에 모리배이자 색마인 이성태와 정략결혼을 해야 했지만 아버지가 죽고 결국 마의 소굴에서 도망치듯 새로운 연인 강진호와 함께 새로운 인생을 시작한다. 여성작가가 느끼는 혼인의 수용의식과 남성작가가 느끼는 혼인의 수용의식의 차이가 이렇듯 다른 스토리를 가능하게 했던 것이라 본다. 이선구 소설은 정치사회체제와 같은 큰 틀에서 올바른 방향을 제시한 것으로 보이지만 가부장적 인습에서 오랫동안 속박되어 온 여성의 혼사문제의 경우, 자칫 차별화할 수 있는 부작용을 낳게 된다. 앞서 살펴보았듯이, 50년대 신문과 잡지의 고민상담란을 보더라도 상담답변자들은 한결같이 여성의 부덕을 내세우며 여성이 참고 살아야 한다는 보수적인 대답이 많았다. 심지어 재판에서조차 여성의 의무준행을 탓하며 위자료 청구를 기각한 사건도 있었다. 잘못된 선택을 무조건 방임할 수는 없을 것이다.

5) 이봉구, 오상원

전시, 전후 대구 · 경북 신문연재물에는 종군작가가 아닌 이봉구, 오상원, 이범선, 오유권 등 중앙의 작가들의 연재물들도 간간이 눈에 띤다.

이봉구는 전란을 맞아 대구로 피난할 때의 체험을 소재로 한 단편 「사슴의 우름처럼」(54), 중편 「산타마리아(55), 장편 「인생신록」(55)을 『대구매일신문』, 『대구일보』, 『영남일보』에 차례로 연재하였다. 단편 「사슴의 우름처럼」(54), 중편 「산타마리아」(55)에서는 대구 근교를 배경으로 피난민들끼리의 소통과 사랑의 충만감을 희생과 헌신의 여성성을 통해 전달하고자 하였다. 장편 「인생신록」(『영남일보』, 55)에서는 다양한 수입 영화와 유행 패션 등 명동의 문화를 소개하고 한 잡지사를 중심으로 전재민을 위해 시골학교에 자원봉사하는 여성교사들의 모습을 취재하는 등, 밝고 희망적인 미래를 제시하고자 하였다.

이봉구의 연재소설에는 공통적으로 소외된 이웃을 위해 봉사하고 헌신하는 여인들이 등장한다. 자신의 집을 '번지 없는 주막'으로 피난민의 휴식처를 제공하는 미망인(「사슴의 우름처럼」), 고아와 미망인들만이 모여 사는 시골에 자원하여 학교를 일으켜 세운 교사들의 이야기(「인생신록」), 시골에 병원을 세워 실비로 봉사하며 동정의 청춘을 바치는 여의사들(「산타마리아」) 등의 이야기는 고통과 혼란의 시기인 전후 시대의 이상적인 성자의 모습에 가깝다. 물론 그들 역시 하나같이 외롭고 상처가 있음으로 해서 청춘의 번민과 고독을 견디기 위한 방편으로 그러한 열정을 쏟으려 한다고 할 수도 있다. 전시의 물질적 고통은 오히려 삶의 본질에 대해 더 생각하게 한다. 이봉구의 선행 인물들은 대개 약한 여자들이며 가족이 부재한 전재민들이다. 주인공들의 그러한 약점은 독자로 하여금 연민을 불러일으키는데, 사실은 이봉구 소설의 감동은 여기서 우러난다. 휴머니즘적이라고 생각하게 되는 연민과 애틋한 사랑, 그것은 이봉구 소설의 전략이다. 선량한 대상들과 일정한 거리를 두고 관찰함으로써 그들을 향한 연민을 불러일으키게 된다. 이봉구는 대상에 대한 거리두기 전략을 통해 사회 모럴을 기독교적 실천의 문제로 이끌어간다. 그런 점에서 그는 신문소설에서의 기독교 문학의 가능성을 열어놓고 있다 할 수 있다.

「사슴의 우름처럼」(『대구매일신문』, 54.12)에서 혜경과 그의 어머니는 자신의 집을 '번지 없는 주막'이라 하여 피난민을 위한 휴식처로 제공한다. 이는 전쟁으로 아들 둘을 잃고 딸과 손녀가 미망인이 되어, 함께 술장사를 하는 처지에 쉽지 않은 일이다. 이들을 관찰하는 인물은 혁이라는 기자로 작가의 분신이라 할 수 있다. 혁은 피난지 대구를 '무서운 매혹의 촉수가 사철 밤이고 낮이고 수줍은 나그네를 기다리고 있는 향수 사무친 지역'으로 묘사하면서도 미망인 혜경의 처지를 동정한다. 혁은 '초극과 체념'을 통해서만이 희망을 가질 수 있다고 혜경의 식구들을 위로한다. 혜경은 이러한 위로 안에서 '사랑의 혁명'이 있어야 살 것 같다고 하고 깊은 산속의 외로운 사슴이 되어 살겠다고 다짐한다.

여기서 화자는 삼인칭 관찰자 시점을 유지한다. 화자는 자신의 이야기를 하는 것 같지만 사실은 화자의 상대인 혜경에 대한 이야기를 담론화하는 구조로 짜여져 있다. 그러므로 그의 소설은 인물을 독자들로 하여금 일정한 거리를 두고 바라보게 한다. 이러한 서술 방식으로 초점화되고 있는 인물들은 자연 속에서 혹은 그들을 옹호하는 서술 문장 속에서 현실적으로 동떨어진 생각이나 이상 혹은 낭만적인 행위자들임에도 불구하고 자연스럽게 돋보이게 된다.

「인생신록」(55.6)에서 관찰되고 있는 인물은 대학을 갓 졸업하여 출판사에 취직한 사회 초년생인 여자 주인공 혜경이다. 『영남일보』 연재소설로 6월 신록의 계절에 시작하여 10월 말 낙엽의 계절에 한 인물의 죽음으로 마무리된다. 「인생신록」에는 영화 다섯 편이 등장한다. 〈바렌티노〉, 〈애인 줄리엣〉, 〈사막의 화원〉, 〈판도라〉, 〈로마의 휴일〉이 그것이다. 〈애인 줄리엣〉은 연재소설의 소제목으로도 인용되는데, 명동의 줄리엣 마담에 의해 적극적으로 이야기되기도 한다. 영화 〈사막의 화원〉에서 사막이나 홍염의 이미지는 여주인공 혜경의 일과 사랑 사이에서의 혼돈, 고민, 좌절을 비유한다. 사랑의 문제를 풀기 위해 사하라 사막을 여행하는 고행을 통해 답을 찾고자 하는 영화 속의 이야기처럼 등장인물들은 '홍염'과 같은 사랑의 시련과정을 겪는다. 즉, 혜경은 새내기로 입사한 신생출판사에서 '희망의 계단'을 밟아가고자 한다. 그러나 뜻밖에 사장과 직원 간의 사연관계로 선배인 정희가 자살하게 된다. 이러한 비극은 마치 영화

〈사막의 화원〉, 〈판도라〉에서 현실에서 성취하지 못하는 사랑의 막장 장면처럼 등장한다. 혜경이 '꿈의 성'처럼 여기던 직장 안에서 벌어지는 직장상사와의 애정관계로 파탄에 이르는 이들의 모습은 전후파적인 모습에 가깝다. 공과 사, 감정과 이성, 주체와 타자, 정상과 비정상, 마음과 몸이 명확히 구별되지 못한 상황, 즉 누구나 상처받게 되는 전후 불안증상을 주인공들이 겪고 있음을 알 수 있다.

'요즘 대학생들과 대학 나온 색시들은 전후파가 되어 말을 부쳐보기도 겁이 난다'(6.4. 2회)고 하는 성공한 기업인 혜경 오빠의 말처럼 정신적으로 나약해진 전후 여성들은 존재의 고독과 쓸쓸함에 취약하다. 이들은 쉽사리 마음을 주고 쉽사리 상처를 받는다. 혜경의 등장으로 신생출판사의 '언니'인 정희는 좌절하게 된다. 박영철에게 상처받은 그녀는 고독감에 못 이겨 유부남인 사장을 짝사랑하게 된다. 혜경은 박영철과 사장의 자신에 대한 지나친 관심과 사랑으로 본의 아니게 정희에게 고통을 주게 되었다고 생각한다. 혜경 또한 일에 대한 열정과 삼각관계에 대한 과민 등으로 인해 과로로 병원에 입원하게 된다. 혜경은 병원에서 의사 윤형식을 사랑하게 된다. 환자로서 의사를 사랑하게 되는 것 역시 비정상적이다. 이를 정신분석학에서는 대체(Substitution)나 전이(Transition)라한다. 사랑의 대상을 찾지 못한 열정이 엉뚱한 대상에게 옮겨가는 일종의 방어기제적인 심리 상태가 낳은 행위라는 것이다. 공과 사가 혼돈되고 사사로운 데에서 오해가 발생하고 반복되는 오해는 상처받은 여성의 자존심에 더욱 깊은 상처를 아로새긴다. 박영철의 도미와 시간을 맞춰 죽음에 이른 정희의 음독자살과 같은 사례는 어찌 보면 전후세대에게 낯설지 않은 일상적인 풍경의 하나였을 것이다. 전시 소설인 「영원히 사는 것」, 「애정의 계곡」의 주인공들이 모두 자살과 죽음으로 마무리되듯, 전후 소설에서 주인공들은 죽음의 강박에서 자유롭지 못하다. 혜경이 겪은 혹독한 입사 초년의 시련을 결말에서 '둘러리의 파동'이라고 한다. '파동'이란 낱말이 소설 전체에 자주 등장한다. 파동은 전란 이후 난리나 격동, 혼란을 의미하는데, 화자는 이 모든 것이 마음속에서는 하나의 '파동'일 뿐이라고 보는 것이다. 그러기에 혜경은 '둘러리의 파동 때문에 이대로 주저앉아서는 것은 마치 봄이 오기 전에 되돌아서는 병든 나비와도 같은 것'(10.30. 121회)이라고 마음을 고쳐먹고자 한다. 혜경은 결국 "나의 출발은 화려했고 몸이란 바로 사랑을 위해 죽엄을 바치는 것과 한 갈래 길이다. 청춘을 소중히 알고 신록 속에 사랑을 하다 죽어야만 되겠다"(121회)고 스스로 다짐하며 다시 신생출판사로 발길을 향한다. 전후 어떠한 고난도 마음속의 작은 파동으로 받아들여 '인생신록'의 계시에 순명하고자 하는 자세를 견지하고자 한다. '-야만 되겠다'의 서술 어투는 「산타마리아」에서의 '아벨라르와 엘로이즈의 서간문'처럼 평생 사랑의 수도자처럼 살아가는 사랑을 종신 서약한 문체를 닮고 있다.

이봉구의 전후 사랑의 담론은 다시 대구체험으로 시작한다. 「산타마리아」(55.10)는 『영남일보』, 「인생신록」이 끝날 무렵 『대구일보』에 연재된 중편소설이다. "슬픈 사람이여, 여름의 대구로 오라"의 세리프가 반복되는 「산타마리아」는 전시 외로움과 슬픔, 막막함을 묵묵히 받아들이려는 마음, 고통을 긍정하는 마음으로부터 피난지에서 남녀 젊은이들의 고독과 슬픔을 나누며 때로는 서로 좋은 글을 읽고 묵상하면서 위로받는다는 다소 이상적인 만남과 교유를 이야기한다. 자살이 적잖게 등장하는 전시소설에서 화자인 나의 마음을 사로잡는 두 여인, 성순과 마리아는 노벨상 수상 시인 '카롯사'를 모방하여 인생을 시골병원에서 헌신하기로 한 여의사들이다. 우연히도 이들은 모두가 『아벨라르와 엘로이즈의 서간문』을 가지고 있음을 알게 된다. 화자는 피난 책들 가운데에서 추리고 추린 책이 바로 『아벨라르와 엘로이즈의 서간문』인데, 이 책을 지니고 있다는 데서 다가오는 비밀스러운 공감대는 두 처녀와 화자 사이에 점차 사랑을 싹트게 한다. 성순이 여관방에서 덥고 방 문을 열고 잠이 들면 나는 감기에 들까 새벽이면 문을 닫아주기도 한다. 이들 관계 속에서 속된 남녀의 욕정을 느낄 새가 없다. 화자의 떠남을 아쉬워하면서 버스표를 두 장 끊어 몇 정거장 타고 가면서 배웅하는 처녀의 마음, 사랑의 설렘은 더위 속에서 더 뜨겁게 모든 외로움과 상처를 치유한다. 엘로이즈의 고백과 아벨라르의 위로의 글에 세 남녀의 마음이 녹아 흐른다. 11세기 초 수도자처럼 살아간 스승과 제자의 신비로운 사랑의 담론은 전시 암울한 분위기에서의 충동과 좌절의 시간을 희생과 헌신의 거룩한 시간으로 바꾸어 놓고 있다. 마리아와 성순은 "오늘같이 험하고 험한 세상엔 찾아볼래야 찾아볼 수 없는 마리아 같은 여인들이었다. 스스로 이러한 촌에서 병원을 열고 청춘의 고독을 이기어 가면서까지 정신의 아픔과 상처를 돌봐 주려고 애쓰는 그 마음씨야말로 피란 길에서 대구가 나에게 베푼 아름다운 인연의 선물이 아닐 수 없었다."[46] 평론가 이상일은 이러한 초월성을 두고 작가가 대상을 '관조'하려고만 하기 때문인 것으로 보았다. 그리고 그는 이봉구의 「산타마리아」의 서술방식을 '그에 있어 인간관계는 오히려 고통이나 슬픔을 안겨줄 것이었기 때문에 그러한 복잡한 현실에서 한사코 도피하고 있었던 것이다'[47]라고 평하였다. 김상일에게는 대상과 거리두기를 통해 현실을 초극하고자 하는 기독교 문학적 특성을 이해해볼 여유가 없었던 것이다.

이상과 같이 이봉구 연재소설들은 가톨릭의 수도자적인 관점을 여주인공들의 삶의 방식에 부여함으로써 독자들로 하여금 이들의 숭고한 선

---

46 이봉구, 「산타마리아」, 『한국문학전집 14』, 삼성출판사, 1989 수록, 113쪽.
47 이상일, 「이봉구의 작품세계」, 위의 책, 373쪽.

택과 평범한 고민을 연민으로 바라보게 한다. 즉, 독자들은 보통 특별한 종교인들만의 이상적인 행위로 보일 수 있는 나눔의 실천 행위를 이봉구 소설에서 자연스럽게 만나게 된다. 전쟁으로 인해 스스로의 삶의 무게를 기꺼이 지고 가면서도, 더 큰 나눔의 삶을 묵묵히 실천하고자 하는 여의사, 여교사, 주막집 주모의 살신궁행을 통해 작가는 더 큰 삶과 존재의 문제를 우주적으로 풀어가려고 하는 서술을 시도하고자 한다. 이는 분명 전쟁을 치른 전후 문학만이 갖는 인생문제에 대한 기독교적 가치와 의미를 문학적으로 실현하고자 한 도덕 이상의 인생을 긍정하고 낙관하고자 하는 독특함이 있다. 즉, 기독의 신앙을 바탕으로 한 '신록'과 성마리아의 이미지, 천주교의 '성인'의 실천궁행이다. 결국 이봉구의 신문연재의 멸사봉공의 도덕적 담론은 저마다 자신의 '십자가'를 지고 그리스도를 따르라는 기독교 담론으로부터 연유된 것임을 알 수 있다.

오상원, 「慾望의 季節」(『대구매일신문』, 59)은 나름대로 언론이 살아있었던 시대적 배경[48] 속에서 전후 비리와 부정부패가 근절되지 않고 따라서 대학을 졸업해도 취업이 어렵던 시절, 진정한 사랑의 만남이 무엇인지 알게 한다. 윤성수와 박형란은 귀족적이고 겉은 화려하지만 서로 이용하는 관계에서 만남이 이루어지나, 김민규와 박정원은 비록 부족하고 인간관계의 상처가 있지만 그런 것을 이유로 서로가 오히려 지켜주고 보호해주는 것이 사랑임을 보여준다.

김민규는 한성태의 노리개였던 박정원을 사랑하게 된다. 김민규는 S

---

48 1950년대 후반 대부분 신문들은 정론성을 정면에 내놓고 있었다. 그 이유에 대해 상업주의 출발이 일천하다는 점, 정론성이 뿌리깊다는 점, 권력이 이미 국민과 유리되어있었다는 점을 들기도 하고 광고주가 적어 산업자본과 맺는 관계가 느슨하였기 때문이라고도 한다. 이상은 이상우와 김해식의 의견이다. 재인용 출처는 강준만, 『한국현대사 산책－1950년대편 3권』, 인물과사상사, 2004, 250~251쪽.

대 상과 졸업생이나 처남 덕에 겨우 입사할 만치 능력이 부족하고 말주변이나 처세도 능하지 못한 인물이지만 박정원과 김형란으로부터 사랑을 받는다. 그에게는 세련되는 못한 대신 진솔한 매력이 있기 때문이다. 그러나 때때로 사랑은 욕망으로 치달아 서로를 저울질하게 한다. 형란은 결국 자신의 욕심이 지나쳤음을 반성하게 된다. 욕망이 적은 정원은 한 남자에게 불만 없이 파묻혀 살아갈 수 있지만 욕망이 큰 형란 자신은 여러 마리 토끼를 쫓다 다 놓쳐버려 오히려 외롭고 공허하게 남는다. 박정원과 같은 인물에 대한 작가적 관심은 억울한 처지에 빠진 여성들에 대한 사회적 책임을 생각하게 한다. 「욕망의 계절」은 4·19 분위기에서 사회적 물의를 일으킨 오상원의 기지촌 소설 「황선지대」(『사상계』, 60.4)와 무관한 소설이라고 보기 어려울 것이다.

1959년 『현대문학』에 문제작 「오발탄」을 발표한 이범선도 「설야」(『대구매일신문』, 58)를 통해 전쟁으로 인한 인륜파괴 현실을 고발하였다. 전전에 낳은 딸이 자라 자신의 며느리로 나타난 현실을 어떻게 받아들여야 할지 난감한 경우를 묘파한 단편 「설야」는 자신의 존재가 '신의 실수'라는 남한의 가족생활에 대한 환멸을 형상화한 「오발탄」의 주제와 일맥상통한다.

6) 결론 – 원조경제시대의 사회 모럴과 계몽

전시 원조경제는 전재민들의 내일 없는 생활과 감각을 자극하여 쉽고 쾌락적인 소비에 빠져들기 좋은 시스템을 마련하였다. 1950년 9월부터 1951년 4월까지 4차에 걸친 긴급조치에도 불구하고 전시 통화금융질서는 계속 혼란스러웠고 통화량은 팽창, 원조물자나 주요 농산물 등을 중심으로 매점매석 행위가 성행, 물가를 인상시키는 요인으로 작용하고 있었다.

다시 1952년 3월 정부는 금융기관으로 하여금 신규융자의 80%까지를 책임생산량을 완수한 기업에 우선 융자토록 하고 1953년 2월 14일 긴급통화개혁조치를 단행하였다. 동시에 원에서 환으로 개칭하면서 구권 백 원을 신권 일환으로 맞교환하는 백 대 일 액면절하를 단행한 것이다. 이 조치의 목적은 예금자산의 일부를 강제동결하고 시중 유휴자금을 흡수하여 그것을 생산자금으로 유도하고 또한 부의 편재현상을 시정하려 한 것이었다. 그러나 시간이 흐르면서 원안이 완화되어 강제성이 사라진데다, 구권 소지자들이 많은 신권을 확보하고자 교묘한 방법으로 구권을 농촌지역으로 밀반출하여 불법으로 교환하는 경우가 많았다. 결국 인플레 수속과 부의 편재 현상 시정 등 긴급조치의 목적은 실현되지 못했다.[49] 오히려 환차액을 노린 부정과 비리가 팽만해져 서민생활은 더욱 악화되어갔다.

1954~1959년 사이 유엔과 미국의 원조 정책 역시 원래의 계획과 목적대로 이루어지지 못했다. 크게 유엔의 CRIK, UNKRA와 미국의 FOA(중간에 ICA로 이전)는 당초 약속대로의 금액에서 크게 모자란 금액을 지원하였고 그 원조 내용 역시 지원국의 입장만을 반영한 일방적인 것이었다. 특히 미국은 비계획원조, 계획원조, 기술원조의 비율을 71.2: 27.4: 1.4%의 비율로 지원함으로써 애초 약속을 지키지 못하여 전시 원조물자도 소비재가 생산재에 비해 7:3에 이르렀다. 소비재 대부분은 이른바 곡물과 삼백(三白, 설탕, 면화, 제분)이어서 한국 농가에 타격을 주는 대신, 설탕 제분 업계 진출에는 도움을 주었다. 미국은 잉여농산물을 원조경제 정책에 이용함으로써 미국 내 농산물 가격을 안정시키는 대신 한국의 농가에 타격을 입혔다. 대신 제일제당, 삼양사, 조선제분, 대한제분과 같은

---

49 이 일을 주도한 김정호는 그러나 인플레 억제에 대한 의지가 미국에 전달되어 차후 유엔군 대여금 상환문제가 타결의 실마리를 찾게 되었다고 일부 긍정하고자 한다.(李大根, 『해방후~1950년대의 경제』, 삼성경제연구소, 2002, 228~230쪽)

업계에 기득권을 부여, 원료카르텔을 형성함으로써 매점매석의 가능성을 열어두었다. 이것도 성장이라면 성장일 것이나 소비재 원조물자는 국민 간의 양극화를 부추긴 결과를 낳았다. 생산재의 경우라 하더라도 건축, 시멘트 공장 설립에 발주권은 있으나 구매권이 없는 경우가 많았다. 돈을 빌려준 미국이 미리 사야 할 항목을 정해놓는다면 그것은 제대로 도와준 것이라고 보기 어렵다. UNKRA에 의해 문경시멘트 공장 건설[50]이 산업기초를 이루었다고 하더라도 당시 결식아동이 70만 명에 이르는 초근목피의 현실을 목전에 두고 잘한 일이었는지 생각해봐야 할 것이다.

이처럼 국민경제의 자립적 발전의 길이 봉쇄되어 있는 현실에서 미래에 희망을 가지고 출판업을 한다거나 고아 등 전재민을 위한 시설 사업을 한다거나 꿈을 실현하는 일은 장기적으로 어렵다고 보여진다. 출판을 하려 해도 종이, 인쇄기, 제반물자 구입이 어려운 때라 미국이나 일본 등지로부터의 지원에 기댈 수밖에 없기 때문에 '사바사바'나 뒷돈 없이는 불가능하였다고 보아야 한다. 곽학송의 「화원」(『대구매일신문』, 56)은 전재민 시설인 성광유치원을 유치하려 하는 데 겪는 어려움을 통해 당대 현실을 잘 보여준다. 유섭과 윤성숙은 고아 삼백 명이 사는 성광육아원에 대한 지원을 받기 위해 백방으로 애쓰지만 실무자인 항만 미군 사령부 A대위는 문시장과 항만사령관 동거녀 김사란의 뜻에 따라 움직인다. 결국 유섭은 모함에 걸려 감옥에 가고 윤성숙은 폐병에 걸려 죽는다. 보

---

50 1954년 UNKRA자금 8,454천 달러를 확보하여 미국 스미스 회사와 체결, 정부는 20만 톤 규모의 시멘트 공장의 완공을 1957년 9월 보게 된다. 준공과 동시 정부는 대한양회공업(주)에 매각하여 민영화 조치하였다(이대근, 위의 책, 366쪽). 시멘트 생산능력을 확보하였다고 국가적으로 좋아할 일인가 생각해보아야 한다, 1956년 4월 70만 명의 결식아동이 현존하는 극빈상황에서 부패한 자유당 커넥션으로 정부재원을 거저 가져가 다시피 한 재벌들이 이로부터 발생한 것이라는 점을 염두에 둔다면 칭찬 받을 일은 아니었다.

육원을 학교로 바꾸어 자리를 차지하려는 시장과 보육원을 욕심내는 김 사란들이 더 큰 영향력을 주고 있는 사회에서 중앙문단 작가들의 소설에서 제시된 새 희망의 메시지는 공허할 수밖에 없다.

신앙에 귀의하거나 삶을 포기하는 외에 할 일이 거의 없는 현실에서 대구지역 연재소설들은 풍기문란한 불륜과 외도를 통해 독자대중에게 위안을 제공하고자 한다. 중앙문단에서 활동하다 전시에 대구에 내려온 이들 연재작가들은 전시 사회적 도덕을 바로 세우고 민족과 국가의 기강을 바로 세우고자 하면서도 신문연재물로서의 통속적 소재인 연애와 비리폭로 등으로 독자적 관심을 끌고자 하였다. 전재민 중에서도 주로 처녀나 미망인의 가족 해체와 가족 상봉, '모리배' 집안의 천태만상의 문란한 성생활 등을 소재로 하여 사회계몽을 하지만 그 정도가 과하여 때로는 세태 폭로를 즐기는 측면도 없잖아 있었다. 특히 문란한 빠나 술집 현장의 폭로는 독자들이 외형을 보는 것에 만족하게 함으로써 사회고발이기 전에 향락적인 분위기를 풍기고 있었다.[51]

반면에 신실한 기독교적 믿음을 따라 불우한 이웃을 위해 헌신하는 삶과 민족 선열들, 상이용사들의 희생을 기려 참고 견디어 가고자 하는 희망적 메시지를 전하고자 한 신문소설들도 많았다. 그러나 분명한 것은 전시 경제가 회복되기 시작한 것은 전후부터로 산업기반의 성장이 작고 미미하여 희망적이라고 할 만한 전망이 당시에 없었다는 것이 엄연한 현실이었다. 이러한 현실을 외면하기 어려웠던 작가들은 신문소설을 통해 독자들의 자기 파멸적인 자화상을 비추어 반추하고 도덕성을 재확인함

---

51 송병수 「쇼리킴」에서 보이듯 전쟁으로 인한 피해자 중 고아와 여성은 가장 큰 피해자였다. 특히 젊은 여성의 경우, 가부장이 부재한 여성들은 도덕과 질서의 붕괴로 보호막이 사라진 채 거리에 던져져, 사회적 악의 먹잇감이 된다. 이러한 피해여성의 담론은 독자들로 하여금 동정을 유발하는 동시에 비하하는(손가락질하는) 이중성을 갖게 만든다.

으로써 독자적 즐거움과 교훈성을 동시에 추구하고자 하였다.

또한 이들 신문연재에는 당대 문화적 풍속이 잘 드러나 있다. 격심한 빈부 차가 드러나고 도시의 소비생활과 휘황찬란함은 농촌과 대비되며 대학졸업생들의 취업과 사업 발주를 위해서는 결국 인맥을 통하거나 '사바사바', 요정출입 없이는 불가능하였다는 실태를 반영한다. 그러면서도 지식인층의 문화욕구는 강렬하여 수준 있는 영화 관련 정보들이 상당수 소개되며 일본식 영어 발음으로 상품, 패션, 영화, 연극 관련 정보들이 다양하게 소개된다. 반면에 사자성어 제목이 많아 많은 의미를 담고자 하는 중후한 소설 제목을 여전히 선호한다는 것을 알 수 있다.

지역 신문소설은 다수 대중독자들을 수신자로 한다. 군인들을 위한 텍스트와 민간인을 위한 텍스트의 담론이 전하고자 하는 메시지에는 차이가 있다. 김송, 박영준, 최태응의 경우, 전시 종군체험을 지역 신문에 단편 등으로 전선문학, 전쟁과 문학 등 진중문학의 단편과 차이 없이 연재하였다. 그러나 그들 역시 대체로 전시 혼란기 애정 장편담론을 통하여 전시 후방세태를 반영함으로써 후방 사회를 선도하고 계몽하고자 하였다. 전시 혼란기의 중앙문단의 종군작가들의 애정담론은 전시 경제의 어려움에도 불구하고 후방 실정과 모럴이 무너지고 있는 세태를 대구와 부산, 서울을 배경으로 반영 폭로함으로써 후방 사회를 선도하고 계몽하고자 하는 사회소설적 성향을 띠고 있음을 알 수 있다. 특히 종군작가단 소속의 중앙문단 활동작가들 중 일부 작가들 즉 정비석, 최독견, 김송, 박영준, 이선구 등의 계몽주의적 편향성은 비종군작가였던 이봉구, 오상원, 이범선 및 곽학송(육군 정훈관)의 연재소설들과 비교할 때 확연히 드러나고 있다. 최태응은 종군작가이면서도 리얼리즘적인 수법으로 자신의 장기인 휴머니즘적인 시선으로 여성들의 전시적 삶의 현실을 담담히 그려나감으로써 뛰어난 문체와 수준을 보여주었다. 그의 장편 「낭만의 조락」은 만주항쟁소설로 나아갈 수 있는 잠재력이 있었지만 연재가 중단되어 아쉬움을 남겼다. 이봉구는 사회적 지도층(교사, 의사)의 신앙적 신념을 통한 헌신의 삶을 주제화하였다면 오상원과 곽학송은 일부 사회계층의 욕심에 대해 경계해야만 한다는 점을 남녀애정의 윤리회복과 전후 고아원 지원문제를 놓고 비판하였다. 신문소설의 사회성은 대체로 보편적으로 드러나고 있었다. 그중 인기작가보다는 신예작가의 연재소설이 더 사회성이 강하였다. 정비석, 최인욱, 최독견, 김송, 박영준이 세태묘사적인 통속성이나 폭로성, 계몽성이 강하다면 최태응, 오상원의 장·단편 그리고 이범선의 단편, 이봉구의 중·단편 등의 작품은 통속성과는 거리가 먼 것이었다. 장·단편에 있어서는 장편에 비해 단편의 문학성이 뛰어나 문학잡지의 단편과 비교해도 부족함이 없는 작품들이 많았다는 사실로부터 본격적인 전후 작가 연구와 50년대 신문소설 연구를 연계해야 될 필요성을 절감하게 된다.

2. 1950년대 지역 군소작가들의 사회담론 양상

1950년 7월 20일~8월 18일 임시수도였던 대구는 미8군 사령부가 들어섰고 모든 정치문화 요충지가 되면서 이 시기 『영남일보』, 『대구매일신문』, 『대구일보』, 『천주교 회보』 등지의 소설 지면을 피난 내려온 서울의 종군작가들만으로 메꿀 수가 없었다. 이에 『현대문학』 추천을 받은 김준성(金俊成)과 홍영의(洪永義)와 이정수(李禎樹), 박귀송(朴貴松), 박훈산(朴薰山), 김윤환 등[52]과 언론인 기자들이 연재물의 빈자리를 메꾸게 되었다. 전시 수도로 대구지역 내의 신문 발행부수가 증가함에 따라 50년대 후반기에는 최고(최영하?), 이규헌, 서석달, 김정환과 윤장근 등[53]이 추가로 활동하였다고 한다. 그러나 50년대 대구에는 '문인은 많아도 문단은 없었다'는 말처럼 신문작가가 따로 존재하는 것은 아니었다. 발표 지면이 귀했던 시절, 지역작가로서 지면을 채울 수 있는 기회는 흔치 않은 일이

....

52 김동사, 『戀山戀人』, 마음의 샘터사, 1977, 194~195쪽.
53 윤장근, 「광복 50주년 대구 소설」, 『대구문학』 1995년 가을호, 47~56쪽.

었기 때문에 어떤 작가의 글을 싣느냐는 아무래도 지역 언론인들의 선택과 판단이 작용했으리라 여겨진다. 본고에서는 지역작가로서 신문소설을 연재한 이정수, 홍영의, 김동사, 최영하의 신문소설에 나타난 사회적 담론의 의미를 논하고자 한다.

1) 이정수 「여배우」—50년대 대중문화의 화두, 영화 창작에의 열정

이정수는 1938년 대구사범을 졸업하고 1948년 일본 신문학원 수료, 1949년 『대구일보』 편집국장을 거쳐 논설위원을 역임한 바 있었다. 『대구일보』에 있을 당시 1958년 『대일연감』을 집필하였다. 이정수는 50년대에 『영남일보』에 「여배우」(52.7.23~11.29)를 연재하였으며 이듬해 「東京」(영웅사, 53), 「虛榮의 果實」(세문사, 53), 「後方都市」(광명사, 53) 등 장편소설 등을 발표하여 소설가로 자리를 굳혔다. 이후에도 「검은 구름 흰 구름」(58)을 상재하였고 70년대엔 제4회 도의(道義)문화저작상 소설부문 최우수 수상작인 「輪轉」(삼성문화문고 71, 75) 외에 『감정여행』(신조사, 78), 『마돈나의 시인 이상화』(내외신서, 83), 『小說 二國志』(성문각, 85) 등 작품을 상재한 바 있다. 이정수의 소설 「윤전」에서 구체화되어 있는 데서 보이듯 그는 민족의식과 분단에 대한 현실 안목을 동시에 가지고 있었다. 시인 이상화를 흠모하는 것이 그의 민족에 대한 지향점, 즉 전기 소설을 말해주는 것이라면 이후 소설에서는 전후 이념대립의 상황에서 일본과의 불가피한 유대를 긍정하는 쪽으로 나아간다.

소설 「여배우」는 초기작으로 미군정하의 어수선한 현실을 배경으로 하면서도 이야기의 초점을 정치적 사실보다는 한국 영화의 후진성을 넘어서고자 하는 데에 맞춘다. 『영남일보』 연재본 「여배우」는 몇 가지 특이점을 보여주고 있다. 첫째, 해방 직후 상해에서 귀국한 청년 영화감독을 중심으로 영화관계자와 배우들의 사생활을 통해 전개되는 본격적인 영화소재 소설이라는 점이다. 둘째, 영화이론 및 국내외 영화배우에 관한 담론 등으로 영화 제작과 실무 등 영화계 전반에 관한 전문적인 정보와 가십거리를 제공한다는 점, 셋째, 한국 영화 제목 열네 개를 소설의 소제목, 즉 각 장의 제목으로 패러디하여 전개하고 있다는 점, 넷째, 해방 공간에서의 사회적 비리와 문란함, 애정갈등 속에서도 굴하지 않은 영화 의지를 갖고 있는 주인공의 진지한 영화제작담을 통해 미래의 영화 시대를 예견하고 있다는 점이다.

(1) 영화 제작 실무과정과 영화계 소문을 소설화

「여배우」는 해방 후 아무런 준비가 되어 있지 않은 한국 영화계에 뛰어든 감독 송우재를 통해 한국 영화의 모습을 돌아보게 한다. 송우재의 영화 〈재생기〉는 비록 흥행에는 참패했으나 언론과 전문가들로부터 한국 영화의 '희망'이라 불릴 정도의 호평을 받는다. 언론비평가들은 감독 송우재의 영화철학과 관점을 통해 기존의 신파조나 계몽주의 혹은 볼거리 중심의 영화로부터 한국 영화가 벗어날 것을 주문하기도 한다. 곧, 송우재는 마틴 문가치의 말을 빌려 '드라마틱하고 인간의 희망이 없는 운명과 지평선이 보이지 않는 도회의 슬픔'을 그린 영화를 만들고 싶다는 의견을 피력하는데 서울역 근처를 답사하고 만든 〈재생기〉는 단순한 흥미본위의 상업적인 영화가 아님을 알 수 있다.

송우재는 기존의 16mm가 아닌 35mm 극영화를 고집하며 덕수궁 석조전에 위치한 한국유엔위원단에 찾아가 당당하게 도움을 요청하기도 한다. 그는 안암동에 '스타지오'를 세우고 홍콩의 친구로부터 제작비 사백만 원을 출연해낸다. 그가 생각하는 제작비 내역은 '올리지날 씨나리오' 비용, 콘티로 고치는 '원작 각색료', '연출비', '촬영기사 보수', 배우들

'카란틔', '와끼야꾸', '에키스트라'비, '육천 피트 길이 필림 값', '셋트 장비 비용', '조명', '도란스', '음악효과', 녹음 현상비', '선전 포스터 값', '신문 선전비', '의장비', '진행비', '로케이션', '스크리프트 껄'[54] 등으로 매우 실제적이면서 구체적으로 짜여져 있다. 송우재의 영화실무에 대한 안목과 의지는 50년대 초 영화 제작의 현실을 한눈에 알 수 있게 해준다. 주연배우의 '캬란틔'는 이삼십만 원인 반면, '에키스트라'(엑스트라)나 '와끼야꾸'(조연)는 무료로 쓸 수 있다고 하고 촬영기사 금액이 매우 비싸다고 한다. 주연급 배우 의상은 제작사와 배우가 '가부'(가부시키(かぶしき)를 뜻함. 추렴)로 만들어 쓰고 난 후에 배우에게 주는 관행 등도 소개된다.[55]

　소설 「여배우」에서는 영화 제작에 관한 정보뿐만 아니라 영화계 가십거리나 명감독 명화가 소개된다. 화신백화점 뒷골목에 있는 한성영화사 사무실 벽에는 '잉그리드 버그만', '끄리아 카슨', '존 폰테인' 사진이 걸려있는 모습에서 당시 미국 영화가 한국에 수입되고 있는 정황을 짐작하게 한다. 송우재는 여배우의 연기수업을 위해 함께 광화문 근처 조선영화사 광화정 분실에 가서 고지마노 하루[小島之春]의 문둥이가 나오는 작품 영화를 직접 돌려보기도 한다. 그는 한국 영화가 지나치게 감상적이고 신파적임을 비판하고 현실을 실제적이고 실감나게 담고자 고지마노의 영화를 함께 본 것이다. 대본에 의존하는 연극적인 영화에 대해서

----

54 마담 황영순을 송우재가 새로운 영화(〈동해안의 봄〉)의 스크리프트 껄이라고 나미에게 소개하는 대목(320쪽)이 나오는데, 스크리프트 껄은 영화촬영에서 이루어지는 연출, 분장, 연기 등 모든 데이터들을 상세히 기록하는 일을 도맡아 함으로써 원래 기획과 상치되는 일은 없는지 살펴볼 수 있게 작성하는 사람으로 대개 꼼꼼한 여성을 기용하기에 '스크립트 걸'이라고 한다.

55 이정수, 『女俳優』, 세문사, 1952, 138~140쪽.

그는 호되게 비판한다. 송우재는 '씨나리오란 원래 형식이 없는 것'이라며 '감독에게 씨나리오는 씨나리오가 아니라 콘티에 가까운 것'이어야 함을 실무자의 입장에서 주장하기도 한다. 국제 영화도시 상해에서의 풍부한 연출 경험을 기반으로 한 송우재의 영화 제작론은 당시 한국 영화계의 현실로 볼 때, 선구적이었다. 송우재는 한국 영화를 위해 '스스로 개혁자가 되어야 한다'고 외치며 '과거와 현재를 추구한 후에 다시 그 자신의 영을 건설할 필요가 있다'(95쪽)고 베니드릿지 예술론을 인용하여 자신의 소신을 피력하기도 한다.

(2) 한국 영화 제목으로 이어진 소제목들

「여배우」의 인물 갈등은 대체로 다른 애정소설처럼 삼각관계에 얽힌 청춘남녀들 사이로부터 일어난다. 해방 후 상해에서 귀국한 송우재(宋雨載)가 극단 소속배우인 최나미를 자신이 제작한 영화 〈재생기〉에 여배우로 발탁하게 되면서부터 박영민과 대립하게 된다. 박영민은 송우재가 서울 충무로에 '한성영화사'를 세워 자금을 사업가 김기수로부터 끌어들이려는 데 개입하게 된다. 이때 송우재의 상해시절 연인 민자까지 나타나 끼어들면서 송우재, 최나미, 박영민, 박민자의 사각관계로 확대되고 여기에 다시 최나미의 첫사랑 배준호까지 나타나 더욱 복잡하게 얽힌다.

결국 송우재는 최나미에게 실연당했다고 생각하여 새로운 여배우 이금주를 스카우트하고 결혼까지 한다. 그러나 송우재는 금주와의 혼인생활에 만족하지 못하고, 나미에 대한 상실감으로 황순영이라는 마담과 가까워진다. 송우재와 나미의 관계가 끝나지 않는 사이 나미와 찍은 영화 〈재생기〉가 호평을 받는다. 호평에도 불구하고 개봉관에서 흥행에 실패하자 실의한 송우재는 교통사고를 당한다. 그는 병상에서 외로운 처지가 되고 비로소 자신의 진정한 사랑의 대상이 최나미임을 깨닫는다. 민자는 홍콩으로, 금주는 기다리는 다른 연인에게로, 황마담은 옛 연인에게로 각각 갈 길을 가게 됨으로써 결국 「여배우」의 애정갈등은 해소된다.

한편, 「여배우」의 장 구성은 '월하의 맹서', '청춘의 십자로' 등의 한국 영화 제목의 나열로 전개된다. 영화 제목으로 나열된 각 장의 내용을 영화내용과 비교하여 살펴보면 다음과 같다.

1장 '월하의 맹서'(윤백남, 1923, 조선총독부제작)에서 송우재는 극단 '샛별'에서 여주인공으로 활약하고 있던 최나미를 찾아가 밤 10시 충무로 국제극장 근처 호수다방에서 만난다. 송우재는 현역 배우, 한은진, 최은희, 황려희의 평을 하면서 지적인 풍모의 카메라 페이스가 적당하고 음성 토-키가 맘에 든다고 한다. 그날 밤 나미를 주연배우로 한 영화 〈재생기〉를 함께하기로 둘은 굳게 손을 잡는데 이 대목은 영화 '월하의 맹세' 제목을 패러디한 것이다.

2장 '청춘의 십자로'(안종화, 1934)에서 최나미는 송우재와 가까워지면서 최나미의 배역이었던 박영민과 대립하게 된다. 나미가 옛 우정과 새로운 영화 사이에서 갈등하는 사이로 영민의 프러포즈라는 애정문제가 겹쳐 '청춘의 십자로'라고 지칭한 것이다.

3장 '나그네'(이규환, 1937)는 송우재가 대구에서 상해로 거쳐 온 인생역정을 패러디한다. 여기서 과거의 여자 민자에 대한 고백내용에서 둘 사이의 긴장감이 일어난다.

4장 '종로'(나운규 작, 양철 감독, 1933, 대구영화촬영소 제작)는 '종로'에서 송우재가 외롭게 영화 제작을 위해 고군분투하는 것으로 패러디한다. 송우재는 영화 제작에 대한 일념으로 악덕 실업가 김기수를 만나고 남산공원 아래 '양갈보 집'을 탐사하는 등 고군분투한다.

5장 원래 영화 '사나이'(홍개명 작, 1928)는 채석장의 사나이들이 투쟁극을 벌이는 대목이 나오는데, 충무로 카페에서 송우재가 영민 일파와 주먹다짐을 하는 대목으로 패러디된다. 우재가 자신의 새 영화에 대한 자존심을 지키려 하는 한편 최나미는 우재를 도우려 동래온천에 김기수를 만나러 가는 위급한 내용이 뒤따른다.

6장. '죄 없는 죄인'(최인규 작, 감독, 1948.1.2. 국제극장)은 우재와 미나 사이에 끼어 방해했던 민자와 영민이 잘못을 뉘우치고 둘의 영화를 돕게 된다는 내용을 패러디한다. 영민은 온천에서 요힘빈에 취한 나미를 색마 김기수로부터 구해내고 우재의 옛 연인 민자는 태우의 아이를 임신하여 홍콩으로 태우와 함께 떠난다.

7장 '사랑을 찾아서'(나운규 작, 1928)는 나미가 신의주에 살 때 돌봐주었던 연인 배준호가 뜻밖에 살아 돌아온 것을 패러디한다. 최나미는 서울로 가고 배준호는 일제 말 광복군으로 뒤늦게 참전하면서 헤어졌었다. 그 후 전쟁 중 폭사했다던 배준호가 '사랑을 찾아서' 나타남으로써 나미는 새로운 갈등에 봉착하게 된 것이다.

8장 '무지개'(이규환 감독, 1936)는 헤어진 남매가 어렵게 만나 해피엔딩에 이른다는 내용으로 나미의 처지를 희망적으로 패러디하여 묘사한 듯하다. 나미는 우재와 준호 사이에서 고민하다 준호에게 오빠가 되어줄 것을 부탁한다. 그렇게 되면 우재에게 다시 갈 수 있기 때문이다. 그러나 우재는 나미와 준호의 관계를 의심하고 나미 대신 일방적으로 이금주라는 여배우를 새로 기용한다.

9장 '수선화'(김유영 감독, 1940)는 불륜의심을 받은 여주인공의 순결을 의미한다. 「여배우」에서는 금주와 나미가 순결을 바쳐 사랑을 증명하고자 하는 뜻으로 비친다. 그러나 "금주를 완전히 차지한 우재"는 나미와의 추억이 있는 청암사를 피해 불국사에서 영화를 찍게 된다.

10장에서 '임자 없는 나룻배'(이규환, 1932)는 두 남자가 모두 떠난 나미의 처지를 패러디한다. 준호는 우재에게 사랑을 양보하고 일본으로 떠나지만 우재는 자신이 나미에게 실연당했다고 생각한다. 나미는 '임자 없는 나룻배'가 되어 친구 연희를 찾아간다.

11장 '銀河에 흐르는 정열'(안종화 감독, 1935)은 은막에 흐르는 정열, 즉, 모든 것을 잃더라도 영화만은 해야 한다는 각오를 의미한다. 이 장에서 우재를 중심으로 영화 제작에 대한 한 남자의 열정을 그리다보니 여성문제에 소홀한 느낌마저 준다.

12장 '여인일기' 소제목은 1948년도 전창근 감독의 영화 〈여인〉을 패러디한 듯하다. 여배우 이금주는 송우재와 다방 이층을 빌려 어려운 신혼생활에 들어간다. 그러나 '황순영'이라는 다방 '매담'이 우재에게 접근, 금주에겐 견디기 어려운 고난의 신혼생활이 계속된다. 금주는 외박하는 남편을 두고 친정집으로 가버린다.

13장 '국경'(쇼치구사 제작, 1923. 최인규 감독, 1939)은 애정갈등에 얽힌 활극영화인데, 금주의 처지를 동정한 나미가 금주와 한편이 되어 송우재, 황순영과 대립하여 싸우는 상황을 패러디한다.

14장 '마음의 고향'(윤용규 감독, 1949, 함세덕 〈동승〉을 각색한 듯)은 주인공 '용'이 '어머니의 마음'을 찾아 산사를 떠난다는 이야긴데, 소설에서는 주인공 우재의 '마음의 고향'이 나미임을 의미한다. 우재는 지금까지 많은 여자들과의 관계로 결국 세상의 웃음거리가 되자, 여자들과의 관계를 청산하고 새로운 영화에 전념하고자 한다. 그는 새 영화의 로케장소인 경주로 혼자 내려갔다가 사고를 당하는데, 병석에 누워 진정한 '마음의 고향'이 결국 최나미였음을 깨닫게 된다.

「여배우」는 해방 직후 영화 제작과 여배우와의 스캔들이라는 흥미로운 설정을 통해 초기 영화계 현실을 재현함으로써 그 과정에서 차후 영화시대를 예견하고자 하였다. 또한 기존의 한국 영화 제목들을 모아 새롭게 스토리를 구성함으로써 소위 포스트모던한 편집과 실험적 창작을 하였다. 소설 중에 등장하는 미군정하에서의 사회적 부패, 양갈보 등의 소재는 그러한 실험의식 안에서 당대 사회상을 반영하는 정도의 배경으로 등장한다. 곧, 「여배우」는 신문소설이라는 틀 속에서 통속적인 삼각관계, 차중기연, 안이한 귀결과 시놉시스나 콘티를 보는 것 같은 비소설적 문체 등 장편소설로서의 한계를 내포한다. 그럼에도 이 소설은 그 어떤 소설보다도 1950년대 지역에서 '영화소재 소설'이라는 새로운 분야를 본격적으로 전개함으로써 차후 한국의 영화시대를 전망하고 영화실무와 이론을 담론화한 희귀한 작품임에 틀림없다.

2) 홍영의 「애정백서」, 「열토의 풍속」, 전시 애정담과 치유로서의 사회 계몽담

홍영의(1915~1975)는 조지훈과 함께 동학한 동국대 출신의 전문 불교인으로 알려져 있다. 수필집 『沙羅樹抄』(동국출판사, 52), 『人生春秋』(동서문화사, 54)를 상재하였고, 이후 『현대불교』, 『자유문학』, 『한국시단』, 『불교』, 『영문』 등 불교지와 문학지에 「서창만록」, 「撫菊語」, 「關東의 노래」 등 시와 수필, 불교평론을 게재한 바 있다. 1950년대 초 그는 대구지역에서 효성여대에 몸을 담고 소설 창작에 몰두하기도 하였다. 단편소설 「嗚咽의 樂章」(『자유세계』, 52.10, 201~215쪽)을 발표하기 시작, 『대구매일신문』에 「愛情白書」(1955.1.1~7.1, 156회)를, 『영남일보』에는 「熱土의風俗」(1957.7.10~12.22, 154회)을 연재하였다. 그는 전시에 조지훈, 구상과 함께 '효성여대'에 재직하면서 『효성학보』라는 대학신문의 초대주필을 지냈으며 이후 상경 동국대 역경원에서 불교 번역에 업

적을 남겼다.[56)]

(1) 「애정백서」, 전시 피난 체험과 사랑의 비극

「애정백서」는 1946년 경기도 연천에서 월남한 내과전문의 박원대 가족의 피난 체험과 두 딸(경숙, 향숙)들, 특히, 경숙의 애정 갈등을 통해

---

56 백웅 홍영의(白熊 洪永義, 1915.4.27~1975.4.8)는 백웅 홍영의(白熊 洪永義)는 이 땅이 낳은 불세출의 문인이다. 삼척군 노곡면 금계리(熊足洞)에서 홍갑성(洪甲性)의 넷째로 태어났다. 근덕 국민학교를 졸업(제4회, 1931.12.21)하고 영은사에 들어가 불교 공부(1932년경)를 시작했고, 다시 금강산 유점사에서 불교를 수학(1933년경)하고 혜화전문학교 불교과를 졸업(제11회)했다.

그 후 일본으로 건너가 일본 동양대학 철학과를 졸업(1943년)하고 귀국하여 중앙대학교 · 효성여자대학교 · 청주대학교 교수로 재임하다가 말년에는 안양 용화사 주지로 신앙에 몰두하였으나 1975년 4월 8일 홀연히 세상을 떠났다. 슬하에는 4남 1녀가 있다. 백웅(白熊)이 문학에 뜻을 둔 것은 1930년대 중반쯤이다. 소설가 방인근이 『학우구락부』라는 국문판 월간지를 발행했었는데 백웅, 구상(具常) 등이 그 잡지에 투고를 했었다. 또한 조지훈도 함께 투고하고 있었다. 그때 백웅은 중앙불교전문학교 학생이었고 구상은 천주교(덕원) 신학교 중등과 학생이었다. 백웅은 산문을, 구상은 시를 공부하였다. 백웅은 평상시엔 말도 많지 않고 말씨도 조용해서 아주 온유하기 짝이 없는 선비지만 술이 한잔 들어갈 양이면 때로는 전혀 다른 사람처럼 되기도 했다. 그래서 그의 천성적 선량이나 그가 지닌 온축된 지식이나 그의 탁마된 자질이나 수행 등을 알지 못하는 사람들에게는 비현실적으로 보여질 수도 있었을 것이다. 일본의 군국주의가 그 마수를 뻗어 팽창하고자 전쟁의 참화 속으로 젊은이를 끌어내던 암흑기에서 누구나 조금씩은 허탈한 감정을 가졌을 것이다. 일본 동양대학 졸업논문인 「율곡이이론」은 냉철한 판단력으로 율곡사상을 편견 없이 논술한 것도 대단한 일이었지만 일문(日文)으로 쓰인 것으로 더욱 유명하다. 당시 일본 학계에 새로운 충격을 준 것도 틀림없는 사실이다. 백웅의 「율곡이이론(栗谷李珥論)」은 그의 종제(從第)인 일죽 홍태의(一竹 洪泰義)가 번역하여 삼척문화원이 출판하였으며 그의 기념사업도 계획하고 있다. 6 · 25 전쟁이 일어났을 때에 백웅은 부산 금수사(金水寺)에 피난 보따리를 풀었다. 거기에는 그의 산문(山門) 시절 도반이며 현재는 태고종 종정인 안덕임 큰스님이 주지로 있었기 때문이다. 그때 신설된 효성여자대학의 교무처장으로 오랫동안 봉직하면서 본격적인 문학 활동을 시작하였다. 이 무렵 백웅은 장편소설 「노도」, 「열사의 풍속」, 「애정백서」 등이 있고, 수필집 「사라수초(沙羅樹抄)」, 「인생춘추(人生春秋)」 등이 간행되었다. 특히 「애정백서」는 대구 『매일신문』에 연재되어 크게 호평을 받았다. 백웅은 60년대 초에 다시 서울로 와서 불교 경전을 국역했고 『불교계』란 잡지를 주간하는 등 주로 불교 홍보사업에 헌신하였다. 불교의 경전을 비롯해 동양 고전에 통달하였고 문학에도 큰 자취를

전쟁을 전후한 사상적 갈등으로 인한 인간관계의 혼란과 단절을 보여준다. 목숨을 걸고 연천읍, 전곡리 길로 하여 동두천 소요산을 넘은 박원대 가족은 '독오른 배암처럼 이 거리 저 거리 이 골목 저 골목에서 가시돋힌 혀 바닥을 날름거리'는 빨갱이들을 피해 무사히 남하에 성공한다. 그리고 박원대는 서박사의 도움을 받아 대동의원(내과 소아과) 병원에 임시 기거하다가 남한에서 의사로, 대학교수로 자리를 잡는다.

이 소설의 특이점은 월남가족들이 고향 간첩들과 얽혀지면서 겪는 갈등이다. 즉, 자유를 찾아 남하한 박원대 가족들이 한국전쟁으로 인해 또 다시 피난체험을 하게 되는데, 이 소설은 그러한 체험 가운데 반공 첩보극을 방불케 하는 독특한 애정갈등을 보여준다. 반공첩보 모티프는 애정의 삼각 갈등에 시의적이고 현장적인 긴장감을 불어넣는다. 박경숙의 여고동창생 오금자는 연천에 있을 때 여청의 선전위원으로 활동하다 신분을 속이고 서울에 잠입하여 경숙을 포섭하려 한다. 종로의 '흑란다방'에서 경숙과 우연히 만난 척하는 김군철 역시 과거 연천의 민청단장으로 간첩으로 남하하였다. 그는 고향친구인 경숙에게 접근, 국군 정보장교인 김억보에게 접근하라고 협박한다. 이때 김군철의 협박으로부터 경숙을 구해준 사람은 경숙의 여학교 때 체조선생이었던 문덕호였다. **청년회 감찰부원이 된 문덕호는 김군철을 밀쳐내고 경숙을 구해주었지만 정작 본인은 오금자의 유혹에 넘어가 살해당한다. 이 사건은 '대남공작대 일망타진 주범 김군칠 외 오명 체포'라는 제목의 신문기사에 이어 '천인공노할 괴 살인사건'이란 타이틀과 함께 신문에 자세히 보도된다. 그리고 '남녀간첩의 죄악상', '비명에 간 민청간부 문덕호씨'라는 부제목과 함

남긴 천재 백웅 홍영의에 대하여 본격적인 연구가 필요하다.(동국대, 역경원 소개 글과 삼척시지(삼척시, 1997) 예술인 소개 글에서 발췌)

께 '오금자의 유혹에 넘어가 동침 중 알몸의 문덕호를 간첩 김군칠이 소리 나지 않게 대못을 머리에 박아 죽이고 청량리 뒷산에 매장'[57]했다는 등 간첩의 행위가 다소 선정적이고 엽기적으로 부각된다.

「애정백서」는 애정소설인 동시에 한 용감한 상이군인의 투철한 반공의식과 애국심을 잘 그려낸 반공계몽소설이다. "일본제국주의자들 밑에서도 안녕질서를 유지해 온 우리가 아니냐? 우리를 두쪼각 내고 삼강오륜을 짓밟아놓고 혈육사이를 이간을 부치고 서로 원수를 만들게 하니 얼마나 놀라운 사실인가?"[58] 경숙의 연인 장영렬은 철원에서 갑부의 아들로 서울의 M의학전문에 다니던 중 반역자로 몰려 혼자 월남한다. 그는 통위부로 개편된 국방경비대 군사영어학교에 입학하여 원수를 갚기 위해 장교로 임관한다. 군사학교 동기인 김억보의 집에 들렀다가 억보의 여동생 김옥순의 구애를 받지만 경숙을 잊지 못해 이를 거절한다. 게다가 영렬을 향한 옥순의 과도한 열정은 영렬을 불편하게 할 뿐이다. 김옥순은 급기야 상사병에 정신이상이 되고 억보의 부하 이등중사 여성찬이 그녀를 보호하게 된다. 성찬의 정성어린 보살핌으로 옥순은 일시적으로 정신이 되돌아온다.

이즈음 전쟁이 나고 장영렬은 전선으로 간다. 남침으로 인한 국군의 후퇴 상황을 「애정백서」는 '경비나 하던 삼팔선이 이렇게 개아미처럼 인해전으로 몰아쳐오는 괴뢰군들을 어찌 막아낼 도리가 있으랴'(282쪽), '그러나 목숨을 내어걸고 임전무퇴의 화랑도 정신을 이어 받은 국군은 옥(玉)으로 부서질지언정 한 거름도 물러서지 않았다'[59]고 전한다.

---

57 홍영의, 『愛情白書』, 凡潮社, 1955, 225쪽.(『대구매일신문』, 1955.1.1~7.1, 156회 연재)
58 홍영의, 위의 책, 15쪽.
59 홍영의, 위의 책, 282쪽.

또한 「애정백서」는 인공치하에서 살아남기 위해 변절하는 인간상을 고발 비판한다. '진정인지 거짓인지 서로 앞을 다투어 붓대를 잡는가 하면 이편도 저편도 아닌 알쏭달쏭한 친구들이 기세를 피우기도 했다. 제법 자기 인생관을 가졌다는 소위 문필인들까지도 문학가동맹이란 간판을 갈아붙이고 기염을 토하는 덴 앗찔한 순간이었다'(제9장 '인간대서업', 292쪽)고 한다.

장영렬은 K장군을 흠모한다. K장군이 만주 벌판에서 공산당을 토벌하러 다닐 때 불렀다는 노래에 '간악한 왜적의 2십칠년 저즐은 죄악상이/ 왜놈의 칼집에 칼날은 님의 것'이라는 대목이 나오는데, 장영렬은 민족의지를 반공정신으로 이어가려 한다. "죄 없이 돌아가신 아버지의 원한을 풀고 삼천만의 원수를 갚으려는 각오를 굳게" 한 장영렬은 자신의 원한을 민족의 원한으로 비약하려 한다. 해방 후 군사학교 생도였던 장영렬은 한국전쟁에서 대대장이 되면서 목숨 바쳐 싸우지만 아무도 그를 못 알아볼 정도로 화상을 입고 전역한다. 장영렬은 국가를 지키기 위해 싸웠으나 불구의 몸이 되어 약혼자에게 부담을 주느니 차라리 군인으로서의 명예를 지키고 끝까지 조국을 위해 일하겠다고 결심한다. 소설 말미의 다음과 같은 내용은 매우 인상 깊다.

> 아무 글발도 없는 백지는 무엇을 의미하는 것일까? 경숙은 그대로 방바닥에 주저앉아 다시 흰 종이를 자세히 들여다 보았다. 이윽고 눈물 방울이 떨어져 백지를 적셨다. 어쩌면 영렬의 눈물 자국으로 얼룩이 졌을 백지 위에 경숙이도 이렇게 눈물을 흘리는 것이 아닐까. 그러나 일선에서 보낸 편지면 종이와 봉투가 너무 생생하게 꾸김이 없음을 생각한 경숙은 먼저 왔던 상이군인의 얼굴은 흉했으나 어쩐지 그의 목소리가 새삼스레 귀를 울려 오는데, 그만 땅바닥에 쓰러져 버리고 말았다.

「애정백서」는 결국 끝까지 명예로운 군인으로서 약혼자에게 부담을 주지 않으려는 장영렬이 선택할 수밖에 없는 명예로운 파혼장이자 처절한 애정 고백서임을 알 수 있다.

「애정백서」에는 이밖에 월남가족으로서 겪어야 했던 인공치하에서의 불안한 피난체험을 담고 있다. 서울에서 제때 피난을 하지 못한 박원대 가족이 월남가족이라는 이유로 배신에 대한 보복의 두려움에 숨어살거나 일시적으로 적과 영합해 나가는 과정이 사실적으로 그려진다. 장녀 경숙은 인천상륙작전으로 오류동이 해방되었다는 소식을 듣고 자신을 짝사랑하는 이명의 연인 행세를 하면서 병든 아버지와 함께 극적으로 한강을 건넌다. 한강 이남인 구로리에서 경숙은 다시 여청에 가입, 뒤를 미행하는 민청선전책임 허욱을 따돌리고 가리봉동으로 향한다. 경숙은 구로리에서는 불타버린 집 앞에 즐비한 인민군 시체를 목격하기도 하고 비행기 공습에 죽을 뻔도 하지만 인민군들의 만류에도 수복된 가리봉동으로 피신한다. 가리봉동에 입성하자. 경숙의 눈에서는 '원수의 손에 얽매었던 원한의 눈물이, 구세주의 손을 잡는 기쁨의 눈물이, 오장을 흔들고 흘러나온' (374쪽)다.

「애정백서」는 경숙의 가족이 피난하는 줄거리를 통해 맥아더의 서울 수복장면을 감격적으로 묘사하지만, 미군들의 시민들에 대한 무심한 태도를 그대로 담기도 한다. 미군들의 무차별 공습도 그렇고 피난의 처참한 상황에서도 셔터를 열심히 누르는 미군들[60]이 그대로 묘사되기도 한다. 피난 상황에서 자신만의 삶에 급급한 '야박한 인심'도 묘사된다. 비참한

----

60 "소 등에다 보리쌀 되박을 얹고 삼베 꼬장중이에 미틀이(미투리)를 신은 농부들이 줄을 이어 서울은 폭우를 실은 먹장구름이 얕게 깔렸다. 골목골목 가로수 그늘 밑에 깨어진 냄비와 바가지를 주렁주렁 단 괴나리 봇짐이 유난스럽게 눈에 띠이고−맨발에 젖퉁이를 털렁거리며 땟국이 흐르는 어린애를 업은 시골 여인을 보고 '카메라'의 '샅타'를 눌르며 신기해 하는 미군들이 무어라 지껄이기에 바쁜 서울은 급기야 의정부 쪽에서 미아리고개 청량리 쪽에도 적의 포화가 날아들기 시작했다."(홍영의, 282~283쪽)

피난 상황에서 경숙의 기도하는 모습이 두어 번 등장하는 것은 이 소설이 연재된 『대구매일신문』이 천주교에서 경영하는 탓이 아닌가 한다.

해방 전 경숙을 의학박사이자 교수인 아버지와 연인 장영렬 모두와 헤어지게 한 전쟁은 누구에게나 그렇듯 재앙이었고 발광이었다. 전쟁 상흔과 불안심리는 광인의 등장으로 구체화되기도 한다. 장영렬의 동급생인 김업보의 동생, 김옥순이 거리의 광녀로 등장한다. 이는 광기에 휘둘리는 현실을 상징적으로 보여준다. 김옥순은 첩의 딸이라는 자격지심으로 일찍이 장영렬로 인해 상사병이 걸렸지만 이후에는 '충무로의 미친 여자'로 등장한다. 그녀는 지나가는 여자마다 붙잡고 엉뚱한 시비를 한다. 경숙이 옥순에게 붙들려 수난을 겪는 대목에서 사람들은 모두 옥순의 편을 든다. '내 남편을 빼앗아 간 년'이라는 옥순의 말을 듣고 군중들은 경숙에게 '이년아, 도망을 치려고 하면 안 되지 안 되'(396~398쪽)하며 경숙을 붙잡으려 한다. 이러한 군중의 횡포는 단순히 여자를 무시하는 남존여비사상 때문이 아니라 약자에 대한 공감대로 나타난 전쟁의 상흔에 기인된 것이라고 볼 수 있다. 박원대, 곧 경숙 가족이 겪는 이러한 전쟁 체험 실상은 수기적이어서 단순한 반공이념을 뛰어넘어 독자로 하여금 인생에 대한 깊은 회오에 젖어들게 하거나 깨달음을 각성하게도 한다.

(2) 「熱土의 風俗」 – 지역 문화 공간으로서의 후방 도시 풍경, 불교문화의 도시 공간

홍영의의 「熱土의 風俗」는 『영남일보』(1957.7.10~12.22, 154회) 연재작으로 신예작가다운 새로운 열정이 돋보이는 중요한 소설로, 『영남일보사』 신문 파일에는 40여 회분이 누락되어 있지만 경북대학교 MF에 대부분 보존되어 있다. 사자어로 된 소제목은 '人工呼吸', '煙幕戰術', '一目笑殺', '비는 온다', '夜半鐘聲', '以尺報尺', '彼岸의 꽃', '有相無

相', '原罪 以後', '人形의 집', '鐘이 운다'로 총 11장으로 이어지는데, 여기서도 한문 소양이 깊고 고전 지식이 풍부한 작가 홍영의의 소질과 풍모를 짐작할 수 있다.

무엇보다도 「열토의 풍속」은 전쟁 직후 분위기를 잘 살린 독특한 애정 갈등을 보여준다. 부산, 대구를 배경으로 남녀 간 애정갈등이 편지 도난과 간첩 사건으로 전개된다. 백난화는 미국 유학준비 중에 전쟁을 겪고 고아가 되어 아버지 친구 송갑만 사장의 댁에 기숙하고 있었다. 어느 날 아침 백난화에게 우편배달부로부터 '별사배달'(등기우편)이 전달되는데, 갑자기 누군가가 차를 타고 지나면서 우편물을 가로채간다. 이러한 첫 대목은 편지내용이 무엇이고 편지를 누가 보냈으며 편지를 왜 가로챘는가 하는 독자의 궁금증을 유발시킨다.

편지 도난 사건의 진상은 CIC 방첩대가 개입하면서 조금씩 드러난다. 백난화의 대학 때 은사 박봉선이, 백난화에게 간첩지령의 편지를 쓴 혐의를 받고 체포된다. 박봉선이 고문당함으로써 편지를 보낸 사람이 박석정이란 자임이 드러난다. 박봉선은 단지 옛 제자인 백난화의 처지를 딱하게 여기고 취직을 알선하기 위해 편지를 보냈을 뿐인데, 그 편지를 누군가가 '남한공작대원'의 간첩지령문처럼 위조해 박석정이란 이름으로 다시 보냈다는 것이다.

여기에 난화의 아버지 비서였던 차광수도 혐의를 받게 된다. 일찍이 차광수는 인공 때 불가피하게 백난화 아버지를 고발하여 아버지가 납북당하게 한 잘못이 있다. 그는 잘못을 뉘우쳐 백난화를 더욱 도와주고 사랑하려고 한다. 그런 그가 우연히 대구역에 쓰러진 백난화를 도와 병원에 옮겨주었기 때문에 백난화와 함께 간첩혐의를 받게 된다. 여기서 죄 없는 사람들을 몰아 고문하는 CIC의 어리석음을 비난하는 대목이 나온다. "아버지를 빼앗아 간 공산당 말만 들어도 치가 떨릴 난화를 도루 모함하다니"(57.8.6, 28회) 백난화의 사촌 동생 송초순은 이것이 누군가가 박봉선과 백난화를 빨갱이로 몰아가려는 음모임을 눈치 채고 아버지 송갑만에게 이 사실을 알린다. 결국 송갑만의 도움으로 박봉선과 차광수는 풀려난다.

진짜 편지 도둑은 백난화의 대학 때 동기 문월희였다. 월희는 박봉선 교수와 난화 사이를 질투하고 이 같은 일을 저지른 것이다. 월희는 "모든 애욕이란 보다 잘 살기 위해 사랑이냐, 돈이냐, 권력이냐 하고 자기 생명의 밧줄을 잡아 다니는 데 지나지 않는다"라고 믿는 현실주의자였다. 월희는 십억대 갑부인 전재홍이나 유도 유단자인 권장호 사이를 오가며 돈과 애욕을 추구하고자 한다.

4장부터는 차광수와 백난화, 박봉선과 문월희, 송초순과 최준의 애정 갈등이 다각도로 펼쳐진다. 신문기자 차광수가 난화와 연정을 나누는 사이가 되고 초순은 최준의 누드모델이 되기도 하지만 결국 모든 애정 갈등이 백난화와 박봉선 중심으로 모이는 양상을 띠게 된다. 신라불교의 본산지 경주를 중심으로 박봉선, 난화, 월희와 함께 문화담론이 '강단에서 열변을 토하듯' 진행되는데, 경주의 불국사탑과 영지못 전설로부터 대웅전 단청의 불우전각까지 섬세하게 보고된다. 이런 곳에서의 월희의 자살미수 사건은 월희를 어린 시절, 묘화의 자리로 되돌아가게 한 계기가 된다. 월희는 원래 어머니 정공녀와 어머니가 일하던 병원장과의 사이에서 태어난 사생아였다. 월희는 온갖 방법으로 백난희를 박봉선으로부터 떼어내려 하였지만 실패하자 박봉선과의 음독 자살을 기도한다. 병원에서 깨어난 월희는 비로소 새로운 깨달음을 얻는다.

월희는 삶을 다시 얻은 것으로 생각하고 불교의 귀의하여 새로운 수도자의 삶을 살고자 한다. 이 순간, 난화는 '어쩌면 질투에 빛나던 월희의 눈이 저렇게 해맑고 빛날까? 시원스러운 이마 위에 한 줄기 범하기 어려운 원광이 서려있지 않느냐'(113회)하고 감탄한다.

  그러나 소설에서 월희의 고난은 계속된다. 월희가 묘법스님으로부터 계를 받고 묘화가 되어 행자승에서 다시 수좌로 성장하여 만행을 하는 동안의 이야기가 흥미롭게 시작된다. 월희는 비구니로서 살아가는 동안에도 세속에서의 인연 때문에 견디기 어려운 갈등과 번민을 겪는다. 색마 전재홍이 대구역에서 월희를 알아보고 이층 침대칸으로 묘화를 유인하여 겁탈하려고 한다. 비구니조차 성욕의 대상으로 바라보는 삐뚤어진 실업가 전재홍의 변태적인 마음이 세세하게 묘사된다. 월희를 침대칸으로 끌고 간 전재홍은 '희미한 전등불에 약간 상기되어 불그레한 묘화의 얼굴을 훔쳐보며 침을 꿀꺽 삼킨다.'(140회) 월희가 묘화가 되어 아무리 개과천선하려 해도 속세에서 지은 죄로 인해 전재홍의 야수와 같은 행위에서 벗어나지 못한다. 이러한 이야기는 비구니의 '여자의 일생'이라는 점에서 주목을 끈다. 1938년 한용운의 「박명」 이후 파란만장한 비구니의 삶을 그린 소설은 그다지 드러나지 않다가 1978년 한승원 「아제아제바라아제」에 이르는데, 이러한 50년대 신문소설에서의 묘화의 이야기는 비구니 소재 소설로서의 의미가 크다. 박봉선 교수 역시 월희의 파란 많은 인생과 변화를 지켜보다 불심을 갖게 되고 혼자 살기로 한다. 박봉선 교수의 이미지에는 저자 홍영의의 모습이 많이 투영되어 나타난다.

  「열토의 풍속」이란 제목에는 말 그대로 상처투성이가 되어버린 '熱土', 바로 이 땅 위의 삭막한 '세태와 인심', 곧 그러한 지역사회 현실을 그대로 그려 보이겠다는 의지가 숨어있다. 개심하여 고행하는 묘화의 눈에 비친 전쟁의 상흔들, 을씨년스럽게 펼쳐지는 황량한 서울 거리 풍경들……. 묘화는 묘법스님으로부터 계를 받고 서울 신설동, 의정부를 다니면서 만행하는데, 그녀의 시선에 의해 치솟은 물가와 화폐개혁으로 사람들의 곤궁하고 피폐해진 전시 삶의 현장이 그대로 스케치된다.

한편, 143회에서부터는 부산의 대신동 끝자락 '자매원'이라는 고아들의 보육원 시설을 맡은 난화와 초순의 이야기로 전개된다. 편지를 남기고 떠난 박봉선 교수와 헤어진 난화는 역시 비슷한 처지인 초순과 함께 전쟁고아들을 모아 공부도 시켜주고 생활을 도와주는 보모로 살아간다. 두 자매의 '자매원'은 이 소설이 지향하는 지점을 잘 말해준다. 결국 묘화의 보살행과 난화의 고아 보육하기는 50년대 지역의 전망과 미래를 방향지우는 방식이라고 할 수 있을 것이다.

이밖에도 「열토의 풍속」은 지역작가의 신문소설로서 시의적 공감성을 얻기 위한 시사성과 시공간의 장소와 시간이 충분히 고려되고 배려되어 설정되고 있다. 반공이 이미 사회적으로 국시로 되어있지만 이를 악용하여 상대방을 모함하는 이야기들이 자주 등장하고 있는 것도 특이할 만하다. 게다가 휴전 배경에 대해서도 '맥아더에 수의 전략을 반대한 트루먼 대통령의 소극 정책' 때문이라고 보고 그 이유가 '중공이 개입한 데 겁을 먹은 것'이고 '소련이 뒤를 쫓아 삼차 대전이 터지리라고 생각해서 한국전쟁을 국지화시키자는'(45회) 전략이었음을 신문기자 차광수의 입을 빌어 말하는 대목이 나오는데, 이는 미국의 의도를 거의 정확히 짚고 있는 것이었다.

결국 「열토의 풍속」은 반공이념을 넘어 인간의 존엄성과 생명의 소중함을 이야기한다. 부친이 납북되어 가족이 풍비박산되는 혼란한 세태 속에서 백난화가 송초순과 보육원을 운영하며 고아를 보살피는 삶을 인생에서 선택한 것은 월희가 묘화가 되어 간첩 누명 사건을 저지른 잘못을 뉘우치고 보살행을 통해 속죄하는 것에 비견된다. 이 두 가지 삶의 선택이야말로 작가가 말하고자 하는 정신적 배경과 주제를 충분히 담고 있다고 할 수 있다.

3) 김동사,[61] 후방도시에서의 전시 체감과 전통 가족윤리로의 복귀

김동사는 『영남일보』 기자로서 당시 주로 전시 대구·경북지역사회를 계도할 의도로 소설을 연재하였다. 「體溫」은 출판사에서 일하는 주인공과 피난민 처녀와의 조우를 그린 단편으로 외로움과 병으로 자칫 나약해지기 쉬운 전시 청춘남녀의 취약점을 밀도 있게 그렸다. 이는 과거의 전통적이고 보수적인 도덕질서를 내세우기에 앞서 지쳐버린 영혼에 대한 안쓰러운 스케치이기도 하다. 작가 김동사는 이듬해 같은 신문에 「애정범선」을 연재함으로써 새로운 도덕 회복이 중요함을 이야기한다. 무너진 도덕의식과 중심 없는 삶 속에서 심해어처럼 유영할 수밖에 없는 암담한 현실을 그리되 결국 그러한 파탄의 원인이 자신을 방기하는 도덕적 카오스에서 비롯된 것임을 강하게 비판하고자 한다.

(1) 「體溫」－전시 고독과 병의 치유

김동사 「體溫」(『영남일보』, 52.12.2~12.7, 6회, 삽화 백문영)은 사소설적인 애정 단편이다. 피난 온 출판사 여직원이 주인공인 '나'를 평소 아빠처럼 따랐는데, 병고에 갑작스레 깊은 관계를 갖게 되고 그 때문에 말도 없이 그녀가 떠나버렸다는 이야기이다.

....

61 김동사(1919~1995)는 대구계성을 나와 일본 요코하마 전문대를 중퇴한 다재다능한 언론인으로 특히 대구·경북지역 영남일보사 등 언론계 30여 년간 종사한 언론인이자 시인, 번역가(번역서 20여 종), 수필가이기도 하다. 소박한 시민의 생활상과 시적 서정성을 즐겨 그려온 김동사는 1946년 『죽순』 동인으로 활동하면서 시와 소설을 썼다. 주요 작품으로 단편 「몽녀」, 「흑색의 의미」, 「애정범선」, 「열대어족」 등이 있으며 소설집으로 『사랑의 풍문』, 산문집 『속된 인간 문화타령』 등이 있다. 당시 기자들이 자신이 속한 신문에 연재소설을 기고한 경우가 더러 있었다.(윤장근, 앞의 글, 53쪽) 이밖에 이규헌은 『영남일보』에 「정오의 사랑」(1958.7.31~8.10)을, 서석달은 『대구일보』에 「폐인」(1960.12.11~12.30, 20회)을 연재하였다.

전시 대구지역 소설가인 '나'는 미스 심과 평소 가까운 사이로 지낸다. 미스 심이 피난민으로 혼자 살기 때문이다. 미스 심은 나에게 집을 가르쳐 주었고 직장 상사를 좋아했다가 헤어진 애정편력을 이야기하기도 했다. 어느 날 미스 심이 결근하자 나는 혼자 사는 미스 심의 방을 찾아간다. 나는 둘만의 방 안에서 가슴과 늑골 사이에 통증을 느끼는 미스 심에게서 이성적인 체온을 느낀다. 둘은 순간적으로 깊은 관계를 갖고 만다. 얼마 후 미스 심을 찾아갔지만 집주인은 그녀가 부산 어디론가 떠났다고 한다. 이 소설은 비록 청춘남녀의 우연한 실수로 치부하고는 있지만 전시 중 흔히 앓는 늑막염이나 폐렴 증세로 인해 일어나는 성적인 욕망을 중요 소재로 삼고 있다. 소설 「체온」은 전시 병고 속에서 억누르지 못하게 되는 성욕이라는 생리적 관계를 깨닫게 해준다. 일찍이 이상이나 고은도 폐렴이 성적 욕망과 갖는 관계를 시로 형상화한 적이 있었다.

전쟁이 가져다 준 정신적 외로움과 영양 부족으로 병에 노출되면서 피난민들은 오히려 강렬한 성욕을 느끼게 된다. 그것은 마치 식물이 악조건에서 열매를 더 많이 맺으려 하듯, 자연스럽게 생기는 종족 보존 본능, 생장 본능이다. 이 소설은 도덕적 규범을 넘어서게 하는 그러한 전시 상징적 매개물을 '체온'이라고 지칭한다. 김동사의 단편에서는 신체 부위의 고통으로 예민해진 처녀의 성 감각과 누군가가 필요한 심리적 변화를 병치시켜 독자의 흥미를 끌고 있다.

(2) 「愛情帆船」 - 전시 가정 파탄과 부녀 윤리 회복에 대한 의욕

김동사 「애정범선」(『영남일보』, 53.9.19~11.17, 54회)은 내키지 않은 혼인을 한 젊은 여성이 겪는 남편과의 갈등과 그것으로 인해 서로 돌이킬 수 없는 상황에 빠지는 비극을 그리고자 한다. 범선(돛단배)이 파도와 폭풍우에 흔들려 난파되듯, 자칫 신혼이라는 가정, 애정범선도 난파될 수 있음을 비유한다. 애경은 회사원으로 남호의 청혼에 쉽게 마음을 열지 못하는데도 집안에서 맺어준 남호와의 혼사문제에 시달려야 한다. 애경은 홍과장의 유혹에 응하거나, 오빠의 친구 인규의 하숙방에 뛰어 들어가 그를 껴안기도 하면서 원치 않은 남호와의 결혼에 반발한다. 애경은 혼사를 앞두고 꿈에 심원(心圓)이라는 스님의 애무를 받는 등 말초 감각이 민감해진다. 결국 애경은 '제단에 오른 육체' 소제목처럼 남호와 마음에 없는 혼례식을 올린다. 주례는 '결혼을 엄숙하다고만 생각하면 역효과가 난다'고 하면서 우리 인생은 심각할 필요가 없고, "앞으로 가질 생활에 대한 엔조이를 어떻게 하느냐는 것을 생각하"(18회)라고 한다.

결국 애경은 혼인은 하지만 남호에게 마음은 열지 않으리라 결심한다. 애정 없는 혼인 속에서 아무런 생각 없이 "얽매인 새"(19회)처럼 살아보자고 마음먹는다. "정신은 결혼을 용납하지 않"(19회)기로 결심한 애경은 신혼 초 몸이 쇠약해지고 불감증 진단까지 받은 후 무력감에 빠진다.

애경과 남호는, 결혼 생활의 무기력을 회복시켜 보고자 온천여행을 떠난다. 온천지에서 만난 인규를 보고 남호는 인규와 애경의 과거 관계를 의심한다. 남호는 급기야 가출하게 되고 애경과의 관계는 악화된다. 애경은 남호를 찾아 나섰다가 통금위반으로 "특경대"에 잡혀 하룻밤을 지새우고 나온다. 그 바람에 남호는 아내가 외박을 한 것으로 단정하고, 편지를 남겨놓고 떠난다. 애경은 뒤늦게야 남호의 존재를 중요하게 생각하게 된다.

한편, 집을 나온 남호는 술집에서 애경 문제로 괴로워하던 중 순종적인 춘자라는 작부를 만나 하룻밤을 보낸다. 다음날 아침 남편을 기다리던 애경은 M극장 앞에서 남편과 여자를 발견하는 순간 충격을 받고 비틀거리다 자동차에 치인다. 애경을 친 홍과장은 애경이 처녀시절 다니던

회사의 상사로 애경을 탐하던 적이 있었다. 홍과장은 애경을 병원에 옮겨 입원시켜 놓고 환자인 애경의 육체를 마음껏 유린한다. 애경은 자포자기의 심정으로 홍과장과 함께 H유원지로 드라이브를 하고 요정으로 춤추러 가서 인규의 친구라는 권용구를 만난다. 권용구는 인규가 애경 때문에 상사병으로 거의 죽게 되었으며 죽기 전에 그녀를 만나기 원한다는 사실을 알린다. 애경은 인규를 만나러 황급히 요정을 빠져나올 즈음 홍과장은 모 사건에 연루되어 사복경찰들에게 체포당한다.

소설 「애정범선」은 애경과 남호의 가정 파탄과 홍과장의 구속으로 끝맺는다. 아마 작가는 애경과 인규의 혼외관계를 더 그리고 싶어 했던 것 같은데 다음 연재할 박영준 「푸른치마」에게 지면을 내주고 말았다. 김동사는 신문소설답게 혼인 전후 청춘남녀의 연애 갈등을 작위적으로 그렸지만 그것이 마음에 없는 혼인이 빚어낸 가정주부의 탈선이라는 점에서 접근하고자 하였다. 그러면서도 세상에는 여자가 스스로 가정을, 정절을 지키지 않으면 결국 삶이 파멸되리라는 것을 보여준다. 즉 남의 부인이라도 음욕을 채우려는 남호나 홍과장 같은 남자들로 가득 차 있는 혼탁한 사회 세태를 보여줌으로써 사랑 못지않게 여성이 스스로 노력하는 혼인생활이 얼마나 중요한가 일깨우고자 한다.

결국 「애정범선」은 사랑이 없는 결혼이라 하더라도 가정주부의 불륜은 결국 파탄에 이르게 된다는 교훈을 심어줌으로써 여성의 자유분방한 애정편력에 제동을 걸고자 한다. 아무리 사랑이 없는 남편과 살더라도 가정부인이 뭇 남자들과 자기만족을 위해 방기하는 것은 옳지 않다는 당대 도덕의식을 독자에게 새삼 심어주고 계몽하고자 한다. 이러한 계몽인식은 이 년 뒤 희대의 혼인빙자간음 사건인 박인수 사건에서도 드러난바 있었듯, '법은 정숙한 여인의 건전하고 순결한 정조만 보호할 수 있다'는 1심 판결문을 예견한 것처럼 보인다. 이미 전쟁기 사회는 전쟁과 분단의 상처 속에서 미망인과 고아, 상이군인 등 독신생활자들이 급증하면서 남녀 간 애정 모럴과 가치관이 혼탁해지면서 흔들리고 있었다. 전쟁기라는 불안감으로 인해 사회적 비리와 부패가 더하고 방종이 자유와 혼동되어 가고 있었다. 이에 따라 후방에서 전쟁을 견뎌야 하는 여성의 삶의 가치관과 현실인식도 변하고 있었다.

소설 「애정범선」은 이러한 사회에서 가정이란 '돛을 달고 파도와 싸우는 범선'이라고 본다. 전후 가치관이 혼돈스러운 시기에 혼인의 선택의 기로에 놓여있는 여성과 가정생활에 흔들리는 여성들에게 현재의 처지를 참고 견디며 애정에 대해 노력할 것을 계몽하고자 한다. 그것을 구태여 지역 전통문화론의 입장에서 읽어내자면 대구·경북지역의 '계녀가사'나 '규방가사'의 전통이라 부를 수 있을 것이다.

4) 최영하, 지역 토종작가로서의 대항담론

기자 출신 지역작가인 최영하는 1950년대 중후반 대구·경북 신문에 단편 「하상부락」(『대구매일신문』, 55.7.2~7.14, 13회), 「냉맥주」(『대구매일신문』, 57.7.1~7.20, 20회)와 장편 「인간의 별」(『영남일보』, 58.8.21~12.31, 133회), 「계절없는 초목」(『영남일보』, 62회)을 연재하였다. 최영하 「인간의 별」(58.8.21~12.31, 133회, 오석구 화)에서는 대구 전역을 무대로 한 애정갈등과 살인복수극이 적나라하게 시도된다는 점에서 지역문화 연구자의 관심을 끄는 작품이다. 서울 작가들의 소설 공간은 서울과 대구를 오가는 경우가 많지만 지역 작가들의 소설 공간은 대부분 대구와 대구 인근 지역에 국한되는 경우가 많다.

「인간의 별」은 크게 두 가지 점에서 기존 담론에 대해 저항한다.

첫째는 순결주의나 윤리 계몽에 의한 신문소설에 대항한다는 점이다.

'추호도 정조나 애욕이 뉘우쳐지지 않는 두 여자' 계조림과 현숙희의 애욕을 남화영과의 관계에서 관능과 호색의 유희를 감추지 않고 드러낸다. 이들의 페티시즘, 훔쳐보기, 사도 마조히즘적 행위들은 문단작가들의 소설에서처럼 결말에 가서도 응징당하거나 처벌받지 않는데, 이점이 오히려 독자로서 유쾌해 보인다.

둘째는 대중통속소설로서의 환상성을 작가로서 두려움 없이 추구한다. 남화영은 고아로서 계변호사 댁에서 자라나 계변호사의 딸 조림을 사랑하지만 신분 차이로 혼인할 수 없다. 남화영은 오태호의 과원(과수원) 집사로 물러나서도 조림과 헤어질 수 없다. 남화영은 조림과 멀어진 사이, 오태호의 아내, 현숙희로부터 육탄 공세를 받는다. 이를 눈여겨 본 식모 주연의 개입과 엿보기는 둘의 관계를 더욱 뜨겁게 한다. 엿보기는 조림이 이불을 들고 화영의 하숙집을 찾아가 정사하는 대목에서도 반복된다. 친구 미옥의 엿보기로 인해 조림의 약혼자 기수가 질투에 눈이 멀어 청부살인을 하게 되고 결국 살인까지 발생하게 된다. 주연은 화영뿐만 아니라 오태호를 넘본다. 식모와 같은 하위계층 여성은 신소설 이래로 진실한 모습으로 드러난 적이 없었는데 여기서도 식모 주연은 '음욕에 들뜬 하녀' 이미지로 묘사되다가 후반부에서 가난한 어머니와 동생을 위해 집과 과원을 욕심내는 현실적인 모습으로 대체되기도 한다. 대개의 애정신문소설들이 은연중 사회를 계몽하고자 하지만 「인간의 별」은 김기수를 죽게 한 남화영이 정당방위로 자수하는 것으로 종료된다.

셋째, 「인간의 별」은 지역소설로서의 지역 공간을 무대로 활용함으로써 대중통속소설로서의 환상성을 구체화한다. 중앙문단 작가들의 소설들이 서울을 무대로 하거나 부산 등지를 소설 공간으로 광범위하게 활용하는 데에 비해 「인간의 별」은 대구 동촌 과원 능금나무 밭, 수성유원지,

경산 자인면, 대구 시내만을 오가면서 전개된다.

5) 지역작가들의 신문소설 내용과 특성

대구·경북의 전시 지역작가였던 홍영의, 이정수, 김동사, 최영하는 신문연재 내용을 전시 남녀의 애정갈등의 폭을 감독과 여배우, 남편과 아내, 상이군인과 처녀, 스승과 제자 등 관계를 다양하게 넓혀 이야기한다. 이들 연애담에는 새로운 요소들이 가미된다. 테크놀로지로서 영화에의 관심 또는 간첩이나 첩보원, 군인과 관련된 반공의 메시지 외에도 불교문화와 관련된 설화 등 새로운 모티프들을 수용하여 이야기해 나가려는 경향이 있다.

이정수, 홍영의, 김동사, 최영하의 신문소설이 얼마나 당대 지역 상황을 의식하면서 지역적 현실과 미래를 바라보면서 독자적 공감대를 확보해 나가려 하였는가를 알 수 있다. 이 소설들은 서울의 문단 작가들, 예를 들면 정비석, 박영준, 김말봉 등의 작품과 달리 대구·경북의 지역적 정서를 격동기 사회 현실을 의식하면서도 지역사회적인 문화 공간과 시간성을 살리고 있다는 점에서 차별화된다.

이정수 「여배우」가 한국 영화사적 패러디와 더불어 현대 영화 미디어에 대한 새로운 감각을 열정적으로 보여줌으로써 이미 지역 문학적 틀을 넘어서고 있다면 김동사 「체온」, 「애정범선」은 일탈의 선정주의와 통속적 파멸을 통해 지역 전통주의적 애정 윤리와 모럴을 은근히 고수하려 하였다. 홍영의 소설 「애정백서」, 「열토의 풍속」은 반공 소재를 연애담에 가미하여 추리소설화하는가 하면 지역문화 공간, 특히 대구·경주권 불교의 지역정서를 활용하여 전쟁으로 인한 애정갈등의 상흔을 치유하고자 한다. 그의 소설은 경주, 대구, 부산, 서울을 오가는 가운데, 다소 난해한 서술 문장에 깔려 있는 불교적 가르침 안에서 갱생과 회복의 의지를 훈훈하게 전달하고자 하였다. 홍영의는 소설 내용으로 김동사보다 대구·경북의 정서에 깔려있는 불교적 소재를 대중적으로 활용한다. 반공은 반공주의가 아닌 애정담을 위한 소재로서 활용될 뿐 그는 전시기에 생겨날 세태, 즉 반공을 악이용하려는 반공주의를 경계하기도 한다.

홍영의는 「열토의 풍속」에서 황폐한 도시 풍경을 비구니 관점에서 바라보게 함으로써 비구니 계열 소설의 가능성도 열어주었다. 홍영의와 김동사의 신문소설에 공통적으로 등장하는 비구와 비구니 이야기는 대구·경북지역의 특이한 현상으로 주목된다.

이들은 무엇보다도 전후 암담한 폐허 위에서 일어설 수 있는 건강한 삶의 이정표를 새롭게 제시하고자 하였다. 청춘남녀의 사랑의 방식과 부부의 애정 모럴 회복 외에도 새로운 영화적 주제라든가 영화 테크놀로지에 대한 지대한 관심, 상이군인의 갱생문제, 고아들을 위한 사회사업 등을 통해 50년대 전쟁의 상처를 치유하고 서로 화합하고 동행할 것을 계몽하고자 하였다.

이정수, 홍영의, 김동사, 최영하의 1950년대 신문소설과 같은 연구사례는 앞으로 지역성 연구 차원에서라도 좀 더 깊이 있게 다루어져야 할 것이다. 지역성에 의한 문화 연구는 종래의 위계적인 문화 연구, 비교 연구를 반성하게 하는 동시에 지구촌의 모든 지역의 문화적 원형을 살려나가게 하는 구체적인 디딤돌이 되고 있다. 지금까지 50년대 신문소설 연구가 서울지역 신문에 치중됨으로써 50년대 후방 지역의 사회적 실체를 충실히 밝혀내지 못하였음을 반성하여 새로운 마음가짐으로 지역 연구에 임해야 할 것이다.

아직도 50년대 소설하면 손창섭, 장용학, 김성한 등 단편에 비추거나 일부 대표 장편소설에 기대어 논평하는 경향이 남아있어서 '철저한 부정과 기법 실험'[62]이라거나 '낯설게 하기의 문체 시도'[63] 혹은 '구세대의 반공이념과 신세대의 반항과 거부 정신의 표방'[64]이라고 생각하는데, 본고의 논의로부터 50년대 소설 논의는 앞으로 대구·경북지역 신문소설로까지 좀 더 확대되어가야 할 것이다.

적잖은 대구지역 거주 작가들은 후방 도시 문화 공간에 대한 관심을 게을리하지 않았다. 그들은 신문미디어를 통해 새롭게 나아가야 할 방향을 모색하려 함과 동시에 미디어라는 소통의 틀에서 당대 지역사회의 욕망의 코드를 짚어 나름대로의 방식을 찾아 계몽하려고 노력하였다. 지역 신문연재는 비록 군소적이긴 하더라도 당대 지역사회적 파장을 고려할 때, 군소작가들의 소설적 표현 행위는 한국전쟁 이후 문예의 사회적 성과로서 당당히 자리매김 되어야 한다. 이들은 50년대 신문소설들이 대개 그렇듯, 반공주의 담론뿐 아니라 지역의 전통문화와 여성문화, 통속문화의 관점에 대해서도 열어두고 있기 때문이다.

아울러 지역작가의 신문연재는 토착적 글쓰기로서의 중요성을 지닌다. 토착적 글쓰기의 문화는 오랜 세월 동안 일관되게 지속되어온 공간적 시간적 문화 공간으로서의 지역적 의미를 함의한다. 이에 관한 조사 연구는 앞으로의 지역의 중앙과의 교차성의 새로운 연구영역을 가능하게 할 것이다.

....

62　이어령, 「길에 도표가 없다」, 『사상계』, 1959.1(박유희, 『1950년대 소설과 반어의 수사학』, 도서출판 월인, 2003, 13쪽 재인용).
63　김상태, 「1950년대 소설의 문체 연구」, 『문체의 이론과 해석』, 집문당, 1983, 327쪽.
64　송하춘·이남호 편, 『1950년대의 소설가들』, 나남, 1994. 29쪽.

3. 격동기 대구 · 경북 신문소설의 여성담론의 전개 양상

한국전쟁을 중심으로 해방 이후로부터 5 · 16시기에 이르는 격변기의 사회상에 비추어 볼 때, '여성담론'은 이 시대 대구 · 경북지역 신문소설의 주요한 화두였다. 여성담론을 둘러싼 남녀 작가군들의 신문연재 양상에 사회적 변동요인이 어떻게 반영되고 있는가를 스피박의 하위주체 여성의 관점에서 주목하고자 한다.

1) 신문연재와 지역 여성담론의 함수관계

지역 문화[65]의 독자성은 지역 여성들의 삶을 떼어놓고 설명되기 어렵

....

65 '지역'은 특정한 구획인 '지방'(district)으로서의 개념, '영역'(area)의 개념으로 생각해 볼 수 있다. 대개 지역은 지방(province)으로 호칭되며, 지방은 수도권 이외의 지역을 지칭하는 중앙부에 대한 주변부라는 대립적 의미로 사용된다. 본고에서 '지역'이라는 용어를 사용하고자 하는 이유는 '지역'이라는 용어가, 일방적이고 획일적으로 대립 예속

다. 남성에 비해 이동 기회가 적은 지역 여성은 대도시 여성에 비해 지역사회의 문화적 규범에 더 잘 따르도록 학습된다. 1950년대 지역 여성의 실체는 지역 여성의 생활과 의식을 통해 파악될 수 있을 텐데, 불행히도 당대 여성에 대한 많은 통계나 조사들은 사실의 부정확성을 면할 길이 없었다. 이로 인해 한국의 1950년대 지역 여성 연구는 인문학적 담론 분석을 배제하고는 사회과학적 추론만으로 설명하기 어려운 특성이 있다.

마르크시즘, 혹은 역사주의 서구이론은 한국 근현대사를 비판할 수 있는 거시적 안목을 제공하였지만 대개의 경우 여성주체의 입장에서 볼 때, 그들의 논의 속에 제3세계나 전시 한국에서의 여성의 처지를 충분히 고려한 흔적이 별로 없다. 오히려 이들을 비판 없이 수용한 한국의 사회주의 비평사는 지역적 특수 사건들을 서구 근대화의 맥락에서 해석, 주어진 기호나 기능에 끼워 맞춤으로써 "제살 깎아먹는" 성급한 결론에 이르지 않았나 의심된다.

가부장제적 전통이 왜곡될 수밖에 없는 식민지 상황에서 재차 일어난 동족간 이념적 대리전의 사회적 충격은 일파만파 커질 수밖에 없었다. 이에 따른 파생관계의 변질 양상은 매우 동시다발적이고 겹쳐진 모습으로 풀이되고 분석되어야 한다. 특히 전통적 가부장제 사회에서 이미 '접히고 주름진' 여성의 입장은 이러한 50년대 여성 상황에 더욱 복잡하게 얽혀질 수밖에 없으리라 보는데, 불행히도 이러한 여성 충격으로 인한 여성상의 위상은 지금껏 제대로 조사 보고되거나 연구된 바 없었다. 50

화된 의미보다는 '로컬(local)'로서의 독자적 의미를 잘 표현해준다는 생각이 들기 때문이다. 최근 지역문화시대에 걸맞게 지방자치제도가 이미 정착되어가고 있고, 또한 모든 지역이 중앙부에 대한 예속 콤플렉스에서 벗어나려고 원래의 문화 정체성을 회복하려고 노력하고 있는 마당에 이러한 호칭은 적절하다고 사료된다.

년대 여성잡지나 조사월보 등 각종통계들은 참고사항일 뿐이다.[66)

가야트리 스피박의 "하위주체"로서의 여성 논의는 근자의 여성담론 연구 양상과 문예지 소설과 신문소설의 이분법적 연구의 관행을 반성하게 한다. 『문예』, 『사상계』, 『현대문학』, 『전선문학』 등 50년대 권위 있는 문예지로부터 많은 여성담론을 발견할 수 있는 것이 사실이다. 그러나 스피박은 식민적 지식인이 때로는 식민주의 담론에 기초하는 지식체계를 답습하는 오류를 범한다고 비판한다. 전후 여성담론은 여전히 일제하의 글쓰기 분위기를 답습함으로써 하위주체 여성의 존재를 여전히 논의 밖에 머물게 하였다. '여성 하위주체'로서의 문제는 제도적 담합이라 할 수 있는 신문소설 등의 연재물에서 더욱 악화되었다.

매스미디어의 우월성은 한국과 같은 탈식민사회에서 '비용 효율화를 가장한 이윤의 극대화'[67)라는 논리에 의해 기정사실화된다. 따라서 전통적 구술문화는 신문이나 잡지, 라디오 등 기술매체에 의해 매개됨으로써 하위 여성계층 담론의 구술성은 제도적으로 리포터나 서구문화에 길들여진 지식인들에 의해 전유되어 신문과 같은 매스미디어에 재기입된다.

혹자는 식민지 또는 탈식민지적 상황에서의 계몽과 문화 수입이 내부적인 필요성에 반응되어 창조된다는 점을 긍정하려고 한다.[68) 오늘날

----

66 이임하, 「1950년대 여성의 삶과 사회적 담론」(성균관대 박사논문, 2002)은 이러한 자료 정리의 어려움을 딛고 50년대 여성 삶에 대한 사회적 담론 현상을 정리한 연구결과물로 보인다. 구체적 담론 분석에서 정부간행물, 연감 외에 『여원』, 『여상』, 『부인』, 『새가정』, 『여성계』, 『주부생활』 등 여성잡지 글이나 신문에 실린 뉴스 등을 인용·분석함으로써 자료통계의 부정확성을 보완하고 있음이 주목되는데, 아쉽게도 여성담론 형성을 주도했던 신문소설들을 제외하고 있었다.

67 가야트리 스피박, 『다른 세상에서』, 태혜숙 역, 여이연, 2003, 226쪽.

68 존 맥클라우드, 『탈식민주의 길잡이』, 박종성 외 편역, 한울아카데미, 2003, 52쪽.

'실용적'인 가치관계로 논하게 되면, 결과적으로 식민지 자본유입과 서구 문명에 의한 문화사 기술이 정당화될 가능성을 배제할 수 없을 것이다. 그러나 그러한 실용적 가치관계 역시 과거의 역사 속에서 제대로 검증되어본 적은 거의 없었다. 궁극적으로 문화정체성이란 무엇인가? 정치 경제 분야의 주체적 권리를 포기해야 하는 상황에서 이루어진 타자와의 교섭을 '타자성'의 논리로 과연 설명할 수 있을 것인가? 호미 바바에 따르면, 문화적 잡종성이 일어나는 지배문화와 피지배문화 간의 "제3의 영역"은 두 개의 이질적인, 같아질 수 없는 문화가 만나 형성하는 고정된 공간이 아니라 "연결"에서 파생하는 "불안정"과 "간극성"(interstitiality)을 포함한다고 한다. "거대담론"에 저항할 수 있는 "간극적 공동체의 시학" (a poetics of the 'interstitial' community)은 경계의 분리를 통해 존재하는 기존의 공동체가 아닌 제국적 지배의 근간인 이분법적 경계짓기를 무력화 시키는 "수행적인 언술행위"의 결과물이라는 것이다.[69]

50년대 대구·경북지역 신문소설에서의 여성담론 연구는 이 같은 맥락에서 지역, 여성이라는 주변으로서의 담론이 내포한 50년대 연재소설의 불안한 간극성, 혼종성에 유의하여, 신문매체를 근거로 진행된 여성상의 왜곡 현상을 스피박의 여성 하위주체라는 관점에서 주로 접근하고자 한다.

소통과 전달성에 의해 주도될 수밖에 없는 신문의 연재물은 자신들의 모순과 균열을 남김없이 드러냄으로써 오히려 탈식민적 재기입의 양상을 잘 보여준다. 우리는 이러한 소통담론으로부터 오히려 그 조야한 모순과 균열의 틈을 잘 볼 수 있으리라 기대한다. 그리고 그러한 소통성이 50년대 한국 사회의 여성 이미지를 어떻게 기초하고 암시하였는가를 분

---

69 박상기, 「바바의 양면성과 잡종성」, 『비평과 이론』, 제5권 1호, 2000년 봄/여름, 99쪽.

석해 낼 수 있다. 50년대 여성담론은 문단에서보다 대중미디어에서 본격화되어왔다고 볼 수 있기 때문이다.

엘리트 중심의 식민적 역사기술을 반대하는 스피박은 하위주체를 설정하는 위험과 그로 인한 딜레마를 지적한다. 하위주체를 '이해 불가능한 타자'로 인식하는 지배담론에 대해, 지배담론의 텍스트 읽기를 통해 지배담론에 저항하는 담론을 모색할 수 있다고 한다. 또한 새로운 여성담론은 지배담론의 헤게모니 안에서 머물 수밖에 없지만 그 안에서 지배담론 구조에 균열을 내어 지배담론을 파열시킬 수 있는 근거지, 즉 '내부에서의 외부'를 함축할 여지를 마련할 수 있어야 한다고 본다.

50년대 대구·경북지역 신문은 전쟁기 문화적 혼종 상태에서 어느 지역보다도 중앙 저널리즘으로부터의 영향관계 속에서 성장하였다고 볼 수 있다. 특히 이 시기 연재물들은 한국의 신문연재물들이 대중통속의 문화사적 생산과 수용의 흔적을 고스란히 겪어왔다고 할 수 있으며 이러한 문화사적 특이성은 이후 확고한 지역문화 형성의 토대가 되어 왔다고 할 수 있었다.

"신문은 좁은 의미에서 착취하는 글쓰기"라고 한다. 1950년대 대구·경북지역 신문연재물은 따라서 '되받아쓰기(writing back)', 이른바 탈식민주의 현실에서의 '재기입(rewriting)'의 현장이 된다.

이러한 제도권 담론의 틈새에 머무는 모순을 찾아 그 균열을 파악하는 스피박의 여성담론 연구방법은 해체론의 방법을 빌리고 있다. 여기서 여성과 관련된 모든 개념들은 기존의 정의 작업으로부터 철수될 것이며 결국 과거 역사와 맥락을 끊는 개념만을 정의하도록 한다. 여기서 여성의 개념은 여성의 하부주체로서의 탈식민적 상황을 전제한 것이 되어야할 것이다.

2) 격동기 지역 신문[70]과 여성담론

대구·경북지역 신문담론은 첫째, 서울지역 신문담론에 비해 대구나 부산 등 지역을 배경으로 하고 있고 전통적인 성차별 정서에 화합되고 서울 작가군들이 떠나간 후인 50년대 중반 이후에도 지역담론이 지속되었다는 점에서 타 지역과 차별된다.

50년대 지역 신문소설들은 대구·경북이라는 구체적 시공간의 재현(re presentation)에서 지역사회의 문화적 주체성을 세우려 하였으며 지역문화의 주변성으로부터 벗어나고자 하였다. 아파두라이는 특정한 시공간은 그 자체로 공연, 재현, 행동의 복잡하고 정교화된 실천을 통해서 사회화되고 지역화[71]된다고 하였다. 대구·경북의 지역 도시들은 50년대 서울 명동처럼 대구 중앙동을 거점으로 한 문인들의 문화를 형성[72]하고 있었는데, 50년대 대구·경북 신문소설에는 그러한 거리와 풍경이 독특한 지역정서와 함께 구체적으로 재현되고 있었다.

50년대 대구·경북지역 신문에서 여성담론이 중요한 이슈가 되었던 이유는 전후 여성문제가 심각하여졌기 때문이다. 1950년대 신문연재물에서 가장 부각되었던 대상은 여성이었다. 일찍이 30년대 후반의 신문소설에서도 미혼여성의 연애담이 심심찮게 이야기되곤 했어도 50년대만큼 여성담이 본격화된 적은 한 번도 없었다. 이 시기 여성담론은 애정소설

---

70 1950년대 대구·경북지역 신문소설 현황/부산·경남지역 신문소설 현황은 「50년대 지역 신문에 나타난 여성담론」 발표문에 기재된바 생략함.(『백제의 고도 부여지역의 언어와 문학』, 어문연구학회, 2004년, 겨울 충남대 문원강당, 2004.11.20)

71 Arjun Appadurai., *Modernity at Large:Cultural Dimension of Globalization*, University of Minnesota Press, 1996, p.180.

72 이 부분에 대해서는 최태응, 「50년대 대구 시절 일기초」(『죽순』 35호, 2001, 죽순문학회, 2001.9, 윤장근, 「대구문단방랑−50년대 풍속도」(『대구문단이면사』), 「광복 50주년 대구소설」(『대구문학』 1995. 가을), 「50년대 그 허무의 정신사」 등을 참고할 것.

뿐만 아니라, 역사소설, 사회소설 등에서도 드러난다.

해방 전 신문연재물에 비해 미망인, 유부녀, 매춘부, 이혼녀, 미혼모 등 다양한 계층의 여성이 주인공 내지는 문제인물로 등장하여, 여성의 담론은 대중문화담론의 중심이 되었는데, 이는 특히 전시 여성인구 유입과 여성작가들의 활동이 갑자기 늘어나게 된 것과도 관련된다.

문총구국대로부터 출발한 종군작가단에 소속되어 공군, 해군, 육군으로 활동했던 장덕조, 최정희 등 여성작가들은 전시 상황에서 실질적으로 적지 않은 역할을 했다고 할 수 있다.[73]

여성담론은 연재소설만이 아니라 신문사 측에서 기획 의도한 여성의 수기 연재물들에 의해서도 드러나고 있었다. 50년대 인기 연재물로 떠올랐던 「희망의 역마차」(『대구일보』)에서와 같은 여성수기 연재물은 그 내용과 함께 어떻게 기획되고 어떻게 집필되었는가에 대한 면밀한 검토가 먼저 이루어져야 할 것이다. 대개 지역 신문사에 취재되는 과정에서, 혹은 편집 기술되는 과정에서 하위계층 여성의 목소리가 어떻게 전달되고 있었는가에 대해 보다 본격적인 분석이 이루어져야 할 것이다.

특히 50년대 여성수기는 오늘날의 시각으로 바라볼 때, 상당한 편차를 보여 유교와 반공의 식민지적 굴레에서 자유롭지 못했던 여성 현실이 희화화되는 효과가 있어서 '되받아쓰기' 관점에서 파악되기도 한다.

신문소설은 통속적으로 세태를 반영하고 전시 상황하에서의 식민지 지배이념을 계몽하려고 하는데, 이와 같은 담론의 모순과 부조화는 오히려 당대적 여성담론을 양가적으로 읽혀지게 한다. 때로는 외부 삶과 여성현실 실체가 부자연스럽게 꾸며지는 아이러니 효과를 낳기도 한다.

....

73 50년대 여성작가의 종군 활약상에 대해서는 신영덕 교수의 『한국전쟁기 종군작가 연구』(국학자료원, 1998)를 참고.

그것은 글을 모르는 하위계층 여성들로 하여금 신문이라는 제도문화가 강제한 글쓰게 하기라는 모순점을 노정시킴으로써 오히려 탈식민사회적 모호함을 양가적으로 드러내기도 한다. 지역에서의 여성수기들은 출판, 제작자의 입장, 사회적 정서, 이데올로기적 압박으로 인해 왜곡 편집되어있다. 성, 계급, 지역 언어, 교육의 측면에서 소외되어 있는 하위주체 여성의 목소리는 접혀있어서 원상복구하기 어렵다. 우리는 이 대목에서 하위주체의 목소리를 전달하는 인테리 계층의 담론화된 담론[74]에 대해 거슬러 분석함으로써 '인지적 실패'를 걸러 진실에 도달할 수 있다. 전시 여성작가는 여성수기의 저자들에 비해 문자문화에 익숙한 엘리트 계층으로 그들의 글쓰기에서는 오히려 전쟁과 유교적 이데올로기의 이중고(double bind)를 내면화하려는 자각이 스며들 수 있었다.

3) 여성담론 1-남성작가의 애정소설

대구·경북지역 신문에 연재된 50년대 애정소설들은 소설적 공간 배경이 대개 대구나 부산 시가지로 구체화됨으로써 독자적 공감대를 넓히고 있었다. 그리고 여주인공을 둘러싼 인물들의 성격, 사건적 결말 등이 선과 악, 전통적 복종형과 현대적 독립형으로 나뉘어 전통적 복종형 여성의 이미지를 내적으로 부정하지 않으려는 공통점을 갖는다.

---

74 하위주체 여성담론의 담론화에 대해 계층이나 성, 언어 측면에서 상위주체 남성들의 여성담론화를 대상으로 분석할 수 있는데, 『대구매일신문』의 최민순 사장신부의 연재 수필 「슬픈 노래」(1954)는 그 좋은 예가 될 수 있다. 죽은 조카의 죽음을 애도하는 작은 아버지의 입장이 누이의 입장을 대신함으로써 하위주체로서의 누님의 슬픔을 차단하고 있는 이 글에서 전쟁의 참된 모습을 감지하기란 매우 어렵다. 따라서 연구자는 이러한 글들을 원천적으로 해체하여 지연되고 억압된 여성 욕망의 기표들을 발굴하는 탈식민적 글 읽기를 실천하지 않으면 안 될 것이다.

정비석은 『서울신문』에 「자유부인」을 연재하면서 동시에 『영남일보』에 「심해어」(54)를 연재하였다. 「심해어」란 혼돈과 타락한 사회적 변화 속에서도 깊은 바다에 사는 물고기처럼 은둔하듯 유영하는 순수함을 간직한 여성상을 상징한다. 심해어는 춤바람 난 교수부인의 비극을 그려 사회에 파문을 일으켰던 「자유부인」(54)과 상반된 주제로 보수적이고 전통적인 여성상을 재현함으로써 지역사회의 정서에 영합하고자 하였다. 곧, 정비석은 서울지역에는 서울지역 정서에 어울리는 '춤바람 난 교수부인' 이야기를, 같은 시기 영남지역에서는 대구를 배경으로 '교수를 짝사랑하는 피난민 처녀의 순정사'를 연재함으로써 지역사회의 여성담론을 차별화하였다. 전시에 고아가 된 젊은 여성이 순결한 정신주의를 추구한다는 이야기는 보수적인 대구·경북지역 정서와 신문미디어라는 근대 매체의 담합에 의해 전유된 결과이다.

지역 신문연재에 주로 등장한 여인상은 현대기질과 전통기질의 여성이 대립적으로 그려짐으로써 연애할 때는 현대기질을 선호하면서 실제 결혼에 임해서는 전통 복종형 배우자를 긍정하는 스토리로 전개되었다. 이는 어쩌면 전쟁으로 인해 황폐화된 남성들이 자신들의 훼손된 부분을 후방 여성들이 감당해주기를 바라는 기대감을 충족시켜 줄 수 있었을 것이다. 그러나 그것은 특히 하층민 여성들을 성과 노동 양면에서 착취하는 남성들에게 책임을 느끼지 않아도 되는 관행을 낳았고 법과 제도가 그런 분위기를 뒷받침하는 기이한 사회 인식적 틀을 형성하게 했다. 전쟁에 훼손된 남성들은 여자들과 우연히 스쳐가듯 연애를 하지만 아무런 책임을 지려하지 않은 모습이 전시소설에서 자주 등장하였다. 정비석 「세기의 종」(『영남일보』, 53.1.1~7.22, 185)의 민영심 여사, 김광주 「난무」(『대구매일신문』, 53.2.16~3.31), 장덕조 「여자 삼심대」에 나오는 미망인들은 전쟁으로 남편을 잃고 외로움에 시달리는 미망인들이다. 지역 신문은 그들이 얼마나 성적으로 고통을 받는 존재인가를 선정적으로 알림으로써 여성 주인공으로 하여금 자발적으로 불륜 사건에 연루되어 마침내 파멸을 맞도록 하는 비극을 그렸다. 때때로 전시미망인들은 사업도 하고 젊은 남자도 유인할 수 있는 매력과 돈을 가진 자유부인들이었음에도 신문소설이 보여준 지역 미망인에 대한 질시와 차별은 지역사회가 무의식적으로 지녀온 '아직 죽지 않은 남의 여자'라는 순장제적 관습에 시달리고 있음을 반증한 것이다.

오상원 「욕망의 계절」은 자신의 이상적 남성상(전사한 옛 애인의 잔상)을 채워주지 못함에 안타까워하며 자신의 욕망을 만족시킬 수 있는 남성상을 쫓다가 좌절하고 마는 여성의 모습을 형상화한다. 전쟁의 현실은 대부분 하위주체 여성에게 기댈 아무것도 남겨놓지 않고 있었음에도 신문소설은 여주인공으로 하여금 이처럼 과거의 남자에 연연하게 한다. 안타까운 일은 이중적으로 인습 안에 억압된 미혼여성의 경우 지역 관습과 전쟁 이데올로기가 담합하여 열어놓고 있는 가부장적 계몽주의에 길들여지는 과정을 밟아간다. 여성 하위주체의 측면에서 볼 때, 지역 신문에 나타난 여성은 전전의 이데올로기담론의 강화를 통해 사회제도적 잠재욕망을 분출하고 파멸함으로써 소모되고 있는 희생양처럼 보인다. 즉, 50년대 지역사회의 대중적 욕망은 신문이라는 제도와 담합하여 여성 현실을 판타지화 함으로써 해소되고 있다고 볼 수 있다.

양갓집 규수였던 부인이 '미망인'에서 매춘부로 전락하는 상황이 신문연재물에서 자주 등장하고 있었던 것은 곧 후진국 하위주체가 피할 수 없는 '순장제(殉葬制)'의 연장선에서 이해할 수 있다. 전시 상황과 유교적 관습의 이중굴레 안에서 이와 같은 미망인들의 '정신적 순장제'는 자연스럽게 발생하고 있었던 것이다.

이처럼 서울 남성작가들이 대구·경북지역 신문에 이념적으로 전시적 혼란에서 억압된 충동과 욕망을 서울지역 신문연재에 비해 이념적으로 보여주려 하였던 사실은 다소 의외이다. 50년대의 상황이 중심부 작가들을 주변부로 몰아갔다고 생각해서였을까? 그로 인한 부담이 커서였을까? 지역 신문의 연재내용이나 문체가 동일한 시기의 서울지역 신문문체에 비해 비교적 거친 것도 다각도로 밝혀내야 할 좋은 연구테마가 될 것이다.

4) 지역작가의 여성담론

한편, 영남지역 출신 소설가로 활동하고 있었던 신문작가 중 여성작가로 장덕조 외에 홍영의, 김동사, 최명하 등은 주로 『영남일보』, 『대구매일신문』 등에 소설을 연재하였다. 이들은 「애정백서」, 「애정범선」, 「계절 없는 초목」 등을 연재함으로써 애정담론을 펼쳐갔다. 이들 담론들은 여성의 몸에 여성의 부덕을 재기입하는 작업에 해당되는 것이었다.

김동사 「애정범선」(55)은 지역에서 남성에 의해 주도된 여성에 대한 인식을 잘 보여준다. "화분을 풍기며", "제단에 오른 육체", "손에 잡힌 딸기" 등의 소제목들은 하위주체 여성을 성적 판타지의 대상으로 사물화하고 있다. 최영하 역시 페티시즘, 엿보기 등으로 여성의 몸을 사물화하는 성담론을 통해 오락적 글쓰기를 시도하였다.

하위 여성의 주체성을 부정하고 그들의 고통을 단순 미화하고 순결성을 계몽하는 지역 신문소설의 보수적 여성담론은 제목에서부터 노골화되어 있음을 알 수 있다. 여성을 '장미'나 꽃, 물고기에 비유한 연재소설의 제목들[75]은 여성 주체를 당대 사회적 인습에 맞춰 재기입하고자 하는 보수적인 '인덱스'를 가지고 있다. 영원한, 혹은 이상적인 여인을 지칭

----

75 장미를 제목에 넣어 이상적인 여성성으로 전유하고자 한 50년대 영남지역 신문소설들은 다음과 같다. 곽하신, 「薔薇처럼」, 『대구매일신문』, 1955.7.29~ 1956.3.2(174회); 김말봉,

하는 '장미'의 이미지나(김말봉, 「장미의 고향」, 곽하신, 「장미처럼」 등)
귀한 보석(장덕조, 「翡翠」), 꽃(조흔파, 「妖花」) 혹은 죽은 듯 삶을 견디어
가는 먼 바다의 물고기(정비석, 「深海魚」)의 이미지로 추상화되는 일이
다반사였다.

여성성을 전유함으로써 50년대 한국 지역사회는 과거보다 더 강하게
여성의 자유를 구속해가고자 하였다. 서구 사상에서 비롯된 민족, 국가
개념 역시 새로운 반식민 민족주의로 나아가면서 서구기술의 위대성은
재확인된다. 50년대 여성에 대한 꽃, 물고기, 장미 등의 호명은 '서구화=
현대화'의 책략의 단계[76]에 해당된다. 특히 여성상을 전유한 여성작가
의 인식이 신문미디어를 통해 전면적으로 보급됨으로써 차후 한국 사회
의 여성에 대한 구조적 차별화는 빠르고 쉽게 진행될 수 있었다. 50년대
영남지역에서는 때묻지 않은 여성, 고생을 모르는 순진한 여성에 대한
가치가 일관되게 강조되었다(순결주의는 처녀/비처녀를 차별하는 전통
과 관계가 깊다)는 점에서 50년대 신문소설이 지역사회 가치관 형성에
상당 정도 영향을 미쳤으리라 여겨진다.[77]

....

「푸른 薔薇」, 『국제신문』, 1957.6.15~12.25(186회); 김말봉, 「薔薇의 고향」, 『대구매일신
  문』, 1958.11.20~1959.4.22(142회); 장덕조, 「薔薇는 슬프다」(원제 「女人像」), 『대구매일신
  문』, 1954.7.1~11.30(127회) (1957년 희망사에서 단행본 간행 시 '薔薇는 슬프다'로 改題).
76 존 맥클라우드는 탈식민사회는 새로운 반식민 목적을 위해 1. 이탈의 단계 2. 책략의
  단계, 3. 정착의 단계를 밟는다고 한다. 책략의 단계는 대중의 호응을 받는 '반현대화'
  방식을 수용하는 것으로 엘리트층은 대중문화와 민중문화의 형태와 기능을 자신의 목
  적에 맞게 끌어 쓰는데, 이는 서구적인 '현대성'을 반박하는 토속적인 대안지식을 찾
  기 위해서라기보다 식민주의자로부터 물려받은 '현대적' 형태의 기술적, 정치적, 경제
  적 권력 장악에 대중의 지지를 얻어내기 위함이다. 채터지는 심지어 마하트마 간디의
  작업까지를 이러한 단계에 포함시킨다.(존 맥클라우드, 앞의 책, 114쪽)
77 '장미' 이미지가 항상 낭만적으로 남성에 의해 전유된 여성상으로 나타난 것은 아니
  다. 곽하신의 「장미처럼」에서 장미는 식물학자가 꿈인 남주인공 길형우에게 인생론적
  방향를 부여한다. 곧 피난살이의 어수선한 속에서 이복남매끼리 결혼하는 인습적 갈등

지역작가로서 돌출한 장덕조는 서울작가군과 지역작가군의 교차점에 위치한다. 장덕조는 여성작가로서 50년대 영남지역에서 가장 주목받는 여성작가[78]라 할 수 있다. 경북 경산이 고향인 장덕조는 식민지 시대 대구여고보를 자퇴, 배화여고, 이화여전을 졸업한 후 『개벽』사 여기자로 활동하였고 단편 「底回」 외 수편을 발표하였으나 별 주목을 받지 못하다가 6·25 이후 자택이 있는 대구로 피난 와 『영남일보』 문화부장, 『대구매일신문』 문화부장, 육군 종군작가단으로 활동하다 53년 휴전 후 서울로 올라갔다. 장덕조의 기자생활 경험과 남성에 가까운 기질은 언론계에서나 문단에서 그녀를 독특한 여성의 이미지로 기억하게 했다. 곧 초인적인 분량의 글쓰기와 거칠 것 없는 발언 등은 장덕조를 남성중심사회에서 일하는 여성으로 버티게 했다.[79] 120여 편의 방대한 분량의 작품 편수에 비해 그녀의 작품에 대한 평가는 거의 이루어진 바 없었다.

그녀의 작품을 바라보는 관점은 양가적이어야 한다. 즉 노동으로서 신문연재를 선택한 장덕조에게 신문역사소설은 하나의 생계수단이었다는 점과, 50년대 글쓰기에 끼어든 한 여성의 표본이라는 점을, 탈식민 상황의 맥락으로 이해하고자 하는 것이 그것이다. 그러므로 50년대 왕성한 작품 활동을 한 장덕조의 경우, 여성담론에 대한 다각도의 분석이 요구된다. 50년대 애정소설[80]과 60년대 이후 역사소설을 넘나들며 많은

문제에 봉착하여 가치관의 혼란을 겪는 와중에서도 결국 꽃을 피우기 위해 거친 세파와 줄기 마디, 가시 속에서도 끝내 아름다운 꽃을 피워 올리는 장미꽃처럼, 세상의 풍파 속에서도 아름답게 결실을 맺으며 꿋꿋이 살아나가자는 내용을 담고 있다.

78 이강언·조두섭, 『대구·경북 근대문인 연구』, 태학사, 1999, 307~320쪽.

79 여성작가 장덕조의 성격과 기질에 대해서는 삼녀 박영애 씨(소설가)와 직접 인터뷰한 사실을 토대로 하여 작성한 남금희, 「1950년대 장덕조 신문소설 연구」(자료집, 49~66쪽)를 참고하였다.

80 「여자 삼십대」(『대구매일신문』, 1953), 「여인상」(『대구매일신문』, 1954), 「정염의 강물은」(『국제신보』, 1956), 「백조흑조」(『국제신보』, 1958), 「열대어」(『국제신보』, 1959) 등 연재.

신문소설을 연재하면서도 별다른 주목을 받지 못했던 그녀는 탈식민사회의 여성작가로서 여느 작가처럼 대하기 어려운 점이 있다. 왜 그렇게 많이 써야 했을까? 왜 아무도 그녀의 글쓰기에 대해 주목하지 않았을까?

장덕조의 텍스트가 갖는 여성주체로서의 담론양상에는 '일반화되고 재기입된 실패개념'이 나타난다. 여성담론을 주도했던 그의 글쓰기에는 가부장적 낡은 구조로부터 빌어온 자승자박의 측면이 있다. 그의 제도적 글쓰기의 틈새의 모순을 읽어내는 일은 곧 탈식민적 현실에서 하위주체 여성으로서의 삶을 역설적으로 발견하는 일에 해당된다. 지역에 머물면서 오직 신문연재의 길을 선택한 50년대 여성 인텔리가 신문이라는 착취 수단과 공모하여 써 내려간 연애담론이야말로 「드라우파디」[81]의 돕티가 남자군인들에게 당한 모습 그대로 발가벗고 다니는 것에 비유될 수 있을 것이기 때문이다.[82]

....

81 스피박은 벵골어로 쓴 마하스웨타 데비의 단편소설 「드라우파디」를 번역하면서 여성 하위주체의 의미에 대해 설명한다. 데비를 좌파지식인으로 이해하는 것부터가 그녀에게는 복원해야 할 숙제이다. 스피박은 「드라우파디」의 여성 하위주체인 '드라우파디(돕디)'에게 부여된 배경, 계급봉쇄를 해체하고, 읽기와 행위 사이의 대립을 해체하는 데 집요하게 개입하여 여성 하위주체로서의 본질적 의미를 복원하고자 한다.
"네가 내게 옷을 입히도록 놔두지 않을거야. 네가 더 이상 무엇을 할 수 있겠어? 자 나를 카운터해봐. 이리와. 나를 카운터해보지 그래?" 드라우파디는 두 망가진 유방으로 세나나약을 밀어댄다. 그가 무장하지 않은 타겟 앞에서 이토록 무섭기는 난생 처음이다. 끔직하도록 무섭다."(가야트리 스피박, 위의 책, 397쪽)
식민지 군인들에게 윤간을 당하고 널브러진 채 옷 입기를 거부하는 돕디를 '무장하지 않은 타겟'이라고 마지막으로 묘사한 대목을 해체해 읽음으로써 스피박은 지독한 초강력 대상인 여자의 영역, 가장 강력한 여성 하위주체로서의 의미를 모색하였다.
82 장덕조는 50년대 여성으로서 지역 신문에 가장 많은 애정소설을 연재하였다. 「영남일보」1편, 「대구일보」1편, 「대구매일신문」6편, 「국제신보」5편을 연재하였는데, 이 중 「대구매일신문」에 「비취」, 「훈풍」(여인애가), 「여자삼십대」, 「여인상」(「장미는 슬프다」로 재간행), 「역류 속에서」, 「만종이 운다」를 분석한 남금희 논문에 의하면 대부분 삼각관계에 의한 여성의 불륜문제를 통해 기존의 보수 이데올로기를 재확인하는 효과를

장덕조는 대구·경북지역의 유니크한 신문기자이자 작가였다. 전시에 후방에서 피난작가들에게 숙식을 제공하고 취업을 알선하기도 하는 일을 한 그녀는 덕분에 서울지역 작가들과도 교분을 두터이 하게 되었다.[83] 그러나 그녀의 글쓰기는 거칠었다. 전시 비극상을 통해 여성 욕망의 지형도를 그렸던 그녀는 「여자 삼십대」(53), 「여인상」(54), 「만종이 운다」(58), 「장미는 슬프다」(57) 등에서 화려하면서도 비참한 파멸의 양극성을 통해 부조화의 극치를 드러낸다. 어색한 문장, 대화의 부자연스러움은 서구 애정 상황을 흉내 내고 있었으며 최고의 무용수와 화려한 무대 묘사, 의과대학 부학장과 미망인과의 로맨스, 유창한 외국어, 유행어 구사 등은 서구 취향적 판타지를 구성한다. 50년대 전시 현실은 지역민들에게도 서구 판타지를 갖게 함으로써 탈식민 현실을 재현하는 모습을

낳는다고 한다. 그렇지만 장덕조의 소설은 잘 쓰인 단행본 소설이나 단편소설과 좀 다르다. 신문소설의 전개는 일회적 단절효과로 일정한 분량만 삽화와 함께 독자 반응을 의식하며 한 회 한 회 연재되기 때문에 그때그때 상황이 중요해진다. 특히 장덕조의 소설에는 전체적으로 일관성이나 통일성이 없이 성기게 전개되어 결과적으로 전체적 결말이나 서술의도가 선명하지 않고 모호하게 남게 되는 경우가 있는데, 이러한 애매함은 스피박의 해체적 글 읽기를 통해 그 양가성을 검증해볼 수 있는 중요한 단서가 된다.

장덕조의 신문소설은 외관상 도식적 구성을 벗어나지 못하지만 오히려 거기서 장덕조 소설에서만 볼 수 있는 지역여성으로서의 정체성이 노정되고 있다. 영남지역 여성, 특히 대구·경북지역에서 인텔리 여성으로 살아가기 위해서는 '현숙과 복종'의 이데올로기를 벗어나서는 안 되었는데, 다음 인용부분은 1950년대 지역여성 주체로서 여성성 회복을 꿈꾸기 어려웠던 지역 신문작가로서의 고충을 알 수 있게 해준다.

"현숙이라든지 복종이라든지 그 밖에 모든 구 시대적인 부도(婦道)에 속하는 목걸이를 목에 걸지 않고는 용납되지 않을 이 지방 여성으로 그 목걸이를 벗어던질 때 그들은 간단없는 이단자가 되어야 한다. 이 지방의 심정이 그러했다. 그 목걸이를 벗어보려고 반항한 여성들은 선영이(「역류 속에서」의 여주인공) 외에도 많았다. 그러나 그들은 거개가 이 편협한 시민들의 손가락질을 받고 그들이 던지는 돌멩이에 맞아 쓰러졌다. 상하고 쓰러지고 피투성이가 되었다."(「역류 속에서」 4회)

83 대구 피난시절 장덕조가 영남일보사에 취직하여 가족들의 생계를 돌보는 중에 피난작가들과 겪은 애환들에 대해서는 「피난문인들과의 애환」(영남일보사, 『영남일보50년사』, 1996, 155쪽) 참조.

드러내게 되었는데, 장덕조의 소설은 대구 남산동, 삼덕동 등 도심지역을 배경으로, 애정담론을 서구적 댄디즘으로 풀어가려 했다. 그러나 장덕조의 전시 글쓰기는 부조화하고 어색한 결과를 낳았는데, 특히 대화연결이나 지문의 부자연함은 추리소설 흉내 내기에 의해 접합되면서 전시지역 여성주인공을 경계성에 처한 제3공간의 알레고리로서 읽히게 한다.

이 같은 장덕조의 전시소설에서 접혀져 숨겨진 양가성은 오히려 정비석의 소설보다 전시미망인들의 현실을 희화화하는 효과를 낳는다. 미망인들, 사회로부터 존재를 인정받지 못하는 여성 현실의 비극성이 엉뚱하고 파편화된 스토리, 흉내 내기의 모호함으로부터 널브러져 보인다. 장덕조의 흉내 내기의 모호함은 자신의 급한 글쓰기 습관과도 관련된다. 장덕조의 글쓰기로부터 지역여성이 글쓰기라는 직업을 수용하게 된 제반사정을 더불어 이해해야만 한다. 이를 통해서만이 50년대 지역 신문과 담합한 노동으로서의 여성작가의 담론에 대한 적절한 대답이 나올 것이다. 실제 여성의 입장을 신문소설은 염두에 두지 않는다. 전시 지역사회의 지배담론 편에서 여성은 기표화되고 상징화될 뿐이다. 그런 만큼 장덕조의 글쓰기는 여느 남성작가처럼 편하게 대하기 어렵다. 1960년대 초 장덕조처럼 여성가장으로서의 신문연재를 열심히 한 여성작가로 박경리를 들 수 있다. 박경리는 1960년에서 1963년 사이 무려 여섯 편의 신문소설을 연재하는데 그중 『대구일보』에 「은하」와 「그 형제의 연인들」을 연재하였다. 60년대 초 최다 신문작가로서의 박경리는 『국제신보』의 「푸른 운하」(61)와 함께 「은하」(60)를 통해 일시적으로 혁명기의 지역 정서를 반영하였지만 5·16 쿠데타 이후 다시금 가부장제에서 헤어나오지 못하는 여성의 가족적 비극과 파멸의 주제를 대중 통속적으로 그려나갔다.(「그 형제의 연인들」, 1962) 『토지』 21권을 상재하여 세계에서 가장 긴 소설을 완성시킨 박경리 역시 60년대 초 격동기에 생계를 위한 노동으로서의 글쓰기에서 단련되었다는 사실은 한국 여성작가의 현실을 잘 보여주는 단적인 사례라 할 수 있을 것이다.

신문에 연재된 역사소설은 대개 역사적 사실을 소재로 한 변장적 역사소설,[84] 또는 야담에 가깝다. 50년대 영남지역 신문에 실렸던 역사나 무협담은 400회 이상인 경우가 많은 연재물이어서 전체 분량상으로 보면, 애정소설 분량과 거의 대등하였다. 신문역사소설은 이미 잘 알려져 있는 소재를 활용한다는 점에서 지역 독자들에게 파고들기가 유리하였으며 또한 과거로의 이동을 통한 현실도피의 환상적 즐거움을 준다는 점 등에서 50년대 독자대중들로부터 많은 인기를 누린 바 있었다. 그러나 50년대 지역역사소설에는 가장 혼란스럽고 어려웠던 국난기를 배경으로 하여 충절이나 절개를 강조하는 스토리가 반복되고 기존의 인습과 제도를 인용, 전통을 재확인하고 그것에 정당성을 부여함으로써 미래가 불확실한 데서 오는 불안감을 떨쳐버리고 싶어하는 욕망이 더 숨겨져 있었다.

50년대 영남지역 신문소설 중 「聊齋志異」(55), 「今古奇觀」(59), 「옥녀설화」(『마산일보』 단편 릴레이, 廉基瑢) 등 야담, 설화의 명청시대의 괴담 번안과 「통속임난사」나 「병인양요록」, 「妖花」(57), 「妖姬의 일생」(59),

---

84 조셉 터너는 역사소설의 유형을 단계적으로 기록적인 역사소설, 변장적인 역사소설, 창안적인 역사소설로 나눈다. 여기서 변장적인 역사소설이란 기록적인 것과 창안적인 것 사이의 역사소설, 즉 소설적인 것과 사실적인 것 중간 유형에 해당된다. 실재적인 인물이나 사건을 포함하지 않으면서도 어딘가 소설과 기록된 역사담 사이에 위치한 듯한 소설이다. 이름을 변조하고 역사적 전례와 기록된 사실을 변조함으로써 기록된 역사담과 혼란을 준다.(Goseph W. Turner., "The kinds of Historical Fiction", Genre XII NO.3, 1979, p.333~335) 신문의 역사소설은 이처럼 역사적 사실을 대중적 정서에 맞추어 가는 과정에서 역사적 사실의 본질적 모색과 상관없는 대중미디어라는 자본 이윤 증식의 논리를 따르게 되고 이는 자연스럽게 하위주체 여성을 반식민 상황에서 불가피하게 담합적으로 전유하게 하는 결과를 낳는다.

「紅燈夜話」, 「중국미녀열전」(59) 등에서는 중국과 조선 양국간 난세의 여성상이 언제나 주목을 끌었다.

김팔봉의 「群雄」(56)은 『서울신문』에 이어 『영남일보』에 연재된 인기 역사소설이었다. 「군웅」의 앞부분은 은나라 주왕의 달기로부터 주 무왕까지이고, 뒷부분은 이후 제나라 환공의 패업으로부터 진성왕의 죽음에까지 오패라 불리는 춘추전국시대의 영웅호걸들의 흥망성쇠를 그리고 있다. 이러한 신문연재는 고전을 통해 낡은 관습도덕을 재확인한다든가, 패러디에 현실세계를 희화화하는 반면에 세속화된 길을 따라 봉건주의적 틀을 강화하는 경향을 보여주기도 한다. 특히 「群雄」에서는 주무왕을 황음케한 달기가 본래 꼬리 아홉 달린 여우가 변신한 모습임을 흥미롭게 구성하여 혼란기의 국가 중대지사가 여성에 의해 농락당했음을 재확인하여 이를 경계하고자 한다. 이 시기 「妖姬의 일생」(58)이나 「妖花」(57)의 여성상 전유는 근본적인 전쟁이나 분단의 문제를 여성을 정치적 쟁점화함으로써 가부장적 이데올로기를 재차 확인하고 강화하고자 한다. 이는 전후 발생할 새로운 변수에 의해 싹틀 새로운 인식체계의 가능성을 막아, 일제로부터 이어온 식민주의적 인습으로부터 벗어나는 것을 차단하는 탈식민주의적 책략의 단계로 이해될 수 있다.[85]

『대구매일신문』에 연재된 조흔파 「妖花」(57) 역시 초점을 구한 말 흥선대원군과 요화 민비의 대결 이미지에 맞춰 전개시킨 작품이었다. 완고한 대원군을 옹호하고 여자인 민비를 비하함으로써 기존의 가부장적 위상을 확고히 하였다. ‘妖姬’ 니 ‘妖花’ 니 하는 표현은 50년대 지역 보수주의적 여성관을 보여주는 것으로, 이는 결국 탈식민지적 하위주체로서의

---

85 한명환 · 김일영 · 남금희 · 안미영, 「해방 이후 대구 · 경북지역 신문소설에 대한 발굴 조사연구」, 『현대문학이론연구』 제21집, 2004.4, 357~358쪽 참조.

여성담론을 재기입하는 현장이라 할 수 있다. 차후 이러한 여성 폄하 표현은 해방 전보다 더욱 강화되어 여성에 대한 사회 인식이 '환원할 수 없는 인지적 실패'[86]에 이를 수밖에 없게 하였다.

대원군의 억울하게 유폐된 세월은 그 아들 재민(완흥군)의 충성심과 함께 민중 봉기의 형태로 강조되는 반면 민비는 그 상스러움(무당이나 점복인(占卜人), 미동(美童) 등을 끌어들여 궁정에서 문란한 생활을 즐김) 때문에 궁중의 재산을 거덜나게 하고 백성의 생활을 더욱 더 피폐하게 만들었다고 한다. 특히 이 소설은 대원군과 민비 일가의 갈등이 심화되는 중에서도 백성들은 진실보다는 권력의 편에 붙어 목숨을 연명하려는 습성이 있음을 비판하였는데, 이러한 비판은 외면상 지배층에 대한 잘못과 아울러 백성의 우매함을 겨냥하고 계도하고자 하는 듯 보이나, 그 와중에 "암탉이 울면 나라가 망한다"는 기존의 관습을 재확인시켜 지역보수권력에 담합, 추종하고자 한 전유의 흔적이 보인다.

김팔봉, 정비석, 조흔파 등 서울지역 작가군들의 역사담론들은 기존의 유교적 인습과 전통을 따르는 가부장적 봉건주의 우월성을 재확인시켜 줌으로써 전후 부분적으로 일어나고 있었던 새로운 역사 인식 가능성을 일축, 전후(戰後) 보수주의를 강화하였다. 특히 이들은 역사연재를 통해서 50년대 여성의 사회적 역할을 인정하지 않으려 했고, 사회적 하위계

....

86 스피박은 이른바 하위주체연구회의 "환원될 수 없는 인지적 실패" 개념에 대해 면밀히 분석한다. 그녀는 의도적이든 아니든, 위로부터 작동된 담론들, 심지어 완벽하게 성공한 것 같은 엘리트 역사 기술까지도 환원할 수 없는 인지적 실패들에 의해 형성된다는 점에 주목한다. 스피박의 '인지적 실패' 개념은 "소외는 의식의 어떤 행위에서건 환원 불가능하다. 주체가 대상을 파악하기 위해 자체로부터 분리되지 않는다면 인식도, 사유도, 판단도 없게 된다"는 헤겔의 논리로부터 빌려온 것일지 몰라도, 그러한 비판은 구체적으로 실천하는 것이어야 하며, 반드시 해체론적 접근에 의해서만 접근 가능하다는 점에서 독창적이다. 가야트리 스피박, 앞의 책, 402~407쪽 참조.

급으로서의 여성의 존재를 재삼 확인시켜 주었다.

그러나 지역작가군의 역사담은 다소 경향이 달랐다. 고전을 국역하거나 중국의 전설, 신화 등을 발췌 소개하여 시공간을 초월한 판타지 연재물이 많았기 때문이다. 「剪燈夜話」, 「紅燈夜話」, 「今古奇觀」 등은 인기리에 연재되면서 지역에서 인기를 누렸는데, 특히 『영남일보』에 675회 연재된 성낙훈의 「今古奇觀」은 고대 중국의 우연과 환상적 사건을 통해 답답한 전시의 불안한 현실로부터 벗어나고자 하는 독자대중의 욕구를 충족시켜 줄 수 있었다. 그러면서도 내면적으로 중화사상의 틀 안에서 변화하지 않도록 독자들을 매달아 놓으려는 역할을 하였다. 전시, 전후의 새로운 담론 소재들의 등장에도 불구하고 외양과 달리 이들 담론들은 대체로 대구·경북지역의 전통적이고 보수적인 계통관계, 즉, 파생관계에 더 연루되어 변화를 거부하는 양상을 보여준다. 박경리는 55년 「계산」으로 『현대문학』에 등단, 빠른 시기에 신문작가로 성장하여 4·19 혁명기에 「은하」(60)를 연재하였다. 「은하」에서 여주인공은 최초 정략결혼에 희생이 되었으나 혼사비극을 딛고 자신을 사랑하는 총각 강진호와의 재혼에 성공한다. 그러나 박경리의 이러한 적극적이고 진취적인 여성담론은 일시적인 것이었다. 오히려 60년대 박경리 신문소설의 여성담론의 비극으로의 회귀는 그녀의 50년대 신문 여성담론의 연장선에서 더 잘 이해할 수 있다.

5) 지역 여성작가의 여성담론의 가능성

지역 역사담에서 거론될 만한 대표적인 여성담론으로 지원의 「동방의 새벽」[87](『대구매일신문』, 52.1.1~1.28, 54회)을 들 수 있다. 「동방의 새벽」

---

87 지원은 해방 전, 『천주교 회보』에도 「지옥순례」를 연재한 바 있었다.

은 남성의 역사담에 비하면 하위주체로서의 여성의 역할이 얼마나 중요하게 사회적으로 기능할 수 있는가를 보여주는 역사담론이었다. 또한 「동방의 새벽」은 조선시대 지배층의 외래종교(유교) 강요와 천주교 학살을 한국전쟁의 동족상잔과 동일선에서 보고 있다는 점에서, 민중사관에 입각한 역사소설의 계보선상에서 중점적으로 검토될 만한 문제작으로, 특히 여성이 '신문화의 빛'을 비추는데 선구자적 역할을 하고 있었던 점을 부각시킴으로써 50년대 여성의 역사적 주체로서의 가능성을 시사한다.

전시 최초의 『대구매일신문』 연재작품으로 편집자는 '역사소설'[88]이라고 예고하였지만 작자의 말에서 밝혔듯 '역사에서 발견한 신문화의 빛을-소개할 뿐'이라고 하였다. 일부 대화나 행위, 사실들을 시간적 순서에 따라 전개하고 있으며 순교한 인물들에 대해 고증한 논증적인 글에 가깝다. 이 글은 특히 동족상잔의 비극은 주자학이 중국에서 들어온 이래 일어나고 있었으며 동족상잔의 비극의 원인이 지배권력의 정치적 욕심 때문이라는 등의 논리로 중화주의에 의한 이념 수입으로 동족을 대량 살상해온 역사를 비판하고 있다.[89] 「동방의 새벽」은 천주교 박해 내용에 대한 술회지만 전시에 순교사를 쓴 이유가 무엇인가를 생각해본다면 전시 상황을 의식한 역사소설이라 할 수 있다. 즉 동족상잔의 전시 상황을 염두에 두고 기유, 신해사옥과 같은 역사적 사실을 회고함으로써 전시 혼란상의 비극을 최소화하기 위한 신앙의 의지를 다지고자 한 것이다.

....

88 1951.12.28. 2면 예고-새로운 역사가 동고치는(고동치는?) 이 江土(疆土의 誤記)에는 바야흐로 처참한 戰亂에의 悲鳴이 民族의 심경을 울리고 있다. 그것은 삶에의 주검! 주검에의 주검! 이 두 갈래의 아우성이 강토 지*을 흔들어 마치 새벽이 되기前에 일어난 砂막의 族屬-같기도 하다. 일즉이 우리 가톨릭문단에 문명을 날리던 志園先生의 歷史小說 '동방의 새벽'은 확실이 전란에 쫓긴 이 겨레에게 줄기찬 希望의 빛을 던지고 말 것임을 기대리는 듯 저 新春芳豆簇 천하에 보내는 첫선物로서 本紙 來一月一日附로 連載하오니 삼가 愛讀을 빌어마지 안습니다.〈志園 作畵 신년부터 본지연재〉
89 한명환, 「한국전쟁기 신문소설 발굴과 의의」, 『현대소설연구』 20, 2003.

이러한 역사 성찰적 관점은 앞서 한국전쟁을 '성전'으로 여기는 당시 분위기와는 다른 견해를 보여주고 있어 주목된다.

「동방의 새벽」은 결국 외래 이념 맹종을 넘어선 그리스도에 대한 참된 신앙만이 이와 같은 난국을 헤쳐 갈 유일한 해답임을 여러 가지 역사적 사례를 들어 이야기한다. 먼저, 그는 한국사에서 '어지러운 시국'은 항상 당파싸움에서 비롯되었으며 선조 이래 파벌싸움으로 비화되어온 끝에 대량 사화를 불러일으켜온 역사를 성찰하며 이 모든 것은 중국에 대한 사대주의와 주자학 때문이라고 비판한다(「어지러운 時局」, 전 15회). 중공군으로 인해 1·4 후퇴를 하게 된 상황에서 맹목적으로 중국에서 들어온 유교, 주자학 맹종이 나라를 망친 근본 원인으로 작용했다고 비난하기도 한다. 지원은 내심 한국전쟁이 우리의 뜻과 상관없이 국제전으로 비화되고 있는 당대 상황에서 외세 견제의 정신이 필요함을 느끼게 해준다. 남북한의 위정자들이 강대국에 끌려 서로 자신의 권력 지지를 위해 동족상잔의 비극을 일으키고 있다는 분단 현실의 엄숙한 문제를 직시하고 있는 것이다. 자기 당의 이익만 생각하는 남북의 권력자들이 '악귀'이지, 북한이 '악마'가 아니라는 뜻으로 받아들여진다.

> 마치 그들은 캄캄한 밤거리에서 광명을 실허하는 악귀들과 같이 서로 물어 뜯고 나라가 망하던 백성이 어떻게 되던 제 욕심만 채우려 드는 강도의 무리였었다.(연재 8회)

저자가 특히 주자학에 대해 소리 높여 강도 높게 비난한 것은 천주교를 박해하게 된 근본 원인이 당파 싸움[90]에 있었다고 보았기 때문이다.

....

90 지원, 「동방의 새벽, 별을 東에서 보고」, 『대구매일신문』, 1952.1.12(9회), 당파싸움의 내력에 대해 소상히 밝힌다. 선조 8년 동인 심의겸과 서인 김효원의 대립이래, 정조대까지 200년 동안 지속, 외래종교인 불교와 유교가 들어오게 된 배경과 주자학의 폐단

"봉건사상도 분수가 있지 이 나라 유교가 만들어 놓은 봉건사상의 융성은 세계민족사에 예를 찾아볼 수 없는 야만의 왕국이었다"며 "삼종지도, 칠거지악, 관혼상제의 허례, 사농공상 계급차별" 등 유교의 계급성을 그 예로 들었다. 또한 조선의 사대 사옥이 "단순한 사욕과 사감에서 우러난 민족 상잔이었다"[91](별―3회)고 비판함으로써 6·25전쟁을 당쟁으로 인한 민간학살 같은 동족상잔의 선상에 놓고 있다.

> 이 민족의 서글픈 말로를 걷게 한 작자들이 새 종교는 외국의 종교이오 그 학설은 대역무도이며 무군무조의 반역을 조장하는 이단이었다고 제 겨레를 죽이고 삼천리 강산을 피로 물드려야 할 이유가 어데 있었던고 ,옛날이나 오늘이나 민족상잔의 비극은 이 나라의 자멸을 스스로 취한 운명의 작난이었다.(「어둠의 발악」 3회, 전체 41회)

지원은 마지막으로 '샛별'에서 '강완숙(골롬바)' 이 예비신자로서 주문모 신부를 돌보다 순교한 사실을 감동적으로 전하며 「동방의 새벽」을 마무리하고자 한다. 그녀는 동방의 새벽은 이미 밝아왔지만 아직 날이 새지 않은 것이 안타까워 이 글을 썼노라고 말한다. '가는 곳마다 가시덤불을 걷고 옥토를 만들어 좋은 씨를 뿌린다. 오 반가운 동방의 새벽이여!'의 명도회 여회장 강완숙 축시로 맺는다. 지원은 한국전이 한 민족 내의 이념 전쟁의 성격을 지닌다는 점, 남북한 모두 독재정권 권력하에 처해있다는 점, 여전히 한국이 지배 대 피지배, 남성 대 여성, 계급사상 대 평등사상이 대립되고 있으며 피지배층, 여성이 계급적으로 차별받고 있는 시대임을 깨닫게 해준다.

....

이 얼마나 백성들에게 괴롭힘을 주었는지 설명하고 당파싸움 가운데 천주교가 전파된 내력을 소개한다.

91 지원, 위의 글, 3회, 『대구매일신문』, 1952.1.6.

1950년대 여성 하위주체는 50년대 중반 여차장, 식모, 농촌 여성들의 수기물 연재 등에서도 그 하위성이 드러나고 있었다. "희망의 역마차"(『대구일보』)와 영화소개, 독자란, 여성란, 문화란을 통해 기록된 여성담론들은 50년 중반 부산지역의 "스크린의 챔피언", "영화평", "새 영화", "영화가 동향", "'허리웃 소식", "영화소설" 등 코너와 함께 해방 이후 50년대 현대 한국 여성담론의 양상과 실태를 알 수 있게 도와준다. 이러한 여성담론에 대한 논의의 장이 따로 필요할 것이다.

이러한 여성담론의 연구는 정부나 여성기관 측의 일방적인 통계나 수치 비교만으로 정확히 알 수 없다. 50년대 여성 수기에 대한 사회사적 조사와 함께 구술적이고 상호 텍스트적인 다양한 방법이 함께 이루어져야 한다.[92] 왜냐하면 식모, 농촌 노동여성 등 통계화하기 어려운 하위주체로서의 여성성과 관련되어 그 실상을 정확히 연구하기란 쉽지 않기 때문이다.

---

4. 1950년대 대구·경북지역 신문연재물의 반공이데올로기 - 전시 연재물을 중심으로

해방 후 대구·경북지역의 『대구매일신문』은 일반적으로 대구·경북지역의 정론지로 알려져 왔다. 그러나 1950년 초 전시동안 『대구매일신문』은 반공계몽과 선동을 위한 소설과 희곡을 연재하였다. 이는 전신이었던 『남선경제신문』의 연재내용과 완전히 상반된 것이었다. 『남선경제신문』의 「밥」과 「열풍」은 해방 이후 친일파들이 득세한 모순과 경제적 양극화 현실문제를 비판하고자 하였다. 그러나 전시 『남선경제신문』의 경영진이 대구지역 천주교 재단으로 바뀌면서 반공소설과 반공희곡만을 연재하였다. 전시 『대구매일신문』의 반공을 위한 연재물들은 종군기나 종군수기에서도 그렇듯, 북한을 악마나 사탄으로 미군을 천사로 보고 한국전을 '성전(聖戰)'으로 묘사하고자 하였다. 김송과 박영준은 약혼 남녀의 리얼한 연애 문학적 갈등을 통해 총후 지역민과 피난민들을 반공정신으로 결집시키는 데 성공하였다. 김송과 박영준은 혼사장애담에 반공소재를 가미함으로써 생활 속에 구체화된 반공작품을 연재함으로써 전시 지역민들과 피난민들의 반공 계몽에 앞장섰던 것이다. 또한 전쟁수기 연재는 해방 직후와 전쟁 직후 일본에 관해 인식 변화의 낙차를 보여준다.

1949년 『영남일보』의 최덕신 수기 「인면혈전기」는 항일투쟁을 통해 항일정신을 내세우고 있는 반면에 52년 『대구매일신문』에 연재된 「남해의 비사」는 일본 천왕을 흠모하고 일본군으로서의 입장을 내세운다. 「남해의 비사」(辻 政信)는 미국 연합군을 배제하고 일본군만의 입장에서 기술되고 있다는 점에서 전시 피식민지배자의 신식민적 양가성을 재현한 연재수기였다.

전시 종군기자들은 후방의 전쟁 독려, 반공 계몽의 관점에서 종군기를 쓰고 있으나 '김문'과 같은 종군작가들은 좀 더 한국전쟁의 내밀한 실상을 가까이에서 보고한다. 김재용, 이대영의 종군기에는 미국의 전투력을 아군의 것과 동일시한 피식민지배자로서의 탈식민적 혼종성이 나타난다. 김문의 종군기에서는 부라운 군조와의 대화를 통해 해방 이후 전시까지 소통 불가능한 인종과 문화의 오리엔탈리즘을 재현한다.

한편 개인 수기에 있어서 사회적 지도층인 최민순은 종교계를 대표하여 반공을 사상적으로 체계화함으로써 한국전쟁이 '성전'으로 휴전에 반대해야 함을 규명하고자 하였다. 이는 공산주의에 대한 증오심을 서구 제국주의 논리로 감싼 기독교 근본주의와 유사한 형태의 주장이었으나 이는 해방 공간으로부터 연계되어온 식민지 피지배자로서의 입장을 그대로 재현한, 날조된 사상의 체계화라 할 수 있었다. 이는 당시 동족상잔의 전쟁 비극을 조선시대 이욕에 눈이 어두워 천주교를 박해한 신유박해에 비유한 지원의 글과 대조되는 서구 제국주의로부터 파생된 담론, 강대국 간의 담론을 추종하는 것에 불과하였다. 이들 신문에 나타난 수기들은 한국전쟁으로 인한 일본에 대한 인식 변화와 더불어 반공 사상이 어떻게 급조되어 형성되어 왔는가에 대해 깨닫게 해준다.

전시 수기 자료들을 통해 맹목적인 동일시와 '광신' 적인 '분노' 의 논리로 '항일의 주체정신' 이 서구 강대국 담론이었던 '반공이념' 으로 급격하게 대체될 수 있었던 자리를 확인할 수 있다. 즉, 언론계와 사회지도층의 담합은 해방 공간에서 미군정에 의해 준비되어 온 반공정책을 통해 '반공사상' 을 보편화된 사상으로 용인하려 하였고 그러한 민족 분열적 증상은 신문매체들이 민족적 주체성을 탈식민적으로 '전유' 한 데에서 대중적으로 확산시켜 갈 수 있었다. 1952년 8월의 대구지역 선거 결과는 그것을 증명해준다. 대구 · 경북지역에서 이승만에 대항한 민진당 조봉암의 득표율이 대구 23.6%, 경북 10.6%로 미미하였다는 사실이 이를 증명해준다.

1) 연재소설의 반공이데올로기 수용과 이념화

(1) 해방 이후 『남선경제신문』에서 전시 『대구매일신문』으로

해방 직후 남한의 신문매체는 대중성보다는 이념적 정론성을 강하게 드러냈으나 미군정기 반공정책에 의해 점차 우경화로 재편되었다. 미군정 초창기는 진보적 민주주의를 표방하고 나선 좌파계 신문의 독무대가 되다시피 했으나 그 후 신탁통치안을 에워싸고 좌우 양파 신문의 대립은 점점 심해졌다. 신문사 수는 미군정 조사에 의하면 1946년 9월 현재, 서울지역만 일간신문 57, 주간신문 49, 통신 13종을 넘어섰으며 창간된 지방지는 더 많아[93] 합치면 200여 종이 넘었다고 한다. 1947년 9월 미군정 조사월보[94]에 의하면 『조선일보』 35,000부, 『경향신문』 61,300부, 『서울

---

93 한원영, 『한국현대신문연재소설 연구-상』, 국학자료원, 1999, 18쪽.
94 김민남 · 김유원 · 박지동 · 유일상 · 임동욱 · 정대수, 『새로 쓰는 한국언론사』, 아침, 1995, 305쪽 재인용.

신문』 52,000부, 『동아일보』 43,000부로 가장 많이 발간되고 있었고 『한성일보』, 『독립신문』, 『현대일보』 등이 25,000부, 기타 『세계일보』, 『민중일보』, 『서울타임스』, 『대동신문』이 6,000부~13,000부, 기타 『민보』, 『공업신문』, 『수산경제신문』 등이 2,000부 정도 발간된다고 보고되어있다. 1947년 정부가 들어서면서 부산에 『산업신문』(1950년 『국제신보』 개제. 『국제신문』의 전신)이 창간, 5대 신문의 하나가 되는 변화가 일어나는 가운데 신문에 대한 탄압은 더욱 심해져 1949년 3월 공보처장에 의해 그 사상성을 이유로 인가취소가 될 만큼 40년대 말 신문들은 이승만 정권의 견제를 받아야 했다. 그 가운데 대구·경북지역의 『남선경제신문』은 5,000부 정도 해방 이후 서민을 위한 경제지로서 어렵게 지탱하고 있었다. 『남선경제신문』은 해방 이후 전문 신문으로서 전국적인 보급망을 가지고 있었다. 당시 대구지역 언론인들은 대개 일제시대 일본인 경영인들 아래에서 신문을 편집해온 경험[95]을 살려 『영남일보』와 『대구일보』, 『남선경제신문』 등에서 일하면서 새로운 세상에서 민족과 사회를 위한 올바른 신문을 만들어야겠다는 의기가 충만해 있었다. 특히 대구에는 해방 전에도 두 개의 경제신문이 경쟁하면서 그 경험과 기술이 축적되어 오고 있었던 만큼 해방 이후 지역경제를 살리기 위한 올곧은 경제신문에 대한 의욕을 느끼고 있었다.

『대구매일신문』은 경제지였던 『남선경제신문』의 정신을 계승하여 종합신문으로 거듭났다고 할 수 있다. 2002년 4월 매일신문사는 『남선경제신문』을 포함한 CD 200여 개를 제작함으로써 『대구매일신문』의 역사를 한눈에 알 수 있게 하였다. 해방 이후 적잖은 신문들이 신문사끼

---

95 해방 전 대구지역 신문사 간의 경쟁에 대해서는 대구지역 언론인이자 소설가인 이정수 씨 소설 「輪轉」에 잘 드러나 있다.(「輪轉」, 삼성문화문고 71, 1975)

리의 테러와 분단, 혁명 등 격동의 세월 동안 대부분 소실되어 그 흔적을 찾아보기 어려운 상황에서 『대구매일신문』이 일부나마 CD화됨으로써 대구·경북지역 언론과 연재물의 흐름에 대해 더 잘 알 수 있게 된 것이다.

해방 직후 『남선경제신문』으로부터 『대구매일신문』이 걸어온 길은 기구할 정도로 변화와 굴절이 적지 않았다. 『대구매일신문』은 해방 전부터 대구에 있었던 경제신문을 계승하여 1946년 3월 1일 『남선경제신문』(South korea Economy Press, 사장 우병진)으로 출발하였다. 『남선경제신문』은 창간호에 현직검사의 '모리배론'을 6단 내리닫이로 싣기도 하고 경제지답게 시장물가란을 2면 하단부 2단으로 할애하여 싣기도 하여 해방 직후 경제 정론지로 전국적으로 배포되고 있었다. 미군이 남한에 진군하기까지 여운형 계의 건국준비위원회가 남한 전역을 조직적으로 주도하였던 만큼 당시 신문들 역시 그 영향을 받고 있었다.

미군정청이 1946년 9월 1일 조선공산당 간부들과 좌익 신문을 단속하였음에도, 1946년 9월 24일 철도 총파업 사건이 발생하였다. 대구·경북에서도 잇따라 우편, 철도 등이 파업한 대구 10·1 인민항쟁이 일어났다. 10·1 항쟁은 상인들의 매점매석으로 인한 '쌀값'의 폭등과 식량부족으로 인해 일어난 민생고와 관련된 사건이었음을 『남선경제신문』은 밝혀주고 있다. 전국적으로 1947년 8월 1일 우파 신문기자 조직인 조선신문기자협회가 결성되면서부터 점차 신문들은 우파 쪽으로 기울기 시작했다.[96] 1947년 8월 11일 미군정 당국이 남로당 당수 체포령을 내리자 좌익 활동은 모두 지하로 숨어들어야 했다. 이러한 상황에서 『남선경제신문』이 여전히 반일, 반제, 반봉건적인 「밥」과 「열풍」을 연재하였다.

---

96 한원영, 앞의 책, 15~79쪽.

이것은 『남선경제신문』이 좌익지를 표방하지 않고 경제지를 표방하였기 때문이 아닌가 한다. 『남선경제신문』은 좌우익 대립 공간에서 어떤 사상에 편들기보다는 민생을 돌보고 혼란기 경제를 위한 봉사하겠다는 자부심을 갖고 있었던 것이다.

그러나 『남선경제신문』은 47년 좌익지 『민성일보』를 지지하던 자들의 테러로 인해 사옥을 『매일신문』 자리(계산동)로 옮겨 1950년 3월 1일 『경제신문』(사장 이상조)으로 제호를 바꾸고 3월 13일 『주간경제』를 6호까지 내기도 하다가 한국전쟁을 맞았다. 『경제신문』은 다시 동년 8월 1일 『대구매일신문』(사장 이상조)으로 그 제호를 바꾸었으나 운영의 어려움을 못 견디고 9월 16일 천주교 대구대목구 유지재단(사장 최덕홍 주교)에 넘겨주어야 했다.[97]

당시 한국 천주교는 파리 외방선교회의 관할에 속해있었고 조선대목구로부터 성장, 서울과 대구교구 두 개의 교구가 있었던 만큼 대구교구 역시 대구·경북지역사회에 끼치는 영향력이 적지 않았다. 대구 신학교 출신으로 문재(文才)가 뛰어난 최민순은 전주를 거쳐 서울 성신학교 교수로 평생을 지냈다. 대구는 그의 제2의 고향인 셈이었다. 1951년 1·4 후퇴로 대구에 온 최민순 신부는 대구대목구 출판부장과 『천주교 회보』(『가톨릭신문』 전신)와 『대구매일』 발행·편집·인쇄를 동시에 맡게 되었다. 『대구매일』은 1951년 6월 9일부터 제호가 『대구매일신문』으로 바뀌었다. 최민순은 1912년 전북 진안에서 태어나 대구 신학교를 거쳐 전주에서 오랫동안 사제직을 수행하다 해방 이후 인가된 경성천주공교신학교(성신대학 전신) 교수로 부학장, 도서과장을 지냈다. 그는 1950년 서울 성신대학 시절 인공치하에서 3개월 동안 숨어 지내던 중, 서울 수복이 되어 천주교

---

97 당시 이승만 대통령을 '犬統領'으로 오식하여 배부한 탓이라고 한다.

대구대목구 『대구매일신문』을 맡게 된 것이다.[98] 최민순은 해방 전부터 『가톨릭 청년』지 등에 꾸준히 글을 투고한 문학청년이었던 만큼 그의 기용은 적절한 것이었다. 최민순은 『천주교 회보』 사장을 1956년 5월 31일까지, 『대구매일신문』 사장을 1951부터 1953년 4월 30일까지 겸했다.[99]

본고는 해방 공간으로부터 한국전쟁기에 이르는 동안 『남선경제신문』과 『대구매일신문』의 연재작품 비교와 분석을 통해 『대구매일신문』의 사상적 변화와 굴절의 과정을 면밀히 살펴보고자 한다.

반공주의는 이승만 시대에서보다 박정희 시대에 증폭되어 나타나 4·19혁명의 민주적 정치의 붕괴 기반이 되었다. 이승만 시대의 반공은 4·19에 의해 자각하는 빌미가 되어주었으나 5·16 쿠데타 이후 반공은 곧, 3공화국의 성립 근거가 되어 한국 사회의 모든 분야를 통제하기 좋은 수단이 되었다. 반공은 60년대 한국 사회를 일사불란하게 묶는 기능을 했지만 어느 정도 경제가 안정되기 시작한 1970년대 성장한 청년문화와 전통문화를 이단시하게 하는 자체 모순을 노정시켰다. 5·16 쿠데타는 혁명 초와 달리 종내 스스로의 부패정서를 극복하지 못하고 사회적 감시 역량이 취약한 가운데, 무리하게 온 국민을 계획 경제에 동원시킴으로써 졸속의 군대식 몰아붙이기로 '약탈적 발전국가' 형태로 나아가게 하고 말았다.[100] 즉 일인독재하의 막대한 격려금 등 돈의 지배 구조, 스탈린

---

98 박일, 「최민순 신부의 생애와 하느님 이해」, 『가톨릭신학과 사상』 51, 신학과사상학회, 2005.3, 105~121쪽 참조.

99 『대구매일신문』은 1960년 7월 7일, 『매일신문(每日新聞)』으로 제호가 변경되었고 이후 신군부 시절(1980), 언론통폐합으로 『영남일보』를 합병하여 잠시 제호를 『대구매일신문』으로 고쳤다가 다시 『매일신문』으로 제호를 바꾼 후 지금에 이르고 있다. 제4절 「대구의 신문이 걸어온 길」, 『매일신문 오십년사(1946~1996)』, 매일신문사, 1996, 100~107쪽.

100 조희연(『동원된 근대화』, 후마니타스, 2010)은 1961.5.16~1972 시기를 개발동원체제 성립기, 즉 1950년대 반공규율사회 심화기로 구분한다.

이나 북한과 다를 바 없는 비밀 감시체제 운영 등의 요인은 시장경제 원리에 기반한 자유민주주의를 불가능하게 하였다. 정보요원들의 감시와 민주인사 테러 등의 부정 요인은 시장경제 원리가 뒷받침된 싱가폴과 같은 발전으로 나아가지 못하게 하고 충성 경쟁과 재벌 특혜 등에 의한 '약탈적 발전국가' 형태로 나아가게 하였다고 보는 것이다. 이렇듯 60년대 개발동원체제 권력을 승인한 가장 중요한 근거가 분단시대의 '반공'에 대한 사회적 지지 때문이었음을 상기해볼 때, 우리는 대구·경북지역의 한 작은 신문사의 변절에 대해 주목하지 않을 수 없다.

본고는 일관되지 못한 신문사의 태도와 반공이념의 계몽 의지를 연재소설, 희곡의 비교를 중심으로 밝히되 그것의 근거가 무엇일까 밝히고자 한다. 특히 『남선경제신문』의 연재소설 「밥」, 「熱風」과 『대구매일신문』의 연재소설 「永遠히 사는 것」, 「愛情의 溪谷」과 희곡 「皆骨山」 등 작품에 나타난 인물과 주제 등을 비교하여 이데올로기 굴절 모습 및 형성 과정에 대해 밝히고자 한다. 이러한 대구·경북지역 신문연재물 비교는 당대 지역사회의 반공이념 형성과정의 실제 모습과 사회적 가치관의 변화의 궤적이나 단초를 구체적으로 유추해낼 수 있는 근거가 되리라 기대한다.

(2) 『남선경제신문』의 연재소설 「밥」과 「열풍」

『남선경제신문』은 혼란스러운 해방 공간에서 지역의 서민 경제 현실을 직시하고자 하였다. 『남선경제신문』은 1946년 3월 1일 창간사에서 '一國을 완전 자주독립을 유지 발전시키자면 첫째 경제발전이고 둘째가 민족의 利福을 위한 엄정하고도 공평한 정치의 힘일 것이다'라고 함으로써 해방정국에서 '경제'가 최우선임을 내세운다. 『남선경제신문』은 거의 매일 '都賣時勢'와 '市長物價欄'를 만들어 보도함으로써 당시 지역민들의 생활 현실에 도움을 주고자 하였다. 『남선경제신문』은 인간의 기본 욕망이 물질 수단을 취하는 데 있다고 봄으로써 근대 경제의 중요성을 강조한다.

「밥」의 연재시기는 1948년 10월 19일 여수 11연대 김지회 부대가 주도하여 일어난 '여순사건'과 이에 따라 일어난 1948년 11월 2일 대구 6연대에서의 '대구반란사건'이 일어났던 시기에 걸쳐 있었다. 미군정하의 경제 현실은 이른바 독자적 경제기반 조성을 방해하는 '일방적인 원조'에 의존한 경제체계로 무계획적인 분배와 소비 속에 방치되어 있었다. 이에 정치 모리배들의 개입과 정부 관료들의 부정부패[101]로 인해 서민들은 쌀값 폭등 등 치솟는 물가에 시달리고 있었다. 게다가 토지개혁의 실패로 인해 농민들의 소작문제가 해결되지 않아 가난한 농민들은 좌경화될 수밖에 없었다. 이러한 상황에서 『남선경제신문』은 미군정청의 정책에 반하여 여전히 독자들에게 남한사회의 경제적 현실을 일깨우고자 하는 언론의 사명을 다하고자 하였다. 「밥」은 일제 말기 강제공출을 선동하고 자신들에게 협조하지 않은 소작인들을 착취하고 만주로 강제이주하는 일제 주구들의 비행을 폭로함으로써 미군정하에서도 굶주리고 있는 서민들의 처지를 돌아보게 하고 새로 등용된 친일세력들에 대해서도 비판의 날을 세우고자 하였던 것이다.

「밥」의 연재가 흥미로운 점은 연재 당시 박승극이 월북하여 개성 등지에 있었다는 사실이다. 박승극(1909~?)은 1930년대 평론가로 활동, 해방

---

101 영어는 최대의 무기였고 '사바사바'라는 용어가 유행했으며 물가폭등은 모리배들의 일확천금의 기회가 되었다. 이권을 위해 중상과 이간질과 모략을 밥 먹듯이 하는 사회에서 접대를 위한 요정산업이 최대의 호황을 누리던 시대였다.(강준만, 「'사바사바정치'와 '요정정치'」, 『한국현대사 산책-1940년대편 2권』, 인물과사상사, 2003, 263~268쪽)

이후에도 「사랑」, 「떡」 등 농촌체험 생활을 소재로 한 농촌의 현장성이 돋보이는 수작을 좌익 계열의 잡지나 문집에 발표하였다. 그는 해방 이후 조선문학건설본부에 참여, 남로당 수원군당위원장을 맡고 있었다. 1948년 8월 25일에 해주 남조선인민대표자대회에 임화, 김남천, 송영과 함께 참석하고 있었던 것으로 보아 8월 초순경에 아우 박승우(朴勝禹)와 함께 월북[102]한 것으로 추정된다.[103] 『남선경제신문』은 월북한 박승극의 소설을 1948년 10월 1일에서 11월 6일까지 19회 걸쳐 연재하였던 것이다. 박승극 소설의 연재는 당시 독자들로 하여금 북한의 토지개혁 소문과 함께 남한의 경제 현실에 대해 돌아보게 하는 효과를 낳았다.

「밥」에 이어 1949년 1월 4일~2월 4일까지 16회 「熱風」을 연재한 작가 백남수(白南壽, 1875~1950)는 경북 영덕 출신으로 1906년 의병장 신돌석 부대의 중·후군장으로 일제와 싸우다 10년 형을 받고 옥고를 치른 항일 독립운동가 출신의 지역 원로였다. 백남수 「열풍」은 바로 그러한 저자의 체험선상에서 친일파 청산과 관련된다. 미군정에 의해 친일파들이 다시 기용되고 있었던 상황에서 「열풍」은 1946년 대구 10월 인민항쟁을 소재로 미군정하의 모순과 친일파들이 반공사상에 경도될 수밖에 없는 현실을 비판하고자 한다. 즉, 「열풍」은 친일 아버지와 좌익운동가 아들 사이의 갈등을 통해 친일 청산이 이루어지지 않고 있는 현실을 비판한다.

박승극의 「밥」(1948.10.1~11.6, 19회)을 연재한 것은 일제로부터 해방 이후까지 이어온 소작제도의 경제 현실을 돌아보게 한다. 안창섭은 진흥회장이란 명함을 가지고 사리사욕을 채우는 친일주구이다. 그는 소작인

....
102 박승극이 왜 월북해야 했는가에 대해서는 고향 후배이자 수원군당 총무위원이었던 김시중의 회고록 「내가 만난 박승극 형」(『박승극문학 전집1－소설』, 학민사, 2001, 427~444쪽)에 잘 드러나 있다.
103 『박승극문학 전집1』, 위의 책, 454쪽.

들끼리 투전을 하게 해놓고 이를 고발하여 소작인들에게서 돈을 뜯어내는 악인이기도 하다. 그는 또 소작인 이태선의 둘째 딸 정숙을 최순사 처로 보내려다 정숙이 불복하자 보복으로 태선의 소작권을 빼앗아 태선의 식구들을 만주 이주 대열에 강제로 끼워 보내버린다. 국내에서 살 터전을 잃고 만주로 떠난 이주자들은 낯선 환경 속에 내던져 중국인들이 버린 땅을 일구어야 하는 부담과 만주 토비와 비적 등에게 수탈과 만행을 당하는 등 위험에 노출될 수밖에 없었다.

또한 「밥」은 반봉건의 주제를 담고 있다. 당시 술과 도박에 빠져 가난에서 헤어날 줄 모르고 아기의 병을 낫게 하려고 새무당을 불러 굿을 하는 등 전근대적이고 봉건적인 놀이 농민들의 생활을 비판한다. 그들은 가마니를 짜 번 돈으로 도박을 하기도 하고 술추렴의 유혹을 이기지 못하고 안창섭과 같은 협잡군의 농간에 이용당하는 모습을 보인다.

「밥」의 소설적 전망은 이태선의 딸 정숙과 그의 야학 선생 용창의 관계에서 펼쳐진다. 용창은 일제가 더 이상 야학을 못하게 하자, 일본군 지원병으로 차출될 것이 두려워 서울로 달아난다. 이에 정숙은 용창과 합세하여 서울의 공장에 들어가 항일 노동운동의 전위가 되고자 한다. 「밥」은 미군정으로부터 남한의 토지개혁이 실패한 시점에서 일제 말 친일순사와 지주의 착취에 대항하는 민중적 각성을 일관되게 펼쳐보이고자 한 연재소설이었다.

「열풍」은 10·1 대구 인민항쟁을 소재로 친일파가 득세한 현실을 비판하고자 한다. 해방 이후 서민경제가 어려운 것이나 친일 모리배들이 들끓은 이유가 궁극적으로 미군정의 잘못된 체제에 있다는 점을 깨우치고자 한다. 「열풍」에서 항일사상범 박천오는 해방이 되자 감옥에서 풀려나지만 중추원 참의를 지낸 친일파 아버지 박원순은 오히려 기세가 등등하다. 원순은 반민특위법으로 궁지에 몰리자 아들 천오를 방패막이로 하여 위기를 벗어난다. 원순은 다시 미군정하에 등용되어 '빨갱이' 아들 천오를 구박하다 1946년 '대구 10·1 인민항쟁' 때 밀려온 폭도에 의해 죽게 된다. 대구항쟁이 진압된 후 만주국 일제관리였던 천오의 형 덕일이 뒤늦게 반공주의자가 되어 귀국한다. 덕일은 천오가 감옥에 있는 동안 제수인 천오의 처를 폭행하여 천오 처가 자살하게 된다. 천오는 재판정에서 친일 경력이 있는 판사의 재판을 거부한다.[104] 천오는 해방은 되어서도 친일파가 여전히 설치는 모든 원인이 미군정의 잘못된 반공정책에 있다고 주장한다. 백남수는 해방 후 친일파의 득세로 인한 사회 갈등을 한 가족 내에서 벌어지는 상황으로 압축하여 그려냄으로써 38선으로 인한 분단 현실을 직시하고 차후 생길 동족상잔의 비극을 예견하였다고 할 수 있다.

「밥」이 반제 반봉건의 투쟁정신을 통해 일제 말 소작제도의 모순과 친일 세력의 악행을 고발하고자 한 것이라면 「열풍」은 친일파가 득세한 현실을 주로 비판하는 친일청산문제의 심각성을 주목한 것이라 할 수 있다. 즉, 「열풍」은 대구 10월 항쟁의 정신, 즉 '일제하에서 구조화된 사회구조, 정치구조가 해방과 더불어 변화되어야 함에도 불구하고 그대로 유지 또는 재건되는 데 대한 항쟁'[105]의 정신에 다가서고자 한 연재소설이라 할 수 있다.

두 소설에서는 주동인물(protagonist)과 반동인물(antagonist)이 뚜렷하게 구별, 대립된다. 「밥」에서는 정숙과 용창이 서울의 노동운동을 통해 사회를 개혁하려 한다면 「열풍」에서는 좌익운동으로 감옥에 들어간 찬오

---

104 1947년 3월 전평 주도하에 총파업을 전개할 당시에도 군정과 우익세력은 민전과 그 산하단체를 습격하였다. 이때 독립투사이자 임정 민족혁명당원이었던 김원봉을 검거한 자는 친일경관 노덕술이었다.(강준만, 앞의 책, 22쪽)
105 김삼웅, 「10월 인민항쟁의 의의와 한계」, 『해방후 양민학살사』, 가람기획, 1996, 59쪽.

가 주동인물이다. 「밥」에서 안창섭과 최선화 순사가 반동인물이라면 「열풍」에서는 원순과 덕일이 반동인물이다.

이처럼 『남선경제신문』의 두 연재소설은 해방 공간에서의 인물형을 이념적으로 대립시켜 이야기한다는 공통점을 갖는다. 이러한 대립 설정은 『대구매일신문』의 전시 연재물에도 계속 지속되지만 내용은 반대로 적용된다. 즉 친일행적을 지녔든 말든 상관없이 극우적인 반공 주도인물들은 매우 휴머니즘적이고 선하며 좌익계열에 가담했거나 부역한 자들, 공산주의자들은 도덕적으로나 인간적으로 패륜 행위를 일삼는 자들로 바뀌게 된다.

(3) 반공이데올로기 연재물의 선두 주자로서의 『대구매일신문』

『대구매일신문』의 전시 연재물은 모두 9편이다.

金松, 삽화 金榮注, 「永遠히 사는 것」, 1951.9.1~51.12.8, 98회
志園, 삽화 志園, 「東方의 새벽」, 1952.1.1~1.28, 54회
朴榮濬, 삽화 李晚鐘, 「愛情의 溪谷」, 1952.3.1~7.17, 128회
張德祚, 삽화 李舜在, 「翡翠」, 1952.7.19~8.11, 22회
崔泰應, 「女人의 境遇」, 1952.9.1~9.27, 25회
金光洲, 삽화 吳錫九, 「亂舞」, 1953.2.16~3.31, 38회
辻 政信, 白基萬 역, 삽화 吳錫九, 「南海의 秘史」, 1952.10.1~12.13, 64회
張德祚, 삽화 李舜在, 「女子三十代」, 1953.5.25.~53.12.

『남선경제신문』은 몇 개월 간격으로 『경제신문』, 다시 『대구매일신문』(사장 이상조)으로 바뀌었다가 1950년 9월 재정난으로 『천주교 회보』를 간행하고 있었던 대구대목구 재단으로 넘어갔다.[106] 최덕홍 교

---

106 남선경제신문(1946.3.~1950.3)→경제신문(1950.3)→대구매일신문(1950.8~1950.12.
30)→대구매일(1951.1.3~1951.6.8)→대구매일신문(1951.6.9~1960.6)

구장은 1951년 6월 『대구매일신문』으로 이름을 바꾸고 서울 성신대학 교수인 최민순에게 주간(편집 및 발행 인쇄인)을 맡겼다. 전시에 천주교 대구대목구는 기존의 『천주교 회보』 외에 『대구매일신문』을 인수 경영함으로써 신문 내용에 천주교의 정치적 입장을 분명하게 반영하게 된다. 당시 천주교는 교회의 권위를 국가나 민족에 종속시키려는 요소들을 경계하여 무신론적 공산주의를 배격하였다. 교황 레오 13세, 비오 11세는 회칙을 통해 무신론적 공산주의를 배격하였다. 한국 천주교는 일제하에서부터 반공운동의 기수가 될 수밖에 없었다. 천주교의 반공주의는 일찍이 1920년대부터 드러난 것으로 이는 파리 외방선교회의 입장이기도 하였다. 천주교의 반공주의 입장은 1935년 교황사절이 한국 천주교 교구장 연례회의에서 '신사참배'를 허용한 것과도 관련된다. 민족주의를 경계함으로써 식민지 체제에 순응하고자 한 이러한 행위는 결국 천주교가 일제 민족말살정책에 동조해온 것이라는 비판을 부정하기 어렵게 한다. 이런 상황에서 한국 천주교가 6·25전쟁을 맞이하여 동족상잔의 전쟁을 '악마와의 전쟁'으로 여겨 순교정신으로 대항하였던 것이다.[107]

『대구매일신문』의 반공사상은 전시 종군기와 종군수기들, 새로 부임한 최민순의 수필집 등에 잘 구체화되어 있다. 최민순은 『천주교 회보』에 「밤의 일기」(1951.3.20~1953.2.5)를 연재하였다. 당시 『천주교 회보』는 1926년부터 발간되어온 순간지로 일제시대 한국 천주교의 활동과 이념을 담고 있었다. 「밤의 일기」에서 최민순은 인공치하에서 숨어살며 보고 들은 것을 보고하는 동시에 자신의 견해와 느낌을 치열하게 담고자 하였지만, 다른 6·25 체험 기록과 비

---

107 박일, 앞의 논문, 114쪽, 120쪽 참조.

교[108]하여 볼 때, 그 진실성이 다소 의심될 정도로 분노로 격앙되어 있음을 알 수 있다. 반공사상이 로마 가톨릭과 파리 외방선교원의 한국 천주교 지침으로부터 나온 것이라 하더라도 최민순의 경우, 지나치게 대립적으로 바라보게 됨으로써 민족의 주체성을 부정하게 되는 결과를 낳고 있다. 「슬픈 노래」(단행본 『생명의 곡』으로 게재)를 통해 반공에 대한 거리낌 없는 자신의 생각과 소신을 밝힌 그는 로마 천주교의 입장에 따라 북한에 대한 분노와 증오심을 신학적 논리로 옮겨 체계화하려 하였다.[109] 그는 히틀러 사후 양산된 공산주의 사상은 기독교를 모방한 '반기독사상'이라고 못 박고 레닌이 '신의 사체'를 '능욕'하여 '신에 선전포고'를 하였으므로 지금 공산주의자와의 싸움은 '전투적 무신론'이자 악마의 종교와의 싸움이므로 성전(聖戰)이라고 주장[110]하기도 하였다.

반공의 이념 다지기는 『대구매일신문』의 종군기에도 실행되었다. 전시 『대구매일신문』 '병원 방문기', '전승의 가을', '서울에서 평양까지' 등 김재영, 이대영 종군기자들에 의한 기사들을 보아도 한국전쟁의 성격을 '聖戰'으로 칭하고 있음을 알 수 있다. 이들 종군기자들은 국군이 전쟁에서 흘린 피를 '성혈'로 지칭하며 미국 공군력을 내세워 소련과 북한군의 전투력을 멸시하는 '호가호위(狐假虎威)'식의 태도를 보여준다. 이러한 기술 태도는 일찍이 친일파들이 중일전쟁 당시 일본의 군사력을 등에 업고

---

108 서울대 동양사학자 김칠성 교수의 인공치하의 기록 『역사 앞에서』(창작과 비평, 1994)는 일기체 기록이라는 점, 인공 삼 개월의 체험을 다루고 있다는 점에서 최민순 교수의 「밤의 일기」와 공통된다. 그러나 최민순 교수의 기록이 북한=괴뢰, 악마, 미군=구세주, 천사로 대립되는 관념적 사고에서 추론된 것이라면 김칠성 교수의 기록은 국군과 인민군의 모습을 사실대로 묘사함으로써 설득력 있게 구체화되고 있다.

109 이 시기 반공수기에 연재물에 대해서는 한명환, 「한국전쟁기 대구·경북지역 신문 연재수기의 반공이데올로기 형성과정에 나타난 탈식민적 양상」(『로컬리티 인문학』 6집, 2011.10, 부산대학교 한국민족문화연구소, 245~273쪽 참고)

110 최민순, 『생명의 곡』, 경향잡지사, 1954, 85~126쪽 참고.

중국의 저항을 비웃던 것과 유사한 민족정체성의 '전유(專有)' 양상을 보여준다. 이들은 강대국인 외세와 제휴함으로써 스스로를 갉아먹게 하는 탈식민주의적이고 반 주체적인 생각을 계몽하는 결과를 초래했다. 이러한 탈식민적이고 몰주체적 반공주의는 대구교구 동 재단의 『천주교 회보』 연재소설에서도 일부 드러난다. 천세원(千世遠)「配達夫와 나자로의 後裔들」[111]에는 유엔군 지원 대충금 부담과 현물세의 의존도 증가로 전시 경제 부담이 그대로 농민들에게 넘겨지는 가운데 경제기초는 허물어지고 전시 인플레를 예견할 수밖에 없었던 시절, 미군 원조 경제 현실을 하늘의 도움으로 바라보고 감사하게 받아들이자고 하는 취지가 드러나 있다.

해방 후 20동이나 되는 결핵요양원을 미국 신부가 사들여 나환자 요양원으로 바꾸어가는 과정 속에서 미국 군대의 위용과 고아들에 대한 자선심이 과장되게 나타난다. 미군 차에서는 "의류, 구두, 담요, 과자 통조림, 밀가루, 크림, 비누 등등 심지어는 머리 깎는 바리깡이랑 라이타 돌까지 나온다. 이렇게 많은 선물을 가져오는 것은 비단 이번만이 아니라 오실적마다 그러했다"고 묘사된다. '신부님이 다녀간 찝차의 바퀴자국이 그의 길을 닦아놓듯 눈위에 레일(궤도)처럼 뻗혀있었다. 우편 집배원 춘보는 그 바퀴자국을 따라 신작로까지 나오는 동안 그 신부의 따스한 체온이 바루 제 가슴에 스머드는 것 같았다고 느낀다. 사실 일제가 버려두고 간 결핵 요양원을 매수하여 '나 요양원'으로 간판을 바꾸어 달았을 뿐인데 미군이 구세주나 다름없다고 여기는 것이다.

『대구매일신문』은 1950년 5월~1953년 4월 30일 전시 동안 반공을 이념화하거나 극화한 작품을 주로 연재하게 한다. 「永遠히 사는 것」(김송 1951.9.1~12.8, 98회)과 「개골산」(이항렬 1951.12.9~12.23, 12회), 「애정

....
111 『천주교 회보』, 1952.6.5~12.23, 12회 연재.

의 계곡」(박영준 1952.3.1~7.17, 128회)이다. 이 중 「영원히 사는 것」과 「애정의 계곡」은 반공소설로서 최초의 본격적인 일간지 장편소설이었다. 「영원히 사는 것」과 「애정의 계곡」의 반공 이데올로기 작품으로서의 성격에 대해서는 몇몇 연구자들이 밝혀놓은 바,[112] 이 두 작품은 전시 반공 이데올로기 형성에 당시 어떤 작품보다도 선두에서 영향을 끼치고 있었음을 알 수 있다.

「영원히 사는 것」은 작가 김송의 『濁流 속에서』[113]에 이은 후속편으로 1950년 12월에서 1951년 가을까지 피난지에서 겪은 약혼남녀의 체험담을 반공이념에 맞추어 형상화한 이야기이다. 「영원히 사는 것」은 두 개의 스토리 라인을 갖는다. 하나는 이형칠의 약혼녀 최나미가 대구, 부산을 다니며 겪는 이야기 축이고 또 하나는 이형칠이 대구병원으로 이송되어 겪는 이야기 축이다. 최나미와 이형칠 사이의 갈등을 일으키는 핵심 사건은 최나미가 서울 인공치하에서 북한군 장교 주몽일에게 강간당하고 그의 아이를 임신하고 있다는 사실에 있다. 주몽일이 최나미를 납치, 포섭하려 하고 이로부터 최나미는 벗어나려 한다. 또 하나의 사건은 이형칠 역시 부상당한 몸이 된 탓에 우유부단해지는데, 이런 상태의 이형칠에게 좌익 부역자 우승진의 전처 김정란이 접근, 이형칠과 동거까지 함으로써 이형칠이 최나미와 멀어지게 된다는 것이다.

그러므로 「영원히 사는 것」은 주몽일과 우승진, 김정란을 최미나와 이형칠의 혼사 장애요인으로 설정해놓음으로써 갈등을 일으켜 가는 소설

----

112 신영덕, 한국전쟁기 종군작가 연구, 국학자료원, 1998.(장미영, 「1950년대 신문소설에 나타난 전쟁과 반공이데올로기 형상화 방식 연구」, 대중서사연구 27, 대중서사학회, 2012.6. 37~76쪽. 이 두 논문은 위의 두 작품을 다 같이 반공소설로 바라보고 있다. 그러나 엄밀히 본다면 「영원히 사는 것」은 반전에 가까운 반공소설이고 「애정의 계곡」이야말로 노골적인 반공이데올로기 선전소설임을 알 수 있다.

113 김송, 『탁류 속에서』, 新潮社, 1950.

이라 할 수 있다. 즉, 「영원히 사는 것」은 전쟁이 개인의 삶을 얼마나 허무하게 짓밟아 버리는가라는 사실을 깨닫게 해주는 소설이 아니라 반공을 소재로 혼사 시련담을 형상화하고자 한 고도로 계획된 정훈 목적의 반공 계몽소설임을 알 수 있다.

최나미는 대구 피난 중 부상을 당한 이형칠과 조우한다. 그러나 얼마 안 되어 부역형을 살고 나온 우승진에게 납치되어 지하의 저택에 감금되고 그곳에서 주몽일을 다시 만나게 된다. 주몽일과 우승진은 오사장이란 자와 삼일공사를 차리고 무역을 하는 것처럼 위장하고 있었다. 삼일공사는 홍콩 밀수를 통해 공작자금을 만들고 남한의 군사기밀과 후방 교란을 목적으로 "군사기밀을 조사 우리지오스톡 본부로 보고하는"[114] 소련 극동군 방첩사령부 비밀아지트였다. 최나미의 행방불명 이후 합동수사본부 소속 박형사가 세 명의 경관을 지원요청, 우승진을 미행, 그의 은둔처를 급습하여 최나미를 구해내는 일련의 시퀀스들은 마치 첩보영화처럼 긴박감 있게 전개된다. 「영원히 사는 것」은 공산주의자들의 첩보활동을 분쇄함으로써 '반공방첩'의 이념을 형상화하는 데 성공한 소설이다. 위장과 홍콩 밀수 이야기는 사실 해방 후 남한에서 저질러진 일이다. 작가는 전전 남한의 비리를 북한군에게 뒤집어씌우고 있는 것이다.[115] 「영원히 사는 것」에 등장하는 공산주의자들의 악행은 처녀를 유린하는 부도덕성과 포섭, 회유과정의 잔인성을 통해서 더욱 부각된다.

....

114 김송, 「영원히 사는 것」, 『한국문학전집 26』, 백영사, 1952, 177쪽.

115 홍콩 무역시대는 1947년 8월부터 개시되어 당시 중국의 상선들은 우리나라에 시계, 양복지, 면사, 페니실린, 사카린 등을 실어오는 한편, 폭약 제조용인 해로중석과 화약 연료, 미군이 불하한 지프 및 중고차 부품 등을 싣고 갔다. 이 기간 중 삼성의 이병철과 효성의 조홍제는 서서히 무역업계의 다크호스로 등장했다(이한구, 『한국재벌형성사』, 비봉출판사, 1999, 57쪽.(강준만, 앞의 책, 126쪽에서 재인용))

나미는 자신의 정조를 유린한 주몽일을 '피를 빠는 흡혈귀'[116]에 비유한다. 민중신문사 지방기자인 우승진 역시 과거 좌익활동 경력이 있으며 서울에서 인공치하에서 부역하다 아군에게 잡혀 조사를 받은 바 있는 자로 대구 시내 무역상을 통해 공작자금을 마련, 나미와 같은 지인들을 포섭해내는 역할을 한다.

우승진의 전처 김정란도 건실한 여성으로 묘사되지 않는다. 그녀는 이형철을 사랑한다는 이유로 최나미를 따돌리려고 하는 '에고이스트'[117]이다. 김정란은 우승진과 헤어져 존의 '양갈보'가 되지만 곧 대구 칠성동에서 양키장사를 하며 재활을 꿈꾸기도 한다. 김정란은 형철이 떠나자 다시 부산 해운대에서 양갈보가 되어 나타난다. 김정란은 이형철의 부상을 치료하기 위해 서울에서 존에게 몸을 팔기도 한 적이 있음에도 불구하고 그녀의 사랑은 언제나 불결한 것처럼 묘사된다. 반면에 최나미는 처녀로서 다른 남자의 아이를 임신하였음에도 숭고하고 가련하게 묘사된다. 나미는 자신의 뱃속에 '원수의 씨'가 자라고 있음을 알고 어머니를 떠나 무작정 해운대에서 기거하게 되는데, 그곳에서 양부인이 되어 있는 김정란과 마주친다. 김정란은 형철이 자신과 깊은 관계임을 나미에게 밝힌다. 최나미는 해운대 병원 근처에서 주몽일에게 납치되는 꿈을 꾼다. 꿈속에서 주몽일은 문관으로 위장하고 나미를 배에 태운다. 이들은 최나미를 데리고 일본으로 밀항을 시도하던 중 한국 해경의 초고속 초계정에 나포된다. 나미에게 "이 모든 것이 꿈인데도 꿈 같기도 하고 실

....

116 김송, 앞의 작품, 172쪽.
117 연재본 8장의 제목은 '사랑은 에고이스트'로 정란이 쟁취하듯, 최나미에게서 이형철을 빼앗으려는 모습을 의미한다. 김정란은 건전하게 살지 못하는 즉, 양갈보가 되어 최나미의 연인이나 가로채는 부도덕한 여자로 형상화된다. 전시 반공소설들은 이렇듯 좌익활동을 했거나 또는 부역자의 처나 가족까지도 악인으로 형상화하는 방법을 통해 사회로부터 이들을 격리 소외시키고자 하였다.

재 같기도 하였다."[118]고 한다. 작가는 주몽일에 대한 피해의식으로 시달리는 최나미의 강박과 심리적 불안을 통해 공산주의자들이 얼마나 악마나 사탄과 같은 존재인가 실감나게 표현하고 있다.

또 다른 이야기 축은 이형칠이 중학동창생 계영식이 세운 대구 성서동의 피난학교 교사가 되어 지내는 이야기로 전개된다. 계영식을 통해 작가는 북한의 생활이 얼마나 지옥 같은가를 계몽하고자 한다. 계영식은 "입기 싫다는데 쏘련 옷을 입고 쏘련 음식을 먹으라고 하지요. 먹지 않으면 반동이라고 위협하지오, 그래서 반대하는 눈치가 보이면 잡아다 감옥에 넣고 더하면 시베리아로 추방하지오"[119]라고 주장한다. 이 같은 과장된 말[20]에 대해 이형칠은 "계선생은 술에 취했어도 말마디마다 바르지 않은 것이 없었다"라고 정당화한다.

결말에서 나미가 형칠이와 함께 병원에 가서 다섯 달 된 태아를 '유산'하려 한다. 여기서 '한 생명이 제거됨으로써 두 생명이 행복할 수 있'을 것인가와 '생명을 보존하는 일 그것은 인간의 존엄을 말함' 사이에서 둘은 고민하게 된다. 마침내 형칠은 '자라나는 생명을 제거하는 것은 죄악'이라며 '목숨을 끊는 일, 그것은 폭력이니만큼 어떤 생명이라도 보존하는 것이 의무'라는 결론에 이른다. 결국 둘은 '원수의 씨'인 주몽일의 아이를 낳기로 한다. 주몽일 같은 공산주의자를 악마라고 증오하면서도 그의 생명을 낳아 길러야 한다고 하는 것은 악마의 씨앗이라도 낳아 기르겠다는 것처럼 모순되게 생각될 수 있다. 당시 반공주의는 공산당이나 부역자라면 그들 씨도 말려야 한다는 극렬한 것이었다.

....

118 앞의 작품, 255쪽.
119 위의 작품, 215쪽.
120 해방 이후 전력이나 식량 사정은 북한이 한국보다 나았다. 소련군은 1948년 12월 24일 군사 고문단만 남기고 완전히 철수하였다.

실제로 토벌작전에서 부역한 마을을 소각하고 어린이나 여자들까지 학살하는 사건이 벌어지고 있었다. 그런데 악마 같은 주몽일의 아이를 낳아 기르겠다는 말은 스스로 모순된다. 이는 당시 천주교 재단의 신문에 소설을 연재하면서 낙태를 반대하는 천주교의 생명사상을 받아들여 생겨난 자가당착이라 할 수 있다. 김송은 이를 의식했는지 단행본 출간시에는 '폐허의 달'을 한 장 덧붙여 결말을 새롭게 바꾸었다. 작가는 두 사람이 부부가 되긴 하지만 한강 도강을 하는 중 죽게 만듦으로써 그들을 전쟁의 순교자, 희생자가 되게 한다.[121] 즉, 작가는 앞의 연재본에서 두 사람이 주몽일의 아이를 낳자고 한 결말을 부부가 도강 중 죽는 것으로 바꾼 것이다. 이는 최나미와 이형칠이 결혼하여 원수의 씨를 키우며 살아가는 비현실적인 모습을 부정하고 장렬하게 순국하게 하여 사랑의 비극성을 극대화시키고자 한 것으로 보인다.

반공소설이란 이념적으로 다분히 폐쇄적이고 이분법적인 것인데도 김송은 이를 혼사장애담의 소재로 활용하여 그럴듯하게 휴머니즘 문학인 양 포장하는 반공문학의 미학[122]을 추구하고자 한다. 즉 김송은 공산주의자라는 개념을 전통적인 혼사장애담의 장애 모티프로 변용함으로써 또 다른 이념문학을 형상화하고자 하였다.

....

121 단행본 『영원히 사는 것』은 마지막 장(『폐허의 달』)에서 이형칠은 최나미와 혼인하고 대전에서 살다가 서울에 남겨둔 어머니의 비보를 듣고 도강을 계획하지만 한강을 건너는 도강입경 증명서를 못 얻고 '도람깡'을 안고 강을 건너다 죽게 되는 상황으로 마무리한다. 즉 도강 중 도람깡을 묶은 끈이 풀리고 흐르는 물의 수세에 대항할 기력을 잃은 두 사람이 목숨을 강의 흐름에 맡기는 것으로 종결된다.

122 『대구매일신문』 연재본 『영원히 사는 것』은 먼저 쓴 『탁류 속에서』(신조사, 1950)에 이어 연재한 것으로 단행본 『영원히 사는 것』(백영사, 1952)에서 합쳐진다. 반공을 이념화하여 계몽하는 부분을 제외한다면 전체적으로 주인공들의 피난체험을 통해 겪은 고통의 진정성이 돋보이는 작품이다. 따라서 단행본 『영원히 사는 것』은 다소 거칠긴 해도 피난자의 관점을 감동 깊게 제시한 반공주제를 잘 살린 소설임을 알 수 있다.

『대구매일신문』은 「영원히 사는 것」에 이어 빨치산의 악행에 저항하여 끝까지 싸우다 죽은 촌부의 죽음을 소재로 한 반공극 「개골산」(이항렬)[123]을 12회 연재하였다.

1950년 9월 인천상륙작전 성공으로 보급로를 차단당한 북한군들과 부역자들은 불안한 나머지 소백산맥과 태백산맥을 타고 월북을 시도하거나 '빨치산'이 되어 국군과 대치하였다. 11사단장 최덕신[124]은 중국군 시절 장개석이 썼던 견벽청야작전을 이용했다. '성 밖을 말끔히 치워버리고 성을 굳게 지키면서 적이 오기를 기다린다'는 의미를 지닌 '견벽청야(堅壁淸野)' 작전은 빨치산이 출몰하는 지역을 불태워 주민들을 소개(疏開)하는 작전으로, 목적은 빨치산들의 활동 근거지를 초토화하는 것이었다.[125] 그러나 51년 거창, 합천, 함평 등의 학살사건은 이미 알려진 대로 국군토벌대 지휘관들이 어린아이 노인 할 것 없이 민간인들을 학살하고는 빨치산을 소탕했다고 거짓 보고하여 승진한 사건이었다. 『대구매일신문』의 「개골산」은 국군 11사단 토벌대가 1951년 11월 지리산 덕유산 등지에서 토벌작전을 전개하게 된 사건과 관련된다. 1951년 11월 16일 토벌대는 992만 장 전단을 '빨치산' 3,800여 명이 출몰한 지리산 일대에 살포하여 자수를 유도하였다. 「개골산」은 이 시기에 연재된 반공극이었다. 「개골산」은 주민들의 반공의식을 고취시키고 빨치산의 투항을 권유하기 목적으로 연재된 희곡이었다.

「개골산」은 3막 3장으로 되어있다. 1막은 류지동 가족이 늘미고개에서

---

123 이항렬, 「개골산」, 『대구매일신문』, 1951.12.9~12.23, 12회.
124 1951년 1월 토벌작전을 지휘한 11사단장이 48년 미얀마전의 항일수기 「印緬血戰記」를 『영남일보』에 연재한 적이 있던 최덕신이라는 사실은 실로 아이러니한 일이었다. 최덕신은 장개석 휘하의 신중국군 중령 출신으로 해방 이후 1947년 귀국하여 국방경비대 사병으로 합류되는 수모를 겪었으나 이후 원상 복귀하였다.
125 강준만, 『한국현대사산책 1950년대편 1권』, 인물과사상사, 2004, 166~167쪽 참조.

피난 짐을 풀고 쉬는 사이 짐을 강탈당한 발단부이며 2막은 류지동이 다시 불에 탄 집으로 돌아와 짐보따리를 들고 찾아온 빨치산들과 격투를 벌이고 사살하는 전개부로, 3막은 빨치산에게 류지동이 강변으로 끌려가 처형당할 즈음에 벌어지는 절정과 파국의 대목이다. 까치내 오봉동 지리산 자락 류지동의 큰 아들 류태식은 청년단장이고, 둘째 아들 경식은 개골산 빨치산이라 '개고리대장'으로 불린다. 류지동은 며느리와 손주를 데리고 피난 가는 도중에 태식이 죽지 않았다는 소문을 듣게 되나 곧 늘미고개에서 빨치산에게 짐을 강탈당하고 불타버린 집으로 돌아오게 된다. 그런데 빨치산들이 개고리대장 명령으로 짐을 돌려주러 왔다고 한다. 부상당한 빨치산 A가 변절하고 이 때문에 빨치산들끼리 다투는 사이, 양촌할아버지와 류지동은 빨치산 한 명의 총을 빼앗아 빨치산들과 대적한다. 결국 양촌할아버지는 죽고 지동은 끌려간다. 강변에서 지동을 처형하려는 순간, 청년단장인 태식이 보트를 타고 들어온다. 그러나 지동은 끝까지 저항하다 죽는다. 지동이 저항하다 죽는다는 대목은 마치 일제시대 독립투사의 의분을 연상케 한다.[126] 개고리대장이 아버지의 죽음으로 죄를 뉘우치고 부하들에게 자신을 쏘고 달아나라 한다. 부하들은 달아날 수도 쏠 수도 없다 한다. 결국 개고리대장은 형 태식의 손에 죽게 되면서 막이 내린다. 마지막 장면에서 아버지의 주검을 안고 태식이 '이것이 민족의 운명입니까'라며 울부짖는다.

「개골산」은 가족적 비극을, 민족의 운명으로 비화하여 강조한 신파가 섞인 반공극이다. 사실, 지동과 태식은 이른바 해방 이후 전시까지 대한

---

126 1953년 9월 19일 이현상이 사살되어서야 대부분 종료된 토벌작전은 한국인의 잔인성을 극대화시켜 보여준 사례였다. 국군토벌대는 여자들에게 특히 잔인했다. 여자빨치산을 만나면 윤간을 하고 불태워 죽였기 때문에 이들 여자빨치산 역시 토벌대들의 귀를 잘라 보복하기도 했다고 한다.

청년단 소속의 극우파였으며 이들 일부는 토벌대를 도와 민간학살을 도운 범죄자들이었다. 빨치산 귀순을 독려하고자 한 목적으로 쓰인 이 희곡의 중심 주제는 빨치산 A가 독백하는 내용에 있다.

> 노동자를 위하느니 농민을 위하느니 하면서도 우리들의 노력을 착취하여 저희 놈들만 잘 먹고 편하게 지내고 있지 않느냐. 부상을 당한 동무가 생사의 경계선에서 신음하고 있는 목전에서 그놈들은 어떠한 행동을 하고 있더냐? 기실 어렵고 피 눈물나는 농민들의 재산을 약탈하여 가 질탕 먹고 음란한 행동을 공공연히 하고 있질 않았느냐. 너도 보지 않았느냐. 그리고 서로 남녀동등이라고 부르짖고 무엇보다도 봉건사상을 타파해야 한다고 의론을 부려서 떠들고 있지 않느냐.(연재 7회)

'개고리대장' 앞에서 외치는 빨치산 A의 웅변은 북한의 토지개혁과 남녀평등을 부정하고 있다. 이어 공산주의자들은 농민을 수탈하고 음란한 행동을 공공연히 하는 위선자들이라는 사실을 밝히고자 한다. 또한 빨치산 A는 공산당의 정책은 '몇몇 사람들만을 위한 정책'으로 소수 이익만을 위한 거짓, 허위, 억압으로 '모든 인민들의 자유를 희생 강요 당하고 있는 것'이라고 한다. 사실, 농민을 수탈하고 음란한 행동을 일삼으며 평등과 민주주의를 부르짖고 있는 자들이 많은 곳은 남한의 정치사회적 현실이기도 하였다. 해방 이후 전전의 남한 사회는 무질서와 비리와 부정으로 점철된 외세의존의 기회주의자들의 천국이었기 때문이다. 연재 7회에서 빨치산 A가 '개고리대장'이 빼앗은 짐을 돌려주라는 명령을 지적하면서 '심지어 죽음까지 강요하면서 자기들은 자기대로 자기 부모를 생각하고 자기 자신의 생활만을 생각하는 줄을 몰랐습니다'라는 대목에 이르러서는 잘못된 공산주의 비판의 자기모순을 드러낸다.

저는 속았습니다. 모든 것이 허위이고 거짓이고 선동이고 억압이며 모든 인민들의 자유를 몇몇 사람들을 위하여 강요당하고 있는 것을 저는 몰랐습니다. 낡은 것을 타파하고 새로운 것을 창조한다는 것도 결국 자기자신들 몇몇 사람들만을 위한 정책인 것을 저는 몰랐습니다. 그들의 안위와 향락을 위하여 순직한 젊은이들의 노력과 인육을 강요하고 있는 새로운 세력인 줄 몰랐습니다. 위선 우리 개고리 대장만 해도 우리들에게 모든 것을 강요하면서 심지어 죽음까지 강요하면서 자기는 자기대로 자기 부모를 생각하고 자기 자신의 생활만을 생각하는 줄을 몰랐습니다. 그리고 그것이 옳은 일인 줄 몰랐습니다.(연재 7회)

「개골산」은 철저한 공산주의자 역시 자기 가족밖에 모른다는 위선과 모순을 지적하려 하다가 아이러니하게도 공산주의자 역시 가족을 사랑하는 마음을 지니고 공산주의를 싫어할 수 있다는 가능성을 이야기하게 된다. 즉, 개고리 대장이, 가족들을 생각하여 약탈한 짐을 돌려주라고 한 것은 민족주의자인 아버지와 청년단 대장 태식이 속한 가족들을 위한 것이 되기 때문이다. 빨치산 A가 공산주의를 비판하는 이유는 자신에게는 가족도 버리라고 하면서 대장은 자기 가족만을 위하는 위선자이기 때문이다. 즉, 철저한 공산주의자인 개고리 대장이 가족만을 생각한 것이 공산주의를 비판하는 전체적인 이유가 되어 버린다. 「개골산」은 지리산 토벌작전이나 남부군 실태나 현상에 대해 알리기는커녕 억지스런 구성으로 어떻게든 반공의식을 계몽하고자 한 프로파간다 희곡일 뿐이었다.

『대구매일신문』은 「개골산」(이항렬)에 이어 「애정의 계곡」(1952.3.1~1952.7.17, 128회, 삽화 이만종)[127]을 연재하였다. 이 연재소설의 시간적 배경은 1950년 6월 25일에서 1951년 6월 30일 사이이며 공간은 서울 청파동, 창신동, 영등포, 대구, 상주로 이동하다가 의용군으로 끌려가는 과정에서 연천군 적성, 개천, 순천, 청천강 평양, 남포 등으로 확대된다. 서

....
127 박영준, 『애정의 계곡』, 삼성사, 대구, 1954.

사 구성은 김현주, 이초희, 황연길이 각각 겪는 사건으로 나뉘어져 시작되나, 다시 이들은 황연길이 의용군에서 탈출, 서울로 돌아오면서 합쳐지다가 또 다시 1 · 3 후퇴 이후 셋으로 흩어지는 모래시계 형으로 전개된다. 곧, 황연길을 중심으로 피난 중 의용군으로 끌려갔다 도망쳐 나온 체험담과 김현주를 중심으로 상주에서 만난 최순일, 임경수과의 애정갈등, 그리고 이초희를 중심으로 황연길과 겪는 갈등, 미군 폭격으로 인한 부모의 죽음, 정인한과의 관계 등으로 나뉘어 이야기된다. 이 중 가장 중요한 사건은 황연길이 의용군으로 피랍되었다가 탈출하여 돌아오는 과정과 1 · 3 후퇴 이후 자살에 이르게 되는 과정이라 할 수 있다.

「애정의 계곡」은 표면상 애정갈등을 표방하고 삽화 내용도 그러하지만 빈틈없는 반공 이데올로기 선전소설이다. 「애정의 계곡」은 「영원히 사는 것」과 비교해볼 때 반공소설의 진면목을 알 수 있게 해준다.

「애정의 계곡」은 대화와 지문이 극우적인 주인공의 시선과 생각을 따라갈 뿐 아니라 편집자적 의도에 따라 인물들의 말과 행동이 걸러져 서술되는 비문학적 특성마저 가지고 있다. 황연길 외의 어떤 인물도 부정되고 비판받는다. 중도파적인 인물 박재만은 매우 비굴하게 묘사되며 좌익운동으로 학교에서 쫓겨나 복귀한 정인한은 권총으로 제자를 위협하여 강간이나 하는 인물로 묘사된다. 인공치하에서 살아남기 위해 부역하거나 동조한 사람들조차 이 소설에서는 설 자리가 없다. 정인한의 악의적 묘사는 이 소설에서 절정에 이른다. 그는 스스로 '공산주의자는 멘세비키가 아니라 볼세비키이며 볼세비키는 잔인하고 무자비해야 한다' 고 말하며 사랑하는 제자 초희를 권총으로 위협하여 강간하려 한다. 공산주의자 스스로 자신을 '무자비하다' 고 말할 사람은 없을 것이다. 또한 사랑하는 여제자를 갑자기 권총으로 위협하여 덮치는 공산주의자도 없을 것이다.

또한 이 소설에서 인민군은 '괴뢰군', 중공군은 '되놈', '오랑캐' 로 지칭되며 공산주의자는 모두 강도이고 악마요, 위선자로 비친다. 황연길의 이러한 반공논리를 뒷받침하고 있는 것은 생리론이다. 그는 생리적으로 공산주의가 싫다 하는 자칭 '생리론'을 반복한다. 황연길의 생리론은 반복되어 가는 중에 그 말 자체를 기정사실로 받아들이게 하는 주술을 발휘하는 것처럼 보인다. 공산주의자의 현존 자체를 부정하고 그 사실에 절망하는 황연길에게 현주가 제동을 건다. 『죄와 벌』의 살인자 라스코리니코프에게는 그래도 구원자 쏘오냐가 있지 않았느냐며 인간의 구원 가능성에 대해 현주가 질문해오자 황연길은 자신의 심중을 다음과 같이 밝힌다.

> 그러한 정신적인 문제만이 아니야. 생리적인 문제야, 생리적으로 최후의 단계를 걷는 것 같아. 나는 인간까지가 저주하고 싶어, 아마 공산주의를 만들게 한 구라파인들을 저주하고 싶어, 공산주의를 만들어서 로서아로 보낸 뒤 그래 두 세계의 지성이라니하구 떠드는 구라파인들이 너무나 오만해…… (91쪽)

황연길은 '공산주의'를 태동시킨 구라파인들이 오만하다고 저주하고 싶어한다. 용서니 구원이니 하는 말은 공산주의자들에게는 사치스럽다고까지 생각하고 있다. "세상에는 두 부류의 행동이 있으리라, 하나는 신에게 변명을 하고 사죄를 구할 수 있는 행동, 둘째는 신에게 사죄할 면목도 없는 행동!"[128] 신마저 용서할 수 없는 인간집단으로 공산주의자를 바라보는 황연길의 생각 속에는 "공산주의자=사탄"의 등식으로 나아가는 '증오심'이 뭉쳐져 있다. 이는 앞서 말한 최민순의 「생명의 곡」[129]에

---

128 박영준, 『애정의 계곡』, 삼성사, 1953, 127쪽.
129 최민순, 『생명의 곡』(경향잡지사, 1954)은 1953년 『대구매일신문』에 연재된 수필 「슬픈 노래」를 단행본으로 출간한 것으로 백마고지 전투에서 죽은 조카 라이문도를 추모하는 형식을 빌려 쓰고 있지만 내용은 공산이념에 대한 역사적 분석과 신학적 논리로 반공사상을 체계화한 책이다.

서 공산주의자 집단을 신에게 선전포고한 집단으로 규정하여 이는 사탄, 곧 악마이므로 우리는 이 거룩한 '성전(聖戰)'에서 공산주의자가 멸종될 때까지 이 땅에서 싸워 이겨야 한다는 논리를 내세운 것과 일치한다. 즉, 「영원히 사는 것」의 대립적 반공이념에 비해 더욱 심화된 증오의 논리를 펼쳐 신학적 역사적으로 이를 논리화하고자 한다.

「애정의 계곡」에서 흥미를 끄는 부분은 황연길의 '의용군 체험'이라 할 수 있다. 그는 서울-연천-월정리-청진까지 끌려가 '제3야영 훈련소'에서 훈련을 받다 도망쳐 나온다. 그의 체험에는 철저히 북한 사회에 대한 배타성이 잠재되어있다. 그는 간간이 북한주민의 도움을 받아 배고픔을 견뎌내면서도 부역한 북한주민들을 혐오하고, 인민군 장교에게 시계를 팔아 먹을 걸 구했으면서도 "남한에서라면 만원도 받을 수 있는 시계를 팔백 원밖에 주지 않"는다고 나이 어린 인민군 장교를 욕한다.

「애정의 계곡」은 또한 제2국민병 사건의 비리 사실에 대해 지나치게 정부를 옹호한다. 「영원히 사는 것」에서 이형칠이 이 사건을 공산당과 동등하게 비난받을 짓이라고 하는 것과 달리, 황연길은 박재만이 들뜬 목소리로 정의감을 내세우며 제2국민병에 가게 되었다고 기뻐할 때, '화랑의 정신이군요'라고 부추겨 세운다. 국민방위군 사건은 1950년 12월 21일 국민방위군 설치법에 따라 소집된 방위군 50만 명의 비용을 군 고위층에서 갈취하여 이 중 9만 명 가량의 방위군들이 동사, 아사, 병사한 사건을 말한다. 이는 국민방위군 부대의 운영을 이승만 친위조직인 대한청년단과 청년방위대에 맡겼기 때문에 저질러진 것이었다. 이에 대한 진상을 국회에서 밝혀나가는 과정도 쉽진 않았다.[130]

---

130 강준만, 「국민방위군:9만 명을 죽인 해골의 행렬」, 『한국현대사산책-1950년대편 1권』, 인물과사상사, 2004, 200~211쪽 참고.

황연길은 여자중학교 교사이면서도 공산당을 '생리적으로 증오' 하는 청년단 소속의 극우적인 인물이었다. 약혼녀 김현주와 제자 이초희 사이에 어정쩡하게 갈등하는 와중에 피난할 기회를 잡지도 못하고 김현주를 챙기지도 못한 우유부단함이 있는 인물이다. 그는 벽장 속에 숨어 지내다 끌려간 것이므로 견딜 수 없는 불안 속에서 수모를 겪어야 했다. 그는 의용군 대열에서 탈출, 죽음을 무릅쓰고 귀향하였음에도 약혼녀 현주의 남자관계를 오해하는 등 스스로 비극을 자초하였다. 그는 결국 1 · 3후퇴로 영등포 근처에서 손목을 끊어 자살하는 행위로 생을 마감한다. 실제 작가 박영준은 의용군 전력 때문에 서울 수복 후 '잔류파' 로 분류되어 '도강파' 로부터 사상을 검열당해야 했다.[131] 문인들의 도움을 받아 혐의가 풀리긴 했으나 그 때문에 그는 자신이 말했듯 종군작가단에서 '종군을 가장 많이 한 작가'[132]로 활동해야 했는지 모른다. 작가가 좀 더 편한 조건에서 썼더라면 혹은 「애정의 계곡」 주인공이 만약 민청단 소속의 극우적인 인물 황연길이 아니라 중도적인 인물 박재만이었다면 이 소설은 좀 더 전쟁의 참상을 객관적으로 바라볼 수 있는 소설다운 소설이 될 수 있었을 것이다.

위 두 편의 소설은 반공주제를 형상화한 연재소설이면서도 그 죽음이 의미하는 방향은 다소 다르다. 즉 「영원히 사는 것」의 '영원히 사는 것' 의 의미가 약혼한 두 남녀가 목숨을 다하여 공산주의와 대결 현실에서 벗어나는 것이라면, 「애정의 계곡」은 여주인공이 살아남아 끝까지 희망을 찾고자 하는 데에서 의미를 찾고자 한다.

---

131 고은, 『1950년대 – 그 폐허의 문학과 인간 –』, 민음사, 1973, 154~169쪽 참조.
132 박영준, 「종군작가시절」, 『문단이면사』, 367쪽(신영덕, 『한국전쟁기 종군작가 연구』, 국학자료원, 2004, 117쪽에서 재인용).

『대구매일신문』에 실린 이들 세 편의 연재물들은 하나같이 당시 사실을 왜곡하면서 반공을 의식화하고 계몽하고자 하였다. 공산주의자는 악마, 사탄이고 미군과 국군은 천사라는 등식을 억지로 주입시키려 한 것이다. 한국전쟁 당시 많은 연구와 자료들[133]은 당시 국군이 북한군보다 더 정규군대로서의 면모가 부족하고 군비나 먹을 것도 부족하였으며 민간인 약탈도 심했음을 증명해 보여준다.

반공이란 이념이 탄생하게 된 경로를 위의 세 작품들은 잘 보여준다. 특히 장편소설 「영원히 사는 것」과 「애정의 계곡」은 당대 정예작가의 본격소설인 만큼 반공이념을 구체적으로 정당화하고 형상화하려 한 치밀한 노력이 엿보이는 반공문학으로서의 면모를 보여준다. 그러나 반공이념이란 한낱이념에 눈이 어두워 동족 간 대결의식에서 나온 증오의 감정에 지나지 않는 것임을 알 수 있다. 반공연재소설이나 반공극은 당시 상황을 감정적으로 유인 호도하여 선과 악의 이분법을 이념적으로 생각하도록 반복하여 강요하였다. 「영원히 사는 것」이 연재소설로서 반공과 생명존중의 이념이 충돌하면서 자체 모순을 드러내 구성상 문제를 드러냈다면 박영준 「애정의 계곡」은 북한 의용군 체험을 구체적으로 형상화함으로써 휴머니즘적으로 보이게 하는 거짓 선전으로 노골적이고 설득적인 반공논리를 펼쳐갔다고 할 수 있다.

(4) 전시 『대구매일신문』 선동주체와 반공국가의 탄생

대구·경북지역은 해방 정국에서 '한국의 모스코바'[134]라 불릴 만큼

---

133 김성칠, 『역사 앞에서』, 창작과 비평사, 1994; 김동춘, 『전쟁과 사회』, 돌베개, 2006; 강정구, 『분단과 전쟁의 한국현대사』, 역사비평사, 1995 등 참조.
134 경북대학교 대형과제 연구단, 『근현대 대구·경북지역 사회변동과 사회운동Ⅲ』, 정림사, 2005, 49쪽.

정치사회적으로 진보운동의 세가 비교적 컸던 지역이었다. 해방 정국의 진보 지표[135]를 보더라도 제주·경남지역과 더불어 전국에서 적색농조의 비율이 가장 높았고 또한 1956년과 1960년도 국회에서 진보정당 득표율이 가장 높았던 곳이었다.[136] 해방정국의 『남선경제신문』의 연재물을 통해 이러한 반봉건, 반제, 반일의 진보성향을 짐작할 수 있듯, 〈표 1〉에서는 진보정당 지지율이 대구 20.0, 경북 11.9로 제주도와 더불어 가장 높은 편이다. 그러나 1952년 전국적으로 반공화되어 가는 가운데에서도 전북 세 배, 경남지역은 두 배인 23.1로 오히려 높아지고 있는 것과 비교해볼 때, 경북지역은 10.6으로 진보정당의 지지율이 저하되고 있음을 알수 있다. 더구나 흥미로운 것은 1956년 대구·경북지역의 진보정당 지지율이 대구 72.2, 경북 44.7로 전국에서 가장 높은 지지율로 회복된다는

....

135 표1 '도별 진보' 관련 지표

	일제	해방정국	1952	1956	1960 국회
서울	0.16	–	10.3	36.7	5.7
경기	0.16	3.1	6.0	22.9	1.9
강원	0.36	5.9(2.8)	6.4	9.2	0.2
충북	0.09	3.9	5.8	13.9	2.9
충남	0	7.3	7.3	22.9	1.2
전북	0.22	5.6	15.4	39.8	4.4
전남	0.40	8.7	8.9	27.9	9.4
경북(대구)	0.33	11.9(20.0)	10.6(23.9)	44.7(77.2)	12.5
경남	0.52	10.3	23.1	37.7	10.7
제주	1.0	20.0	2.7	12.1	11.5
		7.6		30.0	6.8

* 일제시대엔 적색농조의 분포율, 해방정국의 진보지표는 각 지역의 급진도, 1952년과 1956년의 지표는 조봉암의 득표율, 1960년은 진보정당 후보득표율임. 손호철, 「56년과 63년의 대선」, 『현대한국정치 이론과 역사 1945~2002』, 사회평론, 2003, 217~221쪽.(「제6장 박정희 정권기 대구·경북주민의 보수화 요인」, 위의 책, 185쪽에서 재인용).
136 위의 책, 「민주화 운동으로서의 2.28 대구민주운동의 성격」, 105~145쪽 참조.

사실이다.

이를 해방정국의 『남선경제신문』과 전시하의 『대구매일신문』의 경우에 대입하여 본다면, 우연의 일치라고 보기 어렵다. 대구·경북지역의 신문연재물의 변화를 주목하지 않을 수 없는 까닭은 무엇보다도 『대구매일신문』이 '반공주의'를 내세운 경영진으로 바뀜으로써 민족보다는 로마 가톨릭의 반공주의를 지침으로 삼은 한국 천주교회의 입장이 중요해졌기 때문이다. 『대구매일신문』이 반공을 지침으로 한 소설과 희곡 연재물들, 종군기, 수기 등을 다수 연재한 것은 결국 이러한 신념과 교회 지침에 따르고자 한 것이었다. 『대구매일신문』의 연재물들이 친미, 반공 사상만을 계몽함으로써 서민의 경제 현실과 친일 청산의 문제제기들은 종적을 감추게 되었다. 따라서 이승만 정권이 허술하고 무력한 정권이었음에도 불구하고 1952년 8월 진보당인 조봉암과의 대결에서 반공주의자인 이승만 후보가 조봉암을 누르고 전국적으로 압도적인 지지를 받아 당선하였다는 것은 눈여겨볼 문제라 생각된다.

대구·경북지역의 반공이념 계몽으로 인한 사상적 편차의 배경에는 결국 천주교 재단의 『대구매일신문』 인수 및 그로 인한 종군작가, 종군 기자들의 활약이 있었음을 부인하기 어렵다.

『남선경제신문』에서 『대구매일신문』으로의 이념 지향 양상은 『영남일보』 연재물[137]과 비교함으로써 확인할 수 있다. 전시 『영남일보』 신문연

---

137 다음은 전시 『영남일보』 연재소설 목록이다.
　　김동리, 「스딸린의 노쇠」, 1951.6.7~6.18, 8. 8회 연재 중단; 단편 릴레이(김동사, 「體溫」, 1952.12.2~12.7, 6; 최인욱, 「暮雪」, 1952.12.9~12.14, 6; 유주현, 「輓歌」, 1952.12.15~12.21, 7; 박영준, 「愁雲」, 1952.12.23~12.29, 7)
　　장편연재소설로 이정수, 「女俳優」, 1952.7.23~11.29, 131회; 정비석, 「女性戰線」, 1952.1.1~7.19, 180회; 정비석, 「世紀의 鍾」, 1953.1.1~7.22, 185회; 최인욱, 「靑春美德」, 1953.7.23~9.18, 50회.

재는 정비석, 김동사 등 장편을 연재한 작가와 최인욱, 유주현, 박영준 등 단편을 연재한 작가로 대별되어 나타나면서도 작품의 내용은 매우 다채로웠다고 할 수 있다. 정비석의 애정소설 「여성전선」은 아프레걸의 성격 제시로 영화화되는 등 전시 여성의 새로운 이미지로 『영남일보』의 지가를 올려주었던 반면, 단편릴레이에서는 나름대로 순수 문예적 가치를 살리려는 노력이 보였다. 예를 들면 최인욱은 단편 「暮雪」(『영남일보』, 1952.12.9~12.14, 6회)에서는 산판에서의 감독과 탄부들 간의 갈등을 그리고 있다. 여기에 봉식이라는 탄부가 야학을 열어 탄광의 수탈 비리를 계도하고 순박한 탄부들의 새생활 운동을 계몽하고자 한다. 결국 작가는 이를 통해 전시 원조경제 현실과 노동자의 착취 현실을 고발하고자 한다.

『대구매일신문』은 반공 연재물을 통해 『남선경제신문』이 보여준 지역의 경제적 삶에 대한 관심과 민족 주체적인 친일청산의 정신을 버리고 맹목적인 반공주의로 나아감으로써 전시 지배층의 잘못을 용인하고 전시 권력층에게 면죄부와 함께 헤게모니를 실어주는 역할을 수행하였다.

공산주의자는 악마, 미군은 천사라는 등식은 지금 보면 단순해 보이지만 당시로서는 동족상잔의 강력한 근거가 되어 주었으며 그 결과는 현재까지 한국 사회가 이념 대립적 구도로 굳혀지게 한 영향을 끼쳤다. 「영원히 사는 것」, 「개골산」, 「애정의 계곡」은 공산주의자는 곧 거짓말쟁이, 위선자, 악마라는 등식을 뒷받침하는 소설들이었다.

「영원히 사는 것」은 피난중인 청춘 남녀의 혼사의 방해자로 공산주의자, 추종자들을 설정해놓고 반공이념을 고취하기 위한 반공소설이었다. 그러나 천주교 재단의 신문에 연재하다보니 '공산당=악마'라는 등식과 '생명존중과 낙태 반대'라는 두 이념이 충돌하는 모순을 낳았다. 종군작가였던 박영준은 한층 더 도식적인 반공사상화, 반공의식화 전략이 숨겨진 반공소설을 연재하였다. 「애정의 계곡」이 「영원히 사는 것」보다 전략적이고 일관된 반공문학이 될 수 있었던 이유로 인민군 의용군 출신으로서 겪었던 작가의 체험이 반영되었던 점을 들 수 있으나, 이는 사실 위장된 체험에 불과한 작가의 반공사상의 주입일 뿐이었다. 우리는 「애정의 계곡」 행간으로부터 작가가 '잔류파'가 되어 압록강까지 북한 의용군으로 끌려갔다가 도망 나와 부역자 재판을 받아야 했고[138] 다시 군종작가단에 들어오게 된 급박한 사정과 그로 인해 작가 스스로 글쓰기로부터 자유롭지 못했던 정황을 읽을 수 있었다. 「개골산」은 3막 3장의 반공극의 대본으로 짧고 분명하게 남한에서 활동하였던 빨치산들에 대한 경계와 회유 등 선동과 계도를 내세운 반공이념 주입의 대본이었다. 전시하의 이들 작품들은 결국 '총후'의 피난민들과 지역민들을 선동하고 계몽함으로써 전시 지역사회를 사상적으로 결집시켰고 이러한 결집력은 그대로 기존의 권력을 재승인하도록 이끌어가게 하였다. 전시 『대구매일신문』의 연재물들은 결국 지역사회의 불안과 고통으로부터 벗어날 방법에 대해 군관민과 함께 고민한 것이 아니라 반공사상주입을 통해 당시 중앙의 권력층의 기득권을 유지하게 하여 이승만 정권을 더 튼튼히 하는 결과를 가져온 셈이다.

2) 전시 연재수기, 수필의 반공 이데올로기담론

임시수도가 된 대전에서 대구로 다시 대구에서 부산으로 옮겨가야 하

---

138 고은, 『1950년대 그 폐허의 문학과 인간』, 민음사, 1973, 141쪽.

는 전시 상황에서 전쟁은 대구지역 신문의 수기, 종군기, 수필 등의 담론 양상에 변화를 가져왔다.[139] 항일, 반봉건, 반일과 반 미군정을 의도하였던 전쟁 전의 민중적 담론들은 줄어들고 반공이념을 계몽하기 위한 종군기, 수기, 수필 등이 연재되었다. 특히 『대구매일신문』(1951년 6월 9일부터, 최덕홍/조약슬 체제에서 최민순/김윤정 체제로 바뀌면서, 제호도 『대구매일』에서 『대구매일신문』으로 개제되었다.[140] 『대구매일』의 대표 취제역 사장은 최덕홍 주교였고 편집 겸 발행 인쇄인은 조약슬이었던 것이 『대구매일신문』으로 바뀌면서 최민순 편집 겸 발행 인쇄인/김윤정 편집국장 체제로 바뀐 것이다)에는 일본군 중좌의 전쟁수기가 연재되었으며 반공선동, 반공의식화를 위한 이데올로기 소설들과 희곡이 주로 연재되었다. 전전의 담론과 전시담론 비교를 통해 대구·경북지역 전시 신문담론의 이념적 변화의 급진성을 알 수 있다. 수기(手記)란 넓게는 수필문학의 일종으로 자신이 겪어온 삶의 체험과정 특히 고난, 극복과정을 세세히 일기처럼 기록한 글을 말한다. 일제강점기, 해방 이후 한국전쟁 등 대립과 혼란기를 거치면서 체험을 토대로 한 개인의 수

---

139 대구·경북지역 신문검열 상황은 다음 정훈국보도과 발표 내용으로 알 수 있다. 1950년 9월 29일 『대구매일신문』 호외가 나간 다음날 9월 30일 다음과 같은 보도가 실려 있다. "총공격이 개시되어 광범한 전선에 거하여 걷우어지는 전과급 전황과 아울러 방송 연극공연 출판 벽보등 각종의 보도선전문이 발표되고 있거니와 제반원고는 법에 의하여 사전에 필히 군보도과의 검열을 요함에도 불구하고 왕왕 소정의 절차를 취하지 아니하여 의외의 실책을 범함은 실로 유감지사라 아니할 수 없는 전시 기정된 법령하에 행하여야 할 수*의 종합적인 통제에 막대한 지장 있아오니 차후각 관련급 당사자는 각별유의하여 정책에 협력하여 주시기를 요망하는바이다." '원고의 사전검열 엄수하라 정훈국보도과서 발표'(『대구매일신문』 1950.9.30)

140 『대구매일신문』의 제호 변경은 매우 복잡하다. 남선경제신문(1946.3~1950.3)→경제신문(1950.3)→대구매일신문(1950.8~1950.12.30)→대구매일(1951.1.3~1951.6.8)→대구매일신문(1951.6.9~1960.6)→매일신문(1960.7.7~1980)→대구매일신문(1980.12~1988/영남일보 흡수→매일신문(1988.3.1~현재)

기 연구는 학병 체험수기에 대한 연구[141)와 오기영에 대한 연구[142)가 보고되어 있다. 이들 연구만으로 수기의 전체 분량이나 종류를 정확히 알기 어렵다. 육필로 전해지다 최근 간행되기도 한 것[143)까지 포함해도 전쟁수기는 그다지 많지 않다. 본고는 한국전쟁 당시 발표된 대구 · 경북지역 신문연재수기들을 통해 한국전쟁기 반공이념이 강력하게 등장하는 과정을 탈식민적 관점[144)에서 살피고자 한다. 반공 이데올로기와 탈식민주의 관련성은 일제강점기 피지배자로서의 경험의 연장선에서 해방 이후의 분단과 한국전쟁의 정치적 권력관계로 보고자 함에서 비롯된다. 곧, 남한의 반공 이데올로기 강화는 외세 의존의 남한 권력층이 민족개념을 '전유'함으로써 가능하였기 때문이다. 낙동강 전선이 형성되면서 전시 후방지역으로 중요해진 대구 · 경북지역 신문수기의 체험기록적 양상들을 통해 탈식민적 이론과 관점에서 보고자 하는 것은 한국전쟁기 반공 이데올로기 형성과정과 그 성격을 분석하는 데 도움이 될

----

141 김윤식, 『일제 말기 한국인 학병세대의 체험적 글쓰기론』, 서울대학교 출판부, 2007.

142 한기형, 「해방직후 수기문학에 대한 한 양상─오기영 사슬이 풀린 뒤의 경우」, 깊은샘, 2002.

143 1993년 창작과 비평사에서 편찬된 동양사학자 김성칠 교수의 1945년부터 1951년 4월까지의 일기 모음집 『역사 앞에서』는 일기 목적으로 쓰고 있지만 전쟁기록의 입장에서 볼 때 매우 훌륭한 한국전쟁 수기문학이라 할 수 있다. 『역사 앞에서』는 띄엄띄엄 쓴 일기 형식을 띠고 있지만 필자가 전쟁 상황이라는 하나의 크나큰 시련을 가족끼리 겪어가는 갈등과정을 세세히 기록함으로써 '전쟁 체험수기'로서 손색이 없기 때문이다.

144 본고의 탈식민주의 개념은 포괄적인 의미에서, 에드워드 사이드, 호미 바바, 가야트리 스피박 등의 탈식민주의 이론을 범박하게 적용하되, 탈식민주의(postcolonialism) 용어를, 탈─식민주의(post-colonialism)의 의미에 가깝게 활용하고자 한다. 하이픈으로 연결된 탈─식민주의 용어는 특별한 역사적 시기와 시대를 의미하는 데 더 적합한 것으로 보인다. 마치 '식민주의 이후', '독립 이후' 같은 문구에 의해 암시된 것처럼 말이다. 이는 공식적인 식민화가 끝나고 난 후에도 계속 지속되는 식민적 체험에 관련된 신식민주의 담론 비평의 관점과 유사하다.(McLeod, john., 『탈식민주의 길잡이』, 박종성 외 편역, 한올아카데미, 2003, 19쪽, 65 참조)

것으로 사료되기 때문이다.

　해방 이후 좌우 이데올로기 갈등은 미군이 점령군으로 38선 이남지역을 일본군으로부터 접수하면서부터 부각되기 시작했다. 해방 직후 여운형 계의 중도좌파가 전국적으로 치안망을 구축하고 있었지만 미군은 이를 용인하지 않았다. 미군정청의 반공주의는 일제하의 마르크스 계급사상에 대한 검열과 단속의 연장선에 있었다. 반공 정책은 일본제국주의 치하에 이어 미군정치하에서 또다시 이루어지고 있었다. 미군정하의 일본 관료 출신의 등용과 남로당 탄압과 남부군 토벌은 자연스럽게 남한에서의 일본 식민지시대 잔재 청산을 어렵게 하였다. 일시적으로 불안해하였던 일본군 출신의 조선인들은 국방경비대를 창설, 해방 공간의 정치적 헤게모니를 장악하였다. 뒤늦게 입국한 강화린, 최덕신 등 대한광복군 출신들은 무장해제를 당하고 일개 평민의 자격으로 입국하는 수모를 겪어야 했다. 여순사건, 대구 10 · 1 인민항쟁 등은 당시 민심을 반영하고 있었지만 대부분 여론은 미군정의 단속하에 반공정책을 새롭게 지지하고 있었다. 그러나 지역 신문으로서 대구 · 경북지역 『남선경제신문』(『대구매일신문』 전신)은 해방 공간에서 보기 드물게 봉건타파, 토지 재분배, 악덕 친일파 청산의 주제를 내세운 소설들을 연재하였다. 『대구매일신문』은 이후 민족지로서 『영남일보』와 함께 새로운 긍지와 자부심을 가지고 지역의 정론을 담당하고자 노력하였다. 그러나 1950년 초 『대구매일신문』은 여러 번 주인이 바뀌게 되면서 전시에는 반공소설, 반공극, 반공수기 등을 연재하게 된다.

　본고는 이와 같은 격동기적 상황 속에서 불가피하게 민중적 지향이 왜곡되고 민족지향점이 신문매체에 의해 굴절 전개되어 가는 양상, 일제의 반공정책이 남한사회의 반공사상으로 재현되어 가게 되는 과정을 대구 · 경북지역 신문에 연재된 전시 종군기, 체험수기를 통해 탈식민적 입장에서 고찰하고자 한다.

　해방 직후 대구·경북지역에는 일본인이 버리고 간 윤전기가 두 대 남아 있었기 때문에 새로운 민족신문 창간에 대한 욕구가 팽만해 있었다.[145] 『대구일보』(1945.10.3 창간), 『영남일보』(1945.10.11 창간), 『남선경제신문』(1946.3.1 창간), 『천주교 회보』(1945) 등 지역 신문들의 발 빠른 창간은 일제하에서 수모를 겪으며 견뎌온 이 지역 언론인들의 열망을 잘 대변해준다. 지역 언론인이자 소설가인 이정수 씨의 소설 「輪轉」(75)은 일제 당시 지역의 신문편집인들이 일본인들 틈바구니에서 어떻게 견뎌왔는가를 잘 보여준다. 지역 신문인들은 일본에서 신문제작기술을 배워왔지만 일본인 사장 아래에서 자신의 속심을 '은조(隱爪)'하지 않으면 살아남을 수가 없었다. 아이러니하게도 친일 명사의 도움을 받으며 살아남은 주인공은 해방을 맞아 지역 언론의 중심역할을 하게 된다.[146] 이 소설은 주인공이 친일 부역자를 동정한다는 점에서 긴 식민지 피지배기간 동안 견뎌온 사람만이 공감할 수 있는 지역 신문인들의 양가성을 잘 보여준다.

(1) 민족주의자의 항일 참전수기(실전소설)에서 일본군의 태평양 전쟁수기 연재로

　1949년 『영남일보』에는 최덕신의 미얀마 참전기인 「인면혈전기」가, 1952년 『대구매일신문』에는 백기만 번역으로 일본인 중좌 출신의 태평

145　이정수, 『輪轉』, 삼성문화문고71, 1975.
146　한명환, 「50년대 대구·경북지역 군소작가들의 신문소설의 발굴과 의미―이정수, 김동사, 홍영의 신문소설에 나타난 지역적 의미를 중심으로―」, 『영남학』 18집, 영남학회, 2010, 427~461쪽.

양 패전기 「南海의 秘史」가 연재되었다. 崔德新[147] 「印綿血戰記」(『영남일보』, 1949.6.19~8.15, 38회)는 수기의 저자인 최덕신이 신중국군 38사단장 손립인을 보좌하며 1942~43년 태평양전쟁기, 중국, 인도, 미얀마 산악 우림지역에서 일본군과 싸운 항일체험담이다. 신중국군이란 1937년 일본의 선제공격으로 내전중인 홍군과 국민당군이 제2차 국공합작으로 신체재를 갖추게 되면서 편제가 바뀐 장개석 주력부대 중 신일군을 의미한다. 이들은 우수한 조직력과 전술로 42년에서 43년 사이 일본군을 궁지에 빠뜨리는 전과를 거두었다. 최덕신은 중국 남경, 황포군관학교(중앙군관학교 전신)를 마치고 신중국군 38사단 손립인 장군 휘하 참모로 미얀마의 만달레이, 밀지나, 빠모, 남감 등지에서 일본군과 싸워 이기고 돌아온 체험을 다소 격앙된 어조로 서술한다.

　"실전소설"이라는 타이틀을 걸고 있는 이 체험 수기는 특히 악조건 속에서 미얀마 만달레이 비행장 탈환, 야인산(히말라야 산)을 넘어 밀지나 기지를 급습하고 포위된 연합군을 구출하는 등, 초인적인 통솔력과 작전의 기민함 등 대일 전투과정과 그 결과 승리를 쟁취한 기쁨의 현장을 사진과 함께 보여준다. 최덕신은 전투 상황 외에도 낯선 미얀마 풍물에 관

147　한국광복군 총사령부 선전과정을 잠시 지낸 이외에 주로 중국중앙군에 근무한 최덕신은 멀리 인도, 미얀마 전선에까지 가 일본군과의 전투에 참가하다가 해방을 맞았다. 그는 중국 신일군(新一軍) 참모로 광둥지역에서 일본군의 항복을 접수하고 무장해제를 했으며, 1945년 12월에는 대령으로 승진하여 일본군에 강제징집된 한국인 사병들을 접수하여 중국 화남지구 한국적사병 집중훈련총대를 조직하여 총대장으로 활동하다가 이들을 이끌고 1946년 5월에 귀국하였다. 그는 이듬해 3월 국방경비대 사관학교 3기 특별생으로 입학하여 소위로 임관되었다. 일본군의 무장해제를 담당했던 연합군의 대령이 그 경력을 인정받지 못하고, 일본군, 만주군 등 패전군 출신들이 득세한 사관학교에서 그들에 의해 훈련을 받고 소위로 임관된 것이다. 최덕신은 1년 이내에 대령 계급을 회복하긴 했지만, 해방 조국의 뒤틀린 역사를 상징적으로 보여주는 사건이었다.(한홍구, 「기구한, 참으로 기구한」, 『한겨레 21』, 2000.8.23)

한 정보 등 흥미를 끌 수 있는 소재들을 소개하거나 군인다운 기백과 호방한 기상을 문학적으로 표현하기도 했다.

해방 이후 게재한 『영남일보』, 「인면혈전기」는 꽤 인기리에 연재되어 국방경비대 창설 제2주년 기념으로 1949년 곧바로 단행본 출간되었는데,[148] 책의 서문에서 최덕신은 「인면혈전기」가 '항일수기' 임을 밝히고 있다. 비록 신중국군 소속이 되어 일제와 싸운 것이지만 미얀마에서 일본과 정정당당하게 싸워 혁혁한 공을 세운 전과를 통해 항일의지를 세계만방에 구현하여 한민족의 얼이 살아있음을 증명하고자 하였다.[149]

당시 일본군 전사(戰史)가 전시에 대구·경북지역 신문에 연재된 것은 이미 일본군이 한국전쟁에 참여했고 그를 계기로 해군 자위대를 창설하였던 것과 무관하지 않을 것이다. 1950년 10월 10일부터 상륙작전 이후인 11월 4일까지 원산, 해주의 기뢰를 소해하는 작전이 일본군에 의해 수행되었다. 그리고 일본정부 수뇌부는 국민적 합의 없이 1952년 4월 6,038명의 일본 해상경비대를 해상보안청에서 분리하여 발족시킨 바 있는데, 해상경비대 창설 준비위원회 열 명 중에는 구 해군 출신이 8명이

....

148 『영남일보 오십년사』 (1996)에는 「인면혈전기」가 '당시 제3사단장인 최덕신' 이 쓴 '영남일보의 최초의 연재소설' 이라고 하면서 "비록 전문적인 소설가에 의한 것은 아니나, 직접적인 체험에서 우러나오는 사실성으로 뭉클한 감동을 느끼게 한다"고 평하고 있다.(『영남일보 오십년사』, 영남일보사, 1996, 146쪽)

149 「인면혈전기」는 『영남일보』에 연재되던 중에 당시 국방경비대 창설 2주년 기념으로 단행본 출간되었다. 이 글의 서두에는 다음과 같은 작자의 말이 실려 있다. "나는 군인이다. 붓과는 본래 인연이 먼 처지이나 모든 사물의 판단과 마음에 솟아오르는 감흥은 문인과 함께 가졌다고 생각하고 있다. 이 글은 내가 군인으로서 직접 인면을 중심으로 동아의 침략자 일본을 쳐부시는 작전을 지휘한 사람으로서 한 가지 항일수기에 방불할 거사이다 이 글월을 씀에 있어 수많은 나의 전우가 오늘의 약진의 전주곡을 세계에 울리고 있는 신생 대한민국의 거예찬을 함께 깃거워하지 못함을 가슴아프게 섭섭할 따름이다." 이 수기에서 저자는 일본군 포로를 심문하면서 간혹 민족적 울분에 겨워 가학충동을 느끼면서도 임무에 충실한 명예로운 군인으로서의 태도를 잃지 않는다.(최덕신, 『인면혈전기』, 영남일보사, 1949)

나 들어 있었다는 것이다.[150]

쑤시는 작전참모로 과달카날 섬 점령 작전에 투입된 이후 겪은 전투 참상을 육군중좌인 자신뿐만 아니라 장교의 노트나 들은 이야기를 참고로 절절히 기록하고 있다. 도오죠오 육상으로부터 그는 마닐라행을 명령받고 파푸아 뉴기니의 남해로 작전임무를 수행하게 된다. 마닐라에서 다바오로, 다시 다바오에서 라바울로 답사하는 동안 부나해안 상륙에 미군 공군력의 방해를 받고 부상을 당하기도 한다. 결국 과달카날 섬의 비행장을 되찾지 못함으로써 일본 군대의 복수심만 커져 엄청난 인적 · 물적 손실을 입게 되었다고 한다.

저자인 쑤시는 무모한 작전명령을 비판하고 있지만 일본 군대에 대한 믿음이 강하고 무엇보다도 일본 천왕에 대해 변함없는 충성심을 보여준다. 패전 상황에서도 자신의 상급자를 비판하기는 해도 일군과 천왕에 대한 충성심을 보인다. 1장에서 4장까지 실전을 거듭하는 상황을 안타깝게 묘사하고 있으나 6장 "아-산본원수"에서는 대화 구축함의 위용과 산본의 결연한 자세를 찬양한다. 7장 "餓島 死島"에서는 기아로 인해 가달카날 비행장을 적에게 빼앗긴 것을 '주먹밥 두 덩이만 있었어도 비행장은 떠러졌을 것을'이라고 하며 분개한다. 초전에서 승리에 도취한 일본 군대가 자만심으로 무리하게 전쟁을 수행하다 실패하였다고 생각했기 때문이다. 저자는 그 상황을 작전참모로서 상부의 처사에 불만을 갖지만 드러내지 않고 있다가 마지막 장 "御前 會議(24장)"에서 회의하는 내용을 엿듣고 작전방침을 변경하라는 폐하의 옥음에 감격한다. 그것은 군참모들이 섬에 갇힌 자신의 부하들이 "아사하기보다 차라리 한날 한 자리에서 옥쇄하기"를 희망하였기 때문에 더욱 그러

150 이희진 · 오일환 지음, 『한국전쟁의 수수께끼』, 가람기획, 2000.6, 167~172쪽.

하였을 것이라고 한다.

쑤시는 더러 다른 군인들의 수첩이나 일기도 참고하여 기록의 객관성을 높이고자 하였다. 미군의 무차별 폭격상황을 한 소위의 일기에서 발췌하여 싣기도 한다. "아우스텐 산 籠城 124연대 小耶夫 소위의 '농성일기' 한 토막"의 "12월 24일 아침부터 포탄이 나려온다. 미군은 아군에게 저항력이 있다고 생각하는 것일까? 우리는 발서 만족히 걸을 수 있는 사람이라곤 하나도 없는데"라는 대목이나 "7, 8촌 길이의 지네 토막, 야자수, 고목껍질, 도마뱀, 비, 말라리아, 시체의 썩은 냄새 속에서 밥통부터 몸으로 막고 털 버러지 채 밥을 먹을 수밖에 없는" 대목의 묘사는 악전고투의 상황을 절절이 전해준다.

겨우 살아남은 제2사단 장병들은 마침내 수천 명 전우들의 태를 안고 원한의 카날도를 떠났다. 성한 사람이라곤 하나도 없었다. 패잔병인 그들 모습은 '惡魂같기도 하고 亡靈같기도' 하였다. 또한 저자는 미드웨이 해전에 패한 이후로 카날도의 비행장을 차지하려는 무모한 일본 군정의 잘못으로 처참한 희생을 낳은 것을 비판하면서도 결국 훌륭하게 2차에 걸쳐 잔병 철수에 성공한 것은 '폐하'의 '눈물겨운 결단' 때문이라고 생각한다.

"'모든 것을 잘 알았다. 육해공군은 협동하여 이 방침(정치적 요청을 양보하고 전략상 요구를 우선시 하는 방침)으로 최선을 다하기 바란다.' 하고 聖斷을 내리셨다. 몸이 마라리아의 오한으로 떨리었다. 문 하나를 건너 그 옥음을 들었을 때 하염없이 눈물이 흘렀다."(연재 63회)

저자는 퇴각명령을 내려 과달카날도의 일본군을 구해낼 수 있었던 것을 '폐하의 공덕'으로 돌리고 있다. 일본 왕이 사실상 일본 제국주의의 침략전쟁을 선두 지휘한 사실을 증언한 수기 내용이 한국전쟁 당시 우리에게 읽혀질 수 있다는 사실이 놀랍기도 하다.

「남해의 비사」는 내용뿐만 아니라 삽화(오석구)에서도 그 일본 군대의 전투적 용맹성과 정신력을 과시하는 이미지가 자주 나타난다. 삽화 그림은 결전의 의지를 다지는 일본군의 깃발 든 모습과 단호한 표정이 강조되어 있고 연합군이나 미군의 모습은 전혀 보이지 않는다. 특히 마지막 회(65회)에 주먹을 쥐고 상대방을 노려보며 비장하게 다문 입의 일본군 사병의 이미지는 그들이 결코 전쟁에 지지 않았다는 인상마저 풍긴다. 『대구매일』(Daegu Daily News 併記)이 『대구매일신문』으로 바뀌면서 일본군 수기가 번역되어 실렸다는 점 역시 당시 신문제작을 책임지고 있었던 최민순과 관련되어 있음을 주목하지 않을 수 없게 된다.

(2) 『대구매일신문』 최민순 주간의 기독교적 역사인식과 반공주의 수필 - 「밤의 일기」와 「슬픈 노래」

1951년 『천주교 회보』와 『대구매일신문』에 실린 「밤의 일기」와 1952년 「슬픈 노래」 등 연재수기에는 반공 이데올로기의 사상적 체계와 이론적 탐구가 이루어지고 있다.

최민순은 고향이 목포로 서울 가톨릭대학 교수신부로 있을 때 인공치하에서 숨어 사느라 곤욕을 치러야 했다. 서울 수복 후 『대구매일신문』에 1951년 6월 '편집 겸 발행 인쇄인'(사장) 신부로 부임하여 집필도 하고 대구지역 종군작가단 모임에도 나가 강연[151]도 하는 등, 열정적인 활약을 하다, 53년 4월 30일에 퇴임하였다. 이어 『천주교 회보』를 『가톨릭 시보』로 바꾸어 간행하다, 1956년 5월 31일부로 사퇴, 1960년에 스페인

---

151 1951년 12월 14일부터 16일까지 종군작가단이 주동이 되어 '문총 경남지부' 이름으로 '문화인 시국강연회'를 개최하였다. 이때 연사는 조지훈, 구상, 최민순, 박기준, 마해송, 최상덕, 양주동, 서동진, 박영준 등이었다.(신영덕, 『한국전쟁기 종군작가 연구』, 국학자료원, 1999, 44쪽)

유학을 떠났다. 그는 「밤의 日記」(『천주교 회보』[152] 1951년 3월 20일
~1953년 2월 15일(35회))와 「슬픈 노래」(『대구매일신문』 1954년 6월 1일
~8월 13일(57회))를 연재하면서 대구·경북지역에서 반공을 하나의 사
상으로 체계화하는 논리를 폈다.

그의 체험수기는 사회 지도층이 쓴 반공주의에 대한 명백한 신념이자
논증이니 만큼 당대 영향력이 컸을 것이다. 「밤의 일기」가 최민순 신부
가 서울에서 피난하지 못하고 인공치하에서 겪은 공포의 순간들을 겪은
반공 체험수기라면 「슬픈 노래」[153]는 153쪽 단행본으로 재출간되어진
반공사상에 대한 논리를 뒷받침해주는 사색록이자 에세이라 할 수 있다.
「밤의 일기」는 외국 성직자들의 납치 체험수기(구인덕, 『죽음의 집에서
아버지의 집으로─나의 북한 포로기』[154]나 마리 마들렌 수녀 『귀양의 애
가』)에 비해 공산당에 대한 적개심을 노골화하는 감정적 서술이 많고 종
교서적 인용도 성서만이 아니라 불교, 유교, 심지어 도교의 경전까지 두
루 인용한다는 점에서 반공주의를 한국의 독자적인 사상으로 태동시킨
글로 읽힐 수 있다.

그의 반공주의 사상은 조카 '래문도'의 죽음을 애도하기 위해 썼다는
「슬픈 노래」에서 훨씬 다원화되고 논리화된다. 반공이 한반도에서 국시

----

152 『천주교 회보』의 역사; 일제강점기 하 1927년 4월 1일 조선남방천주공교회 청년회
에서는 『천주교 회보』를 월간으로 창간하여 대구지역 근대문화 보급에 일익을 담당
하였는데 이것이 오늘날 『가톨릭신문』의 역사적 기원이 된다. 그리고 교구산하 모
든 신자단체들도 3·1운동 이후 지역사회에서 활동하던 사회단체들과 협력하면서
민족의 복음화에 역주하였다.(가톨릭신문사, 『가톨릭신문사사(1927~1988)』, 1987.
4.1 간행)
153 「슬픈 노래」는 1954년 9월 15일 『경향잡지』에서 노기남 주교 인준으로 제목이 『生命
의 曲』으로 바뀌어 단행본 출간된 바 있다.
154 구인덕(한국명)·셀레스펭 꼬요스, 『죽음의 행진에서 아버지의 집으로─나의 北韓捕
虜記』, 조안나·이혜자 옮김, 분도출판사, 1983.

로 굳어지기까지 다양한 논의들이 있어왔으리라 짐작되지만, 최신부의 글은 신학적 관점에서 고찰한 변신론적 반공사상이라 이름 지어도 좋을 만큼 동서양의 철학, 신학, 역사, 문학 거의 모든 분야의 글과 체험을 섭렵하면서 논리를 전개시킨다. 「밤의 일기」가 체험적인 반공수기라면 「슬픈 노래」는 「밤의 일기」에 비해 논리적으로 반공이 왜 신의 뜻인가를 증명해 보인다. 한국 사회에서 반공이 국시가 되어가도록 여론을 형성하는 과정에서 종교계, 학계, 언론계가 함께 자발적으로 이를 논리화하는데 힘을 동원하였다면 50년대 초 지식인들 중 교수이자 신부이고 사회적 지도층 인사였던 최민순의 글이야말로 당대 사회의 반공주의를 기초화한 전략적 글이 되었으리라 보여진다.

최민순은 「슬픈 노래」에서 한국의 이순신과 성삼문, 정몽주의 글을 분석하면서 이순신의 효와 충, 성삼문의 시 정신 속에 하느님의 뜻이 닿아 있는 것이라면 정몽주의 시에는 유교적인 현실주의가 숨어있다고 비판하기도 한다. 즉, 정몽주의 「단심가」 중 "넋이라고 있고 없고"에서 '넋'은 분명히 있는 데도 공자가 평소 현실만을 두고 얘기했기 때문에 정몽주는 '넋이라도 있든 없든 상관없' 다는 식으로 표현했다는 것이다. 최민순은 한국전쟁이 '성전(聖戰)' 이 되는 이유를 다음과 같이 설명한다.

르네상스 이후 유럽은 신으로부터 해방되어 자유를 얻었지만 그것은 진정한 행복이 아니었다. 유럽은 제국주의, 국가주의 속에 끊임없는 전쟁에 시달려야 했다. 근대 시민사회 발전과정에서도 산업혁명을 거치긴 했지만 프랑스 자코뱅, 부르주아지 혁명 등으로 시민들은 더 고통받아야 했다. 과학기술의 발전은 인간을 더 옥죄어 신의 구원으로부터 더 멀어지게 했다. 2차 대전 때 히틀러가 나타나 독일을 재무장시켜 전쟁을 일으키게 한 것도 프랑스, 영국 등이 1차 대전 후 독일을 패전국 빚쟁이 혹은 '황금알을 낳는 거위' 로 만들어 버린 베르사유 조약 때문이었다고 본다. 이 문제를 교황 피우스 12세가 지적했으나 눈앞에 이익에 어두운 프랑스는 듣지 않았고 마침내 히틀러가 나와 혹독한 대가를 치러야 했다는 것이다. 그러나 더 무서운 것은 마음속의 적, 사회주의 사상이 독일의 마르크스·엥겔스에 의해 출현하게 되었다는 것인데, 히틀러가 죽고 나서도 마르크스·엥겔스 사상은 사회주의 공산주의자를 양산하여, 기독교를 모방한 반기독의 신앙을 가진 반기독사상을 전 세계에 퍼뜨려 전쟁을 일으켰다고 한다. 곧 레닌은 신이 죽은 지 오래라며 종교를 내세우는 것은 '신의 사체를 능욕'하는 것이라고 '신에 대한 선전포고'를 하여, 기독신앙을 거꾸로 신앙화한 반기독주의, 즉 또 다른 악마의 종교임을 명백히 했다는 것이다. 이것이 바로 우리가 한국전에서 지금 악마의 종교, 즉 '전투적 무신론'과 싸워야 할 이유가 된다고 최민순은 주장한다. 곧, 최민순은 한국전쟁을 정의의 싸움이요 성전이라고 생각한다. ○○고지에서 순국한 조카 '래문도'는 성전의 부름을 받아 싸우다 죽었으니 순교한 것이고 그것은 영원히 사는 것이라고 본다.[155]

최민순은 한발 나아가 인간 스스로 키운 내부의 적은 악마와 같은 것이므로 그들과는 어떠한 타협도 있을 수 없다고 본다. 국·공합작으로 섬으로 쫓겨난 장개석 같은 신세가 되지 않기 위해서라도 우리는 휴전해서는 안 된다고 한다. 한국전쟁은 사탄과 싸우고 있는 '성전'이므로 '휴전'하자고 하는 제의나 그런 악마의 수작에 넘어가서는 안 된다고 믿는다. 결국 최민순의 반공주의 논리는 반전이 아닌 전쟁을 옹호하는 입장에 서게 되고 있음을 알 수 있다.

신앙적으로 볼 때, 인간의 이기심이 결국 사회주의 사상을 낳고 공산주의 혁명을 일으키게 하고 그로 인해 전쟁이 일어났다는 그의 주장은

---

155 최민순, 『생명의 곡』, 경향잡지사, 1954. 81~126쪽.

일부 받아들여질 수 있을 것이다. 그러나 국제전으로 확대되고 '대리전쟁' 적 성격을 지닌 한국전쟁을 사탄과의 정의로운 전쟁으로 받아들이는 데에는 많은 문제점이 있다. 같은 시기에 인공치하 정릉에서 수모를 견디어낸 당시 서울대 동양사학과 김성칠 교수의 수기는 이와 다른 차원에서 기술된다. 김성칠은 전반부에서 '공산 괴뢰군'의 모순점을 비판하지만 후반부 서울 수복 후부터는 남한, 국군들의 횡포나 민심, 부패관리 등까지 그대로 묘사하고 비판한다. 곧 김성칠은 객관적인 관점에서 북한군이 국군보다 더 체계가 있고 조직력이 강하고 예의바른 것 같다고 기록하고 있다. 공산주의가 종교를 거부한 것은 사실이나 그것이 천주교에 국한된 것은 아니었으며 부패한 자본, 제국주의에 선전포고한 것이지 종교에 선전포고한 것도 아니며 또 그렇게 할 수도 없는 일이다. 그럼에도 최민순이 이처럼 공산주의 출현에 과잉반응한 것은 무엇 때문이었을까? 대북방송을 하는 등 반공에 적극적이었던 최민순은 인공치하인 서울에서 숨어 지내다 서울 수복을 맞은 관계로 북에 대한 공포와 분노심을 지닌데다, 당시 로마 가톨릭의 강력한 반공주의 노선이 그의 그러한 성향을 뒷받침한 것이 아닐까 추정해본다. 아마 이 같은 상황에서 적잖은 성직자들이 동족간의 전쟁에 대해 경직된 태도를 보일 수밖에 없었을 것이다. 그러나 같은 고통을 겪고도 외국인 선교사나 신부, 수녀의 경우 북한에 대한 생각에서 최민순과 확연히 차이가 있음을 많은 기록과 수기들은 보여준다.[156]

「밤의 일기」는 그만큼 이데올로기적 논리성과 감성에 있어 지금까지 어느 종군기자의 전쟁독려나 선동보다도 고무적이다. 이는 저자가 오랫

---

156 서울 여자 깔멜 수도원, 『귀양의 애가』(깔멜 수녀원 수녀들의 북한피랍기), 한국 천주교 중앙 협의회, 1974.11; 아더 톤, 『종군 신부 카폰』, 정진석 옮김, 가톨릭 출판사, 2007.

동안 지속해온 반공계몽론에 해당한다. 신앙과 정치적 선택이라는 미묘한 관계를 쉽사리 넘어서게 하는 이 광분의 글쓰기는 대상에 대한 원색적 덧칠하기와 강개비분한 논조, 그리고 시적 감성으로 말미암아 빚어지고 있다. 이렇듯 최민순의 반공수기는 전쟁 체험수기이지만 주로 '피난 도중 체험한 보고'라는 점에서 외국인 신부, 외국인 종군기자의 피랍일기[157]와 확연히 다르다 할 수 있다. 깔멜 수녀원 수녀들의 북한 피랍기 『귀양의 애가』는 처절한 죽음의 행진을 하면서도 복수나 증오의 감정보다는 죽음을 기다리는 신앙인의 자세가 지켜지고 있다. 한국전에서 종군하다 생을 마친 미국 캔사스 출신 신부 카폰(kapaun) 대위는 숭고한 희생과 순교정신으로 고향에서는 존경받은 성직자로 이름을 남겨 1970년 그를 기념하여 세워진 학교(Kapaun Carmel Mount High School)가 위치타에 지금까지 남아 그의 희생정신을 기리고 있다.[158] 『죽음의 집에서 아버지의 집으로-나의 북한 포로기』 수기에도 북한을 악마나 사탄으로 보고 성전이라고 주장하는 대목은 전혀 나오지 않는다.

「밤의 일기」는 저자가 「밤길」의 작가 이태준을 향해 비난하여 표현한 말 그대로 '미움의 윤리'를 가지고 쓴 것이다. 『귀양의 애가』의 감동이 깔멜 수녀원 수녀들이 죽음에 대한 공포와 육체적 고통을 겪는 가운데에서도 잃지 않는 일관된 신앙인으로서의 자세에서 오는 것이라면, 「밤의

---

157 피리프 딘(영국 옵서버지 기자), 「프랑스인 기자의 포로생활 수기」 徐光六(한국일보사 외신부장) 抄譯, (『도정월보』 1957년 5·6월 합본, 통권 36호, 187~202쪽), 깔멜 수녀원 수녀들의 북한피랍기 『귀양의 애가』(서울 여자 깔멜 수도원, 한국 천주교 중앙 협의회 간행, 1974.11)와 거의 일치하고 있다.

158 에밀 카폰을 기념한 고등학교(Kapaun Mt Carmel Catholic High School)는 1956년 설립되어 현재 캔자스주 위치타 시 67206에 위치하고 있다. 아더 톤의 『종군 신부 카폰』(정진석 옮김, 가톨릭 출판사, 2007)은 에밀 카폰 신부가 한국전쟁 당시 1950년 11월 2일 중공군 포로가 되어 1951년 5월 23일 한국 벽동 수용소에서 순교하기까지 사실을 증언한다.

일기」를 읽는 전시 독자의 감동은 공산군으로 인해 피해 받은 가족의 억울함을 규탄과 저주로 해소하는 데서 오는 보복적 다짐과 각오에서일 것이다. 그들이 증오와 분노에서 벗어나 있음을 주목해볼 때 우리는 이러한 최민순의 반공주의[159]는 증오와 결합한 잘못된 성서해석의 결과라고 볼 수 있다. 당시 이와 같은 억지논리는 사회지도층 인사들의 자발적 기고에 의해 당시 신문이라는 목적매체와 담합하면서 반공주의가 서서히 굳건한 사회이념적 틀로 조성되어갔다고 볼 수 있다. 북을 한민족으로 보려고 하지 않고 사탄이나 악마로 보는 주장은 분단을 더욱 굳히는 국민적 정서로 확대될 수밖에 없었기 때문이다.

대구·경북지역 신문연재수기는 이렇듯 사상적 변화와 굴절을 보여주면서 점차 한국전쟁에 대한 체험을 통해 후방 지원을 독려하여 전선의 국군의 사기를 북돋기 위한 선전과 계몽의 의도에 따라가고 있었다. 즉

....

159 이러한 반공주의를 '잘못된 성서해석'에서 나온 것으로 보기도 한다. "-언어 자체의 상징성을 보아야 해요. 성서의 수많은 상징성과 메시지를 염두해 보고, 당시의 시기적 상황 같은 것도 전혀 무시해서는 안되지요. 전승(傳承) 가운데서 성서의 의미를 이해할 때에 성서의 참된 뜻을 폭넓게 볼 수 있다는 말입니다. 그 자체에 집착하면 자칫 광신(狂信)을 낳을 수도 있어요. 선종완, 최민순 신부님 같은 분들에 의해 구약(舊約)의 앞부분이 참으로 번역이 잘 되었습니다. 그리고 많은 사람들이 그에 감명을 받기도 하였을 것이에요. 하지만 전 신약(新約)에서는 그러한 감흥, 상징들이 많은 부분에서 잘 살아 있다고 생각지는 않아요. 또한 성서는 진리의 상징을 제시하는 그 어떤 모델로서 부족하다고 느껴지기도 해요. 구별의 세계가 상정되어 있음을 볼 수 있으니까요. 즉 구약의 에덴동산에서 우리 인간을 쫓아 보냈던 야훼의 의지, 그리고 그 야훼와 거의 비슷한 권능과 지혜를 소유할 가능성을 가진 바벨탑의 인간들을 차별화하고자 했던 그 의지는 과연 무엇인지. 그러면서도 신약에 와서는 한 마리 길 잃은 양을 거두어 모으려는…… 어떤 면에서는 신·구약의 차이점이겠지만 뭔가 상반된 듯한 점이 보여지고 있잖아요. 심각한, 그러한 속에서조차 이러한 문제점들이 상반된 논리로서 드러나지 않게끔 성서를 풀어 이야기할 수 있어야 할 것이라는 생각이 들어요." 가톨릭 잡지 『성서와 함께』에 실린 정각스님의 한성혜 기자와의 대담기사로 실린 내용이다. 1990년 영축산 정상 겨울 산행 정각스님과의 대화 "외로운 사냥꾼"(한성혜 기자 글)에서 인용.

북한에 대해 막연히 동경하였던 사람들조차 뼈아픈 전쟁체험을 통해 북한의 침략 행위에 분노하게 됨으로써 지역 신문에 나타난 수기의 시각은 자연스럽게 '반공'으로 치닫는다. 그러나 지역 신문의 문총구국대 수기와 종군기자의 수기를 유심히 살펴보면, 그에 대한 시각이 일정치 않았음을 알 수 있다. 문총구국대 작가의 시각이 인간적 감정에 유의한 반전(反戰)의 정서를 깔고 있다면 기자들의 수기나 탐방기사는 대체로 남한 체제의 우월성을 선전하거나 후방 동원을 독려함으로써 국민 모두가 반공 전선에 함께 나갈 것을 계몽한다. 또한 이러한 시각 차이는 민간인의 개인 수기에서도 나타난다. 1951년 『대구매일신문』 사장으로 부임한 최민순은 해박한 사상과 철학, 역사 지식으로 인공 치하에서의 체험수기를 통해 반공이념을 하나의 신학이론으로 체계화하고자 하였다. 이에 대해 평신도인 지원이라는 필명의 독자는 『대구매일신문』(1952.1.1~1.28, 54회) 연재를 통해 영조의 죽음과 정조 등극으로부터 시작한 당쟁과 학대 속에서 '동방의 새벽'으로 떠오르기까지의 한국 천주교사에 빛나는 공헌을 한 인물들의 소개와 사건을 상세히 기록함으로써 동족상잔의 비극이 공산주의에 의한 새로운 것이 아니라 당쟁 속에서 이미 시작되었다는 역사의식을 보여주고 있다.

(3) 문총구국대와 종군기자의 기록 – 전쟁의 참상 고발과 반공 계몽

대구·경북의 『영남일보』와 『대구매일신문』(『대구매일신문』(1950.8~12.30)→『대구매일』(1951.1.3~6.8)→『대구매일신문』(1951.6.9~1960.6)로 제호의 변화과정을 겪는다), 『천주교 회보』에는 전시 종군수기와 개인수기가 실려 있다.

인천상륙 전 대구 근교 한 기자의 병원방문기에는 열악한 병원 시설이나 인력 부족 등을 취재하여 보도하는 중에 전쟁 상황이 잘 드러나고 있다.(『대구매일신문』, 1950.9.22, 2면 "OO병원 방문기")는 아낌없는 후방 지원이 필요하다는 것과 국제 적십자 정신에 준해 인민군까지 똑같이 치료해주고 있는 체제 우월성을 보도하고자 한다. '성혈(聖血)을 흘린 우리 용사의 뒤를 원호해야 할 것'과 '약품과 치료기구가 있어도 의사의 부족, 간호원의 부족으로 마음이 있는데도 충분한 치료를 못해주는' 병원 상황을 전달해주고 '꽃다발을 가지고 찾어오는 등 형식에 매인 위문보다는 이불의 피묻은 군복을 세탁' 하여 주는 것이 급선무임을 알리고 있다. 또한 "우리의 적인 인민군까지도 국군 부상병과 똑같이 치료를 받고 있으니 이것은 실상 적십자 정신을 그대로 발휘하는 민주 대한이 아니면 적으로서는 도저히 할 수 없는 일이었다."고 하고 "인민군 부상병 중에는 금년 십육 세밖에 않되는 어린 중학생도 있었다."고 전함으로써 한국의 부상병에 대한 민주적이고 신사적인 처리가 북한의 야비함에 비해 우월함을 알리고자 한다.

『대구매일신문』 9월 24일자에는 영천에서의 무용담 기사가 실리고 9월 26일자 2면에는 김재영 특파 종군기자의 「戰勝의 가을」[160]이 이미 연

<hr>

160 金在泳, 「戰勝의 가을」, 『대구매일』, 1950.9.26, 2면 "이몸이 죽어서 나라가 선다면 아- 이슬같이 죽겠노라」청춘의 대열에 이어서 나가는 싸움터에 또한 청춘처럼 맑은 가을이 짙어왔다 호수처럼 사나운 목숨의 숨결이 어제도 오늘도 그 푸른 산악을 울리며 대지의 분노는 도리어 반도들을 무찌르는 데에 터지고야 말었고나 아- 위대할찐 저- 작열하는 포성을 따라 오직 의로운 삶을 위해 처들어 가는 젊은 대한은 태양처럼 살아있구나 ㅇㅇ전선으로 향하는 국도 연안은 꿈같이 평화로운 광야가 있다. 맏아들도 둘째놈도 모두 용사로 출정시킨 늙은 할아버지와 아버지들- 황금빛 들판에 서서 전전으로 향하는 장정을 바라보며 미구에 봄처럼 찾어올 대한의 평화를 沈思하며 만세를 부른다 -, (중략) - 「대장님- 벌써 밭콩이 저렇게 익었구면요-」 「음! 벼도 밀잖어 먹게 될테지 그때까지는 어떻게도 가야지- 가야지-」 침묵 속에 움직이는 소대장의 말과 의지는 서울 아니 평양이 광야에서 凱歌를 부르는 듯 마음든든하고 긴장에 차다 이때 하늘이 포격처럼 울리었다. 「야! Z기지?」 북쪽으로 향해 달리는 Z기의 용태는 인재 어디서 보나 가슴이 쉬언하다. 「인민군자식들 벌써 혼

재되고 있었다.

'OO전선으로 향하는 국도 연안'을 지나면서 보이는 풍경을 자의적으로 해석하고 감격해 하는 김재영 기자의 「戰勝의 가을」은 구체적 사실을 통한 체험기라기보다는 승리의 기쁨을 미리 만끽하고 그 기분을 독자에게 전달함으로써 후방의 사기를 끌어올리려 한다.

이에 비해 이대영 기자의 「서울에서 평양까지」는 10월 30일 동평양 입성식 이후 직접 평양에 들어간 기자의 체험담이었다. 종군기자 이대영은 「서울에서 평양까지」[161]를 11월 1일 "질주하는 추격포! 통곡하는

....

이 나서 도망갔겠군」 정말 비행기 엔진소리만 들리면 숨는데만 바빠 설치는 적의 당황한 꼴을 생각만해도 웃음이 터진다 장교사병 할 것 없이 한번은 쳐다보는 Z기의 용태! 이와 때를 같이하여 아군의 포문도 일제히 열린다. 공격! 공격! 寸假(寸暇의 오기)의 余裕(餘裕의 오기)도 주지 않고 퍼부어지는 탄환의 폭우! 이와 같이 적의 멸망과 반대하여 아군의 사기는 하늘도 찌르고도 남음이 있다."

161 이대영, 「서울에서 평양까지 完－본사종군기자 이대영」, 『대구매일신문』 1950.11.7.
"오전 7시 成川에 도착하다. 때아닌 豪雨가 나리기 시작하였으며 시 외곽지대 창고 비슷한 집에다 본부를 정하였으니 인가까지 갈려면 상당한 거리가 있는 곳이다. 장병들은 오늘의 150리 유격 遊擊의 피로도 풀 곳도 없으며 언제고 전진의 명이 내릴지 모르는 하로밤을 첨아 밑에서 마지하게 되었다. 밤9시 때아닌 비행기 소리 요란하였으며 멀리서의 기총소리도 들려왔다. 본부에서는 적기내습으로 발표되었다. 그러나 내습적기는 아군의 잠만 제지하였을 뿐 털끗 하나 건드려보지 못하고 다러났다. 반면 이 얼마나 대담한 짓이랴 CP 營庭에는 자동차가 수십 합 정열을 하고 있었으며 적기 내습에도 꿈적 안하고 모두가 하늘만 바라보며 '왔구나' 하는 표정으로 비웃고만 있었으니－
맑은 아침을 맞이한 20일 해 뜨기도 전에도 전진의 명이 내려 江東에 이르렀다. 강동은 이미 깨끗이 정리되어있었다. 이곳은 주지하는 바와 같이 김일성괴뢰집단의 정치학교가 있던 곳이며 평양까지는 불과 사십Km의 지점에 있다. 여기가 과거 정객제조의 근원지였던 반면 이곳의 주민들은 아군을 타저 보담 더욱더 열렬하게 맞고 있으니 이곳의 주민들이 얼마나 오년동안의 학정에 반감이 사모치고 있었나를 알 수 있다. 환영 나온 주민들을 보건대 강동 시내서 떠러진 동리의 주민들까지도 나와 있음을 直角的으로 느꼇다. 그리고 십팔, 구 세 되어 보이는 처녀가 유달스롭게 큰 태극기를 들고 선두에 서서 감격에 넘처 우는지 웃는지 복잡한 표정으로 목이 터지라고 부르짖는 만세소리! 꽃다운 처녀의 애라 가슴에도 대한민국의 따뜻한 품이 얼마나 그리웟든 것일가? 기자는 일음 모를 처녀에게 다만 몇 분이라도 위무의 말을 전하고 싶었으나 부

북한구국단원 – 成川산로에서 감격의 해후"부터 동년 11월 7일 까지 7회 연재하였다.

이대영은 성천에서 강동을 거쳐 평양에 입성하였다. 김일성 정치학교 가 있던 강동에서 만난 한 백호단원을 중심으로 인터뷰하고 적지에서 싸

─────────

대의 행동 일개인의 감정을 좌우시킬 수는 없어 그냥 달리니 어쩐지 미안한 것 같기도 하였다. 강동은 무혈입성 무정차 통과 **리 전 도착하였다. 사단으로부터 평양은 어 제(십구일) 이십사 시 현재로 완전탈환하였으니 진로를 변경하라는 명령이 왔다. 청천 벽력이다. 장교 사병 기자도 평양돌입 제일착을 목표로 하루에 150里式 유격하고도 선수를 빼앗겼으니 너나할 것 없이 한동안 모두가 김빠진 맥주처럼 떡심이 풀어졌다. 그러나 沖天하던 장병의 사기는 다시 회복되었다. 국군의 목표가 평양에 있는 것이 아 니고 압록강 두만강 백두산상상봉에 태극기 높이 달며 이 땅에서 공산당을 몰아내는 데 있는 것이니 단지 赤都 선공의 자랑을 갖고 싶었던 때문이다. 사단장으로부터 강동 으로 회전하여 하루 편히 쉬라는 온정의 명령이 내려 강동으로 도라와 하루의 전*을 떨게 되었다.
기자는 조금 전의 이름모르는 열혈의 처녀의 별처가 알고도 싶헛으나 쑥스러워 남에 게 뭇기고 무엇해서 그만두기로 했다. 강동은 이외에도 민족진영이 강했던 곳으로 보 이며 그 사실이 여하히 설명하고 있었다. 이날 밤 기자는 白虎團員인 김동지(본인의 특별 간청에 가명을 쓰게됨)의 斡旋으로 어떤 농가에 密所를 정하고 김동지가 몇 몇 동지와 연속하여 밤이 깊어가는 줄도 모르고 환호를 한 바 있었는데 이 김 동지는 이 남 모**에서 특파되어온 것으로 사랑하는 동생을 놈들의 기관에다 하녀로 침투시켜 가며 이남과 연락을 취해온 투사였다. 그리고 이 강동은 이미 일일전 백호단원들의 손 으로 점령하고 있었기 때문에 오늘 우리국군이 무혈입성한 것이라는 것을 알게되었으 며 강동점령의 공적을 아무말없이 고스란니 국군병사들에게 넘겨주고 있는 백호단원 들의 고결한 애국정신에 머리가 수그러지지 않을 수 없었다.
이튼날 오전 7169都隊와 해여지게되었다 평양성밖을 도착하니 딴 세상같은 감을 느꼇 다. 딱 잘라서 말하자면 특권계급만이 살 수 있는 곳이었다고! 평양은 괴뢰들의 적굴 이 있던 곳인 만큼 여태까지 보아오던 곳과는 판이하엿다. 그러니 이제는 세상이 바꾸 어져 공중에도 태극기 지상에도 태극기를 골목에도 태극기는 파도치고 있었으며 드높 은 곳의 예배당에서는 몇 년만에 울려보는 만종소리인지 평양성내에 전파되고 있으며 교회당서 울려나오는 첫째소리는 환호의 아우성소리와도 같았다. 시내에는 바리케─ 트의 숲을 이루고 있었으며 어득서 숨어있었던지 벌써 시민들은 모여들어 공연히 바 뿐거름을 것고 있었다.
군데군데에 ***체와 간판은 雨後竹筍처럼 붙어가고 있으며 그야말로 을유년 해방 당 시를 연상케하고 잇으나 綾羅島의 수양은 무슨 정당단체가 어떤든 말든 다만 진정한 평화만이 오기를 기다리고 있었다는 듯이 김일성의 혹정에 시달릴 대부터 누러케된

─────────

워온 그들의 숨은 노고와 애국심을 극찬한다. 평양의 인상에 대해서는 '특권계급만이 살 수 있는 곳'이라거나 '김일성의 혹정'에 '누러케 된 잎사귀가 대동강물에 떠내려 가고 있었다'는 식의 억지스런 묘사가 흥미롭다.

또한 1950년 11월 『대구매일신문』에는 「북으로 가는 車中에서」, 「官海는 좁다」, 「서울에서 평양까지」 등 문총구국대 작가나 특파 종군기자들의 종군기들이 실려, 전쟁의 실상과 통일에 대한 기대감을 밀도 있게 전하고 있어 주목된다. 김문(金文)이라는 필명의 문총구국대원이 기술한 「북으로 가는 차중에서」는 인천상륙작전 성공 이후 북진하는 기차에 합승한 기자가 흑인사병 '부라운 군조[162]'와 나눈 대담 내용을 싣고 있다. 내용은 1950년 10월 30일자로 완료된 날짜 기록이 있는 것으로 보아 실제 취재일이 평양 탈환 이후인 10월 30일이고 이 글이 『대구매일신문』에 세 번으로 나뉘어 11월 2일, 3일, 6일로 세 번 연재된 것을 알 수 있다. 종군작가 김문의 시선을 통해 묘사된 전장 풍경은 미군의 우세한 화력을 알린다기보다는 참혹하고 참담했던 미군의 공습으로 인한 기간 시설의 파괴의 실상을 고발하는 것 같아 아이러니하다.

　비 내리는 산악지대를 달리는 야간열차 안, ─火氣하나 없이 아직 최후발악을 기도하는 패잔병이 치움과 굶주림 속에서 준동하는 산악지대를 달리는 야간열차는 진정 보기 좋은 어마어마한 철제의 공룡이었다. 적의 단말마적인 파

....

　잎사귀를 대동강 물 위에 한잎두잎 날러가듯 흐느적 흐느적 혼자 즐기고 있는듯하였다. 기자는 평양에서 오래 머무를 기회를 엇지못하고 直下의 곁을 떠나게 되었다.
　떠나오는 도중에 아무리 생각하여도 연합군의 空爆의 정확성에 감탄을 금할길 없었다. 다른 곳도 그러려니와 평양성내의 폭격! 군수공장만 추려서 여지없이 폭격하였을 뿐 일반 농가에는 큰 피해를 주지 않앗다는 것이다 이북의 주민들아 이제는 광명의 천지가 왔으니 기리기리 행운이으라.(끝)"
162 군조란 원래 일본군에서 중사계급을 말하는데 46년부터 국군의 중사계급에 해당한다. 해방은 되었으나 계급 칭호를 일제시대 그대로 사용하고 있음을 알 수 있다.

괴와 정확한 아공군의 폭격으로 말미암아 서서이 허무러진 철로주변과 더불어 급진적 건설로서 옛 모습을 도저히 찾아볼 수 없을 만큼 불구자가 되고 말었다. 교량이란 교량은 피라밑식으로 쌓올린 흙 채운 가마니에 의존되고 구버진 철조는 그 옆을 덧고 만든 딴 *철로서 응급치료를 해보였을 지경이다. 화기하나 없는 차실- 겨우 벽돌로 만든 연돌을 남기고 완전히 燒된 驛舍- 전쟁이란 이다지도 거대한 희생을 구하는 것일까 이러한 폐허 속에서 꾸준히 오른 새로운 힘은 차디찬 가을비 내리는 시간 속에 힘차게 북으로 달린다.[163)]

김문은 북으로 달리는 군인 열차에 탑승하여 미군 '부라운 군조'와 허심탄회한 대화를 나눈다. '부라운 군조'는 한국 국민들의 태도에 실망하였고 민간인들 가운데에서 적과 아군을 구별하기가 어렵다는 솔직한 심정을 밝힌다. 그는 전쟁을 하루 빨리 끝내고 미국에 있는 자신의 아이들을 보러 가고 싶다고 한다. 또 그는 한국인들이 상륙하고도 한 번도 환영하는 것을 본 적이 없었다고 한다. 이런 나라를 위해 왜 싸워야 하는지 이유를 모르겠다고까지 말한다.

이러한 대화에서 우리가 알 수 있는 것은 첫째 브라운이 한국인들의 문화에 거의 아는 바가 없어 뭔가 오해하고 있다는 것과 그로 인해 한국인에 대해 불쾌감이나 적개심까지 갖고 있다는 점이다. 이러한 미군과 한국 사람들 간의 오해는 당시 정릉에서 인천 상륙한 군인들을 체험한 김성칠의 수기에서도 세세히 소개되고 있다.[164)] 둘째로는 브라운 군조

---

163 김문, 「北으로 가는 車中에서(하)」, 『대구매일신문』, 1950.11.6.
164 '미군이 지나가면 아이들이 손뼉을 치고, 환영하는 뜻을 표하는 버릇이 있는데, 사자 (死者)와 부상자를 담가(擔架)로 실어 나르는 것을 보고도 그런 줄 모르고 손뼉을 치고 좋아라고 하였기 때문에 미군은 약이 오르고, 그러나 말로는 설명해 들릴 수 없고 하여 마구 돌을 집어던지더라고. 아이들은 모처럼 그들을 좋아한다는 의사 표시로 하였는데 뜻밖에 돌팔매를 받으니 어리둥절할 밖에. 이 역시 민족의 비극의 한 토막이리라.' (김성칠, 『역사 앞에서』, 창작과 비평사, 1993. 233쪽)

가 고향의 어린 자녀들을 그리워하여 '앓다가 일어난 것 같이', '영양실조 상태'의 한국의 고아들을 위해 싸워야겠다고 심경을 바꾸어 말한다는 점이다. 기자는 기차 안에서 밤새 이루어진 브라운 군조와의 대화를 통해 크게 두 가지를 지적한다. 하나는 미국군, 특히 흑인 병사들이 가지고 있는 한국인들에 대한 못미더운 불신이 문화적 차이에서 빚어지고 있다는 점이다. 한국인은 잘 웃지 않는 데다, 얼굴색을 구별하기 어려운 차에 인천상륙 이후 흰 옷을 입은 젊은 여자가 불쑥 치마 속에서 총을 꺼내어 난사하는 것을 보았다는 그의 고백에서 그 충격을 읽을 수 있다. 또 하나는 한국 사람들이 미군들이 가지고 있는 인간미, 브라운 군조의 어린이들을 사랑하는 마음씨를 이해하여 주기를 바란다는 점이다. 결국 김문 기자의 「북으로 가는 열차」의 수기는 미국 흑인 병사 브라운과의 대화문을 통해 한국 사람들이 좀 더 반가운 표정으로 미군을 대해야 한다는 점과 흑인 사병이라 하더라도 그들의 마음이 매우 따뜻한 휴머니즘으로 가득 차 있다는 점을 말하고 있음을 알 수 있다.[165]

김문의 체험기사에 비해 이대영, 김재영 본사 특파 종군기자의 종군기는, 주로 북진하는 장쾌한 국군의 위풍당당한 모습과 통일된 북한 주민들의 환영인파, 가을 수확기에 들어선 북녘 땅의 풍성한 모습을 통해 후방에서의 전열을 가다듬게 하는 기사 형식의 취재수기라 할 수 있다. 이 같은 기사화된 수기에서도 그들 사이에 반공과 전쟁에 대한 시각의 차이가 드러남을 알 수 있다. 본사 종군기자의 경우, 더러 사실과 무관한 체험을 통해 후방의 사기를 독려하고자 하였다면 종군작가 김문의 종군기에는 당시 문제 상황을 진솔하게 알 수 있게 해주는 내용들을 더러 담고 있었음을 알 수 있다.

....
165 김문, 앞의 글.

한국전쟁기 대구·경북지역 신문연재수기 및 수필 등은 해방 이후 분단국가로서의 반공 이데올로기의 형성과정이라는 탈식민적 양상을 보여준다. 1952년 『대구매일신문』에 연재된 「남해의 비사」는 일본 왕을 흠모하고 일본군으로서의 입장을 내세운 일본 중좌 쑤시의 태평양전쟁수기였다. 이는 미국 연합군을 배제한 일본군의 입장에서 기술되고 있다는 점에서 전시 미디어의 양가성을 재현한다. 전시 종군기자들은 후방의 전쟁 독려, 반공 계몽의 관점에서 수기를 쓰고 있으나 '김문'과 같은 종군작가들은 한국전쟁의 내밀한 실상을 좀 더 가까이에서 재현한다. 김재용, 이대영의 수기에는 미국의 전투력을 아군의 것과 동일시한 피식민지 배자로서의 탈식민적 혼종성이 나타난다. 문총구국대 김문의 종군기에서는 '부라운 군조'와의 대화를 통해 해방 이후 전시까지 소통 불가능한 인종과 문화의 오리엔탈리즘을 재현한다.

한편 개인수기에 있어서 사회적 지도층인 최민순은 반공을 사상적으로 체계화하는 과정에서 한국전쟁을 '성전'으로 인식, 휴전에 반대하고자 하였다. 이는 근거 없는 미움을 서구 제국주의 논리로 감싼 기독교 근본주의와 유사한 형태의 주장이었으나 이는 해방 공간으로부터 전시까지 연계되어온 식민지 피지배자로서의 입장을 그대로 재현한 것이라 할 수 있었다. 이는 당시 외국에서 수입한 이념 전쟁이라는 점과 피지배층인 백성보다 독재 정권에서 빚어진 전쟁이라는 점을 들어, 중국의 유교(성리학)를 받아들여 동족을 살해한 '신유사옥', '신해사옥' 등과 다를 바 없다고 한 지원의 입장과 차이를 보인다. 반공이념이란 서구 제국주의 쟁탈로부터 파생된 담론, 강대국 간의 이념담론을 추종하는 것에 불과하기 때문이다.

이들 한국전쟁기 지역 신문에 나타난 수기들은 일본에 대한 인식 변화와 더불어 반공사상이 어떻게 급조되어 형성되어 왔는가에 대해 깨닫게 해준다. 일제 식민지배의 과정을 체험한 지식인들의 신문 글쓰기에는 지배와 피지배의 양가성으로부터 자유롭지 못한 흔적이 드러난다. 전시 한국 천주교의 반공주의 수용 역시 그러한 이중성을 재연하도록 도와주었다. 이 같은 전시 수기 자료들은 어떻게 이 땅에 반공 이데올로기가 정착되었는가에 대한 배경과 형성과정, 즉 미국과의 동질화와 분노의 논리로 민족정신이 '반공이념'으로 급격하게 대체될 수 있었던 원 자리를 확인시켜준다. 결국 전시 대구·경북지역의 일부 언론계와 사회지도층이 민족 개념을 전략적으로 '專有'(Appro priation)하고자 하는데서 '반공'이 강력한 사회 이데올로기로 작용되기 시작한 것이라 할 수 있다.

제4장 결론

격동기 대구·경북지역 신문소설담론의
사회적 의미

해방 이후 대구·경북지역 신문소설들은 1960년대 초 격동의 사건 속에서 사회적 계몽과 오락적인 역할을 동시에 수행하고자 하였다. 즉, 대구·경북지역의 『남선경제신문』, 『대구매일신문』, 『영남일보』, 『대구일보』, 『천주교 회보』 등은 해방직후의 반일, 반공의 이념적 충돌과 오락적 담론 사이의 길항적 모순관계를 그대로 드러내어 보여준다. 해방은 기쁨과 동시에 급작스런 가치관과 이념의 혼란을 가져왔고 한국전쟁은 그 위에 또 다른 동족상잔이라는 잔인한 현실을 얹혀줌으로써 지역민들로 하여금 사회이념의 혼란과 삶의 모순을 경험하게 하였다.

전통적 문화 관습이 오랜 세월을 견디면서 체질화된 문화의 파생관계에서 생성된 것이라면, 논리화된 반공이념은 서구사상과의 제휴관계 속에서 새롭게 받아들이는 문화로, 머리와 분노 혹은 현실적 의존관계로 받아들일 수밖에 없다.

신문소설들은 반공에 대한 계몽의 강요를 받는 반면에 여전히 통속적인 줄거리를 전개해간다. 사회이념과 가치관이 시험받고 있는 추악한 비리와 부패가 넘쳐나는 원조경제 현실에서 신문소설의 통속은 보수적이고 도식적인 경향을 띤다. 신문애정소설에서 주인공들은 고난을 겪는다.

가난하고 고통 받는 주인공들에게 사랑은 여전히 중요하다. 사회, 무협이나 역사소설들에서는 하늘의 뜻에 순종하는 일, 인간주의적 정의 실현이 중요하며 사회 계몽을 통한 모럴을 여전히 중시한다.

반공극은 하나의 소재일 뿐이다. 간첩, 오열이 등장하고 월북한 남편을 가진 미망인은 더욱 비참해진다. 하지만 대다수의 신문소설들은 본격적으로 반공을 주제화하거나 극화하는 데 미치지 못한다. 1950년대 신문소설에서 반공 소재는 현실 갈등보다는 추리 범죄소설 같은 오락성을 띠는 방향, 휴머니즘적인 방향으로 마무리되기 때문이다. 종군작가로서 서울에서 온 일부 피난작가들의 신문소설들에서 전재민들은 반공이념의 선전 역할을 수행한다. 그들은 대개 전시 상황을 왜곡하여 반공이 사회적 합일점임을 은연중 재확인하고자 한다. 그러나 대개는 애정 윤리와 사회 도덕적 계몽 역할을 동시에 수행하고자 한다. 이들 피난작가들은 온건하게 이념 현실을 받아들인다. 극단적인 반공이나 배일사상을 드러내기보다는 인도적, 종교적인 주제로 사회를 통합한다거나 사회 부패와 비리의 부정면을 권선징악으로 봉합하고자 한다.

이에 반해 비전문적인 신문연재의 수필, 수기(르포)는 반일, 반공이념에 치우친 급진적인 글쓰기를 통해 사회를 계몽하고자 한다. 최민순은 전시 『대구매일신문』 사장으로 맹목적이고 과격한 글쓰기 방식으로 반공을 논리화하고자 하였다. 그는 「밤의 일기」의 반공체험담과 「슬픈 노래」라는 추모글을 통해 반공이 신의 명령이고 절대 가치인 것처럼 논리화하여 휴전에 반대하는 사회적 분위기를 부추겼다. 이는 결과적으로 한국 사회를 이념적으로 경직시키고 한국 정치를 더욱 황폐하게 하는 결과를 낳았다. 최덕신은 이보다 앞서 항일투쟁담을 『영남일보』에 연재함으로써 사회적으로 '항일투사'로 알려졌지만 한국전쟁을 기회로 11사단장이 되어 합천과 거창 등지에서 빨갱이를 잡는다는 이유로 어린아이와 부녀자까지 학살하고 이를 전과로 올려 국방장관이 되고 주미대사가 되는 등 이념지향의 인물이 되고 말았다. 그는 놀랍게도 1970년대 박정희 정권과 불화한 후 북에 투항한 인물이 되었다. 항일에서 반공으로 반공에서 도미, 다시 월북자가 될 수밖에 없었던 그의 인생에서 해방 이후 자유민주니 공산주의니 하는 이념적 선택에 의한 삶의 허구성을 엿볼 수 있다.

그러나 격동기 현실 속에서 대구·경북 신문소설들은 사회 계몽의 역할과 함께 대개는 대중소설의 통속성이 갖는 오락적 읽을거리로서의 역할을 겸하고 있었다. 연애 갈등형 소설, 무협, 괴기, 사담, 기녀담, 바보담 등은 격동기이념의 급격한 변화에 대해 오히려 제어하고 완충하는 역할을 하고 있었다.

신문소설은 그 대중통속성으로 말미암아 1930년대 후반의 경우 현실에 대한 응전력을 약화시켰다는 비판을 받아 왔다. 그러나 대구·경북지역의 격동기 신문연재의 대중통속성은 극한 대립으로 치닫고 있는 전후 사회의 절단면을 봉합하고 융화하게 하는 기능을 하고 있었다. 즉 격동기 대구·경북지역 신문연재의 다양한 장르들은 인간 삶의 오랜 관습에 기초한 삶의 존재성과 보수성을 재확인하는 기능을 발휘한다. 예를 들면, 중국의 무협, 괴기 번안 연재물과 한국의 사담과 민담 등 역사물은 그것이 흥미본위로 연재되었다 하더라도 결국은 지역문화적 관습과 전통적 도덕, 윤리로 경사된 측면을 강조하는 모습을 보여준다. 즉, 신문소설의 통속대중성은 인간 감성과 관습에 기초함으로서 독자 대중들이 새로운 급진이념이나 사상에 의한 적대적 사고와 행위에 대해 완충하게 해주는 효과를 낳는다.

특히 대구·경북지역 신문소설들은 여성 전재민들이 애정 갈등의 여주인공으로 등장함으로써 전쟁기 및 전후 여성의 지위와 생활고를 반영하였다. 곧 대구와 부산에서의 미혼여성, 미망인, 상이군인, 고아 등의 전재민으로서의 체험은 전시라는 특수한 남녀 갈등을 흥미롭게 재현할 수 있는 소재가 되어 주었다. 1950년대 피난지역인 대구·경북지역의 신문애정소설에 전재민 미혼여성, 미망인 등 여성 주인공들이 갑자기 다수 등장한 까닭은 대구·경북지역이 낙동강 전선 이남으로 두 번에 걸친 피난민 유입 지역이었기 때문이기도 하다. 특히 대구·경북지역은 부산과 함께 후방거점도시로 낙동강 전투가 치열했던 곳으로 한국전쟁 발발 시기 외에도 1951년 1·4 후퇴, 중공군의 춘계 대공습으로 인해 또다시 대거 피난민이 몰리기도 한 지역이었다.

대구·경북지역 신문소설들은 이러한 중앙과 지역의 교차적 현실 조건에 따라 상이군인과 미망인, 고아 처녀, 고아, 월남자, 탈향자 등과의 새로운 만남의 이야기를 통해 전시 및 전후 환경에 맞는 애정 모럴을 추구하려 하였다고 볼 수 있다. 이는 전쟁 피해자에 대한 연민의 감정과 이를 통해 사회를 새로이 응집시키고자 하는 자연스러운 관행에 따른 담론이었다.

대구·경북지역 신문소설의 사회적 담론화는 전재민, 즉 전쟁미망인, 상이군인, 고아, 탈향민 등을 주인공이나 담론 초점화자로 하여 전시, 또는 전후 격동기 실상을 독자대중들이 더 잘 이해할 수 있게 하는 양상으로 나아갔다고 할 수 있다. 전시 애정 갈등의 양상은 전시 아프레 걸이나 전재민 여대 졸업생 처녀의 시각에서의 혼사담(정비석, 「여성전선」)과 미망인의 시점에서의 애정담(정비석 「세기의 종」, 장덕조 「여자삼십대」, 최태응 「여인상」)이 혼재하였다. 미혼녀의 경우에도 아버지나 오빠를 잃은 전재민 여성이 대부분이고 이때 미혼여성은 남자로부터 배신을 당한다거나 월남하여 고학생이 된다거나 바나 술집의 여급이나 웨이트리스가 되어 남은 가족을 부양하는 경우가 많았다(정비석 「심해어」, 김말봉 「새를 보라」, 「장미의 고향」, 김송 「청춘시정」, 오상원 「욕망의 계절」, 곽학송 「숙명의 별」, 홍영의 「열토의 풍속」, 곽학송 「화원」, 최독견 「애정 능선」). 즉, 대구·경북지역 신문소설의 미혼여성의 혼사담은 전쟁으로 인한 가장의 죽음이나 부재, 가족 해체, 정신적 상처와 관련되어 갈등이 새롭게 전개된다는 것을 알 수 있었다. 또한 가족 해체로 인한 경우 근친 결혼의 경우가 반복 연재되었다. 전쟁을 겪은 후 남녀가 서로 사랑하여 혼인하려거나 혼인하여 보니, 배우자가 이복남매 사이였다는 사실을 알게 된다(곽하신 「화원」, 이범선 「설야」)는 것이다. 여성의 경우, 순결의 여부, 가장의 존재 여부, 사랑의 진실과 오해 여부 등이 애정갈등의 초점이 되는데, 여기에는 한국 전통적인 가부장제 사회 인습과 전쟁이라는 불의의 재난 사이에서 이중의 검열을 받아야 되는 악조건에서의 여성 현실이 암암리에 논의되기도 한다. 때로는 여성의 이상적 삶을 기독교적으로 형상화함으로써 타락한 여성(바 여급, 양갈보 등)으로부터 잡지사 여기자, 여의사와 같은 전문직 여성에게 이르기까지 헌신과 희생의 여성상을 은연중 주입하기도 하였다(이봉구 「산타마리아」, 이선구 「또 하나의 태양」, 최독견 「인생신록」, 박연희 「그 여자의 연인」 등).

미망인이 초점화자인 경우에는, 사회부패의 일환으로 타락하여 파국에 이르는 미망인(정비석 「세기의 종」, 장덕조 「여자삼십대」, 「여인상」, 「만종이 운다」, 최인욱 「애환의 여상」)과 연민의 대상으로서의 미망인 (김동사 「체온」, 박영준 「수운」, 이봉구 「사슴은 우름처럼」, 최태응 「여인의 경우」, 이규헌 「정오의 사랑」), 건실하게 꿋꿋이 살아가는 미망인 (장덕조 「비취」, 김광주 「난무」) 등으로 나뉜다. 미망인의 애욕과 애정 갈등은 유부남, 미혼남과의 혼사 갈등의 얽힌 경우가 많았다(오유권 「애련」, 황호근 「마음의 여로」).

상이군인은 미망인과 얽히는 경우가 많았고 상이군인이 소설의 초점화자가 되는 경우가 자주 등장(홍영의 「애정백서」, 최태응 「행복은 슬픔인가」, 김원태 「사랑이란 것」 등)하는 것도 격동기 대구·경북 신문소설의 특징이었다. 또한 전쟁고아는 전재민 여성이나 상이군인 혹은 고아원 운영과 관련하여 등장하는 경우(곽학송 「화원」, 박연희 「그 여자의 연인」)보다 고아가 초점화자가 되어 담론이 형성되는 경우(김요섭 「뻐꾸기 우는 마을」, 최영하 「하상부락」, 최근덕 「지상의 성좌」, 정한숙 「행복은 구름너머」)가 더 많았다.

애정담 혼사담들은 반공 이데올로기 선전선동의 주제를 구현하기 위한 연재소설이나 수기들과 뒤섞여 새로운 반공애정극을 연출하기도 하였다. 전재민의 애정 갈등과 혼사담은 여성의 순결의 여부, 진실과 오해라든가, 가부장적 가치관 등 사회제도나 인습과 관련되는 경우가 많지만 전시 연재소설에는 반공이데올로기 선전선동에 이러한 애정 갈등이 활용되어 독특한 반공애정첩보극 같은 반공소설을 파생시킨다. 김송 「영원히 사는 것」, 박영준 「애정의 계곡」, 홍영의 「열토의 풍속」 등 소설에는 이러한 반공 방첩 주제가 애정극에 삽입하여 구성되고 있었음을 알수 있다. 이들 소설에서는 '간첩', '오열'이 '방첩대원'이나 전역 군인과 대치되는 첩보극을 연출되기도 한다.

반공이데올로기 선전선동은 연재소설 외에도 최민순 「밤의 일기」, 「슬픈 노래」 및 종군기 등에서도 의도적으로 강조되고 있었다. 이러한 선전선동은 불과 일이 년 전의 박승극 「밥」, 백남수 「열풍」과 극단적으로 반대되는 양상이어서 주목된다. 친일의 성격을 띤 연재수기 역시 혼란을 일으킨다. 일본군 중좌였던 쑤시의 일본군 전사의 연재는 일본군 입장에서 본 미국과의 패전기로 1950년 이후 일본이 한국 내 진입하고 있었음을 보여준다.

격동기 대구·경북 신문소설의 애정담에는 사회세태나 풍자와 관련되어 사회소설적 성격이 강하게 베어있는 편이다. 김동사 「애정범선」, 최인욱 「청춘미덕」, 「애환의 여상」, 최독견 「애정능선」, 오상원 「욕망의 계절」, 김송의 「청춘시정」, 유하 「두고 보자」, 김이석 「허풍지대」, 손창섭 「세월이 가면」 등은 애정을 주제로 한다기보다는 애정파행을 사회의 한 현상으로 넣어 천태만상의 사회 현실을 고발하고 폭로한다. 일제 이후 현대사적 고찰을 본격적으로 시도한 신문소설은 최창대 「은하수」, 최태응 「낭만의 조락」 등 소설과 항일체험기 최덕신 「인면혈전기」, 권태용 「구름을 뚫고」 등 자서전적 체험수기 연재로 나눌 수 있다.

이외에도 무협, 괴기, 역사담, 기녀담, 바보담 등의 연재물들의 분량은 애정담, 혼사담 및 사회 세태 풍자 폭로의 연재소설과 비교해볼 때, 연재 분량이나 대중문화적 영향력에 있어서 결코 뒤지지 않는다고 볼 수 있다. 류일지 「괴담기어 전등기화」, 「전등야화」, 성낙훈 「금고기관」, 이상우 「신역 서유기」 등은 각각 『대구매일신문』과 『영남일보』, 『대구일보』에 2~3년 이상 연재된 중국 기서의 번안이거나 창작적 번안으로 대구·경북지역 독자의 인기몰이를 하였던 연재소설이었다.

결국, 격동기 대구·경북지역 신문소설들은 해방 이후 전쟁을 겪으면서 이념적으로는 반일에서 반공으로 휩쓸리는 양상을 보였으나, 크게는 사회 계몽과 오락적 글쓰기의 두 흐름을 따라 급진이념으로의 치우침을 경계하면서 대구·경북지역 주민들과 전체 전재민들을 아우르는 교차적 방향으로 나아갔다고 할 수 있다.

이러한 신문소설의 흐름은 해방 이후 지배 권력층이 반일에서 반공으로 급회전함으로써 정치적으로 기득권을 지키려 한 것과 일치하는 방향이라고 볼 수 없다. 특히 50년대 『영남일보』, 『대구일보』, 『대구매일신문』 등 지역 신문들은 『경향신문』, 『동아일보』, 『조선일보』, 『국제신보』 등 다른 신문과 마찬가지로 나름대로의 민족 정론지로서의 자부심을 가지고 있었다. 이러한 1950년대 정론지로서의 신문 편집 방향은 특히 50

년대 후반 자유당의 실정으로 인해 4 · 19혁명기까지 가능하였다.

즉, 위로부터의 급진적 반공주의는 비판 섞인 애정물과 역사 무협의 오락적 읽을거리에 뒤섞여 희석되는 결과를 낳았다. 기존의 도덕이나 관습은 전통적으로 오랜 역사와 풍습을 지켜온 지역문화로서 제휴관계의 새로운 사상과 갈등을 빚게 된다. 대구지역은 특히 해방 이후 9월 폭동, 10 · 1 정판사 사건 등 미군정에 대한 좌익사범이 많았다. 외세에 의존한다거나 부정부패를 일삼는 정권에 대해 가차 없이 단죄하는 성향을 지니고 있었다. 이는 1952년 반공화담론에 의해 일시적으로 침체되었으나 1956년 대구지역 대통령 선거에서 조봉암이 7:3의 득표율로 이승만을 누르는 압승의 결과로 증명된다. 당시 이승만은 무력에 의한 북진통일을 주장하였고 조봉암은 평화통일노선을 지향하여 이승만은 전국적으로 70% 지지를 얻었으나 이승만이 대구에서는 오히려 심판받은 꼴이었다. 이러한 격동기 대구 · 경북지역의 정치 사회 비판의식은 1963년 대선에서도 나타났었다.

해방 이후 10 · 1 폭동, 대규모 친일청산 데모시위로부터 3 · 15 부정선거 시위, 1963년 대선에서까지 일관되게 보여준 대구 · 경북지역의 정치 참여활동은 해방 이후 급변하는 상황에서 대구 · 경북지역이 지향하는 일관된 정치성향을 보여준 것이라고 할 수 있다. 이를 두고 대구지역을 '한국의 모스크바' [166]라고 이념적으로 정체성을 규정짓고 있는데, 이는 격동기 대구 · 경북지역 신문연재물들의 사회성에 일부 드러나고 있는 것으로 보인다.

그러나 제3공화국 이후 대구 · 경북신문들은 서서히 정론성을 잃고 지

---

166 경북대학교 대형과제 연구단, 『근현대 대구 · 경북지역 사회변동과 사회운동 III』, 정림사, 2005, 148쪽.

역이기주의적 방향으로 자리 잡는다. 이를 두고 한나 아렌트의 말을 빌어 '공적 영역의 사유화'라고 부를 수 있을지 모르겠다. 그리스 시대 가정과 광장이 분리되었었다지만 근대화 이후 타락한 사적 공간으로 인해 공적 공간이 사유화되고 있는 것은 대구·경북지역 신문뿐만이 아니라 우리나라 대부분 언론이 안고 있는 문제이기도 할 것이다.

해방 이후로부터 1960년대 초에 이르는 격동기 지역 신문연재물에 대한 조사와 사회적 연구는 이제 시작에 불과하다. 격동기 대구·경북지역의 신문소설의 연구 결과를 계기로 해방 이후 지역 신문연재가 전국적으로 발굴 조사되기를 바란다. 이는 한국 근현대사의 아카아브에 크게 기여할 것이다. 특히 해방 이후 대구·경북지역 신문연재는 부산·경남 지역 신문연재와 전후사적 공감대를 형성하고 있었던 만큼, 동시대 『국제신보』, 『부산일보』, 『경남일보』, 『마산일보』 등 지역 신문연재에 대한 조사가 함께 이루어져야만 할 것이다. 이를 통해서 대구·경북지역 신문연재의 의미망이 보다 적실하게 드러나리라 보기 때문이다.

부록

격동기(1945~1962) 대구 · 경북지역 신문소설 개요

박승극, 「밥」	『南鮮經濟新聞』 1948.10.1～11.6, 19회, 삽화 없음
인물	일제 말기(가마니 공출, 애국반장, 폐품모아 국방헌금, 만주 이민 정책) 버들미댁 :순박한 농촌 여인, 남편의 도박, 큰딸의 도움으로 병고를 벗어나지만 신생아 딸을 병으로 잃는다. 이태선 : 진흥회장 안창섭의 술수로 토지 떼이고 가족 데리고 만주로 반강제 이민을 떠난다. 이정희 : 이태선의 장녀로 서울서 공장에 다니나 야학 선생 용창과 함께 소설주제의 긍정적 인물. 안창섭 : 토지를 거짓 매매하여 그 수수료를 소작인에게 부담시켜 착복하고 주재소 최화선의 밀정노릇.
내용	1930년대 후반기 서울 근교 농촌의 한 가족이 지주들의 농간으로 소작 붙이던 땅마저 잃고 만주 '개척민'으로 떠난다. 마을의 주민들은 가마니 짜기에 동원되는데 가마니 도박을 하다 친일 지주이자 협잡군 안창섭으로 인해 주재소에 끌려간다. 안창섭은 안씨들과 짜고 소작권을 이동시키는 거짓매매 농간을 부려 토지권 이전으로 생긴 차액을 매두락 오원씩 매겨 소작인들에게 부담시킨다. 이태선 가족은 소작 붙이던 땅마저 떼이고 태어난 딸마저 병으로 죽자 만주 '개척민'으로 뽑혀 반강제로 마을을 떠나게 된다. 큰딸 정숙만이 혼자 남아 동네사람들의 홀대를 받지만 야학 선생 용창의 정신적 도움을 받는다. 용창 역시 지원병 입소문제로 고민한다. 이 소설은 주재소 순사에게 빌붙어 온갖 모략을 꾸미고 소작인들을 착취하여 자신의 배만 불리는 안창섭과 같은 친일 지주의 부정적 면을 강조하지만, 유심히 읽어보면 버들미댁, 이태선이 아들 낳기를 소원한다든가 내리 낳은 딸이 병이 들자 굿을 하다 결국 죽게 한다든가 어려운 처지에서 도박의 유혹에서 못 벗어나는 등 어리석은 민중의 자각 없는 삶을 있는 그대로 묘사함으로써 최순사의 음모와 무당의 중매를 당당히 거부하는 정숙과 야학선생 용창의 태도를 긍정적으로 부각시킨다. 가족이 만주로 떠난 상황에서 용창은 야학을 일제의 간섭으로 못하게 되자 정숙과 함께 서울로 갈 생각을 한다. 정숙에게는 다시 서울의 혹독한 공장생활이, 용창에게는 일 지원병 문제가 놓여있지만, 작가는 그들의 미래에 낙관성을 부여하여 그들은 전위적 인물로 내세우고 있다.
사회상	이 소설은 해방기 전형적인 사회주의 계열의 농민소설이다. 물론 여기에는 전위적 인물의 활약이 드러나고 있진 않지만 일제 말의 일본 순사와 결탁 지주들이 소작인들을 우롱하여 피폐해진 농촌을 더 살기 어렵게 만드는 과정을 잘 묘사하고 있다. 기아에 허덕이는 소작인들이 공출 가마니를 놓고 도박을 벌이는 것, 병든 아기를 살리기 위해 엉터리 새무당을 불러 굿을 한다는 등 이야기를 통해 반봉건, 반식민주의의 사회, 계몽적 주제를 뚜렷이 제시하고 있다.

白南壽, 「熱風」	『南鮮經濟新聞』 1949.1.4~2.4, 16회, 삽화 없음
인물	이원순(부친) : 친일파 중추원 참의원, 기회주의자, 천오와 대립, 시위대 습격을 받음. 이천오(31세, 차남) : 일제 때 수감생활을 한 애국자이며 현재 혁명운동을 하고 있다. 이덕일(장남) : 잔꾀가 많고 몹시 냉정한 성격, 동경제대 법학사 출신. 미군정에 아부하여 동생을 빨갱이, 살인자로 몲.
내용	해방 후 주인공 이천오는 노동자·농민·학생·시민들과 함께 건국사업을 하고 군자금을 모으기도 한다. 천오와 그의 친구들은, 조선을 해방하러 온 미국이 지나치게 조선을 내정 간섭하고 조선 사람에게 실제로 정권을 내주지 않는 데서 작금의 빈곤·부패문제가 발생했다고 본다. 덕일은 만주에서 돌아와 동생을 빨갱이 자식이라고 하고, 동생 철오는 형을 친일매국노로 생각하면서 서로 대립한다. 물가 폭등과 권력 모리배들의 부정에 시민들이 폭동을 일으키고 시위대는 제국주의의 앞잡이 이원순의 집에 쳐들어와 가산을 부수고 이원순은 뇌진탕으로 사망한다. 덕일은 제수씨(천오의 부인)를 찾아가 분풀이를 하고 가난에 허덕이던 제수씨는 우물에 빠져 자살한다. 한편 정치범 체포의 임무를 띤 오경부 경위는 덕일의 도움으로 그의 동생 천오를 유력한 용의자로 지목, 체포한다. 형은 동생이 아버지를 죽인 원수라고 말하고 동생은 자신은 혁명사업을 하고 있을 뿐 사람을 죽인 일은 없다고 말하면서 서로 대립한다. 법정에 끌려나온 동생 천오는 일제 때부터 금판사로 알려진 재판장에게 그들이 자기를 재판한다는 것은 겨레에 대한 모욕이라고 말하면서 재판을 거부한다.
사회상	1945~1946년, 대구, 영천 일대(대구 1946년 10·1 대구 인민항쟁을 소설화함). 해방 후 한 집안 식구들 간에 벌어지는 좌·우익이념의 갈등과 충돌의 비참상. 대구폭동사건의 원인과 배후를 노동자 농민의 시각에서 다루었다. 남한 쪽에서 사회 교란을 목적으로 한 공산당의 음모와 책동이 이 사건 배후에 있었다고 말하는 것과는 달리, 당시 미군정이 한국의 실정에 눈이 어두웠을 뿐만 아니라, 행정의 경험도 미숙하여 여러 가지 시행착오를 거듭하여 민심을 잘 수습하지 못하는 실정(失政)을 드러낸 것과 해방 후에도 여전히 친일분자가 득세하고 관리들의 부정부패로 노동자 농민이 가난을 면치 못하고 있었음을 고발한 소설이라 보인다. 극렬하게 대립되는 이념의 혼란상이 한 집안의 분열, 몰락을 통해 잘 드러나고 있다.

崔德新, 「印綿血戰記」	『嶺南日報』, 1949.6.19~8.15, 38회, 사진 최덕신
인물	최덕신 : 남경 황포군관학교 졸, 일인칭 주인공. 손립인 : 신중국군 38사단장.
내용	1942~43년 태평양전쟁기, 작자 자신이 중국 남경의 황포군관학교를 마치고 신중국군 38사단 손립인 장군 휘하 참모로 미얀마의 만달레이, 밀지나, 빠모, 남감 등지에서 일본군과 싸워 이기고 돌아온 체험을 기록한 수기이다. "실전소설"이라는 타이틀을 걸고 있는 이 체험수기는 만달레이 비행장 탈환, 야인산을 넘어 밀지나 기지를 급습하는 등, 초인적인 통솔력과 작전의 기민함 등 대일 승리의 전투과정과 그 결과 승리를 쟁취한 기쁨의 현장을 사진과 함께 실감나게 보여준다. 보기 드물게 통쾌한 항일수기라는 점, 미지의 미얀마 산악지대를 행군하여 중국과 미얀마 간의 새 길을 개척, 손자병법 등을 실제 응용하여 승리를 쟁취한 점, 중국 군대의 연합군 구출작전, 낯선 미얀마 풍물에 관해 기록한 점 등은 군인들만 등장하는 전쟁 이야기임에도 흥미를 끄는 매력이 되고 있으며 범상하지 않은 비유나 사색 등은 군인다운 기백과 호방한 기상과 함께 강렬한 인상을 남긴다. 간혹 눈에 띄는 비문이나 미사여구, 오탈자, 한자남용 등은 불가피한 흠이라 할 수 있다.
사회상	손립인 장군 휘하 신중국군 소속이 되어 투철한 군인정신과 항일의식으로 석유 공급로를 차단, 사면초가인 영국군을 구출하고 태평양전쟁을 마침내 승전으로 이끈 최덕신의 미얀마 전쟁기로 항일투쟁의 흔적을 사진과 함께 기록에 남긴 일기체 항일수기이다. 전시 중에 틈틈이 미얀마, 인도, 중국의 사회 풍속을 세세히 기록하였고 군인으로서의 울울한 풍정을 한시나 시조로 표현하기도 하였다.

崔玟順, 「밤의 日記」	『天主教 會報』, 1951.3.20~ 53.2.5, 35회, 삽화없음
인물	최민순 : 인공치하에서 성신대학 교수신부, 51년 5월 1일 『천주교 회보』 사장.
내용	1950년 6월 25일부터 1951년 9월 29일까지 적 치하에서 겪은 피난 체험을 기록한 일기체 수기로 '연재장편'이라 하나 중편 길이의 연재물이다. 　『천주교 회보』에 "연재장편"으로 1951.3.20~53.2.5 총 35회 동안 필자가 1950년 6월 25일부터 9월 29일 수복까지 날짜별로 피신하며 겪은 체험을 싣고 있다. 이 년 동안 35회에 걸쳐 보고 들은 것을 사실대로 보고하는 동시에 자신의 견해와 느낌을 강하게 서술에 깔고 있는데, 이는 다른 수기에 비해 질과 양에 있어 비교가 안될 만큼 구체적이며 목적적이다. 거기에 '신부'라는 신분이 개입됨으로써 얻어지는 독자적 공감대가 컸으리라 짐작된다. 또한 그의 선동성은 괴뢰군, 악마라는 호칭이 보여주는 명확한 선악개념과 세밀하게 묘사된 인민군의 행위와 말들을 재현함으로써 효과를 거두고 있다. 　「밤의 일기」가 갖는 두 번째 전시상의 의미는 전황에 대한 보고 다음에 따르는 이데올로기적 논리성과 감성적 언어 사용이 지금까지 어느 종군기자의 전쟁독려나 선동보다도 치열하다는 점이다. 이는 저자가 오랫동안 지속해온 반공주의의 연장에서 볼 때 매우 대단한 기획이자 성취에 해당한다. 신앙과 정치적 선택이라는 미묘한 관계를 쉽사리 넘어서게 하는 이 광분의 글쓰기는 비판의 대상에 대한 원색적 표현에도 불구하고 나름대로 일관된 논리, 그리고 시적 감성으로 말미암아 빚어진 결과가 아닌가 한다.
사회상	500매 정도 되는 장편 체험수기로 『천주교 회보』가 갖는 전통이나 권위로 볼 때, 『대구매일신문』 주간인 최민순의 연재는 민족 간의 '증오'라는 감정의 오류에 편승하여 반공노선의 확고한 종교이념의 지도적 역할을 수행한다. 대구·경북지역 내의 천주교 신자 중 부역자, 납북, 월북자의 가족의 입장에서 볼 때, 이러한 글은 무거운 심리적 부채감을 안겨줄 수 있다.

김동리, 「스딸린의 老衰- 스딸린의 腦裏 에 비췬 三次 戰의 구상」	『영남일보』, 1951.6, 8회 작가 사정으로 중단
인물	당시 병중에 있는 스탈린이 주인공으로 삼인칭 관찰자 시점에서 노쇠한 스탈린의 착잡한 내면 심리를 보임으로써 공산주의 사회가 얼마나 허구적이고 기만적인가를 인신공격적으로 보여주고자 한다.
내용	스탈린이 노쇠하여 기력이 쇠하였으면서 한국전쟁에 대해 이것저것 구상하는 모양을 약간 캐리캐처한 듯한 이 작품에는 김동리의 종군작가로서 익힌 군사적 정보 지식이나 1·4 후퇴 후 미국이 원자탄을 만주에 쏠 것이라는 국민적 기대감이 잘 나타나 있다. 특히 작가는 노쇠한 스탈린이 자신의 무모한 책략을 반성하는 모습을 캐리캐처하는데, 스탈린은 3차대전을 일으킬 각본을 가지고 장비가 열악한 중국을 한국전쟁에 끌어 들였지만, 막상 막강한 영미의 항공모함이나 원자탄을 지닌 영국 해군력, 미국 공군력의 막강함에 지레 겁먹고 있는 모습으로 그려지고 있다. 또한 50대의 스탈린이 볼가강의 강바람, 강훈을 느끼며 20대의 혁명적 향수에 젖어 그 모든 것이 덧없는 일이라 생각할 만큼 소심해져 있다고 보는 것 역시 김동리다운 상상력이라 보인다.
사회상	「스딸린의 노쇠」는 30년대 이후 문학의 반정치성을 표방해온 김동리의 정치 전략적 반공소설이라는 점에서 문제작이라 할 수 있다. 연재 당시 남북전이 국제전으로 확대되어 가는 가운데, 3차 세계대전설이 설왕설래한 점을 포착하여 구상한 단편으로 보인다. 「스탈린의 노쇠」는 1·4 후퇴 직후 전세가 암울하여 이렇다 할 객관적 보도 자료 없이 반공적 주제의 얼개를 짜느라 여의치 않았는지 중단되고 말았다.

金松, 「永遠히 사는 것」	『大邱每日新聞』, 1951.9.1~12.8, 98회, 삽화 金榮注
인물	이형칠 : 건축설계사. 노모 때문에 서울에 잔류, 병고에 시달리며 약혼녀 최나미를 찾아 도보로 대구까지 오던 중, 온갖 시련을 겪고 김정란(우승진의 처)과 알게 된다. 최나미 : 이형칠의 약혼녀, 적 치하에서 주몽일에게 겁탈당하고 임신하지만 형칠과 만나 아이를 낳기로 한다. 김정란 : 민중신문사 우승진의 처, 대학을 중퇴한 인텔리지만 생계를 위해 쉽사리 타락. 형칠과 동거하기도 한다.
내용	연재내용은 단행본 『탁류 속에서』의 후편이다. 즉 최나미가 이형칠보다 먼저 대구에 피난 와서 형칠을 기다리는 대목에서 시작된다. 최나미는 대구에서 종군기자 한철의 도움으로 '한국전선'에 취직한다. 이형칠은 조치원까지 걸어오다 혼수 상태, 트럭에 실려 대구병원에 입원, 병원에서 신문의 심인광고를 보고 나미와 조우한다. 나미의 종군기자로서의 활약상을 보고 자괴감에 빠진 형칠은 부산으로 떠난다. 나미는 부역혐의를 받던 민중신문사 기자 우승진에 의해 유괴당해, 소련의 비밀조직 삼육공사 주몽일의 협박을 받게 된다. 주몽일은 6·25 당시 그녀의 정조를 유린한 인민군 장교였다. 형칠은 우승진의 전처 김정란과 가까워지고 나미는 나미대로 형칠과 김정란의 관계를 의심하게 된다. 결국 두 사람은 사랑의 힘으로 모든 오해를 풀고 나미의 아이를 낙태하려 하다 '원수의 씨' 이긴 하지만 생명을 함부로 할 수 없다 하여 사랑의 힘으로 키우는 쪽을 선택하게 된다. 신문연재본은 "기다림", "미풍과 같이", "새로운 폭력", "병든 육체", "사랑과 애국과", "유민삽화", "방황하는 영혼", "사랑은 에고이스트", "꿈과 실재", "영원히 사는 것"까지로 되어있으며 『탁류 속에서』의 속편으로 되어있다. * 합본은 위의 연재본 내용 앞에 『탁류』("최후의 날", "붉어진 서울", "亡民대열", "추풍령에서", "나미의 집", "탁류를 헤치고", "중부전선", "바다에 던진 돌멩이", "그리운 서울", "잃어진 낙원" 이상 10장으로 구성된 이 작품은 1953년 一文社에서 출간)를 덧붙이고 마지막 장으로 "영원히 사는 것" 다음에 "폐허의 달"을 덧붙여 마무리한다.
사회상	단행본(합본)에서는 "폐허의 달"장을 덧붙여 나미와 형칠이 한강 도강 중 정사하는 것으로 되어있지만, 신문연재본에서는 '원수의 씨'를 잉태한 약혼녀의 아이를 낳아 기르기로 결심하면서 끝난다. 이념인가 생명인가 '영원히 사는 것'이 무엇인가 혼선이 일어난다. 주몽일의 아이를 낳아 기르는 것은 이념보다 '생명'의 소중함을 강조한 결말이지만 악의 씨를 뿌리 뽑자는 聖戰의식 즉 반공절대주의와 모순되기 때문이다.

이항열, 「皆骨山」	『대구매일신문』, 1951.12.9~12.23, 12회
인물	유지동-오봉동 마을 촌노, 경식이. 유경식-유지동의 둘째 아들, 개골산 개골대장으로 빨치산이 되어 가족들을 괴롭 히다가 전향한다. 유태식-유지동의 장남, 마을 청년부원, 개골산 빨치산으로 들어갔다가 가족이 죽 게 되자 전향한다. 항이(恒立)-태식 아들, 학생. 한봉례-유태식의 처. 이존삼-마을농민. 허민수-청년단원 태식의 심복부하. 빨치산 A, B, C, D, E. 류양촌-마을 부농.
내용	이항열의 3막3장의 희곡연재물이다. 1막에서 보릿짚 모자를 쓴 남루한 옷차림의 지동노인과 항이가 세상민심이 변한 것을 한탄하며 등장한다. 산으로 간 둘째 아들 경식을 원망, 동생이 형을 죽이고 자식이 애비를 죽이는 현실을 개탄한다. 읍내에서 돌아오던 봉례(태식의 처)가 이불과 삼베 한 필과 무명베 한 필을 가지고 가는데, 빨 치산 A, B가 나타나 약탈해간다. 2막에서 개골대장의 명령대로 빼앗은 이불을 다시 돌려주려온 빨치산 두 명이 류 양촌 노인을 잡아가려 하자 항이와 지동 노인이 합심하여 돌멩이로 부상을 입힌다. 부상을 입은 빨치산 A와 B는 서로 신세를 한탄하다 헤어진다. 3막에서 빨치산 A는 지휘관인 개골대장을 비판하면서 스스로 비관 자살하려 한 다. 빨치산 C, D, E가 나타나 지동과 봉례를 협박하려 할 즈음, 청년단장인 태식이 잠복하고 있다가 서로 실랑이를 하게 된다. 그 서슬에 지동노인이 죽게 되자 빨치산 개골대장 경식이 나와 잘못을 뉘우치며 지동노인의 주검과 가족들 앞에서 울부짖는 다. 청년대와 빨치산인 형제 간의 대립이 아버지의 죽음으로 급작스레 가족 간 한 맺힌 설움의 장면으로 바뀌면서 막이 내린다. '아버지 아버지 저는 아버지를 모시러 왔습니다. 그러나 그러나 이것이 웬일입니까, 이것이 우리의 운명입니까' 하는 경식 의 대사에는 일제시대 신파조의 누선을 자극하는 감상성이 배어있다.
사회상	1953년 가을 바닷가에 인접한 까치내(작천(鵲川)) 오봉동 마을을 한결 같이 굽어보 는 개골산을 배경으로 한다. 지동노인은 큰 아들 태식이 죽었다고 생각하고 빨치산 대장이 된 둘째 아들 경식을 증오하는데, 큰 아들 태식이 청년단장이 되어 토벌대를 인솔, 돌아온다. 빨치산 대원들이 지동노인의 이불짐을 약탈하려다 돌려주는 과정 에서 억지 상황이 전개된다. 지동노인이 손자 항이와 합심하여 빨치산을 꾸짖고 물 리치는 내용은 현실에서 보기 어려운 장면으로 오직 반공정신을 고취시키고자 하는 극의 내용이라 할 수 있다. 사실, 국군 제11사단 빨치산 토벌대 일부는 '견벽청야' 작 전으로 지리산 아래 마을을 초토화하는 잔인함으로 인해 오히려 지리산 마을 사람 들로 하여금 적개심을 불러일으켰다.

鄭飛石,「女性戰線」	『영남일보』, 1952.1~7.9, 180회. 삽화 李舜在
인물	윤옥란 : 무역회사 타이피스트, 발랄한 현대적 기질의 미모의 20대 초반. 현준식 : 무역회사 전무, 기혼자이면서 옥란을 유혹. 유상호 : 옥란을 희생적으로 사랑하는 사무실 동료. 전우현 : 털털한 성격과 논리적 언어 주변을 가짐. 옥란의 최종 남자.
내용	임시수도 부산을 배경으로 애정, 돈, 사업과 관련된 전시적 상황에서의 새로운 정보를 서두에 깔면서 후방 여성들의 삶도 "전선"과 같다는 전제하에 평범한 회사원, 사업가, 은행 전무, 의약 연구원 등 네 명의 남자에 둘러싸인 윤옥란이란 현대기질을 가진 여성의 혼사담을 들려준다. 작가는 이 과정에서 구여성의 취약점, 남녀불평등한 한국 사회의 성의식을 설득력 있게 분석 피력하고자 한다. 미혼녀들의 입장에서는 아프레적인 연애관이 피력되면서, 사업가 현준식의 아내 경미의 탈선에 대해서는 불결하게 서술되는, 일관되지 않는 면을 보여주기도 한다. 전시 부산에서의 S은행 지점장 대리 강춘배는 서른 한 살의 독신자이다. 그는 일제 말기 고등상업 출신으로 이권개입에 능하며(모리배) 김성숙의 정조를 유린하고 인공유산을 종용하는 파렴치한 행위를 한다. 다방 마담인 미망인 한보영은 한보영-현준식-오강수의 삼각 갈등과 순자-오강수-한보영의 관계로 얽혀 결국 이 소설의 주제는 윤옥란의 기질과 선택에 놓여있음을 알 수 있다. 즉, '전선'이라는 전시 키워드를 삶의 축 즉, 여성의 '생활전선'의 축으로 옮겨와 사회적 비리문제와 무절제한 현실을 비판, 종래의 생활관에서 벗어날 것을 계몽함으로써 애정관계 역시 달라져야 할 것임을 강조하고 있다.
사회상	이 소설은 '戰線'이라는 당대 현실적 상황을 여성의 생활전선의 축으로 옮겨와 고지식한 도덕관이나 복종적인 여성상으로는 사회적 비리문제와 무절제한 애정관계를 바꿀 수 없다고 비판한다. 윤옥란과 한보영이라는 대립적 성격의 두 여성을 통해 전시의 애정관계가 달라질 수밖에 없음을 특유의 필치로 그려내 독자의 반향을 크게 일으켜 연재 도중 영화화하기로 결정되었고 연재가 끝난 후에 영화가 개봉되었다.(「본지 연재 장편소설 『女性戰線』 遂映畵化!」, 『영남일보』, 1952.6.19 보도) 지역 신문소설로서의 영화화는 전시에 극히 드문 일이었다.

張德祚, 「翡翠」	『대구매일신문』, 1952.7.19~8.11, 22회, 삽화 李舜在
인물	이현옥 : 28세로 자녀 둘과 친정 노모를 부양해야 하는 처지에 있다. 다방 마담을 그만두고 친구의 편물공장 일을 돌보게 됨. 김정수(토목회사 사장) : 현옥과 다방 동업을 하면서 현옥을 첩으로 삼으려 함. 강미리 : 현옥의 친구, 여류 모리배, 독신, 편물공장 경영.
내용	이현옥은 자녀 둘과 친정 노모를 위해 전쟁 발발 후 소식 없는 남편을 단념하고 피난지 대구에서 다방 마담으로 생계를 꾸려나간다. 동업자 김정수 사장이 현옥을 첩으로 삼으려고 겁탈하려 하자 현옥은 직업에 대한 강한 모욕감을 느낀다. 다방을 그만두고 친구 강미리의 편물공장에서 꿋꿋하게 일을 하며 의지할 데 없는 여자들끼리 머리를 맞대고 살아간다.
사회상	1950~1951년, 대구 동인동, 봉산동, 삼덕동을 배경으로, 전시기, 여성 가장의 가정을 지키기 위한 꿋꿋한 생활상을 반영한다. 제목 '비취'는 현옥의 자아인식이 비취처럼 청신하다고 해서 붙인 듯하다. 전시미망인은 남편이 죽거나 실종되거나, 납치된 미망인, 월북한 미망인, 군경으로 죽은 미망인들로 전체 수가 대략 50만 명으로 추산된다. 전시 피난지 대구에서 생계가 곤란한 미망인들이 열 명 중 한 명꼴로 매춘여성으로 전락하고 있었다. 이에 「비취」는 이들이 '비취'처럼 꿋꿋하게 지조를 지키며 생계를 위해 싸울 것을 은연 중 계몽하고자 한다.

朴榮濬, 「愛情의 溪谷」	『대구매일신문』, 1952.3.1~7.17, 128회, 삽화 李晚鍾
인물	황연길 : 중학교 교사로 극우적 인물, 6·25 발발로 잔류파가 되어 서울에서 의용군으로 끌려가다 탈출. 평양, 대구, 부산 등지로 피난한다. 현주와 약혼한 사이로 현주와 재회하지만 1·4 후퇴 후 심신이 지쳐 자살한다. 박재만 : 연길과 같은 학교 수학교사. 인공치하에서 현실과 타협, 그러나 제2국민병으로 참전하였다가 상이군인이 되어 돌아오자 다섯 고아를 데리고 대구로 피난 간 애인 양심덕은 아이들의 생계를 위해 '유엔마담'으로 변해있다. 정인한 : 좌익계열 중학 교사, 제자 초희를 강간하는 치한으로 변모. 김현주 : 연길의 약혼자, 대구로 피난 중 한 피아니스트와 알게 되어 재기한 그와 혼인한다.
내용	「애정의 계곡」은 제목이 의미하는 대로 두 남녀의 혼사가 집안의 반대와 전시 피난살이라는 두 겹의 난관에 부딪쳐 갈등이 더욱 고조되는 상황을 그려내고 있다. 주인공 현주와 연길은 먼 친척으로 전쟁은 그들 사랑에 더 큰 시련을 안겨주어 그들 사이를 멀어지게 만든다. 현주를 먼저 떠나보내고 미처 피난하지 못한 연길은 서울의 공산 치하에서 의용군에 끌려간다. 그는 평양, 개천까지 끌려가 온갖 고초를 겪다 서울 수복 무렵 탈출을 감행하여 살아 돌아오지만 그 후유증으로 중공군 개입 시 재차 피난할 수 없게 되자 이북에 대한 공포와 혐오감으로 결국 자살하고 만다. 연길의 자살에서 사랑의 희망보다는 절망과 이념에 더 골몰해진 주인공의 의식 상태를 읽을 수 있다. 그럼에도 작가는 마지막 장 "영광의 곡"에서는 손가락을 잃고 피아니스트에서 작곡가로 재기한 최순일의 작곡발표회를 통해 새로운 희망의 메시지를 남긴다. 최순일과 현주, 좌익교사 정인한에게 짓밟혔던 초희와 상이용사 박재만과의 사랑의 결실은 이 소설의 새로운 전망이 되고 있기 때문이다.
사회상	극우적인 인물 황연길을 통해 북한에 대해 '생리화된' 증오와 분노를 형상화하고자 한 보기 드문 반공 선동소설로서의 측면이 돋보인다. 전시 북한에 대한 증오와 분노로 북한을 악마와 동일시하여, 이들을 지구상에서 박멸하기 위해 '성전(聖戰)'에 임하고자 하는 전시 『대구매일신문』의 취지에 따른 소설이다. 이를 구체화하는 과정에서 북한 공작원들의 밀수비리와 음란성, 파괴성이 부각되고 부역자는 물론 가족이나 연인까지도 부도덕하고 타락한 인물로 형상화된다. 이는 당시 부역자들에 대한 남한 사회의 감시와 처벌 기능이 시작되고 있음을 짐작하게 해준다. 아울러 이 소설에서의 황연길의 의용군 피랍 체험은 그 구체성과 생동성으로 인해 반공선동에 대한 독자적 신뢰감을 키워 독자적 기대지평을 넓혀주는 효과를 자아낸다. 「애정의 계곡」은 한국 사회의 반공 이데올로기의 생성 지점을 알 수 있게 해주는 중요한 자료이다.

李楨樹, 「女俳優」	『영남일보』, 1952.7.23~11.29, 131회, 삽화 姜遇文
인물	송우재 : 상해에서 귀국, 명영화감독을 꿈꾸는 야심찬 20대. 최나미 : 송우재로 인해 영화 〈재생기〉로 데뷔하지만 감독과 애정갈등에 고민하는 여주인공.
내용	해방 직후 귀국한 송우재라는 청년이, 연극배우 최나미를 새 영화 〈재생기〉의 여주인공으로 발탁하게 되면서부터 시작된다. 송우재는 대구에 한성영화사를 세워 자금을 사업가 김기수로부터 끌어들이려 한다. 이 과정에서 김기수, 최나미와 갈등이 생기게 되고 송우재, 최나미 사이에 송우재의 상해시절 여자 민자가 개입된다. 여기에 다시 최나미의 첫사랑인 배준호까지 끼어든다. 영화에 대한 열망으로 송우재는 다른 여배우, 이금주를 스카우트하지만 송우재의 영화가 흥행에 실패하고 송우재는 교통사고까지 당한다. 이로 인해 다시 최나미와 송우재는 가까워진다. 　"밖으로 보긴 화려하지만 실지로는 가시덤불을 헤치며 가는 여배우생활이란 견딜 수 없어요"라고 이금주가 표현한 것처럼 「여배우」는 일반인들이 이해하기 어려운 감독과 여배우 사이의 미묘한 갈등관계를 표현하고자 한다. 즉, 영화감독으로서의 자존감과 동시에 인간적 약점, 여배우와의 불가피한 줄다리기 및 제작비를 지원받기 위한 고도의 전략 등이 모두 감독과 여배우 사이에 걸린 문제들이라는 것이다. 그러면서도 이 소설은 몇 가지 특이점을 보여주고 있는데, 첫째는 각 장이 당시 소개된 영화제목들 즉, "월하의 맹서", "청춘의 십자로", … "수선화", "임자없는 나룻배" 식으로 구성되어 있다는 점이고 둘째는 송우재의 입을 빌어 영화계 뉴스와 정보를 전달해주고 있다는 점 등이다. 당시 대구에는 영화소설이 연재되기도 하였는데, 이 소설은 송우재가 만든 〈재생기〉와 같은 '양갈보'의 이야기를 당대의 중대한 현실 욕망 코드로 해석하고 있다는 점에서 신문소설이 갖는 전시문화적 코드에 주목해 볼 만한 작품이다.
사회상	해방 직후 한 20대 청년의 영화에 대한 야망과 애정갈등의 통속적 소재를 통해 영화감독이 여배우와 겪을 수밖에 없는 사업과 애정의 복잡한 관계를 그리고자 하였다. 서울 수복이 되었지만 여전히 현실 도피적인 영화담은 당시 대중문화 지면을 메꾸기 적절한 소재가 될 수 있었다. 소설 속에 등장하는 외국 배우나 영화들이 모두 개봉된 미국 영화들과 관련되고 있음은 이를 뒷받침한다. 먼 나라의 영화담을 대구시내와 경북 일대로 옮겨왔다는 점에서 지역 내의 독자적 흥미를 끌 수 있었다.

志園, 「東方의 새벽」	『대구매일신문』, 1952.1.1~1.28, 54회, 삽화 志園
인물	영조의 죽음과 정조 등극으로부터 서술 시작, 당쟁과 학대 속에서 '동방의 새벽'으로 떠오르기까지 한국 천주교사에 빛나는 공헌을 한 인물들의 소개와 사건을 상세히 기록한다. 이벽, 권일신, 이승훈에서 강완숙에 이르는 빛나는 역할을 부각시키고 있다.
내용	어지러운 時局(전 15회) : 영조의 죽음, 정조의 등극과 함께 시파(채제공)의 벽파에 대한 보복, 사도세자의 억울하고 비참한 죽음 정경 묘사, 탕평책을 써 어지러운 세정을 바로잡고 국민개병 의무제를 시행한 영조의 치적 칭송, 선조 이래 당파싸움에 여념이 없고 외세에 의존하려고만 한 조정 비판. 주자학 폐단 비난, 왕가 내의 모략과 권모술수 비난. "마치 그들은 캄캄한 밤거리에서 광명을 실허하는 악귀들과 같이 서로 물어뜯고 나라가 망하던 백성이 어떻게 되던 제 욕심만 채우려 드는 강도의 무리였었다."(연재 8회) 별을 東에서 보고(9회) : 당파싸움의 내력, 외래종교인 불교와 유교가 들어오게 된 배경과 주자학이 얼마나 백성들에게 괴롭힘을 주었는지 설명하고 천주교가 전파된 내력을 소개하였다. 그는 조선 선조 이후 잘못된 정치, 사회의 양반 지배층의 온갖 잘못에 대해 폭넓게 비판하는데 특히 외래종교인 유교가 일반백성들에게 얼마나 고통을 주었는가에 대해 주목하고자 한다. 당쟁으로 인한 알력과 싸움에 대해 '그네들의 알력과 쌈은 정치를 잘하자는 문제나 백성을 위한 발전을 위해 있는 것이 아니고 단순한 사욕과 사감에서 우러난 민족 상잔이었다' (별을 東에서 보고-3회)고 한다. 눈 뜬 젊은이들(5) : 요한 이벽, 방지거 권일신, 베드로 이승훈의 양근고을 (경기도 광주)을 중심으로 전교와 신앙생활, 교세 확장에 관한 이야기, 형조판서 김화진, 역관 김범우 집 조사 서적 압수, 귀양살이, 권일신 등 모두 공평하게 처벌해 달라 간구, 조정의 분위기 천작쟁이 경계, 이벽은 냉담 후 일 년 만에 병에 걸려 죽고 이승훈 배교 후 참회로 돌아옴, 권일신만이 지조. 당시 성사는 '假聖職'으로 주교 권일신, 사제 이승훈, 이단원, 최창년, 유항검 이승훈의 모범설교는 전국적으로 전파. 어둠의 발악(7) : 해남, 윤지충 제사, 빈소 위폐 없이 제사 지내다 이웃과 시빗거리로 비화되고 마침내 삼천리강산을 피로 물들이는 사건으로 커짐. 조정에 소(疏)한 진사 홍의호, 목만중을 '어둠의 자식들'이라 비난. "사대주의의 종이 되게 한 유교를 썩은 종교"라 비난. 이 민족의 서글픈 말로를 걷게 한 작자들의 새 종교(유교를 일컬음-필자)는 외국의 종교이오, 그 학설은 대역무도이며 무군무조의 반역을 조종하는 이단이었다고 주장.

사회상	전시 어지러운 시국에서 동족상잔의 비극을 개탄, 새로운 영도자 출현에 대한 기대감을 드러내는 동시에, 전시 상황에서 작가는 한 민족이 왜 이토록 동족간 전쟁에 휘말리게 되었는가에 대해 생각하여 그 역사적 귀추에 주목, 천주교 입장에서 현실적 고통을 달래고자 한다.

김동사 「體溫」	『영남일보』 52.12.2~12.7, 6회, 삽화 백문영
인물	나 : 대구지역에 거주하는 소설가이자 회사원. 미스심 : 피난 여성으로 나의 직장동료.
내용	전시 대구지역 소설가인 나는 같은 회사에 근무하는 미스심과 평소 가까운 사이로 지낸다. 미스심이 결근하자 나는 혼자 사는 미스심의 방을 찾아간다. 가슴과 늑골사이에 통증을 느끼는 미스심에게서 '체온'을 느낀다. 나는 미스심과 순간적으로 깊은 관계를 갖고 만다. 그것은 나만의 책임은 아니었다. 얼마후 미스심을 찾아갔지만 부산 어디론가 떠났다고 한다.
사회상	부모를 잃고 혼자 살게 됨으로써 정신적 외로움에다 영양 부족으로 병에 노출되면서 오히려 강렬한 성욕을 느끼게 된다. 그것은 마치 식물이 악조건에서 열매를 더 많이 맺듯이 생기는 번식본능이다. 이 소설은 도덕적 규범을 넘어서 하는 그러한 전시 상징적 매개물을 '체온'이라고 지칭한다. 체온은 불안하고 고독한 피난지에서의 늑막염이나 폐렴 증세와 성욕과의 관계를 추정하게 한다. 전시의 남녀 성 접촉을 도덕이나 양심, 윤리, 법의 잣대로 판단하는 관점이 잘못된 것이 아닌가 하는 의문을 품게 한다.

千世遠, 「配達夫와 나자로의 後裔들」	『天主教 會報』, 1952.6.5~12.23, 12회, 삽화 없음
인물	춘보 : 서울서 7, 8리 떨어진 3등 우체국의 우편물 집배수.
내용	우편배달부 춘보는 처음엔 나병 환자들이 우글대는 나병 요양원에 우편배달을 꺼리나, 점차 그들과 친해지면서 나병이 무서운 병이라는 생각을 차차 갖지 않게 된다. 춘보는 "그 병에 시달려 일그러지고 늘어지고 처지고 결절이 울퉁불퉁 튀어나온 참으로 정시(正視)하기 어려운 얼굴들이 풍기던 그 암담하고 추패한 인상이 어느새 어디로 살아져 버렸는지 지금 눈앞에 보는 그들의 얼굴이란 전연 다른 사람인 것처럼 느껴졌다." 그리고 춘보는 그 얼굴의 표정이 "모든 잡념을 씻어버리고 오직 착하고 깨끗한 마음만을 가지려는 노력을 열심히 추구하는 사람만이 지닐 수 있는 순수한 표정이었다."고 고백한다. 춘보는 이제 자신의 직업이 비록 초라하지만 전시 노동동원 면제라는 특권을 가진 직업이라고 은근히 기뻐하기조차 한다. 미국 신부는 해방 후 일제가 버리고 간 20동이나 되는 결핵요양원을 사들여 나환자 요양원으로 바꾸었다. 이 과정 속에서 미국의 위대성과 고아들에 대한 천사와 같은 자선심이 자세히 묘사된다. 미군 차에서는 "의류, 구두, 담요, 과자 통조림, 밀가루, 크림, 비누 등등 심지어는 머리 깎는 바리깡이랑 라이타돌"까지 나온다. 이런 선물은 "오실 적마다 그러했다"고 한다. 춘보는 미국 신부님이 다녀간 지프차의 바퀴자국을 따라 신작로까지 나오는 동안 그 신부의 따스한 체온이 바로 제 가슴에 스며드는 것 같았다고 한다.
사회상	전시인 만큼 자신의 처지에 대해 비관 자살하는 예가 늘어나는 세태에 위 소설은 나환자의 고통과 자기성찰을 통해, 긍정적으로 살아가도록 계몽하고자 한다. 그러나 유엔군 지원 대충금 부담과 현물세의 의존도 증가로 전시경제 부담은 그대로 남한 농민들에게 넘겨지는 가운데 남한 돈의 가치가 떨어져 악성 인플레를 낳아 남한의 경제기초가 허물어지고 있는 상황에서 미군 원조 경제 현실을 매우 고맙게 바라보고 그러한 베풂에 감사하게 받아들이자고 하는 취지가 소설에 드러나 있다. 또한 전시 우편배달부 춘보의 변화된 긍정적 사고관을 통해 나병이 결코 위험한 병이 아님을 보여준다. 나병이 사실은 결핵보다 훨씬 전염성이 낮다는 것을 인식시키고자 한다. 그러면서 결핵, 매독, 영양실조로 인한 늑막염 등 많은 전쟁 질환 중 하필 결핵 병동을 나병 환자촌으로 바꾼 미국 신부를 구세주나 다름없이 묘사하는 모순을 낳고 있다. 이는 남한 전시 현실과 상관없이 기독교적 입장에서 예수가 나환자를 치유했듯 기적을 행한 구원자로서의 미국의 이미지를 남기려는 의도로 분석할 수 있다.

최태응, 「女人의 境遇」	『대구매일신문』, 1952.9.2~9.27, 25회, 단편소설, 李 霞
인물	나 : 종군작가, 40대, 관찰자. 화가 K : 40대, 상처한 후 정순을 만남. 이학진 : 정순의 남편으로 월북 후 포로수용소를 거쳐 정순과 재회. 정순 : 영문과 여전 출신으로 이 소설의 내화자.
내용	이 작품은 한국전쟁이 빚어낸 여인의 기구한 운명을 보여준다. 작중 화자인 나는 서울에 와서 화가 K를 찾아간다. 그는 상처한 후, 혼자 하숙하고 있는 처지이다. 나는 화가 K의 정갈한 방과 하숙집 주인의 이야기를 통해, 그에게 애인이 생겼다는 사실을 알게 된다. 내가 찾아간 날, 그는 그 애인을 기다리고 있었다. 시간이 지나도 여인이 오지 않자, 화가 K는 옆에서 쳐다보기 어려울 정도로 괴로워했으며, 나는 혼자 술을 마시며 친구의 마음을 혼란스럽게 한 그 여인에 대해 분개했다. 나는 우연히 종군작가가 되어 부산행 기차 옆 좌석에서 문제의 여인 정순을 만난다. 정순은 자신의 과거 내력을 다음과 같이 설명한다. 전쟁 전 문학을 동경하던 정순은 바이올리니스트 학진과 혼인, 행복한 생활을 했다. 그러나 남편은 공산주의 이념을 추종하여, 가정을 돌보지 않았다. 한국전쟁이 발발하여, 서울에 잔류하던 남편은 자진하여 의용군으로 나갔다. 정순은 딸과 더불어 어려운 살림 끝에, 화가 K의 물질적 조력을 받게 되었다. 화가 K는 딸의 병고와 죽음을 함께 지켜보며 힘이 되어 주었고, 정순에게 재활의 기운을 북돋아 주었다. 남편의 생사를 알 수 없는 정순은 결국 화가 K와 동거하였다. 그러다 의용군 포로로 석방된 남편이 돌아오자, 고민하던 정순은 두 남자들로부터 떠난다. 정순의 이야기를 다 듣고, 나는 정순의 운명을 걱정한다. 여자 혼자 살아남아서, 할 수 있는 일이 여자의 말처럼 빤히 눈에 보이기 때문이다.
사회상	남편의 부재로 새로운 남자와 사는 여인의 혼사 장애를 다룬 소설이다. 실종, 납치, 월북미망인들의 생활고로 인한 탈선과 이합집산은 과거의 부부 및 연인관계의 해체, 혹은 가족 해체로 이어져 훼손된 관계로부터 회복되기 어려운 경우가 많았다. 특히 여성의 정절을 중요하게 여기는 사회 안에서는 전쟁으로 인한 이혼, 이별이 늘어날 수밖에 없었다. 정순은 인텔리로서 남편 학수의 부역과 월북으로 생활고에 시달리던 중 전쟁을 맞는다. 전시에 아기 병구환을 해준 K와 동거하던 정순은 의용군으로 끌려간 학수가 돌아오면서 지긋지긋한 가정을 포기하게 되고 부산으로 달아난다. 누구를 선택하여 사느냐를 떠나 정순은 인습, 제도, 사회가 싫은 것이다. 그녀는 홀로 살 것이라고 한다. 이러한 정순에게 누구를 지아비로 선택할 것이냐고 물을 수 없다. 정순의 경우를 통해 독자들은 여성에게 이중의 억압으로 고통받게 하는 한국 사회의 문제점을 직시하게 한다.

辻 政信, 白基 萬 譯 「南海의 秘史」	『대구매일신문』, 1952.10.1~12.13, 65회, 삽화 吳錫九
인물	태평양전쟁 당시 일본군 중좌 쑤시(辻 政信)는 작전참모로 과달카날 섬 점령 작전에 지원 투입되었다가 겪은 전투 체험을 자신뿐만 아니라 옥쇄한 장교의 노트나 들은 이야기를 참고로 기록하였다. 그는 패전에 대한 안타까움과 천왕에 대한 충성심으로 절절히 전쟁의 패전 참상을 기록하고 있다.
내용	쑤시는 전황이 유럽에서 바뀐 것을 알고 41.8 남진 편을 든 자신의 잘못을 반성하여, 급히 도조 육군상에게 이태리로 가서 전쟁종결문제 임무를 맡고 싶다고 했다. 그러나 결국 마닐라에서 다바오로, 작전임무를 수행, 리바울의 섬에서 열대 야자와 스콜을 이용한 자활방법을 강구한다. 적기와 구축함 때문에, 부나해안 상륙에 실패하고 다시 과달카날 비행장을 뺏기 위해 혈전을 벌이나 중과부적으로 실패한다. 一木 支隊의 玉碎, 현지 적응도 준비도 없이 뛰어든 무모함, 一木의 할복자살, 川口 지대의 전멸–일목의 뒤를 이어 투입한 4척이 격파되고 이어 8·24 패전 참상을 절절히 묘사한다. 그는 육군항공대 증강을 주장했으나 비전론자였던 久門 중좌의 반대에 부딪친다. '아–山本元帥'에서는 '大火' 구축함 위용으로 산본 원수의 결연한 자세를 찬양한다. 그러나 '주먹밥 두덩이만 있었드라면 비행장은 떠러졌을 것' 과달카날도는 '餓島'요, '死島'였다고 한다. 8촌 길이의 지네 토막, 고목껍질, 도마뱀, 비, 말라리아, 시체의 썩은 내음 속에서 군사령부 도착, '털버러지채' 밥을 먹는다. 이 사단의 총공격 실패로 책임감을 느끼지만, 참모총장의 전출불가, 돌아와 전황을 보고하라는 명령 편지를 받는다. 다시 대본영에서는 38사단을 카날섬에 상륙시키려고 신설 사단은 비행장에 함포사격, 진공, 11월 5일 밤, 상륙, 6척 격침, 3척 대파했으나 일본군은 미군 공습으로 거의 전멸 상태였다. 근심에 잠긴 대본영은 軍政과 軍部관계가 악화되어 가는 중에 다시 제3차 총공격을 기도한다. 38사단 11월 18일 전선 총 공격 개시. 카날도를 탈회하려는 최선을 다한다. 그러나 탄약 소모와 병수 천여 명을 희생하고 마침내 중지하지 않을 수 없었다. 군 참모로부터 온 전보 내용에 의하면 카날도에 고립된 일본군은 전원 아사하기보다는 차라리 한날 한 자리에서 옥쇄하기를 희망하고 있었다. 연락회의에서 육해군 카날도 실함 책임을 서로 떠넘기려 격론이 벌어진다. 결국 '御前 會議'에서 '폐하'가 직접질문, 작전방침이 지시 전달된다. 저자는 그 '玉音'을 듣고 감읍하였다고 한다. '폐하'의 결정이 결국 "반년간 악전고투한 제2사단 장병 중, 성한 사람이라곤 하나도 없는 만 삼천명 장병을 –구해"내게 하였다고 생각한다.

사회상	이 글은 전시 한국의 우방인 미국을 적대시한 일본군의 작전참모의 기록이라는 점에서 '친일적 접근'이라는 문제점을 피해 가기 어렵다. 저자는 미드웨이 해전에 패한 이후로 카날도의 비행장을 차지하려는 무모한 일본 군부의 욕심으로 처참한 희생을 낳은 것을 반성하면서도 결국 훌륭하게 2차에 걸쳐 잔병 철수에 성공한 것은 '폐하'의 '눈물겨운 결단' 때문이라고 감격하고 있다. 작전회의에 '폐하'가 동석하여 결단한 장면을 생생하게 회고한다. 전범재판의 후속조치가 미흡한 가운데 한국전쟁이 발발, 일본의 위상이 국내에서 급격히 달라진 것을 증명하는 연재수기라 할 수 있다.

최인욱, 「暮雪」	『영남일보』, 1952.12.9~12.14, 6회, 삽화 백문영
인물	"이 단편에서만은 달콤한 연애를 찾지 말라"는 단서를 붙이고 있는 이 소설은 한 산간의 탄광 현장감독으로 부임한 진술이라는 인물이 탄광부 박봉식이라는 주인공의 행동을 통해 관찰자 시점에서 산판 운영비리와 노동자의 문제를 다루고 있다.
내용	낯선 산간 오지로 부임한 현장감독 진술은 안 좋은 소문을 들었다. 박봉식이라는 한 탄부에 관한 악소문이었는데 알고 보니 문제는 현장 사무소의 주임이나 인부감독 박순필의 비리에 있었다. 그들은 대금업, 전표 할인, 실적 위조 등 온갖 방법으로 자신들의 이익을 챙기는가 하면 탄부들의 노동조건은 전혀 개선해 주지 않고 있었던 것이다. 오히려 그들은 탄부들로 하여금 술, 도박을 권하여 그 중간이득을 챙기고 있었다. 진술은 점차 문제시 되었던 박봉식의 인간적 소탈함, 솔직함을 알게 되고 그의 도움으로 야학을 열고자 한다. 그러나 결국 봉식은 탄광에 더 이상 있지 못하게 된다. 주임과 인부감독이 봉식이 야학에 쓸 카바이트를 구할 목적으로 불과 전표 몇 장 챙긴 것을 문제 삼았기 때문이다. 결국 미운털이 박힌 봉식은 탄광에서의 새 생활 붐을 일으키지 못하고 떠난다.
사회상	어리숙하면서도 의미 있는 한 탄광노동자를 중심으로 전시 경영층 비리와 이기심을 비판한 노동자 소설이면서도 "눈위에 정을 남기고 간 외로운 발자욱"만 기억할 뿐이라는 우회적 표현을 통해 노동운동의 연장선에서 당대 산판 상황을 엿볼 수 있게 하는 작품이다. 이 소설은 탄광현장에서 간부들의 횡포와 비리를 보여주고 순박한 탄부의 심성을 묘사함으로써 해방 이후 이어온 탄광의 비리와 사리사욕, 부패, 탄광 노동임금 수탈 등을 담론화하고 있다는 점에서 악화된 전시 경제의 문제점을 파고 든다.

박영준, 「愁雲」	『영남일보』, 1952.12.23~12.29, 7회, 삽화 백문영
인물	전시에 둘 다 남편을 잃고 생활하는 두 자매 경옥과 경원, 경옥은 경원의 언니로 다방을 운영하여 생활하며 경원은 회사일이 끝나면 경옥을 도와 일한다.
내용	전시에 남편을 잃은 동생과 언니가 여자들끼리만 다방을 하는 탓에 남자들의 유혹과 횡포가 많다. 그럴수록 서로 위로하며 함께 살아가기로 한 두 자매지만 또 한번의 시련을 겪게 된다. 언니 경옥은 세금문제로 알게 된 김 선생을 마음으로 사랑하지만 자신의 과거를 숨기지 못하고 재혼을 포기해야 하는 아픔을 겪는다. 동생 경원도 회사전무의 구애에 재혼으로 마음이 기울었으나 그가 처자 있는 기혼남임을 알고 충격을 받는다. 두 자매는 다방이란 곳을 생계를 위한 곳일 뿐 더 이상의 다른 용도로 이용하지 말자는 처음의 각오를 잊지 말자고 굳게 다짐한다.
사회상	전시 여성의 문제를 애욕의 관점에서 그리지 않고 서로 의지하는 두 자매의 따뜻한 인정미를 추구한다는 점에서 여타의 미망인 주인공의 통속소설과 궤를 달리한다. 이 단편에서 특히 다방과 회사에서 열심히 일하면서도 엄동설한에 '세타' 한 벌 없이 지내야 하는 경원을 오바 한 벌로 유혹하려는 전무의 음심을 통해, 전시물자의 어려움과 그 속에서 이중의 고통을 겪어야 했던 전쟁미망인들의 처지를 엿볼 수 있다. 해방 이후 물가는 전시 3.3배에서 52년 9월까지 6배 가량 뛰었고 미국 원조물자 도입으로 곡물가격은 점차 안정을 찾기 시작했다.

정비석,「世紀의鐘」	『영남일보』, 1953.1.1~7.22, 185회, 삽화 백문영
인물	민영심 : 남편 6·25 때 납치, 한양종합병원 산부인과 의사. 박기철 : 유부남, 민영심의 연인. 남재호 : 병원운영비를 착복하려고 정당한 의료행위자인 의사를 빨갱이로 본다. 이상태 : 벌목업자, 복잡한 여자관계, 전형적인 부패한 인물.
내용	서울 한양종합병원 산부인과 여의사 민영심을 둘러싼 전시 인물 군상은 예사롭지 않다. 병원 돈을 제멋대로 착복하는 병원 총무 남재호와 각종 유령 간판만 내걸고 벌목권이나 일선 위문품 모금을 빌미로 군과 언론에 사기 쳐 억대의 돈을 우려내는 사기꾼 이상태와 같은 남자들이 늘 그녀를 맴돌고 있다. 아이의 아빠가 공산주의자라는 이유로 아이를 낙태해 버리고 새로이 좋아하는 남자와 결혼하는 안혜옥, 돈 많은 이상태에게 단골로 몸을 팔며 살아가는 미망인 장선희, 자신을 배신한 남재호의 병원에 방화한 간호원 허정자 등 대부분의 등장인물 간 애정에는 사랑의 진정성이 없다. 주인공 민영심마저 그녀가 사랑했던 박기철에 대한 애정이 진정한 사랑이었는지 의심스럽게 드러난다(작품 속에서 영심의 자살을 '애정의 허영심 때문'이라고 비판한 서술이 보인다). 민영심이 박기철과 불화할 때마다 총각 배인곤, 이상태와 성관계를 맺는 것에 대해 서술자는 민영심이 자신의 인생에 대한 뚜렷한 목표를 잃었기 때문이라고 한다. 결국 영심의 자살과 병원의 화재로 마무리함으로써 연재소설 「世紀의 鐘」은, 사랑의 진정성 없이 애욕과 이기심, 음해와 부정, 비리로 점철된 사회 현실 속에 어떠한 개선의 희망마저 사라진 암담한 절망감을 드리운다.
사회상	전쟁으로 남편을 잃게 된 여성의 삶과 죽음을 그리면서도 전쟁기 후방의 타락과 비리, 부정부패의 현실을 구체적으로 제시한다. 전시 후방사회의 물질만능주의와 사회 도덕적 부패와 비리는 전시 피난사회의 이기심과 성쾌락적인 욕망을 현란하게 장식하는 것처럼 보이지만 결국 그러한 현실은 한때의 환상처럼 자살과 화재로서 어두운 장막을 내리고 만다.

김광주, 「亂舞」	『대구매일신문』, 1953.2.16~3.31, 38회로 중단, 삽화 吳錫九
인물	김일선 : 미망인 협회원으로 송재호와 재혼한다. 남희 : 약혼자 박일 소령을 상이군인이 되었다는 이유로 배신한다. 김일선과 의형제 사이.
내용	개성적이고 활달하면서 이기적인 전시 처녀인 남희와 전쟁 통에 가족 모두를 잃어버린 전시미망인 김일선의 대립적인 성격을 통해, 자구지책의 미망인들의 생활을 묘사하면서 전쟁미망인이 한 상이용사를 사랑하게 되는 사건을 중심으로 다루고자 한다. 　남희와 김일선 마담은 전쟁 중 만난 의형제이다. 남희는 매우 현실적인 선택을 하지만 김마담 가족을 모두 잃은 마음의 상처가 깊은 만큼 진정한 사랑을 원한다. 남희는 상이용사가 된 과거 약혼자 박일 소령을 배반하고 바람둥이 수완가 송재호의 첩이 되려 한다. 튼튼한 육체와 돈을 조건으로 내세우는 남희와 달리 조건없이 김마담은 박일을 사랑한다. 6·25 전 수재였던 남편의 월북, 자식들과 사별, 몇 년을 덤덤히 이성을 잊고 살다 박일을 생각한다. "미망인 협회"는 다양한 처지와 신분의 여덟 여자들이 만든 과부운명공동체 모임이다. 그들은 남희와 송재호 두 남녀의 결혼에 대한 찬반 논쟁을 벌이다 결국 '남에게 폐를 끼치지 않고 가장 합리적으로 성을 향락하는거지!' 라는 현실적인 결론을 내린다. 　미망인 협회 여자들은 무례한 송태호를 지탄한다. 만취한 송태호를 안내한 김일선 여사는 사업과 사랑을 위해 그를 이용하려 한다. 그녀는 "커다란 사회사업을 맨들고 회관을 얻고 기관지를 발행하고…… 무수한 미망인들의 국민으로서의 올바른 발언권을 획득하고…… 여성을 위한 문화사업을 하고……"자 한다. 허영이든 진실이든 한번 마음먹은 일을 해보고야 마는 김일선 여사는 결국 송태호의 집에 초대된다. 삼억 오십만 원을 들여 지은 송태호의 문화주택에는 "자가용이 마음놓고 서너너덧바퀴의 회전을 해서 돌아다닐 수 있는 넓은 정원"이 있다. 그러나 이미 송태호 집에 와 있었던 남희는 김일선과 대립된다. 김일선은 그때 송태호가 상해에서 마담 하루빈과 동거, 송태호의 직업은 뱀장사, 별명은 "독사회사 사장" 아편장사였다는 소문을 듣게 된다. 김일선과 송태호가 혼인날을 의논하고 있던 중, 상이군인과 운전수 간의 문전시비가 일어난다. 집안에 들어온 상이군인은 박일 소령의 지시를 따른 안 소위였다. 송태호는 대한상이군인회관 건축 준비위원회 위원장 박일이 보낸 건축기금 협조 호소문을 읽는다. "몸은 비록 불구라 하옵더라도 민족의 일원으로서 자력갱생의 굳은 신념을 실천하여 국가와 민족과 사회의 기생충이 되지 않는 신생의 길을 개척하옵고자 —무위도식하는 무용지물이 되지않고— 비장한 결심아래 기금 일억원을 목표로 하여 상이군인회관을 건축하옵고 아울러 생산기구까지 부설할 공작에 착수하였다"는 취지이다. (연재 중단)

사회상	후방의 애정 지대 즉, 혼란스러운 여성의 생활태도나 이성관을 보여주면서도 전시 상이용사를 등장시켜 그들과 인연을 맺게 하는 이야기 속에서 상이용사들을 사회적 으로 따돌리지 않으면서도 전쟁미망인들의 거취문제를 고민한 소설로 보이며, 전쟁 미망인들의 단합과 상이용사와의 사랑의 가능성을 통해 전후 암담한 현실을 희망적 으로 바라보게 한다. 즉, 돈과 듬직한 남자와의 재혼을 욕망하는 미망인 협회 여성 들의 현실을 묘사하면서 이들을 민족과 사회를 위한 일에 매진토록 계몽하고자 하 는 주제적 의도가 엿보인다.

崔仁旭, 「靑春美德」	『영남일보』, 1953.7.23~9.18, 50회, 삽화 白文英
인물	권상호 : 정경유착하여 각종 이권 사업을 따내는 악덕모리배. 권채옥 : 권상호의 딸로 방약무인. 윤창식 : 권상호의 데릴사위로 뜻있는 출판업을 계획하고 있음. 박설자 : 권상호의 후처. 선영 : 가정교사로 윤창식과 내밀한 관계. 나포리 마담 : 윤창식의 사업을 돕는 스폰서.
내용	권상호는 '國史多難한 此際에' 생일잔치에 유력한 인사들을 초대한다. 사위 윤창식은 나름대로 사업계획과 정열을 가지고 있다. 윤창식의 아내 권채옥은 그러한 윤창식을 경원시하여 남편 친구 조명환과 드라이브도 하고 요정에도 드나든다. 윤창식은 가정교사 선영과 가까운 관계가 된다. 권상호 역시 선영을 유혹한다. 이 부부간의 불륜, 유혹의 끝은 결국 "沸流直下三千尺"이 되어 몰락에 이른다. 결국 윤창식은 애정갈등을 털고 친구들과 결의하여 사업을 모색하였다. 그러던 것이 마침내 믿을 만한 독지가인 나포리 마담이 나타나 선뜻 윤창식의 출판일을 돕기로 하여 새로운 출발을 하게 된다.
사회상	매회 소제목을 달아 전후 부정부패와 비리가 많았던 사회현실을 한 모리배의 가족관계를 통해 세세하게 묘사하면서도 전후 복구적 기대와 소망을 젊은 이들의 번역사업에 대한 낙관적 결말을 통해 전개하였다. 특히 윤창식의 사업은 비리와 부도덕함으로 점철된 권상호 일가로부터 벗어난 밝은 세상을 의미한다. 전시 번역사업은 뜻있는 일이긴 하지만 당시엔 종이 공급, 자본회전, 민생고로 인해 사실상 쉽지 않은 사업이었다.

김동사, 「愛情帆船」	『영남일보』, 1953.9.19~11.17, 54회, 未完, 삽화 白文英
인물	김애경 : 직조공장에 근무, 남호와 결혼했으나 방황한다. 남호 : 애경과 결혼 후 그녀의 과거 남성 편력을 의심하며 별거 중이다. 홍 경리과장 : 애경이 다닌 회사의 과장, 항시 애경의 육체를 노린다. 인규 : 애경 오빠의 친구, 애경의 돌발적인 포옹 행위로 애경을 짝사랑한다.
내용	애경은 집안에서도 찬성하는 남호의 청혼에 쉽게 마음을 열지 못하고 그에게 애정을 느끼지 못한다. 남호는 애경에게 적극적이지만 그녀는 남호를 피하다가 홍 과장의 유인에 응하거나, 오빠의 친구 인규의 하숙방에 뛰어 들어가 그를 껴안기도 하는 등 충동적인 연애감정을 다스리지 못한다("화분(花粉)을 풍기며"). 애경은 꿈에 심원(心圓)이라는 스님의 애무를 받는 몽정을 겪기도 하면서 육체적 감각에 민감해지고 남호와의 결혼에 대해 고민한다. 마침내 애경은 홍 과장의 주례로 남호와 결혼한다. 주례는 '결혼을 엄숙하다고만 생각하면 역효과가 난다고 하면서 우리 인생은 심각할 필요가 없고, "앞으로 가질 생활에 대한 엔조이를 어떻게 하느냐는 것을 생각하"'(18회)라고 한다. 애경은 남호에 대해 몸은 허락해도 마음은 열지 않으리라 결심하기도 하고, 아무런 잡념 없이 "얽매인 새"(19회)처럼 살아보자고 마음먹기도 한다. 그러나 육체로는 결혼했어도 "정신은 결혼을 용납하지 않"(19회)는 애경은 육체적인 쇠약과 불감증 진단까지 받고, 결혼 생활의 무기력을 회복시켜 보고자 남편과 온천여행을 떠난다. 온천지에서 갑자기 인규를 만나고 두 사람의 관계를 의심한 남호는 애경을 "더러운 계집"이라고 오해를 하고 가출, 둘의 관계는 악화된다("祭壇에 오른 육체"). 남호의 가출로, 애경은 남호를 찾아 나섰다가 통금위반으로 파출소 "특경대"에서 하룻밤 지샌다. 남호는 애경이 외박한 걸로 오해하고 떠난다. 애경은 사라진 남편을 진심으로 기다린다. 집에서도 애경을 생각하며 괴로워하던 남호는 순종적인 춘자라는 작부와 동침하게 된다. 다음날 남편을 기다리던 애경은 M극장 앞에서 남편과 춘자를 발견하는 순간, 충격을 받아 홍 과장의 차에 치인다. 애경이 입원하여 깨어나지 않는 동안 홍 과장은 환자인 애경의 육체를 마음껏 주무르고 입술을 탐하며 육욕을 채운다. 홍 과장은 기생 난옥과 술자리를 함께 하며 애경을 이제 마음대로 농락할 수 있다는 사실에 들떠 있고 남호는 남호대로 춘자의 팔에서 잠을 청한다("흔들리는 지평선"). 홍 과장의 도움으로 회복된 애경은 그와 함께 H유원지로 드라이브를 한 다음 요정으로 춤추러 가서 인규의 친구라는 권용구를 만난다. 그는 인규가 애경 때문에 거의 죽게 되었으며 죽기 전에 그녀를 만나기 원한다는 사실을 알린다. 애경이 인규를 만나러 황급히 요정을 빠져나올 즈음 홍 과장은

	모 사건에 연루되어 사복경찰들에게 체포당한다("손에 잡힌 딸기"). 이후 황급히 중단됨── 6장 54회로 중단.
사회상	전시 애정 갈등을 출렁거리는 세파에 비유, 사랑의 돛단배를 타고 여러 가지 시련을 겪는다고 본다. 유독 여성의 육체를 노리는 중년층 남성의 탐욕성을 과장하여 보여주고자 한다. 홍 과장이, 자신의 차에 치여 병원에 입원시킨 애경의 몸을 탐한다거나 남호는 홧김에 작부와 동침한다. 대조적으로, 애경은 정신적인 교감 없이는 육체적 느낌을 상실하는 불감증에 빠진다(스님과 몽정하는 상상은 애경의 무의식적 교감을 보여준 것). '제단에 오른 육체', '손에 잡힌 딸기'와 같은 소제목들은 여주인공들의 자태를 단지 남자들의 흥미위주로 바라보게 하는 성차별적 서술 태도를 보여준다. 사회적으로 성공한 홍 과장과 같은 인물이 더 여성을 농락한다.

張德祚,「女子 三十代」	『대구매일신문』, 1953.5.25~12(인화출판사 1954년, 단행본 참고)
인물	오다주 : 전쟁미망인, 미장학원 경영주, 동생은 오예주. 윤영 : 오예주의 연인. 진원달 : 유부남, 박사, 과거 차관, 현 화재보험주식회사 사장, 부인은 강에 스터 여사. 백인태 : 상처한 유부남, 의대 부학장. 선우일엽 : 오다주의 후원자, 클럽 〈창공〉을 경영, 품행이 방정하지 못해 "여자어깨"라 불릴 정도로 난봉꾼인 반면 순정파이기도 하다. 한귀빈 여사 : 고전무용가, 진원달의 비서 최사일의 연상의 연인.
내용	이 소설은 전쟁미망인들의 의지 가지 없는 불안심리를 파행적 애욕 심리로 변형시켜 제시한다. 전방에서는 남자들의 피흘림이 계속되고 있는 현실임에 도 후방에서의 삼십대 전쟁미망인들의 일탈은 혼란스럽게 전개한다. 즉 오다 주, 선우일엽, 한귀빈들이 '아름다운 솔개'가 되어, 각각 극동보험주식회사 전무 진원달, 의과대학 부학장 백인태나 진원달의 비서인 20대의 최사일과 같은 능력 있고 젊은 이상적 남성들과 향락을 구하고자 한다. 여기에서 위장 술, 스파이 작전이 동원되고, 자신의 목적을 실현하기 위해 방해자 친구를 피 스톨로 저격하는 첩보영화와 같은 비현실적인 사건이 일어난다. 선우일엽은 백인태를 유혹하기 위해 친구이자 방해자인 오다주를 청부살인 한다. "금전의 사슬로 연결되어 있는 애정의 서글픔"을 가지고 사는 오다주와 진박사, 진박사의 부인 강에스터 여사와 윤영의 관계는 모두 '패트롱'(금전 후원자)과 애인의 관계이다. 아무리 열렬한 사랑이라도 공인될 수 없는 애정 관계란 결국 비극적인 파탄을 가져올 수밖에 없다. 미모의 전쟁미망인이자 학원장인 여주인공이 미공보원 파티에서 '정부불 사건'의 주모자를 만나면 서 비극은 시작된다는 것인데, 당대 '모리배'를 그녀의 연애의 대상자로 설정 함으로써 전시 애정의 문제가 부당하고 불공평한 사회 부패로부터 시작한다 는 최소한의 사회의식을 독자로 하여금 느끼게 한다.
사회상	1953년 임시수도가 부산에 있을 때, 대구를 중심으로 부산, 서울이 무대. 오 자, 탈자, 문장의 부정확성은 전시 신문 제작의 어려운 조건이겠지만 소설의 주 내용이 되고 있는 전후 삼십대 여성들의 과장되어 드러나는 강박적 남성 집착(억압된 성 자체가 원인이 아닐지도 모른다)과 관련되지 않나 하는 생각 이 들 정도로 소설 결말에서 빚어지는 비극은 소설적 균형감을 잃고 그로테스 크하게 보이기조차 한다. 어쩌면 그것은 전쟁상흔의 또 다른 증상인지 모른

다. 30대 여성들의 파행적 애욕과 일탈 행위들의 배경이 되는 것은 권력과 전시자금 이동이다. 한탕주의식 사고와 정부불 사건은 선우일엽의 청부살인과 음모라는 소설적 사건과 멀지 않은 데에 있다. 여자들의 무모한 행동은 전시 여성 삶의 하나의 환유일 것이지만 전쟁기 현실의 불안한 상황에서 어색하게 노출되고 있다.

朴榮濬, 「푸른 치마」	『영남일보』, 1953.11.18~12.30, 30회, 삽화 백문영
인물 배경	배경 : 대구 시내 한 가정집. 유금희 : 교사. 박춘배 : 금희를 짝사랑한 옛 애인. 권석이 : 금희의 남편, 인쇄업, 정이 많고 여리나 줏대가 약하다. 옥주 : 전쟁미망인, 부산에 피난 왔다가 금희 가족의 도움을 받아 대구에 산다.
내용	유금희는 서울에서 하향하는 기차 안에서 전에 그녀를 사랑했던 박춘배를 만난다. 박춘배와 미묘한 감정을 경험한 금희는 집에 돌아와, 친구 옥주(전쟁 미망인)가 그녀가 없는 사이 남편(권석)이 혼자 있는 집에 자주 들러 예사 사이가 아니게 되었음을 눈치 채게 된다. 금희는 처지가 어려운 옥주를 도와준 자신의 호의를 무시한 옥주와 갈등을 빚지만 결국 옥주의 처지를 동정한 남편을 용서한다. 작가는 부드럽고 섬세한 문체로 유금희가 권석이를 의심하는 사이 박춘배가 끼어들면서 벌어지는 미묘한 애정 갈등과 여성 친우 간 있을 수 있는 경쟁 심리를 델리킷하게 묘사한다.
사회상	전쟁으로 인한 후유증은 도처에 미만하다. 갑자기 전쟁미망인이 된 옥주, 그녀가 다른 부부 사이에 끼어듦은 자연스러운 현상이겠지만 이로 인해 부부 사이의 애정에 금이 간다. 작가는 남자가 절대적으로 부족해진 전시 상황에서 빚어질 수 있는 갈등상을 섬세하고 부드럽게 접근하여 결국 화해와 용서의 분위기를 끌어낸다. 한국 사회가 전통적으로 남자 중심의 가부장제 사회인데다 25~29세 여성비율이 174대 127(1958년 통계)로 남자보다 47만 명이나 많았기 때문에 일어나는 자연스러운 일이었다. 이 숫자는 여자 4명 중 한 명이 혼자 살아야 하는 비율이다. 이른바 아내가 남편을 지키지 않을 수 없는 상황이 벌어진 것이다. 게다가 한국의 전통적인 남성 중심의 가부장제는 일부일처제 사회임에도 불구하고 남성들로 하여금 여전히 열 여성 마다하지 않은 모호한 태도를 보이게 함으로써 여성의 입장이 결과적으로 수세에 몰리는 일이 발생하고 있었다. 50년대 신문이나 잡지에 남녀관계로 인한 고민상담 코너가 인기였던 것도 이 같은 사회습 탓이 컸다. 고민상담은 유부남과 관계한 처녀의 경우, 유부남이 아내 아닌 여자를 실수로 임신시킨 경우 등 다양하지만 언제나 여성 측에서 손해이기 마련이었다.

정비석, 「深海魚」	『영남일보』, 1954.1.1~54.5.14, 119회, 삽화 白文英
인물	김경애 : 25세 대학 중퇴, 아버지, 오빠가 납북되고 부산 삼호물산에 여사무원으로 취직, 파혼으로 자살하려다 변인규를 만난다. 변인규 : 예술대학 조교수, 청년화가, 한 번 모델이 되어준 경애를 사랑한다. 한건호 : 경애와 약혼한 사이이나 경애 집안의 몰락을 이유로 파혼한다. 홍성찬 : 삼호물산 과장으로 친절을 가장하나 입원 중인 경애를 유린한다. 박명주 : 다방 2호실 마담으로 변인규를 유혹한다. 경애와 인규 사이의 방해자.
내용	김경애는 전쟁으로 인해 홀어머니와 부산으로 피난 생활 중 약혼자 한건호의 정조 유린 후 파혼제의로 충격을 받는다("오판"). 한흥원 사장, 그 아들 한건호와 홍성찬, 박명주, 오계향들 사이에 복잡한 여자관계가 발생한다("아버지와 아들"). 송도에서 경애의 자살 순간 청년화가 변인규가 나타나 구해준다. 환도로 직장을 잃은 경애("생의 섭리"). 서울행 플랫폼에서 변인규와 마주쳤으나 어머니 병환 발생, 홍성찬의 도움으로 어머니 병원 입원, 병원비로 고민하던 중 유엔마담이 된 강마리와 만남("선인연, 악인연"). 경애는 어머니가 죽고 홍성찬의 도움으로 장례를 치르나 홍성찬에게 겁탈 당한다("독아"). 박명주는 한건호의 백만 원으로, 다방 2호실 개업, 변인규를 유혹하고 가짜 편지로 김경애와 변인규와 사이 이간질("어디로 갔는가?"). 강마리의 옷장(오시이래)에 숨던 경애, 외국인과 정사장면 목격, 요릿집 월야정의 사무원으로 취직하나 월야정 주인 계향은 홍성찬의 정부("세파"). 변인규의 그림 전시회 기사를 읽은 김경애가 전시회에 갔으나 박명주의 개입으로 자격지심을 느껴 그를 피해 돌아온다("바다와 나비"). 박명주는 인규를 짝사랑하나 결국 한건호에게 프러포즈를 한다("애증의 길"). 크리스마스이브에 변인규와 길이 엇갈린 경애가 또다시 위기에 처한다("聖夜의 비애"). 경애와 인규의 만남이 엇갈린다. 인규는 명주의 위조편지를 보고 상심 낙향한다("두 개의 혼선"). 전시회에서 변인규 소식을 들은 경애, 집으로 돌아와 기다린다("영혼의 계시"). 가짜 편지가 밝혀지고 인규는 경애를 찾아가 진심어린 프로포즈를 한다("은하의 밤").
사회상	두 남녀가 제대로 소통하지 못한 가운데 방해자의 방해와 거짓편지에 의해 지연되다가 마침내 만나 곧바로 프로포즈 받게 된다는 로맨틱하고 동화 같은 사랑 이야기이다. 부산 환도 분위기 속에서 전쟁으로 인해 아버지와 오빠를 잃고 몰락한 한 여성의 혼사장애담이다. 변인규라는 이상적 인물을 통해 전시 전후의 혼란기 속에서 여성 정조의 순결이 사랑과 혼인의 절대적 조건이 될 수 없음을 주제화한다. 과거보다는 미래지향적인 혼인관계라는 새로운 전후 모럴이 제시된다.

박영준, 「최종열차」	『대구매일신문』, 1954.1.13~1.29, 14회, 삽화 白樂宗
인물	선우 대위 : 적정수색 등의 특수임무를 띠고 서울에서 철수를 감행하는 군인. 선우광화 : 선우 대위가 광화문 네거리에서 주운 고아. 문난수(양공주) : 최종열차를 타고 남으로 피난 가고자 한다. 미군과 한국군 모두에게 업신여김을 당하나 선우 대위로부터 인간적인 대접을 받는다.
내용	선우대위가 이끄는 ○○부대원들이 탄 최종열차의 풍경묘사 : 피난민들의 고통과 혼란 가운데서도 선우 대위가 베푸는 휴머니즘 정신이 부각됨. 경황 없는 철수 중에도 고아를 데리고 떠나며, 지쳐 쓰러진 소를 보살피고, 양공주에게 온정을 쏟는 등 피난행렬 속에서도 인간의 도리를 지키고 주위 환경을 돌아보며 타인을 보살피고자 애쓰는 군인들 미담이다.
사회상	1951년 1·4 후퇴 시 ○○부대의 후퇴 행렬. 서울→수원→대구로 후퇴하는 도중에 겪은 고아, 양공주를 거두는 군인의 선행을 묘사한다. 전쟁의 혼란 속에서도 살아있는 박애와 인도주의적 활약상을 통해 선무하고자 하는 종군작가로서의 역할과 목적이 엿보이는 작품이다. 이러한 이야기는 어느 한쪽을 가리고 다른 한쪽만 보게 하는 반공 이데올로기 선동과 선전의 연장선에서 볼 필요가 있다.

최태응, 「家族系譜」(1)	『대구매일신문』, 1954.1.1~1.7, 5회, 단편소설, 白樂宗
인물	나의 조모(98세)와 고모(80대)
내용	최태응의 가족 계보의 일부를 보여주는 것 같다. 북쪽에 두고 온 가족에 대한 내력을 소개한다. 그중, 나는 할머니와 고모의 삶을 떠올린다. 이 작품은 할머니와 고모가 함께 살던 시절에 대한 이야기이다. 할머니는 노년에 고모와 함께 산골에서 살다가 돌아가셨다. 고모는 아이를 못 낳아서 시집에서 쫓겨난 이후, 할머니와 함께 살았다. 80살이 넘은 고모가 다치면, 98살의 조모는 어린아이 다루듯 고모의 상처를 어루만져 주셨다. 외견상, 모두 늙은 할머니 임에도 그들 간에는 모녀지간의 정서가 그대로 남아 있었다. 할머니가 먼저 돌아가셨는데, 이후 80살이 넘은 고모는 혼자서 노년을 보냈다.
사회상	북쪽의 산골, 지나전쟁이 시작되고 해방되기 전까지를 배경으로 한 최태응 자신의 가족사, 황해도 은율 고향 이야기로, 조모와 고모에 대한 기억이다. 작가는 칠거지악으로 시집에서 쫓겨났어도 조모가 더불어 다정하게 늙어가는 모습에서 여성의 노후 행복을 발견한다.

김말봉, 「새를 보라」	『대구매일신문』, 1954.2.1~6.17, 120회, 장편소설
인물	서옥정 : 고학생. 서병호 : 작은오빠, 고학생. 곽연수 : 퇴역 상이군인으로 장선주, 초명과 애정관계로 얽혀 있다. 장선주 : 여의사. 초명 : 곽연수의 과거여자로 현재는 다방마담. 요정 〈현대관〉의 명자.
내용	서옥정은 전쟁으로 인해 가족을 잃고, 작은 오빠와 고학한다. 서옥정은 큰오빠의 전사 사실을 알려준 곽연수를 좋아하지만, 돈 없고 무능한 곽연수는 여의사 장선주를 선택한다. 동시에 연수는 과거 여자 초명과도 관계를 지속한다. 과거 연수가 좋아했던 초명은 전후에 전쟁미망인이 되어, 육체를 수단으로 살아간다. 초명은 작중 제 남자들과 치정관계에 얽혀 있다. 고학하는 작은 오빠는 남녀 간의 불륜관계를 사진에 담아 의뢰자에게 전달해주는 일을 한다. 오빠에 의해, 초명의 문란한 생활이 폭로된다. 상이군인 곽연수가 전후의 절망스러운 현실을 대변한다면, 여의사 장선주와 사범대학생 서옥정은 그 현실을 복구하고 재건해내는 인물을 대변한다. 군인들이 전장에 다녀온 후 몸과 마음에 상처를 입어 재활하기가 쉽지 않다면, 이제 전후 현실의 문제는 상처 입은 남자를 적극적으로 여성이 앞장서서 보필해야 할 것임을 담론화한다. 곽중사는 전쟁으로 인해, 가족이 몰살당하고 자신의 육신이 온전하지 못하게 되었다. 반면, 장선주는 전쟁과 무관하게 의학공부를 하고 의사의 직책을 가지고 있다. 서옥정 역시 아버지가 납북되고 큰오빠는 전사하지만, 건강한 생활력으로 작은 오빠와 함께 고학생활을 하고 있다. 서옥정은 뜨개질이든 가정부든 가리지 않고 일을 하면서, 공부를 계속해나가는 인물이다. 장선주와 서옥정은 정신적, 육체적으로 피폐해진 곽연수를 돕고 있다. 가족이 없는 곽연수에게 두 여인은 각각 누이와 애인과 같다. 연애소설에 상이군인에 대한 국가적 현실문제가 교묘하게 자리 잡고 있다.
사회상	한국전쟁 직후, 부산을 배경으로 당시 현실에 대한 희망을 여성의 역할에서 찾고자 한다. 그러므로 작가는 곽연수의 타락을 불가피한 것처럼 받아들이고자 하는 반면에 전쟁미망인인 초명의 경우, 그 부도덕성을 고발한다는 점에서 남성 중심적 사고로 사회 계몽을 하고자 한다.

최민순, 「슬픈 노래」	『대구매일신문』, 1954.6.1~8.13, 57회
인물	나 (최민순) : 대구매일신문 사장 신부. 백마고지에서 전사한 조카 래문도.
내용	최민순은 「슬픈 노래」에서 한국의 이순신과 성삼문, 정몽주의 글을 분석하면서 이순신의 효와 충, 성삼문의 시 정신 속에 하느님의 뜻이 닿아있는 것이라면 정몽주의 시에는 유교적인 현실주의가 숨어있다고 비판하기도 한다. 한국전쟁이 '성전'이라고 하고 그 이유에 대해, 공산주의가 악마의 종교이기 때문이라고 본다. 그의 주장을 요약하면 다음과 같다. 르네상스 이후 유럽은 신으로부터 해방되어 자유를 얻었지만 그것은 진정한 행복이 아니었다. 유럽은 제국주의, 국가주의 속에 끊임없는 전쟁에 시달려야 했다. 근대 시민사회 발전과정에서도 산업혁명을 거치긴 했지만 프랑스 자코뱅, 부르주아지 혁명 등으로 시민들은 더 고통받아야 했다. 과학기술의 발전은 인간을 더 옥죄어 신의 구원으로부터 더 멀어지게 했다. 2차 대전 때 히틀러가 나타나 독일을 재무장시켜 전쟁을 일으키게 한 것도 1차 대전 후 독일을 패전국 빚쟁이 혹은 '황금알을 낳는 거위'로 만들어 버린 베르사유 조약에 나타난 프랑스·영국 등의 이기심 때문이었다고 본다. 이 문제를 교황 피우스 12세가 지적했으나 눈앞에 이익에 어두운 프랑스는 듣지 않았고, 이에 마침내 히틀러가 나와 혹독한 대가를 치러야했다는 것이다. 그러나 더 무서운 것은 마음속의 적, 사회주의 사상이 독일의 마르크스·엥겔스에 의해 출현하게 되었다는 것인데, 히틀러가 죽고 나서도 마르크스·엥겔스 사상이 사회주의 공산주의자를 양산하여, 기독교를 모방한 반기독의 신앙을 가진 반기독사상을 전 세계에 퍼뜨려 전쟁을 일으켰다고 한다. 곧 레닌이 신이 죽은 지 오래라고 하는 것은 '신의 사체를 능욕'하는 것으로 '신에 대한 선전포고'를 하여, 기독신앙을 거꾸로 신앙화한 반기독주의, 즉 또 다른 악마의 종교임을 명백히 한 것이므로 이것이 바로 우리가 한국전에서 악마의 종교, 즉 '전투적 무신론'과 싸워야 할 이유가 된다고 최민순은 주장한다. 곧, 최민순은 한국전쟁을 사탄과의 싸움이므로 따라서 성전(聖戰)이라고 단정 짓는다. 그러므로 ○○고지에서 순국한 조카 '래문도'는 성전의 부름을 받아 싸우다 죽었으니 순교한 것이고 그것은 영원히 사는 것이라고 본다.(81~126쪽)
사회상	인간의 이기심이 결국 사회주의 사상을 낳고 공산주의 혁명을 일으키게 하고 전쟁이 일어났다는 그의 주장은 긍정할 수 있다. 그러나 국제전으로 확대되고 '대리전쟁' 성격을 지닌 한국전쟁을 사탄과의 정의로운 전쟁으로 받아들이는 데에는 분단지식인의 왜곡된 관점이라는 문제점이 드러난다. 공산주의가 종교를 거부한 것은 사실이나 그것은 천주교에 국한된 것은 아니었으며

부패한 자본, 제국주의에 선전포고한 것이지 종교에 선전포고한 것은 아니었
다. 최민순은 맹목적 반공이념을 그대로 받아들인다. 이는 더 혹독한 포로생
활을 체험하고도 공산주의자를 되려 불쌍히 여긴 외국인 선교사나 신부, 수녀
의 수기 기록들과 대비가 되어 민족을 위한 진정한 신앙의 실천이라 보기 어
렵다.

崔泰應, 「행복 은 슬픔인가」	『영남일보』, 1954.10.24~1955.2.24, 106회, 白樂宗
인물	정민식 : 전시 대대장으로 싸우다 한쪽 눈을 실명, 소령으로 전역, 대학 중퇴 미술학도로 전쟁 전에 알던 여숙이란 애인과 재회, 결혼한다. 김용복 중사 : 정민식의 부하. 유성애 : 오락장 마담, 어깨(날매)의 연인. 여숙 : 전전 민식과 연인 사이였으나 작은 오해로 헤어진 후 상이군인이자 미술가로 변신한 민식과 재회, 결혼한다. 날매 : 부산 영도 주먹패 두목.
내용	'따발총'에 실명한 정민식은 다른 한쪽 눈마저 실명할 처지에 놓인다. 정민식은 제대 후 부산에서 손발이 성치 않은 김중사(용복)와 만나 산다. 해운대 오락장 유성애가 정민식의 누드모델을 자청한다. 누드를 그리는 사이, 전쟁미망인 유마담의 보호자인 주먹패 날매가 나타난다. 날매의 테러로 민식과 용복은 부산을 떠난다. 기차 안에서 민식의 회고담(전전 첫사랑 여숙과의 로맨스담)이 소개된다. 평양, 진남포에서의 일제 항쟁담과 여숙과의 만남은 여숙의 친구 복희의 등장으로 오해가 생겨 여숙이 민식을 떠나게 된 사정이 이야기된다. 김용복은 정민식의 손발이 되어 서로 도우면서 살아간다. 정민식은 삼각산 기슭의 아틀리에에서 작업하던 중, 상이군인 시위현장을 목격하고 그들에게 시위와 폭력보다 자활과 갱생을 권고한다. 정민식은 권노인의 소개로 공주 학교로 부임하게 되는데, 우연히 그곳에서 의부녀관계로 세파에 흔들리지 않고 잘 견뎌온 여숙을 만난다. 정민식은 자신의 그림 개인전이 열린 곳에서 여숙과 결혼식을 올린다.
사회상	전쟁 직후 부산 영도에서 실명 위기에 빠진 상이군인이 아틀리에를 갖고 그림에 몰두, 서울에서 개인전을 열면서 잃어버린 옛 연인를 찾아 결혼에 이른다. 상이군인이 스스로 새로운 삶을 찾아 나가고 그것이 최상의 결말을 맺게 된다는 점에서 희망적이다. 군에서의 상관인 장교가 손발이 성치 않은 부하인 김중사와 전역 후에까지 자신의 아틀리에에서 형제처럼 지내는 모습에서 전쟁 직후 오갈 데 없는 전역군인들의 삶의 현실을 실감하게 된다. 가족관계의 해체로 인한 새로운 인간관계가 자주 등장한다. 형제애를 대신하는 민식과 용복의 전우애, 권노인과 여숙과 같은 의부녀관계, 날매와 유성애의 보호와 순종적인 관계 등이 그것이다.(안미영, 『전전세대의 전후인식』, 도서출판 역락, 2008, 395~402쪽 참고)

장덕조, 「여인상(女人像)」	『대구매일신문』, 1954.7.1~11.30, 127회, 삽화 吳雪竹
인물	김자경(비취부인) : 애정 없는 결혼생활에서 탈출하고픈 삼십대 유부녀. 남편은 T버스회사 사장. 남청 : C은행 본점 외국부 부장에서 대구 동인동 지점장으로 옮김, 김자경과 내연관계. 유영미 : K대 고학 여대생, 23세, 남청을 사모하고 있음. 독고일심 여사 : 김자경과 E전문 동기동창, 요정 마담.
내용	"有夫의 女僧"인 김자경(비취부인)은 파티장에서 남청을 소개 받는다("아내"). 낙산 호텔 커피숲에서 밀회 도중, 유영미 학생을 만난다. 자경은 영미를, 힘찬 숨결을 바다 바람처럼 풍기는, 신세대 새로운 여성상이라 생각한다("사크로필이란 약"). 남청은 자경을 기다리며 "원시적인 눈처럼 아름다운 허무와 견딜 수 없는 狂暴의 빛을 발산하고 있"는 영미 앞에서 자경을 향한 사랑만을 털어놓는다("傷心"). 유영미의 동생 광미(T버스회사 안내양)는 버스 속에서 산모가 아이를 낳자 적극적으로 간호, 가난한 사람들과 함께 있고 싶다는 지조를 보인다. 한편 남청은 자경을 잊기 위해 서울을 떠나 대구지점에 내려갈 결심을 한다.("사업하는 사람들"). 남청은 자경에게 편지를 써서, 영미에게 부탁하지만 편지 배달사고가 난다("사랑은 멀리서"). 광미는 영미의 학자금 마련을 위해 회사에 돈을 구하러 가는 중에 얼마 전 버스에 치어 죽은 심 상사 부친의 일로 회사를 찾은 옥소령을 만난다. 그는 비취부인을 찾아가, 회사의 부당성을 알리고 비취부인의 호의로 50만 환짜리 수표를 받는다. 옥소령은 영미를 사모하게 된다("돈! 돈!"). 자경은 남청을 잊기 위해 몸부림친다. 집시 처녀와 귀족 남성의 불같은 사랑을 다룬 영화 '致命의 키스'를 보며 자경은 "포악한 운명적 그늘에 어리어 있는 好意에 찬 神의 攝理를 인정하고 싶"어 한다("죽엄의 키스"). 남청은 강도의 총을 맞고 견부관통상으로 대학병원(삼덕동)에 입원한다. 비취부인(김자경)은 신문을 통해 사건을 접하고 남청의 곁으로 달려와, 이성을 잃어버린 '원시인'처럼 함께 생활한다("사건"). 영미는 옥소령의 사랑을 거절하고 남청의 병실을 찾아가, 병실에서 주검의 키스를 나누는 남청과 비취부인, 두 연인을 목도한다("꿈은 깨어지고"). 영미의 출현에 비취부인은 "사랑은 수난자를 낳는다"는 생각으로 남대구 로터리 앞에서 한일버스에 치여 사망한다("혈흔"). 남청과 영미는 "진실로 아름다운 한 사람의 여인! 구원의 여인상"인 비취부인을 잃었다는 슬픔에 빠진다("영원의 여인상").

사회상	「여인상」은 1954년 경, 서울, 대구(중구, 남대구서 로터리), 부산을 배경으로 애정 없는 결혼생활에서 탈출하려는 유부녀와 아내와 별거중인 유부남과의 불륜치정에 얽힌 갈등에 청부살인 등 범죄를 교차시켜놓은 르포소설처럼 보인다. 불륜과 치정의 애정갈등이 소설적 구성으로 정화되지 못하고, 청부살인, 자살 등 사회적 강력사건을 통해 해결됨으로써 전반적으로 전후사회적 절망과 불안감을 반영한다.

이봉구(李鳳九)『사슴의 우름처럼』	『대구매일신문』, 1954.12.13~12.30, 19회, 삽화 吳錫九
인물	혁 : 신문사에서 사설을 쓴다. 과거 교직에 종사. 혜경 : 미망인. 혜경의 어머니 : 동란으로 아들 둘을 잃고 딸은 과부가 됨. 가정집을 '번지 없는 주막'으로 만들어, 피난민 나그네들에게 고향집과 같은 휴식을 제공하고 있다.
내용	주인공 혁은 피난 중 수원에서 대구로 트럭을 타고 오다가 트럭이 고장 나서 대구의 어떤 주막에 머물게 된다. 이 주막은 미망인 혜경의 어머니가 동란으로 아들 둘을 잃고 딸과 손녀가 과부가 된 상황에서 피난민 나그네들이 대구를 스쳐갈 때 잠시나마 고향집과 같은 위안을 주기 위해 술장사를 시작한 것이다. 　가족과 같은 대접을 받은 혁은 트럭 동행자 철학전공 교수와 함께 그 집에서 하룻밤 묵게 된다. 이후 해마다 봄·가을에 혁은 대구 혜경의 집에 들러 "대구라는 고장은 무서운 매혹의 촉수가 사철 밤이고 낮이고 수줍은 나그네를 기다리고 있는 향수 사무친 지역"이라고 생각하며 미망인 혜경의 처지를 동정한다. 혁은 인생 철학의 중심을 "어느 때고 자기 마음의 집으로 돌아오고 싶어 하는 향수의 충동 속에 중심이 있"는 것이라고 생각한다. 　혜경은 혁에게 자신의 사무치는 고독을 하소연하며 그를 따라 서울로 가고 싶어 한다. 혁은 전쟁은 "가족만 잃은 게 아니라 청춘이란 것이 어떻게 살고 죽는가를 목격하다 지쳐버린 정신의 치명상을 입은 사람"들을 보여주는 것이라고 생각한다. 혁은 미망인에게 그들의 "희망의 조건"은 "초극과 체념"이라 답하면서 정신의 치명상을 입은 혜경의 식구들을 위로한다. 혜경은 "사랑의 혁명"이 있어야 살 것 같은 시름을 고백하면서 깊은 산속의 외로운 사슴이 되어 살겠다고 말한다.
사회상	서술자는 1954년 수원과 대구를 배경으로 전쟁미망인과 고향을 상실한 피난민의 처지를 다소 거리를 두고 바라본다. 가족을 잃은 미망인 모녀의 이야기를 통해, 상처받은 전재민들끼리 서로 위로받는 인지상정의 모습을 형상화하고자 한다. 이봉구는 독실한 천주교 신자로 현실 초극과 체념, 비극적 현실의 수용 등, 결국 사랑과 용서의 마음만이 어려운 혼란기를 이겨나갈 수 있다는 것을 말하고자 한다. 숲 속 '사슴의 우름처럼'이라는 제목이 시사하듯, 현실의 고통 속에서 고독을 견디어 나가는 모습에는 혼란기의 미래를 어둡게만 바라보지 않는 단단한 의지와 훈훈한 온정이 살아있다.

洪永義, 「愛情白書」	『대구매일신문』, 1955.1.1~7.1, 156회, 삽화 오석구
인물	박경숙 : 전쟁 전 연천에서 월남한 의사 박원대의 딸로 육군대위 장영렬과 약혼한 사이. 회사원. 박원대 : 경기도 연천이 고향, 가족을 데리고 서울로 월남하여 병원을 개업하고 교수가 된다. 장영렬 : 육군사관학교 생도로 한국전쟁에 참전, 상이용사가 되어 경숙을 포기한다. 김군칠, 오금주 : 연천에서 남파된 공작원 남녀, 경숙·향숙 자매를 포섭하려한다.
내용	「애정백서」는 애정갈등소설을 표방하고 있지만 반공계몽소설로서의 성격이 강하다. 1946년 경기도 연천에서 월남한 내과전문의 박원대 가족의 피난체험과 두 딸(경숙, 향숙)들 특히, 경숙의 애정갈등을 통해 전쟁을 전후한 사상적 갈등으로 인한 인간관계의 혼란과 단절을 보여준다. 목숨을 걸고 연천읍, 전곡리 길로 하여 동두천, 소요산을 넘은 박원대 가족은 '독오른 배암처럼 이 거리 저 거리 이 골목 저 골목에서 가시돋힌 혀 바닥을 날름거리' 는 빨갱이들을 피해 무사히 남하에 성공한다. 그리고 박원대는 서박사의 도움을 받아 대동의원(내과 소아과) 병원에 임시 기거하다가 남한에서 의사로, 대학교수로 자리를 잡는다. 　이 소설의 특이점은 월남가족들이 겪는 고향에서 내려온 간첩들과 얽혀지면서 겪는 갈등이다. 즉, 자유를 찾아 남하한 박원대 가족들이 한국전쟁으로 인해 또 다시 피난체험을 겪게 되는데, 이 소설은 그러한 체험과 더불어 반공 첩보극을 방불케 하는 독특한 애정갈등을 보여준다. 반공첩보 모티프는 애정의 삼각 갈등에 시의적이고 현장적인 긴장감을 불어넣는다. 경숙의 여고동창생 오금자는 연천에 있을 때 여청의 선전위원으로 활동하다 신분을 속이고 서울에 잠입하여 경숙을 포섭하려 한다. 종로의 '흑란다방' 에서 우연히 만난 척하는 김군철 역시 과거 연천의 민청단장으로 간첩으로 남하하였다. 그는 고향친구인 경숙에게 접근, 국군 정보장교인 김억보에게 접근하라고 협박한다. 이때 김군철의 협박으로부터 경숙을 구해준 사람은 경숙의 여학교 때 체조선생이었던 문덕호였다. 　청년회 감찰부원이 된 문덕호는 김군철을 밀쳐내고 경숙을 구해주었지만 정작 본인은 오금자의 유혹에 넘어가 살해당한다. 이 사건은 '대남공작대 일망타진' 주범 김군칠 외 '오명 체포' 라는 제목의 신문기사에 이어 '천인공노할 괴 살인사건' 이란 타이틀과 함께 자세히 보도된다. 그리고 '남녀간첩의 죄악상', '비명에 간 민청간부 문덕호씨' 라는 부제목과 함께 소개된 이 사건은 '오금자의 유혹에 넘어가 알몸의 문덕호를 간첩 김군칠이 소리 나지 않게 대못을

	머리에 박아 죽이고 청량리 뒷산에 매장했다' 는 등 다소 선정적이고 엽기적으로 부각된다.
사회상	주인공 장영렬이 "일본제국주의자들 밑에서도 안녕질서를 유지해 온 우리가 아니냐? 우리를 두쪼각 내고 삼강오륜을 짓밟아놓고 혈육사이를 이간을 부치고 서로 원수를 만들게 하니 얼마나 놀라운 사실인가?" 하는 말 속에 반일을 포기하고 반공을 지향하고자 하는 주제의식이 잘 드러나고 있다. 오히려 인공치하에서 살아남기 위해 변절하는 인간상을 고발 비판한다. '진정인지 거짓인지 서로 앞을 다투어 붓대를 잡는가 하면 이편도 저편도 아닌 알쏭달쏭한 친구들이 기세를 피우기도 했다. 제법 자기 인생관을 가졌다는 소위 문필인들까지도 문학가동맹이란 간판을 갈아부치고 기염을 토하는 덴 앗찔한 순간이었다' 는 구절은 이른바 인공치하의 '부역자' 들의 마음을 가슴 조이게 하는 대목이었을 것이다. 민족정신을 반공정신으로 이어가려 하는 동시에 상이용사의 공과를 강하게 부각시키고자 노력한 소설이다.

이봉구 「人生新綠」	『영남일보』, 1955.6.3~10.3, 123회, 삽화 백문영
인물	혜경 : 개성이 뚜렷하고 발랄, 여성의 결혼을 비판적으로 받아들이는 출판사 기자. 정희 : 혜영의 출판사 선배, 남성 편력의 피해의식에 빠져 음독자살한다. 미망인 줄리엣 : 명동서 양장점 경영하는 패션전문가. 박영철 : 혜경의 스승, 정희와 혜경 사이에서 갈등.
내용	혜경은 스승 박영철 교수의 주선 덕택에 운좋게 입사한 신생출판사에서 '희망의 계단'을 밟아가고자 한다. 그러나 뜻밖에 사장과 직원간의 사연관계로 출판사 선배인 정희가 우울증으로 자살하게 된다. 이러한 비극은 마치 소설에 소개된 영화 〈사막의 화원〉, 〈판도라〉에서 현실에서 성취하지 못하는 사랑의 막장 장면처럼 등장하기도 한다. 대학졸업과 함께 '꿈의 성'처럼 여겨지던 혜경의 직장이, 직장상사와의 애정관계로 환멸의 성이 될 수 있음을 보여준다. 공과 사, 감정과 이성, 주체와 타자, 정상과 비정상, 마음과 몸이 명확히 구별되지 못한 상황에 처하면 누구나 상처받게 되는 불안한 단계를 주인공들은 겪는다. '요즘 대학생들과 대학 나온 색시들은 전후파가 되어 말을 부쳐보기도 겁이 난다'(6.4, 2회)고 하는 성공한 기업인 혜경 오빠의 말처럼 정신적으로 나약해진 전후 여성들은 자존감이 약해져 있다. 이들은 쉽사리 마음을 주고 쉽사리 상처를 받는다. 혜경의 등장으로 신생출판사의 '언니'인 정희는 좌절하게 된다. 박영철에게 상처받은 그녀는 고독감에 못 이겨 유부남인 사장을 짝사랑하나 그도 실패한 것이다. 　혜경은 박영철과 사장의 자신에 대한 지나친 관심과 사랑으로 본의 아니게 정희에게 고통을 주게 되었다고 생각한다. 혜경 또한 일에 대한 열정과 삼각관계에 대한 과민 등 과로로 병원에 입원하게 된다. 혜경이 겪은 혹독한 입사 초년의 시련을 '둘러리의 파동'이라고 한다. 파동은 전란 이후 난리나 격동, 혼란을 의미하는데, 화자는 이 모든 것이 마음속에서는 하나의 '파동'일 뿐이라고 보는 것이다. 그러기에 혜경은 '둘러리의 파동 때문에 이대로 주저앉아서는 것은 마치 봄이 오기 전에 되돌아서는 병든 나비와도 같은 것'(10.30, 121회)이라고 마음을 고쳐먹을 수 있다. 　혜경은 결국 "나의 출발은 화려했고 몸이란 바로 사랑을 위해 죽엄을 바치는 것과 한갈래 길이다. 청춘을 소중히 알고 신록 속에 사랑을 하다 죽어야만 되겠다"(121회)고 스스로 다짐하며 다시 신생출판사로 발길을 향한다. 전후 어떠한 고난도 마음속의 작은 파동으로 받아들여 '인생신록'의 계시에 순명하고자 하는 자세를 견지하고자 한다. '-야만 되겠다'의 서술 어투는 「산타 마리아」에서의 '아벨라르와 엘로이즈의 서간문'처럼 평생 사랑의 수도자처럼 살아갈 것을 사랑을 종신 서약한 문체를 닮고 있다.

사회상	전후 서울, 사회 초년생의 入社談으로 전후파라는 신조어를 의식해서인지 여자가 결혼하면 개성이 시들어 버린다거나 결혼을 짐스럽게 생각하여 결혼에 대해 주저하는 입장을 반성하게 한다. 애정의 고통과 회복, 또는 신비감을 주제로 한 50년대 명화 다섯 편 〈바렌티노〉, 〈애인 쥬리엣〉, 〈사막의 화원〉, 〈판도라〉, 〈외인부대〉 등이 소설 속에서 담론화된다. 이 소설을 전후파 사회 초년 여성들의 애정관과 결혼의 풍속도를 비판하면서, '인생신록'이라는 제목처럼 다양한 남녀 간의 감정들이 상충하는 속에서 풋풋한 젊은 시절을 희망차게 보내려는 여주인공의 의지를 드러내고자 한다.

최태응, 「南一洞에서」	『대구매일신문』, 1955, 7.15~7.28 (12회, 단편), 오석구
인물	나 : 소설가, 종군작가로 일선으로 떠나면서 옥순이라는 유곽녀와 남일동에서 만나 하룻밤 자게 되고 그녀와 두어 번 편지를 주고받는 사이가 된다. 옥순 : 스물다섯의 '보드랍고 야무진 말소리'를 가진 남일동 유곽골목의 유곽녀, 옥순은 며칠 유숙한 '나'를 소중히 생각하고 편지도 오가는 인연을 이어가지만 결국 죽게 된다. M : 동행 종군작가, 시인, 남일동 유숙을 추진.
내용	대구 남일동(당시 유곽촌)에서 옥순이라는 처녀와의 인연담이다. 1950년대 중반, 작가가 사 년 전 종군작가 시절 대구에서 만난 옥순과의 추억을 회고하면서 고인이 된 옥순의 유곽을 다시 찾아 가서 '너'라고 부르며 추도하기 위해 쓴 글이다. '나'는 그때 종군하게 되어 일선으로 떠나기 전, 여러 문인들과 모여 술을 마시고는 시인 M이 변통하여 남일동 유곽지대를 가게 된다. 만취한 나는 유곽골목에서 옥순을 만난다. 옥순이는 첨엔 잠만 자는 나를 '놀 줄 모르는' '등신'이라 흉보더니, 며칠 더 묵게 되면서 나를 종군하러 떠나기 전까지 눈물까지 보이며 정성껏 보살펴 주었다. '나'에게 그 뒤로 옥순의 편지가 두어 번 왔고 나 역시 답장을 해주었다. 사 년쯤 지난 뒤 종군하고 돌아와, 나는 잘 곳이 없어 다시 남일동으로 옥순을 찾아갔으나, 그녀는 이미 죽고 없었다. 그녀의 동료들은 그 여인을 대신해서 나를 위로해주고 접대해준다 하였으나 유품을 받아든 나는 그녀를 애도하는 글을 쓴다. 그녀들은 하룻밤만 지나면 남일동 일대 유곽은 헐어 없어질 것이라며 자신의 운명과도 같이 그것을 한탄하였다. 옥순을 애도하는 가운데 유곽집의 골목과 가옥, 요강, 변소, 옷장 등 살림살이를 세세히 묘사하고 있다.
사회상	1950년대 초 대구시내 남일동은 유명한 유곽지대였다. 옥순은 이 동네의 유곽녀가 되어 객사한다. 전쟁으로 인해 고향을 잃고 몸을 팔다 병사한 것이다. '나'는 옥순의 치마저고리, 슈미즈 등 유품을 맡아 하나하나 태우면서 옥순의 죽음을 통해 오갈 데 없어진 자신과 이 시대의 전재민들을 생각하게 된다. 다방을 '연애병 환자들의 수용소', 요릿집을 '영달과 출세에 미쳐 정신분열을 일으킨 사람들의 유치장'으로 저주하는 가운데, 가난하고 소외받은 하층민에 대한 공감대가 형성되고 있다. 비록 짧은 단편이나 분단과 전쟁으로 고향을 잃은 작가의 심정이 유곽녀가 된 옥순과의 인연을 통해 절절하게 드러나 있다. 전쟁의 폐허 위에 안간힘을 다해 살아남으려고 하지만 끝내 무너지고 마는 안타까운 모습을 대구 아가씨 옥순의 경우를 통해 생생하게 전달함으로써 전시 지역사회 전재민의 암담한 심정을 되새기고 있다. 최태응의 이러한 약자에 대한 연민과 공감, 그리고 부패하고 양극화된 사회에 대한 울분은 초기 휴머니즘적 소설의 흐름에서 더욱 분화된 모습이라 할 수 있다.

郭夏信, 「薔薇처럼」	『대구매일신문』, 1955.7.29~56.3.2, 174회, 삽화 吳錫九
인물	길형우 : 이 소설의 남주인공. 25세의 건실하고 유순한 대학생. 장래 식물학자가 꿈. 민봉녀 : 여자 주인공. 20세의 순박한 여대생으로, 길형우와 결혼을 한 당일 이복남매라는 사실이 드러난다. 안순옥 : 민봉녀와 동기동창. 처음에 길형우를 사랑하다가 길형우의 친구 윤득선과 부산으로 출분. 윤득선 : 길형우의 친구. 특출한 용모와 재주로 친구의 애인인 안순옥을 부산으로 유인, 난봉꾼, 나중에 민경희에게 구타를 당하여 입원. 오진호 : 쾌활하고 의협심 많은 길형우의 친구. 경희를 대신하여 윤득선을 피습한 범인이라고 자칭하여 감옥 생활을 함. 민경희 : 나이 40세쯤 되는 민봉녀의 언니.
내용	민봉녀와 친구 순옥은 한 학교에서 만나 한방에서 자취를 하게 된 사이이다. 대전에서 날아든 어머니의 중병 소식을 듣고 봉녀는 부랴부랴 내려갔으나 어머니는 세상을 뜨고 만다. 그 와중에 봉녀는 대학생 애인 형우에게 몸을 허락하고 만다. 원래 그녀에게는 어려서부터 주위에서 맴도는 고향 친구 종구가 있었다. 그는 봉녀가 없는 사이 이사를 다해줄 정도로 그녀를 아끼는 다정다감한 사람이다. 종구는 그녀가 고향에 내려간 사이 고향집으로 언니를 찾아가기도 했었고, 형우가 있는 줄 알지만 개의치 않고 사랑하겠노라는 요지의 편지를 남기기도 하였다. 　이렇게 봉녀의 삼각관계로부터 이 소설은 시작된다. 봉녀는 순수한 종구에게 끌리면서도 어쩔 수 없이 형우의 집을 찾게 된다. 한편 봉녀의 친구 순옥은 득선이란 청년과 부산 송도 유원지로 놀러 가서 함께 사진을 찍는다. 그런데 순옥과 여관에서 밤을 보낸 득선은, 순옥만 여관에 남겨둔 채 돌아오지 않는다. 그녀는 일주일 후에 두 건장한 청년의 방문을 받는데, 그들은 순옥과 득선 둘이 찍은 사진을 형우에게 보낸 사실을 아느냐고 묻는다. 그들이 다녀간 후 절망감에 휩싸인 순옥은 죽음을 생각까지 하게 된다. 　며칠 후 경찰의 방문을 받고 병원으로 가보니 득선이 반죽음이 되어 누워 있었다. 순옥의 제보에 따라 형우의 집에 형사들이 들이닥친다. 한편 봉녀는 종구가 자신을 쫓아다니는 것을 피해 형우와 동거하다, 결혼식을 올리게 된다. 그런데 결혼식에 참석한 언니 경희는 그 자리에서 처음으로 형우를 본 후 '아!' 하는 탄식과 함께 얼굴빛이 변하게 된다. 경희는 형우와 봉녀가 이복남매라는 사실을 알았던 것이다. 경희는 결혼식이 끝나자 형우를 한쪽 방으로 불러 자초지종을 들려준다. 즉 형우의 아버지 길준기는 형우의 어머니와 결혼

을 하여 형우를 낳았지만, 뜻이 맞지 않아 사실을 숨기고 봉녀의 어머니와 결혼하였다는 것이다. 형우는 부산으로 내려가, 감옥에 갇힌 진호를 찾아간다. 그 후 진호로부터 윤득선을 구타한 진범에 대한 이야기를 듣는다. 골목길에 접어들었을 때 진호는 한 여인이 둔탁한 것으로 득선을 구타한 그 여인이 쓰러지는 걸 목격했는데, 쓰러진 그를 부랴부랴 병원으로 업고 가서 보니 득선을 구타한 여인이 봉녀의 언니인 민경희였다는 것이다. 난봉장이 득선은 순옥을 덮친 것도 모자라, 그녀에게 봉녀의 집안 이야기를 전해 듣고 경희에게 접근했다는 것. 나중에 속은 것을 안 경희가 그 복수로 득선을 못 걸어 다니게 만들었다는 것이 그 요지이다. 사건의 자초지종을 목격한 경희가 자신을 둘러싼 이야기를 고백하며, 동생 봉녀가 결혼식을 마칠 때까지만 붙잡히지 않게 도와달라는 부탁을 해 자신의 마음이 움직여 이렇게 감옥신세를 지게 되었노라고 진호는 고백했다.

안순옥이 형우를 찾아와, 윤득선이 이미 부인이 있는 사람이라는 것을 알려준다. 그리고 윤득선이 만약 경희를 범인으로 지목하여 발설할 때에는 자신이 가만있지 않겠다는 각오를 밝히며 운다. 형우는 순옥에게 윤득선을 만나 사건을 덮어줄 것, 그리고 봉녀 자매를 만나거든 자신을 보았다는 말을 하지 말아달라고 부탁한다. 득선은 몸이 우선해지자 봉녀를 찾아와 언니가 자신을 가해한 장본인이라며 검찰에 고소를 하겠다고 하지만, 봉녀를 짝사랑하는 고향 친구 종구가 득선이 경희에게 빌린 돈의 차용증을 제시함으로써 단념하게 만든다. 그 후 봉녀는 부산으로 내려가 형우를 만나지만 신세를 비관, 음독 자살을 기도하게 된다. 연락을 듣고 달려온 종구는 자신의 피를 수혈하여 봉녀를 살리고, 종구와 봉녀 두 사람은 모든 걸 불문에 부치기로 하고 장래를 약속한다. 언니 경희는 잘 살라는 쪽지 한 장만 남긴 채 홀연히 떠난다.

| 사회상 | 이복 남매간의 깊은 애정을 담고 있다는 점에서 유교적인 분위기가 팽배한 사회 통념을 넘어서고자 한다. 게다가 동생을 위해 복수사건을 만든 경희와 봉녀 자매, 형우와 진호의 끔찍한 의리와 우정 등이 전우처럼 서로를 희생적으로 보호해주려고 한 50년대식 삶의 한 방식을 알게 해준다. |

최영하 「하상부락 (河上部落)」	『대구매일』, 1955.7.2~7.14, 13회, 삽화 吳錫九 —
인물	바우(12세) : 고아원을 탈출해 거지 생활. 청년 : 바우보다 한 살 아래, 신문팔이 하는 거지. 대장 : 바우보다 두 살 아래, 대구역 중심의 "따군질". 연이 : 바우보다 네 살 아래, 철로변으로 다니며 석탄을 훔치는 일.
내용	6, 7세~10세 가량의 거지들이 대구 신천교 다리 밑 하상부락에 모여 살면서 각자 깡통을 들고 동냥하거나 소매치기, 날치기 등을 일삼는다. 바우의 아버지는 일본 유우바리(夕張) 석탄굴에서 바우가 태어나던 해 사망하고, 바우는 해방된 뒤 어머니 등에 업혀 관부연락선을 타고 부산에 내렸다. 그 해, 어머니가 호열자로 사망하고 바우는 고아원에 맡겨졌다. 바우는 고아원 보모의 횡포에 질려 고아원을 탈출한 후 대구역 광장 서편의 공회당 옆 드럼통 속에서 살면서 비슷한 처지의 거지 '청년'을 만난다. 　또 다른 거지, '대장'의 어머니는 미혼모였고, 그녀는 대장을 정거장 변소에 내다버렸다. 연이는 아버지가 죽고 어머니가 개가하는 바람에 "깡통과 쓰레기통과 시장판 風塵"으로 떠돌았다. 동란이 터지자 이들은 인민군을 피해서 남으로 내려온 서울 거지였다. 그들은 서울 말과 경상도 말이 언어가 뒤섞인 가운데, 하루 번 것을 모아 4등분하고 칠성동 철로변 백반 집에서 돼지국밥을 먹으며 별 걱정 없이 하루하루를 살아간다.
사회상	여기저기서 모인 10대 초반의 전후 고아들이 전쟁 후 대구역 광장, 신천교 다리 밑, 방천 둑 옆 등에서 거지로 살아가는 참상, 그러나 그 속에서도 걱정 없이 서로 협동하면서 살아가는 천진한 모습을 건강하게 묘사하는 사회소설이다.

이봉구, 「산타 마리아」	『대구일보』, 1955.10.1~12, 『한국문학전집 27』(민중서관)에 수록
인물	나 : 소설가, 피난 중 대구 한 여관에 묵으며 신문에 소설을 연재 중이다. 성순 : 가족과 헤어져 피난 중인 여의사, 대구 한 여인숙에서 '나'와 친해진다. 마리아 : 도시를 떠나 의료 봉사를 하는 성순의 친구.
내용	나는 이산가족이 되어 대구 한 여관에서 기거하면서 신문사 원고료 덕에 하루하루 의미 없이 살아간다. 이 여관에서 비슷한 처지의 '외롭고 슬픈' 사람들이 외인부대처럼 대구의 혹독한 무더위를 견뎌내고 있다. 성순은 의사지만 문학적 소양이 깊어 대화가 되는 유일한 이웃이다. 어느 날 성순과, 함께 대구 근교에서 의료봉사를 하는 친구 마리아의 병원을 찾게 된다. 셋은 '아벨라르와 엘로이즈의 편지'를 읽는다. '사랑의 복음서'라는 이들의 심오한 애정 고백은 전시 암울한 내면 상처를 어루만져 준다. 동정녀 마리아처럼, 고통 받는 이웃을 위해 자신의 청춘을 바친 마리아와 성순의 삶은 '나'의 출현으로 다소 출렁인다. 지금까지 없었던 둘 사이의 경계의 마음이 갈등을 낳기도 한다. '당신이 슬픔을 주고 알게 해준 분이기 때문에 나에게 슬픔을 주신 당신이라면 위로해줄 분도 당신뿐인 것 같습니다'의 글귀가 반복되면서 서로 이루어질 수 없는 사랑임을 깨닫고 침묵하는 속에서 이들은 서로 묵묵히 제자리로 돌아간다. 　나는 여성의 고귀함을 이렇게 설명한다. '아담은 흙이라는 낮은 장소에서 창조되었지만 이브인 여성은 에덴동산이라는 뛰어난 장소에서 창조되었다. 그러나 여성은 오히려 낮은 위치에 서게 되었다. 하나님은 모든 악의 뿌리요 원인인 이브의 과실을 '산타 마리아'를 통하여 그 죄를 벗게 하였고 그 후 처음으로 비로소 아담의 과실을 '그리스도'를 통하여 그 죄를 사하였다'고 하는 성서적 해석을 통해 두 여의사의 고귀한 의료봉사정신을 애틋하게 묘사한다. 즉 여성은 사탄에 이용당한 유혹의 이브가 아니라 오히려 성모 마리아의 모습에 가깝다는 점을 이 소설은 주목하고자 한다.
사회상	대구 시내는 일제시대 이래 동네 이름에서부터 대구매일신문사 근처 성당을 딴 성당동, 신덕·애덕·망덕의 삼덕을 딴 삼덕동 등 가톨릭과 관련된 곳이 많다. 『가톨릭신문』의 전신인 『천주교 회보』가 1920년대부터 발간되어온 곳이기도 하다. 50년대 대구가톨릭교회는 정확히는 프랑스 외방선교원 소속의 대구대목구로 서울대목구와 함께 1920년대부터 한국 천주교의 중심 역할을 해 왔다. 소설 「산타마리아」는 성모신심을 통해 피난생활 속의 외로움과 고단함을 달래준다. 청춘의 고독을 시골 병원에서 일로 달래는 성순과 친구는 모두 다 '산타마리아' 상처럼 훈훈하고 감동적인 인물로 막막한 피난 시절의 희망의 등대가 되고 있다.

崔昌大, 「銀河水」	『영남일보』, 1955.11.1~56.4.15, 156회, (86회 이후 미확인) 삽화 백문영
인물	현소희 : 21세, 간도에서 출생, 현도산의 딸, 생부는 성확(성모초), 이시영을 사모한다. 이시영 : 30세의 유부남, 도산의 제자(소희 아버지 유언으로 소희를 돌봄), 은행지점장, 서울법대 졸업 후 은행 중역인 장인에게 발탁되어 사위가 됨. 신장호 : 28세, 대진실업 사장, 바람둥이. 손삼득(주변인물) : 싱가폴 일본군에게 여자 위안대를 몰고 가서 신사가 된 후, 지금도 여관 겸 사창굴을 경영, 신장호와 친구이며 경쟁관계. 오애련 : 현소희와 은행 동료로 오빠 오달두로 인해 신장호를 만나 타락한다. 민부인(주변인물) : 계(契)도가, 39세, 신장호와는 간부(姦夫)와 음녀(淫女) 사이.
내용	현소희가 어떤 편지를 들고 이시영에게 와 취직을 부탁한다. 과거, 시영은 대학생 하숙 시절, 소희의 아버지 성모초로부터 많은 지원을 받았기 때문이다("혼선"). 신장호의 바람기를 부추기는 오달두가 그의 순진한 동생 애련을 미끼로 그에게 아부한다("바람과 나비"). 스승인 현도산(소희 부친)이 병사하며 시영에게 소희의 장래를 부탁한다. 소희 출생과 관련된 비밀의 편지를 남긴다("명암"). 신장호는 민부인, 오애련 등뿐 아니라 현소희를 노린다. 오애련이 임신하고 이시영은 소희에게 애정을 품는다. (다양한 인물의 등장과 추리소설과 같이 의문을 풀어가는 수법으로 흥미진진하다. 87회 이후 자료 미확인)
사회상	1952년 경, 대구 시내 모습이 남산동, 동인동, 덕산동, 향촌동, 중앙파출소, 이천교 등 거리의 실명이 거론되며 구체적으로 복원되듯 형상화된다. 50년대 초 돈과 불륜의 갈등은 조선인 간도 시절까지 거슬러갈 듯하다. 다양한 주변인물이 등장하여 간도와 중국, 서울, 대구 등지로 소설 공간을 넓혀 일제치하 간도에 거주한 아버지대의 고난까지 소설 속에 나타내려 한 듯하다. 당시, 신 과보(寡婦)·김 효부(孝婦) 등으로 당대 여인의 성격을 명명하고 있으며 인물묘사가 뛰어난 편이다. 대구지역과 만주가 연계되어 나타난다.

최태응, 「浪漫의 凋落」	『대구매일신문』, 1956.3.25~7.3, 88회로 연재 중단(중편에 그침) 47회까지 吳雪竹, 48회부터 朴匡胡 삽화
인물	정준식(청년학도) : 일제 말 재학 중 독서회를 하다 들키자 일본 형사를 살해하고 만주로 달아나 독립운동가로 활약. 스즈끼 : 일본인 체육교사, 밀정노릇도 겸함. 아야꼬 : 정준식의 일본인 처.
내용	이 작품은 1935년부터 1940년 이전까지 일제 식민치하 지식인 청년의 투쟁적 열정과 낭만성을 보여준다. 정준식(21살)을 중심으로 학도들은 원래 학교 모범생으로서 식민지 현실에 대한 책임을 느끼고 민족의 운명을 모색하는 애국 청년들이었다. 일제의 스파이인 학교 체육교사 스즈끼에 의해 독서회 모임(마르크스 등 일제가 금한 불온서적을 읽음)이 급습당하고 정준식과 친구들은 모두 잡히게 된다. 검거 후송 도중 정민식 일행은 스즈끼와 경찰을 죽이고 도주한다. 일행은 중국에서 만날 것을 약속하며 각기 다른 행로를 선택한다. 아내가 있는 정준식은 고향이 있는 진남포로 향하던 중, 지인의 도움으로 형을 만난다. 정준식은 폐렴으로 형의 병원에 입원해 있으면서, 일본 여자 아야꼬를 만나 애정을 나눈다. 형의 주선으로 정준식은 '평양환'을 타고 무사히 중국의 청도에 도착한다. 정준식은 그를 따라온 아야꼬와 함께 가정을 꾸리며 딸을 낳는다. 그러나 그곳에서 아야꼬가 죽고 정준식을 따르던 윤정임이 그의 딸을 키우며, 그에게 더욱 가까이 다가간다는 데서 이야기가 중단된다.
사회상	공간이 일제치하, 평양, 진남포, 북한 지역과 중국 청도, 상해 등으로 확산된다. 일제치하 지식인 청년의 항일 투쟁상에 전후 현실의 고난을 대비시켜 비추어보고자 한다. 「낭만의 조락」은 최태응의 항일소설 중 하나일 것으로 짐작된다. 6장의 '맑스를 읽는 바보'라는 제목은 내용과 일치하지 않으며, '낭만의 조락'이란 제목 역시, 학생이 어느 순간 망명객이 되어 고달픈 투쟁적 삶으로 인생이 바뀌게 된 정황을 낭만시대가 순간 무너져 내린 슬픔으로 비유한 것으로, 이들이 적절한 제목이 아닌데도 그렇게 붙인 데에는 전후 반공이념적 분위기를 의식한 결과로 보인다. 분단의 보편적 가치가 왜곡되어 최태응의 「낭만의 조락」 역시 연재가 중단됨으로써 분단의 정치파장이 미친 일면을 보여준다. 무대나 시간성, 문체의 속도감으로 보아 완성되었다면 김학철의 「격정시대」에 버금가는 작품으로 나아갈 수 있었을 안타까운 작품이다.

최독견, 「愛情稜線」	『영남일보』, 1956, 4.16~10.10, 150회, 장편소설, 백문영 삽화
인물	장마담 : 미망인 · 댄스홀 주인 김창구 : 태평양상사 대표 이은주 : 여대생 출신으로 부업으로 댄스홀에서 일하다 김창구를 만나게 됨.
내용	장마담(장한경)은 맘보 댄스홀을 경영하는 40대 여자이다. 대학교수인 남편은 붉은 사상을 옹호하여 북쪽으로 떠났다. 그녀는 미군 홀트 대령과 동거했으나, 미군 철수와 더불어 홀트 대령은 미국으로 떠났다. 전쟁이 끝나자, 장마담은 김창구 사장과 애욕을 나눈다. 그러나 김사장의 애욕은 빨리 식었다. 여대생 출신의 이은주가 부업으로 댄스홀에서 일하게 되자, 김사장은 이은주에게 흑심을 품는다. 은주의 집에는 여인 삼대가 함께 산다. 외할머니의 평양 사투리로 보아 그들은 북한의 피란민들로 보인다. 모처럼 어버이날을 맞이하여 세 모녀가 점심을 먹는데, 주인 여자가 나타나 방세 50만원을 독촉하고 간다. 은주는 장마담을 찾아가 50만원 계를 부탁한다. 중국 요리집에서 장마담은 즉석으로 수표를 준다. 장마담은 은주에게 대구행 여행을 권한다. 장마담과 은주의 대구여행길에 신문사 정치부장 변학수가 함께한다. 그는 해운대에 가면서, 장마담 일행이 대구 일을 마치고 해운대로 올 것을 권한다. 장마담의 오빠 장장로는 청기라는 아들을 키우고 있었는데, 그 아들은 장마담과 홀트 대령 사이에 생긴 아들이다. 장마담은 모자관계를 숨기고, 이따금 들르면서 아들의 성장을 지켜본다. 이 광경을 목도한 은주는 가슴이 찡해진다. 장한경은 아들 창기가 사는 동네를 일컬어 '장한경이라는 바다의 한모퉁이', '해협'이라 부른다. 태평양상사의 김사장은 은주를 손아귀에 넣기 위해 추석여행에 동행할 것을 권하지만, 은주는 어머니와 할머니를 내세워 거절한다. 다시 김사장이 미국여행에 동행할 것을 제시하자, 은주는 호의를 보이며 동행하겠다고한다. 태평양상사의 김사장이 은주의 집에 초대된 날, 그는 은주가 자신의 친딸이라는 사실을 알게 되고 온 가족과 상봉하게 된다. 김창구는 전전에 하숙집 딸 리금숙을 사랑했었다. 김창구는 금력과 출세욕에 눈이 어두워 학교 재단이사의 도움으로 유학길에 오르며, 재단 유지의 사위가 된 것이었다. 은주는 리금숙의 사생아로 이 세상에 태어난 것이다. 어머니 리금숙은 딸 은주의 장래를 위해 은주를 서울 학교 기숙사에 넣고 자신은 평양의 기생 권번에 적을 둔 적도 있었다. 전쟁이 나자 은주의 할머니와 어머니는 평양을 떠나 부산의 전재민 수용소에 있었는데, 그곳을 찾아온 은주와 상봉하여, 함께 서울에서 살게 되었으며, 그중에 또다시 김창구를 만나게 된 것이다.

사회상	전쟁 직후, 서울과 대구, 피서지 부산을 배경으로 전쟁미망인들과 그 딸들이 적극적으로 생존전선에 나서는 중 친부를 만나게 되는 전후사회적 현실을 반영한다. 전쟁 이후 상실과 만남으로 인한 여성들의 고통과 갈등이 전투 고지나 능선에 비유된다. 가족 해체 후 연인 간의 만남이 부녀 간의 상봉이 된 어이없는 사태, 즉, 가족 모럴이 위협받는 사회 현실을 폭로한다.

최인욱,「봄이 온다」	『대구매일신문』, 1956.36~3.15, 10회, 삽화 오석구
인물	미혜 : **대학 영문과 졸업을 앞둔 여대생으로 대구가 고향이며 우편국장인 아버지의 순직으로 서울에서 구직 중이다. 안창기 : 서울 대동흥업상사 취체역사장, 미혜 오빠의 친구, 아내가 무식하다고, 여대 출신인 미혜에게 접근, 미혜를 이호(첩)로 삼고자 한다. 김현수 : 미혜의 대학 스승, 출판사 취직을 알선해 주는 등 미혜에게 도움을 준다. 여성에게는 직장보다 결혼이 우선이라고 생각한다.
내용	전후 서울, 3·1절을 전후한 어느 해 봄, 생활은 초라하고 가난해도 마음만은 항시 아름답고 깨끗한 것을 찾는 미혜는 대학 졸업을 앞두고 구직운동에 나선다. 미혜의 아버지는 시골 우체국장으로 화재가 났을 때 우편물을 하나라도 건지려다 화를 당해 순직하였기 때문에 미혜에게 취업은 절실했다. 사정을 안 오빠 친구 안창기는 미혜에게 다방을 개업시켜 주겠다고 하며 자신의 '이호'가 되어 달라고 접근한다. 다행히 미혜의 대학 스승 김현수는 그런 미혜를 위해 출판사에서 영어 사전 편찬 일을 하도록 주선해준다. 미혜는 취업 때문에 수모를 당한 일에 억울함을 느끼지만 3·1절을 경축하는 육해공군 시가행진을 보면서 위안을 받는다. 그리고 조국 독립을 위해 싸운 선열들의 모습을 눈앞에 그려본다. 그들이 나라와 민족을 위해 목숨을 바친 것에 비해 자신의 고통은 일신상의 작은 일인데 그로 인해 힘들어 하는 자신이 오히려 부끄러운 것이라 생각한다. 선열들의 정신을 생각하여 살아 갈 것을 결심하면서 새로운 희망에 부푼다.
사회상	전후 1956년 서울, 미국의 불균형한 원조정책으로 한국의 산업경제구조는 여전히 제자리를 찾지 못하고 있었다. 혼탁한 현실 속에서 남자들도 대학을 나와도 취업하기 어렵게 되어 있었다. 「봄이 간다」는 전후 아버지가 돌아가셔서 가정형편이 어려워진 대졸을 앞둔 처녀를 다방을 개업해준다는 명목으로 '이호'(첩)로 삼으려는 세태를 보여준다. 조선시대 축첩의 악습이 전시 한몫 잡은 신흥 사업가에게 이어지고 있는 실태를 반영하여 분노를 자아내게 한다. 김현수 교수 역시, 자신이 소개해준 출판사 일은 여학사의 취직이 결혼을 위한 전단계의 것이라고 생각한다. 여하튼 아무리 유혹이 많은 혼탁한 세상이라 해도 스스로 자신의 앞길을 개척하는 데 현명하게 도움을 청한다면 미래는 조금씩 열릴 것이라는 희망적인 계몽의 메시지가 3·1절 육해공군 시가행진을 통해 드러난다. 애국선열들의 고귀한 정신과 생명의 희생을 생각하면서 자신의 일신문제로 갈등하는 자신이 부끄러워 가슴이 뜨거워짐을 느낀다.

郭鶴松, 「花園」	『대구매일신문』, 1956.8.5.~57.2.12, 163회, 삽화 李忠根, 鄭漢基
인물	배경 : R시에 있는 성광육아원. 원장은 유섭(柳涉)이고, 소신 있는 30대. 유원장의 친동생인 유환(柳煥)이 원감이고, 윤성숙(尹星淑)이 보모와 간호원을 겸하고 있다. 육아원은 R항 미군 항만사령부 인근에 위치. A대위 : 하하(下荷)계약 장교. 문양표 : R시장.
내용	유섭이 미군 항만사령부의 지원을 얻어 육아원을 학교로 개편하던 중, 미군 측으로부터 지원약속을 취소하겠다는 통보가 날아든다. 유환은 유섭이 자리를 비운 틈을 빌어 성숙에게 육아원의 문제를 거론한다. 즉 아이들 교육비가 너무 많이 들어간다며, 형인 원장에게 진언을 해달라고 채근한다. 　성숙은 원장 유섭의 대학 은사인 M의 대학 제자이다. 성숙은 유섭과 일하게 되었지만 애초에는 유섭을 못마땅하게 여겼었다. M교수가 공산당 정치보위부에 끌려간 후 실종되고, 성숙은 그동안 유부남인 한 남자와 사귀다가 파탄이 나고, 바의 여급으로 일하는 중 유섭과 다시 만나, 유섭의 일을 돕는 사이가 되었던 것이다. 　유섭은, A대위의 귀띔과 R시의 문모 시장의 소개로, R시 사교계의 여왕으로 항만사령관과 동거하는 김사란을 소개받아 그녀에게 도움을 요청한다. 훤칠한 용모에 깔끔한 태도로, 유섭은 이내 김사란의 환심을 사게 된다. 그러나 여기에는 배후가 숨어 있었다. 육아원 자리는 원래 문시장이 눈독을 들이던 자리였는데, 수리비 등이 많이 들어가 포기한 터였다. 문시장은 김사란을 내세워 유섭으로 하여금 학교를 세우게 한 다음, 그 대가로 학장 자리를 차지할 셈이었던 것이다. 김사란은 문시장과 치정관계에 있으면서 동시에 유섭에게 호감을 느끼고 있었다. 사란이 배후에서 힘써준 덕분에 학교는 세워질 수 있었다. 사란은 재단 이사회의 원만한 구성 등을 미끼로 유섭을 유혹하지만 유섭은 쉽게 넘어가지 않는다. 　한편 10년 넘게 따로 살아온 사란의 딸 미리혜는 유환이라는 청년을 데리고 와, 그의 사업을 돕는 데 필요하다며 사란에게 거금 30만 환을 요구한다. 원감인 환은 어떻게든 권력에 기대어 돈을 끌어들여 학원을 키우려 하지만, 유섭은 외부에 기대지 말고 자신들의 힘으로 일어서기를 고집한다. 결국 환은 이상만 쫓는 형의 곁을 떠나 그만의 삶을 꾸리기로 하고 미리혜와 함께 떠난다. 이 둘은 떠나면서 마지막으로 성광학원에 책걸상을 아무도 모르게 보내준다. 성숙 역시 섭에게 큰 도움이 되지 못해 미안하다는 말을 남기고 서울로 향하는 통에, 유섭은 고립무원의 처지가 된다. 성숙은 서울로 올라가 옛 애인 구용호를 만난다. 정작 돈이 필요한 유섭에게는 돈이 없고, 권력에 빌붙고 여자나 탐하는 구용호 같은 자에게는 돈이 있는 게 불공평하다고 생각하지만, 성숙은 그를 찾아가 돈을 빌려서 성광학원 개교식 날 아침 R시로 돌아온다. 개교식 후 김사란의 음모는 계속된다. 그녀는 항만사령부의 파견 장교인 A대

	위를 유혹, 유섭을 협박한다. 유섭은 병역법을 위반하고, 육아원의 경비를 학원의 비용으로 유용하였다는 따위의 혐의로 구속되고 만다. 유섭이 수감되고 학원 건물은 김사란 명의로 낙찰되었다. 눈물을 머금고 서울로 온 성숙은 구용호에게 몸을 허락하고, 받은 돈을 부산의 성광학원 아이들 급식비 등으로 부친다. 유환에게 어머니 김사란의 비행을 전해들은 미리혜는 놀라움의 눈물을 흘리게 된다. 미리혜는 어머니를 설득하면 된다는 생각으로 R시로 내려가고, 유환은 환대로 형을 도와 학원을 살려야 한다는 생각으로 R시행 기차를 타게 된다. 유섭은 재판에 회부, 중벌에 처해질 운명에 놓여있지만, 미리혜가 어머니의 비행을 성토하여 어머니 김사란과 담판을 짓고, 환은 선배 민검사 등을 찾아다니며 양심에 호소한 끝에 유섭은 집행유예 1년을 선고받고 풀려나올 수 있었다. 유섭은 서울로 성숙을 찾아가지만, 병석의 성숙은 어렵게 재회한 보람도 없이 결핵이 악화되어 세상을 뜨고 만다. 섭은 싸늘한 그녀의 시신을 안은 채 그녀가 자신에게는 물론 삼백 명의 고아들에게 영원히 살아 있을 것이라 믿는다.
사회상	돈과 권모술수로 세상을 살아가려는 세력들 간의 갈등과 알력을 그린다. 곧 항만 사령부의 미군과 그에 기생하여 살아가는 여자와 모리배, 그리고 오직 돈과 권력에 눈이 먼 관료들 등 당대 인물들의 행태를 잘 형상화하고 있는 소설이다. 미군 항만 사령부와 육아원 운영실태 비리와 관련된 현실을 폭로한 사회소설이다. 전재민 고아의 육아원을 지키기 위한 헌신의 노력이 원조를 담당하는 실무자의 비리와 대비되어 원조경제의 실상을 날카롭게 비판한다. 미국은 원조라 하지만 유엔군 대손충당금 문제를 질질 끌다가 1953년에야 원조계획을 약속했으며 그 약속도 당초 약속과 달리 내용은 부실했다. 미국은 한국을 미국의 잉여농산물 소비처로 활용하고 원조대상에 대한 수입품목이나 장소까지 정해놓고 구매권을 주지 않아 자립경제의 기회를 주지 않았던 것이다.

崔根德, 「地上의 星座」	『대구매일신문』. 1957.2.13~6.27, 130회, 백문영
인물	홍명혜(본명 명애) : 독립투사 홍보산의 딸로 전시에 어머니를 잃고 양갈보가 되었다. 지미를 미군과 사이에서 낳았으나 고아원에 맡겼다. 홍필애 : 희망 밤학교 선생으로, 명애의 동생이다. 밤학교 운영에 돈을 대는 노윤호에게 시달린다. 박정우 : 희망 밤학교 선생, 박현의 형이고 홍명애의 약혼자이다. 그 역시 독립투사 홍보산의 아들이다. 박현 : 박정우 동생이나 기억상실로 서울역 근처에서 소매치기와 구걸로 살아간다. 박주나 여사 : 박혁의 동생으로 '찌미'를 모르고 입양하려 한다. 유명 화가. 찌미 : 미군과 명혜 사이에서 태어난 사생아, 교통사고로 죽는다.
내용	나의 관점에서 명혜(명애)와 사생아 찌미의 이야기가 관찰되고 있다. 나는 6·25 비행기 폭격으로 엄마가 죽는 순간, 기억을 상실한 고아이다. 나는 언어 능력이 모자라고, 돈 계산, 애정관계, 선악 구별이 안 되는 장애를 갖고 있다. 나는 박불곰이라고 별명이 불리지만 사실은 독립투사 박혁 선생의 둘째 아들이다. 홍보산과 박혁은 학병 출정 이후 북만주에서 일제와 함께 싸운 독립투사이고 홍보산의 딸 명혜는 박혁의 큰아들 박정우의 약혼한 사이였다. 그러나 박정우가 일제 말 학병에 끌려가고 전쟁 후 명혜는 '갈보'가 된 것이다. 박혁의 둘째 아들 현은 서울역 대합실 근처에서 손님들 돈에 손을 대거나 구걸하는 고아가 되었다. 박현의 고모는 박주나 여사로 유명한 화가이다. 박주나 여사는 희망 밤학교 박정우 선생을 통해 네 살 찌미를 입양시키려 하는데, 사실 그 아이는 명혜의 사생아였다. 명혜는 나중에 죽은 줄 알았던 박정우를 알게 되지만 정우 앞에 나타나지 않는다. 희망 밤학교의 주인 노윤회는 밤학교를 조건으로 밤학교 선생 홍필애에게 구애한다. 홍필애는 명혜가 잃은 동생이었다. 양친이 모두 죽자 명혜는 흑인병사 사이에서 '찌미'라는 아이를 갖지만 명혜는 찌미를 고아원에 맡긴다. 고아원에 맡겨진 찌미는 우연히 명혜의 약혼자였던 정우에 의해 입양된다. 정우는 고아원에서 찌미를 데려다 명혜의 고모인 박주나 여사에게 입양시킨 것이다. 명혜의 고모는 정우와 함께 고아들을 위한 밤 학교를 운영하고 있었다. 그럴 즈음 흑인 미군이 명혜에게 돌아와 찌미와 함께 귀국하고자 한다. 명혜는 새삼 찌미를 찾으려 하지만 그 과정에서 친척들 앞에 나타날 수 없다고 생각한다. 찌미로 인한 고통 때문에 명혜는 "나는 다리가 셋이야. 부모에게 받은 두 다리 외에 허영과 자학과 고뇌로 된 살덩이가 슬픔이라는 뼈대에 달라붙은 다리지. 아주 멋진 다리지, 그 다리가 쇠보다

	더 굳어졌어"라고 자탄한다. 결국 찌미가 교통사고로 죽고 명혜는 모든 것을 포기하고 미군과 함께 한국을 떠난다.
사회상	작가 최근덕(필명 최남백)은 경남 합천 출신으로 소설가, 기자, 성균관 교수, 성균관장을 지낸 다재다능한 인물이다. 그가 20대 후반에 썼던 「지상의 성좌」는 한국 전통적 가족의 미덕을 중시하는 행간의 주제와 함께 양갈보의 가족사적 비극이 묘사되고 있어서 주목된다. 친일파들이 해방 이후 득세하면서 독립투사의 자녀들이 갈보나 걸인이 되는 사회 현실을 비판한다. 그러면서도 소설 갈등의 핵심인 '찌미'가 갑작스럽게 차도로 뛰어 들어가 차에 치어 죽게 된다는 결말에는 흑인 튀기의 존재를 받아들이려 하지 않는 전후 사회 현실이 투사된다. 희망 밤학교, 고아원 등 사회문제를 아둔한 '나'의 관점에서 바라보게 하고 기술하게 함으로써 독자로 하여금 사실 여부를 불확실하게 하거나 유예시킨다.

김요섭, 「뻐꾸기 우는 마을」	『대구매일신문』, 1957.5.10~6.27, 40회, 소년소설
인물	박동현 : 담배팔이 고아소년으로 본명은 박은철이다. 일림(친구)의 담배상자를 빼앗아 서울로 도망갔으나 휴전선 부근 고향으로 돌아온다. 뻑싱ㆍ킴 : 미군 하우스보이. 코넬 상사 : 과격한 면모를 보이기도 하나, 아이들 소망을 들어주려는 착한 미군. 복음고아원 원장 : 동심을 이용해 몰래 부동산을 확보해 놓으려는 야심가.
내용	박동현이라는 본 이름 대신에 '깡통밥'이라는 이름을 쓰며 서울 청계천 다리께에서 담배팔이를 하던 은철은 담배상자를 부랑아들에게 빼앗긴 후, 깡통밥이란 이름과 작별하고 고향으로 돌아온다("불어라 봄바람"). 고향마을은 전쟁으로 폐허가 되고 동현이가 다니던 국민학교에 미군 콘셋트가 들어서있다. 흑인 병정, 울긋불긋한 여자들의 옷차림 등으로 고향의 모습이 바뀐 것을 아쉬워한다. 실망한 동현은 옛 친구들의 얼굴이나 학교 모습을 그려보면서 마음을 달랜다("하늘과 구름만이 남은 고향"). 동현은 옛 학교터에 매일 찾아가 마을 사람들과 학교 종소리를 그리워한다. 전쟁의 포탄에 허리가 부러진 교문 옆의 버드나무에 올라가기도 한다("종소리"). 동현은 미군부대 하우스보이로 취직하지만 먼저 온 하우스보이 '뻑씽ㆍ킴'(권투를 좋아하는 한국인 아이)의 시기로 코넬 상사가 아끼는 하모니카를 훔쳤다는 누명을 뒤집어쓰고 쫓겨난다. 사실은 하모니카는 뻑씽ㆍ킴이 훔쳐 윤수에게 준 것을 윤수가 "푸른 하늘 은하수~"를 부르다가 발각되어 코넬 상사에게 얻어맞은 것이다. 코넬 상사는 이후 그들과 친해진다("하모니카 사건"). 사정을 전해들은 동현의 친구들과 뻑씽ㆍ킴의 부대파가 패싸움을 벌인다. 그러나 다시 화해한 후, 함께 옛 학교 앞 버드나무에다가 먹글씨로 '버드나무 밑 학교'라고 써 붙이고 밤마다 학교놀이를 한다("번개치는 밤"). '복음 고아원' 원장이 학교놀이하는 아이들에게 선심 소풍을 시켜주고는 하우스보이들의 서명을 받는데, 부대가 이전하면 그 터를 고아원 터로 만들려는 야심이 원장에게 있음을 아이들이 알게 된다("요술 부리는 흰종이"). 버드나무 밑 학교 아이들은 그림 전시회, 영화 상영, 축하음악회를 준비한다. 코넬 상사가 학교를 맡아 돌보아줄 학교 선생님을 모셔왔다. 부대가 경찰서와 군청으로 이전해가고, "전쟁은 우리들의 옛 학교터에서 영원히 "떠나 갔음을 아이들과 함께 마을 사람들은 기뻐한다("버드나무 밑 학교").
사회상	전후 휴전선 부근 어느 마을의 초등학교 터를 미군이 사용하다가, 한 미군이 아이들이 학교를 세우고 싶어 하는 희망에 그 길을 틔워준다는 이야기지만, 모든 미군이 그렇게 선한 행위를 하는 것만은 아니었다. 당시 어른도 하루 열두 시간 노동을 하고 잘해야 겨우 이천이백 원 받는데, 밥 한 그릇이 천이백

사회상	원일 때였다. 고아 소년소녀들은 굶주렸고 도둑질이라도 해야 했는데, 『동아일보』 57년 10월 13일자 기사에 의하면, "지난 1년 중 122명이 그리고 한달 중으로 3명의 한국인이 미군에 총에 맞아 즉사"하였다고 한다.(강준만, 『한국현대사 산책 1950년대 3권』, 인물과사상사, 2004, 144쪽) 소년소녀, 유아에 대한 린치 사건이 심심찮게 일어나고 있었다. 위 작품은 지극히 미국=천사라는 등식을 그대로 적용하고 있다. 고향에 대한 그리움과 사랑의 심정을 담아 고아 소년의 눈높이에서 비현실적인 동화 수법으로 표현하고자 한다.

崔泳夏, 「냉맥주」	『대구매일신문』, 1957.7.1~7.20, 20회, 삽화 李馥
인물	강협 : 대구 K고 교사. 손영천 : 바람둥이, 강협의 소싯적부터 친구 사이. 김향순 : 성실한 회사원, 손영천에게 정조를 유린당함. 영희 : 협의 외사촌 누이, 겉멋과 허영을 좋아함
내용	교사 강협은 졸업반 학생들과 여름날 경주로 여행을 간다. 달밤에 불국사를 거닐다가 이웃집 향순이가 손영천의 꼬임에 빠져 불국사 호텔에 묵는 것을 목도한다. 협은 향순의 순박하고 성실한 됨됨이를 잘 알고 있다. 또한 강협은 손영천이 자신의 외사촌 여동생인 영희를 유혹하는 장면을 목도한다. 　강협은 우선 향순을 만나서 과연 그녀가 손영천을 사랑하고 믿고 있는지를 확인한 다음 영희를 만나서 손영천과의 관계가 어느 정도 진전되었는지를 확인하고 세 사람을 다 구할 방도를 모색한다. 　강협은 손영천을 만나 "신사의 기품은 인격의 도야에서 우러나는 자연의 가치"(15회)라고 말하면서 가장과 위선을 털어버리고 솔직하게 향순 씨에게로 돌아가라고 말한다. 영희에게도 손영철에게는 이미 정혼한 애인이 있다고 일러주며 땀 흘려 일하는 자의 보람을 역설한다. 협은 도의 관념이 극도로 쇠퇴해버린 우리 사회, 모두가 자기의 주위를 돌이켜보고 늦기 전에 비극을 막아야 한다고 생각하며 냉맥주를 마신다.
사회상	1957년 전쟁 복구기 여름, 대구가 배경이다. 신흥 졸부들의 물질관과 도의 관념의 와해에서 오는 남녀 간의 문란한 성의식을 고발하고자 한다. "눈은 이상을 쫓을지라도 발은 현실을 떠나지 말아야 한다."는 실천정신을 통해 전후 물욕에 찌든 타락하고 비리한 자본과 성 도덕을 냉소적으로 질타한다. 격동의 혼란을 틈타 엄청난 이득을 보고 있는 졸부들의 부도덕한 행위와 비리를 질타하면서 가난한 서민들에게 도덕적으로 살 것을 계몽한다. 이는 당시 만연된 비리와 부정의 현실을 돌아볼 때 고상한 도덕강의나 설교처럼 들릴 수 있다. 50년대 후반의 도덕계몽주의적 단편이다. 신문연재에 이런 재미없는 내용이 실릴 수 있는 이유는 당시 지역 신문들이 상업성에 아직 눈을 뜨지 못했기 때문이 아닌가 한다. 특히 『대구매일신문』의 경우 천주교 재단의 신문으로서 『영남일보』나 『대구일보』에 비해 상업성을 덜 의식했다. 또한 혼기에 찬 여성 수가 남성의 수를 174 : 127(1958년 통계)로 압도했던 것도 이러한 스토리를 가능하게 하였다고 사료된다.

김준성(金俊成), 「월야행(月夜行)」	『대구매일신문』, 1957.7.21~7.30, 10회, 삽화 鄭駿溶
인물	현민수 : 외과의사, 유부남. 오애련(25세) : 현민수를 연모하는 간호원. 김씨 : 시골에서 오빠와 함께 오애련을 만나러 온 오애련의 신랑감.
내용	현민수는 장인에게서 물려받은 병원에서 최근 수술 도중 환자가 죽는 의료사고를 겪었다. 재판에서 무죄판결이 났지만 이로 인해 환자가 별로 없는 가운데 아내 현숙은 남편에게 히스테리를 부린다. 현민수를 짝사랑하는 간호사 오애련은 깔끔한 성미에 냉정한 성격이다. 그녀는 시골에 있는 오빠와 아버지가 결혼을 하라고 성화이지만 현박사를 연모하고 있다. 처음엔 냉담하던 현박사도 아내의 히스테리컬한 성격 때문에 가끔 궁지에 몰리는 간호원 오애련을 보며, 안타까운 연민과 사랑의 마음을 품어보지만 '메스의 날처럼 예리한 마음을 빙점에까지 응결' 시켜놓고 만다. 　오애련의 혼사를 놓고 애련의 오빠와 신랑이 될 김씨가 다녀가기 전에, 오애련은 미리 현박사에게 편지를 남기고 자취를 감춘다. 편지를 읽은 현박사는 자기의 감정을 누르고 오애련을 단념하기로 마음먹는다. 현박사는 오애련의 오빠에게 오애련이 성실한 여성이니 자기가 잘 타일러서 돌려보내겠다고 말한다. 일주일 후, 병원 부근에 잠적한 채 현박사의 태도만을 지켜보던 오애련이 나타났을 때, 현박사는 한 군인을 수술중인 급한 상황이었다. 오애련은 자신의 혈액으로 군인을 살린다. 현박사의 수술을 성공적으로 도와주고 돌아가는 오애련의 마음은 현박사에게 있음을 알 수 있었다. 현박사에게는 수술사고의 후유증을 이긴 중요한 순간이기도 하였을 것이다. 겨울 달밤, 마침내 오애련이 현박사를 응시하며 떠날 때, "저는 영원히 선생님 것이에요' 라고 속삭이는 것이라고 믿어도 좋았다"고 서술자는 현박사의 느낌을 전달한다. 김씨와 결혼하기로 마음먹고 달밤을 걸어가는 오애련과 히스테리컬한 현숙이 대조된다.
사회상	유부남인 의사를 사랑하는 간호부의 이야기는 이광수 「사랑」에도 나오는 꽤 오래된 소재이다. 그러나 신랑감이라는 김씨의 등장에 의해 두 남녀의 갈등이 고조된다는 점은 새롭다. 이것은 대구지역과 같은 당시 여성의 혼인방식과 관련된다. 여성의 경우, 궁합을 보고 나서 집안의 어른, 오빠나 올케 등 집사람들의 의견이 반영되면 그대로 신랑감이 결정되었다. 약방을 하는 김씨 역시 두 집안이 모두 찬성하여 자신이 신랑이라고 생각하고 오애련을 만나러 왔다. 그런데 현박사가 내민 편지를 보고 현박사를 좋아하는 느낌을 알아챘다. 보통 신문소설에서 삼각관계 갈등은 서로 아는 사람끼리의 갈등인데, 여기서는 한 병원에서 일하는 의사와 간호사, 신붓

감을 만나러 온 신랑감 총각에 의해 갈등이 생긴다. 김씨는 현박사에게 질투를 느끼면서 눈물까지 보인다. 또한 현박사와 오간호사의 관계를 가능하게 하는 것은 병원 소유에 얽힌 경제적인 이유에서이다. 장인에게서 물려받은 병원에 신세지는 의기소침한 의사의 처지가 아내 현숙과의 갈등에서 잘 형상화되고 있다.

 * 작가 김준성 : 한국은행 총재·부총리 역임. 이수그룹 회장, 소설가, 『21세기문학』 창간인.

金潤煥, 「먼 후일」	『대구매일신문』, 1957.8.1~8.10, 10회, 삽화 鄭駿鎔
인물	나(김우열) : 중대장 연락병, 중공군의 공격을 대비하고 있는 포 중대 하사, 대학 재학 중 학도병으로 참전한다. 중대장 : 명숙을 겁탈하려는 야욕을 부림. 서명숙 · 명희 자매 : 전방 예하부대의 감시하에 움막생활을 하는 피난민, 명희는 여대 신입생으로 '나'의 애인이다.
내용	중공군 1개 대대와 접전을 벌이는 포병대 OP, GOP 등이 등장하는 전투 고지현장이 생생히 드러나는 전쟁소설이다. 미처 피난가지 못한 민간인 중에 여고생 명희와 명숙이 등장한다. 전투라는 살벌함 속에서 여인의 체취와 본능이라는 욕망이 강박적으로 충동질한다. 중대장의 명희와의 강제키스를 저지하는 나는, 여성을 겁탈하고픈 충동 속에서도 자기 욕망을 절제하는 도덕적, 사회적 의식과 철학이 필요하다는 점을 역설한다. 사랑의 완성을 위해 훗날을 기약하는 청춘남녀의 아름다운 애정관을 통해 도덕의식을 고양시키고자 한다. 아울러 전시하 군인들의 내일을 알 수 없는 불안심리를 형상화하고자 한다. 적의 총탄에 쓰러진 동향 학우들의 시체를 어루만지면서 전쟁이 과연 무엇인가를, 왜 학도병으로 끌려와서 무자비한 총탄에 쓰러져야 하는가를 묻는다. 전쟁이 젊은 연인들을 갈라놓지만 그래도 그들은 먼 후일을 약속하며 아름답게 헤어진다는 내용을 담고 있다.
사회상	전방 3 · 81 고지 부근에서의 전투 상황이 드러난다(3 · 81 고지는 인천상륙작전 이후 중공군 개입 후 이천 부근의 고지). "전쟁은 누굴 위해 있는 것인지 무자비하다"고 외치며 전후 신문소설로서 반전의식까지 드러난다. 전투 소재를 다루는 방법에서 전시 종군작가의 전쟁소설과 확연히 차이가 난다. 또한 위 연재에서 중대장을 비인격화하여 표현하는 것은 전시라면 허용되지 못했을 것이다. *작가 김윤환 : 5선 국회의원을 지낸 대구지역 원로 정치인. 이 소설은 젊은 시절 초기작이다.

洪永義, 「熱土의 風俗」	『영남일보』, 1957.7.10~12.22, 154회
인물	백난화(29세) : 여대 졸업. 아버지는 사변 때 수도 사수를 결의한 국회의원으로 피랍됨. 오빠는 의용군 기피자로 몰려 행방불명, 어머니와 단둘이 살게 됨. 외삼촌 송갑만 : 대한제일상사 사장, 부도 맞음. 송초순 : 난화의 외사촌동생, K대 영문과 재학 중→졸업. 박봉선 : 난화의 대학 스승, 간첩 혐의로 XX CIC(정보국)로 끌려가 고문당함. 차광수(아버지의 비서) : 빨갱이 전력, 난화 아버지를 밀고한 과거를 뉘우침, 부산에서 신문사 다님, 난화를 연모함. 문월희(묘화 스님) : 난화의 여고 동기, '부산 어깨'(권장호)의 돈을 사기침. 무역회사 전무(전재홍)에게도 금전을 빌리고 성매매를 하다가, 과거를 뉘우치고 스님이 됨.
내용	신예작가다운 새로운 열정이 돋보이는 소설로 『영남일보』 신문 파일에는 40여 회분이 누락되어 있지만 경북대학교 MF에 대부분 보존되어 있다. 사자어로 된 소제목은 '人工呼吸', '煙幕戰術', '一目笑殺', '비는 온다', '夜半鐘聲', '以尺報尺', '彼岸의 꽃', '有相無相', '原罪 以後', '人形의 집', '鐘이 운다'로 총 11장으로 이어진다. 한문 소양이 깊고 고전 지식이 풍부한 작가 홍영의의 창의적 소질과 풍모를 짐작할 수 있다. 전쟁 직후 분위기를 잘 살린 독특한 애정갈등을 보여준다. 부산, 대구를 배경으로 펼쳐지는 남녀간 애정갈등이 편지 도난과 간첩 사건의 개입으로 전개된다. 백난화는 미국 유학 준비 중에 전쟁을 겪고 고아가 되어 부산에서 아버지 친구 송갑만 사장의 댁에 기숙하고 있었다. 백난화에게 어느 날 아침 우편배달부로부터 '별사배달'(등기우편을 의미)이 전달되는데, 갑자기 누군가가 차를 타고 지나면서 우편물을 가로채간다. 이러한 첫 대목은 편지내용이 무엇이고 편지를 누가 보냈으며 편지를 왜 가로챘는가 하는 독자의 궁금증을 유발시킨다. 제목 「열토의 풍속」이란 말 그대로 상처투성이가 되어버린 '熱土', 바로 이 땅 위의 삭막한 '세태와 인심', 곧 그러한 지역사회 현실을 그대로 그려 보이겠다는 의지가 제목에 숨어있다. 개심하여 비구니로 거듭난 월희의 눈에 비친 전쟁의 상흔들, 을씨년스럽게 펼쳐지는 황량한 서울 거리 풍경들 등. 그녀의 시선에 의해 치솟은 물가와 화폐개혁으로 사람들의 곤궁하고 피폐해진 전시 삶의 현장이 그대로 스케치된다.
사회상	1·4 후퇴 이후 대구, 경주, 임시수도였던 부산 송도와 대신동 등이 주요 공간적 배경이며 마지막장에서는 서울 신설동, 의정부가 나온다. 납·월북 가족의 붕괴상을 보여주고, 혼란한 세태 속에서 인간의 존엄성과

	생명의 소중함을 지키려는 백난화의 성실성과 인간애('자매원'이라는 보육원 운영)가 돋보이며 스승과 두 여제자의 애정갈등은 당시 흔히 일어나는 현상을 반영한 것이다. "모든 애욕이란 보다 잘 살기 위해 사랑이냐, 돈이냐, 권력이냐 하고 자기 생명의 밧줄을 잡아 다니는 데 지나지 않은 헛된 욕망"임을 월희의 입을 빌어 묘파하고자 한다.
사회상	* 휴전협정의 성립을 "맥아더 원수의 전략을 반대한 트루먼 대통령의 소극 정책은 중공이 개입한 데 트루먼이 겁을 먹은 것, 소련이 뒤를 쫓으면 제 삼차 대전이 터지리라고 생각했기 때문에 한국전쟁을 국지화시키자는" 전략이었음을 차광수의 입을 빌어 말함으로써 당시 국민이라면 누구나 휴전에 반대하고 있었던 사정을 보여준다. * '얼음집에서 한 턱 쏠게'라는 표현이 쓰이고, 대구서 부산까지 열차로 5시간 걸렸다고 한다.

박연희,「그 女子의 戀人」	『영남일보』, 1958.1.1~7.8, 186회, 백문영
인물	임규주 : 소설가, 세 남매의 아버지이지만 아내의 폐병으로 현실로부터 벗어 난 이상을 추구, 송경원과 불륜의 사랑을 나누는 사이이다. 사회적 정의나 민 주주의의 진정한 가치를 추구한다. 연재소설에서 '돈으로 행복을 재는 것이 민 주주의가 아니다' 라는 취지의 글을 썼다가 경찰서에 잡혀가 고문을 당하기도 한다. 아내가 죽고 강선옥 주선으로 정심원 고아원에 자녀들을 맡기면서 잠시 머물기도 하지만 종국엔 민중생활을 담을 영화 시나리오를 쓸 생각으로 월남 피난민들이 모여 사는 탄광으로 떠난다. 송경원 : 여대 불문과 출신으로 백규식 사장의 미모의 후처, 남편의 외도에 불만, 임규주와의 혼외정사로 아이를 임신한다. 백규식 : 고려출판사 사장이자 빌딩 주인, 가정을 유지하면서 적당히 여색을 탐하고자 하나 난심의 배신으로 가정으로 돌아온다. 난심 : 기생으로 백규식과 깊은 관계를 맺으며 돈 이천만 원을 마련, 남편 이 경재와 함께 오갈 데 없는 월남 피난민들의 갱생을 위해 사용하고자 한다. 백주영 : 백규식의 전처 아들로 경제학 박사. 자유분방한 성격으로 새엄마인 송경원과 갈등한다. 장성혜와 문란한 성생활을 즐기다 아이가 생기자 부담을 느낀다. 강선옥 : 스탠드 빠 걸로 일하다 고아원 정심원을 설립, 임규주를 흠모, 그를 원장으로 모시고자 한다. 장성혜 : 고려출판사 직원, 임규주를 사랑하나 이루어지지 않자 백주영과 관 계를 맺고 아이를 갖지만 백주영의 배신으로 자살한다. 유경 : 임규주와 이북 중학교 동기로 출중한 화가이나 월남 후 빈곤에 시달 린다. 월남민들만의 탄광촌을 난심의 남편 이경재와 계획하여 임규주를 끌어 들인다. 최경위 : 임규주의 연재소설의 한 대목을 핑계로 임규주를 임의동행하여 사 상을 검열하기 위해 유도신문한다. 조사 도중 폭행을 하지만 풀려날 때는 여 유로운 웃음을 띠며 이해해 달라고 한다.
내용	고려출판사 임규주 과장은 송경원 사장의 부인과 가까워져 수시로 만난다 ("유혹"). 신문사 문화과에서 목사가 악역이고 민주주의 정체를 부정하는 임규 주 소설연재 내용 때문에 형사가 왔다갔다고 한다. 귀가 도중 만난 고향친구 유경은 현실을 담지 않는 산수화풍의 화단 세태를 비판한다("파묻힌 꿈"). 백 규식은 기생 난심과 해운대로 간다. 난심은 불륜이라기보다는 고급매춘에 가 까운 자신의 생활에 대한 깊은 회오와 슬픔을 느낀다("난심의 경우"). 송부인 과 임규주는 단성사에서 '적과 흑'을 감상한다. 레나르-줄리앙-남편의 관

	계가 자신들과 비슷하다고 생각, 다만 자신들에겐 그만한 정열이 없음을 인정하고 '높고 순결한 사랑'에 대해 생각한다("石花"). 백주영은 장성혜와 자유분방한 연애를 즐기며 현대여성상을 왜곡한다("사랑의 음모"). 백규식, 송경원, 백주영 사이가 벌어지고 갈등은 상속과 유학문제로 나아간다("가정불화"). 임규주의 연재소설이 중단되고 임규주의 가택 수색을 당하고 체포구금 된다. 최경위 등에게 폭행을 당하며 사상 검열을 받지만 송경원의 노력으로 풀려난다("돌발사건"). 백주영의 배신적인 도미(渡美)로 장성혜는 음독자살한다("하루만의 태양"). 임규주 아내가 입원 중 사망, 강선옥과 유경의 도움을 받아 장례를 치른다("밤"). 강선옥의 정심원으로 이사한 임규주는 감방 밖의 자유가 불안 고통으로 의식된다("오해"). 임규주는 이상적 민중농장에 민중도서관을 건설할 계획으로 허영에 찬 도시를 떠난다("그 전야").
사회상	임규주는 폐병환자인 아내로 인해 사랑에 방황하면서도 돈만이 행복의 잣대라 여기는 잘못된 민주주의상에 대해 비판한다. 신문연재는 끊기고 경찰에 잡혀가 두들겨 맞고 나와, 아이들을 고아원에 맡기고 탄광을 소재로 한 영화대본을 쓰기 위해 떠난다. 혼외정사로 아이를 임신하게 된 출판사 사장 부인, 플레이보이 기질의 박사, 소설가를 고문하는 경위, 고아원 경영자로 변신한 전직 빠걸, 월남 예술인들이 받는 차별과 고통 등 다채롭게 등장하는 소재들이 결국 당대 민중정신으로 결미를 맺는다. 전후 '불안'에 대해 논하는 대목에서 전후 상황에 대한 증상에 대한 뚜렷한 자각을 보여준다. 즉 사회적 불안이 정신적 공포를 낳고 정신적 공포는 다른 사람의 생각까지 통제해야 한다고 믿게 된다는 것이다. 이로 인해 과도한 사상검열, 규제가 나온다고 한다. 1950년대 말의 반정부적 정론성이 신문연재에 반영된 사회소설적 특성이 강하다.

조흔파, 「妖花」(역사소설)	『대구매일신문』, 1957.8.11~12.18, 120회, 삽화 白文英
인물	요화 민비 : 명성황후, 무당 신령군, 복자(卜者) 이유인이 보필한다. 고종(이재황-막내) : 첫째 완흥군(이재민)을 제치고 아버지 대원군의 신임을 얻어 왕이 되었다. 이하응 : 고종의 부친으로 실세라 할 수 있으나 민비와 대립한다. 완화군(서자)을 동궁 삼으려 하자 민비는 명나라 조정에 밀사를 보내 적출왕자가 세자 책봉을 받도록 막아 시부와 며느리의 관계가 세력 갈등으로 비화된다. 김옥균 : 삼일천하를 주도하나 청에 의해 진압되고 도일한다.
내용	1. 競艶爭龍 : 왕세자가 세상을 떠나자, 국태공 대원군이 이상궁의 배후에서 완화군(상궁의 아들)을 추대한다는 소문에 민비는 시샘하여 아들 완화군을 독살(민비가 완화군이 앓아 누웠을 때 오히려 인삼탕을 하사하여 열이 올라 죽게 되었다고 한다). 민비가 제2왕자 '척'을 낳다 : 약골, 완화군의 원귀가 쓰인 것일까 불안하여 궁에 무당(신령군)을 들여놓음, 부패의 온상. 후에 태중(胎中)인 장상궁마저 쫓아냄. 2. 狐狸 : 복자 이유인(경상도 田夫, 궁중의 사빈이 됨)이 궁중에 요사스런 무리가 있어 작간을 하고 있다고 민비를 꾐 - 계룡산정에 압정사를 지어달라 요구. 3. 脣亡齒寒 : 민씨 일파, 민승호 대감 집에 어느 장님이 보낸 상자를 열어보다가, 모친과 8살짜리 아들이 폭사 당함. 동생 민규호는 태공인(대원군)의 사주를 받은 것으로 짐작해 대원군 일당(운현궁을 폐문하고 대원군을 감금)을 숙청. 대원군이 의정부 은골산장으로 옮겨감. 왕비 민씨 일가의 세도. 4. 無虎洞中 : 운양호 사건(일본 배가 식수를 구하러 한강을 거슬러 오자 발포) * 왜식상투에 양복을 입은 미창이(일본 상인), 대동강을 거슬러온 셔먼호를 불질러 이에 미국이 강화도를 점령했으나 이를 물리친 사건 등을 서술(洋夷侵犯 非戰則和 主賣國) 민태호 득권. 5. 冬煽夏爐 : 대원군의 서자 재선이 다시 난을 준비, 민비의 기행(남사당패, 무당 박수 등을 궁중에 불러들여 돈을 뿌림), 내탕이 비어 매점매석이 성하고 감투매매가 성행, 백성은 착취당하고 피폐함. 흉년 끝에 호열자 돎. 6. 弓折箭盡 : 대원군의 적출장자 이재면은 민씨에게 붙음. 고종은 민비 휘하에 있음. 재선 일당의 음모가 발각되고 민겸호가 왕명을 받들어 재선에게 사약 내림. 김태희와 대원군은 때를 기다림. 7. 猛虎出林 : 백성들이 피폐하여 김태희는 폭도를 선동, 이경하 무위대장은 진압하려 함. 백성들이 군기창을 부수고 무기 탈취, 대원군을 환영함. 민비는 일반 궁녀로 변복하여 여주로, 다시 충주로 피신. '민비사망설'에 보부상들은

<table>
<tr>
<td></td>
<td>

술렁임(진상파악을 위해 단결한다는 소문). 대원군은 숨죽이면서 기회를 엿봄.

8. 風聲鶴淚 : 피신한 민씨(국망산 산골에 거주)에게서 왕이 친서를 받다(청에게 도움을 청하라. 주저하여 시기를 놓치면 왜국이 대군을 보내어 임진난 당시의 참상을 겪는다. 어윤중 천거). 대원군 득세.

9. 虎視眈眈 : 일본 화방공사 일행이 폭도들을 피해 일본으로 달아남. 일본 세력을 추출하기 위해 수사제독 정여창이 청의 육군제독 오장경, 마건충, 원세개 등을 인솔하고 인천항으로 옴.(청나라 북양대신 이홍장) 원세개가 국사를 주무름. 대원군을 청으로 후송(없는 92회로 짐작)시켜 4년간 유폐시킴. 일본과 조선은 제물포 조약 맺음. 청국 군대의 호위를 받으며 왕비 환궁─다시 백성들 환영─"왕비를 진흙처럼 밟아버리던 그 백성이 또한 왕비를 환영한 그 사람들이다"(102회).

10. 三一天下(개화당) : 홍영식, 박영효, 김옥균, 서광범, 서재필─임금을 모시고 일 공사관으로 도주─청의 별초군이 쳐들어와 김옥균, 박영효는 일본으로 망명─다시 사대당 내각─한성조약(한일), 천진조약(청일), 한러통상조약 체결. 대원군이 돌아옴─가두에서 "섭정 국태공 귀국 만세"를 외치는 백성들의 무지─오늘의 이 환영인파의 환영이 내일의 어떤 저주로 나타날지 알 수 없다고 생각). 인정전에서 다시 왕비와 마주친다.

</td>
</tr>
<tr>
<td>사회상</td>
<td>

구한 말 고종 대~갑신정변을 배경으로 한 역사담으로 대원군만을 옹호하는 입장에서 서술하고 있다. 갑신정변에 대한 반감 때문인 것으로 짐작된다. 즉 사태를 객관적으로 보는 것이 아니라 명성황후로 인해 일본이 들어온 것만을 부각시키고자 한다. 민비에 대한 비하는 작가의 생각이기도 하지만 지역사회의 정서를 반영한 결과이기도 하다. 학자의 고장인 대구는 많은 유학자를 배출한 만큼 대원군 입장에 서서 며느리와 시부의 갈등을 보는 것이 일반화되어 있다. 전후적 어려움과 타개책을 남존여비의 가부장제에서 찾아 역설한다. 몽매하고 우직한 백성들은 진실보다는 권력의 편에 붙어 목숨을 연명하려는 습성이 있으므로 백성들을 계몽해야 한다는 데, 사실은 독자로 하여금 제대로 된 역사관을 계몽하기보다는 '시부와 며느리간의 싸움'이라는 재미에 더 주목하게 한다. 그러나 「요화」라는 제목에 은연중 심어놓은 가부장의식화 과정에서 독자는 자신도 모르게 남존여비라는 인습에 따를 것을 강요받게 된다. 여기에는 요부, 요녀 등 여성감계의 계녀적 관점도 내포된 것으로 전후 대구·경북지역에서의 여성에 대한 당대 정서를 짐작하게 해주는 자료이다.

</td>
</tr>
</table>

崔仁旭, 「哀歡의女像」	『대구매일신문』, 1958.1.1～5.14, 118회, 삽화 정준용
인물	양후란(본명 양성옥) : 유복한 가정의 딸로 대학을 나오고 6 · 25 때 부모 사망 탁류 속에 몸을 맡겨 가치관 상실, 깡패 장태진의 동거녀이다. 주변에 변영호 사장, 박전무, 조명환에게 둘러싸여 있는 미모의 27세 여자. 조명환 : 양후란을 진심으로 사랑하는 신세대사 편집국 차장. 변영호 : 삼화상사 사장이나 직원들에게는 월급도 제대로 주지 않으면서 밀수와 탈세, 불법 대출 등 은행과 권력을 끼고 범죄를 일삼는 악덕업자이자 호색한. 권중호 : 국회의원으로 언론과 결탁하고 밀수나 암거래 뒤를 봐주며 커미션을 챙기는 비리의 온상. 장태진 : 양후란의 기둥으로 경찰에 쫓기는 폭력배 두목. 현실의 비리를 잘 알고 자신의 범죄를 합리화한다.
내용	평소 여자에게 인기 좋은 잡지 『신세대』사 편집국장 조명환이 매혹적인 양후란과 종로 비밀댄스 홀 근처에서 마주친다. 비밀댄스 홀의 퇴폐적인 모습이 적나라하게 묘사된다("걸 후랜드"). 오빠의 납북과 교장인 아버지의 죽음으로 양후란의 타락한 과거 내력, '양심이 썩고 와이로 바람에 감투가 썩고 귀하신 몸 때문에 눈알이 썩고 딸라바람에 젊은여자 아랫뿌리가 썩' 는 탁류 속에 몸을 맡기게 된 내력이 소개된다. 20세기는 폭력의 세기라 한다("고혹의 밤"). 조명환과 양후란이 영화도 보고 댄스홀, 호텔 등을 전전하는 중에 장태진이 출현한다("목하 연애중"). 기둥인 장태진의 등장과 함께 사장 변영호가 양후란과 부산 여행을 가 수표 15만환을 써준다. '저는 방종한 여자예요, 방종한 여자에게는 순정파보다 변사장처럼 위험한 인물이 더 흥미가 있는 걸요'(43회) 서울로 돌아온 조명환은 양후란과 밀회 중 장태진과 격돌하여 격투극이 벌어진다("밀회"). 양후란은 조명환을 남산동으로 납치한 장태진 패들로부터 신시대사 고영채의 도움으로 탈출시킨다("역전 뒷골목"). 변영호는 양후란 외에도 향원 다방 유희숙과 관계를 가져왔다. 둘은 혼외정사의 관계이지만 잉코트 밀수와 탈세의 이해관계로 얽혀있다. 유희숙은 오백만환을 주고 새 건물 댄스홀 운영권을 받는다("혼선"). 댄스홀 희락장의 특별한 개업식 장면, 상품권과 맘보춤 등이 등장하면서 퇴폐공연 모습이 묘사된다("축 개업"). 밀수 건으로 박전무와 양후란은 먼저 부산으로 향한다("春宵(춘초) 有情"). 유희숙 남편이 세무비리로 구속되자, 이를 해결해주는 변사장, 변사장과 권의원과 밀수품 조달과 구명운동 착수금을 주는 유희숙의 관계는 단순한 남녀 애정관계만은 아니다("야합").

	양후란은 장태진을 대동하여 부산 동광동에서 변영호와 박전무의 불법으로 대출받은 돈 가방을 강탈한다("절호의 찬스"). 장태진이 헌병에게 잡혀 구속되고 불안해진 후란은 환자로 위장 병원에 입원하나, 이 사실을 한상락 기자의 입원으로 조명환이 알게 된다. 죄를 고백한 후란은 수면제를 먹고 자살한다. 마지막회에서 경찰 취조 중 이 사회는 '일부 특수층만 잘 살게 되는 부패 상태'라는 장태진의 주장은 설득력 있어 보여 이 소설의 의도를 짐작케 한다("나는 어디로").
사회상	미모와 학력이 뛰어난 양후란을 둘러싸고 벌어지는 활극과 암거래, 간통 사건 등은 당시 사회면을 덮고 있었던 1950년대 후반의 암울한 풍경을 리얼하게 반영하여 이 소설이 단순한 통속소설이 아님을 알 수 있다. 무역업 사장과 국회의원, 댄스홀 마담 사이에 벌어지는 밀수와 세무비리, 정경유착관계가 서울 충무로, 종로, 부산 광복동 등을 무대로 적나라하게 폭로된다.

염대하,「혼수 (婚需)」	『영남일보』, 1958.7.21~7.30, 10회, 삽화 이선종
인물	박영호 : 23세, K대학 화학과 학생, 내성적 성격, 경희와 결혼하려고 어머니를 설득하려고 애쓴다. 영호의 어머니 : 일선지구를 다니며 양키물건 장사, 양공주들에게 점도 봐줌. 박영옥 : 영호의 여동생, 어머니와 더불어 오빠의 경희와의 결혼을 반대한다. 경희 : 17세, 국민학교를 겨우 졸업하고 공장에 기계공으로 다닌다. 영호가 쌀가게 자금을 내어주어 경희 모는 쌀가게를 운영한다. 경희네는 영호네 집에 40만 환의 빚이 있다.
내용	대학생 박영호는 뚝심이 있고 우직하며 내성적이다. 이웃집 경희와 약혼을 하려고 홀어머니 몰래 남대문 시장에 들러 혼수를 장만해 둔다. 영호의 어머니는 딸 영옥과 더불어 경희네 집을 얕잡아 보며, 경희 모에게 영호가 자기 몰래 쌀가게 자금을 댄 것의 빚을 갚으라고 큰소리친다. 영호가 약혼 의사를 굽히지 않자, 자칭 반 점쟁이인 어머니는 장님 점쟁이를 찾아가 약혼날짜를 받아주고, 아들을 잃어버린 셈 치자고 딸과 함께 섭섭해 한다. 약혼식 후 이튿날, 경희의 집에 도둑이 들어 혼수품인 시계, 팔지, 반지 등을 도난당한다. 영호 어머니는 영물인 고양이를 산 채로 시루에 넣어 찌면 수족이 오그라들고 이를 보는 도둑도 수족이 오그라들 것이므로 도둑을 잡을 수 있다고 하면서 경희네 쌀가게에 우선 고양이를 묶어둔다(蒸猫術). 밤새도록 죽을 고양이를 가엾어 하던 경희는 새벽에 쌀 방석 위에 누르스름한 종이봉투가 떨어진 것을 발견한다. 그 속에는 도둑맞은 콩알시계, 반지 팔찌가 고스란히 들어있었다.
사회상	50년대 후반 전차가 다닐 무렵 서울, 아버지가 없는 두 가정에서 한학에 조예가 있어 반(半) 점쟁이라 불리는 어머니가, 아들의 도난당한 혼수품을 증묘법을 이용해 되찾는 방법에서 지역사회에 여전히 둥지를 틀고 있는 토속신앙의 정신적 지향점을 발견할 수 있다. 대조적으로 약혼한 남녀 주인공이 십만제단 神靈大復興會가 열리는 전도관 중턱 바위틈에서 데이트를 하며 찬송가 소리를 듣는 대목도 나온다. 전후 불안한 사회분위기 속에서 '증묘술'이라는 토속적 주술은 당대의 로컬리티를 알 수 있게 해주는 구체적인 단면이라 할 수 있다.

장덕조, 「晚鐘이 운다」	『대구매일신문』, 1958.5.20~10.21, 152회, 삽화 정준용
인물	명유옥 : S대 여대생, 고학생, 경산 자인(慈仁)이 고향. 이훈 : 순수하고 인도주의적이요, 도덕관념이 강한 청년이었으나 안미나 부인 집에 가정교사로 입주, 안부인의 유혹으로 타락한다. 정형우 사장 : 명유옥과 동향. 별거 중인 기혼자. 무역회사 사장. 유옥을 사랑한다. 안미나 부인 : 고학생을 금전으로 유혹해 환락을 즐기는 가정부인.
내용	대학교 내 판매부에서 아르바이트를 하는 명유옥과 고학생 이훈은 서로 사랑하는 사이이다("청춘"). 이훈이 입주 아르바이트를 하면서 가정부인 안미나의 유혹을 받는다("暗雲"). 방학 중에 유옥은 정형우 사장을 소개 받아 대구로 아르바이트를 떠난다("여자의 마음"). 회사 야유회에서 유옥과 정사장은 소나기를 만나고 정사장은 그의 불성실한 여성관에 변화를 준 장본인이 유옥이었음을 고백한다. 유옥은 훈을 생각하여 자기에게 약혼자가 있다고 한다("雷雨 속에서"). 유옥은 돈을 물 쓰듯 하는 이훈이 어떤 위기에 놓여있다는 사실을 알게 된다. 훈은 유옥에게 혼전관계를 거절당하자 자신에게 다른 여성도 있다고 한다("남자의 생태"). 유옥은 "남의 이목도 연령의 차이도 안중에 없는 듯 남자의 목에 팔을 둘리고 앉은"(66회) 중년부인과 훈의 모습을 발견한다("발각"). 유옥은 동향인 정형우 사장의 도움으로 스완 양장점을 개점한다("새출발"). 이훈은 안미나의 유혹에서 헤어나지 못하고 안미나 여사의 노예가 된다. 결국 후회하며 유옥을 찾는다("悔戀"). 훈은 유옥에게 옛날의 관계로 돌아가줄 것을 간청하나, 유옥은 거절한다. 훈은 신경이 쇠약해진데다 매일 과음하다 안여사에게서 쫓겨난다("강하게 사는 사람"). 훈은 유옥과 정사장이 탄 차를 발견, 쫓아가다가 트럭에 받쳐 생명이 위독해진다("가을"). 훈은 치료병실에서 수술비도 없이 뼈저리게 외로움을 경험한다("주검과 삶과"). 훈의 사고 소식에 유옥은 신을 찾기도 하고 지난날의 배신을 용서할 수 없다고 생각하기도 했으나 "참을성 있게 겸손한 마음으로 이 세상의 고민과 슬픔의 길을 택"하기로 결심한다("사랑은 온유하고"). 결국 유옥은 "인간의 의무는 수고롭고 어려운 것이지만 인간은 누구나 자기의 참된 의무를 이행하기 위해서는 슬픔과 괴롬의 바다 속에 고생을 겪어가며 잠겨 들어가야 한다"고 생각하며 정사장을 떠날 결심을 한다("결별"). "행복보다 슬픔을, 즐거움보다 괴롬을" 자처하려는 유옥의 결심은 인간의 모든 괴롬을 딛고 넘어서려는 희생과 봉사정신으로 이어지고 훈도 흑산도에 가서 살면서 섬사람들을 위해 무슨 일이라도 해보겠다는 의지를 보인다("흐르는 구름처럼").

金重熙, 「바다의 果實」	『영남일보』, 1958.7.11~7.20, 10회, 삽화 朴光浩
인물	낭희 : 19세 처녀, 여고 졸업반. 김영진(결핵요양소에 파견) : 의사.
내용	낭희는 해마다 여름이면 학교에서 300리 떨어진 명사포에 친구들과 함께 '완더 · 호겔'(季節鳥)처럼 캠핑을 즐긴다. 수영을 잘하는 낭희는 해수욕 중 소나기를 만나 남쪽 해안 언덕바지에 위치한 결핵요양소로 피한다. 낭희는 요양소에 파견 근무 중인 김영진 의사를 알게 된다. 그의 연구실에서 수영복의 물기를 닦으며 첫 만남이 이루어진 것이다. 몇 번의 데이트를 통해 낭희는 김영진이 어려서 어머니를 잃었고, 그의 아버지는 명사포 앞바다의 등대지기로 살고 있음을 알게 된다. 영진은 자신의 어머니를 향한 그리움인지 파도소리인지는 모르나 무엇인가가 자꾸 자기를 부르는 듯한 착각 속에서 인생의 허망함을 느끼고 있다. 말수가 적은 그는 "바다에는 계절은 있으나 꽃이나 열매는 없다"고 하면서 낭희를 바다의 열매라고 칭한다. 그 후 낭희는 집으로 돌아와 한 달 후 영진의 편지를 받는다. 편지 내용은 낭희가 떠난 후 다시 고독의 울타리에 갇히어 산다는 이야기와 "바다엔 계절은 있어도 과실은 없다."는 것, 낭희만이 자기의 추억을 이어주는 불연속선(不連續線)이란 것, 낭희를 바다의 과실로 인정한다는 것 등을 나열하고 끄트머리에 가서 "아버지의 등댓불이 꺼질 것 같다"는 예언 비슷한 말로 사연의 결미를 맺었다.(9회) 그 후 낭희는 영진으로부터 아버지의 유해를 찾으러 섬에 간다는 편지를 받게 된다. 그러나 낭희는 김영진이 탄 연락선이 돌개바람을 만나 난파되어 사망했음을 어떤 신문 귀퉁이에서 읽게 된다.
사회상	바닷가에서 만난 청년과의 짧고도 허무한 사랑의 이야기이다. 낭희는 여고 졸업반 소녀로 김영진이란 청년을 만나 처음 이성에 눈뜨고 막연하나마 연정을 느낀다. 그러나 고독한 생활을 즐기던 김영진이 풍랑으로 인해 죽음을 맞게 된다. 소설의 배경은 바닷가 해수욕장이나 사랑을 꽃피우지 못한 청년에게서 발견되는 출구 없는 허무주의, 전망 없는 암담한 예감이 느껴진다. 사실, 1958년 사회는 무엇을 해도 힘들었던 시절이었다. 자발적이고 자기주도적인 삶을 담보하기 어려운 원조경제 시대에는 비리와 부정부패가 판치기 쉽다. 미처 전쟁에 대한 상처가 아물지 못한 상태에서 젊은 작가들은 절망의 나락에 쉽사리 빠져들기 쉬운 상황이었다. 우울증과 자살과 죽음에 대한 강박은 전시 후유증과 삶의 불안정에서 파급된 실존적 무상성으로 이어지고 있었으며 젊은 작가들의 단편들은 비극적이고 허무한 결론을 성급하게 맺고 있었다. 50년대 중반 이범선 「오발탄」, 오상원의 「황선지대」와 같은 현실 비극담이 큰 파장을 일으키고 있었다.

이규헌, 「정오의 사랑」	『영남일보』, 1958.7.31~8.10(9회 이후 유실)
인물	애리 : 유부녀(남편이 실종된 미망인). 현준 : 젊은 남자 무용가, 비관적 염세주의자.
내용	피난 도중 남편과 헤어진 애리는 부산 송도에서 무용가 현준을 알게 되고 그와 깊은 관계를 맺는다. 애리는 현준의 무용 공연을 위해 돈 100만 환을 빌려주었으나 관객동원에 실패, 빚을 떠안고 두 사람은 낯선 섬으로 도망가게 된다. 그곳에서 피난민 대우를 받으면서 섬사람들의 문화생활에 도움이 되고자 무용공연을 계획하지만 현준은 자기학대로 점차 피폐화된다. 애리는 자신의 사랑이 현준의 병든 정신을 다스릴 수 있을 것이라 생각하고 그를 돕고자, 술에 취해 방황하는 그를 찾아 헤맨다.
사회상	남쪽 끝 부산 영도에 가면 다방 비원 같은 예술인들의 아지트가 나타난다. 전쟁으로 남편을 잃은 미망인에는 월북미망인, 군경미망인, 납치 미망인, 실종미망인 등 다양한데, 애리는 실종미망인이었다. 군경미망인에 비해 대다수 미망인들은 사회적으로 보호받지 못한다. 애리는 무용수 현준과 사랑을 나눈다. 그러나 암울한 전후 사회에서 현준은 선뜻 희망이 되어주지 못한다. 그 역시 전쟁의 피해자로 자신감을 잃은 정신적 불구자였기 때문이다. 사랑의 도피행 역시 도피가 되기 어려운 실정을 반영하고자 한 듯하지만 계획대로 나아가지 못한 단편이다.

김원태, 「사랑이란 것」	『영남일보』, 1958.8.11~8.20, 10회, 삽화 朴光浩
인물	영애 : 일선 간호장교, 기독교 신자, 병원장에게 강간당한 과거가 있다. 김성호 중사 : 영애의 애인, 상이군인(다리 관통상). 대구육군병원으로 후송 되어 치료받는다.
내용	애인 김성호 중사를 찾아 일선 간호장교가 된 영애는 병원장에게 강간당한 다. 그 후 애타게 찾던 애인 성호와 상봉한 영애가 자신의 강간 피해 사실을 성호에게 고백하자 성호는 진실한 사랑이 무엇인가를 회의한다. "전쟁은 인간 의 아름다움을 짓밟는 무자비한 것이다."라고 성호는 전쟁을 원망한다. 그리 고는 "가장 행복해야 할 청춘의 꿈이 학살의 전쟁으로 실명된 도가니 속에서" (9회) 성호는 영애의 과거를 받아들이지 못한 채 다시 부대로 돌아간다. "사람이란 아무도 매만지지 않은 아무도 스쳐가지 않은 정신과 육체의 결합 을 요구한다.", "사랑만은 개인적인 것이다. 그러나 자신이 순결하지 않았음 에도 순결을 요구하는 지금의 나"를 성호 자신은 자책한다. 전쟁 전의 애정윤 리와 전후의 재난과 사고로 깨진 꿈을 봉합하기가 쉽지 않은 연인들의 갈등을 반영한 소설이다.
사회상	연인을 갈라놓는 전쟁의 참상("전쟁은 몇 사람의 이익과 복지를 위하여 있 는 일인지"도 모른다고 서술함)을 소재로 묘사, 전시하의 인간의 애욕의 진실 을 가감 없이 표현한다. 지역 신문에 중대장이나 병원장 등 지휘관급 장교가 여성을 강제추행, 또는 강간을 저지른 사건이 가감 없이 이야기되고 있다. 60 년대 군부 쿠데타 이후 신문의 연재소설에 쉽사리 실릴 수 없는 내용들이 50 년대 후반 신문소설에 심심찮게 이야기되고 있음을 보게 된다. 이는 자유당 정권의 부패와 더불어 민심이 대다수 이승만의 부패 정권을 떠나있었다는 것, 당대 신문이 정론지로서의 자부심을 갖고 있었다는 것 등과 관련된다.

崔泳夏, 「人間의 별」	『영남일보』, 1958.8.21~12.31, 133회, 吳錫九
인물	계변호사 : 화영을 고아 때 데려다 키워준 화영의 은인이다. 계조림 : 계변호사의 외딸, 어려서부터 고아인 화영을 오빠로 여기며 자랐다. 남화영을 사랑하지만 김기수와 약혼한다. 남화영 : 신분이 낮은 부모 아래서 자라나 전쟁으로 고아가 되어 계변호사의 은혜를 입고 대학까지 다니게 된다. 그는 박교수의 도움으로 과원을 얻어 독자적으로 자립할 계획을 하고 있었으나 조림과의 사랑을 포기하지 못한 이유로 김기수와 갈등하게 되고 결국엔 김기수를 죽이고 자수하게 된다. 김기수 : 목적을 위해서라면 수단과 방법을 가리지 않는다. 계조림과의 혼인을 방해하는 화영에게 청부폭력을 교사하였다. 현숙희 : 동촌 능금과원 주인 오태호의 부인이다. 남화영과 불륜관계를 맺게 된다. 돈만 아는 남편 오태호에 대한 공포와 불안으로 화병을 얻어 병 치료도 못 받고 죽는다. 오태호 : 계변호사와 잘 아는 관계로 화영을 과원 집사로 들인다. 어떻게든 돈 벌 궁리만 하며 식모 연주와 내통하면서 병든 아내 현숙희의 병원비가 아까워 죽게 한다.
내용	남화영은 가난하고 불우한 고아지만 계변호사의 도움을 받고 좋은 가정에서 대학까지 마치고 자립한다. 불행히도 그는 여동생처럼 보아온 조림을 포기하지 못하게 되자 집을 나와 오태호의 과원에 취직, 기혼녀 현숙희와 일탈된 사랑을 나누게 된다. 조림 역시 약혼한 처지지만 화영과 만나는 횟수가 늘고 현숙희와 화영의 불륜관계는 조림과 화영의 사랑을 가열시키는 작용을 하게 된다. 조림이 김기수라는 남자와 약혼하게 되고 화영에게 폭력을 사주하기까지 하자 화영은 보란 듯이 조림을 안고 말을 탄 모습을 보여주어 기수의 분노를 야기시킨다. 조림이 화영의 아이를 갖게 되어 사랑의 도피행을 계획할 즈음, 기수는 권총과 단도를 들고 화영의 하숙집을 급습한다. 결국 기수가 화영이 쏜 총에 죽고 화영은 자수하게 된다. 한편 화영에게 일탈된 사랑이었으나 소중한 현숙희가 병으로 죽게 되자, 오태호가 어떤 인간이라는 것을 알고 있는 화영은 경찰서에 자수하러 가면서 조림에게 두 아이를 부탁한다고 말한다. 조림은 김기수를 죽게 한 이 모든 비극의 원인이 자신에게 있음을 자각하며 그의 원혼을 빈다.
사회상	58년도 전후 불안으로부터의 도피 심리가 폭력적 치정관계 혹은 엽기적 에로티시즘으로 대치된다. 화영과 조림의 관계는 함께 자라난 관계로 당시 사회 관습으로 볼 때, 혈연 아닌 혈연임에도 오누이 간의 성도착적 언어와 페티시즘과 에로티시즘으로 치닫는다. 화영과 기혼녀인 현숙희, 식모 연주와의 연달

은 충동적 성애 행위 역시 맹목적인데다 질투의 화신이 된 조림의 약혼자 김기수와의 혈투와 살인극 등이 전후적 증상에서 멀지않게 드러난다. 때때로 이 작품에서는 신소설에서나 볼 수 있는 주인과 하인, 식모와 본부인의 삼각관계가 치정연애갈등으로 빚어져 신파조로 흐르는 복고풍의 모습을 발견할 수 있다. 대립적 인물구성과 치정, 격투 등을 통해 통속적 즐거움을 제공하는 신문연재의 오락적 특성이 엿보이나 남화영의 어머니가 지주에게 강간당할 위기에 아버지가 이를 말리다 죽도록 매를 맞고 쫓겨난 대목에서 해방 이후부터 이어온 대구·경북지역의 반봉, 반일, 반제의 정서가 일부 나타나고 있다.

吳有權, 「애련(愛燐)」	『대구매일신문』, 1958.10.28~11.3, 7회, 釐駿容
인물	박인후 : 초등학교 교사. 구준하 : 박인후와는 십년지우. 한은혜 : 전쟁미망인으로 박인후와 구준하보다 연상이다.
내용	인후는 준하와 은혜의 앞날을 보증서기로 하고 만일 준하가 어머니의 결혼 강요에 못 이겨 다른 사람과 결혼하게 되면 십년지우정(十年之友情)을 끊어버리기로 서로 약속한다. 한은혜는 박인후에 대해, 구준하가 자신을 못 버리게 하는 보증인, 양심의 후견자라고 생각한다. 박인후도 이것이 친구 구준하와 여자를 위한 우정이자 의리라고 생각한다. 　어느 날 박인후는, 자신의 어머니의 강요에 의해 어쩔 수 없이 다른 여자와 결혼하게 되었다는 구준하의 편지를 받는다. 신문에서 준하의 결혼 소식을 접한 한은혜도 박인후에게 달려온다. 한은혜는 복수를 결심하고, 박인후는 철없는 보증에 대해서 후회한다. 한은혜는 박인후에게, 약속대로 구준하와 우정을 끊고 자신을 책임져 달라고 말한다. 　결국 박인후는 친구의 동거녀 한은혜와 결혼함으로써 친구와의 우정도 살리고 동거녀도 구할 수 있게 되었다. 박인후는 자신의 선택에 대해 "어쩔 수 없는 지조요 애정의 표시"라고 생각한다. 또 "인생에 대한 애정을 북돋우고 보다 낳은 구원의 길을 발견할 수 있다"고 생각하며 박인후와 한은혜는 편안하게 준하의 결혼식에 참석한다.
사회상	전후 서울 , 복잡해진 사회 변화 속에 친구와의 약속이나 의리를 지키기 어려운 세태 속에서 오히려 친구의 우정을 중요하게 여겨 인생의 행로를 선택한다는 것은 납득할 수 없는 일이지만, 친구와 친구의 여자가 자신과 미묘한 가족관계로 뒤섞여 받아들여지고 있었던 전후적 상황을 반영한다. 이러한 상황은 전쟁으로 인한 전재민들의 상처의 후유증, 전쟁미망인의 증가와 관련된다. 과부의 보쌈은 전란이 많았던 조선시대 후기 습속인데, 전후 미망인의 불가피한 의존심과 그에 대한 미혼남들의 책임감, 연민까지 이야기되는 소설 「애련」으로부터 과부 보쌈담의 변종이라는 느낌을 받게 된다. 한국전쟁으로 인한 미망인들의 오갈 데 없는 절박한 상황을 반영한 소설이다. 전시 우정은 전우애로부터도 발생하는데, 서기원 「암사지도」는 윤주라는 오갈 데 없는 여자를 공유하는 두 전우의 이야기를 다룬 이야기로서 「애련」과 주제면에서 일맥상통한다는 것을 알 수 있다. "신진작가 단편 릴레이"로 연재되고 있다.

李範宣, 「설야(雪夜)」	『대구매일신문』, 1958.10.22~10.27, 6회, 삽화 정준용
인물	어머니 : 남편은 감옥살이(일제 때), 생계가 어려워 남편의 친구 홍주사가 구멍가게를 내준다. 홍주사 : 남편 친구, 주인공인 어머니로부터 딸을 얻고 이사하지만 죽는다. 아들 : 전쟁통에 헤어졌다가 우연히 만남, 초등학교 교사. 며느리 : 고아, 유치원 보모, 딸이었음이 드러남.
내용	일제 때 평양에 살다가 만주로 이주, 해방 후 서울에 거주하게 된 가족의 이야기이다. 어머니는 단란한 아들 내외를 바라보며, 문득 며느리가 혹시 자신의 딸이 아닌가 의심한다. 어머니는 과거 남편이 감옥살이 할 때 자기를 돌봐준 남편의 친구 홍주사와 피치 못할 하룻밤에서 딸을 낳아 홍주사에게 주었다. 딸의 '다리짬에 꺼멍점'이 있다고 말하며 잘 크고 있다는 소식을 전한 후 홍주사는 이사를 간다. 소식 두절 후 남편은 출옥하고, 그들 내외는 만주로 이주해 살다가 남편이 죽고, 어머니는 해방이 되어서 서울로 왔다. 　어머니는 피난 중 아들을 잃어버리고 그 후 서울에서 초등학교 교편을 잡은 아들과 우연히 만난다. 아들의 약혼녀를 소개받고 그 둘을 결혼시켰으나, 고향과 살아온 경위를 듣고 딸이 분명하지 않을까, 확인하고 싶어 한다. 그러나 어머니는 며느리의 해산날, 손자를 받으며 며느리 '다리짬의 꺼멍점'을 확인하게 된다.
사회상	전쟁 후 이산가족의 혼란상, 운명적 비극. 이복남매가 그 사실을 알지 못한 채 부부로 살게 되는 이야기이다. 이산가족의 혼란은 전쟁과도 관련이 있지만 그보다 거슬러 일제 치하 이주민들의 유랑과 관련이 있다.

박상지, 「동련기(童戀記)」	『대구매일신문』, 1958.11.4~11.11, 8회, 삽화 정준용
인물	나 : 중 삼학년 학생. 남란 : 아버지 친구의 딸인 고 이학년. 영애 누나 : 남란의 친구로 나의 연애편지 대상.
내용	나는 남란의 친구 영애에게 밤새도록 연애편지를 쓰고 아침에 그 편지를 부친 후, 저녁 무렵까지 잔다. 남란은 저녁밥을 먹으라고 나를 깨우고 나는 편지를 부친 사정과 심정을 이야기한다. 남란은 영애가 그 편지를 받고 어떤 태도를 취했을 것 같으냐고 나를 놀리면서 짓궂게 나를 쓰다듬는다. 마치 자신의 친구 영애 대신에 자기에게 관심을 가져달라는 듯하다. 사춘기에 접어든 문학소년의 당돌하고 심각한 연애편지 쓰기와 나와 한 방을 쓰며 그것을 지켜보는 친지 누나의 짓궂은 심술이 서로 어울려 새로운 사랑의 파장을 일으킨다는 이야기이다.
사회상	전후 열악한 주거환경 속에서 서울에서 겨울내내 한 방에 거처할 수밖에 없던 없었던 사춘기 소년 소녀들은 때때로 근친간에도 애틋한 연정을 품게 되는 경우가 적지 않았다. 여기에 연애편지 쓰기라는 전후 사회 풍조를 잘 반영시켜 '편지 쓰기'를 소재로 하여 청소년 애정 심리를 풋풋하게 그리고 있다. 나의 편지대상이 영애 누나라는 사실로부터 자극받은 남란은 질투어린 시선을 나에게 던지게 된다. 나와 피가 섞이지 않은 소녀 남란과 나와의 사이에 색다른 이성 갈등이 생성되는 순간이다.

김말봉, 「薔薇의 故鄕」	『대구매일신문』, 1958.11.20~1969.4.22, 142회, 金薰
인물	정영옥 : 도의원의 딸 서재영 : 지방 유지 아들 김인순 : 어머니가 도의원집 드난살이 박형만 : 아버지가 도의원의 과수원을 돌봄
내용	19살 김인순은 교우인 정영옥의 집에서 드난살이를 하고 있다. 정영옥의 아버지는 대구 지방의 유지로서, 재력가(도의원으로 토건회사, 무역회사 운영)이다. 김인순과 정영옥은 같은 교회에 다니지만, 인순은 영옥의 시중을 들면서 눈치를 본다. 서재영은 그 지방 유지의 아들로, 인순의 미모에 끌리지만 영옥과 혼인하려 한다. 그러나 영옥은 가난한 박형만을 사랑한다. 박형만의 아버지는 영옥의 집 과수원에서 일한다. 　박형만은 영옥 집의 과수원 일을 하면서 학업을 지속할 수 있었다. 영옥과 인순은 형만을 사이에 두고 다툼을 벌인 끝에 인순은 그 집을 떠나 서재영이 알선해준 집에 기거한다. 신분상승의 결혼이라는 서재영의 꼬임에 빠져 인순은 서재영에게 몸을 주었으나, 결국 서재영은 영옥과 결혼한다. 인순과 형만은 경제적 계급적 차별이 잔존하는 대구를 떠나 서울에 간다. 　인순은 영옥에게 복수를 결심하고, 무작정 서울에 올라왔으나 결국 '양갈보'가 된다. 형만은 안강순이라는 여자를 알게 되어, 그녀에 의해 자칫 타락할 수 있었던 자신의 삶을 바로잡는다. 고학생이 된 형만은 인순을 만나게 되어, 그녀로부터 미군 부대 일자리를 얻게 된다. 　인순은 인순과 동거하던 미군 대령이 떠나자, 영옥의 아버지(도의원)의 첩이 되어 서울에 기거한다. 영옥은 심장병으로 죽고, 서재영은 과거 영옥에 대한 자신의 잘못을 뉘우치고 군에 입대한다. 안강순이 고아원을 운영하자, 인순도 그곳 일을 거들며 고아원에서 서재영의 아이를 낳는다. 형만은 인순과 동거하던 미군 대령의 주선으로 미국 유학을 준비한다.
사회상	고학생(형만)의 성실한 자아실현 과정이 묘사되고 경제적 지위와 계급적 신분에 따른 차별(봉건성)이 흥미를 북돋운다. 돈과 신분으로 차별받는 사회에서 형만은 안강순이라는 안내자를 만나 미국 유학이라는 꿈을 이루게 된다. 그러나 영옥은 인순의 복수심을 키워 결국 지은 죄의 대가를 받게 된다. 진부한 권선징악적 교훈이 김말봉의 기독교적 사상을 배경으로 소설의 전면에 흐르고 있다.

김 송, 「청춘시정(青春詩情)」	『영남일보』, 1959.1.3~7.27, 200회, 삽화 정준용
인물	강성애 : 상경해서 홀로 사는 어머니(삯바느질)를 찾는다. 장훈 : 가난한 화가. 이태희 : 강성애 부친의 비서였으나 밀고한 부역자로 개과천선한다. 화장품 주식회사 인사과장 겸 사장 대리였으나 채석장 인부로 재기한다.
내용	강성애는 대구에서 아버지가 돌아가신 후, 개가한 어머니를 찾아 무작정 상경하던 열차 칸에서 장훈을 알게 되고 장훈은 서울까지 성애를 안내한다. 성애는 어머니를 찾아가려고 길을 묻다가 장근환(명동깡패)에게 걸려들어 퀸·빠의 여급으로 전락하지만 다행히 어머니를 찾아 꿋꿋하게 살아간다. 성애는 과거, 아버지의 비서이면서 공산당에게 아버지를 밀고한 이태희에게 정조를 유린당했다. 그 후 뉘우치는 이태희의 도움으로 강성애 모녀는 채석장 근처 하꼬방 집을 얻는다. 강성애는 여급생활을 청산하고 등산객들과 채석장 인부들을 상대로 과일과 약주를 파는 가게를 운영한다. 한편 화가 장훈은 '삼각산 살인사건'에 연루되어 사형 언도를 받고 복역 중이다. 강성애는 장훈을 기다리며 이태희의 도움으로 변호사를 붙이고(빚을 냄) 장훈의 출소를 기다리며 장훈의 아이를 낳는다. 게다가 성애는 폐병을 앓고 있다.
사회상	당대의 부정·부패한 사업가들이 금전으로 성을 유린하는 타락상을 고발한다. "팁과 같은 불합리한 돈을 바라는 것이 아니라 자기 힘으로 부지런히 일해서 살아가고픈" 한 전후 여성의 현실적인 삶의 어려움과 질곡이 드러난다. 50년대 말, 가족이 해체된 여성들은 과거의 잘잘못을 따질 정신적 여유조차 허용되지 않는다. 생계를 위해서는 미움이나 복수심마저 지닐 수 없는 처지가 되어있었다. 아버지가 죽고 정조를 유린당한 강성애는 깡패에게 걸려 빠의 여급이 된다. 여급이 된 여자는 사랑하는 남자를 만나 동거하지만 그 남자 역시 복역 중이라 출소를 기다리다 아이를 낳게 된다. 그러나 그녀 자신이 폐병에 걸려있음을 알게 된다. 이런 처지의 여인이란 강성애만의 이야기가 아니라 전후 하위계층여성(Subaltern)이 겪어야 했던 삶의 일반적인 과정이었다.

柳一之,「괴어기담 전등야화 怪語奇談 剪燈夜話」	『대구매일신문』,1959.3.7~1959.8.27, 149회, 吳錫九
인물	구우의 『전등신화』에 실린 이야기들의 주인공들로 조원, 양생, 등생, 상효, 최흥가 등은 모두 귀신과 교유하고 과거와 현재의 시공간을 넘나드는 등 신이하고 괴이한 사건을 겪는 선비라는 공통점이 있다.
내용	1. 綠衣娘 : 원한을 품은 소녀가 살아나 조원과 정을 통해 복수하고 다시 시신으로 돌아간다. 2. 재생 : 상효는 여우로 죽은 연향과 사랑을 나눈다. 상효는 십오 년 뒤 다시 연향이 재생한 이동판의 딸 연아와 재회한다. 둘은 재생한 기쁨을 나눈다. 상효는 여우로 죽은 연향과 다시 환생한 연아의 시신을 한곳에 묻어준다. 3. 聚景園 : 원제는 등목 취유취경원이다. 등목이 과거 보러가는 중에 취경원에서 송나라 이종황제의 궁녀였던 방화라는 귀신과 연복사에서 인연을 맺게 된다는 이야기이다. 4.가마귀 : 어용이 초강 근처 오왕묘 뒤 죽청이라는 암가마귀 도움으로 살아난다. 지방관으로 있다가 가마귀 옷을 입고 죽청을 찾아가 알에서 한산이, 한생과 옥패 등을 낳는다. 어용은 아내가 죽자 한산이만 남겨놓고 떠난다. 꿈에 까마귀로 변한 이야기. 5. 금봉서기 : 최흥가는 고향 소꿉놀이 친구 흥랑과 약혼했다. 흥가는 흥랑의 동생 경랑에게 납치, 양주로 다시 돌아온 흥가는 금봉자로 인해 혼인을 치른다. 결국 흥랑이 경랑의 몸으로 환생했다는 것인데 금봉자가 그 증거가 된다. 6. 牡丹燈 : 상처한 홀아비 교생은 관등절 정월대보름날 관등회를 갔다가 등을 든 소녀 부숙방과 만나 교합한다. 원래 부숙방은 중국 봉화주(지금의 영파) 판관의 딸로, 나이 열일곱에 병사하여 방치된 죽은 해골이었다. 천관도인이 부숙방, 교생, 금련을 붙잡아 이들을 심판한다. 이를 안내한 위법사조차 벙어리가 되어 이 이야기는 묻혀졌다고 한다. 부적이 원래 후한 장도유라는 사람에 의해 만들어졌다는 내력 등이 소개된다. 7. 代死 : 이양(25세)이라는 십만석지기 욕심꾸러기 부호가 여자와 돈을 너무 밝히다 죽었다. 이양은 부호에게 양자로 입양되어 부자가 되기 전에 생부가 유모에게 젖동냥하다시피 하여 키웠음에도 은혜를 모르는 파렴치한 수전노였다. 이때, 한 도사가 나타나 양혼법(養魂法)으로 유모의 남편 가노인이 대신 죽으면 이양을 살릴 수 있다고 한다. 도사는 속임수로 이양의 일곱 번째 부인과 가노인까지 죽게 하여 재산을 가로채려 한 것이다. 결국 들통이 난 도사와 부인은 잡혀가고 전후사정을 아는 가노인에게 모든 재산이 상속된다.

내용	8. 황금침 : 辛生(신도탁)은 떠돌이거지 5년차로 우연히 동주 서북쪽 부잣집에서 한 진나라 민왕의 딸과 동침하고 떠난다. 그러나 그 집은 온데간데없고 우거진 잡초 속에 고총이 하나 서 있을 뿐이었다. 진나라에 들어간 신생은 여자에게서 받은 황금침을 팔려다 군사에게 잡힌다. 군인들이 무덤을 조사해보니 23년 전 시신만 그대로이고 부장품만 사라졌음을 확인한다. 신생은 부마도위를 제수받고 금의환향한다. 9. 申陽洞 : 원나라 문종대 이생이 고향에서 배척받아 친구가 있는 계추로 갔으나 친구도 죽고 없었다. 산속에서 오래된 신왕집(고묘)을 발견, 그곳이 원숭이모양 요괴들의 신양동임을 알게 된다. 이생은 의원이라고 속여 요괴대왕을 약을 먹여 죽이고 잡혀온 부성의 전씨 딸들인 세 처녀를 구조하여 소실로 삼고, 허성의 정기(쥐를 이르는 말)인 오백 살 먹은 노인으로부터 황금과 진주를 얻는다. 10. 두꺼비 : 천축사 가는 길 형산에서 두꺼비가 은혜를 갚기 위해 산돼지 사냥을 나선 고생(高生)을 도우려고 유모로 변신한다. 11. 魂去來 : 월서지방 손자초(孫生)는 가난한 데다 육손인데, 친구가 농담한 말을 따라 거상 딸인 왕아보에게 청혼한다. 아보를 향한 손생의 지극한 사랑은, 손생의 넋과 몸을 분리시켜 손생의 혼은 아보의 어디에나 따라다니게 되고 결국 아보는 손생과 혼인하게 된다. 12. 白猿 : 양무제 구양흘이 아내를 백원이라는 황소만 한 흰 원숭이에게 빼앗긴다. 구양흘은 80명의 군사와 참바삼으로 꼰 새끼줄을 준비하여, 아내의 신발을 근거로 계림지역 산속 괴물 거처에 잡입, 요괴 배꼽 밑을 찔러 죽이고 그곳에서 수청드는 20명의 여인들과 아내를 구해낸다. 이미 아내는 아이를 포임하여 진무제대 집안을 빛낸다.(최치원 「금돼지 전설」에 영향) 13. 보장의 단도 : 唐 開元 때 설영(薛榮)의 이야기, 가난한 설영이 이사 간 집에, 죽은 양곡상 허씨 딸이 나타난다. 설영은 허씨 딸의 억울함을 풀어주기 위해 단도를 소주 포정사에서 훔쳤으나 그 죄로 잡혀 죽고 단도로 자기도 아내도 죽어 파멸한다. 저주받은 단도에 얽힌 이야기이다. 14. 惡僧 : 정가장(鄭家莊)이라는 동네의 정승상 외동아들 정선양이 공부하러 갔다가 10년 만에 돌아오는데 괴한에게 죽는다. 이때 이장이라는 사람이, 한 젊은 중과 산소에 다녀온 미녀와의 대화를 엿듣고 그 중을 활로 쏘아 죽인다. 그러자 정선양의 혼령이 이장에게 나타나 자신의 있는 곳을 알려준다. 미녀의 아버지는 허리에서 패도를 뽑아 딸의 목을 찌른다. 정선양의 아내가 중과 짜고 정선양을 해한 것이 드러난 것이다. 15. 袁家娘 : 당 태종대 손각 이야기, 가난한 손각은 원숭이상 여자인 소지에게 장가를 든다. 소지는 전생에 당 현종이 안녹산 난으로 잃어버린 원숭이였다. 16. 惡緣 : 취취전이라도 함. 취취는 거부 유씨 딸로 영리하고 민첩하다. 김

	생 정소년과 친구 사이였으나 헤어져 난리통에 김생은 취취를 찾아내고 이장군 처소에서 누이라 속이고 살아감. 이장군은 둘을 함께 장사지내준다. 17. 三山福地 : 원자실(元自實)은 산동성 부호다. 복건성 지방관으로 부임하게 된 요생은 친구 원자실에게 부임할 여비가 없어 돈을 차용한다. 요생은 돈을 갚지 않으려다 결국 죽는다. 18. 愛卿傳 : 절강성 명기 나애애 이야기, 조생과의 비극적 사랑 이야기이다. 19. 邪神廟 : 영주야묘기 – 필응상이 사당을 지나다 노호소리에 옥추경을 외우니 배암, 지네, 지렁이 등이 다시 살아난다는 이야기이다.
사회상	사회적으로는 당나라 구우의 『전등신화』 부분 번역을 통해 대구 · 경북지역 독자들에게 중국 당대 고전에 대해 접할 수 있는 귀중한 기회를 제공하였다. 이는 문학사적으로는 한중간 고전소설 비교 연구, 특히 「금오신화」(김시습)와 비교 연구할 수 있는 연구적 자료로서 가치도 있다. 대중독자들에게는 또한 생사를 넘나들어 사랑을 나누는 환상성을 불러일으켜 오락적 즐거움을 제공한다. 또한 「괴담기어 전등야화」의 이야기들은 신비하고 환상적이어서, 독자층의 관심을 끄는 데 효과적이었다. 그러나 한결같이 기존의 질서, 삼강오륜이나 운명론, 보은, 사랑, 책임, 윤리의식 등 인간관계의 과거 모럴들을 은연중 강조하는 이야기들이기도 하다. 밤중에 낯선 여성의 유혹을 경계하라든가 하는 것은 어찌 보면 여성을 관리하고 통제하는 제도와 관습에 따르라는 것으로 볼 수 있다.

오상원, 「慾望의 季節」	『대구매일신문』, 1959.5.1~8.31, 122회, 정준용 삽화
인물	김민규 : 장관인 자형의 힘으로 무역회사에 취직했으나 직원들의 홀대로 적응하지 못한다. 한성태 : 신흥물산주식회사 사장, 장관의 처남인 민규를 채용, 기획부서에 배당하고. 형란을 새 비서로 채용하여 속셈을 감추지 않는 호색한이다. 박정원 : 한성태와 내연관계에 있는 여비서, 전쟁 상흔으로 인해 불행한 처지에 놓여있었으나 민규로 인해 벗어나 진실한 사랑을 얻는다. 김형란 : 바크레이 의상실 직원, 옛 애인을 닮은 김민규를 좋아하나, 윤성수에게도 접근하는 등 감각적이고 자기중심적인 화려함을 좋아한다. 김민규를 노리고 박정원 대신 회사 여비서로 들어가지만 김민규마저 회사를 그만둔다.
내용	전후 비리와 부정부패가 근절되지 않고 따라서 취업이 어렵던 시절, 나름대로 언론이 비판적 역할을 하고 있었던 시대배경 속에서 두 커플의 만남을 통해 진정한 사랑이 무엇인지 깨닫게 한다. 윤성수와 박형란은 귀족적이고 겉은 화려하지만 서로 이용하는 관계에서 만남이 이루어지나 김민규와 박정원은 비록 부족하고 인간관계의 상처가 있지만 그런 것을 이유로 비난하는 것이 아니라 오히려 지켜주고 보호해주는 것이 사랑임을 보여준다. 김민규는 한성태의 노리개였던 박정원을 사랑하게 된다. 김민규는 S대 상과 졸업생이나 처남 덕에 입사할 만치 능력이 부족하고 말주변이나 처세도 능하지 못한 인물이지만 박정원과 김형란으로부터 사랑을 받는다. 그 이유는 세련되지는 못한 대신 서툴지만 진솔한 데가 있기 때문이다. 진실한 사랑이란 세련된 연애의 테크닉이 아니라 사회관습까지 넘을 수 있는 행동의 진정성이 중요하다는 것이다.
사회상	취업의 경쟁이 백 대 일 이상이나 결국 응시해보면 한 명쯤 제 실력으로 들어갈 정도로 취업이 어려운 현실이 취업재수생 민규의 친구들을 통해 묘사된다. 그 속에서 '스페샬', '땃슈아워', '소후트 크림', '부레ㅋ 커피', '웨이터' '치-프', '트리크', '초코레이트 크림', '듀엣트', '트라볼', '디스터브', '싸라리맨', '울트라우' 등 일본식 영어발음이 뒤섞인 표기가 쏟아져 나온다. 만남의 장소로 음악다방이 등장하고 세기의 사랑을 담은 영화, 소통수단으로 전화가 엽서보다 더 자주 등장한다. 전화가 혼선되는 바람에 상대방의 비밀을 엿듣게 되는 구성도 새롭다. 전후 상황 속에서 여성의 순결이나 과거가 용서된다. 사랑하기 시작한 남자에게 박정원이 자신의 부끄러운 한성태 사장과의 불륜관계를 고백한다는 설정은 이 소설이 추구하는 새로운

	애정상이 무엇인가 알게 해준다. 연인들의 데이트 코스로 남산 밑, 화려한 명동거리, 자하문 밖 드라이브 코스, 세검정 입구 다리목, 정릉 등이 소개되며 어둠 속의 정릉 소풍객들 등 당대의 연애풍경을 담아내는 묘사 부분도 주목할 만하다.

황호근, 「마음의 旅路」	『대구매일신문』, 1959.4.26~4.30(5회로 중단), 삽화 정준용
인물	은실(언니) : 미망인(남편은 교통사고로 사망), 자살. 은선(동생) : 전후파적인 여성, 약혼자(화가-정원규)를 버리고 소설가(김화성)를 따름. 정미 : 후에 정원규의 애인이 됨.
내용	은선은 독점욕과 호기심이 많아 언니와 맺어지려는 소설가 김화성의 마음을 사로잡는다. 동생에게 사랑하는 사람을 빼앗길 처지에 있던 언니 은선은 병사했지만, 사실은 자살한 것임을 동생은 언니의 일기장을 통해 알게 된다.
사회상	1959년 봄, 경주에 사는 자매간의 애정갈등을 묘사한다. 이기적인 동생이 언니의 애인을 가로채 언니가 자살한다는 데서, 좌절하기 쉬운 전후 미망인들의 심리 상태를 간파하고자 한다. 전후 사회에서 미망인이 살아가기 어려운 절박한 현실의 편린을 느끼게 해준다.

成樂勳, 「今古奇觀」	『영남일보』, 1959.8.30.~1962.10.7, 675회, 吳錫九
인물	부부교환 : 양양부 조양현의 장덕. 은혜와 원수 : 당나라 방덕이라는 선비. 節孝女 蔡瑞虹 : 명 선덕황제 때 채서홍. 매맞는 첫날밤 : 아내가 남편을, 혹은 남편이 아내를 버린 부부. 미인의 일생 : 기생 소소 이야기. 진실한 사랑 : 기녀 미랑과 기름장수 진준. 글자없는 편지 : 소왕빈이라는 재사. 鴛鴦譜 : 의원 유명의 아들 유박의 혼사담 기타 등등.
내용	「금고기관」(명말 역사소설단편집)은 중국 8대 기서 중 하나로, 포옹노인의 이 백여 편 중 사십여 편을 뽑아 엮은 것이다. 중국에서도 송금, 장자, 유원보전 등 판본이 많은데, 국내에서 보관된 것으로는 고대본, 낙선재본, 신구서림본, 북경 대본이 있다. 조영암(정음사, 1963), 송문(형설출판사, 1992)이 번역한 분량과 비 교해 볼 때 성낙훈 교수의 것이 『영남일보』에 1959년부터 3년 동안 연재되어 분 량으로도 가장 방대하다. 이밖에 최근 국내 소장본이 선문대학교 박재연, 최영, 이수진 등에 의해 출판(2004)되었고 최형섭(지만지, 2012) 김용식(미래문화사, 2003)에 의해 일부 번역되었다. 「금고기관」은 우연성과 환상성을 통해 장기간 동안 독자대중의 오락 욕구를 충족시켜주면서, 동시에 동아시아 상상력의 펼침 가운데 권선징악적 이데올로 기를 재확인하게 해준다. 원래 논픽션에 픽션을 가미한 중국 명말 기담 단편집 으로서, 일찍이 부분적으로 소개되기는 했으나 이처럼 본격적으로 번역 연재되 기는 처음이었다. 성교수의 「금고기관」의 번역은 현대적으로 번안되고 읽기 좋 게 다듬어진 것이긴 하나, 대중적으로 쉽게 읽히는 특징이 있다. 「부부교환」 : 부부간의 음행을 경계하고자 하는 이야기. 「진실한 사랑」 : 미랑이 술 취해 토한 것을 소매로 정성껏 받아 그녀를 간병하 는 진준의 태도에서 진실한 사랑의 모습이 드러난다. 진준은 비록 기름장수지만 '후하고 정직하고 애정도 알고 남의 허물을 덮어주고 자기를 희생할 줄 아는 사 람'이다. 그는 미랑의 전송하는 모습과 가마 탄 모습, 이렇게 딱 두 번 보고 그녀 를 위해 은을 사 모은 진실한 남자이다. 「글자없는 편지」 : 이 세상에는 급한 사람을 구제해주는 이는 적고 부자를 보 태어 주는 이는 많다. "돈이 있는 사람에게는 개아미가 땅에 떨어진 고깃덩이에 붙듯한다."로 시작, 오강(吳江)의 소왕빈(蘇王賓)이라는 재사의 혼사담.

사회상	「금고기관」의 삼 년 이상 기간 동안 번역연재는 동시대 대구 · 경북지역에서의 오락적인 연재물로서뿐 아니라 고급 지식과 교양물로서의 중국 역사와 문화적 영향력을 확인시켜준다. 시대적 공간적 배경을 뛰어넘는 기이한 사건들을 통한 경계담이라는 점에서 전후 삶을 초월하게 하는 현실도피성이 보이나 그 속에 스며있는 지혜와 처세는 나른한 쾌락에 의해서나마 현실의 고통을 지연할 수 있는 인내심과 온고지신에 의한 삶의 방향성을 재확인 시켜준다.

송지영,「菊香」	『대구매일신문』 1959.9.15~10.6, 15회, 삽화 李承萬
인물	국향 : 한양 이모집(이참판 댁)에 가서 좋은 곳으로 배필을 얻어 시집가는 것이 꿈인 어린 규수(한양 지향성) 수란(17세) : 국향의 외사촌동생
내용	외동딸 국향을 출가시키려던 부모는 한양에 온 명나라 사절단이 조선의 처녀들을 징집한다는 소문을 듣고 시골에 살고 있는 외삼촌 집에 국향을 피신시킨다.
사회상	조선, 명나라 사신이 들어와 조선의 처녀를 징집해 간다는 소문이 무성할 때 추석 무렵, 한양서 200여 리 떨어진 어느 마을 봉화재(뒷산), 박우물 언덕, 삼태골을 배경으로 펼쳐지는 애정의 비극을 그린 것으로 당시 송지영이 자신의 역사의식를 실험해본 소설이라 할 수 있다. 기지촌 여성들이 신문에 자주 오르내리는 시기에 연재된 단편이다. 1950년대 중반, 미군 등 외국 군인들 상대의 기지촌은 미군의 폭행과 총기사건 등으로 사회문제화되고 있었다. 1959년 10월 국회에서 한 의원이 '외국 군인들이 만족할 수 있도록 기지촌 여성들을 미국 관습과 오락, 재주 등을 교육시키자'고 제안(캐서린 H.S, 이정주 옮김, 『동맹 속의 섹스』, 삼인, 2002, 75쪽) 하였을 정도로 남한 하층 여성의 인권유린은 정당화되고 있었다.

이선구, 「또 하나의 太陽」	『대구매일신문』, 1959.9.1~1960.5.9, 248회, 삽화 정준용
인물	주인물들의 부모세대인 명승현(사학교수 역임) 선생과 옥경의 모, 성숙의 부와 한금선은 모두 정신적 사랑을 유지하는 관계이고 자신들의 관계를 부끄럽지 않게 생각한다. 윤옥경 : 제약회사 근무. 신준국 : 제약회사원, 신약 개발에 야심을 태운다. 옥경의 애인, 도미 후 옥경과 헤어짐. 옥경에게 현재에 충실하도록 조언. 박창재 : 제약회사 부사장, 신준국을 따돌리고 옥경을 아내로 차지함. 서란 : 신준국을 사랑하는 옥경 친구로, 준국을 손에 넣으려 함께 도미했음. 성숙 : 옥경의 친구, 옥경이 현재의 삶에 충실하도록 조언. 명승현 : 과거 옥경 모의 연인, 현재 상처하여 혼자 살고 있음.
내용	명선생과 옥경의 모는, 학창시절(일제강점기) 사랑하던 관계였으나, 옥경 아버지의 절박한 구혼 요청에 옥경 모가 지금의 옥경 아버지를 선택하면서 명선생(喪妻)과 서로 헤어졌다. 그들은 서로가 의무에 충실할 것을 약속하면서 각자 결혼하였고, 결혼 후에도 정신적인 관계를 맺으며 살아간다. 한편 성숙의 아버지도 과거 사랑하던 여학생(한금선)과의 결혼이 현실적 제약으로 이루어지지 않자 각자 결혼, 서로를 늘 마음의 태양처럼 여기면서 의무에 충실하고자 한다. 옥경은 같은 회사 신준국을 사랑했으나, 회사 부사장 박창재의 방해로 미국으로 유학하는 신준국을 만나지 못하고 헤어진다. 옥경은 그녀의 친구, 서란이 준국과 함께 유학길에 오른 것을 오해하여 회사 부사장인 박창재와 결혼해버린다. 그러나 옥경은 모든 오해와 단절은 남편인 박창재와 서무과장이 꾸민 결과임을 알고 집을 나와 준국에게 돌아가려 한다. 이에 친구 성숙, 명선생과 옥경의 어머니, 성숙 아버지의 연인(한여사) 등 모두가 극구 말리면서 "현실에서의 의무 준행이 곧 정의롭고 아름다운 삶이다"라며 현재에 충실할 것을 조언한다.
사회상	젊은 시절, 자신의 사랑이 분명하다고 믿지만 오랜 세월이 지나 생각하면 그 또한 성장과정에서의 상황이 그렇게 만든 것이라는 결정론에 빠져들게 된다. 작가는 이러한 시각으로 50년대 말 젊은 주인공들이 지나간 과거를 인정하고 현재를 긍정하여 '의무 준행' 함이 아름다운 것이라고 한다. 애정갈등 관계를 일제강점기로부터 전후까지 이대에 걸쳐 이야기함으로써 부모세대의 삶에 정당성을 부여하면서도 과거보다는 현재의 삶에 충실할 것을 계몽하고자 한다. 이 소설은 또한 일제강점기 청춘남녀 세대의 애정상 즉, 조국 독

립과 해방을 열망하던 청년들의 그 출구 없는 열정이 뜨거운 연애로 변모되기도 했었음을 전후세대들의 솔직하면서도 무분별한 애정관과 대비시켜 보여주려고 한다.

"우리는 끝까지 의무를 다하며 희생과 봉사로써 인생을 가장 아름답고 진실하게 살아야" 한다고 강조한다. 아무리 출발이 잘못되었다고 할지라도 현실을 묵과하지 않는 아름다운 의무를 강조한다. 여기서 '또 하나의 태양'이란 전후 어수선한 현실에서도 현재를 긍정하는 밝은 사고를 가지고 책임 있는 자세로 자신의 현실에 대처하는 사람에게만 떠오르는 태양을 의미한다.

손창섭, 「歲月이 가면」	『대구일보』, 1959.1.1(53회부터)~3.30, 142회, 삽화 이우경
인물	강진숙 : 젊은 미망인, 성철을 사모함(성철과 죽은 남편은 친구지간). 이남희 : 병원 주인집 딸, 진숙의 시누이. 성호와 결혼을 노림. 차성철 : 강남실비병원 고용의사, 진숙의 연인, 성실·과묵, 오갈 데 없는 현옥을 돌보아줌. 차성호 : 성철의 동생, 바람둥이 사업가, 현옥을 임신시키고 남희와 결혼 예정. 이현옥 : 성호에게 농락당해 임신한 후 성철의 보살핌을 받음, 현숙한 아내의 자질.
내용	강남실비병원 남식이 죽자, 대리원장인 성철이 그 병원을 운영한다. 성철이 병원을 부실하게 운영한다며 남식의 친족들이 모여 대책을 논한다("친족회의"). 고지식하지만 인간미가 넘치는 성철과, 향락적이고 배포 큰 성호는, 형제이지만 성격이 다르다. 형 성철은 성호가 버린 임신한 이현옥을 보살피고 병원 주인딸 남희는 그러한 성호와 밤새도록 댄스파티를 즐긴다. 남희는 두 형제의 성격과 능력을 저울질한다("청춘낭비"). 남희 모친은 바람둥이 성호와 어울리는 딸 남희가 걱정된다. 또한 그녀는, 성철이 죽은 친구 남식의 미망인 진숙에게 꾸준히 오만 환의 생활비를 대준 것을 병원 운영과 관련지어 문제삼는다. 남희 모친은 성철과 진숙과의 관계를 의심한다("고민"). 성철은 성호에게 이현옥과 결혼하라고 강요하지만 성호는 성철에게 십만 환짜리 수표를 주며 마무리하려고 한다. 성철은 자신의 하숙집에 오갈 데 없는 이현옥을 들이게 된다("형제"). 성철은 동생 성호의 아이를 임신한 현옥을 자신의 건넌방에 묵게 하며 성호 대신 돌본다("부분연애"). 현옥은 성호를 단념하고 오히려 성철을 보살피고자 한다("焦燥"). 강남 실비병원 실권자 친족들(남희네 일가)은 성철을 내쫓고 병원을 매각할 계획을 세운다("計算"). 성철은 병원 해고장을 받고, 진숙은 현옥과 성철의 관계를 오해하여 성철에게 그들의 애정을 단념하겠다고 편지한다. 성철은 안양의 개인병원으로 내려가 근무한다("해고장"). 한남화학공업주식회사 전무취체인 성호는 비서인 미스 윤을 떼어버리려고 한다. 남희는 그러한 성호와 댄스, 빠를 전전하며 성호의 마음을 떠본다. 달러상 한마담의 개입으로 문서위조, 사기 등 병든 50년대 전후 현실세계를 들여다보게 한다("이면"). 차성철이 병원을 떠나고 남희의 이모와 외숙들은 병원

	의 적자를 회복시킨다. 진숙과 남희는 성호를 만나 병원 친척들의 의도를 알리고 성철을 다시 병원으로 불러들이려 의논한다("설계"). 성호는 실비병원의 내막을 두 여인에게서 듣고 남희와의 결혼을 미끼로 병원 인수에 필요한 절차를 밟기로 한다. 사업 의욕이 불타는 한편 진숙을 농락하려고 광적인 추태를 부린다("농락"). 성호는 진숙의 동생 미숙을 취직시켜주고 그녀의 부친에게 10만 환의 수표도 보내는 등 진숙에게 접근한다. 남희는 성호와 대도시를 여행한다. 여행 도중 대전에서 진숙과 만나 안양의 성철에게 들러 그를 설득하여 서울로 나오게 하려 한다. 성호는 계획적으로 혼자 대전으로 와서 진숙의 호텔방에 침입하지만 진숙은 피한다. 혼자 성철을 찾아간 진숙은 그가 환자에게 주사를 잘못 놓아 잠적 중이며 현옥이 늘 곁에 있었음을 알게 된다("撞着").
사회상	4 · 19 직전의 암울한 사회 현실과 각박한 세태를 엿보게 하는 신문애정소설이다. 사회가 전후적 증상을 앓으며 어수선한 가운데 사회적으로 부패와 부정 비리가 보편화되어 불신으로 얼룩지던 자유당 말기 물신주의에 병든 사회를 진단하고자 한다. 50년대 말 서울, 의료를 사업수단으로 이용하려는 악덕 병원사업과 순수하게 의료정신에 입각하여 환자를 대하는 의사가 대립된다. 전후 혼란한 속에서 물신과 권력에 찌들어 무너져가는 양심과 도덕적인 실천이 차성호와 차성철 두 형제의 모습으로 대립된다. 애정과 금전 비리, 물질적 욕망이 난무하는 세태 속에서 진정한 사랑을 찾아 헤매는 남녀 군상, 진실은 세월이 가야 밝혀질 것임을 암시한다. 1956년 작고한 박인환의 시 '세월이 가면'의 제목을 빌려 쓴 소설로 제목만큼이나 진지하다.

박경리, 「銀河」	『대구일보』, 1960.4.1~1961.8.10, 120회, 姜遇文
인물	최인희 : 국문과를 졸업한 지식여성. 이성태 : 인희의 남편, 사업가, 정치에 대한 야심도 있음. 강진호 : 인희가 좋아하는 남자, 한 여인만을 사랑하는 순정파. 은옥 : 인희의 친구, 의리파. 이광민 : 은옥의 성격을 좋아하는 출판사의 직원. 최진구 : 최인희의 아버지, 사업가. 장연실 : 최진구의 젊은 첩. 요정 출신, 이성태와 관계함.
내용	인희는 연인 송건호가 미국에서 약혼했다는 소식을 듣고 낙망하고 있던 차에 자포자기하는 마음으로 아버지 친구 이성태와 결혼한다. 여기에는 어려움에 처한 아버지(최진구) 사업을 돕는 마음도 앞서있었다. 이성태는 부정한 방식으로 자금을 끌어모으는 비리사업가로 정치에 대한 포부까지 가지고 있었다. 그는 인희와 혼인한 후 운영 부실을 이유로 아버지 회사까지 합병시켜버린다. 아버지가 화병으로 돌아가시자, 인희의 마음은 한결같이 서울에 있는 강진호에게 향해 있다. 이성태는 점입가경으로 인희의 서모 장연실(요정집 출신)과 놀아나며 인희를 부끄럽게 한다. 인희는 서울로 달아나 친구 은옥의 집에 기거한다. 은옥은 인희에게 출판사의 일자리를 알선해주지만 은옥의 폐병쟁이 애인(탈영 대학생)이 인희를 겁탈하려는가 하면, 딸과 함께 인희를 찾으러 다니는 이성태로부터 위협을 느낀다. 인희는 약혼을 파혼하고 그녀를 기다리고 있는 송건호의 친구, 강진호로부터 도움을 받으며 강진호의 사랑을 확인한다. 그러나 이성태가 인희를 납치하자, 강진호가 뒤를 추적한다. 결국 교통사고로 이성태는 죽고 강진호는 인희에게 재혼하여 미국으로 함께 유학할 것을 권한다.
사회상	4·19 직후 민주화 분위기에서 초혼에 실패한 여성이 재혼을 통해 새로운 인생을 시작한다는 것으로 여성의 인권에 대해 생각해보게 한 신문소설이다. D시(대구)와 서울을 배경으로 남녀의 혼탁한 욕정과 지고한 사랑이 대비된다. 남녀 간의 치정 행각과 사업 비리 속에서 자유당 말기의 혼탁한 세태를 비판한다. 이 소설은 『전남일보』에 같은 제목으로 동시 연재되었다.

張德祚, 「逆流 속에서」	『대구매일신문』, 1960.5.11~12.31, 226회, 삽화 金世鐘
인물	강선영 : 남편(변호사)이 2년간 외국으로 출타 중. 22년 간 만성이 된 결혼 생활에 지쳐 있다. 강선구 : 강선영의 오빠, 대구지역 국회의원. 유모란 여사 : 강신구 아내. 본명은 소자. 김문식 : 대구 S의대 해부학 교수(타향인), 의사, 남편의 친구. 안병구 : T방직 사장, 강선구의 정치자금줄을 대고 있다. 윤마담 : 향촌동 다방 마담. 전재호 : 김문식의 제자, 고학생, 선영의 집에서 과외교사를 하면서 김문식과 선영의 관계를 감시한다. S의과대 소요사태 주도.
내용	선영이 맹장염으로 의사 김문식의 수술을 받는다. 선영의 고집 센 강렬한 모습에 김문식은 매력을 느낀다("밀회"). 친구 홍봉순이 선영의 집으로 찾아와 남편의 외도를 의심하며 울분을 터뜨린다("사모님"). 고학생 전재호가 선영의 집 과외교사로 들어와 둘의 관계를 감시한다("遠雷"). 국회의원 강선구(선영의 오빠)가 김문식 교수를 만나 술집행, 김교수는 마담족들의 실태를 보고 선영의 청결하고도 강렬한 이미지를 더욱 그리워하게 된다.("마담족"). 강선영은 남편 귀국 소식에 이성적 결단을 모색, 김교수는 선영을 원망하며 혼자 동화사로 피서를 떠난다("별은 빛나도"). 사랑하기 때문에 헤어질 결심을 한 선영이지만 김교수를 그리워한다("여자의 마음"). 동화사에 놀러온 향촌동 다방 윤마담이 김교수에게 육탄 공격을 시도한다. "애인에게는 배반당하고 다방 마담의 접근에 미련을 느끼"는 자조 섞인 김문식의 독백에서 유혹에 약한 남자의 심리가 드러난다("마어(魔魚)"). 선영이 몸져눕자 재호의 배려로 김문식이 선영의 집으로 찾아오고 둘은 낯선 서울 N莊에 머물면서 애정행각을 벌인다. 선영은 '강한 성격과 비상한 자존심을 지닌 여성이었으나 성의 대상으로서는 한국의 모든 여인이 그러한 것처럼 자주도 자유도 가지지 못한 처참한 노예에 불과했다' 그러나 김교수와 관계 속에서 '성적인 노예생활에서 성애의 여왕으로 승화했'다("용광로 속에서"). 그들은 헤어질 수 없다는 사실을 더욱더 확인한다("염원"). 김교수가 강선영과 대구의 K관광호텔에서 만나고 있을 때 남편을 미행하던 부인이 방을 급습, 선영은 옷장 안으로 핸드백만 들고 숨고 부인은 선영의 머플러를 방 안에서 발견하고 난동을 부린다("인간의 힘"). 봉변을 당할 뻔했던 선영은 자신의 갈 곳이 결국 집이었음을 깨닫는다. 선영의 남편이 돌아오고 여러 소문을 듣고 아내와 다투다가 주먹질을 한다. 선영은 울분을 토하며 그동안의 결혼생활에서 이제는 자유롭고 솔직하게 살고 싶다고 이혼을 제의한다("傷痕").

	재호가 김 교수를 찾아와 그간의 감시 사실을 말하며 김교수의 과오를 지적하고 예전의 존경스러운 모습으로 돌아가 달라고 한다. 그렇지 않으면 학교정화를 위해 집단행동을 하겠다고 한다. 엉뚱하게 윤마담이 나서서 머플러 주인이 자기라고 하여 위기를 비켜간다. 김 교수는 윤마담을 경멸해온 것을 후회한다("悲秋"). 선영은 대구 S 의과대학 김문식 교수 배척의 기사를 읽는다. 김교수는 선영을 찾아 서울로 오고 그 둘은 서로 헤어지지 말자고 다짐한다. 그러나 재호가 여관으로 찾아와 선영의 딸과 남편의 얘기를 전하고 김교수의 현 처지도 개선될 수 있다고 조언한다. 김교수 배척사건은 학벌 배척으로까지 퍼진다. 개인의 문제가 정치화된다. 자살충동을 느낄 정도로 위기에 몰리지만 결국 재호와 한변호사의 도움으로 강선영은 서울의 딸 광미에게로, 김교수는 학생들이 기다리는 대구로 내려간다("검은 종점").
사회상	결혼한 남편의 외도─축첩문제와 더불어 여성들의 성의식 변화에 따른 유부남녀간의 간통문제가 사회적 이슈로 등장한다. 당대 혼란한 성도덕 풍조 속에서, 상류층 인물들의 불륜 행각을 묘사하여 독자들에게 현실의 도피처로서의 오락을 제공하는 동시에 도덕적 경종을 울리고자 한다. 소설에 등장하는 공간적 배경, 1960년대 초 대구 S대학 의과대학 부속병원과 그 일대, K관광호텔, 동화사, 향촌동, 동산동, 덕산동, 서문시장 등은 대구의 독자들에게는 매우 낯익은 풍경으로 사실감을 더해준다. S대학의 학내 파동은 4·19혁명기의 분위기를 그대로 반영해주기도 한다.

곽학송, 「宿命의 별」	『대구일보』, 1960.8.12~10.13, 59회
인물	윤선주(24세) : 춘추출판사 편집부 근무, 언니와 형부(C은행 중역)집에 기거, 부모 없음. 김현(40대) : 출판사 기획부장(과거 대학교수), 5남매 아버지. 김미순(김현의 딸) : C은행원, 홍윤기와 사귐. 홍윤기 : 선주를 짝사랑하는 편집부 기자, 서민적, 현대청년. 안종순(윤선주 형부의 후배) : 청년실업가, 귀족적, 이중생활. S(윤선주의 첫 애인) : K대 수재, 모 박사의 장남이었으나 여성의 정조를 쉽게 유린하려 함. 서향란(선주의 대학동창) : 20년 연상의 여고 은사(이혼남)와 동거 – 철부지 남성들에게 실증이 나 오히려 은사를 유혹하여 미리 겁탈을 하도록 만듦.
내용	윤선주가 근무하는 춘추출판사에 사장 친구인 김현이 취직하자 선주는 백일홍 꽃다발로 그를 축하한다. 선주의 젊음을 김현은 부러워한다. 은주는 언니 내외의 생활이 "성실하고 따분한 일상의 반복"이라며 마치 인조인간의 생활과 같다고 생각한다("꽃의 의미"). 윤선주는 대학교 때의 애인이던 S로부터 겁탈당할 뻔한 경험이 있기 때문에 남성들을 조심한다. 직장 동료 홍윤기는 선주를 마음에 두고 있다("半 處女"). 기획부장 김현은 젊게 보이기 위해 빨간 넥타이를 매고 딸 미순과 함께 명동나들이를 한다. 단성사에서 〈적과 흑〉(상품 영화로 과장된 관능적 표현을 한다고 생각)을 관람하다 윤선주를 생각하는 김현은 "여지껏 자신의 욕망을 억제하고 산 것이 미덕이 아니"므로 "위선의 탈을 벗고 자신의 인생을 즐기"고자 한다.(26회) 백화점에서 딸의 옷을 사주고 경품권을 얻어 선주에게 선물한다("상품권"). "참다운 행복" 대신 생활의 "안정에게 청춘을 매각한 황혼기의 사내"(36회) 김현은 해가 저물기 전에, 젊은 이성과의 접촉으로 자기 인생의 보람을 찾을 수 있다면 딸과 같은 연배의 선주라도 만나고 싶어 한다("황혼의 정열"). 안종순은 건축 청부공사일로 전남 광주에 내려와 밤거리에서, 과거 명동의 춘향이던 성숙희를 만난다. 그녀는 일류 스텐드바 '기라성'에서 환락가의 사치와 허영에 물들어 살다가 한 시골 태생 육군 장교와 순정에 빠져 명동에서 사라졌었다. 그러나 참다운 행복을 알지 못하고 다시 윤락녀가 되려 한다. 홍윤기는 남산에서 미순과 데이트 하면서 미순의 입술을 훔치고, 미순을 통해 의도적으로 그녀의 아버지인 김현과 선주의 관계를 떼어놓으려 계획한다("秋風"). 김현과 윤선주가 일요일, 남한산성으로 놀러가서 키스를 한다. 차를 놓쳐

	근처 인가에서 동침하게 된다. 김현은 욕망과 자책이 교차하는 밤을 보낸다. 딸 미순이 그녀의 어머니에게 아버지 김현의 데이트 사건을 고자질한다("정"). 윤선주는 김현에게 신뢰감을 느끼면서도 엇갈리는 갈등(육체와 정신 사이의) 속에 있다. 〈중단〉…… 진실성이 결여된 애정풍속도, 참다운 행복을 감각적(성적) 만족에서 구하려는 세태를 폭로하여 비판하고자 한 것으로 보인다("애증").
사회상	1960년대 초, 서울 시민은 200만, 서머타임이 있었다. 아베크족들은 드라이브(뚝섬, 한강, 정릉, 남산 약수터)나 영화구경을 하였으며 식사의 장소인 중국집 방은 부정스러운 남녀의 장소로 인식되었다. 동화다방, 대중잡지·대중가요(도미 〈청포도 사랑〉), 리스본 다방, 기차 태극호 등이 등장한다. 성실히 회사에 다니며 가정을 꾸려나가는 남자가 꽁생원 대접을 받는 세태(26회)에 이제 자기 생을 즐기고 싶어 하는 중년의 바람기가 얽혀 드러나고 있다.

金益鎭, 「아빌라의 미인전」	『가톨릭時報』, 1960.10.2〜1961.8.6, 41회, 姜遇文
인물	데레사 : 1562년 스페인 아빌라에서 처음으로 성요셉 깔멜 수녀원을 창립한 가톨릭 성인.
내용	15세기 '예수의 데레사'는 당시 종교개혁 바람이 불던 당시 가장 어수선한 시대에 아빌라에서 태어나 가톨릭 내의 '반 종교개혁자'에 속한다. 당시 유럽은 에라스무스에 대한 지지와 반대로 엇갈리고 루터교회, 성공회 등 종교개혁으로 시끄럽던 때였다. 반 종교개혁자들은 스스로 해이해진 가톨릭을 엄격 단속하면서 내면적인 개혁을 주장한다. 진정한 개혁의 실천적 움직임은 언제나 내적으로 영혼의 밑바닥으로부터 파고 올라오는 명상적 '靜'에서 솟는다고 믿고 그것을 실천하고자 한다. 그들은 가죽신을 벗고 나무신을 신으며 몸소 개혁을 실천한다. 깔멜 수녀원은 보다 깊은 관상(觀想)기도 생활을 통해 새로운 깔멜의 역사적 전기를 이룬다. 그녀의 유해는 석 달 동안 썩지 않아 20여 명의 신부와 한 명의 의사는 그것이 '기적'임을 증명함으로써 데레사는 복자, 성인 품위에 오른다. 그녀의 유해에 대해 '노인이 걸을 때처럼 약간 앞으로 굽었으나 그 몸 전체가 꼿꼿하다. 그의 체격이 좋았음을 쉽사리 알 수 있다. (…중략…) 그 눈은 건조했으나 전부 그대로다. 그 얼굴의 사마귀 위에 난 털이 그대로 있다. 발이 예쁘고 균형이 잘 잡혔다.'(41회)고 기록되어 있다.
사회상	한국전쟁시 왜관의 깔멜 수녀원 납북기 등을 통해 보여준 그들의 의연한 믿음의 실천은 많은 사람들에게 참신앙의 본보기가 되었다. 저자 김익진은 대구지역 토호이자 정신적 대부로 한국 가톨릭 근대 발전기에서 중요인물이다. 그는 데레사 관련 문헌 25권, 순수한 전기 1종, 스페인 역사서 28종, 16세기 유럽 생활 전문서 6종, 마르셀 오클레이드 역사 초판과 영역본을 읽고 새롭게 위 전기물인 「아빌라의 미인전」을 구상하여 연재하였다. 16세기 깔멜 수녀원을 새로 창립하다시피 한 데레사에 대한 치밀한 조사와 소설적 구성으로부터 독특하고 열정적인 대구·경북지역 기독교 소설의 가능성을 엿볼 수 있다. 『가톨릭시보』는 지금의 『가톨릭신문』의 전신으로 『평화신문』과 함께 전국적인 배부망을 가진 신앙지였다.

김윤주, 「여상(女像)」	『대구일보』, 1960.11.21~12.10, 19회, 삽화 姜遇文
인물	송영희(30세) : 전직 간호원, 현재 교사, 고향은 평양, 고교 2년 때 육군병원에 부상병 위문차 갔다가 현재의 남편과 사귐. 송영주 : 여동생, 1·4 후퇴 때 열차에서 떨어져 돌아가신 아버지로 인해 정신분열증을 일으킴. 언니 집에 기거. 아버지 : 서울 S대 철학교수였으나 한국전쟁 때 반동으로 낙인 찍혀 숨어지냄, 피난열차의 지붕에서 추락사. 어머니 : 사위에게 처제인 영주를 부탁하고 영희에게는 사위에게 잘할 것을 이르고 사망. 남편 : 중증의 폐병환자로 과거 K고교 수학교사였으나 이제는 "교단에서 먹어온 분필가루를 붉은 피로 토해버린 셈"이다.
내용	남편의 폐병이 악화되자 영희는 정성껏 간호를 하며 생계비를 마련하려고 교직에 나서게 된다. 각혈을 하는 남편이 회복되기를 바라며 부부관계도 금하고 지내던 영희는 어느 날, 병세가 더 악화되는 남편을 발견하고 절망에 빠진다. 영희는 "자기의 운명을 자기가 만들"(10회)어 가면서 열심히 살려고 애를 쓰지만 마음과는 달리 몸은 고달파 희망을 갖지 못한다. 남편은 영희가 출근한 빈 집에서 정신분열증을 앓고 있는 동생 영주와 육체적 관계를 맺었고 그 자책으로 좀체 살고자 하는 의지를 보여주지 않는다. 동생과 남편의 대화를 엿듣고, 동생이 남편의 아이를 임신하였다는 사실을 안 영희는 여관방에서 수면제 20알로 자살을 시도한다. 여관 주인의 신고로 병원으로 옮겨진 영희는 그때쯤 남편의 위독한 소식을 접한다. 집으로 돌아온 영희는 동생 영주가 충격 때문에 예전의 제정신으로 다시 돌아온 것을 발견한다. 영희는 아무것도 모르는 동생의 몸에 "새로운 생명, 우리들의 애"(19회)가 잉태되어 있음을 알리며 힘차게 살자고 스스로 위로한다.
사회상	부모가 죽고 동생마저 정신착란에 시달린다. 남편은 폐병으로 신음한다. 전후 폐병, 늑막염 등 질병은 성적 본능을 자극한다. 소설의 주인공은 전쟁이 남긴 상흔과 후유증을 극복하고 새로운 삶을 살려는 전재민(戰災民) 여인의 의지와 고통을 부각하고자 한다. 전쟁으로 부모를 잃고 남편마저 중증환자가 된 감당키 어려운 운명의 소용돌이에 말려든 여인의 애환을 감동적으로 그려보고자 한다. 피난지에서 실향민들은 고독하고 고통스러운 나머지 서로 의존하는 경우가 많았다. 방천 둑을 배회하면서 시간을 보내는 이들의 모습들이 소설에 보인다.

徐錫達, 「폐인(廢人)」	『대구일보』, 1960.12.11~12.30, 20회, 삽화 徐錫珪
인물	준석(40세 이상) : 대학교 생물학 만년 시간강사, 하숙생활, 작은 키, 다리를 젊. 괴롭고 지루한 청춘을 보내면서 종교에 귀의도 해보고 자살도 시도해 봄. 결혼은 단념, "출출한 공복시의 술맛"을 사랑하는 애주가. 기태 : 실직한 전기공, 준석의 사촌 조카뻘. 매 주일 찾아와 남전(南電)회사의 정식직원이 되는 데 힘을 써달라고 부탁한다. 작부 : 인간미가 있는 단골손님에게 가락국수도 사주며 유달리 정을 표시하는 여성, 공교롭게도 준석과 기태 두 사람이 모두 단골이다.
내용	준석은 강의가 거의 없어, 하숙방에서 뒹굴다가 저녁이면 술집으로 가 취하도록 막걸리를 마신다. 생물학 전공으로 정규 교수가 될 가망은 거의 없고 술의 마력으로 용기를 얻어 한 달에 한두 번 갈보집에 가서 욕정을 처리한다. 한편 사촌 조카뻘 되는 기태는 준석을 찾아와 전기회사의 정식직원이 되게 해달라고 부탁하고는 일거리가 있으면 전기 부속통을 들고 일을 나간다. 준석은 자신과 동침하는 작부가 기태와도 여러 번 동침하였고 그의 씨앗을 잉태하고 있으며 지우려 한다는 사실을 알게 된다. 기태는 비 오는 날 전기수리를 하던 중 감전사를 당한다. 신문을 통해 소식을 접한 준석은 기태의 시체 처리를 위해 전기회사에 위자료를 요구한다. 그러나 전기회사에서는 그가 정식사원이 아니고 개인적으로 일거리를 부탁받아 나간 것이어서 위자료를 주기 힘들다고 하고, 전기수리를 부탁한 공장 역시 자기 회사 사원이 아니라고 위자료 주기를 거절한다. 하는 수 없이 기태에게 일을 떼준 수리공과 함께 기태를 화장하고 준석은 기태의 뼛가루를 싼 신문지를 들고 세상을 원망하며 술에 취한다. 준석은 다시 그 신문지 꾸러미를 들고 기태와 동침한 자기의 작부를 찾아가 내민다.
사회상	앞날에 대한 희망을 갖지 못하는 불구자(절름발이)를 통해 본, 무기력하고 폐쇄적인 사고를 지닌 지식인 강사의 절망감을 통해 비극적인 전후 세대의 자화상을 그리고 있다. 일일 고용직 사원의 안정적인 직업에 대한 열망. 일거리 쟁탈전이 벌어지고 있는 도시(대구), 도심지 뒷골목(매춘가) 풍경, 동촌 변두리(에 거주하는 기태) 4·19혁명 이후 사회로부터 소외된 일용직 노동자에 대한 인권을 돌아보게 하는 단편이다.

손소희, 「사랑 있는 하늘 아래」	『대구일보』, 1961.1.1.~7.3(일부 미확인), 삽화 백문영
인물	현미애 : S대학 철학과 여학생, 4·19로 동혁을 잃고 민상혁을 좋아하나 최영민 사이에서 고민한다. 민동혁 : S대학 철학과 현미애와 연인, 4·19 데모 중 죽는다. 민상혁 : 문학전공 교수, 민동혁의 형. 최영민 : 현미애의 한강 자살을 막는다. 남혜숙 : 민상혁의 제자로 민상혁을 흠모한다. 최영민의 연인.
내용	현미애와 민동혁은 S대학 철학과 학생으로서 서로를 아끼는 사이였으나 4·19 부상자로 동혁이 죽어갔다. 그 뒤 미애는 그의 형인 민상혁과 사랑하는 사이가 되었다. 그러나 상혁에게는 정신이상의 아내가 있었다. 미애는 자신에의 불신, 삶에의 회의, 반발로 한강에 몸을 던지려고 기도하던 차에 최영민에 의하여 일단 포기하게 된다. 그리고 이를 계기로 미애는 최영민과 남혜숙을 알게 된다. 혜숙은 남편의 배신으로 이모의 집에 기식하고 있었다. 그녀는 민상혁의 제자로서 지금도 민상혁을 사랑하고 있다. 그러나 민상혁의 현미애에 대한 극진한 대우에 반발하여 이모의 집을 뛰어나갈 생각을 갖는다. 같은 날 영민의 약혼녀인 강예진은 영민과 데이트가 어긋난 데 대하여 불만을 품고 부모와 함께 밤늦게 영민을 찾아왔다. 그러나 영민의 태도가 딱딱하고 서먹서먹하게 느껴져서 처녀를 걸고 그의 사랑을 시험하려다가 도중에 뛰쳐나온다. 애인에게조차도 지기 싫어하고 화려한 것을 좋아하는 그녀는 눈물로 분함과 미련을 씻어버리고 파혼할 생각을 한다.
사회상	4·19혁명 현장을 이야기 속에 끌어오고자 한다. 현미애는 민동혁과 거리 데모대에 휩쓸리다 동혁과 사별한다. 상혁은 동혁에 대한 미애의 욕망이 투사된 인물이다. 그는 상혁을 진실로 사랑한다. 서술자는 현미애를 '미애'라고 호칭하면서 민상혁은 '민상혁씨는'이라고 호칭함으로써 독자와의 거리감을 조정하고자 한다. 「태양의 계곡」(1959)에서처럼 이 작품에서도 작가 손소희 자신의 체험이 반영된다. 현미애는 남자들과의 만남을 통해 유부남인 민상혁의 인격과 품위에 매료된다. 이는 작가 손소희와 유부남인 김동리의 전시 중 1953년 실제 사랑의 도피사건을 연상케 한다. 「태양의 계곡」에도 여주인공 정아가 문학강좌를 듣고 한철휘를 사랑하게 되는 이야기가 등장한다. 민상혁은 삽화에서 안경에 콧수염을 기른 나비넥타이를 단정히 맨 점잖은 모습으로 그려진다. 김동리는 1950년 인공치하에서 3개월 동안 숨어 지낼 때, 손소희로부터 도움을 받고 피신한 적이 있다. 손소희와 김동

	리는 이를 계기로 1953년 부산 서대신동에 방을 얻어 동거하게 되었고, 1951년 1·4 후퇴 후 가족과 만나고 나서 이는 적잖은 뉴스거리가 되기도 하였다. 병중인 박월계로부터 동리를 부탁한다는 유언을 듣고 1953년 부부가 되었다. 소설과 현실이 혼동되는 시대였다.

俞 湖, 「두고보자」	『매일신문』, 1961.1.1~6.1, 148회, 삽화 김세종
인물	심지영 : 23세, xx상사 취직. 심지희 : 소박맞고 쫓겨온 지영의 언니. 심태영 : 35세. 지영의 오빠, 실업자(정치판 따라다님). 아버지 : 냉소적 비관자, 술주정뱅이. 이수근 : 회사 동료, 유치한. 미스 성 : 회사 동료, 이수근과 동거. 노사장 : 의협심을 지닌 성실한 사장, 직선적 성격, 주먹도 휘두름(야인시대의 풍모). 민재 : 지영을 사랑한다고 청혼하는 잡지사(부도남)의 전 편집장. 인욱(인순) : 민재의 하숙 주인집 딸, 절름발이, 재민과 혼전관계로 낙태수술을 받는다 .
내용	지영이 면접을 보고 xx상사에 취직한다. 단기대학 1년 중퇴이나 4년제 대학을 다녔다고 이력서를 허위로 작성하였다가 들킨다. 그러나 다른 면접생들의 상대적으로 더 큰 엄청난 비리들 때문에 크게 문제는 되지 않는다("면접"). 회사 동료, 이수근이 심지영에게 추근댄다. 지영은 수근의 누나를 통해 모욕받는다. 고참 직원 미스성의 냉대를 받으나 노사장은 도시락을 싸서 다니는 지영을 성실하게 본다("새사람"). 지영이 전에 다니던 잡지사 편집장 민재로부터 청혼받는다. 지영은 아직 자신의 결혼에 별 관심 없는 가족들을 생각하고 망설인다("청혼"). 친정에 얹혀 소리 없이 살던 지영의 언니 지희는 옛 남편을 만나 양품점을 차리게 될 희망에 들뜬다. 한편 이수근은 지영 대신에 미스 성에게 추근 댄다("봄은 오는가"). 민재의 하숙에 들른 심지영은 민재와 인욱이 서로 포옹하는 사이임을 알고 민재에 대한 배신감을 느낀다("여성 후반기"). 수근의 유치하고 불성실한 됨됨이와 민재의 이중생활을 보고 지영은 세상살이에 냉담하게 된다. 민재를 만나 청혼을 거절한다("외롭더라도"). 또 형부가 젊은 새 여자를 데리고 다니는 사실이 지영의 눈에 띄었다. 수근과 미스성은 지영이 이력서를 허위 작성했다고 노사장에게 고자질한다("더러운 무리들"). 사내 직원인 수근과 미스성의 동거사실이 노사장에게 알려져 그들 둘이 퇴사하게 된다. 수근은 회사의 비밀을 캐 사이비 신문기자에게 고자질한다. 사이비 기자는 노사장을 협박한다("봄을 등지고"). 민재는 인욱(인순)의 임신 사실에 인욱에게 아이를 떼라고 달래놓고 도망친다("사랑은 주는 것"). 심지희의 동거 현장을 남자쪽의 처가 알고 쳐들어와 싸우게 된다("밉기 때문에").

	인욱의 실토로 지영은 민재를 찾아 다시 인욱에게 데려다 준다. 지희의 자살은 미수에 그치고 그녀의 전 남편은 사기혐의로 구속된다("제자리에서").
사회상	사회 초년생을 통해 사회적으로 암울한 격변기의 부패와 허위, 인간의 이기심과 도덕적 타락이 여전히 만연하고 있음을 알 수 있게 해준다. 특히 4·19혁명 이후 5·16 군사쿠데타 시기를 배경으로 서울 여성의 입장에서 가부장적 권위에서 오는 남성의 외도를 비판하고 풍자하면서도 군사정권의 취지에 맞게 사회를 개혁해가는 방향으로 마무리하고자 한다. 5·16 이후 연재본부터는 '전면 군검필'이라는 기록이 보인다.

김이석, 「虛風地帶」	『매일신문』, 1961.6.2～10.15, 133회, 장편소설, 金台炯
인물	김부창 : 책 외판원, 중년. 송학범 : 교수. 강정담 : 다방 마담. 권오돈과 박화삼 : 사업가, 사장.
내용	김부창은 책 외판원이 되어 책을 팔려 하지만, 제대로 한 권도 팔지 못한다. 그는 길가에서 자신과 동일한 외판원 신세의 젊은이를 만난다. 그들은 함께 술을 마시면서, 쉽게 돈을 벌 수 있는 일을 모의한다. 　송학범 교수는 혼자 살고 있으므로, 매일 저녁시간이면 강정담의 집에 와서 저녁을 먹는다. 그 사이, 강정담 마담은 송학범 교수를 좋아하게 되었다. 강정담의 집은 권오돈의 소유로 되어 있었으며, 권오돈은 항상 강정담을 첩으로 만들고 싶어 했다. 　송학범 교수는 강정담의 집에서 술을 마시면서, 일부러 그 집에서 가방을 잃어버린 행세를 한다. 그리고 그 가방에는 고액의 가치가 있는 자료가 있다고 강정담을 속인다. 강정담은 가방 찾기에 혈안이 되었다가, 훗날 그 가방 사건은 송학범 교수가 일부러 꾸민 일이라는 것을 알게 된다. 　강정담의 집에 일하는 세 여급 역시 자신의 물욕과 애욕을 좇아 질풍노도한다. 권오돈과 박화삼은 실업가로서, 서로 더 많은 땅을 사고 빌딩을 높이 올리는 데 혈안이 되어 있다. 이 작품은 송학범 교수와 강정담 마담을 주축으로 하여 등장하는 인물들 간에 속고 속이는 천태만상을 희화화한다.
사회상	4·19 이후, 서울을 배경으로 허장성세로 허풍만 치는 인간의 탐욕과 이기심을 묘사하고자 한다. 교수라는 사회지도층 인사의 비겁한 행동과 구태의연한 사고방식을 풍자 비판한다.

朴基媛, 「忘却의 線上에 서서」	『대구일보』, 1961.7.1~12.28, 178회, 姜遇文
인물	최화림 : 서울 소공동 S신문사 문화부 여기자로 사변으로 옛 연인 김민제를 잃고 그와 닮은 기혼남 윤석훈과 사랑에 빠진다. 윤석훈 : 상해에서 도움 받은 장인 덕택에 결혼하고 뇌수술 권위자가 되어 개업한 의사이나 일생동안 혜련을 병간호한다. 김종수 : 동료 기자로 대만 출장 다녀온 후 적극적으로 화림에게 프러포즈한다. 다혈질이고 강개한 성격. 김홍식 : S대학, 미술 조교수, 영림의 죽은 남편과 친구 사이로 영림과 연인관계. 최영림 : 기웅이라는 아들이 있는 전쟁미망인이나, 리사양장점을 운영하면서 개인 '핫숀쇼'를 여는 등 적극적이고 세련된다.
내용	이 소설은 최하림의 현대적인 여성 기질과 함께 전쟁의 상흔을 극복하는 망각의 선에 서서 새롭고 긍정적인 여성의 관점으로 사랑을 바라보고자 한다. 즉 전쟁미망인과 총각의 사랑, 상처한 유부남과 처녀의 사랑의 이야기이면서도 밝고 긍정적이다. 외면상 두 쌍의 연인 이야기이지만 내면적으로는 4·19, 5·16 이후 어수선한 사회 세태와 언론의 변질에 대한 비판의식이 깔려있다. 김종수 기자는 혈혈단신 월남한 총각으로 '맥주잔을 비우면서도 어디쯤 어느 촌락에서 혹은 공장집단에서 이런 자유로운 청춘의 시간을 빼앗기고 일하고 있을 누이동생'을 떠올린다. 최화림의 '내가 남자라도 미모의 젊은 미망인에게 처녀보다 더 호기심이 갈거야'라는 말에서 이 소설이 전후 실정의 연장선에 있음을 확인하게 된다. 해피엔딩이면서도 '망각의 선상'이라는 제목이 상징하듯, 과거의 상흔으로부터 벗어나고자 하는 새로운 시대의 사랑의 과정을 참신한 문체로 그려낸다.
사회상	재혼한 여성으로 전쟁통에 만난 남편의 전력 때문에 깊은 산골에 숨어 살아야 하는 경희, 홀로 아이를 키우면서도 당당하게 '핫숀쇼'를 열어 성공, 조교수인 남편 친구와 재혼하는 영림, 과거의 아픔을 딛고 총각보다는 상처한 남자와 결혼하는 다양한 여성인물들의 혼사담을 통해 4·19에 이어 5·16 직후 변화된 사회의 실루엣을 보여준다. 사회상이 스토리와 깊숙이 연결 지어져 드러나지 않고 있으나 그러한 통속적 애정담이 시대적 질곡으로부터 변화를 모색하려고 한 부분에 분명 주목할 점이 없진 않다. 남편의 부역 과거 때문에 전라도 장성에 숨어 사는 경희(85회), 군사 권력에 아부하는 당시 언론 세태에 대한 비판(64회), '양관'(양옥), '후생주택', '국'(한국군인)의 용어와 '파이어푸레스', '하얀 수레스 치마', '수쓰' 일

본식 영어 표기와 프랑스 잡지 『보그』와 까뮈 「이방인」 미국 영화 〈물망초〉는 당시 대중문화를 짐작케 한다. 「망각의 선상에 서서」는 단독 월남한 김민제 기자, 상해 윤석훈 등의 과거사를 배경으로 한 분단소설의 일면을 풍긴다. 또한 쿠데타 직후의 언론통제 분위기 속에서도 전쟁미망인의 재혼 성공담을 통해 전후 여성 신분상승 욕구를 해소해주고자 한다. 50년대 신문소설에 비해 세련되고 감각적인 문체를 구사한다.

1962년 1월 1일 4면에는 이 소설에 대한 독자의 찬반 독후감이 실려 이채롭다. 주부 권애희는 과부와 총각을 결합시킨 것이 상식적으로 기대한 바와 달라 참신한 맛이 있었다고 한 반면, 회사원 배제민은 통속적이어서 윤리관이 의심스러울 정도라고 혹평한다. 14회에서는 처녀가 애 딸린 남자에게로 돌아오는 〈물망초〉라는 프랑스 영화가 소개되기도 한다.

靑霞由人, 「剪燈奇話」	『매일신문』, 1961.10.1～ 1962.5.24, 오석구
인물	대이 : 귀신이 없다고 믿다가 귀신에게 잡혀 귀신이 되어 유서를 쓰고 자살한다. 그는 죽기 직전 하늘에서 '대학살 사법'을 맡게 된다는 소리를 듣는다. 왕생 : 여우와 인간 사이에서 난 영녕이라는 친척 처녀와 사랑에 빠진다. 조생 : 사람을 나귀로 만들어 파는 객주집 노파를 나귀로 만들어 타고 다닌다. 영호찬 : 저승을 구경하고 저승 풍경을 기록한 백면서생. 일타홍 : 금산 이씨로 심씨 집안에 들어가 난봉총각 심희수를 성공시킨 명기.
내용	"귀곡행(鬼谷行)" : 세상에 귀신이 없다고 믿고 있는 대이라는 청년이 '鬼谷洞'이라는 숲 속 마을에 들었다가 귀신과 괴물들에게 쫓긴다는 이야기이다. 주인공이 '長身鬼', '鬼長', '鬼卒' 들에게 쫓기다 잡혀 몸길이가 한 자로 줄거나 팔 척으로 늘어나기도 하며 야차가 송장귀신들의 머리를 뽑아 과자처럼 먹는다든가 하는 엽기적인 이야기들로 진행된다. 주인공 대이가 야차에게 쫓기다 야차와 함께 부처라는 괴물에게 먹히는데, 배부른 부처가 문턱에 넘어져 산산조각이 나는 바람에 살아나 도망치기도 한다. 귀신들은 대이에게 붉은 눈알과 뿔을 달아 귀신을 만들어 세상에 내보낸다. 도깨비가 된 대이는 억울해서 유서를 쓰고 죽으려는데, 하늘에서 다시는 인간 세상에 보내지 않을 것이며 하늘 '大虐殺 司法'을 맡을 것이라는 소리를 듣는다. "기연(奇緣)" : 절강성 항주 왕생은 정월대보름날(상원)에 달맞이 언덕에 산책을 나갔다가 매화 든 영녕을 보고 사랑에 빠진다. 왕생은 영녕의 매화 가지를 주워 들고 화병에 꽂고 바라본다. 내종간인 오생이 이를 보고 여인의 정체가 이모 딸이라 한다. 왕생이 영녕과 벌이는 포르노그래피적인 묘사와 은밀한 대화들, 영녕이 이미 죽은 지 오랜 처녀라는 점 등으로 인해 환상적인 흥미를 끌고 있다. 영녕이 왕생 이모의 딸이라는 근친상간적인 소재와, 오래전에 이모부에 붙어 낳은 암여우의 딸이라는 괴기적인 환상으로 독자의 시선을 끌어들이려 한다. "삼랑자(三娘子)" : 당 현종대 번주 판교점 거리의 객주집 삼랑자, 이 객주집은 값이 헐하고 음식이 깨끗하여, 내력을 모르고 몰려온 손님들은 모두 나귀가 되어 하루 열댓 마리씩 팔려나간다. 조생이라는 손은 술과 음식을 조금 먹고 잠들지 못한다. 술 취한 손들이 잠든 깊은 밤, 노파는 주술로 제웅 같은 인형을 움직여서 '메물'(메밀의 경상도 사투리)을 싹틔워 잠깐 사이 자란 메물을 베어 이를 갈아 떡을 만든다. 손님들에게 이 '메물떡'을 먹으면 나귀로 변신한다. 그러나 조생은 노파를 속여 메물떡을 먹게 하여 배짱 좋게 타고 다닌다. "저승구경" : 원나라 지정, '돈이 제일이야요'라고 주장하는 아내와 '富貴

	在天 窮達有命'만을 주창하는 찬이, 찬이는 성현의 말씀만을 섬기며 먹고사는 일에는 무관심한 백면서생이다. 지옥을 믿지 않던 찬이가, 이웃집 오로영감이 죽었다 살아난 덕에 경험한 지옥은 실로 다양하게 펼쳐진다. '악비'를 위해하고 나라를 어지럽힌 '진회' 등이 독사에게 물리거나 매에게 쪼이는 형벌을 받고 있었다. 이들은 인간세계에서의 죄업을 다시 판결 받고 처벌받는데 몇 억만 겁이 지나도 끝나지 않는 고통을 받고 있었다. 특히 남의 재물을 빼앗고 사기 중상 모략질, 이간질한 사람들이 발가벗고 얼어붙는 벌을 받는다는 대목은 당시 부정과 부패와 무질서로 사회지도층으로부터 아래로까지 이기심만 가득 찬 전후 혼란상을 염두에 둔 듯하다. 　「일타홍」 : 전라도 금산 출신(금산 이씨가 와전된 것) 일타홍은 재상댁 사랑놀이나 야유랑들 사이에 인기 좋은 명기이다. 재색을 겸비한 터라 일타홍은 권판서 댁에 출장 갔다가 심총각을 만나게 된다. 일타홍은 진관사(서울 은평구 북한산 자락에 소재)에 권판서와 놀이를 갔다가 주색광처럼 보이는 심 총각의 재목을 알아본다. 심총각이 자신에게 매달리는 바람에 일타홍은 심 승상 댁에 찾아가 직접 모친을 만난다. 공부는 멀리하고 주색잡기에 빠진 심총각을 일타홍은 다잡는다. 일타홍은 심총각의 마음을 달래 공부를 하도록 유인하여 걷어붙이고 뒷바라지하며 심씨를 벼슬에 나아가게 하니 심승상 집안의 경사가 된다. 일타홍의 마음과 행동은 여느 관기와 다르다. 심승상 댁에서 그녀의 신분 역시 비밀에 붙여 결국 심씨 집안의 며느리가 된다. 일타홍은 도도한 기생으로 심총각과 사랑에 빠졌으나 젊은 나이에 병으로 일찍 죽었다. 선조대 금산 이씨로 38세로 죽기까지 사대부 심희수만을 사랑하였다. 일타홍은 한시 「一日長霖」, 「賞月」 등을 남겼다. 그녀의 삶은 지순하였고 아름답다. 「일타홍」은 이러한 조선조 명기열전의 한 대목이라 할 수 있다. 그녀의 묘는 경기도 고양시 원흥동 406-1 일송선생 심희수 묘에는 심희수, 정경부인 광주 조씨와 일타홍 비가 나란히 있다. 일타홍의 묘비는 1983년에야 새로 세워졌다. 묘비명에는 '일타홍 금산 이씨 지단'이라고 새겨져 있다. 심희수는 선조대에 예조, 이조판서에까지 올랐으나 광해군 대에 죄의정, 74세에 졸하였다. 심희수의 추도시 「有悼」를 보면, 그가 진정으로 일타홍을 사모했던 것 같다.
사회상	1959년 연재되었던 류일지의 「괴담기어 전등야화」에 이은 연재기서이다. 「전등기화」는 「괴담기어 전등야화」와 같이 중국의 『전등신화』, 『역등신화』, 『전등여화』 등 기서에서 발췌한 것으로 주인공의 이름과 문제, 상황만 약간씩 바꾸어 읽기 좋게 번안 기록하였다. 작품 짝은 「기연」-영호생명몽록(상권), 「귀곡행」-태허사법전 (하권), 「저승구경」-부귀발적사지(상권) 등이다. 　이 중 흥미로운 것은 연재 첫 이야기가 「귀곡행」이라는 것인데, 「귀곡행」

사회상	속에는 한국전쟁 이후 분단의 현실 앞에서 억압되어온 전후의 증상이 드러난다. 걸어 다니는 송장귀신들은 '대체로 머리가 없거나 다리가 한쪽 없거나 팔이 한쪽 없거나' 한다. 야차가 이들의 머리를 뽑아먹는데, "그 꼴은 참외를 베어먹는 것 같아서 잠깐 동안에 여나무개씩 없어지는 것이었다."는 대목에서 잊혀지지 않은 전시 참상, 즉 잿더미가 된 서울과 평양 등 한반도와 수십만 명의 무차별 학살 등 전쟁의 참상에 대한 강박이 스며들어있다. 주인공이 죽어 '태허사법'이 되는데, 이것을 '대학살 사법'이 된다고 바꾸어놓을 수 있다고 보는 것도 흥미롭다. 엽기적인 상상 속의 이야기는 결국 한국전쟁의 처참한 기억, '지옥도 이보다 더하진 못하리라'고 했던 낙동강 전선의 백선엽 장군의 말처럼 '시체'의 기억으로부터 자유롭지 못한 당대 사회의 억압적 현실을 상징한다고 할 수 있다. 「저승구경」에서도 귀졸, 나찰, 야차 등에게 시달리는 지옥의 풍경으로부터 격동기 한국 사회의 부패와 무질서에 대한 비판의식을 감지할 수 있다. 남의 재산을 빼앗고, 사기, 중상, 모략, 이간질한 자들, 나라를 어지럽힌 자들이 지옥에 들어가 몇 억만 겁 고통 받는다는 대목에서 대중독자들은 카타르시스를 느낄 것이기 때문이다. 1961년 11월 11일 "군인은 민정 복귀 후 군무로 돌아갈 예정"이라는 뉴스 보도가 있었다. 괴기적인 『전등신화』 번안은 일시적인 대리 충족을 통해 독자들을 현실에 머무르게 함으로써 미래에 대한 희망을 포기하지 않게 하고 있는 것이다. 이 역시 격동기의 난세를 넘어서게 하는 매스컴 문화의 지혜라면 지혜일 것이다. 이와 달리 「일타홍」은 그야말로 계층을 넘어선 순수한 부부간의 실화를 소재로 이야기함으로써 각박한 전후사회에 단비와 같은 감동을 준다. 연재당시 청구대 교수였던 류일지(柳一之) 씨는 59년 「괴담기어 전등야화」를 인기리에 연재하였고 후속편인 「전등야화」를 청하산인의 필명으로 계속 연재하였다. 류일지 씨는 2010년 정부로부터 4·19혁명 공로자 268명 중 한 명으로 포상을 받은 바 있다.

정한숙, 「행복은 구름너머」	『매일신문』,1961.10.20~1962.5.24, 삽화 정준용
인물	현모 : 서울 서대문 근처, 해방기 친일문제로 가족과 친척끼리 반목하게 되고, 아버지는 도일하게 된다. 이어 전쟁 발발로 인민군과 부역자들로 인해 어머니를 잃고 고아가 된다.
내용	현모라는 전쟁고아의 시점에서 현모의 가족사적 비극을 통해 해방 직후 반민특위 활동 좌우익 대결을 조금 보여주지만 6·25전쟁과 반공사상을 고취시켜 주입시키고자 한 소설이다. 특히 한국전쟁 이후 피난 못 간 사람들 사이에 벌어지는 변절과 배반심리를 드러냄으로써 반공사상을 고취시킨다. 현모가 곡마단원으로 살아가는 현재의 시점에서 왜 그렇게 되었는가를 과거로 거슬러 가 이야기함으로써 공산당과 그들 부역자들의 잔인성과 비겁함 등을 고발하고자 한다. 고아로 곡마단원인 현모는 데모 대열에 휩쓸려 데모대 속에 섞여 친구와 피해 다니다 부상을 입고 병원에 입원한다("바리케이트"). 아버지는 공산당으로 몰려 감옥에 가고 어머니는 청년회로부터 청년회 회장 생일이라며 금품을 강요당한다. 반대로 남북교역으로 돈을 번 친일파 할아버지, 삼촌은 반민특위에 걸려 감옥에 갔다 금방 풀려나와 적반하장으로 친척들을 괴롭힌다. 할아버지는 반민특위에 빼앗긴 재산을 되찾기 위해 아들을 공산당이라 모함한다("교역"). 6월 25일 남침한 북괴와 민청의 횡포와 만행으로 현모의 집은 압수당하고 세탁소 주인과 식모 복희의 변절과 연수 아버지까지 변심하는 등 현모네에 대한 배신의 행태를 고발한다. 현모의 집이 좋고 크다보니 동네 시샘이 많아 이로 인해 완장을 찬 청년들에게 수난을 당한다. 동네사람들은 집을 뒤져 엄마의 패물까지 다 훔쳐갔다("赤禍"). 현모는 혼자인 민경찬이라는 아저씨에게 엄마에게 줄 선물을 부탁한다. 열 살 현모는 친절한 아저씨가 왜 빨갱이인지 이해가 안 된다("선물"). 민경찬이 세탁소 주인의 도둑질을 고발하자 여성동맹, 동 인민위원회가 민경찬을 음해한다. 민경찬은 과거 좌익으로 감옥에 갔으나 이미 전향한 사람이었다. 민경찬이 체포되고 청년들은 라디오를 들고는 무전기를 찾았다며 현모 어머니를 증인으로 잡아가고 집은 압류된다. 현모는 졸지에 거지고아가 된다. 폭격으로 달아나 헤매다 곡마단에 들어가게 된다. 대구까지 피난 나온 현모는 줄타기 소년이 되어 관중으로부터 갈채를 받으면서 인생이 한바탕 곡마단 같다고 생각한다("방황"). 서울 수복 후 현모의 집 앞에서 부역자의 집이라며 집을 빼앗으려는 청년과 현모네에게 집을 빌려준 원래 집 주인과의 논쟁을 벌인다. 현모는 할아버지 집에 갔다가 문이 잠겨 돌아다니다 서울역 앞에서 전에 같이 살던 식모 복희를 만난다. 복희는 화려한 옷차림이다. 둘은 얼싸안고 운다. 복희는 모성본능으로 엄

	마가 잡혀가 혼자가 된 현모에 대한 책임감을 느낀다("나이스 껄").
	* 상봉, 고아들, 바다로 이어진다. (1961.12.31, 72회까지 확인)
사회상	당시 『대구일보』, 『매일신문』 등에는 '가난 이길 배움 길', '희망의 역마차' 등 대구·경북 내의 자력 갱생담을 연재함으로써 불굴의 의지로 역경을 물리치고 살아가는 고아, 식모, 버스 차장, 시장 상인 등의 평범한 사람들의 이야기를 싣고 있었다. 이 소설은 한 전쟁고아의 역경을 디딘 삶을 희망적으로 말하고자 한다. 이 소설은 한 소년의 시선으로 순진무구한 객관성을 담보하고자 한다. 인공치하에서 돌변한 세태 인심이라든가 서울 수복 후 '부역자=빨갱이'의 도식으로 현모의 집을 앗아가려는 청년단의 모습, 일시적으로 배신했던 식모 복순이 서울역 앞에서 매춘을 하면서도 현모를 돌보아주려는 모습이 그렇다. 군사 쿠데타 이후 계엄 치하인 1961년 11월 4일에는 정치 깡패 임화수, 유지광이 사형선고를 받는다. 동년 11월 5일 박정희 의장은 대장으로 스스로 진급하였다. 혁명재판부는 12월 7일에 박을 지지한 최인규, 한희석에게 아이러니하게도 사형을 확정하였다. 그런가 하면 해방 후 교육열이 최고조로 뜨거워졌던 시절이기도 했다. 1961년 12월 27일 경대사대부속초교 경쟁률이 4 :1을 넘었다. 명문학교 입시 열풍은 자녀의 '입신양명', 즉 불평등한 사회에서 살아남기 위한 유일한 기회이자 선택 사항이 될 수밖에 없었던 시절이었다. 작가 역시 월남민으로 남한에 발붙이기 쉽지 않은 상황에서 4·19와 5·16의 격동기를 거치면서 현실에 대한 휴머니즘적 객관성을 담보하고자 현모라는 전쟁고아를 전략적으로 이용, 어린애를 초점화자로 하여 사회현실을 바라본다.

紫陽山人, 「壬亂中興史」	『영남일보』, 1961.10.8~ 1962.1, 오석구
인물	선조대왕 : 무능한 임금으로 사색당파로 외침의 조짐을 알면서도 이를 막지 못해 결국 임진왜란을 맞는다. 이황과 이이 : 임난을 예측하고 준비할 것을 주장한다. 심의겸과 김효원, 조광조 : 사화를 일으키고 당쟁을 일삼는다. 기타 전국에서 일어난 다수 의병장들.
내용	1. 나라는 병들었다 : 이이 십만양병설이나 이황의 예측에도 불구하고 조정은 사색당파로 갈려 닥쳐올 국난에 대처하지 못한다. 2. 허무한 軍備 : 당시 군적이나 군비에 고식책으로만 대응할 뿐, 서울에 2만, 팔도에 각각 만 명을 양성하자는 탁월한 이이의 제안을 받아들이지 않는 조정을 풍자한다. 특히 국경의 작폐를 막기 위해 군사 천을 매복시키자는 함경감사의 말에 도학자 조광조가 '정정당당한 왕도정치에는 적에 대해서도 속이고 꼬이는 도둑 같은 꾀를 내서는 안 됩니다' 라고 주장한다. 3. 당파싸움 : 김효원과 심의겸의 대립으로 동인, 서인 등 사색당파로 나뉘면서 서로 관료 등용을 방해하거나 보복하기에 바빠 '조정은 전장이 되어 국사는 돌볼 겨를도 없었다' 고 비판한다. 서인의 정철과 동인의 이발이 과격하여 이를 화해시키려 했으나 이발이 정철의 수염을 뽑고 낯에 침을 뱉어 서로 더욱 원수가 되었다는 일화를 소개한다. 4. 拙劣한 외교 : 조정은 '일본이 그 임금을 축출하고 새 임금이 섰으니 역적의 나라라 그 사신을 접대할 수 없다. 대의로 타일러서 돌아가게 하라' 고 하였다. 이는 풍신수길에 대해 너무나 모르는 일본 사신에 대한 졸렬한 외교였다.(5. 倭使의 來朝-/6. 통신사의 渡日/7. 최후의 倭使/ 8. 朝明연결) 9. 전란의 방비 : 해군보다는 육군에 주력하자는 어리석은 방비책에 이순신은 바다로 오는 도적은 바다 군사로 막아야 한다고 주장하였다. 10. 수길의 발광 : 풍신수길은 외아들을 잃은 데 상심, 명의 황제가 되려는 야심을 갖는다. 11. 정발과 송상현 12. 경기황해의 의병들 13. 죄는 내게 있다. - 의주로 피신한 선조의 글귀 14. 충의 화신 趙憲 15. 조호익과 임충량 : 계속
사회상	임진왜란이 일어나게 된 연유, 내력을 소개하고 의병을 일으켜 대항하기까지의 전말을 세세히 조사하여 이야기한다. 이는 연재 당시 6 · 25 남침이 일

사회상	어날 것을 알면서도 전혀 대비하지 못한 무능한 이승만 정부의 허실을 풍자적으로 빗대어 이야기한 것이라 할 수 있다. 그러나 '임난중흥사' 라는 제목은, 의병을 일으켜 나라를 지키듯 전후 피폐해진 조국을 복구하고 새롭고 강한 나라로 건설해야 할 것을 암시한다.

박영준, 「차라리 돌이었더면」	『대구일보』, 1962.1.1~9.30, 259회, 임병성
인물	심성희 : 이십대 후반의 미모의 처녀로, 방준호의 아이를 임신하고 바로 아이를 낳기 위해 재혼하는 장일구와 혼인한다. 가벼워 보이나 사랑에 관한 한 일관되고 적극적이며 순수한 면을 보여준다. 방준호 : 교통사고로 다리 불구자가 되었다. 영어교사로 합리적이고 개방적인 편, 죽은 아내에 대한 미안감을 늘 갖고 혼자 살겠다고 하지만 주변의 권유로 재혼을 거절하지 못한다. 제자 영실과 성희 사이에서 고민한다. 방미원 : 준호의 외딸로 대학졸업반 영문과 학생이다. 아버지를 노상 걱정하고 배려하나, 미국인 기혼남과 결혼을 하여 미국 유학을 꿈꾸다가, 다시 전 애인인 최동수와 맺어진다. 장일구 : 성희와 재혼한 남편, 약제사로 회사 출장을 다닌다. 아이를 못 낳은 전처 김일선과 헤어졌지만 내심 그녀를 멀리하지 못한다. 우유부단한 편으로 결국 김일선과 재결합한다. 김일선 : 고아로서 장일구에게 버림을 받아 갈 데가 없다는 이유로 위자료를 들고 다시 재혼한 장일구집에 식모로 들어간다. 전통적인 여성으로 맹목적인 남자 의존형이다. 가난하고 의지할 데 없는 이혼여성의 극단적인 모습을 보여준다.
내용	이 소설은 방준호라는 연상의 영어교사와 심성희라는 유부녀의 사랑, "기혼남과 유부녀의 사랑의 후속편"이다 (『대구일보』, 1961.12.23 사고, 작가의 말) 즉 「오늘의 신화」 속편에 해당된다. 성희가 준호의 아이를 임신한 사실을 속이고 장일구의 재혼 처 자리로 들어간다. 장일구 역시 장남으로 아이가 중요해서 받아들인다. 그러나 장일구의 미지근한 태도는 김일선을 다시 불러들이고 성희가 갈등을 맺는 이유가 된다. 게다가 성희 역시 자신을 쫓아다니던 최경칠을 만나고 준호를 끊임없이 못 잊어한다. 재혼하지 않고 살고자 하며 아내의 무덤을 찾기도 하며 창녀촌을 방황하던 준호는 제자 영실의 막무가내의 애정공세를 피하고 주변의 권유로 재혼을 위한 맞선을 보기도 한다. 교통사고로 한 다리를 절단, 불구자가 되었지만 영실과 성희의 준호에 대한 사랑에는 변함이 없다. 준호는 성희의 아이가 자신의 아이라는 사실에 책임을 느낀다. 준호는 이미 장일구와 이혼하기로 정한 성희와 다시 맺어진다.
사회상	이 소설에는 5·16 이후 정치적 사회적 움직임이 거의 반영되지 않고 있다. 그러나 장일구의 재혼 해프닝을 통해 전쟁으로 인해 자식 낳기가 중요해진 사회적 가부장제 풍습을 보여준다. 주인공 방준호가 제자보다 기혼자인 성희

를 선택한 이유에는 역시 자식문제가 걸려있기 때문이다. 그러나 또한 '소유하려 하지 않는 사랑이 진정한 사랑임을 이야기한다'(249회)고 한다. 즉 결혼이 정략적이거나 일방적이어서는 안 된다는 것이다. 성희와 준호, 일구와 일선, 미원과 동수, 영실의 결혼 등이 이 점을 말해준다. 이러한 사랑의 평등주의는 당시 사회의 현실로 볼 때, 이상적이기도 하다.

權泰鏞, 「구름을 뚫고 - 일 제 학병 탈출기」	『영남일보』, 1962.1.2~7.19, 191회, 白泰鎬 (태동문화사, 1964 단행물 442쪽 간행)
인물	주인공 나(권태용) : 서울 혜화전문 유학 중, 1939년(소화13년) 육군특별 지원제도 시행으로 삼대독자로 일제의 강압에 의해 학병으로 끌려갔다가 탈출한다.
내용	1. 그들의 발악 : 악의 마수 — 일제가 정미7조약 이후 태평양전쟁을 일 으키기까지의 사건과 배경. 2. 群魔亂舞 : 寺內正毅시대, 長谷川好道시대, 齊藤實시대, 宇坦一成시 대, 南次郎시대, 小磯國昭시대 일제 총독들의 약탈과 탄압의 죄악상과 특 징을 개관한다. 3. 魔群의 최후 발악 : 1943년 9월 카이로 선언문에서 미영연합군이 한 국 독립을 인정하는 쪽으로 기울자, 일제는 학병 지원 획책 4. 나의 고민 : 국내 명사라는 명사는 모두 동원되어 신문 방송 등과 함 께 학병 지원을 독려, 국내 여론의 선전과 선동으로 삼대독자로서 학병 지원을 고민한다. 5. 강제지원 : 스물세 살의 나이로 학교에서의 지원강요를 피해 만주로 가려고도 하고 반기를 들고 데모하였음에도 결국 닷새 만에 거부하면 종 신형 아니면 총살되는 일본왕의 '빨간 딱지'를 받고 만다. 6. 壯行회. 7. 입영전야. 8. 입영하는 날. 9. 학병생활.
사회상	4 · 19에 이은 5 · 16의 격변기를 겪으면서 견뎌온 60년대 초의 항일민족 정신이 글의 면면에 깊이 스며들어 있는 학병 탈출체험기이다. 5 · 16 군 사쿠데타를 계기로 새롭게 일제하의 친일과 항일의 문제를 되돌아보게 하는 영남일보사의 기획에 주목할 필요가 있다.

彩菊散人,「新譯 西遊記」	『대구일보』, 1962.3.2~1963.6.13, 426회, 吳錫九
인물	손오공 : 서유기의 세계와 60년대 초 세계를 오가며 익살을 떠는 인물. 삼장법사 : 온유하지만 나약한 인물. 저팔계 : 사오정.
내용	『서유기』를 패러디한 번안 무협소설이다. 이 작품은 신문연재 역사소설과 달리, 기이하고 환상적인 내용 『서유기』를 현대적으로 패러디하여 당대 사회적 비리와 부패, 정치상황을 비판하고 풍자하고 있다. 그는 시사용어, 유행어 일상어, 속어(해라체도 아닌 해체), 비어 등을 빈번하게 사용함으로써 『서유기』 원전 내용을 고의적으로 왜곡함으로써 독자들을 현대적으로 생각하도록 유도하여 독자들의 흥미를 끌었다. 연재 매 회마다 신문의 뉴스보도나 현안 문제, 정치사회적인 쟁점문제가 패러디되었다. 　이 소설은 당시 대구지역에서는 폭발적 인기를 누리고 있었을 뿐만 아니라, 5·16쿠데타 이후 사회사적 변모양상을 잘 드러내주고 있다. 「신역 서유기」는 당시 정치적 권력이동에 대한 시대의 사회상을 그려 보여준 고전 패러디 소설이라 할 수 있다. 　전후 냉전 이데올로기 시대에 이르러 「신역 서유기」는, 60년대 초 부패한 정치사회상을 웃음으로 카타르시스하게 함으로써 전통적인 대중 해학의 계승 가능성을 보여준다. 「신역 서유기」는 당나라 오승은 『서유기』를 토대로 하면서도 서술자가 자주 편집자적 논평을 가하거나 당대 현실과 관련된 서술을 하고 전체적으로 성적인 내용을 암시하는 말투와 전쟁관련 언어 등 대중공감적 요인을 함빡 담고 있어 대구·경북지역의 인기몰이를 한 연재물이었다. 게다가 4·19로부터 민주주의를 후퇴시킨 군부 쿠데타 현실을 비아냥거린다. 손오공이 삼장법사와 헤쳐 나가는 가운데 몇몇 군인들이 요정 집에서 한국의 민주주의를 농락하고 있는 현실을 풍자적으로 빗대기도 한다.
사회상	이상우(李祥雨, 필명 채국산인)는 「신역 서유기」 외에도 「임꺽정」, 「홍루몽」, 「검은 손」 등 인기 소설을 『대구일보』에 지속적으로 연재하여 『대구일보』의 흥행에 큰 몫을 하였다. 「신역 서유기」는 사회비리나 정치 상황을 패러디하려고 하지만 서유기 원전에 충실하려고 하지는 않는다. 「신역 서유기」 연재로 인해 당시 대구일보 기자였던 이상우는 임신한 아내에게 알리지도 못한 채, 형사에게 끌려가 한 달 동안 구금 고문 끝에 각서를 쓰고 나와야했다. 　소설가 이상우는 1938년 경남 산청에서 태어났다. 1987년부터 2004년까지 한국 추리작가협회장을 역임하고 현재 협회 명예회장을 맡고 있다. 그 외 1958부터 신문기자로 활약하면서 『영남일보』, 『대구일보』, 『한국일보』, 『서울신문』, 『국민일보』, 『일간스포츠』, 『굿데이신문』 등에서 기자, 부장, 국장, 대표이사, 회장 등을 역임하였다.

이동석, 「實史 남이장군」	『영남일보』, 1962.7.16~8.2, 18회
인물	남이 : 새남터에서 형장의 이슬로 사라진 혁혁한 전공을 세운 세조대의 젊은 장군. 세조 : 남이를 등용하고 가까이하면서도 남이의 혈기를 경계하는 왕. 예종 : 남이를 친문하는 귀가 얇은 왕, 심문이 정치적인 것임을 잘 보여준다. 기타 : 남이의 동료 여자, 어유소, 탁문아 및 강순과 유자광, 한명회 등이 등장한다.
내용	머리말에서는 380년 전 새남터에서 처형당한 남이 장군 형장으로부터 시작, 신화나 전설이 아니라 기록에 근거한 것임을 밝힌다. 남이는 이시애 난을 정벌할 때 이시애를 체포한 후 풀어줄 만큼의 담력을 지녔고 백성을 사랑하는 마음 또한 깊었다. 남이의 인정과 애민정신은 세조와의 대화기록에서도 드러난다. 그는 건주작전 명의 청병으로 여진족, 우다산성의 이만주 부자를 처단, 일등공신이 되어 명에 이름을 떨치기도 한다. 그러나 세조 대에 더러 말을 잘못하여 옥살이를 한다. 그런데 예종이 즉위하자 갑자기 유자광이 예종을 뵙고 남이를 음해한다. 남이는 역모를 꾸몄다는 것보다 세조가 죽고 일주일 만에 고기를 먹었다는 둥 모자간에 음행을 했다는 둥 근거도 없고 증거도 없는 음해의 말만으로 거열형을 당한다. 저자는 유자광, 한명회 등이 남이의 가족을 몰살하고, 노비와 재산은 서로 찢어 나누어 갖는 대목을 세세히 기록함으로써 심금을 울린다.
사회상	허인(許人) 이동석(李東錫)은 세종실록, 단종실록, 세조실록, 조선명신록, 국조명신록 등을 참조하여 실제 사실대로 썼다고 1회 연재분에서 밝히고 있다. 제목에 「實史 南怡將軍」이라 하여 '실사' 임을 밝혀 세간에 떠도는 그럴듯한 허구로 남이를 신비화하거나 영웅시한 야담을 경계한다. 한자투성이의 평전이라 할 수 있는 이 글을 읽을 독자는 한자와 한문을 잘 아는 지식 독자층일 수밖에 없다. 이 부분 역시 대구·경북지역 신문의 한 특징이라 할 수 있다. 4·19혁명, 5·16 쿠데타의 어수선한 정국에서 남이장군과 같이 공을 세우고도 억울한 죽임을 당한 비극적 사건을 담론화한 이유는 무엇일까? 아마도 살벌한 격동의 시대에 진정한 공신을 죽이고 전리품을, 이리떼 같이 몰려들어 나눠가진 격동기 정치 현실을 빗대어 보여주려 한 것은 아니었을까? 사실 남이의 죽음은 유자광 탓만은 아니다. 신숙주, 한명회, 수많은 대

신들의 세력이 무서워 그런지, 그와 이시애 난을 정벌한 우의정 강순조차 남이가 활보다 총의 중요성을 모른다고 비판만 하다 결국 남이와 같이 죽게 된다. 1958년 조봉암 사형이나 1959년 경향신문 폐간 때에도 옳고 그름을 따지는 사람은 거의 없었다. 남이 장군의 죽음이 정권이 바뀌면 반복되는 희생양의 의식이라고 볼 때, 위 내용은 독자들로 하여금 박정희 군사정권에 의한 사회적 분위기를 떠올리게 한다.

이승만 독재정권은 부패가 극에 도달하여 민주화를 열망하는 국민의 손에 무너졌지만, 이를 또 다시 전복한 박정희 쿠데타 세력은 60년대 초 새로운 지배 권력자가 되어 구악을 일소하고 새 생활 운동을 한다 하면서도 뒤로는 빠징코, 워커힐 사업에 손을 대고 화폐개혁, 심지어 일본으로부터 밀수를 하고 증권파동을 일으켜 막대한 이익을 챙겼다. 남이의 재산과 노복을 전리품인 양 찢어 나누어 갖는 야욕의 정치상은 격동기 현대정치사에도 반복된다.

그런데 「실사 남이장군」은 유자광의 모함을 소제목으로 하여 유자광에게만 비난의 화살을 돌린다. 더구나 유자광이 "문과로 급제한 전라도 영광사람"이라고만 소개함으로써 전라도 출신 유자광 때문에 남이 장군이 억울하게 죽었다는 인상을 심어준다. 역사학자들은 유자광이 서얼출신으로 이시애 난을 평정하는 데 공을 세웠으나 그에 맞는 벼슬을 얻지 못해 남이에게 질투를 하여 일어난 일이라고 한다. 한명회 등 정치세력과 남이가 조강지처 아내 권씨를 버린 것에 분노한 장인 권람 등이 합심하여 저지른 것으로 보기도 한다.

박경리,「그 兄弟의 戀人들」	『대구일보』, 1962.10.1~ 1963.5.31, 203회, 삽화 姜遇文
인물	심인성 : 동인의원 의사로 혼인생활에 불만, 내성적 소극적 성격으로 환자로 만난 규희와 연인 사이이다. 심주성 : 인성의 동생으로 질풍노도의 성격을 가진 순진한 대학졸업생, 여섯 살 연상의 친구 누나인 이혼녀 유혜원과 연인 사이이다. 송현숙 : 심인성의 아내로 전통적인 남편 의존형이다. 이규희 : 결핵환자로 인성을 만나 연인관계로 발전한다. 유혜원 : 남편의 배신으로 이혼, 타이피스트로 독립했으나 주성과 열연으로 갈등하다 낙향, 결국 전남편과 재결합한다. 이송애 : 주성의 동창으로 막연히 주성을 결혼상대로 생각했다가 혜원의 등장으로 음독자살한다. 정상진 : 규희의 전 약혼자로 주성과 규희 사이를 방해한다. 장용환 : 혜원의 직장동료로 인성과 혜원 사이를 방해한다.
내용	심인성과 심주성은 형제이다. 인성은 혼인한 아내 송현숙의 평범한 모습에 매력을 느끼지 못한다. 주성은 친구 혜준의 누나 유혜원이 맹장 수술하도록 형의 병원에 주선한다. 주성은 여덟 살 연상의 이혼녀 유혜원과 사랑에 빠진다. 기혼의사와 약혼자가 있던 여환자의 관계나 총각과 여섯 살 차의 이혼녀의 만남은 사회적으로 받아들여지기 어려운 만큼 그들의 사랑은 정상진과 장용환 등의 방해와 음모로 많은 시련을 겪는다. 인성은, 주성과 달리 우유부단하고 소극적인 데가 있지만 끈질기고, 주성은 어떠한 방해와 자살사건에도 굴하지 않는다. 동창생 송애가 주성에 대한 짝사랑으로 고민하다 자살하지만, 주성은 여전히 유혜원에게 집착한다. 이러한 사랑의 태도는 이기적으로 보이기도 한다. 심인성과 심주성 형제들의 연인관계는 제 삼자, 아내와 다른 여성이 함께 마주치는 상황 속에서 빈번히 오해와 갈등을 빚는다. 결국 결말에서 인성은 서독으로 몇 달간 여행을 떠나고, 주성은 혜원이 전남편과 재결합함으로써, 닭 쫓던 개 지붕 쳐다본 격이 되고 만다.
단평	위 작품은 총각과 여덟 살 연상의 이혼녀, 또는 기혼남 의사와 환자 간의 부적절해 보이는 이성관계에 초점을 맞추어 현대적인 여성의 입장에서 격동기 연애 풍속도를, 사랑이 무엇인지 깨닫지 못하는 이기적인 형제의 행위에 빗대어 패러디 수준으로 끌어올린다. 즉, 이 소설은 누구에게나 얕보이기 쉬운 '혼자 사는 이혼녀'와 '결핵 환자'를 여성 주인공으로 선택한다. 그리고 그들에 대한 돈키호테적 형제들의 사랑의 행태를 묘사하고자 한다. 당시 대구 만경관에서 〈종착역〉이 상영되고 있었다. 비토리오 데시카 감독의 이 영

화는 남편과 사이가 좋지 않은 기혼녀가 아이를 버리고 떠나 한 총각과 눈이 맞아 사랑을 나누지만 역 근처에서 사소한 문제로 단속에 걸려 헤어지게 된다는 내용이다. 저자는 5·16 이후 신문 사고(社告)에서 '해학적인 현실을 제시'라는 제하에 '한국 특유의 토속, 윤리관을 방관자로서 써내려 갈 것이라고 하면서, 윤리나 풍속에 관한 판단은 독자의 몫이지만 악을 하나의 범주 속에 집어넣을 수 없음과 관련하여 풍속이 미묘한 것일 수 있음을 밝힌다. 곧 저자는 작품을 통해 두 형제의 집착과 로맨티시즘을 통해 여자들이 여전히 곤란해지는 가부장제의 한국적 현실을 '해학'이라고 본 것 같다. 제목 역시 『영남일보』 연재된 박연희 「그 여자의 연인」(1958.1.1~7.8)을 의식하여 남성 중심의 애정극을 새롭게 패러디하여 보여주고자 한 의도가 엿보인다.

崔泳夏,「계절 없는 草木」	『영남일보』, 1962.9.1~1963.4.20, 203회, 李章鉉 畵
인물	조상원 : 20살에 농사에 투신, 10년째 대구 근교에서 농사를 짓고 있다. 이모 댁에 들른 계수영의 마음에 드는 농촌총각이다. 계수영 : 20대 초반 여성으로 훌륭한 부모(아버지가 농과대 교수) 밑에서 잘 자라난 지혜로움과 기지가 빛난다. 손장우 : 겉은 멀쩡하나 깡패 같은 기질로 뭇 여성을 농락한다. 계수영과 약혼한 사이로 믿고 계수영의 인물됨에 반한다. 남연희 : 남노인의 딸로 손장우의 아이를 임신하지만 폭행당하고 낙태한다.
내용	대구 근교 갈미봉 개간지를 일구는 서노인, 남노인, 구노과 이야기로 시작한다. 남노인에게 신세진 조상원은, 능금나무 밭을 일구어 농사꾼으로 자리 잡는다. 계수영이 이모 댁을 들렀다가 조상원과 만나고 그의 담력과 성격에 반한다. 한편, 남노인의 딸 남연희는, 폭력배이자 바람둥이인 손장우에게 속아 손장우의 아이를 임신하지만, 손장우에게 폭행을 당하고 낙태한다. 혼인 빙자 간음죄로 고소하겠다던 뚜쟁이 손부인은 연희의 보호자를 자처하지만 오히려 일을 그르친다. 손장우는 손부인으로부터 자신이 욕심내는 계수영이 집안 간의 약혼관계를 무시하고 조상원과 좋아하는 사이라는 사실을 알고 찾아가 폭력적으로 해결하고자 한다. 조상원은 단도로 찌르려는 장우를 치는 것은 죽은 남노인의 은혜를 갚는 길이라고 생각한다. 계수영이 나타나 지혜롭게 위기를 넘기고 연희는 퇴원한다. 조상원과 계수영의 마지막 장, "소와 별의 수작"은 신혼부부의 농촌에서의 새로운 출발기로 마무리된다.
사회상	1961년 5·16 군사쿠데타 이후 분위기를 잘 반영하고 있는 연재소설이다. 국가재건최고의회는 군정을 선포하고 계엄하에서 깡패 소탕, 새생활운동, 농촌운동 등을 전개함으로써 기강을 바로잡고자 하였다. 「계절없는 초목」은 남녀의 치정관계를 무뢰한이 판치는 도시와 희망적인 미래가 있는 농촌을 대비시켜 보여줌으로써 쿠데타세력의 강제 동원체제에 따라가고자 한다. 여주인공 연희는 대도시 서울을 동경하지만 무뢰한 손장우를 만나 신세를 망친다. 반면에 계수영은 사람됨을 보고 배우자를 결정하는 지혜가 있다. 계수영은 건실한 농촌후계자인 조상원을 부모님께 소개, 함께 대구 근교에서 능금농사를 하고자 한다. 이 소설은 여성의 학벌이 아무리 높다 해도 지혜로운 여성은 가문이나 학벌을 따지지 않고 생활력 있는 신랑감을 고른다는 식의 신생활운동 메시지를 전하고자 한다. '계집을 부르고 싶으면 부르고, 때리고 싶으면 때리고 버리고 싶으면 버리는' 대학 출신 손장우의 성격이 과장되어 나타나

는 것은 그러한 이유에서이다. 도를 넘는 손장우에게서 당시 군사재판에 회부된 학사 출신 깡패 유지광을 떠올리게 된다. 박정희 군정은 1차 언론통폐합 결과 1170종의 일간지 및 간행물을 폐간(1961.5.28)하고 동년 신문 통신사 시설기준령을 발표함으로써 일간지, 주간지, 통신지 324개(서울기준)를 무더기로 취소하고 대형언론사만을 남겨놓아 언론재벌의 길을 터놓았다.(이영미, 「총론」, 한국예술종합학교 한국예술연구소 편, 『한국현대예술사대계3—1960년대편』, 시공사, 2001, 19쪽) 신문연재물에 대해서도 철저히 검열하였다.

淸溪山人, 「紅燈夜話」	『영남일보』, 1962.10.19~11.3
인물	덕삼이, 바보 맹팔이, 바보 팔쇠 등 좀 모자란 주인공들이 등장한다.
내용	1. 덕삼이와 며느리 : 덕삼이가 엄동설한에 며느리와 강을 건너다 며느리 소피가 얼어붙는 긴급한 상황이 발생한다. 덕삼이는 이를 입김으로 녹이려다 보니 얼음이 된 소변이 덕삼이 수염으로 옮겨 붙었다는 이야기이다. 2. 바보 맹팔이 : 맹팔이가 장가를 들었는데. 친구들이 이를 놀릴 생각으로 이마에 나뭇잎을 붙이고 '투명인간' 처럼 행세한다. 맹팔이가 마당에서 벌거 벗고 이를 따라하다 사람들에게 몰매를 맞는다. 맹팔이는 "네 이놈, 너희들 이 나를 이렇게 매질하지만 내가 누군지는 모를 것이다"라고 큰소리친다. 이후 「도깨비 출몰」, 「바보 팔쇠」 등으로 이어진다.
사회상	조선시대 구비문학 가운데 '치우담'에 해당되는 이야기들을 모아 전개한 다. 주로 성과 관련된 해학담으로 조선시대 『고금소총』, 『촌담해이』 등에서 발췌한 것으로 보인다. 현실과 상관없는 성담론, 바보담론을 독자들과 소통함으로써 잠시나마 어 지럽고 복잡한 시대의 현실을 비켜가게 함으로써 어둡고 암담한 현실 속에서 독자들을 현실에 머물러 있도록 도와준다. 옛날이야기는 현실 속의 당위로서 의 글쓰기담론이 아닌, 존재로서의 통속적 글쓰기담론이라 할 수 있다. 허풍 선이나 에이런에 해당하는 인물을 희화화함으로써 독자 대중의 주체는 열등 감에서 벗어날 수 있기 때문이다. 「홍등야화」는 「전등기화」, 「전등야화」 등 괴기담과 「신약 서유기」, 「임꺽 정」 등 무용담과 더불어 신문의 비판과 정보전달의 기능이 아닌 현실도피적 오락의 기능과 맞물려 있다. 그러나 이러한 웃음거리는 어떠한 상황에서도 낙관하는 한국인의 낙천적 기질에 부응한다. 해학은 바보에 대한 연민의 감 정이 배어 있다는 점에서 풍자와 다르다.(청계산인은 청구대학의 유일지 교 수의 필명이다.)

李錫鉉, 「僞惡者」	『가톨릭 時報』, 1962.10.28~11.4, 상·하(2회), 鄭駿容 畵
인물	현수 : 세살박이 딸과 아내가 있는 가장임에도 불우한 이웃을 보면 못 참고 가진 돈을 주어버린다. 현수 아내 : 남편을 비판하지만 결국 남편의 정의로운 신념에 복종, 보따리 장사로 나선다.
내용	현수는 평소 자신에 대한 죄책감을 갖고 있다. 그는 잘난 체 착한 척하는 것, 즉 '위선'이 그의 생활신조이다. 사실 현수의 위선은 선행이다. 현수는 실신을 가장하고 쓰러져 있다 사람이 지나가면, 업힌 동생을 꼬집어 울게 하여 지능적으로 구걸하는 소녀를 위해, 그것을 알고도 버스비 하나 남김없이 주머니를 털어주는가 하면, 꽃 파는 소녀에게서 소녀의 꽃을 모두 사버린다. 현수는 또 묵주를 든 노파가 소매치기를 당하고 주저 앉아있으면, 자신의 월급봉투를 주어버린다. "우리 불쌍한 사람들끼리 따스한 입김을 불어 서로 도우며 살라 하지 않았소?"라고 반문하는 현수의 무모한 선행에 지친 아내는 결국 보따리 장사로 나서기로 한다. 그러나 '우리는 셋방살이나마 세끼 밥 먹고 사는 것이 얼마나 고마운 일인지 모르겠어'라는 현수의 말에는 '늘 감사하라'는 성경의 가르침을 따르고자 하는 신앙생활 정신이 배어있다.
사회상	내가 충분치 않은 가운데 베푸는 자선이 진실한 것이라는 것, 즉 어려운 때일수록 고통 받는 이에게 자비심을 베푼다면, 결국 더 많은 대가를 누리게 되리라는 가르침을 기독교 사랑의 실천을 통해 일깨워준다. 경제적으로 빈곤층이 적잖은 사회 속에 구걸의 방식도 지능적으로 발달하지만, 그것을 알면서도 바보처럼 자선을 베푸는 것이 필요한 사회라는 점을 계몽하고자 한다.

李瑞求, 「그날 이 오기까지」	『가톨릭 時報』, 1962.11.11～1963.5.5, 24회, 鄭駿容 畵
인물	김수연 : 아들 미남이와 어머니를 모시고 생계와 교육비를 위해 빠(남영)에 다닌다. 진영 : 빠의 동료로 수연을 홍전무의 마수에 걸려들게 한다. 홍석천 : 전무, 회삿돈을 횡령하다 날리고 동반자살하기 위해 수연을 택한다. 박영진 : 수연이 아이를 낳은 줄 모르고 떠났다가 개과천선하여 홍콩에서 사업가가 되어 돌아온다 원인상 : 수연을 좋아하는 농촌 총각, 목장주인이 된다.
내용	수연은 진영과 인천 송도로 놀러간다. 호텔에서 홍석천에게 겁탈당할 위기에 처하지만 달아난다. 진영은, 자신이 못생겨 남자에게 여자를 소개하고 돈푼이나 얻어 쓰는 '푸트 카'라고 자조한다. 수연은 안양 어머니 댁에 아들 미남이를 보러간다. 미남이는 처녀 때 실수로 낳은 아들이다. 미남이의 아버지 영진과는 소식이 끊긴 지 오래다("落照"). 미남이가 성당에 나가면서 수연은 더욱 신앙에 관심을 갖게 된다("念願"). 처음부터 수연을 좋아한 안양 목장주인 원인상이 수연에게 호감을 가지나 수연은 망설인다. 그렇지만 수연은, 생계와 교육비를 위해, 명동 뒷골목 빠에서 남자들에게 웃음과 술을 파는 일을 그만둘 수 없다("回顧"). 순옥은 빠 남영의 수연의 동료이다. 순옥은 4·19 전 남편이 공무원일 때 딸과 단란했던 가정의 주부였지만 지금 남편은 4·19 이후 부정공무원으로 강제퇴직당해 아픈 병자가 되어있기에 술집에 나왔다. 홍석천 전무와 진영의 자살소동으로 경찰이 수연을 찾아온다("夜暗"). 박영진의 심부름으로 사보이 호텔 안영철이 수연을 찾아온다. 홍콩에서 성공한 수연의 남편 영진이, 수연의 생활을 탐문해보고 수연의 아이 미남이만 데려가려고 한다. 수연은 자신의 직업이 비록 빠걸이지만 천주교 신자임을 보여주며 미남이를 데려갈 수 없노라고 절규한다("祈求"). 영진의 오해가 풀린다("흑과 백"). 영진이 홍콩에서 돌아와 수연의 가족과 재회한다("재회").
사회상	『가톨릭시보』에 실린 연재소설로 '여자의 일생'이라는 보편적인 모티프에 5·16 이후 사회적 배경이 짙게 드리운다. 주인공 수연이 천성은 착하나 생계를 위해 술집에 나가야만 한다. 그러나 수연이는 아들 미남이의 천주교 입교를 계기로 세상의 어려움으로부터 벗어나게 된다. 「그날이 오기까지」는 가톨릭 전교를 위한 소설이다. 그런데 수연의 단란했던 가정이 깨진 것이 4·19 때문인 것이라고 한다. 4·19로 인해 일가족이 몰락, 엄마가 빠걸이 되어

	야 하는 이야기로부터 은연중 5 · 16 군정기의 신문 검열을 의식(자기 검열의 식)하고 있음을 알 수 있다. 해외사업에서 영진이 성공한다거나 농장이나 농촌생활을 긍정적으로 바라보는 시각 역시 그렇게 보인다.

▪▪ 참고문헌

1. 자료

『대구일보』 1959~1962, 대구중앙도서관 소장.

『매일신문』 1945~1962, 매일신문사, 2003.

「대구·경북지역 신문연재소설 작품 요약집」, 『디지털 문화콘텐츠 개발연구소 창립총회 및 제1회 학술세미나 자료집』, 대구한의대, 2003.10.28.

『매일신문 50년사 46~96』, 매일신문사, 1996.

『가톨릭新聞社史(1927~1988)』, 가톨릭신문사, 1987.4.1.

『천주교 회보 1950~1953』, 가톨릭신문사 소장.

이정수 편, 『대일연감』, 대구일보사, 1958.

『남선경제신문』(1948~1949)(『대구매일』신문 CD-Rom1, 2003.4. 대구매일신문사 제작)

『영남일보』 1948~1953, 영남일보사 소장.

『영남일보』 MF (1948~1953), 경북대학교 도서관.

『영남일보 50년사』, 영남일보사, 1996.

한성혜, 「외로운 사냥꾼」(영축산 정상 겨울 산행 정각스님과의 대화), 『성서와 함께』, 1990 겨울호.

피리프 딘 (영국 옵서버지 기자), 「프랑스인 기자의 포로생활 수기」, 徐光六(한국일보사 외신부장) 抄譯, (『도정월보』, 1957.5~6월, 합본 통권 36호).

서울 여자 깔멜 수도원, 『귀양의 애가』, 깔멜 수녀원 수녀들의 북한피랍기, 한국 천주교 중앙 협의회, 1974.11.

아더 톤, 『종군 신부 카폰』, 정진석 옮김, 가톨릭출판사, 2007.

구인덕(한국명)·셀레스뗑 꼬요스, (나의 北韓捕虜記)인구 『죽음의 행진에서 아버지의 집으로』:프랑스 한림원상 수상작품/조안나 이혜자 옮김, 왜관읍:분도출판사, 1983.

최민순, 『生命의 曲』, 경향잡지사, 1954

최덕신, 『印綿血戰記』, 『영남일보사』, 1949.

이정수, 『여배우』, 세문사, 1952.

정비석, 『여성전선』, 한국출판사, 1952.

홍영의, 『애정백서』, 凡潮社, 1955.

이봉구 외, 『한국문학전집』 27, 민중서관, 1959.

_____, 『한국현대문학전집』 16, 삼성출판사, 1978.

최태응, 「50년대 대구일기초」, 『죽순』 35호, 죽순문학회, 2001.9.

윤장근, 「광복 50주년 대구소설, 『대구문학』 가을호, 1995.

최은철, 「나의 아버지 최태응」, 『죽순』 33호, 죽순문학회, 1999.

김동사, 『연산연인』, 마음의 샘터사, 1977.

김 송, 「영원히 사는 것」, 『한국문학전집 26』, 白暎社, 1952.

_____, 『탁류속에서,』 新潮社, 1950.

매일신문 CD, 1948~1953.

매일신문편집부, 『매일신문 오십년사(1946~1996)』, 매일신문사, 1996.

박승극문학편찬위원회 편, 『박승극문학 전집1 – 소설』, 학민사, 2001.

박영준, 『애정의 계곡』, 삼성사, 1953.

김성칠, 『歷史 앞에서』, 창작과 비평사, 1993.

李禎樹, 『輪轉』, 삼성문화문고 71. 1975.

2. 저서 및 논문

강정구, 『분단과 전쟁의 한국현대사』, 역사비평사, 1995.

강준만, 「사바사바정치와 요정정치」, 『한국현대사 산책 – 1940년대편 2권』, 인물과
　　사상사, 2003.

_____, 『한국현대사산책 – 1950년대편 1권』, 인물과사상사, 2004.

_____, 『한국현대사산책 – 1950년대편 2권』, 인물과사상사, 2004.

경북대학교 대형과제 연구단, 『근현대 대구 · 경북지역 사회변동과 사회운동 III』, 정
　　림사, 2005.

경북대학교 대형과제 연구단, 『근현대 대구·경북지역 천주교와 개신교의 지성과 운동』, 정림사, 2005.

고　은, 『1950년대-그 폐허의 문학과 인간-』, 민음사, 1973.

김동윤, 「1950년대 신문소설 연구」, 제주대 박사논문, 1999.

김동춘, 『전쟁과 사회』, 돌베개, 2006.

김민남·김유원·박지동·유일상·임동욱·정대수, 『새로 쓰는 한국언론사』, 아침, 1995.

김삼웅, 「10월 인민항쟁의 의의와 한계」, 『해방 후 양민학살사』, 가람기획, 1996.

김상률·오길영 엮음, 『에드워드사이드 다시 읽기-오리엔탈리즘을 넘어 화해와 공존으로-』, 책세상, 2003.

김상태, 『문체의 이론과 해석』, 집문당, 1983.

김연호, 「금고기관의 번역양상」, 『어문논집』 28, 1988.

김윤식, 『일제 말기 한국인 학병세대의 체험적 글쓰기론』, 서울대학교 출판부, 2007.

대중문화연구회, 『신문소설이란 무엇인가』, 국학자료원, 1996.

박상기, 「바바의 양면성과 잡종성」, 『비평과 이론』, 제5권 1호, 2000년 봄/여름.

박성봉, 『대중예술의 이론들』, 동연, 1995.

＿＿＿, 『대중예술의 미학』, 동연, 1995.

박유희, 『1950년대 소설과 반어의 수사학』, 도서출판 월인, 2003.

박　일, 「특집 베론신학교의 신학교 교육에 공헌한 인물 연구-최민순 신부의 생애 와 하느님 이해」, 『가톨릭신학과 사상 51』, 신학과사상학회, 2005.3.

배경열, 『한국 전후 실존주의 소설연구』, 태학사, 2001.

부산대학교 한국 민족문화연구소, 「좌담회-로컬리톨리지를 위한 정초 작업들, 어 디까지 그리고 어떻게」, 『로컬리티 인문학』, 2013.4.

손종업, 『전후의 상징체계』, 이회, 2001.

송하춘·이남호 편, 『1950년대의 소설가들』, 나남, 1994.

신영덕, 『한국전쟁기 종군작가연구』, 국학자료원, 2004.

안미영, 『전전세대의 전후인식』, 역락, 2008.

이강언·조두섭, 『대구·경북 근대문인연구』, 태학사, 1999.

이대근, 『해방 후-1950년대의 경제』, 삼성경제연구소, 2002.

이영미 외, 『한국 현대예술사 대계 Ⅲ』, 한국예술 연구소 엮음, 한국예술종합학교, 2002.

이임하, 「1950년대 여성의 삶과 사회적 담론」, 성균관대 박사논문, 2002.

이화인문과학원 편, 「탈경계 시대의 지구화와 지역화」, 이화여대 출판부, 2010.

이희진·오일환, 『한국전쟁의 수수께끼』, 가람기획, 2000.

장미영, 「1950년대 신문소설에 나타난 전쟁과 반공이데올로기 형상화 방식 연구」, 대중서사연구 27, 대중서사학회, 2012.6.

조 광, 『한국 근현대 천주교회사 연구』, 경인문화사, 2010.

조희연, 『동원된 근대화』, 후마니타스, 2010.

최민순, 『생명의 곡』, 경향잡지사, 1954.

한기형, 「오기영의 해방직후 사회비평활동」, 『창작과비평』 118호, 2002 겨울호.

_____, 「해방직후 수기문학의 한 양상-오기영 「사슬이 풀린 뒤」의 경우」, 『상허학보』 9집, 2002.8.

한명환, 「1930년대 신문소설연구」, 홍익대 박사논문, 1996.

_____, 「한국전쟁기 신문소설의 발굴과 문학사적 의의」, 『현대소설연구』 20, 2003.12.

_____, 「50년대 대구·경북지역 군소작가들의 신문소설의 발굴과 의미-이정수, 김동사, 홍영의 신문소설에 나타난 지역적 의미를 중심으로-」, 『영남학』 18집, 영남학회, 2010.

_____, 「한국전쟁기 대구·경북지역 신문 연재수기의 반공이데올로기 형성과정에 나타난 탈식민적 양상」, 『로컬리티 인문학 6집』, 부산대학교 한국민족문화연구소, 2011.10.

한명환·김일영·남금희·안미영, 「해방 이후 대구·경북지역 신문연재소설에 대한 발굴조사연구」, 『현대문학이론 21』, 2004.

한수영, 『문학과 현시르이 변증법』, 새미, 1997.

한원영, 『한국현대신문연재소설연구-상』, 국학자료원, 1999.

한홍구, 「기구한, 참으로 기구한」, 『한겨레 21』, 2000.8.23.

Arjun Appadurai, *Modernity at Large: Cultural Dimension of Globalization*, University of Minnesota press, 1996.

Bhabha Homi, 나병철 역, 『문화의 위치』, 소명출판사, 2002.

Turner Goseph, *The koneds of Historial Fiction*, Genrexii, No 3, 1979.

Spiuak Gayatr, 『다른 세상에서』, 태혜숙 역, 여이연, 2003.

_____, 『포스트식민 이성비판』, 태혜숙 · 박미선 역, 갈무리, 2005.

베네딕트 앤더슨, 『상상의 공동체』, 윤형숙 옮김, 나남, 2004.

빌 에쉬크로프트 · 팔 일루와리아, 『다시 에드워드 사이드를 위하여』, 윤영실 옮김,
      앨피, 2005.

시모어 채트먼, 『영화와 소설의 서사구조』, 김경수 역 민음사, 1999.

에드워드 사이드, 『문화와 제국주의』, 박홍규 역, 문예출판사, 2005.

_____, 『오리엔탈리즘』, 박홍규 역, 교보문고, 2007.

에리히 프롬, 『인간의 마음』, 황문수 역, 문예문고, 1977.

존 맥클라우드, 『탈식민주의 길잡이』, 박종성 외 편역, 한울아카데미, 2003.

프란츠 파농, 『검은 피부, 하얀가면』, 이석호 옮김, 인간사랑, 1998.

찾아보기

한명환(韓明煥)

1957년 강원 원주에서 태어나, 전남대 국문학과, 고려대 대학원 국문학과, 홍익대 대학원 국문학과를 졸업했다. 저서로 『한국현대소설의 대중미학연구』(1997), 『한국현대소설의 서사지평』(2004), 『중국조선족 문학의 탈식민주의 연구』 Ⅰ, Ⅱ (2008, 공저) 『1950년대 지역 신문소설의 사회적 연구』 등이 있다. 『불교문예』(2005~2007) 편집위원을 지냈고, 고려대 민족문화연구소 연구원, 대구한의대 초빙교수, 아주대 연구교수, 홍익대 강사 등을 거쳐, 현재 순천향대학교, 추계예술대학교 강사 및 『시와 문화』 편집위원으로 활동하고 있다.

격동기 대구·경북지역을 중심으로

1950년대 지역 신문소설의 사회적 연구

인쇄 2013년 12월 5일 | 발행 2013년 12월 16일

지은이 · 한명환
펴낸이 · 한봉숙
펴낸곳 · 푸른사상사
주간 · 맹문재 | 편집 · 지순이 | 교정 · 김소영, 김재호
마케팅 · 이상만

등록 제2-2876호
주소 서울시 중구 충무로 29(초동) 아시아미디어타워 502호
대표전화 02) 2268-8706~7 | 팩시밀리 02) 2268-8708
이메일 prun21c@hanmail.net
홈페이지 www.prun21c.com

ⓒ 한명환, 2013

ISBN 979-11-308-0042-4 93810
값 28,000원

현대문학연구총서 29

1950년대 지역 신문소설의 사회적 연구